Die Romanserie um Tomás Noronha erscheint auf Deutsch in anderer Reihenfolge als im portugiesischen Original. In Absprache mit dem Autor haben wir uns entschieden, zunächst seinen bekanntesten Titel, „Das Einstein Enigma“, zu veröffentlichen und anschließend mit einem verwandten Thema („Der Schlüssel des Salomon“) fortzufahren, anstatt die chronologische Reihenfolge einzuhalten. Das Leben von Tomás Noronha im deutschsprachigen Raum verläuft also nicht linear, aber jeder Roman kann völlig eigenständig gelesen werden.

José António Afonso Rodrigues dos Santos ist TV-Moderator und Sprecher der Abendnachrichten des portugiesischen Senders RTP1, mehrfach ausgezeichneter Kriegsberichterstatter und ehemaliger Dozent für Journalismus an der Neuen Universität Lissabon. Er hat das Talent, selbst anspruchsvollste Sachverhalte leicht und spannend zu vermitteln.

Mit seinen Büchern erreicht er ein Millionenpublikum und regelmäßige Bestsellerauflagen, insbesondere mit *Das Einstein Enigma* (430.000 Exemplare in Frankreich, 220.000 Exemplare in Portugal), das zudem verfilmt werden soll. 17 Romane und 7 politische Sachbücher liegen mittlerweile von ihm vor. Insgesamt wurden mehr als 3 Millionen seiner Bücher verkauft, in bis zu 20 verschiedenen Sprachen.

Folgende Werke sind oder werden demnächst bei *luzarpublishing* veröffentlicht: *Das Einstein Enigma*; *Der Schlüssel des Salomon; Codex 632*; *Das letzte Geheimnis Jesu; Furia Divina; Zeichen von Leben* und das vorliegende *Vaticanum*.

José Rodrigues dos Santos lebt in Lissabon.

Der Autor informiert regelmäßig über aktuelle Ereignisse unter:
www.joserodriguesdossantos.com

J.R. Dos Santos

Vaticanum

Roman

Aus dem Portugiesischen von Viktoria Reich

luzar publishing

Für meine drei Frauen
Florbela, Catarina und Inês.

»Niemand kann zwei Herren dienen:
entweder er wird den einen hassen und den andern lieben,
oder er wird dem einen anhängen und den andern verachten.
Ihr könnt nicht Gott dienen und dem Mammon.«
Matthäus 6, 24

»Mein Haus soll ein Haus des Gebetes sein.
Ihr aber macht daraus eine Räuberhöhle.«
Matthäus 21, 13

1 Petersdom

2 Apostolischer Palast

3 Kongregationsgebäude

4 Sixtinische Kapelle

5 Hof des Pinienzapfens

6 Belvederehof

7 Petersplatz mit Obelisk

8 Platz Papst Pius XII.

9 Gästehaus Santa Marta

10 IOR, Institut für die Werke der Religion (Turm Nikolaus V.)

11 Porta San Pietro

12 Kirche Santo Stefano degli Abissini

13 Gendarmerie

14 Porta Sant'Anna

15 Via di Porta Angelica

1
2
3
4
5
6
7
8
9
10
11
12
13
14
15
VATIKANSTADT

VORGESCHICHTE

2016

Die beiden Männer stiegen die Treppe hinauf, ihr Weg nur erhellt vom Licht der Taschenlampen, die sie in den behandschuhten Händen hielten. Sie bewegten sich mit der Geschmeidigkeit einer Raubkatze. Völlig in Schwarz gekleidet glitten sie wie unsichtbar durch den Schatten. Sogar ihr Kopf war von schwarzem Stoff verhüllt und ließ nur einen horizontalen Schlitz um die Augen frei.

Im ersten Stock hielten sie an, und der Erste hob die Hand, Stille gebietend. Sie horchten einige Momente in die Dunkelheit, hörten jedoch nichts und atmeten beruhigt auf. Langsam und vorsichtig öffnete der Anführer die Tür einen Spalt breit.

Alles schien ruhig.

„Ibn Taymiyyah, bist du bereit?"

Die Frage wurde nach hinten gehaucht, und der Mann, der ihm folgte, nickte.

„Möge Allah uns führen, Abu Bakr."

Abu Bakr betrat entschlossen den Flur des ersten Stocks. Nur mühsam durchdrangen die unruhigen Lichter seiner Taschenlampe die Finsternis.

Er warf einen fragenden Blick auf seinen Partner, der ihm im Abstand von wenigen Metern folgte.

„Wo ist es?“

Als Antwort zog Ibn Taymiyyah einen Zettel aus der Jackentasche, hielt ihn unter seine Lampe und las die Anweisungen.

„Die zweite Tür.“

Auf leisen Sohlen schlichen sie dorthin. Dann beugte sich Abu Bakr vor, um das Schloss zu inspizieren, deutete mit dem Kopf auf den Sack, den sein Begleiter trug, und kommandierte: „Den Brenner.“

Ibn Taymiyyah nahm einen kleinen, blauen Zylinder aus dem Sack und reichte ihn Abu Bakr. Der drehte den Sicherungshebel, setzte das Butangas frei und entzündete den Lötbrenner. Er richtete die violette Flamme direkt auf das Schloss, dessen Metall sich in wenigen Sekunden auflöste. Mit einem einfachen Stoß öffnete Abu Bakr die Tür.

Mucksmäuschenstill traten die zwei Männer in das Büro und wandten sich, ihren Anweisungen folgend, sofort zum Safe, der unter dem Schreibtisch in ein Geheimfach eingebaut war. Abu Bakr drehte am Zahlenschloss, und nach einer Reihe von Klicks und einem abschließenden Klack öffnete sich der Safe.

„Fertig!“, flüsterte Abu Bakr, und der schwarze Stoff, der sein Gesicht verhüllte, verbarg ein triumphierendes Lächeln. „Wir sind besser als Ali Baba!“

Er entnahm dem Safe ein Bündel Geldscheine, das er seinem Begleiter übergab. Ibn Taymiyyah zählte die Scheine und schüttelte, beinahe enttäuscht, den Kopf.

„Vierhundert Euro …“

Abu Bakr zuckte gleichgültig mit den Schultern und wandte sich wieder dem Ausgang zu.

Nachdem er das Geld in den Sack gesteckt hatte, verließen die beiden Männer das Arbeitszimmer, ohne sich weiter um den Safe zu kümmern.

Während der nächsten halben Stunde wiederholten sie in sämtlichen Büros des ersten Stocks den Vorgang, indem sie mit dem Lötbrenner die Türschlösser einschmolzen und alles Geld mitnahmen, das sie in den Safes fanden. Sechshundert Euro hier, dreihundert dort, fünfhundert da, in Hunderterschritten wuchs ihre Beute.

Nachdem sie die ganze Etage leergefegt hatten, verharrte Abu Bakr am Anfang des Korridors und sah sich um. Alle Türen waren geschlossen, als sei nichts geschehen. Nur wer sehr aufmerksam hinschaute, nahm die geschmolzenen Schlösser wahr.

„Der erste Stock ist erledigt."

Dann wandten sie sich zum Treppenhaus und stiegen in den zweiten Stock. Wieder fanden sie alles ruhig vor und setzten ihre Arbeit ungestört fort. Genau wie zuvor öffneten sie nach und nach alle Türen, von denen sie wussten, dass sich dahinter ein Safe verbarg, und entnahmen das ganze dort verwahrte Geld. Es war wieder nicht viel – ein paar hundert hier, ein paar hundert dort –, nichts, was sie reich gemacht hätte.

Als sie auch im zweiten Stock den letzten Safe ausgeräumt hatten, setzte Ibn Taymiyyah den Sack ab, nahm das Geld heraus und stapelte es auf dem Boden.

„Jetzt haben wir hundert, zweihundert, dreihundert..."

„Bei Allah, was tust du da?", fragte ihn Abu Bakr. „Bist du verrückt geworden?"

„Ich zähle", sagte der andere und fuhr nach einer kurzen Pause fort: „Vierhundert, fünfhundert, sechshundert ..."

„Hör auf, du Idiot! Siehst du nicht, dass wir dafür keine Zeit haben?"

„Nur ganz schnell!", bettelte der Jüngere. „Siebenhundert, achthundert, neunhundert ..."

Abu Bakr näherte sich dem bedeckten Gesicht seines Begleiters und drückte seine Nase gegen die des anderen.

„Entweder hörst du jetzt auf, oder ich ..."

Ein Pfiff, der vom Flur kam, ließ ihn verstummen. Blitzschnell löschten die beiden Eindringlinge ihre Lampen, und Abu Bakr glitt zur Tür, um sie sanft zu schließen.

Der Pfiff kam vermutlich vom Nachtwächter. Der Mann hatte allem Anschein nach die unglückliche Idee, gerade in diesem Augenblick seine Runde zu drehen, auch wenn alles darauf hindeutete, dass er noch nichts von den geschmolzenen Türschlössern bemerkt hatte. Allerdings gab es auch eine andere Möglichkeit, die man nicht außer Acht lassen durfte: Vielleicht hatte der Wächter den Einbruch schon bemerkt und verstellte sich nur.

Als er die Tür geschlossen hatte, richtete sich Abu Bakr auf und zückte mit einem Ruck den Dolch, den er am Gürtel trug. Wenn der Wachmann einträte, wäre er ein toter Mann. Abu Bakr lehnte sich an die Wand hinter der Tür und wartete. Das Pfeifen wurde lauter; es war der Wachmann, der durch den Flur ging und die Filmmelodie von *Rampenlicht* vor sich hinpfiff, bis er ausgerechnet vor der Bürotür stehenblieb, hinter der sich die Einbrecher befanden. Dann unterbrach er plötzlich das Pfeifen.

Abu Bakr hielt den Atem an und bereitete sich auf den Kampf vor.

„*Pronto?*“, sagte plötzlich eine Stimme auf Italienisch. „Sind Sie da?“

Sie waren entdeckt!, dachte Abu Bakr. Das Herz schlug ihm bis zum Hals. Was sollten sie tun? Warten, bis der Wächter einträte, um ihn zu überwältigen und ihm die Kehle durchzuschneiden? Oder besser initiativ werden und ihn auf dem Korridor angreifen? Die erste Möglichkeit schien ihm günstiger; so hatte er wenigstens einen gewissen Überraschungseffekt auf seiner Seite, aber auch das Risiko, dass der Wachmann gar nicht eintrat, sondern stattdessen den Alarm auslöste. Dann würden sie die Kontrolle über die Situation komplett verlieren.

Das Beste, entschied er, war wirklich, den Mann vorbeugend auszuschalten.

„Ich möchte einen Termin für sechs Uhr früh ausmachen, *per favore*", hörten sie.

Mit Schweißtropfen, die ihm die Schläfen hinunter übers Gesicht liefen, ließ Abu Bakr seine Hand bis zum Türgriff gleiten und bereitete sich, leise wie ein *Mudschahedin*, darauf vor, zur Tat zu schreiten. Er würde dem Wächter das Messer in den Rücken oder in die Brust stechen, bevor er ihn an den Haaren packen und ihm die Kehle durchschneiden würde, wie der Prophet, möge er in Frieden ruhen, es mit den *Kafirun*, den Ungläubigen, während seines heiligen *Dschihad* getan hatte. Das wäre zwar blutig und nicht ohne Risiko, aber die beste Lösung.

Dann bereitete er das Messer vor, kontrollierte seine Atmung und den Herzschlag und zählte im Geist bis drei.

Eins...

Möge geschehen, was geschehen musste, der Wächter musste beseitigt werden, wenn die Operation, von der dieser Überfall nur der erste Schritt war, nicht unwiderruflich in Gefahr gebracht werden sollte.

Zwei...

„Francesca ist zu der Zeit frei? Wer ist sie? Die mit den großen Brüsten?", wollte der Wachmann auf dem Flur wissen. „*Benissimo!*" Er machte eine Pause. „Wo finde ich sie? An der Piazza Cavour? In Ordnung. Um sechs Uhr bei Francesca. Bis dann."

Abu Bakr hielt sich gerade noch zurück und verharrte dicht hinter der Tür. Offensichtlich hatte der Wächter nicht etwa die Eindringlinge entdeckt, sondern war nur stehengeblieben, um einen Anruf zu tätigen und nach seiner Nachtschicht ein Treffen mit einer Prostituierten auszumachen. Ah, wie verdorben die *Kafirun* waren!

Mit dem Rücken seines schwarzen Handschuhs wischte Abu Bakr sich den Schweiß ab, trat einen Schritt zurück und atmete erleichtert auf. Er wartete noch zwei Minuten, nachdem auf dem Korridor wieder Stille eingekehrt war, dann flüsterte er in Richtung seines Begleiters, der sich hinter einem Schreibtisch versteckt hatte.

„*Yellah!*", befahl er. „Komm!"

Die Ausmaße und der gute Geschmack der Einrichtung des Büros im vierten und letzten Stock bewiesen, dass dies die wichtigste Abteilung des ganzen Gebäudes war. Nachdem er die Anweisungen auf dem Papier seines Begleiters überprüft hatte, richtete Abu Bakr die Laterne auf das große Bild, das an der Wand hinter dem Schreibtisch hing.

Der wackelnde Lichtkegel offenbarte das selige Lächeln eines ganz in Weiß gekleideten Mannes mit einem weißen Käppchen auf dem Kopf und ebenfalls weißer Mozetta und Soutane. Auf seiner Brust hing ein mächtiges dunkles Metallkreuz, und die rechte Hand war erhoben, als segnete er den Betrachter.

„Aha, der Chef der Kreuzfahrer!", knurrte Abu Bakr sarkastisch. „Ich vertreibe dir schon noch dein dummes Lächeln, untreuer Hund und Verkünder falscher Wahrheiten!"

Die Arme ausbreitend, nahm er das Bild mit der Fotografie des Papstes von der Wand und stellte es auf den Boden. Das Licht der Taschenlampe seines Begleiters suchte augenblicklich die Strukturen ab, die das Bild verborgen hatte.

„Dort sind sie!"

In der Tat befanden sich die sechs Safes genau an der Stelle, die auf dem Papier mit den Anweisungen angezeigt war. Sie näherten sich der Sequenz der Metalltüren und betrachteten sie mit Genugtuung. Die Mission hatte ihren Höhepunkt erreicht.

Abu Bakr streckte die Hand aus.

„Die Anweisungen?"

Statt ihm sofort das geforderte Stück Papier auszuhändigen, überprüfte Ibn Taymiyyah seinen Inhalt.

„Es ist der zweite von rechts."

Mit einer ungeduldigen Handbewegung bestand Abu Bakr darauf, dass Ibn Taymiyyah ihm das Papier gab. Dann näherte er sich dem angezeigten Safe. Er studierte den Mechanismus, prüfte den auf das Papier gekritzelten Geheimcode und gab ihn in den Mechanismus ein, Ziffer um Ziffer.

Als er das Prozedere beendet hatte, ließ die gepanzerte Metalltür ein metallisches Klicken hören und öffnete sich sanft.

„*Maschallah!*", rief er aus. „Gott sei Dank!"

Nachdem die beiden Männer einen zufriedenen Blick gewechselt hatten, leerte Abu Bakr den Safe und nahm vorsichtig alle Dokumente heraus. Er prüfte sämtliche Titel und ersten Seiten, um sicherzugehen, dass der Inhalt vollständig war.

Nach fünf Minuten hob er den Daumen.

„Hier ist Material genug, um diesen Hund und sein ganzes Pack von *Kafirun* unter die Erde zu bringen!"

Er verstaute die Dokumente im mitgebrachten Sack. Anschließend nahm er eine Sprühdose mit schwarzer Farbe und sprühte eine Art Graffiti über das Bild des Papstes.

الله أكبر

Schließlich hob er den Sack auf und warf ihn sich über die Schulter.

„Los, gehen wir", sagte er.

„Und die anderen Safes?", fragte Ibn Taymiyyah erstaunt. „Öffnen wir die nicht auch?"

„Nein."

„Aber den Anweisungen nach sollten wir doch alle öffnen!"

Abu Bakr blieb an der Tür stehen, sein dunkler Schatten tanzte unruhig an der Wand.

„Die Anweisungen haben aber auch nicht vorgesehen, dass der Nachtwächter seine Runden macht“, entgegnete er trocken. „Gehen wir, bevor der Ungläubige zurückkommt.“

Er drehte sich um, löschte seine Lampe, trat aus dem Büro und tauchte in den düsteren Korridor wie ein Gespenst, das mit der Nacht verschmilzt.

I

Die schwül-warme Luft der Katakomben roch modrig. Nachdem Tomás Noronha seinen Sicherheitshelm noch einmal zurechtgerückt hatte, bedeutete er Maria Flor, ihm zu folgen und leuchtete mit seiner Taschenlampe den Weg. Nervös zuckten die Lichtstrahlen über die vom Zahn der Zeit angegriffenen Wände und verloren sich kurz darauf in einem größeren Raum, der sich plötzlich vor ihnen öffnete.

Der Historiker blieb stehen und schaute sich um; sie standen vor einer Art Halle voller Trümmer.

„Brrr, ist das unheimlich“, sagte Maria Flor. „Wo sind wir hier?“

„Unter den Vatikanischen Grotten“, antwortete Tomás. „Genauer gesagt an deren südlichem Ende. Je weiter wir vorangehen, desto weiter gehen wir in der Zeit zurück. Dieser Teil hier stammt aus dem 3. Jahrhundert, da hinten beginnt das 2. Jahrhundert und noch weiter das 1. Jahrhundert.“

Ihre Stimmen hallten in dem geschlossenen Raum wider, verstärkt durch das in die Felswände gehauene System von Gängen und Gassen sowie die Fenster der umgebenden Mausoleen. An der Decke bildeten sich durch die hohe Luftfeuchtigkeit winzige Tropfen, die in einem unregelmäßigen Rhythmus zu Boden fielen, und deren Echo die Ruinen mit einem leisen Plätschern erfüllte. Hier schienen sich die Geister der Verstorbenen, die in den vergessenen und vom Staub der Jahrhunderte bedeckten Krypten ruhten, ein Stelldichein zu geben.

Wenig später erhellte der Schein ihrer Taschenlampe eine merkwürdige Struktur zwischen den Trümmern vor der großen, rot verputzten Wand dahinter. Tomás blieb stehen.

„Wir sind da. Hier beginnt das 1. Jahrhundert."

„Was ist das?"

„Das Feld P."

Das Licht seiner Taschenlampe fiel auf eine etwa achtzig Zentimeter hohe Marmorsäule, dann eine rechtwinklig abgehende Wand und schließlich auf die von der Säule getragene Marmorplatte mit zwei übereinander liegenden Nischen; das Ganze erinnerte an ein Vordach, konnte in einer Nekropole aber nichts anderes sein als eine Ädikula. Zu diesem „Tempelchen" gehörten ursprünglich zwei Säulen, von denen jedoch nur eine erhalten war.

Maria Flor deutete auf die Reste des Denkmals.

„Das ist das Feld P?"

„Nein", antwortete Tomás, und näherte sich dem in den Stein gehauenen Mausoleum. „Das Feld P ist der gesamte, für die Öffentlichkeit gesperrte Bereich, in dem wir uns befinden. Das hier ist offensichtlich das Tropaion des Gaius."

„Das was?"

„Das Tropaion des Gaius."

„Und was ist das?"

Tomás richtete sich auf und schaute sich um; die Fläche vor ihm war rechteckig und etwa sieben Meter lang, der Boden bedeckt von Steinen und Gräbern von Personen, die wahrscheinlich bescheidenerer Herkunft waren als diejenigen, deren Gebeine zur ewigen Ruhe in den Mausoleen begraben waren.

„Das ist die Entdeckung, die mir seit unserer Ankunft in Rom nicht aus dem Kopf geht."

„Ich dachte, du wolltest das Grab des heiligen Petrus finden …"

Tomás nahm den Rucksack mit dem archäologischen Werkzeug von den Schultern und setzte ihn behutsam neben der Säule auf den Boden.

„Das Tropaion des Gaius *ist* das Petrusgrab, meine Liebe. ‚Feld P' ist die archäologische Bezeichnung für Petrusfeld."

Skeptisch schaute seine Verlobte die Säule an.

„Das da ist ein Grab?"

„Ja. In diesem Bereich hier hat man Petrus gekreuzigt und seine sterblichen Überreste anschließend beigesetzt. Wir befinden uns hier im Grabmal von Simon, dem ersten Apostel, dem Sünder, zu dem Jesus angeblich sagte, er sei ‚der Fels', auf dem er seine Kirche bauen wolle. Das Wort ‚Fels' liegt auch dem Namen zugrunde, unter dem Shimon, oder Simon, ewige Berühmtheit erlangte: Petrus. Im Lateinischen heißt Fels *petra*. Simon, der Fels, oder Petrus, der erste Papst."

„Woher weißt du das?"

„Woher weiß ich was?", entgegnete er mit leicht spöttischem Unterton. „Dass Petrus Simon der Sünder war, der Jesus begleitete und der in der Folge der erste Papst wurde?"

„Quatsch, das natürlich nicht! Ich meine, woher weißt du, dass es hier ist, wo Petrus gekreuzigt und beigesetzt wurde."

„Alle antiken Quellen, wie Tertullia im Jahr 195 oder Eusebius von Caesarea 325, bescheinigen, dass Petrus der Bischof von Rom war und dass er im Rahmen der Christenverfolgung unter Kaiser Nero im Jahr 64 gekreuzigt wurde. In einem apokryphen Text, den sogenannten Petrusakten, heißt es, er wurde mit dem Kopf nach unten ans Kreuz geschlagen, was indirekt das Johannesevangelium und eine andere von Eusebius genannte Quelle bestätigen."

Maria Flor deutete beharrlich auf die Marmorstruktur und die Säule.

„Meinetwegen, aber woher weißt du, dass sich das ausgerechnet hier ereignet hat? Gibt es irgendwo eine Inschrift?"

„Nein, aber uns liegen mehrere entsprechende Hinweise vor, angefangen mit einem Zitat von Eusebius, dem ersten Kirchenhistoriker. Ihm zufolge schrieb ein Priester, der berühmte Gaius, im Jahr 200, es sei möglich, das Tropaion des Petrus unter dem Vatikanischen Hügel von Rom zu besuchen."

Verdutzt schaute Maria Flor auf.

„War das hier damals schon der Vatikan?"

„Selbstverständlich", bestätigte Tomás. „Zur Zeit Neros lag dieses Gelände außerhalb der Stadtgrenze Roms und galt als ungesund. Plinius der Ältere schrieb beispielsweise, dass der Vatikanische Hügel von Mücken und Schlangen verseucht gewesen sei. Offenbar gab es irgendwo einen Garten. Und später hat Kaiser Caligula einen Circus errichten lassen, ein Stadion für Wagenradrennen; dessen Fundamente wurden übrigens am südlichen Abhang des Hügels entdeckt. Der ägyptische Obelisk mitten auf dem heutigen Petersplatz war ein Teil davon. Und den Chroniken zufolge wurde Petrus nach dem Brand von Rom, den man den Christen anlastete, in eben diesem Circus des Caligula gekreuzigt."

„Aber woher weiß man, dass Petrus exakt hier hingerichtet und begraben wurde?"

„Diese Nekropole gab es damals schon, und es ist daher wahrscheinlich, dass die Reste des heiligen Petrus hierher gebracht wurden, wie Gaius es schrieb. Übrigens kannst du sehen, dass dieses Mausoleum in die rote Wand hinein gegraben wurde. Warum? Es wäre doch einfacher gewesen, das Mausoleum neben der roten Wand zu bauen, anstatt sich die Mühe zu machen, es aus dem Stein zu hauen. Dass man es nicht getan hat, ist ein Zeichen dafür, dass es sehr wichtig war, das Mausoleum trotz aller Hindernisse genau an dieser Stelle zu errichten. Es musste exakt dieser Ort sein. Außerdem vergiss nicht, dass im Jahr 324 Kaiser Konstantin beschlossen hat, an dieser Stelle die Petersbasilika erbauen zu lassen. Wieso hier? Er muss wohl einen guten Grund dafür gehabt haben, findest du nicht? Nun, welch besseren Grund könnte es geben als den, dass Petrus, der Fels auf dem die Kirche gebaut werden sollte, an dieser Stelle am Kreuz gestorben war?"

„Schon, aber er könnte doch auch hier gekreuzigt und woanders beigesetzt worden sein …"

Der Historiker bückte sich und fuhr mit der flachen Hand über den feuchten Boden. Als er Maria Flor die Handfläche entgegen hielt, war sie ganz rot.

„Was ist das deiner Meinung nach für ein Gestein?"

Maria Flor wiegte ihren Kopf.

„Ton?"

„Ganz genau", sagte Tomás und fuhr mit dem Finger über den Boden. „Hast du diese leichte Schräge bemerkt?"

Jetzt, wo ihr Verlobter sie darauf aufmerksam machte, sah auch Maria Flor, dass der Untergrund leicht geneigt war.

„Ja."

„Zwischen dem nördlichen und südlichen Punkt der ersten Basilika lagen ursprünglich elf Meter Höhenunterschied, die durch Abtragen und Aufschütten mühsam ausgeglichen werden mussten. Dies und der tonhaltige Boden machen den Standort hier für ein solches Bauwerk sehr ungeeignet, denn es gefährdet seine Stabilität und Sicherheit. Und das wussten garantiert auch die römischen Architekten. Übrigens ist das Gefälle derart stark, dass besonders tiefe Fundamente und extra dicke Stützmauern nötig waren. In Anbetracht all dieser Schwierigkeiten stellt sich erst recht die Frage: Wieso haben die frühen Christen darauf bestanden, die erste Petersbasilika ausgerechnet hier zu bauen?"

„Weil hier der heilige Petrus gekreuzigt wurde, wie du schon gesagt hast. Aber meine Frage war …"

„Es ist wichtig, dass du verstehst, dass hier die Ruinen von drei Bauwerken zu finden sind: der Circus des Caligula, die Katakomben der frühen Christen und die erste Basilika, die unter Kaiser Konstantin erbaut wurde. Der heutige Petersdom, dessen Bau 1513 begann, wurde genau wie die anderen Gebäude des Vatikans auf den Ruinen der ersten Basilika errichtet."

„In Ordnung, es gibt also drei archäologische Niveaus unter dem Dom. Und weiter?"

„Nun, es war kein Zufall, dass die erste Basilika genau so um die ältere Marmorkonstruktion mit den beiden Säulen erbaut wurde, dass diese im Mittelpunkt des Allerheiligsten zu stehen kam. Dadurch betonten die Erbauer eindeutig ihre Bedeutung. Und warum war dieser Ort so wichtig? Was hatte er so Besonderes?"

„Ja, ja, ich habe verstanden, dass Petrus hier hingerichtet wurde", sagte Maria Flor gereizt. „Aber das ist doch keine Garantie dafür, dass man ihn hier auch beigesetzt hat."

„Damals war es bei den Christen üblich – und vom römischen Recht genehmigt –, ihre Angehörigen in der Nähe des Ortes beizusetzen, an dem sie gestorben waren. Außerdem wurden die sterblichen Überreste natürlich stärker verehrt als der Ort des Todes. Deshalb zeigt die Tatsache, dass die Nekropole, die erste Basilika und der heutige Dom allesamt hier erbaut wurden, wie wichtig dieser Ort ist. Übrigens lag der Circus des Caligula zwar auf dem Vatikanischen Hügel, aber etwas weiter weg; sprich, dieser Ort hier lag außerhalb des Circus und ist somit höchstwahrscheinlich nicht identisch mit dem Ort der Kreuzigung. Wieso also sollte man ein derart wichtiges Mausoleum exakt hier errichten?"

Maria Flor runzelte die Stirn. In Anbetracht all der Erklärungen lag die Antwort quasi auf der Hand.

„Also gut … höchstwahrscheinlich, weil es sich um die Grabstätte des heiligen Petrus handelt."

„Genau!", rief Tomás und sprang auf. „Du kannst übrigens sehen, dass die erste Basilika nicht exakt gleich ausgerichtet ist wie die Nekropole oder der Circus. Sie weicht um ein paar Grad davon ab. Wenn sie aber nicht wie die alten Ruinen ausgerichtet ist, woran dann?“ Er deutete auf die rote Wand. „An dieser alten Mauer, auf der die Struktur der Grabkapelle beruht. Und das, meine Liebe, beweist, dass diese Grabstätte mit ihren beiden Säulen von höchster Bedeutung war. Wenn man alles zusammennimmt, kann dieser Ort nichts anderes sein als das von Gaius erwähnte Petrusgrab.“

Maria Flor nickte langsam.

„Wahrscheinlich hast du recht.“

Ihr Verlobter fuhr zärtlich über die Säule und entfernte den Staub, der sich im Laufe der Zeit auf ihr gesammelt hatte.

„Übrigens wurde auch der heutige Dom so gebaut, dass dieses Grabmal exakt unter der Confessio liegt, also dem Andachtsraum vor dem Heiligengrab, in dem der Überlieferung zufolge Petrus begraben wurde. Die Confessio stammt aus dem Jahr 160, was einmal mehr dem Tropaion des Gaius entspricht. Um dieses Mausoleum herum ließ Kaiser Konstantin die erste Petersbasilika bauen.“ Tomás hob den rechten Zeigefinger. „Und im heutigen Petersdom steht – mitten unter der imposanten Kuppel – oberhalb des Tropaion und der Kapelle mit der Confessio der großartige bronzene Baldachin, der den Papstaltar beherrscht und von Bernini entworfen wurde, dem größten Bildhauer und Architekten des Barock. Seither haben alle Päpste von diesem Altar aus ihre heiligen Messen zelebriert. Das kann kein Zufall sein.“

Maria Flor betrachtete die Marmorstruktur mit neuem Interesse.

„Wenn der heilige Petrus tatsächlich hier begraben wurde, wo sind dann seine Knochen?“

Auf diese Frage gab Tomás keine Antwort, sondern kratzte sich am Kopf. Waren die sterblichen Überreste des einstigen Begleiters Jesu noch erhalten? Wenn ja, wo könnten sie sein, und wie wären sie zu finden? Die Antwort darauf war kompliziert.

II

Nachdem er den Boden rund um das Tropaion gesäubert hatte, legte Tomás einige Werkzeuge in eine Nische in der Wand nahe der verschwundenen Säule. Er würde die Hacke und Schaufeln erst später brauchen.

Dann setzte er seinen deutlich leichter gewordenen Rucksack wieder auf und zwängte sich durch ein Loch in der roten Mauer.

„Komm", forderte er Maria Flor auf.

„Wohin gehen wir?"

„Arbeiten, natürlich. Wir sind schließlich nicht zum Spaß hier. Und da du mich heute unbedingt begleiten wolltest, kannst du mir jetzt auch helfen."

In Wahrheit wäre Maria Flor viel lieber durch Rom spaziert und shoppen gegangen, als den ganzen Tag lang in den Katakomben unter dem Vatikan umher zu irren, aber sie wollte auch einmal Zeit mit Tomás verbringen, und so fügte sie sich jetzt in ihr selbstgewähltes Schicksal. Sie würde am nächsten Tag wieder tun, wonach ihr der Sinn stand, während ihr Verlobter weiter an seinen Ausgrabungen arbeitete.

Sie bückte sich also und schlüpfte ebenfalls durch die Öffnung in der Wand, zurück in den Bereich der kleineren Grabmale hinter dem Feld P.

„Was hast du vor?"

„Ich habe eine Bestandsaufnahme aller Grabkammern hinter dem Tropaion gemacht“, sagte Tomás und wies auf die Steinruinen um sie herum. „Hier gibt es zahlreiche Knochenreste, die untersucht werden müssen, und dafür hat der Vatikan mich engagiert. Sie wollen wissen, wer wer ist.“

Maria Flor blickte sich um. Hier roch die Luft noch unangenehmer und feuchter als bisher.

„Uh, hier ist es wirklich düster“, sagte sie. „Wie konnte dieser Bereich in zweitausend Jahren bloß so herunterkommen?“

„Ganz einfach, die Katakomben waren mehr als tausend Jahre lang in Vergessenheit geraten.“

Maria Flor machte große Augen.

„Man hat sie einfach vergessen?“

„Ja.“

„Und wann hat man sich wieder an sie erinnert?“

„Während des Zweiten Weltkriegs, 1939. Als Papst Pius XI. starb, gab er in seinem Testament an, er wolle unter dem Dom beigesetzt werden, in den alten Grotten unmittelbar unter der Confessio des heiligen Petrus, der berühmten Krypta, in der sich laut Überlieferung das Petrusgrab befand. Was konnte es für einen Papst Größeres geben, als neben dem ersten Papst der Geschichte begraben zu werden?“

„Ich verstehe. Und dabei hat man all das hier unten entdeckt…“

„Ganz genau. Als sie dort hinabgestiegen sind, haben die Sanpietrini, das sind die Spezialarbeiter des Vatikans für die Instandhaltung des Petersdoms, festgestellt, dass es nicht genug Platz gab, um Papst Pius XI. beizusetzen. Um den nötigen Platz zu schaffen, wurde der Marmorboden entfernt und … bingo! Sie stießen auf eine Ziegelmauer und die Reste der ersten Basilika. Stell dir nur die Aufregung vor! Wichtiger aber noch war, dass sie Risse in den Mauern fanden, die in eine merkwürdige Kammer voller Steinbrocken führte.“

„Die Katakomben?“

„Ja, sie haben die Nekropole entdeckt. Aber das wusste zum damaligen Zeitpunkt niemand. Unter dem Dom wimmelte es also nur so von Rätseln. Der neue Papst, Pius XII., hat sich darüber natürlich Gedanken gemacht und nach reiflicher Überlegung beschlossen, die Gräberzone erforschen zu lassen. Selbstverständlich wusste er, dass sich hier das Grab des heiligen Petrus befinden sollte, und er wollte wissen, ob es das Grabmal tatsächlich gab und ob es all die Zeit überdauert haben konnte. Abgesehen von der außerordentlichen Bedeutung auf archäologischer Ebene stand auch in theologischer Sicht viel auf dem Spiel.“

„Ja sicher! Das hätte bewiesen, dass der heilige Petrus hier…“

„Mehr als das, Schatz. Immerhin hatte Luther abgestritten, dass sich das Grab des heiligen Petrus im Vatikan befand, und auch die orthodoxe Kirche stellte die Vorherrschaft der katholischen Kirche innerhalb des Christentums in Frage. Die Entdeckung des Petrusgrabes unter den Vatikanischen Grotten würde die katholische Kirche als Erbin des wahren Glaubens legitimieren, als die Christenheit, die Simon beziehungsweise Petrus gegründet hatte – der Fels, auf den Jesus seine Kirche bauen wollte. Das wäre eine bittere theologische Niederlage sowohl für die Protestanten als auch die Orthodoxen. Wie könnten sie dann noch abstreiten, dass die katholische Kirche wirklich die Kirche des Petrus, des ersten Jüngers Jesu, ist?“

Sie gingen langsam weiter. Im Schein der Taschenlampe suchten sie sich einen Weg zwischen den Trümmern, um nicht aus Versehen in ein Loch oder über einen Stein zu stolpern.

„Einverstanden, aber das Ganze stellte doch auch ein Risiko dar. Was, wenn sie nichts finden würden? Würde das nicht beweisen, dass die Protestanten und Orthodoxen recht hätten …?“

„Zwar nicht beweisen, aber nahe legen. Deshalb wurden die Arbeiten auch unter größter Geheimhaltung durchgeführt“, bestätigte Tomás. „Ohnehin standen die Chancen nicht gut, dass die Gebeine des heiligen Petrus zweitausend Jahre lang in diesen Ruinen mit all ihrer Feuchtigkeit überstanden haben konnten. Und nicht zuletzt gab es ja noch die blutigen Zeiten, die der Vatikan erlebt hatte; allen voran die Plünderung Roms durch die Westgoten, die Vandalen, die Ostgoten und die Ottomanen."

„Sie alle haben die Überreste des Petrus gesucht?", wunderte sich Maria Flor. „Aber als ich dich gerade gefragt habe, wo sie sind, hast du mir nicht geantwortet."

Tomás zögerte.

„Nun ja, das Hauptziel der Grabungsarbeiten bestand darin, die Überreste Petri zu finden, das versteht sich von selbst."

„Aber war das auch möglich?", hakte Maria Flor nach. „Wie du schon gesagt hast, sind die Bedingungen hier unten nicht gerade dazu angetan, menschliche Überreste zweitausend Jahre lang zu erhalten. Abgesehen davon, wonach musste man eigentlich suchen? Ein Grabmal mit der Inschrift ‚Hier ruht der heilige Petrus'?"

„Warum nicht?"

Maria Flor warf ihm einen schrägen Blick zu.

„Machst du dich über mich lustig?"

„Im Gegenteil, ich meine es ernst", entgegnete Tomás. „Wir wissen, dass der zweite Nachfolger von Petrus, Papst Anaklet, ein Reliquiar anfertigen lassen hat, eine Art Sarg aus gebrannter Erde oder behauenem Stein, um die Gebeine des einstigen Begleiters Jesu zu konservieren. Und dank der Aussage des Gaius, die von Eusebius zitiert wurde, wissen wir auch, dass dieses Reliquiar in dem Tropaion nebenan eingelassen wurde."

„Und? Hat man das Reliquiar dort gefunden?"

„Nicht dort."

„Was soll das heißen? Wenn das Reliquiar nicht dort gefunden wurde – wo denn dann?"

„Die Antwort ist nicht ganz einfach, denn das Reliquiar hat bewegte Zeiten miterlebt. Während der Christenverfolgungen wurden die Überreste des heiligen Petrus in den Katakomben an der Via Appia versteckt. Als die Lage sich beruhigt hatte, wurden die Gebeine zurück in die Nekropole des Vatikans gebracht. Das Problem besteht darin, dass die Stadt danach mehrfach geplündert wurde und alle Wertgegenstände verloren gingen. Es ist daher sehr wahrscheinlich, dass die Plünderer auch das Reliquiar des heiligen Petrus mitgenommen haben."

„Man hat also nichts gefunden …?"

Tomás verzog das Gesicht.

„Nicht wirklich. Während des Zweiten Weltkriegs wurden unter Papst Pius XII. umfangreiche Ausgrabungen vorgenommen. Sie entdeckten Tunnel zwischen den dicken Wänden und beförderten tonnenweise Erde, Schutt und Wasser ans Tageslicht. Nach einem Jahr konzentrierten sie ihre Suche auf den Bereich unter der Confessio, weil ja genau dort die sterblichen Überreste des Petrus vermutet wurden. Dabei stießen sie auf dieses Netz aus Gräbern und Mausoleen und drangen in Bereiche ein, die schon seit mehr als tausend Jahren kein Mensch mehr aufgesucht hatte, darunter das Feld P und das Tropaion des Gaius. Sie fanden Sarkophage und Fresken, Urnen und Ossarien sowie Keramikfragmente."

„Aber nicht die Knochen des Petrus …"

Tomás zog eine leichte Grimasse.

„Das weiß man nicht."

„Wie bitte? Wieso weiß man das nicht? Entweder hat man sie gefunden, oder man hat sie nicht gefunden, was ist denn daran unklar?"

Bevor er zu einer Erklärung ansetzte, atmete Tomás tief durch und ordnete seine Gedanken.

„Die Ausgrabungen begannen 1939 und dauerten insgesamt zehn Jahre. Ihr Leiter war ein gewisser Prälat Ludwig Kaas, leider ein Amateur ohne jede archäologische Erfahrung. Er kannte nicht einmal die grundlegendsten Regeln, wie etwa die Notwendigkeit, ein Tagebuch über die Entdeckungen und Fortschritte zu führen!"

„Ja, und?", fragte Maria Flor ungeduldig. „Hat er nun die sterblichen Überreste des Petrus entdeckt oder nicht?"

Tomás deutete auf die Öffnung in der Wand hinter ihnen, die zum Feld P führte.

„Das Ausgrabungsteam entdeckte in der Tat nahe des Tropaion des Gaius menschliche Gebeine, und zwar in einer Nische der roten Mauer."

Maria Flor horchte auf.

„Und?"

„Diese Knochen waren mit winzigen Stoffresten, Holzsplittern, Marmorbröckchen und ein paar Münzen vermischt. Die radiologischen, chemischen und mikroskopischen Untersuchungen ergaben, dass es sich um das fast vollständige Skelett eines Mannes von beleibter Statur und in fortgeschrittenem Alter handelte"

„Das heißt … den heiligen Petrus?", rief Maria Flor mit großen Augen aus.

„Das war in der Tat die Schlussfolgerung der Untersuchungen", bestätigte Tomás schmunzelnd, angesichts der Begeisterung seiner Verlobten. „Man hatte endlich die Gebeine des heiligen Petrus gefunden."

„Das ist genial, einfach großartig …"

Aber Tomás bremste ihre Begeisterung.

„Das Problem war nur, dass ein anderer, kompetenterer Forscher etwas später die gleichen Knochen noch einmal untersuchte und dabei herausfand, dass es sich vielmehr um die Gebeine von drei verschiedenen Personen handelte, zwei Männern und einer Frau, und dass nichts davon mit dem heiligen Petrus in Verbindung gebracht werden konnte."

Maria Flor stand die Enttäuschung ins Gesicht geschrieben.

„Oh!“

„Man hatte also nicht viel vorzuweisen.“

„Das heißt … es gibt keine Überreste von Petrus mehr?“

Zur Antwort holte Tomás tief Luft und stand auf. Als er Maria Flor mit hängenden Schultern dastehen sah, nahm er sie in den Arm.

„Die Gebeine des Petrus sind nicht gefunden worden“, murmelte er. „Na und? Was macht das schon?“

Er gab seiner Verlobten einen Kuss und setzte schließlich seinen Rucksack wieder auf.

„Ich würde mich gerne ein wenig allein umschauen. Gibst du mir bitte eine Taschenlampe?“, bat Maria Flor.

Tomás zog eine der Ersatzlampen und einen Plan aus dem Rucksack und reichte ihr beides.

„Okay, wenn du magst. Pass aber auf, dass du nichts beschädigst“, sagte er mahnend. „Vergiss nicht, dass dieser ganze Bereich hier nur für archäologische Arbeiten zugänglich ist. Fass bitte nichts an.“

„Ich weiß, wo wir hier sind“, entgegnete sie spitz. „Und wo gehst du hin?“

Tomás machte kehrt und schwenkte seine Taschenlampe.

„Mein Auftrag lautet, die Grabkammern und alles, was sich hier befindet, zu katalogisieren. Heute beginne ich im Sektor der Familie Valerius.“

Bald hatte sich der Schein seiner Lampe im unterirdischen Labyrinth verloren, und sie hörte nur noch den dumpfen Klang seiner Schritte.

III

Seit bald einer Stunde inspizierte Tomás das Nachbargrab der Valerier und zerbrach sich den Kopf über dessen christliche Inschrift. Darin baten die Angehörigen des Verstorbenen, der zweifellos eine wichtige Persönlichkeit gewesen war, den heiligen Petrus, für die Seelen der ‚in seiner Nähe' beigesetzten Toten zu beten.

„In seiner Nähe", murmelte Tomás. „Interessant."

Dies war ein weiterer Hinweis darauf, dass der einstige Begleiter Jesu tatsächlich irgendwo hier begraben war. Und in dieser Kammer befand sich auch das zweitälteste bekannte Gemälde Christi, was ihren besonderen Charakter noch verstärkte.

Tomás kritzelte einige Notizen in sein archäologisches Tagebuch. Man würde diese Inschrift präzise datieren müssen. Wer auch immer ihr Verfasser gewesen war, er hatte sie geschrieben, als sich die Gebeine des heiligen Petrus noch im Tropaion des Gaius befunden haben mussten. Wie sonst sollte man diese Bitte interpretieren, dass der Apostelführer für die ‚in seiner Nähe' beigesetzten Toten beten möge?

„Tomás?"

Im Übrigen bestand die Arbeit eines Archäologen darin, sämtliche Details akribisch zu prüfen. Der Großteil dessen, was man heutzutage über die Vergangenheit weiß, wurde schließlich bei den Ausgrabungen aus indirekten Hinweisen abgeleitet; von Kleinigkeiten, die auf den ersten Blick unwichtig erschienen oder sogar völlig belanglos gewirkt hatten, die dann aber den Weg zu großen Entdeckungen bereitet hatten. Durch das Vergleichen von Informationen und …

„Tomás!"

Tomás war derart in Gedanken versunken, dass er die Stimme Maria Flors erst jetzt wahrnahm. Er zuckte zusammen und drehte sich um, sah aber nichts als die Dunkelheit der Katakomben.

„Was ist?"

„Kannst du mal herkommen?"

Er seufzte frustriert und bedauerte, Maria Flor mitgenommen zu haben. Das war wirklich keine gute Idee gewesen; er liebte seine Arbeit und konnte sich stundenlang auf nur eine Aufgabe konzentrieren – seiner Meinung nach die einzig effiziente Methode. Störungen jeder Art waren ihm zuwider.

„Ich komme."

Er stand auf und verzog vor Schmerzen das Gesicht; so lange gebückt zu sitzen, war nicht nur ermüdend, sondern auch schlecht für den Rücken. Er nahm seine Taschenlampe und den Rucksack und eilte in die Richtung, aus der er Maria Flors Stimme gehört hatte. Sie kam aus dem Bereich des Felds P.

Als er ein Stück durch die Ruinen zurückgelegt hatte, sah er den Schein ihrer Lampe durch die Öffnung in der roten Mauer dringen.

„Schau mal", sagte sie. „Das musst du dir ansehen."

Maria Flor stand im Tropaion des Gaius und beugte sich über die kleine Mauer, an der einst die zweite Säule gestanden hatte. Das Mäuerchen war knapp einen Meter hoch und fünfzig Zentimeter dick.

„Was ist denn?"

„Hier sind Dutzende von Inschriften. Schau nur!"

Tomás trat neben seine Verlobte und warf einen Blick auf die Botschaften.

„Ah ja, das ist die Graffiti-Mauer."

„Die – was?", fragte sie entsetzt. „Sag bloß nicht, dass jemand das Grabmal des heiligen Petrus geschändet hat!"

„Nein, nein. Die Graffiti-Mauer hat ihren Namen von all den Inschriften, die die Christen im 3. Jahrhundert dort anbrachten. Diese sind hier besonders zahlreich, was die Bedeutung unterstreicht, die sie diesem Mausoleum beigemessen haben. Außerdem sind die Inschriften kodiert, damit nur ein Eingeweihter sie entschlüsseln kann, was sehr interessant ist und uns einen Hinweis auf den damaligen Glauben liefert." Er deutete auf ein Graffito. „Siehst du diese beiden Symbole? Ein *chi* und ein *rhô*, was zusammen für Christus steht.

„Aha. Wie auf diesem Stein da."

„Welcher Stein?"

Maria Flor bückte sich und deutete auf einen Brocken am Boden.

„Da, siehst du? Da ist auch etwas eingeritzt."

Tomás hob das Bruchstück auf und stellte fest, dass es sich nicht um einen Stein, sondern ein Stück Putz handelte, das vermutlich von der roten Wand abgefallen war. Neugierig drehte er das Stück im Licht seiner Taschenlampe um und untersuchte die eingeritzte Inschrift.

„Merkwürdig …"

Fasziniert starrte er das Teil in seiner Hand an, ohne ein weiteres Wort zu sagen.

„Was ist denn damit?", fragte Maria Flor ungeduldig.

Erst nach einer gefühlten Ewigkeit, in der Tomás den Brocken mit ungläubigem Staunen rundum begutachtet hatte, bekam sie eine Art Reaktion.

„Sollte es möglich sein?", murmelte er. „Das wäre ja …"

„Das wäre was? Nun sag schon, was los ist!"

Endlich wandte er den Blick von dem Objekt und schaute Maria Flor an.

„Wo hast du das gefunden?“

Sie zeigte auf den Boden, wo die rote Wand auf die Graffiti-Mauer stieß.

„Hier. Wieso?“

Statt einer Antwort öffnete Tomás eilig sein Notizheft und übertrug die beiden Wortfragmente auf ein leeres Blatt. Er starrte sie einen Moment nachdenklich an. Der zweite Buchstabe des oberen Wortes war ein E, der letzte vor der Bruchkante ein I. Zögernd setzte er auf das E einen Akzent, so dass es zu einem É wurde, und ergänzte das I um einen geschlossenen Halbkreis zu einem P. Nach einem Augenblick fügte er zwei weitere Buchstaben an, ein O und ein Σ.

„Heureka!“, rief er aus.

„Was ist?“, fragte Maria Flor.

„Siehst du nicht, was da steht?“

Er zeigte ihr das Blatt, auf dem er das obere Wort entsprechend ergänzt hatte.

ΠΈΤΡΟΣ
ÉNI

Maria Flor schaute verständnislos drein.

„Was soll das bedeuten?“

„*Petros eni!* Ist das nicht außergewöhnlich?“

„Willst du mir wohl endlich verraten, was das heißt?“

Tomás war derart in seinem Element, dass er wieder einmal vergessen hatte, dass nicht jeder so gut mit dem Thema vertraut war wie er.

„Petrus ist in griechischen Buchstaben geschrieben und heißt Stein. Eni ist eine Kurzform eines griechischen Verbs, das so viel heißt wie ‚ist hier‘. *Petros eni* heißt also ‚Hier ist Petrus‘. Verstehst du es jetzt?“

Seine Verlobte legte den Kopf schief.

„Hier? In diesem Mausoleum?“ Sie schaute sich um. „Aber wo genau?“

Das war eine berechtigte Frage. Tomás besah sich das Bruchstück in seiner Hand genauer: Von seiner Farbe und Struktur her zu schließen war es von der roten Wand abgefallen, die zudem älter war als das eigentliche Mausoleum. Die Überreste Petri mussten sich also irgendwo in dieser Wand oder ganz in der Nähe befinden.

Nachdem er das Fragment zur späteren Untersuchung im Labor in einen Plastikbeutel verpackt hatte, näherte sich Tomás dem Winkel aus roter Wand und Graffiti-Mauer. Wo sie einander berührten, entdeckte er eine Öffnung, die eher an ein Versteck als an ein Reliquiar erinnerte.

„So was aber auch!“

„Was ist?“

„Ein *loculus*“, sagte Tomás.

„Und das ist …?“, fragte Maria Flor gereizt.

Anstatt zu antworten, fuhr er mit der Hand in die Nische und tastete erst langsam, dann zunehmend schneller in alle Richtungen.

„Nichts“, sagte er schließlich enttäuscht.

„Aber wo kann der heilige Petrus denn sonst sein?“

Wortlos inspizierte Tomás die rote Wand, dann hob er hie und da ein Stück Stein vom Boden auf. Aber er fand keinen weiteren Hinweis. Dann hielt er inne und dachte noch einmal nach. Die Inschrift besagte eindeutig ‚Hier ist Petrus‘. Aber dieser verflixte *loculus* war leer. Vielleicht …

„Ich hab's!“, rief er plötzlich und raffte in Windeseile seine Sachen zusammen. Dann packte er Maria Flor an der Hand und zog sie regelrecht zurück Richtung Ausgang. Er witterte eine Fährte.

IV

Der Mann mit Glatze, faltigem Gesicht und weißem Bärtchen saß unter einem Sonnendach und blinzelte in die Morgensonne. Noch ein wenig verschlafen beäugte er von Zeit zu Zeit die Touristen auf dem Hof des Pinienzapfens, die den vier Meter hohen Bronzezapfen fotografierten, sowie die Prälaten, die gemessenen Schrittes den Innenhof querten. Der Stock in der knochigen Hand des Alten zitterte leicht, aber ununterbrochen, ein sichtbares Zeichen dafür, dass er an Parkinson erkrankt war. Auch seine Augenlider fielen ihm ständig zu, so dass er regelmäßig einnickte und gleich darauf wieder aufschreckte.

Als er wieder einmal kurz davor war, einzuschlafen, nahm er eine Bewegung neben sich wahr und drehte den Kopf, um zu sehen, wer sich ihm näherte.

„Signor Sigone?"

Als er seinen Namen hörte, fingen die Augen des Alten an zu funkeln.

„Ah, Professor Noronha!", rief er aus. „Wie schön, Sie zu sehen! Seine Eminenz sucht Sie."

Tomás zog die Augenbrauen hoch. Auch Maria Flor schaute den alten Herrn verwundert an.

„Kardinal Barboni möchte mich sprechen?"

„Ja, er hat mich vor etwa einer Stunde gefragt, ob ich wisse, wo Sie seien."

Damit hatte Tomás nun wirklich nicht gerechnet. Angelo Barboni war der Staatssekretär des Heiligen Stuhls, der zweitmächtigste Mann der römisch-katholischen Kirche nach dem Papst. Zumindest im Prinzip, denn in der Realität war der Kardinal noch mächtiger als der Papst selbst, da er für die Alltagsgeschäfte der Kurie und die Verwaltung des Vatikanstaats zuständig war, während der Papst sich den großen spirituellen und theologischen Fragen widmete.

„Was wollte Kardinal Barboni von mir?"

„Das weiß ich nicht", sagte Sigone und winkte einem jungen Mann zu, der aus dem Pius-Klemens-Museum trat. „Fabio!", rief er ihm zu. „Sag Seiner Eminenz, dass Professor Noronha hier ist! Schnell!"

„Selbstverständlich", antwortete der Museumsmitarbeiter, dann überquerte er rasch den Hof, ehe er im angrenzenden Gebäude verschwand. Endlich konnte Tomás dem alten Herrn die Fragen stellen, die ihm auf den Nägeln brannten. Er setzte sich auf einen freien Stuhl neben ihn.

„Wie Sie wissen, Signor Sigone, hat die Päpstliche Kommission für Sakrale Archäologie mich beauftragt, ein Verzeichnis der Grabstätten in der Nekropole anzufertigen und die sterblichen Überreste des heiligen Petrus zu suchen. Sie waren doch seinerzeit an den Ausgrabungen unter Monsignor Kaas beteiligt, nicht wahr?"

„Das stimmt", bestätigte Sigone mit einem nostalgisch verklärten Lächeln. „Damals war ich ein blutjunger, naiver Sanpietrino, als Seine Heiligkeit den Auftrag erteilte, die Nekropole zu erkunden."

„Das muss eine großartige Zeit gewesen sein", stimmte Tomás ein wenig neidvoll zu. „Vor allem, als Sie das Petrusgrab entdeckten! Da wäre ich gerne dabei gewesen …"

„Ach Professor, das war wirklich einzigartig. Ich danke der Heiligen Jungfrau Maria jeden Tag für diese Erfahrung."

Tomás räusperte sich, bevor er die Frage stellte, die ihn so brennend interessierte.

„Signor Sigone, ich habe eine Frage zu der Graffiti-Mauer. Erinnern Sie sich, das ist die Wand neben dem Mausoleum …“

Der Blick des alten Herrn schweifte in die Ferne und schien sich in der Vergangenheit zu verlieren, als er sich die betreffenden Bilder wieder in Erinnerung rief. Zwar war er mehr als ein halbes Jahrhundert nicht mehr in der Nekropole gewesen, aber alle Einzelheiten des Petrusfeldes hatten sich in sein Gedächtnis fest eingraviert.

„Ja, ich erinnere mich“, sagte er. „Die Mauer voller Inschriften, direkt neben dem Mausoleum.“

„Genau die!“, bestätigte Tomás erleichtert. „Ich nehme an, Sie wissen auch, dass es in dieser Graffiti-Mauer etwa auf halber Höhe eine Nische gibt?“

„Lassen Sie mich überlegen …“

„Man könnte auch sagen, ein Loch in der Mauer, das von einer Marmorplatte bedeckt war. Erinnern Sie sich daran?“

Der Blick des Alten wurde plötzlich lebhaft.

„Natürlich! Ich weiß, was Sie meinen.“

„Diese Nische ist leer.“

Der ehemalige Sanpietrino schaute Tomás fragend an.

„Signor Sigone, finden Sie nicht auch, dass das merkwürdig ist? Wenn die frühen Christen die Nische mit einer Marmorplatte bedeckt haben, war sie doch sicher wichtig, vor allem, wenn man bedenkt, um welchen Ort es sich dabei handelt! Wieso hätten sie ein Vermögen für eine Marmorplatte ausgeben sollen, um damit ein leeres Fach zu verschließen?“

„Das ist in der Tat seltsam.“

„Als Sie damals das Mausoleum entdeckten, war die Nische in der Graffiti-Mauer da auch schon leer?“

Sigone nickte.

„Ja, das war sie.“

Die Antwort enttäuschte Tomás. Die Inschrift des Steinfragments von der roten Wand besagte doch klar und deutlich ‚Hier ist Petrus'. Aber wo, wenn nicht in dieser Nische? Sigone war der letzte der Sanpietrini, die während des Zweiten Weltkrieges als Erste in die vergessene Nekropole hinabgestiegen waren und das Petrusgrab entdeckt hatten, und er bestätigte, dass die Nische schon damals leer war.

„So so", murmelte Tomás. „Es war also nichts darin."

Der alte Mann zögerte.

„Nun ja, nichts außer etwas Schutt."

Wie elektrisiert fuhr Tomás auf.

„Was für Schutt war das?"

„Irgendwelcher Dreck. Abfälle." Er zuckte mit den Schultern. „Nichts Besonderes."

Das Herz des Geschichtsprofessors machte einen regelrechten Freudensprung. Wäre es möglich, dass …

„Was ist mit diesem … Schutt passiert?", fragte er nervös.

„Monsignor Kaas hat ihn wegbringen lassen."

Tomás zuckte zusammen und hätte fast geschrien.

„Was heißt das, er hat ihn wegbringen lassen?"

Sigone war von der Heftigkeit der Reaktion seines Gegenübers erschreckt. Hatte er etwas Dummes gesagt?

„Gibt es ein Problem, Professor?"

„Ein Problem? Das ist eine Katastrophe!", schäumte Tomás und hätte den Alten fast vor Wut am Kragen gepackt. „Ist Ihnen nicht bewusst, was Sie da gemacht haben? Was für ein Verbrechen Sie begangen haben?"

Verängstigt sank Sigone auf seinem Stuhl zusammen und schlug sich die Hände vors Gesicht.

„Professor, was habe ich falsch gemacht?"

Endlich merkte Tomás, dass sein Verhalten dem alten Herrn gegenüber inakzeptabel war und hatte sich schlagartig wieder unter Kontrolle. Mit einem Seitenblick stellte er fest, dass einige Touristen die Szene bereits beobachteten und vermutlich überlegten, ob sie die Gendarmerie oder die Schweizergarde rufen sollten.

Beschämt setzte Tomás sein breitestes Lächeln auf und legte freundschaftlich eine Hand auf Sigones Schulter. Die Schaulustigen trollten sich.

Erleichtert setzte Tomás die Befragung des alten Mannes fort.

„Signor Sigone, hat Monsignor Kaas wenigstens die Archäologen informiert?"

Der Angesprochene war noch etwas verstört, als er antwortete.

„Das war doch nur Schutt, Professor."

„Sicher, aber hat er die Archäologen nun informiert oder nicht?"

„Natürlich nicht, Professor. Wieso hätte er ihnen etwas von diesem Unrat erzählen sollen?"

Tomás seufzte verzweifelt angesichts einer Ahnungslosigkeit, die selbst einem Hobbyarchäologen die Haare zu Berge hätte stehen lassen. Am liebsten hätte Tomás den alten Mann erneut angeschrien, aber er hielt sich zurück.

„Auf einer archäologischen Grabungsstätte ist alles wichtig, Signor Sigone", setzte er an. „Selbst vermeintlicher Schutt. Vor allem dann, wenn er aus einer Nische mit der Aufschrift *Petros eni* stammt, verstehen Sie?"

„Petros … was?"

Tomás merkte, wie er abermals die Kontrolle zu verlieren drohte. Es wäre besser, jetzt zu gehen. Letztlich war ja auch nicht der einstige Sanpietrino für die Unfähigkeit des Monsignor Kaas verantwortlich, der sich für einen Archäologen gehalten und einen der größten Schätze aus der Frühzeit des Christentums zerstört hatte. Und selbst, wenn Sigone mitschuldig gewesen sein sollte, war es jetzt ohnehin zu spät.

Resigniert stand Tomás auf.

„Vergessen Sie das alles, Signor Sigone“, sagte er. „Es ist zwar verrückt, auf einer archäologischen Grabungsstätte irgendwelchen ‚Schutt‘ wegzuwerfen, erst recht an einem Ort von solcher Bedeutung, aber … sei’s drum. Was geschehen ist, ist geschehen.“ Er nickte Sigone versöhnlich zu. „Schönen Tag noch.“

Kopfschüttelnd und mit hängenden Schultern steuerte Tomás, gefolgt von Maria Flor, auf den Eingang des Museums zu, um zu fragen, wo er Kardinal Barboni fände. Er wollte dieses Treffen so schnell wie möglich hinter sich bringen und dann das Gelände des Vatikans verlassen. Wie hatte dieser Kaas nur so unfähig sein können? Kein anderer wäre auf die Idee gekommen …

„Er hat sie nicht weggeworfen.“

Die Worte des alten Mannes rissen Tomás aus seinen düsteren Gedanken.

„Wie bitte?“

„Monsignor Kaas hat den Schutt nicht weggeworfen.“

In einer Mischung aus Hoffnung und Ungläubigkeit schaute Tomás den ehemaligen Sanpietrino an.

„Sondern?“

Auf seinen Stock gestützt erhob sich der alte Herr und machte zwei Schritte auf Tomás und Maria Flor zu.

„Ich weiß, wo der Inhalt der Nische aufbewahrt wird“, sagte er verschmitzt.

V

Kaum hatte Giovanni Sigone die Türen des alten Lagerschrankes geöffnet, griff er zielstrebig in das mittlere Regal, fand aber nicht, was er suchte. Auch in den beiden anderen Fächern blieb seine Suche erfolglos. Unzufrieden brummte er etwas in sein Bärtchen und schloss die Türen wieder.

Dann wandte er sich dem nächsten Schrank zu und wiederholte das Ganze. Diesmal wurde er im zweiten Regal fündig.

„Da ist es."

Brennend vor Neugierde traten Tomás und Maria Flor neben ihn und schauten über seine Schultern.

„Darf ich Ihnen helfen?"

Der alte Herr beugte sich zu dem Objekt hinab, um es hochzuheben.

„Porca miseria", murmelte er dann. „Ich bin zwar alt, aber *die* Kraft habe ich doch noch …"

Weder Tomás noch Maria Flor hatten die Absicht, seine Fähigkeiten in Frage zu stellen. Vielmehr war es rührend zu sehen, wie der alte Mann seine ganze Willenskraft zusammen nahm, um ihnen zu zeigen, was er noch konnte. Aber sein geschwächter Körper zitterte derart stark, dass ihnen doch gewisse Zweifel kamen.

„Kann ich Ihnen nicht doch …?"

Mit zusammengebissenen Zähnen und unter Aufbietung aller Kräfte hievte Sigone ein riesiges Tablett auf den Tisch in der Mitte des Lagerraums. Sein Gesicht war vor Anstrengung gerötet, und er atmete schwer.

Das war zwar wahrlich nicht die beste Art für den Umgang mit wertvollen Reliquien, aber Tomás biss sich auf die Zunge, um den Mann, der ihnen helfen wollte, nicht zu beleidigen. Auf dem Tablett lag eine Holzkiste – kaum größer als eine Schuhschachtel.

„Ist das der Inhalt der Nische in der Graffiti-Mauer, den Monsignor Kaas entfernen lassen hat?"

„Das ist er", nickte Sigone stolz. „Wollen Sie die Kiste öffnen, Professor?"

Tomás holte aus seiner Tasche ein Paar Schutzhandschuhe, wie Archäologen sie immer verwenden, wenn sie mit empfindlichen Gegenständen hantieren. Dann zog er sie an und breitete ein großes Tuch auf dem Tisch aus.

Langsam und vorsichtig hob er den Deckel der Kiste und zog den Inhalt Stück für Stück heraus. Eins nach dem anderen legte er die Teile sorgfältig nebeneinander auf das Tuch.

„Flor, kannst du bitte mitschreiben?"

Maria Flor griff in die Seitentasche seines Rucksacks, wo das archäologische Tagebuch und ein Stift immer griffbereit waren.

„Du kannst loslegen."

„Gut. Schreib bitte: zwei rote Fragmente."

Sie notierte es.

„Zwei Stücke Stoff."

„Habe ich."

„Mit Erde bedeckte Knochen."

„Okay."

„Kleine Steine, Marmorsplitter und Lehm."

Das war alles. Zu dritt betrachteten sie die auf dem Tuch ausgebreiteten Gegenstände.

„Monsignor Kaas hatte Recht", brach Sigone schließlich das Schweigen. „Nichts als Schutt."

Tomás indes hielt nur mühsam seine Emotionen zurück.

„Das ist ein Schatz", sagte er.

„Ein Schatz?", echote der alte Sanpietrino ungläubig. „Aber Professor, das ist doch nur Erde, etwas Lehm, ein paar alte Knochen und zwei kleine Stofffetzen."

„Damals gab es in Europa noch so gut wie keine edlen Stoffe, Signor Sigone. Alle Stoffe der damaligen Zeit erscheinen uns heutzutage grob. Aber sehen Sie, diese Stücke hier glänzen. Das ist etwas Besonderes."

Die Miene des alten Mannes blieb skeptisch.

„Meinen Sie, Professor?"

„Ja." Tomás deutete auf eine andere Stelle des Stoffs. „Und hier sieht man winzige Goldfäden."

Bei diesem Wort leuchteten die Augen des Italieners auf.

„Gold? *Dio mio!* Dann sind sie tatsächlich wertvoll!"

„Natürlich sind sie das. Aber jetzt stellt sich die Frage, wieso die Marmornische einen derart wertvollen Stoff enthielt."

„Wahrscheinlich, weil in dem Stoff etwas sehr Kostbares eingewickelt war", vermutete Maria Flor, die bis dahin kein Wort gesagt hatte.

„Aber was?", fragte Sigone mit funkelnden Augen. „Gold? Edelsteine?"

Tomás verschränkte die Arme vor der Brust.

„Etwas noch viel Kostbareres."

Der ehemalige Sanpietrino lachte.

„Was könnte es Kostbareres geben als Gold oder Edelsteine, Professor?"

Als Antwort deutete der Historiker auf die verblichenen, mit Erde verklebten Knochen. Dann nahm er behutsam eines der Knochenstücke in die Hand und betrachtete es eingehend mit einer Lupe. Es wirkte in der Tat sehr alt. Dann verstaute er die Lupe wieder in seinem Rucksack und legte das Fragment zurück auf das Tuch.

„Das sind die sterblichen Überreste des heiligen Petrus."

VI

Maria Flor hatte mit einer solchen Antwort gerechnet, aber Giovanni Sigone war von Tomás' Antwort geradezu überwältigt. Wäre der Portugiese nicht ein angesehener Universitätsprofessor gewesen, hätte Sigone ihn glatt ausgelacht. So jedoch schaute der alte Mann die Reliquien nur mit offenem Mund an.

„*Madonna mia!*“, entfuhr es ihm schließlich.

Nachdem er alle Fundstücke zurück in die Holzkiste gelegt hatte, schloss Tomás geradezu feierlich den Deckel.

„Jetzt muss das alles im Labor untersucht werden“, sagte er. Dann riss er ein leeres Blatt aus seinem Notizheft und fing an zu schreiben. „Diese Knochen sollten einem Gentest und einer Radiokarbonanalyse unterzogen werden, um festzustellen ob …“

„Professor Noronha, hier sind Sie also!“

Die Stimme klang sichtlich erleichtert und gehörte einem Mann in schwarzer Soutane mit scharlachrotem Zingulum um seinen prallen Bauch. Sein Gesicht war fast so rot wie das auf dem Kopf thronende Käppchen. Überrascht schaute der Geistliche sich in dem fensterlosen Lagerraum um.

Signor Sigone erkannte die gedrungene Gestalt als Erster. Sofort kniete er nieder, verneigte sich vor dem Neuankömmling und legte ehrerbietig seine zitternden Handflächen zusammen.

„Eure Eminenz …“

Mit einer Handbewegung forderte der Kardinal den alten Sanpietrino auf, sich wieder zu erheben und ging strammen Schrittes auf Tomás und Maria Flor zu, die ihn erwartungsvoll ansahen.

„Wir beide sind uns noch nicht begegnet, mein Sohn", begann der Kardinal. „Erlauben Sie, dass ich mich vorstelle. Ich bin Angelo Barboni, Kardinalstaatssekretär des Heiligen Stuhls. Wie geht es Ihnen, Professor?"

Fast automatisch ergriff Tomás die fleischige Hand, die der Kardinal ihm entgegenstreckte. Dies also war der zweitmächtigste Mann des Vatikans, auf dessen Gesicht ein fast seliger Ausdruck lag.

„Kardinal ... Eure Eminenz", stammelte Tomás und überlegte, ob er ihm die Hand küssen oder einfach nur schütteln sollte. „Was verschafft mir die Ehre Ihres Besuchs?"

Angelo Barboni lächelte ihn gutmütig an.

„Ich habe Sie gesucht, mein Sohn."

Tomás überkam ein Anflug schlechten Gewissens, dass er den Kardinal warten lassen hatte.

„Womit kann ich Ihnen dienen?", fragte er.

„Ich benötige Ihre Hilfe", antwortete der Staatssekretär mit der ihm eigenen Freundlichkeit. „Aber zunächst habe ich eine schlechte Nachricht für Sie. Ihre Arbeit in den Katakomben muss leider unterbrochen werden."

Diese Ankündigung traf Tomás wie ein Schlag ins Gesicht.

„Wie bitte?"

„Mir ist bewusst, dass das ein Schock für Sie ist, und wir bedauern es ebenso sehr wie Sie, glauben Sie mir. Aber es lässt sich nicht ändern. Das Fundament des Petersdoms ruht exakt über dem Bereich, in dem Sie arbeiten würden, und wir können kein unnötiges Risiko eingehen."

„Welches Risiko, Eure Eminenz? Meine Arbeit hat doch keinerlei Auswirkungen auf die Bausubstanz oder die Stabilität der Gewölbe!"

„Das ist auch gar nicht nötig, mein Sohn. Soweit ich gehört habe, arbeiten Sie auf der Höhe der Hauptsäulen und verwenden dort auch eine Hacke und Schaufel, nicht wahr?“

„Ja, das stimmt, aber die sind ganz klein und leicht, ich kann sie Ihnen gerne zeigen. Das ist absolut harmlos und hat nichts mit echten Bauarbeiten zu tun.“

„Ich fürchte, das tut nichts zur Sache. Unsere Ingenieure sind beunruhigt und machen sich Sorgen, dass Ihre Arbeit in der Nekropole unbeabsichtigte Erschütterungen auslösen könnte und die Gewölbe einstürzen oder aber Wasser in die Gänge eindringt und so die Fundamente des Doms gefährdet werden.“

„Aber die Päpstliche Kommission für Sakrale Archäologie hat mich doch ausdrücklich damit beauftragt, ein Verzeichnis der Grabinschriften anzufertigen! Ich habe alle notwendigen Genehmigungen. Eure Eminenz kann sich jederzeit an Monsignor Respighi wenden, der Ihnen …“

„Ich bedaure, aber die Genehmigungen sind vorübergehend außer Kraft gesetzt“, unterbrach der Kardinal den Redefluss des Professors freundlich, aber mit fester Stimme. „Die Katakomben werden gerade verschlossen, und niemand darf sie wieder betreten, ehe unsere Ingenieure nicht die Freigabe erteilt haben.“

„Aber … aber …“

Barboni legte Tomás eine Hand auf die Schulter.

„Mein Sohn, ich verstehe Ihre Enttäuschung und bedaure die Situation zutiefst. Dennoch werden Sie verstehen, das die Sicherheit des Petersdoms und der darin befindlichen Personen Vorrang haben. Ich bitte Sie um Verständnis und etwas Geduld. Seien Sie unbesorgt in Bezug auf Ihr Honorar; unsere Verpflichtungen halten wir selbstverständlich ein.“

Widerstrebend gab Tomás sich geschlagen. Was konnte er schon gegen eine Entscheidung vorbringen, die sich auf die Sicherheit berief?

„Nun gut“, seufzte er. „Wann werde ich mit meiner Arbeit fortfahren können?“

„Wahrscheinlich schon in ein paar Tagen.“

„Und was mache ich in der Zwischenzeit? Spazieren gehen?“

Der Kardinal klatschte in die Hände.

„Es gibt eine Frage, zu deren Beantwortung Ihre Hilfe unerlässlich ist.“ Er deutete Richtung Tür. „Hätten Sie die Güte, mich zu begleiten?“

„Worum geht es denn?“

„Um eine außerordentlich dringende Angelegenheit“, antwortete Barboni und fügte mit einem Blick auf Sigone und Maria Flor hinzu, „die äußerste Diskretion erfordert.“

„Aber meine Verlobte wird garantiert …“

Kardinal Barboni unterbrach ihn in strengem Ton.

„*Mi dispiace*, aber es ist zu riskant, die junge Dame in eine Angelegenheit von derartiger Bedeutung zu verwickeln.“

Maria Flors Augen verengten sich zu Schlitzen.

„Wie bitte? Was wollen Sie damit sagen?“

Auch Tomás wollte schon widersprechen, aber der Staatssekretär trat neben ihn und flüsterte ihm etwas ins Ohr.

„Professor, es handelt sich um eine ernste Bedrohung. Aus Sicherheitsgründen darf niemand etwas davon wissen, auch nicht die Signorina. Vertrauen Sie mir bitte. Es ist zu ihrem eigenen Schutz.“

Tomás zögerte. Er wollte Maria Flor nicht ins Abseits drängen, aber die Worte des Kardinals beunruhigten ihn. Eine ernste Bedrohung? Wäre es sicherer für seine Verlobte, wenn sie nichts davon wüsste? Was hatte das alles zu bedeuten? Es war durchaus davon auszugehen, dass es sich um eine wirklich wichtige Angelegenheit handelte, wenn sich der Kardinalstaatssekretär höchstpersönlich auf die Suche nach ihm gemacht hatte.

Mit einem hilflosen Achselzucken wandte er sich an Maria Flor.

„Hör zu, Flor, du wirst am besten …“

„Was werde ich?“, fauchte sie ihn an. „Ich habe diesen Tag extra für uns reserviert, damit wir zusammen sind, und jetzt verlangst du, dass ich verschwinde?“

Tomás war von der Heftigkeit ihrer Reaktion überrascht.

„Schatz, es ist nicht, dass ich es will. Es ist aber sicherer …“

Maria Flor ging einen Schritt auf ihn zu und tippte ihm mit dem Zeigefinger wütend gegen die Brust.

„Und ich dachte, dass du zu mir hältst!“, schäumte sie. Dann deutete sie auf Barboni. „Aber es reicht, dass so ein Kardinal daherkommt und etwas von Diskretion erzählt, die er mir offenbar nicht zutraut, und schon … lässt du mich fallen?!“

„Beruhige dich doch, die Sache ist …“

„Das ist eine Frechheit! Eine Beleidigung!“

Ohne eine weitere Antwort abzuwarten, machte Maria Flor auf dem Absatz kehrt und rauschte durch den Gang davon. Auf dem Treppenabsatz drehte sie sich noch einmal um.

„Rechne nicht damit, dass ich zum Abendessen zurück bin, hörst du?“

„Aber Flor, …“

„Mach's gut!“

Tomás wollte seiner Verlobten schon hinterher laufen; ihre Reaktion war völlig überzogen, und er wollte sie beruhigen.

Aber die Worte des Kardinals hielten ihn zurück.

„Professor Noronha, warten Sie. Die Existenz der Kirche steht auf dem Spiel.“

Unentschlossen bliebt Tomás stehen. Er wusste, dass Maria Flor nichts anderes wollte, als dass er ihr folgte und ihr nicht nur versicherte, sondern auch bewies, dass sie ihm wichtiger war als alles andere auf der Welt, einschließlich seiner Arbeit. Dennoch konnte er die Worte Barbonis nicht einfach ignorieren. Der Vatikan brauchte ihn. Der Kardinalstaatssekretär hatte sogar gesagt, es gehe um die Existenz der Kirche. Was sollte das bedeuten?

Es war nicht seine Art, sich aus der Verantwortung zu stehlen. Wobei er sich eingestehen musste, dass es ihm hier nicht nur um seine Pflicht ging; vielmehr war seine Neugierde geweckt. Was konnte so wichtig sein, dass Kardinal Barboni ihn persönlich in diesem Lagerraum ausfindig gemacht hatte? Was war das für eine Gefahr, der die Kirche ausgesetzt sein sollte?

Er sah, wie Maria Flor das Gebäude verließ, ohne sich noch einmal umzudrehen. Bald war sie im Strom der Touristen untergetaucht.

„Verflixt und zugenäht“, murmelte er. „Wenn sie bloß nicht so aufbrausend wäre!“

VII

Kardinal Barboni legte trotz seiner Körperfülle und seiner Kurzatmigkeit ein forsches Tempo an den Tag und ging stets einen halben Schritt vor dem deutlich jüngeren Tomás. Kaum an den Vatikanischen Gärten angekommen, bog er nach links ab und stürmte durch einige Türen auf den Belvederehof, den sie ebenfalls im Sturmschritt überquerten.

„Schnell", mahnte Barboni Tomás zur Eile. „Wir sind spät dran."

„Was ist denn los, Eminenz?"

„Er erwartet uns."

Eine nähere Erklärung gab der Kardinal nicht, und Tomás, der viel zu sehr mit anderen Fragen beschäftigt war, hakte nicht nach. Die Holzkiste mit den Gebeinen des heiligen Petrus hatte er mitgenommen und presste den Schatz fest an seine Brust. Während sie dahineilten, lieferte er dem Kardinalstaatssekretär einen Kurzbericht dessen, was sich am Vormittag in der Nekropole ereignet hatte. Dann blieb er stehen und hielt Barboni die Kiste entgegen.

„Eminenz, hier drin befinden sich vermutlich die Gebeine des heiligen Petrus."

Der Kardinal traute seinen Ohren nicht.

„Was sagen Sie da?"

„Diese Kiste enthält vermutlich die sterblichen Überreste des Petrus."

„Des *heiligen* Petrus?"

Unmöglich konnte Tomás an der freien Luft den Deckel anheben, um dem Kardinal den empfindlichen Inhalt zu zeigen. Aber sein Gesichtsausdruck sprach bereits Bände.

„Ja, Eminenz. Hier sind seine Knochen drin."

Mit ungläubigem Staunen schien der Kardinal erst jetzt zu registrieren, was Tomás gesagt hatte. Augenblicklich fiel er vor der Holzkiste auf die Knie und bekreuzigte sich. *„Madonna mia!"* Dann erhob er sich plötzlich und schaute Tomás ein wenig skeptisch an.

„Sind Sie sich sicher, mein Sohn?"

„So gut wie. Diese Reste stammen aus einer Nische im Mausoleum, und sie war mit einer Marmorplatte verschlossen. Auf dem Boden ganz in der Nähe lag ein Fragment der roten Wand mit der in Griechisch verfassten Inschrift *Petros eni*, was so viel heißt wie ‚hier ist Petrus'. Was würden Sie daraus schließen?"

Der Kardinal bekreuzigte sich erneut.

„Heilige Jungfrau im Himmel! Das ist ja … ganz außergewöhnlich!"

„Es versteht sich von selbst, dass die Knochen zunächst im Labor untersucht werden müssen. Aber wenn die Analysen bestätigen, dass es sich um die Knochen eines Mannes in Petrus' Alter und aus der Zeit, in der er starb handelt, können wir mit an Sicherheit grenzender Wahrscheinlichkeit davon ausgehen, dass es die Gebeine des heiligen Petrus sind. Um keine Zeit zu verlieren, würde ich Eure Eminenz bitten, diese Kiste so schnell wie möglich ins Labor zu schicken."

„Ah, Sie sind sich also doch nicht ganz sicher …"

„Selbstverständlich müssen wir noch die Testergebnisse abwarten. Falls sich herausstellen sollte, dass es sich um die Knochen einer Frau oder eines Kindes handelt, wäre meine Hypothese hinfällig."

Kardinal Barboni betrachtete nachdenklich die Kiste in Tomás' Händen.

„Hören Sie, mein Sohn. Behalten wir das zunächst für uns. Diese Entdeckung ist zu wichtig, als dass wir es uns erlauben könnten, Hoffnungen zu wecken, die sich dann nicht bestätigen. Damit würden wir uns zum Gespött der Welt machen. Schicken wir die Knochen also zunächst ins Labor. Wenn sich zeigt, dass sie tatsächlich dem entsprechen, was wir über den heiligen Petrus wissen, können wir die Sensation bekanntgeben. Bis dahin …“ Er hielt sich den Zeigefinger auf den Mund.

„Seien Sie unbesorgt, ich spreche mit niemandem darüber.“

Der Staatssekretär legte Tomás die Hand auf die Schulter.

„Gut. Mit niemandem. Auch nicht mit dem Papst.“

Tomás zog aus seiner Tasche das Blatt mit seinen Notizen hervor und reichte es dem Kardinal.

„Hier ist die Liste der nötigen Laboruntersuchungen. Könnten wir dort bitte vorbeigehen und die Kiste direkt abgeben?“

Energisch nahm Barboni das Blatt an sich und setzte sich wieder in Bewegung.

„Ich fürchte, dazu haben wir jetzt nicht die Zeit“, sagte er bestimmt. „Wir sind schon viel zu spät dran, und die Versammlung, zu der wir einberufen sind, ist von allerhöchster Wichtigkeit.“

„Wichtiger als die Frage, ob es sich um die Knochen des heiligen Petrus handelt?“

Der Kardinal zögerte. Vom theologischen Standpunkt aus gesehen, gab es in der Tat nichts Wichtigeres als eine solche Entdeckung. Sollte es gelingen zu beweisen, dass sich in den Katakomben unter dem Vatikan nicht nur das Grab des heiligen Petrus befand, sondern auch die sterblichen Überreste des einstigen Weggefährten Jesu, wäre das ein grandioser Erfolg der katholischen Kirche gegenüber ihren protestantischen und orthodoxen Widersachern.

Entschieden ging der Kardinal auf zwei Schweizergardisten zu, die am Eingang des Apostolischen Palastes Wache hielten. Entgegen der Legende war deren farbenfrohe Uniform nicht von Michelangelo entworfen worden.

„Hervé!“, grüßte er den Älteren von ihnen. „Lassen Sie diese Kiste hier in das Labor der Universität La Sapienza bringen.“ Dann reichte er ihm auch die Liste, die Tomás verfasst hatte. „Sorgen Sie dafür, dass die von Professor Noronha geforderten Untersuchungen durchgeführt werden. So schnell wie möglich. Die Sache ist von höchster Bedeutung. Vergessen Sie nicht, sich eine detaillierte Empfangsbescheinigung geben zu lassen.“

Der Gardist nickte.

„Ja, Eure Eminenz.“

„Weisen Sie aber sicherheitshalber darauf hin, dass es sich um wertvolle Reliquien handelt, damit die Untersuchungen mit höchster Sorgfalt durchgeführt werden. Ich will ein detailliertes Profil der Person, der diese Knochen gehörten. Verstanden?“

„Sehr wohl, Eure Eminenz.“

Dann gab der Kardinal ihm ein Zeichen, dass er sich beeilen solle.

„Professor, kommen Sie. Wir sind gleich am Ziel.“

„Unser Treffen findet im Apostolischen Palast statt?“, wunderte sich Tomás. „Ist das nicht die Residenz des Papstes?“

„Unter anderem.“

Der Palast war ein eindrucksvolles Gebäude, das an den Petersdom angrenzte und einen Blick über den gesamten Petersplatz bot. Traditionell befand sich hier im dritten Stock die Residenz des Papstes, während in den anderen Etagen die Büroräume des Heiligen Stuhls und die zu den Vatikanischen Museen gehörigen Borgia-Gemächer lagen. Wurden sie im Museum erwartet?

„Wen werden wir hier treffen?“

„Seine Heiligkeit.“

„Seine …“, verschlug es Tomás die Sprache.

Mit einem gütigen Lächeln drehte sich Barboni zu ihm um und nickte.

„Ja, den Papst.“

VIII

Mit gebeugtem Oberkörper und hinter dem Rücken verschränkten Händen stand der Mann am Fenster und ließ seinen Blick über die Scharen von Touristen und Gläubigen auf dem Petersplatz schweifen. Doch es war offensichtlich, dass er anderen Gedanken nachhing. Als die beiden Besucher seine riesige Privatbibliothek betraten, in der sämtliche Audienzen stattfanden und von Privatsphäre keine Rede sein konnte, drehte sich der ganz in Weiß gekleidete Mann um und seufzte erleichtert.

„Ah, Angelo, ich habe schon auf euch gewartet."

Das Gesicht hätte Tomás auch in jeder anderen Umgebung wiedererkannt, war es doch fast täglich in den Medien zu sehen: von einer Milliarde Menschen verehrt, von vielen weiteren Millionen geschätzt. Vor ihm stand das Oberhaupt und der spirituelle Führer der katholischen Kirche.

Der Papst.

Er wirkte älter, müder und vor allem schmächtiger, als Tomás ihn von den Bildern im Fernsehen oder in den Hochglanzmagazinen in Erinnerung hatte, auf denen er vom Fenster seiner Wohnung die Menge auf dem Petersplatz grüßt oder bei einem Auslandsbesuch den jubelnden Massen zuwinkt. Nichtsdestotrotz hatte er eine geradezu einzigartige Ausstrahlung. Und auch, wenn diese vielleicht eine natürliche Folge seiner Machtposition war, fühlte sich Tomás von der Aura, die den Papst umgab, tief beeindruckt.

Unter seinem Gewicht ächzend, kniete Kardinal Barboni vor dem Papst nieder und küsste seine Hand. Der Gegensatz war frappierend: der eine war korpulent, der andere wirkte zerbrechlich; der erste war hochrot im Gesicht, der zweite leichenblass.

„Padre beatissimo...“

Dann sah der Papst Tomás an.

„Sie müssen unser hoch verehrter Professor sein. Herzlich willkommen im Hause Christi!“

Tomás kannte sich nicht besonders gut mit dem Protokoll des Heiligen Stuhls aus; er wusste aber, dass er dem Papst seine Ehrerbietung zu erweisen hatte, indem er dessen Ring küsste. Er beeilte sich also, es dem Staatssekretär gleich zu tun.

„Eure Heiligkeit ...“

Plötzlich durchströmte Tomás ein Gefühl feierlicher Ergriffenheit, eine Art kindlicher Freude. Was würde Maria Flor sagen, wenn sie erführe, dass Tomás ohne sie vom Papst empfangen worden war? Würde diese Nachricht sie noch wütender machen, oder würde sie ihm, als Zeichen christlicher Güte, verzeihen? In jedem Fall war er jetzt überzeugt, dass es um ein wirklich wichtiges Treffen ging; dass er also Maria Flor nicht wegen einer Lappalie erzürnt hatte. Wie hätte er dem Stellvertreter Christi einen Wunsch abschlagen können? Das würde bestimmt auch seine hitzköpfige Verlobte verstehen. Immerhin hatte er den Ring des Papstes geküsst! Gut, es war nicht der berühmte Fischerring, den der Papst nur zu bestimmten Anlässen trug, sondern der Silberring, den er bereits als Kardinal getragen hatte. Aber das minderte die Feierlichkeit der Situation nicht im Geringsten.

„Lieber Samot“, empfing ihn der Papst mit herzlichem Lächeln. „Sie ahnen gar nicht, wie sehr ich mich freue, Sie hier zu begrüßen. Möge Gottes Segen mit Ihnen sein!“

Mit einem fragenden Blick erhob sich Tomás.

„Bitte?“

Unsicher blickte Tomás zu Kardinal Barboni.

„Ich habe schon viel von Ihnen gehört, Samot“, fuhr der Kirchenführer fort. „Ich habe die Berichte gelesen, wie Sie vor einigen Jahren mit Bravour dieses schreckliche Verbrechen aufgeklärt haben, das hinter unseren Mauern begangen wurde. Ihr Scharfsinn und Ihre Effizienz haben mich sehr beeindruckt. Wirklich einzigartig. Und wie sagte schon das Matthäusevangelium: Die Letzten werden die Ersten sein, und die Ersten werden die Letzten sein.“

Allmählich entspannten sich Tomás’ Gesichtszüge. Er hatte zunächst befürchtet, der Papst würde ihn mit jemandem verwechseln, oder er habe – schlimmer noch – den Verstand verloren. Aber die Details, von denen der Papst sprach, erinnerten ihn nur zu gut an die Ereignisse von vor fünf Jahren, als er in seiner Eigenschaft als Codespezialist der Polizei geholfen hatte, eine Serie mysteriöser Verbrechen aufzuklären, von denen eines in der Bibliothek des Vatikans stattgefunden hatte. Ganz offensichtlich kannte der Papst Tomás’ Leidenschaft für das Entschlüsseln von Botschaften und hatte sich zur Begrüßung einen kleinen Spaß erlaubt.

„Ah, Samot“, sagte er erleichtert. „Eure Heiligkeit hat mich etwas auf dem falschen Fuß erwischt. Ihre Gegenwart hat mir offenbar die Sinne vernebelt. Verzeihen Sie meine Langsamkeit.“

Der Papst lachte und wandte sich an seinen Staatssekretär.

„Angelo, du schaust so verwirrt. Hast du es nicht verstanden?“

Der Kardinal, der mit seinem prallen Leib eher an einen gemütlichen Mönch erinnerte als an einen gewitzten Bischof, schüttelte beschämt den Kopf.

„Um ehrlich zu sein … Heiliger Vater … nein.“

Der Papst nickte Tomás auffordernd zu.

„Erklären Sie es ihm, Professor.“

„Samot ist ein Code, Eure Eminenz, und das Zitat aus dem Matthäusevangelium der Schlüssel“, begann Tomás, an den Staatssekretär gewandt. „Die Letzten werden die Ersten sein, und die Ersten werden die Letzten sein, bedeutet, dass man die Reihenfolge der Buchstaben umkehren muss, so dass der erste Buchstabe zum letzten und der letzte zum ersten wird. Verstehen Sie es jetzt?“

Der Kardinal wirkte immer noch verunsichert, und ein kleiner Schweißtropfen bildete sich auf seiner Stirn.

„Der erste Buchstabe wird zum letzten und der letzte zum ersten“, wiederholte er, um Zeit zu gewinnen. Mit einem Anflug von Panik versuchte er, seine Gedanken zu fokussieren und dieses verflixte Rätsel zu lösen. Dann erhellte sich auch sein Gesicht.

„Ah, Samot wird zu … Tomás!“, rief er endlich.

Mit einer höflichen Geste wies der Papst auf zwei weiße Stühle vor seinem Schreibtisch.

„Eine Spielerei, verzeihen Sie mir“, sagte er augenzwinkernd. „Aber dieser kleine Test hat durchaus einen ernsten Anlass …“

Alarmiert schaute Tomás ihn an.

„Ein Test, Eure Heiligkeit?“

Mit einem Seufzen ließ der Papst sich in seinen Stuhl fallen und verschränkte die Hände im Schoß. Augenblicklich wurde sein Blick ernst und konzentriert.

„Wir brauchen Ihre Hilfe, Professor“, sagte er. „Wir sehen uns einem massiven Problem gegenüber und, um ehrlich zu sein, weiß ich nicht, wem ich noch trauen kann. Als ich erfahren habe, dass Sie von der Päpstlichen Kommission für Sakrale Archäologie für eine Arbeit in der Nekropole engagiert wurden, habe ich mich sofort an Ihre Meisterleistung von vor einigen Jahren erinnert. Ihre Anwesenheit im Vatikan zum jetzigen Zeitpunkt ist eine göttliche Fügung.“ Er beugte sich vor und schaute Tomás eindringlich in die Augen. „Wären Sie bereit, der heiligen Kirche noch einmal zu helfen?“

„Ähm, … ja, sicher“, antwortete Tomás. „Wie könnte ich dem Papst eine Bitte abschlagen? Wenn es im Rahmen meiner Möglichkeiten liegt, versteht es sich von selbst, dass Eure Heiligkeit auf mich zählen kann."

Auf diese Antwort hatte der Papst gehofft. Er gab seinem Staatssekretär einen Wink.

„Angelo, lass bitte Madame Rauch kommen."

Bei diesen Worten sprang der Kardinal eilfertig auf.

„Selbstverständlich, *Vostra Santità*. Sofort."

Ohne dem Papst den Rücken zuzukehren, verließ Barboni die Bibliothek. Rasch entfernten sich seine schweren Schritte. Tomás war mit dem Heiligen Vater allein im Raum.

Eine unbehagliche Stille machte sich breit, und Tomás überlegte schon, von seiner sensationellen Entdeckung zu berichten. Aber er hatte dem Kardinal versprochen, ohne eine Bestätigung durch die Laborergebnisse absolut niemandem von diesen Knochen zu erzählen, und so unterdrückte er diesen Impuls.

Plötzlich begann der Papst, schwer zu atmen, und er tupfte sich einige Schweißtropfen von den Schläfen.

„Was ist, Eure Heiligkeit?", fragte Tomás besorgt. „Fühlen Sie sich nicht wohl?"

Nach Luft ringend lehnte sich der Papst in seinem Stuhl zurück und umklammerte mit beiden Händen geradezu ängstlich das Kreuz, das um seinen Hals hing. Einige Sekunden lang starrte er Tomás ausdruckslos an. Jegliche Herzlichkeit und gute Laune waren aus seinem Ausdruck verschwunden; vielmehr zeichneten einige tiefe Falten sein Gesicht.

„Wissen Sie, Professor, seit Beginn meines Pontifikats verfolgt mich eine Idee", sagte er leise. „Das heißt, es ist vielmehr eine schreckliche Gewissheit, die mich fast täglich überfällt. Mein Schicksal ist besiegelt."

„Ihr Schicksal, Eure Heiligkeit?", echote Tomás, der den plötzlichen Stimmungsumschwung des Kirchenoberhaupts noch immer nicht verdaut hatte. „Was meinen Sie damit?"

„Ich bitte Sie, Professor." Er runzelte die Stirn. „Als Historiker sollten Sie eigentlich wissen, was mich belastet …"

Diese Worte überraschten Tomás. War das ein neuer Test? Worauf wollte der Papst diesmal hinaus?

„Ich gestehe, dass ich nicht weiß, wovon Eure Heiligkeit spricht."

Nach einem tiefen Atemzug richtete der Papst sich mühsam in seinem Stuhl auf und zwang sich zur Ruhe, ehe er mit einer Gegenfrage antwortete.

„Wissen Sie nicht, dass ich der letzte Papst bin?"

IX

Mit schier übermenschlich scheinender Anstrengung stand der Papst auf und stürzte mit hochrotem Gesicht ans nächstgelegene Fenster. Er riss es auf, beugte sich hinaus und sog in tiefen Zügen Luft in seine Lungen. Diese Methode zeigte schon nach wenigen Sekunden Wirkung, und mit sichtlicher Erleichterung ließ der Papst sich kurz darauf wieder in seinen Stuhl nieder.

Müde blickte er Tomás an.

„Ich mag den Apostolischen Palast nicht“, gestand er ein. „Dieser ganze Prunk und die Einsamkeit bedrücken mich. Ich brauche den Kontakt und den Austausch mit Menschen, aber hier ist es wie in einem umgekehrten Trichter: Der Eingang gleicht einem Nadelöhr, durch das kaum jemand hinein kommt; dahinter liegt eine Art Vakuum.“ Er breitete die Arme aus. „Diese Papstwohnung erinnert an die Residenz eines Gottes oder Cäsaren, der seinen Untertanen Befehle erteilt. Aber ich bin weder das eine noch das andere, und ich mag auch den Machtapparat nicht, an dem der Kurie und meinen Vorgängern so viel gelegen ist. Ich mache mir nichts aus den Insignien der Macht, und wenn ich schlichtere Kleidung als meine Vorgänger bevorzuge, tue ich das nicht aus Eigensinn, sondern weil dieser Pomp nicht zu einem Papst passt; er entspricht nicht dem christlichen Gedanken, sondern stammt aus der Zeit des römischen Reiches.“ Er seufzte. „Ach, wie sehr wünsche ich mir eine arme Kirche für die Armen! Der Purpur ist das Symbol der absoluten

Macht der Cäsaren, und deshalb weigere ich mich, diese Farbe zu tragen. Ich bin ein Papst, kein Herrscher."

Tomás schaute den Kirchenführer aufmerksam an. Er wusste, dass sein Brustkreuz aus schlichtem Eisen bestand, dass er keine teuren Goldringe an den Fingern trug und dass er sogar statt des goldenen Fischerrings nur einen vergoldeten Silberring gewählt hatte. Er wusste außerdem, dass sein Dienstwagen ein einfacher Ford Focus war, und dass er dem italienischen Staatspräsidenten seinen Besuch ohne Hupkonzert, Motorradeskorte oder die traditionelle Begleitung der berittenen Kürassiere abgestattet hatte.

„Viel zu oft sind die Kirchenoberhäupter eitel oder gar narzisstisch und lassen sich von den Höflingen umschmeicheln", fuhr der Papst fort. „Es ist gar nicht so lange her, da ließen sich meine Vorgänger noch in einer Sänfte tragen und trugen die Tiara als Zeichen ihrer Vorherrschaft gegenüber dem König." Er schüttelte missbilligend den Kopf. „Es ist Zeit, mit diesen Herrscherallüren aufzuräumen. Deshalb habe ich mich auch entschieden, nicht hier, sondern im Gästehaus Santa Marta zu wohnen. So wird auch der Dunstkreis der Auserwählten durchbrochen, die Zugang zur Residenz des Papstes haben. Ich will, dass mich auch normale Menschen sehen können, und ich will ein normales Leben führen. Darum beginne ich meinen Tag mit einer öffentlichen Messe, ich esse im Speisesaal zusammen mit allen anderen und komme nur tagsüber für die Amtsgeschäfte hierher. Ich bin und bleibe eben ein Jesuit."

„Das dürfte einigen Traditionalisten in der Kurie nicht gerade gefallen haben …"

Der Papst antwortete nicht. Er überlegte, wie er sich dem Thema, das ihn quälte, nähern sollte.

„Sagt Ihnen der Name *Petrus Romanus* etwas?"

„Meinen Sie den heiligen Petrus, der später als erster Papst bezeichnet wurde? Er war aber doch nicht wirklich Römer, sondern Jude …"

Ein wenig ungeduldig schüttelte der Papst den Kopf.

„Kennen Sie die Malachias-Prophezeiung?"

Augenblicklich wurde Tomás klar, worauf der Papst hinauswollte.

„Aber selbstverständlich! Seine Heiligkeit meint mit *Petrus Romanus* den laut der Malachias-Prophezeiung letzten Papst."

Der Kirchenführer strich mit dem Zeigefinger über den Rand seines Schreibtisches, ehe er seine nächste Frage formulierte.

„Was wissen Sie von der Malachias-Prophezeiung?"

„Das, was jeder Historiker weiß, nehme ich an", sagte Tomás. „Mael Maedoc Ua Morgair, dessen Name zu Malachias vereinfacht wurde, lebte im 12. Jahrhundert und war der erste irische Heilige. 1595 veröffentlichte der benediktinische Ordenshistoriker Arnold de Wyon ein zweibändiges Werk, in dem auch ein Abschnitt über die Prophezeiungen des Malachias enthalten war. Diese Prophezeiungen, so behauptete er, waren bereits seit dem Konklave im Jahr 1590 im Umlauf gewesen und dank Pater Alfonso Chacón in seine Hände gelangt. Sie enthielten eine Liste von 112 Päpsten mit ihren lateinischen Beinamen und einigen Besonderheiten ihres jeweiligen Pontifikats, von Papst Coelestin II. im 12. Jahrhundert bis zum Ende des Papsttums. Als die Liste publik wurde, war die Hälfte der darin genannten Päpste bereits gestorben, die andere Hälfte sollte erst noch folgen."

„Sehr gut", stimmte der Kirchenführer zu. „Und wissen Sie auch, wer der letzte Papst auf der Liste ist?"

„*Petrus Romanus*. Malachias zufolge wird es nach ihm keinen weiteren Papst geben."

Durchdringend schaute der Mann in Weiß Tomás an.

„Und wer ist Ihrer Meinung nach vom Schicksal als *Petrus Romanus* auserkoren?"

„Sie, Eure Heiligkeit."

„Genau. Finden Sie also nicht, dass ich einen guten Grund habe, besorgt zu sein?"

Tomás suchte nach einer möglichst diplomatischen Formulierung für seine Antwort.

„Wenn ich ehrlich sein darf, Eure Heiligkeit, nein", sagte er schließlich. „Das alles entbehrt jeder vernünftigen Grundlage."

„Wie können Sie so etwas sagen?"

Erneut wägte Tomás jedes Wort sorgfältig ab.

„Eure Heiligkeit weiß sicherlich, dass die ursprüngliche Liste des Malachias nie entdeckt wurde. Haben Sie sich nie gefragt, wieso? Nun, sie hat höchstwahrscheinlich nie existiert. Alles in allem kennen wir diese Prophezeiungen nur durch das Werk von de Wyon."

„Richtig, aber Arnold de Wyon war ein angesehener Autor, ein gelehrter Ordensmann, der noch heute als zuverlässige Quelle für historische Daten gilt. Wenn er diese Liste der Päpste veröffentlicht hat, dann deshalb, weil er sie in irgendeinem Dokument gefunden hat."

„Das kann gut sein. Dennoch stellt sich die Frage, unter welchen Umständen er auf dieses Dokument gestoßen ist."

Der Papst zuckte mit den Schultern.

„Das weiß ich auch nicht. Aber manche behaupten, die Prophezeiungen hätten sich einige Jahrhunderte lang hier im Vatikan befunden."

„Das hat Pater François Cucherat im 19. Jahrhundert geschrieben. Alles habe angefangen, als Malachias 1139 oder 1140 zu einer Audienz mit Papst Innozenz II. nach Rom kam. Dort soll er merkwürdige Visionen gehabt haben, in denen ihm die Päpste bis zum Ende der Kirche offenbart wurden. Das Manuskript habe er dem Papst anvertraut, um ihn zu beruhigen, dass das Papsttum noch viele Jahrhunderte lang fortbestehen werde. Cucherat zufolge lagen die Prophezeiungen dann bis zu ihrer Wiederentdeckung 1595 vierhundert Jahre lang hier in den Vatikanischen Archiven."

„In der Tat, so wird es überliefert."

„Das Problem ist nur, dass Cucherat nichts über die Quelle dieser Informationen verraten hat. Er hat sich darauf beschränkt zu erzählen, dass Malachias eine Vision gehabt und diese einem Mönch übermittelt haben soll, der sie aufgeschrieben habe. Aber wer war dieser Mönch? Wo sind seine Aufzeichnungen? Wie hat Cucherat siebenhundert Jahre nach den Ereignissen Wind von der ganzen Sache bekommen? Auf welche Quellen bezieht er sich? Sind diese Quellen verlässlich? Von alledem wissen wir nichts."

All diese Fragen waren berechtigt. Anstelle einer Antwort erhob sich der Papst erneut und ging zu einem Regal seiner Privatbibliothek. Wenig später kehrte er mit einen dicken Band unter dem Arm zu seinem Schreibtisch zurück.

Tomás erkannte den Titel sofort: *Lignum Vitae*.

„Dies ist der zweite Band des Werkes von de Wyon", erklärte der Papst und begann, darin zu blättern. „Die für uns relevante Passage beginnt hier, auf Seite 307." Er deutete auf eine Zeile und drehte das Buch um, damit Tomás es lesen konnte. „Schauen Sie, was hier über den letzten Papst geschrieben steht."

Tomás nahm den Band an sich. Die Überschrift lautete ‚Die Prophezeiungen des Erzbischofs Malachias über die Päpste'. Er überflog die Liste der prophetischen Beinamen der Päpste, die nach der angeblichen Vision des irischen Geistlichen gelebt hatten. Rasch kam er ans Ende der 112 Namen.

„Hier steht", setzte Tomás an und räusperte sich, *„in persecutione extrema S.R.E sedebit Petrus Romanus, qui pascet oves in multis tribulationibus: quibus transactis civitas septicollis diruetur, & Iudex tremedus iudicabit populum suum. Finis."*

„Ich gehe davon aus, dass Sie verstanden haben, was dort steht?"

„Eure Heiligkeit, ich bin Historiker“, antwortete Tomás. „Und meine Spezialität sind alte Sprachen. Mit dem Lateinischen bin ich bestens vertraut.“ Er nahm sich erneut den Text vor, um zu beweisen, was er gesagt hatte. „Während der letzten Verfolgung der heiligen römischen Kirche wird Petrus, ein Römer, regieren. Er wird die Schafe unter vielen Bedrängnissen weiden. Dann wird die Siebenhügelstadt zerstört werden, und der furchtbare Richter wird sein Volk richten. Ende.“

Stille machte sich im Raum breit, als hätten beide Männer Mühe, diese Worte zu verarbeiten. Schließlich war es der Papst, der als Erster sprach.

„Möge Gott uns beistehen.“

X

Tomás versuchte, sich vorzustellen, was dem Papst durch den Kopf ging. Er beobachtete ihn aufmerksam. Welche Art Mensch war der Papst? Ein aufrichtiger älterer Herr? Ein abergläubischer Anhänger des Obskurantismus? Ein politisch motiviertes Schlitzohr? Oder war das alles gar nur ein weiterer Test? Aber warum sollte er ihn auf die Probe stellen mit dieser Malachias-Prophezeiung, dass er selbst der letzte Papst sein und die Zerstörung Roms und das Jüngste Gericht erleben würde?

„Eure Heiligkeit, glauben Sie wirklich, dass Sie der *Petrus Romanus* der Papstweissagung sind und mit Ihnen das Papsttum endet?“

Nach einem Moment des Zögerns öffnete der Papst als Zeichen seiner Unschlüssigkeit die Hände.

„Wie Sie mit Sicherheit wissen, sind wir Jesuiten, was die Echtheit der Malachias-Prophezeiung angeht, sehr misstrauisch. Niemand sonst hat sich so sehr dafür eingesetzt, die Unglaubwürdigkeit dieser Papstliste zu betonen.“

„Das stimmt.“

„Und doch …“

Er ließ den Satz unvollendet. Offensichtlich hielt ein Teil von ihm diese Prophezeiungen doch nicht für reinen Humbug.

„Und doch …?“

„Hören Sie, Professor, ich habe mich nie allzu intensiv mit der Frage beschäftigt, da ich nicht damit gerechnet hatte, einmal an diesen Punkt zu gelangen, an dem ich jetzt bin. Dank der göttlichen Vorsehung stehe ich nun aber an der Spitze der katholischen Kirche und würde deshalb die Glaubwürdigkeit der Prophezeiungen gern genauer untersuchen." Er seufzte. „Aber mir selbst fehlt dazu die Zeit. Meine Aufgaben lassen mir keinen Augenblick Luft für andere Dinge."

Zögernd nahm Tomás das *Lignum Vitae* in die Hand.

„Wissen Sie, ich an Ihrer Stelle würde mich nicht weiter darum kümmern …"

„Ich bitte Sie!", entgegnete der Papst heftig. „Eine alte christliche Weissagung bezeichnet mich als den letzten Papst und verkündet, dass während meines Pontifikats die Kirche verfolgt und Rom zerstört wird und dann das Jüngste Gericht folgt, und … und Sie finden, ich solle mich nicht weiter darum kümmern? Dann müsste ich ja völlig gewissenlos sein." Tomás verstand den Standpunkt des Papstes sehr gut. Manche Dinge ließen sich einfach nicht mit Logik und Verstand klären. Wie oft hatte er sich selbst schon gesagt, dass es nicht gefährlich sei, mit dem Flugzeug zu fliegen? Die Statistiken belegten es: Zu fliegen war sicherer, als mit dem Auto zum Flughafen zu fahren. Dennoch hatte er jedes Mal, wenn er in ein Flugzeug stieg, den Eindruck, einen fliegenden Sarg zu betreten, und dieses Gefühl verließ ihn erst wieder, wenn er heil gelandet war. Selbstverständlich war seine Sorge übertrieben, aber sie verdeutlichte sehr gut, dass auch ein rundum rational denkender Mensch wie er von Emotionen gesteuert werden konnte. Wobei … war nicht die Emotion auch eine Form der Vernunft?

Jedenfalls hielt dieses Beispiel Tomás nicht davon ab, an die Kraft der logischen Argumentation zu glauben. Er war der Überzeugung, dass ein Wissenschaftler stets in der Lage sein musste, seine Worte zu beweisen. Aus diesem Grund nahm er sich jetzt auch die Liste der Papstnamen in de Wyons Werk noch einmal vor.

„Eure Heiligkeit, ich werde Ihnen jetzt zeigen, was an diesen Prophezeiungen grundlegend falsch ist“, fing er an. „Wenn Sie genau hinschauen, werden Sie feststellen, dass mit dem 72. Eintrag eine wesentliche Änderung einsetzt. Bis zu Papst Urban VII., der im Jahr 1590 starb, gab es zu jedem Namen einen kurzen Kommentar zu dem jeweiligen prophetischen Beinamen. Nach Urban VII. fehlen diese Kommentare jedoch.“

„Ich weiß“, stimmte der Papst zu, „aber de Wyon schrieb dazu selbst, dass nur die lateinischen Namen der Malachias-Prophezeiung entsprechen, während die Kommentare von Pater Alfonso Chacón stammen, der damit gezeigt hat, dass jede Prophezeiung auf die bisherigen Päpste zugetroffen hatte. Selbstverständlich konnte Chacón im Jahr 1590 für die späteren Päpste noch keine Kommentare verfassen.“

„Einverstanden. Das Problem ist nur, dass Chacóns Kommentare auffallende Ähnlichkeiten mit dem *Epitome Romanorum Pontijicum usque ad Paulum IV* aufweisen, dem 1557 von Onuphrius Panvinius veröffentlichten Werk, das die Geschichte der Päpste bis Paul IV., dem damaligen Papst, erzählt.“

„Worin besteht das Problem?“, fragte der Papst. „Ich finde es vielmehr bezeichnend, dass die Prophezeiungen des Malachias zu einem bestimmten Pontifikat von den realen Ereignissen bestätigt wurden. Das bestätigt doch vielmehr die Glaubwürdigkeit der Weissagungen.“

„Ich würde Ihnen zustimmen, wenn nicht die Malachias-Prophezeiung einige Fehler enthielte, die genau so auch im Werk von Panvinius auftauchen.“

„Welche Fehler?“

Tomás blätterte ein wenig im *Lignum Vitae*.

„Sehen Sie diesen Namen hier?“

Der Papst setzte seine Brille auf und beugte sich vor.

„Calixt III.?“ Er nahm die Brille wieder ab und schaute sein Gegenüber irritiert an. „Das ist merkwürdig. Soweit ich mich erinnere, war er kein Papst, sondern Gegenpapst.“

„Das ist interessant, nicht wahr? Die Prophezeiungen umfassen also auch die nicht von Rom anerkannten Gegenpäpste.“ Er suchte einen weiteren Namen in der Aufzählung. „Aber Calixt III. ist nicht der einzige Gegenpapst in der Liste. Hier steht auch Paschalis III.“

Der Pontifex zuckte mit den Schultern.

„Nun gut, die Prophezeiungen enthalten auch die Gegenpäpste. Na und?“

„Sehen Sie, Eure Heiligkeit, wenn der Autor der Prophezeiungen beschlossen hat, die Gegenpäpste aufzunehmen, hätte er auch Innozenz III. erwähnen müssen. Und obwohl die Gegenpäpste auch in dem Werk von Panvinius vorkommen, fehlt Innozenz III. dort zufälligerweise ebenfalls.“

„Sind Sie sich sicher?“

„Ja. Das beweist, dass in Wahrheit der Autor der Prophezeiungen sich an der Geschichte der Päpste von Panvinius orientiert hat! Wie schon gesagt, wurde dessen Werk 1557 veröffentlicht, so dass die angeblichen Prophezeiungen nach diesem Jahr entstanden sind. Sie können also unmöglich von Malachias stammen, da dieser bereits im 12. Jahrhundert gelebt hatte. Sein Name sollte lediglich dazu dienen, der Liste den Anschein von Glaubwürdigkeit zu geben.“

Unschlüssig, was er davon halten sollte, blätterte der Papst im *Lignum Vitae* und suchte den Namen von Innozenz III. Aber der Gegenpapst war eindeutig nicht erwähnt.

„Ich verstehe, was Sie meinen …“

„Zumindest bis zum Jahr 1557 wurden die Prophezeiungen nachträglich verfasst. Das zeigt sich daran, dass sie bis 1590 hundertprozentig zutreffend waren. Es handelt sich also um *Vaticina ex Eventu*, sprich, im Nachhinein verfasste Weissagungen. Die Angaben zu den Päpsten zwischen 1557 und 1590 konnten zwar nicht von Panvinius übernommen worden sein, wurden aber vermutlich einfach aus der Erinnerung ergänzt."

Diesmal schüttelte der Papst heftig den Kopf.

„Das muss nicht zwangsläufig der Fall sein", erwiderte er. „De Wyon oder derjenige, der ihm die Liste anvertraut hatte, kann die Prophezeiungen mit dem Werk von Panvinius verglichen und Fehler korrigiert oder Ergänzungen vorgenommen haben. Er hat beispielsweise die Gegenpäpste eingefügt, damit die Weissagungen des Malachias mit den zwischenzeitlichen Ereignissen perfekt übereinstimmten. Dass Innozenz III. vergessen wurde, zeigt nur, dass die ursprüngliche Liste überarbeitet wurde."

Tomás zog eine Augenbraue hoch.

„Ganz unmöglich ist das nicht", gab er zu. „Aber worauf wollen Sie hinaus, Eure Heiligkeit?"

Der Papst betrachtete eine Weile lang die Fingernägel seiner linken Hand, bevor er antwortete.

„Und wenn ich Ihnen beweisen würde, dass die Prophezeiungen echt sind?"

XI

Tomás musste sich auf die Zunge beißen, um dem Papst nicht ins Gesicht zu sagen, wie lächerlich er die Vorstellung fand, dass die Weissagungen des Malachias echt sein sollten. Wie konnte ein Mensch im 21. Jahrhundert einen solchen Unfug glauben?

„Gehen wir ruhig davon aus, dass die Version der Prophezeiungen, wie wir sie heute kennen, eine Fälschung ist", begann der Papst. „Sie werden aber wohl zustimmen, dass de Wyon oder Chacón durchaus Zugang zu einem anderen Manuskript, dem echten, gehabt haben könnte, dessen Inhalt dann überarbeitet wurde, um es glaubwürdiger zu machen."

Tomás musste sich ein nachsichtiges Lächeln verkneifen.

„Bitte verzeihen Sie meine Kühnheit, Eure Heiligkeit, aber was Sie gerade sagen scheint mir doch an den Haaren herbeigezogen", sagte er so ernst wie möglich. „Denn die Ungenauigkeit hinsichtlich der Gegenpäpste ist nicht die einzige Merkwürdigkeit. Vielmehr fällt auf, dass überall, wo Panvinius hinsichtlich eines Papstnamens, seines Wappens oder Kardinalsnamens ein Fehler unterlaufen ist, dieser sich auch in den Kommentaren zu den Prophezeiungen wiederfindet. Das zeigt doch, dass es einen Zusammenhang gibt zwischen dem Buch des Panvinius und den Weissagungen, und es deutet alles auf eine Fälschung hin."

„Aber wenn ich es richtig verstehe, beziehen sich die Fehler auf die Kommentare, nicht auf die eigentlichen Prophezeiungen ..."

„Das stimmt“, gab Tomás zu. „Genau genommen treten die Fehler nur in den Kommentaren auf, die eine Art Bindeglied zwischen der Prophezeiung und den historischen Ereignissen darstellen. Betrachtet man nur die Prophezeiungen, geben diese in der Tat keinen Anlass zu Zweifeln, wenn man von den Ungereimtheiten bezüglich der Gegenpäpste einmal absieht.“

Der Kirchenführer klopfte mit der flachen Hand auf den Tisch.

„Das ist aber ein Riesenunterschied!“, rief er aus. „Außerdem stellt sich ja die Frage, warum sich jemand diese Mühe gemacht haben sollte, wenn die Prophezeiungen tatsächlich eine reine Fälschung wären! Was hätte er für einen Nutzen davon gehabt?“

„Einem bestimmten Papst ins Amt zu verhelfen“, antwortete Tomás prompt.

„Was wollen Sie damit sagen?“

„Als Papst Urban VII. 1590 starb, wurde wie immer ein Konklave einberufen, um seinen Nachfolger zu wählen. Erstmals fehlt in der von de Wyon veröffentlichten Liste der Kommentar, der einen Bezug zwischen der Prophezeiung und dem tatsächlich gewählten Papst herstellt. Es findet sich lediglich eine Charakterisierung des nächsten Pontifikats. Würden Sie bitte nachschauen, Eure Heiligkeit, was der Sinnspruch für den Nachfolger Urbans VII. besagt?“

Der Papst nahm das *Lignum Vitae* zur Hand und suchte den Namen Gregors XIV.

„Ex antiquitate Urbis“, las er dann vor und lieferte auch sofort die Übersetzung, „aus dem Alter der Stadt“.

„Was bedeutet, dass der Nachfolger Urbans VII. aus der alten Stadt kommen würde. Und siehe da, bei dem Konklave im Jahr 1590 stammte einer der Kandidaten, Kardinal Girolamo Simoncelli, aus Orvieto, das auch als Urbs Vetus bezeichnet wird, was nichts anderes heißt als ‚alte Stadt‘. Der Malachias-Weissagung zufolge sollte also Kardinal Simoncelli der Nachfolger Urbans VII.

werden.“ Tomás schaute den Papst eindringlich an. „Nun hat aber Kardinal Simoncelli die Wahl gegen Niccolo Sfondrato, den späteren Gregor XIV., verloren. Die Weissagung hat sich somit nicht bewahrheitet. Das Ganze war also nicht mehr und nicht weniger als der Versuch, die Papstwahl zu manipulieren.“ Er machte eine kurze Pause. „Im ersten Jahrtausend hatten die Päpste eine enorme Macht, und Könige, Kaiser, Senatoren … alle versuchten, das Konklave zu beeinflussen.“

„Ich weiß“, warf der Papst ein.

„Wahrscheinlich sind die Weissagungen das Werk von Anhängern des Kardinals Simoncelli. Damals war Aberglaube weit verbreitet und Malachias immerhin ein Heiliger. Seine Prophezeiung hätte die Wahl durchaus verändern können. Dass Simoncelli nicht gewählt wurde, zeigt, dass die Kardinäle die Liste nicht ernst genommen, sondern vielmehr als Fälschung verstanden haben.“

„Aber Professor, selbstverständlich hat die Prophezeiung des heiligen Malachias sich bewahrheitet; der Nachfolger Urbans VII. stammte sehr wohl aus einer alten Stadt. Gregor XIV. kam aus Mailand.“

Tomás verzog ein wenig den Mund.

„Wenn man es so sehen will, kam die Mehrzahl der Kardinäle des Konklave aus einer alten Stadt, und die Prophezeiung hätte sich fast zwangsläufig bewahrheitet.“

„Schon möglich, aber wenn die Absicht hinter der Prophezeiung wirklich darin bestand, das Konklave zu beeinflussen, warum hat der Fälscher dann eine derart lange Namensliste auch aus der Zeit vor der aktuellen Wahl erstellt? Die Prophezeiungen umfassen immerhin einen Zeitraum von neun Jahrhunderten und gehen fünfhundert Jahre über die Papstwahl von 1590 hinaus. Wieso hätte sich jemand so viel Mühe gemacht?“

„Nun, um den Prophezeiungen Glaubwürdigkeit zu verleihen“, antwortete Tomás.

„Dafür wäre es aber nicht notwendig gewesen, eine dermaßen ausführliche Liste zu erstellen“, wandte der Papst ein. „Außerdem sagt die letzte Prophezeiung die Zerstörung Roms und die Verfolgung der katholischen Kirche voraus. Eine solche Weissagung ist äußerst peinlich, denn die Christen glaubten ja seit jeher, dass Gott sie beschütze und ihr Glaube sich schließlich durchsetzen würde. Es hieß immer, das Christentum sei dazu bestimmt, die Welt zu erobern und alle Seelen zu bekehren. Wer wollte da schon glauben, dass das Papsttum mit einer großen Niederlage und der Zerstörung Roms enden würde? Das war damals eine absolut unhaltbare Vorstellung. Ein Fälscher hätte garantiert ein anderes Ende gewählt, das den Erwartungen der Christen deutlich besser entsprochen hätte.“

Tomás kratzte sich nachdenklich am Kopf.

„Vielleicht.“

„Ich erkenne selbstverständlich an, dass die Namensliste des heiligen Malachias die Macht hatte, zahlreiche Kardinäle zu beeinflussen, so dass sie im Sinne der Weissagungen handelten“, fuhr der Papst fort. „Während des Konklaves von 1958 beispielsweise war allen bewusst, dass der nächste Papst der Malachias-Prophezeiung zufolge *pastor et nauta* sein sollte, also ein Hirte und Seefahrer. Um dieser Vorhersage zu entsprechen und als nächster Papst gewählt zu werden, mietete der amerikanische Kardinal Francis Spellman ein Boot, lud eine Herde Schafe darauf und segelte den Tiber auf und ab.“

Tomás lachte laut auf.

„Das hat er wirklich gemacht?“

„Zumindest erzählt man es sich so. Aber das hat ihm nicht geholfen, denn der Kardinal von Venedig, Angelo Roncalli, wurde gewählt und nahm den Namen Johannes XXIII. an.“

„Wie dem auch sei, das beweist nur, dass einige Kardinäle den Malachias-Prophezeiungen Beachtung schenkten“, wandte Tomás ein. „Wobei auch der eine oder andere Papst das tat. Wie ich mich erinnere, ließ Papst Pius XII. einen Dokumentarbericht über sein Leben drehen, der den Titel *Pastor Angelicus*, also ‚Der engelsgleiche Hirte' trug, was nichts anderes als sein Beiname entsprechend der Malachias-Prophezeiung war."

„Das stimmt. Und es stellt sich die Frage, wieso Pius XII. und andere meiner Vorgänger diesen Weissagungen so viel Bedeutung beigemessen haben." Er schaute sein Gegenüber aufmerksam an. „Wissen Sie, es gibt eine Möglichkeit zu beweisen, dass die Prophezeiungen des heiligen Malachias echt sind."

„Wirklich? Wie das?", fragte Tomás mit großen Augen.

Der Papst deutete auf das *Lignum Vitae*.

„Es reicht, sie zu lesen."

XII

Die Finger des Papstes glitten fieberhaft über das *Lignum Vitae*. Als sie die gesuchte Stelle gefunden hatten, drehte das Kirchenoberhaupt Tomás das Werk Arnold de Wyons mit einem ebenso unbehaglichen wie herausfordernden Blick zu.

„Sehen Sie hier den Namen des 244. Papstes, der 88. in der Liste der Prophezeiungen?“, fragte er.

Tomás beugte sich vor, um den Eintrag besser lesen zu können.

„Sie meinen den, der laut Malachias *rastrum in porta* sein sollte?“

„Genau den, *rastrum in porta*, was so viel heißt wie ‚Der Rechen im Tor‘. Der 88. Papst in dieser Liste war Innozenz XII. Sein bürgerlicher Nachname war Rastrello, was auf Italienisch Rechen bedeutet, und sein Wappen enthielt ebenfalls einen Rechen. Wie hätte ein Fälscher im Jahr 1590 all diese Dinge über einen Papst, der erst 1691 gewählt wurde, wissen sollen?“

„Das ist ein Zufall, Eure Heiligkeit“, wandte Tomás ein. „Es ist ja nahezu unvermeidbar, dass von den 112 Prophezeiungen einige Aussagen zutreffen würden.“

„Sehr geehrter Professor, von den 112 Prophezeiungen beziehen sich lediglich 88 auf die Zeit nach 1590. Umso beachtlicher ist damit die Trefferquote.“

„Was versteht Eure Heiligkeit unter einer ‚zutreffenden Prophezeiung‘?“ Tomás zog eine Augenbraue hoch. „Immerhin sind die lateinischen Bezeichnungen derart vage und vieldeutig, dass sie sich auf eine ganze Reihe unterschiedlicher Situationen und Päpste beziehen lassen."

„Da bin ich mir nicht so sicher, Professor. ‚Der Rechen im Tor' scheint mir doch sehr spezifisch zu sein, und diese Weissagung hat sich mit Innozenz XII. nun wahrlich bewahrheitet."

Tomàs gab sich weiterhin skeptisch.

„Mit Verlaub, Eure Heiligkeit. Ein Einzelfall ist als Grundlage für eine Hypothese nicht genug. Dazu sind deutlich mehr Beispiele nötig."

Der Papst blätterte einige Seiten des *Lignum Vitae* um.

„Es scheint mir am einfachsten zu sein, wenn wir uns auf die Päpste nach dem Zweiten Weltkrieg beschränken, deren Pontifikate noch nicht so lange her sind."

„Einverstanden, Eure Heiligkeit."

Der Papst deutete auf einen der letzten Namen in der Liste.

„Gut, beginnen wir mit Benedikt XV., der von 1914 bis 1922 im Amt war. Die Malachias-Weissagung bezeichnete sein Pontifikat als *religio depopulata*, also ‚entvölkerte Religion', eine merkwürdige Prophezeiung, die weder als vage noch als vieldeutig gelten kann, und die auch schwerlich auf einen anderen Papst zutrifft. In die Zeit Benedikts XV. fielen der Erste Weltkrieg, das Massensterben durch die Spanische Grippe und die Russische Revolution von 1917, die Russland zu einem atheistischen Land machte, in dem Religion nicht nur verpönt war, sondern in dem die Gläubigen sogar offen verfolgt wurden. In dieser kurzen Zeit starben mehr Menschen an Krankheit und Krieg als je zuvor. Das Ganze ereignete sich in Europa, einem überwiegend von Christen besiedelten Kontinent. Finden Sie etwa nicht, dass diese Prophezeiung der ‚entvölkerten Religion' perfekt auf Benedikt XV. zutrifft?"

„Sicher, diese Prophezeiung kann man als realisiert bezeichnen", stimmte Tomás zu. „Aber die anderen?"

Der Papst blickte prompt auf die folgende Zeile.

„Das nächste Pontifikat hat der heilige Malachias als *fides intrepida* bezeichnet, also als ‚unerschrockener Glaube'. Und Pius XI. hat sich wie kein anderer Papst gegen den Kommunismus, den Antisemitismus und den Rassenwahn der Nazis eingesetzt. 1937 hat er die einzige je auf Deutsch erschienene Enzyklika *Mit brennender Sorge* veröffentlicht, die so heftig wie keine andere päpstliche Schrift ein politisches Regime verurteilte. Der heilige Vater verwarf darin den Mythos von Rasse und Blut ebenso wie die barbarischen Machenschaften Hitlers; er legte dar, dass alle Christen letztlich Semiten seien und bezeichnete Hitler als den Antichristen, was in Anbetracht der erst kurz zuvor geschlossenen Allianz zwischen Hitler und Mussolini großen Mut erforderte."

„Das stimmt, aber nur zwei Jahre später, 1939, starb Pius XI. noch vor dem Ausbruch des Zweiten Weltkriegs ..."

„Und er hinterließ eine leider unvollendete Enzyklika gegen den Rassismus mit dem Titel *Humanis generis unitas*, die zu vollenden seinem Nachfolger, Pius XII., der Glaube – oder der unerschrockene Glaube – fehlte."

Ungeduldig warf Tomás einen skeptischen Blick auf den nächsten Namen in der Liste.

„Pius XII. wurde in der Prophezeiung als *pastor angelicus* bezeichnet, also als ‚engelsgleicher Hirte'."

„Seine Priorität während des Zweiten Weltkriegs bestand in der Tat nicht darin, couragiert gegen Nationalsozialismus und Kommunismus vorzugehen, wie sein Vorgänger dies getan hatte; seine Rolle bestand vielmehr darin, seine christlichen Schäfchen in dieser schwierigen Zeit zu hüten. Somit war er durchaus ein Hirte, und auch diese Prophezeiung kann als erfüllt gelten."

„Nun ja ... das ist schon recht vage", entgegnete Tomás wenig überzeugt, ohne die Argumente des Papstes jedoch einfach von der Hand weisen zu können. „Danach kam Johannes XXIII., dessen prophetischer Beiname *pastor et nauta* lautet, was so viel heißt wie ‚Hirte und Seefahrer'."

„Johannes XXIII. stammte aus der alten Seefahrerstadt Venedig."

Tomás verzog leicht abschätzig den Mund.

„Das finde ich auch recht vage …"

„Mag sein, aber falsch ist es nicht."

Wenig begeistert fuhr Tomás mit dem nächsten Namen fort.

„Das Pontifikat Pauls VI. wurde als *flor florum* angekündigt, ‚Blume der Blumen'", sagte er und schnitt eine Grimasse. „Was soll das denn bitteschön bedeuten?"

„Sein Wappen, das er bereits als Erzbischof von Mailand führte, zeigt drei Lilien", antwortete der Papst. Als Tomás nichts sagte, fügte er hinzu: „Ich nehme an, Sie kennen die Bedeutung der Lilie, Professor?"

„Sie wird gern als *flos florum* bezeichnet", gab Tomás widerstrebend zu. „In der griechischen Mythologie ebenso wie im christlichen Symbolismus gilt sie als göttliche Blume. Den Katholiken verkörpert sie die Reinheit Marias."

„Nun, Paul VI. war ein sogenannter Marienpapst, der die Muttergottes verehrte und die Marienerscheinungen von Fátima sehr ernst nahm, weshalb er zu Recht als der Papst der Lilie gelten kann."

Ungehalten darüber, dass er auch diese Prophezeiung nicht entkräften konnte, widmete Tomás sich dem nächsten Papst in der Liste.

„Danach folgte Johannes Paul I., dessen Beiname *de meditate lunae* heißt, also ‚von der Hälfte des Mondes', Eure Heiligkeit", sagte er.

„Das Pontifikat Johannes Pauls I. war eines der kürzesten in der jüngeren Vergangenheit. Es dauerte gerade einmal 33 Tage und begann an einem Tag, an dem der Mond in seine abnehmende Phase eintrat, also zu Halbmond. Außerdem wurde Johannes

Paul I. in Belluno geboren, was auf Italienisch so viel heißt wie ‚schöner Mond'. Womit sich auch diese Weissagung des heiligen Malachias bewahrheitet hat."

„Nach dem Mond kommt nun die Sonne", fuhr Tomás zunehmend verwundert fort. „Über Johannes Paul II. steht hier *de labore solis*, also ‚von der Bedrängnis der Sonne'. Was gibt es denn für einen Zusammenhang zwischen dem Papst und der Sonne?"

Die Antwort folgte unverzüglich.

„Sie wissen bestimmt, dass das Pontifikat Karol Wojtylas von einem unermüdlichen Kampf gegen das kommunistische Regime geprägt war, das ganz Osteuropa und insbesondere sein Heimatland Polen unterdrückte. Er war der Regierung in Moskau daher ein Dorn im Auge, so dass diese schließlich den bulgarischen Geheimdienst auf ihn ansetzte, um ihn aus dem Weg zu schaffen. Der Türke Ali Agca hat daraufhin am 13. Mai 1981 ein Attentat auf den Papst verübt. Ich nehme an, Professor, Sie wissen, was es mit diesem Datum auf sich hat?"

„Das war der 64. Jahrestag der ersten Marienerscheinung von Fátima", antwortete Tomás.

„Als Johannes Paul II. im Krankenhaus erfuhr, was sich ereignet hatte und sich des Datums bewusst wurde, verlangte er das bis dahin in der Öffentlichkeit noch unbekannte Dokument zu sehen, in dem Schwester Lucia den dritten Teil der Geheimnisse von Fátima niedergeschrieben hatte. Darin war von der Ermordung eines Papstes die Rede. Johannes Paul II. schloss daraus, dass es sich bei diesem Papst um ihn selbst handele und dass die heilige Jungfrau Maria die Kugel um wenige Millimeter von ihrer Bahn abgelenkt habe, so dass sie keine lebenswichtigen Organe verletzte. Er war überzeugt, dass das Eingreifen der Muttergottes sein Leben gerettet hatte. Ein Jahr nach dem Attentat reiste er nach Fátima und ließ die Kugel, die ihn beinahe getötet hätte, in die Krone der Marienstatue in der dortigen Basilika einarbeiten. Bis zu seinem Lebensende blieb er davon überzeugt, dass die heilige Muttergottes ihm gestattet hatte, seiner historischen Mission zu folgen."

„Was meinen Sie mit ‚seiner historischen Mission', Eure Heiligkeit?"

„Nun, einer Weissagung unserer lieben Frau von Fátima aus dem Jahr 1917 zufolge, sollte Russland eines Tages zum christlichen Glauben zurückkehren, und der weiße Kirchenvorhof von Fátima würde dem Roten Platz in Moskau den Rang ablaufen. Diese Prophezeiung hat sich unter dem Pontifikat Johannes Pauls II. bewahrheitet. Fátima hat dabei eine derart wichtige Rolle beim Sturz des Kommunismus gespielt, dass auf dem riesigen Vorplatz der Basilika heute auch ein Stück aus der Berliner Mauer zu finden ist, ein Tribut an den Triumph Marias."

„Aber was hat das alles mit dem Ausdruck ‚von der Bedrängnis der Sonne' zu tun?"

Der Papst richtete seine Augen fest auf sein Gegenüber.

„Ist das nicht offensichtlich? Sie wissen doch sicher, was die Zehntausende von Menschen, die 1917 der letzten Marienerscheinung von Fátima beiwohnten, einstimmig erzählten?"

Tomás erinnerte sich sehr gut an diverse Berichte, die er gelesen hatte.

„Dass die Erscheinung am Himmel getanzt und die Sonne sich wie ein Feuerrad gedreht habe …"

„Sehen Sie es nun, Professor?", fragte der Papst lächelnd. „Die Prophezeiung stellt einen Bezug her zwischen Johannes Paul II. und den Marienerscheinungen von Fátima. Es gibt aber noch eine zweite Interpretation, und zwar die, dass mein Vorgänger durch seine starke Verbindung mit Fátima das Licht der Sonne in die Welt gebracht und das Licht der Wahrheit und des Christentums die Dunkelheit des von Atheismus, Diktatur und Totalitarismus geprägten kommunistischen Regimes in Russland und Osteuropa vertrieben habe. Darin bestand letztlich die wahre Mission von Johannes Paul II. Nach großen Mühen hat die Sonne die Finsternis besiegt." Er sah Tomás herausfordernd an. „Also kann auch diese Prophezeiung als erfüllt gelten."

Ergeben warf Tomás einen Blick auf den Beinamen des nächsten Papstes, dem vorletzten auf der Liste.

„Der Nachfolger von Johannes Paul II. war Joseph Ratzinger, dem die Weissagung *gloria olivae*, ‚Ruhm des Olivenbaums' vorausgesagt hat, was auch immer das bedeuten mag."

„Aber Professor, wissen Sie nicht, was das Symbol des Benediktinerordens ist?"

„Der Olivenbaum", antwortete Tomás wie aus der Pistole geschossen. „Aber soweit ich weiß, war Kardinal Ratzinger doch gar kein Benediktiner …"

„Das stimmt, aber er hat den Papstnamen Benedikt XVI. gewählt, den Orden des heiligen Benedikt." Und mit einem düsteren Lächeln fügte er hinzu: „Auch in diesem Fall hatte der heilige Malachias Recht."

Tomás hingegen lächelte nicht mehr, er wirkte auf seinem Stuhl zusammengesunken. Als Mann der Wissenschaft weigerte er sich kategorisch, den Prophezeiungen Glauben zu schenken. Aber er musste zugeben, dass die Weissagungen zu den Päpsten der jüngeren Vergangenheit sich zumindest mit nachvollziehbaren Argumenten belegen ließen. Zwar waren manche Prophezeiungen vage genug verfasst, um sich nahezu beliebig interpretieren zu lassen, aber andere trafen derart präzise zu, dass es ihn fast schon erschreckte. Sollte der heilige Malachias tatsächlich in die Zukunft gesehen haben?

„Wenden wir uns also dem letzten Namen auf der Liste zu", sagte er schließlich. *„Petrus Romanus."*

„Das bin ich."

Tomás nickte und schaute den Papst unverwandt an.

„Glauben Sie wirklich, Eure Heiligkeit, dass Sie der letzte Papst sind?"

„Ich glaube es nicht, ich weiß es.“

„Wie können Sie sich da so sicher sein, Eure Heiligkeit?“, entfuhr es Tomás etwas zu heftig.

„Nun, die beachtliche Trefferquote der Malachias-Weissagungen dürfte Ihnen nicht entgangen sein“, antwortete der Papst ungerührt. „Seine Prophezeiungen gehören zu den zuverlässigsten aller Zeiten! Wie Sie soeben selbst gesehen haben, hat sich jede einzelne von ihnen bewahrheitet. Das lässt sich doch nicht einfach von der Hand weisen, finden Sie nicht?“

„Mir wären weitere Beweise dennoch lieber …“

Es schien, als habe der Papst nur auf diesen Satz gewartet.

„Es gibt … weitere Prophezeiungen“, flüsterte er.

„Welche?“

„Die von Fátima, zum Beispiel.“

Als Tomás ihn nur fragend anschaute, fuhr der Papst mit verschwörerischer Miene fort.

„Ich werde Ihnen etwas verraten, Professor. Entgegen der allgemeinen Behauptung bezieht sich der dritte Teil der Geheimnisse von Fátima nicht auf Karol Wojtyla.“

„So?“, stutzte Tomás. „Auf wen denn?“

Schicksalsergeben nahm der Papst das *Lignum Vitae* zur Hand und deutete auf die apokalyptische Prophezeiung für *Petrus Romanus*.

„Während der letzten Verfolgung der heiligen römischen Kirche wird Petrus, ein Römer, regieren. Er wird die Schafe unter vielen Bedrängnissen weiden. Dann wird die Siebenhügelstadt zerstört werden, und der furchtbare Richter wird sein Volk richten. Ende“, zitierte er. „Vielleicht wissen Sie es nicht, Professor, aber meine Eltern waren Italiener. Ich habe nicht nur die argentinische Staatsbürgerschaft, sondern auch die italienische.“

Er seufzte und legte sich die Hände auf die Brust.

„Ich bin *Petrus Romanus*.“

XIII

Nachdem er vor einem kleinen Bild der Basilika von Fátima, das auf einem Regal in seiner Privatbibliothek stand, niedergekniet und ein Ave Maria gesprochen hatte, bekreuzigte sich der Papst und kehrte zu seinem Schreibtisch zurück.

„Professor, was wissen Sie über die Erscheinungen von Fátima?“, fragte er.

Tomás richtete sich auf seinem Stuhl auf.

„Nun, als portugiesischer Geschichtsprofessor dürfte ich mehr als die meisten anderen Menschen darüber wissen“, setzte er an. „Am 13. Mai 1917 soll drei Hirtenkindern, die auf einem Acker in der Cova da Iria ihre Schafe hüteten, eine Frauengestalt erschienen sein. Die Kinder, zwei Mädchen und ein Junge, beschrieben sie als Statue aus Schnee, die weißer glänzte als die Sonne. Die Frau sagte ihnen, sie käme aus dem Himmel und lud sie ein, jeden Monat am gleichen Tag und zur gleichen Stunde wiederzukommen. Lucia sah die Frau und konnte mit ihr sprechen, Jacinta sah und hörte sie, während Francisco sie lediglich sah. Während der nächsten fünf Monate wiederholte sich die Erscheinung, jeweils am 13. Tag, wobei die Schar der Schaulustigen von Mal zu Mal wuchs. Diese Zuschauer konnten die Frauengestalt, von der die Kinder sprachen, zwar nicht sehen, aber sie gaben an, die Sonne habe sich bei jeder Erscheinung verdunkelt, und nicht wenige sagten, sie hätten ein

Geräusch ähnlich wie das Summen von Bienen oder Fliegen gehört."

„Wissen Sie auch, wann die Muttergottes das Geheimnis von Fátima verkündet hat?"

„Im Rahmen der zweiten Erscheinung kündigte sie den baldigen Tod von Jacinta und Francisco an, die in der Tat zwei Jahre später an der Spanischen Grippe starben, aber bei ihrem dritten Erscheinen machte sie ihre wichtigsten Weissagungen. Der erste Teil ist die sogenannte Höllenvision. Im zweiten Teil sagte sie einen weiteren Krieg nach dem Ende des Ersten Weltkriegs voraus und verkündete, dass Russland nach der Verbreitung seines Irrglaubens schließlich bekehrt würde. Über den dritten Teil weiß ich ehrlich gesagt nichts Näheres ..."

„Das ist der Teil, über den wir jetzt sprechen werden", unterbrach ihn der Papst. „Sie wissen sicher, was die Muttergottes für ihr letztes Erscheinen versprochen hatte?"

„Selbstverständlich. Da die Hirtenkinder geklagt hatten, dass ihnen niemand glaube, versprach die Frauengestalt, ein Wunder zu vollbringen, das alle überzeugen würde. Das sollte am 13. Oktober stattfinden. Diese Ankündigung lockte mehr als fünfzigtausend Menschen in die Nähe von Fátima, darunter auch zahlreiche Journalisten. Ich erinnere mich noch gut an den Artikel in einer der größten Zeitungen der damaligen Zeit, O Século. Darin stand, es habe geregnet, und plötzlich seien die Wolken aufgerissen, und alle hätten während der nächsten zwölf Minuten drei Mal die Sonne am Himmel tanzen sehen. Das war das krönende Finale der Erscheinungen."

Der Papst lehnte sich in seinem Sessel zurück und schaute mit leerem Blick an Tomás vorbei. Dann gab er sich einen Ruck.

„Die Weissagungen von Fátima sind die visionärsten der modernen Marienerscheinungen", sagte er. „Nicht umsonst bezeichnet man Portugal im Vatikan auch als das Land Marias. Ich bin überzeugt, dass Ihr Land durch den besonderen Schutz der heiligen Jungfrau vor den Schrecken des Zweiten Weltkriegs verschont wurde."

Tomás wiegte skeptisch den Kopf.

„Eure Heiligkeit wird sicher verstehen, dass ich als Geschichtsprofessor keine mystischen Erklärungen für geschichtliche Ereignisse akzeptiere."

Der Papst zuckte gelassen mit den Schultern.

„Ganz wie Sie meinen. Kommen wir nun zum eigentlich interessanten Teil, dem dritten Teil der Geheimnisse. Was wissen Sie darüber, Professor?"

„Nicht viel, Eure Heiligkeit." Er schlug die Beine übereinander. „Ich bin ein Mann der Wissenschaft und glaube nicht an mystische Dinge und A… an spirituelle Auswüchse. All das soll uns meiner Meinung nach nur trösten angesichts der Grausamkeit der Welt und unserer eigenen Sterblichkeit."

„Das habe ich durchaus verstanden. Nichtsdestotrotz zeigt auch die Wissenschaft, dass es uns möglich ist, gewisse Dinge über Ereignisse zu erfahren, die in der Zukunft liegen …"

„Stimmt. Das Doppelspaltexperiment mit verzögerter Wahl, das der Quantenphysiker John Wheeler als Erster durchgeführt hat, zeigt, dass eine Information tatsächlich in die Vergangenheit geschickt werden kann."

„Mit anderen Worten, Professor, Sie gestehen indirekt ein, dass Prophezeiungen und Ahnungen nicht den Gesetzen der Physik widersprechen."

Bei diesem Gedanken wurde Tomás unwohl zumute.

„Nun ja, so gesehen …", stammelte er.

Mit dieser Aussage hatte der Papst ein äußerst wichtiges Argument auf seiner Seite, umso mehr, als Tomás selbst gesagt hatte, welche Bedeutung er der Wissenschaft beimaß. Dieser Aspekt eröffnete völlig neue Möglichkeiten.

Mit verschränkten Händen schaute der Papst sein Gegenüber aufmerksam an.

„Gut. Kommen wir also zurück zum dritten Teil der Geheimnisse von Fátima. Was wissen Sie darüber?"

„Ich weiß lediglich, dass der Vatikan ihn im Jahr 2000 veröffentlicht hat und er sich auf das Attentat beziehen soll, das 1981 auf Johannes Paul II. verübt wurde." Er kniff die Augen zusammen. „Aber ich habe den Eindruck, Eure Heiligkeit, dass Sie nicht an diese Version glauben."

Der Papst schüttelte den Kopf.

„In der Tat, ich halte sie für einen … Irrtum."

„Wie kommen Sie darauf?", fragte Tomás sichtlich erstaunt.

Die Antwort auf diese Frage war heikel, da sie im Widerspruch zur Aussage eines seiner Vorgänger stand. Nach einem kurzen Zögern öffnete der Papst wortlos eine Schublade und entnahm ihr einen vergilbten Umschlag, aus dem er wiederum zwei dicht beschriebene Bögen Papier zog.

„Jacinta und Francisco starben bald nach den Marienerscheinungen. Lucia blieb daraufhin als einzige Augenzeugin zurück. Sie ging ein paar Jahre später ins Kloster, wo sie lesen und schreiben lernte, und der Bischof von Leiria bat sie, ihre Erinnerungen an die Erscheinungen aufzuschreiben. 1935 beendete Schwester Lucia ihren ersten Bericht."

„Aber soweit ich weiß, hat sie die Prophezeiungen erst viel später verbreitet."

Der Papst nickte.

„Absolut richtig, Professor. Erst als 1941 ihre Memoiren veröffentlicht wurden, teilte Lucia mit, dass das Geheimnis von Fátima aus drei Teilen bestand und sie sich entschlossen habe, die ersten beiden davon publik zu machen, da die Welt nun bereit für sie sei."

„Aber nicht den dritten …"

„Nein, nicht den dritten."

„Sie hat ihn aber schriftlich hinterlassen."

Der Papst deutete auf die beiden Blätter in seiner Hand.

„Dies ist der dritte Teil des Geheimnisses", sagte er. „Lucia wurde 1943 sehr krank, und der Bischof von Leiria machte sich große Sorgen. Wenn sie sterben sollte, wäre der dritte Teil für die Nachwelt verloren. Sobald Lucia sich erholt hatte, trug er ihr auf, die letzte Botschaft der Muttergottes schwarz auf weiß zu hinterlassen, was Lucia tat. Sie schrieb diesen Bericht im darauffolgenden Jahr und bewahrte ihn in einem versiegelten Umschlag auf, mit der Anweisung, ihn nicht vor 1960 beziehungsweise ihrem Tod zu öffnen."

Tomás streckte mit leuchtenden Augen die Hand aus.

„Darf ich mal sehen?"

Der Papst reichte ihm die Bögen.

„Lesen Sie nur!"

Tomás war bewusst, welch bedeutendes Dokument er in den Händen hielt und schaute es ehrfürchtig an. Sollte er nicht besser Handschuhe anziehen, um es zu schonen? Die zwanglose Art, in der der Papst ihm das Dokument übergeben hatte, hielt ihn aber letztlich davon ab.

Das Papier war sehr dünn, so, wie das Briefpapier in den 1940er Jahren zu sein pflegte. Lucias schnörkellose Handschrift überzog die Bögen klein und dicht gedrängt. An manchen Stellen war sie nicht leicht zu lesen, und Tomás musste genauer hinschauen, aber er hatte Übung im Entziffern von Hieroglyphen und anderen schwierigen Texten.

„Und wir sahen in einem ungeheuren Licht, das Gott ist: etwas, das aussieht wie Personen in einem Spiegel, wenn sie davor vorübergehen, einen in Weiß gekleideten Bischof; wir hatten die Ahnung, dass es der Heilige Vater war", las er vor. „Wir sahen verschiedene andere Bischöfe, Priester, Ordensmänner und Ordensfrauen einen steilen Berg hinaufsteigen, auf dessen Gipfel sich ein großes Kreuz befand aus rohen Stämmen wie aus Korkeiche mit Rinde. Bevor er dort ankam, ging der Heilige Vater durch eine große Stadt, die halb zerstört war und halb zitternd mit wankendem Schritt, von Schmerz und Sorge gedrückt, betete er für die Seelen der Leichen, denen er auf seinem Weg begegnete. Am Berg angekommen, kniete er zu Füßen des großen Kreuzes nieder. Da wurde er von einer Gruppe von Soldaten getötet, die mit Feuerwaffen und Pfeilen auf ihn schossen. Genauso starben nach und nach die Bischöfe, Priester, Ordensleute und verschiedene weltliche Personen, Männer und Frauen unterschiedlicher Klassen und Positionen. Unter den beiden Armen des Kreuzes waren zwei Engel, ein jeder hatte eine Gießkanne aus Kristall in der Hand. Darin sammelten sie das Blut der Märtyrer auf und tränkten damit die Seelen, die sich Gott näherten."

Als er fertig war, fragte der Papst: „Und, was halten Sie davon?"

„Das ist der Text, der laut Johannes Paul II. das auf ihn verübte Attentat beschreibt?", wunderte sich Tomás.

„Ja", antwortete der Papst. „Diese Weissagung hat ihn enorm beeinflusst. Kurz nach dem missglückten Attentat von 1981 beeilte sich Johannes Paul II., das bekehrte Russland dem unbefleckten Herzen Marias zu weihen, und zwar zuerst in Rom, im nächsten Jahr in Fátima und 1984 erneut in Rom im Petersdom. Als Lucia gefragt wurde, ob die Forderungen der Muttergottes erfüllt worden seien, antwortete sie, ‚ja, sie wurden am 25. März 1984 erfüllt'." Der Papst breitete die Hände aus. „Der Rest ist Geschichte."

„Was meinen Sie damit, Eure Heiligkeit?"

„Ich meine damit, dass im März 1985, ein Jahr nach der Weihe, Michail Gorbatschow an die Macht kam und innerhalb weniger Jahre die Berliner Mauer fiel, die Sowjetunion sich auflöste und der Kommunismus einen herben Rückschlag erlitt. Der weiße Kirchenvorhof von Fátima hat den Roten Platz von Moskau besiegt."

Der Papst hatte dies in einem Ton voller Überzeugung gesagt. Für Tomás stand der Zusammenhang zwischen den Weissagungen und dem Lauf der Geschichte weit weniger zweifelsfrei fest.

„Würden Sie also sagen, Eure Heiligkeit, dass sich die Prophezeiungen von Fátima alle erfüllt haben?"

Die Augen des Papstes wanderten zu den beiden handschriftlichen Dokumenten auf dem Tisch.

„Mit Ausnahme des dritten Teils, ja."

„Und Sie bezweifeln, dass dieser Teil sich auf das Attentat von 1981 bezieht?"

„Ganz genau." Der Papst räusperte sich. „Sehen Sie nicht auch, dass ein enormer Unterschied zwischen der Weissagung von 1917 und den Ereignissen auf dem Petersplatz 1981 besteht?"

„Wenn ich mich recht erinnere", sagte Tomás, „überquerte Johannes Paul II. in einem offenen Jeep den überfüllten Petersplatz, als Ali Agca dreimal auf ihn schoss. Die Weissagung spricht dagegen von einem in Weiß gekleideten Mann, wahrscheinlich dem Papst, der eine halb zerstörte Stadt durchquert und einen Berg ersteigt, wo er zusammen mit zahlreichen anderen Menschen von Soldaten ermordet wird."

„Ist der Unterschied nicht offensichtlich?"

„Nun ja, von einem symbolischen Standpunkt aus gibt es durchaus Ähnlichkeiten zwischen der Weissagung und dem, was 1981 geschehen ist. Die zerstörte Stadt ist ein Symbol für die vielen Konflikte, die in aller Welt durch den Kalten Krieg ausgelöst wurden; die Mühsal des in Weiß gekleideten Mannes beim Ersteigen des Berges steht für die Schwierigkeiten, in der sich die Kirche in der Auseinandersetzung mit dem atheistischen Kommunismus befand; die Soldaten werden verkörpert durch Ali Agca, und die Ermordung des Papstes und der anderen symbolisiert die vielen Kriegsopfer."

Der Papst wiegte den Kopf und beugte sich dann zu Tomás vor.

„Aber Johannes Paul II. ist nun einmal nicht getötet worden …"

„Ja, das … stimmt“, gab Tomás zu.

„Die Weissagung von Fátima kündigt den Tod des Papstes an, aber Johannes Paul II. kam bei dem Attentat eindeutig nicht ums Leben. Was schließen Sie daraus?“

„Wie Sie selbst vorhin sagten, soll doch die Muttergottes die Kugel abgelenkt und ihm das Leben gerettet haben“, antwortete Tomás ausweichend.

„Das ist die Auslegung meines Vorgängers“, winkte der Papst entschieden ab. „Der Prophezeiung zufolge stirbt aber ein in Weiß gekleideter Mann in einem Hagel aus Kugeln und Pfeilen.“

„Glauben Sie deshalb, dass die Prophezeiung noch nicht erfüllt ist und sich stattdessen auf Sie bezieht, Eure Heiligkeit?“

„Zum einen deshalb, zum anderen wegen der Malachias-Prophezeiung, aber auch …“ Er stockte und sah, dass Tomás ihn verständnislos anschaute. „Aber auch aufgrund einer realen Drohung“, fügte er dann hinzu.

„Eine Drohung? Gegen wen?“

Der Papst wandte den Blick zu einem Bild der Auferstehung Christi von Perugino. Einige Sekunden lang schien er zu überlegen, ob er diese Frage tatsächlich beantworten solle. Dann holte er tief Luft und schüttelte sich, als könne er sich so von einer unerträglichen Last befreien.

„Gegen mich und den Vatikan.“

XIV

Ungläubig starrte Tomás den Papst an. Eine Drohung war eine ganz andere Dimension als die dubiosen Prophezeiungen. Jetzt ergaben auch die Worte von Kardinal Barboni einen Sinn.

„Was ist denn passiert, Eure Heiligkeit?“, fragte Tomás.

Mit zitternden Händen öffnete der Papst erneut die Schublade und holte ein weiteres Blatt Papier heraus.

„Papst Pius X. hatte zwei prophetische Visionen“, antwortete er fast flüsternd. „Während einer feierlichen Audienz 1909 sank ihm plötzlich der Kopf auf die Brust, und einige Minuten lang schien es, als schlafe er. Als er wieder zu sich kam, rief er mit angsterfüllter Stimme: ‚Was ich gesehen habe, ist fürchterlich! Werde ich das sein oder einer meiner Nachfolger? Ich weiß es nicht. Mit Sicherheit kann ich nur sagen: Ich habe den Papst aus dem Vatikan fliehen sehen, und dabei trat er auf die Leichen seiner Priester. Sagt es niemandem, solange ich lebe.‘“

„Das hat Papst Pius tatsächlich gesagt?“, wunderte sich Tomás.

„Es gibt zahlreiche Augenzeugen, und seine Worte sind hier hinterlegt.“ Er schaute Tomás auffordernd an. „Was sagen Sie dazu?“

„Nun ja … diese Vision weist eine gewisse Ähnlichkeit mit den Prophezeiungen von Fátima auf“, antwortete Tomás. „Allerdings ist nicht die Rede davon, dass der Papst auch stirbt.“

Anstatt etwas zu erwidern, wandte sein Gegenüber sich wieder dem Text in seiner Hand zu.

„Seine zweite prophetische Vision hatte Pius X. 1914, kurz vor seinem Tod. Diesmal sagte er: ‚Ich habe einen meiner Nachfolger, der den gleichen Namen trug, auf der Flucht über Leichen seiner Brüder gesehen. Er fand Zuflucht in einem Versteck; doch nach einer kurzen Atempause wird er eines grausamen Todes sterben. Der Respekt vor Gott ist aus den Herzen der Menschen verschwunden. Sie wollen sogar die Erinnerung an ihn auslöschen. Dieser Verfall kündigt die letzten Tage der Welt an.'"

Nachdenklich rieb sich Tomás das Kinn.

„Was hat Pius X. gesagt? ‚Der den gleichen Namen trug'?"

Der Papst nickte.

„Aber welchen Namen?", fragte Tomás nach. „Pius?"

„Mein Vorgänger hat nicht gesagt, ob sich diese Aussage auf ihn selbst oder auf seine Zuhörer bezog – Mönche des Franziskanerordens."

Irritiert runzelte Tomás die Stirn, sagte aber nichts.

„Finden Sie die Übereinstimmung mit der Prophezeiung von Fátima nicht auch erstaunlich?", fragte der Papst.

„In der Tat, die Ähnlichkeit ist beunruhigend", gestand Tomás ein. „Wobei unklar bleibt, ob Pius X. nicht durch die Weissagung von Fátima beeinflusst wurde …"

„Das ist außerordentlich unwahrscheinlich, Professor. Es reicht bereits, die Daten zu vergleichen."

Tomás schlug sich mit der flachen Hand vor die Stirn.

„Sie haben Recht, Eure Heiligkeit. Wenn die zweite Vision 1914 eintrat, war das drei Jahre vor den Erscheinungen von Fátima. Umgekehrt ist auch kaum anzunehmen, dass die portugiesischen Hirtenkinder oder die anderen Dorfbewohner je von Papst Pius' Vision gehört hatten."

„Das ist noch nicht alles“, fuhr der Papst fort. „Bedenken Sie bitte, Professor, dass die Visionen von Pius X. und die Erscheinungen von Fátima auch mit der Malachias-Weissagung übereinstimmen. Die Schilderungen sind nahezu identisch.“

Erneut flackerte im Blick des Papstes Angst auf. Tomás versuchte, ihn zu beruhigen.

„Bitte nehmen Sie mir meine Beharrlichkeit nicht übel, Eure Heiligkeit, aber ich bin nach wie vor der Meinung, dass es keinen Grund zur Sorge gibt. Am Ende Ihres Pontifikats wird ein neuer Papst gewählt, was auch immer die diversen Visionen und Prophezeiungen behaupten …“

„Ich wünschte, ich könnte Ihre Meinung teilen“, brachte der Papst mühsam hervor.

„Es wird zu keiner Katastrophe kommen“, versicherte Tomás. „Es gibt unzählige eschatologische oder apokalyptische Prophezeiungen, und soweit ich weiß, hat sich noch keine von ihnen bewahrheitet. Als das Jahr 1000 bevorstand, begingen zahlreiche Menschen Selbstmord, weil sie den Untergang der Welt befürchteten. Aber nichts dergleichen hat sich ereignet.“

„Ja, da … haben Sie Recht.“

„Erinnert sich Eure Heiligkeit an den Maya-Kalender, der das Ende der Welt für das Jahr 2012 ankündigte? Auch das blieb ohne irgendwelche Folgen. Mit diesen Prophezeiungen wird es das Gleiche sein.“

Für einen Moment schloss der Papst die Augen, faltete nervös die Hände und schien zu meditieren. Er konnte seine Emotionen nur mühsam unter Kontrolle halten.

„Es sind nicht nur die Prophezeiungen, die mir Sorge bereiten“, sagte er. „Es gibt, wie schon erwähnt, eine sehr reale Gefahr.“

„Ja, Sie sagten vorhin, es gebe eine Drohung gegen Sie und die Kirche. Von wem stammt diese Drohung?“

„Ist das nicht naheliegend?“

Als Tomás ihn jedoch nur mit hochgezogenen Augenbrauen anschaute und sich nicht traute, eine Vermutung auszusprechen, fuhr der Papst sich verzweifelt mit den Händen über das Gesicht. Dann sprach er es endlich aus.

„Eine Gruppe radikaler Islamisten.“

XV

Tomás wurde schlagartig ernst. Selbstverständlich war es schon immer eine riskante Position gewesen, Oberhaupt der katholischen Kirche zu sein – wie die Gerüchte um die merkwürdigen Todesumstände Johannes Paul I. und das Attentat auf Johannes Paul II. zeigten – aber eine religiös motivierte Drohung gegen den Papst und die Kirche war eine ganz andere Liga.

„Was genau ist passiert, Eure Heiligkeit?“, fragte Tomás.

Der Papst zuckte resigniert mit den Schultern.

„Der sogenannte Islamische Staat hat zweimal öffentlich verkündet, dass er die Absicht habe, Rom zu erobern, die christlichen Symbole zu zerstören und mich zu töten. Damit meine ich nicht etwa eine unbestimmte Prophezeiung, sondern eine ganz reale Drohung. Der Botschafter des Irak bestätigte ebenso wie der israelische Geheimdienst, dass diese Drohung des IS konkret gegen mich gerichtet ist. Der IS will damit in das spirituelle Herz des Westens vorstoßen und der Verbreitung der christlichen Lehre Einhalt gebieten.“

„Ist die Polizei nicht darüber informiert …?“

„Selbstverständlich“, antwortete der Papst. „Aber es gibt nun einmal kein perfektes Sicherheitssystem. Der Leiter der vatikanischen Gendarmerie ist sehr besorgt, denn ihm stehen nicht einmal hundertfünfzig Mann zur Verfügung, um die Sicherheit des Heiligen Stuhls zu gewährleisten. Immerhin kann er dabei auf die

Unterstützung von Interpol und anderer Sicherheitsdienste zählen. So ist es der italienischen Polizei vor Kurzem gelungen, vier Moslems zu verhaften, die einer Dschihad-Zelle angehörten und einen Anschlag auf meine Person geplant hatten."

„Das zeigt also, dass die Polizei ihre Arbeit macht", warf Tomás ein.

„Das zeigt aber auch, dass es sich um eine sehr reale Bedrohung handelt", entgegnete der Papst. „Ich mache mir keine Illusionen, Professor. Es ist unmöglich, jeden einzelnen Attentäter aufzuhalten, der mich töten will. Wie sollte man einen Terroristen stoppen, der zu allem bereit ist? Dazu braucht man sich nur all die in Europa verübten Anschläge anzuschauen. Ein gut vorbereitetes Selbstmordkommando lässt sich quasi durch nichts und niemanden von seinem Ziel abbringen."

„Das stimmt leider."

Der Papst zögerte. Die jüngsten Informationen waren einfach zu alarmierend.

„Das Schlimmste ist, dass ein Anschlag auf den Vatikan deutlich ernstere Folgen haben könnte, als die meisten denken", sagte er dann.

„Selbstverständlich hätte er ernste Folgen ...", stimmte Tomás zu.

Mit einem Kopfschütteln unterbrach ihn der Papst.

„Ich spreche von einem atomaren Anschlag", sagte er flüsternd.

Tomás riss entsetzt die Augen auf. Er glaubte, sich verhört zu haben.

„Wie bitte?"

„Eines der Ziele der radikalen Islamisten ist, in den Besitz von Atomwaffen zu gelangen", fuhr der Papst fort. „Bin Laden hat 1998 mitgeteilt, er wolle Al-Qaida mit Atomwaffen ausrüsten, und ein deutscher Journalist enthüllte 2014, dass der IS Hunderttausende von Ungläubigen mit Hilfe von Atomwaffen auslöschen wolle.

2016 fand die belgische Polizei ein Video der Dschihadisten-Gruppe, die an den Anschlägen auf Paris beteiligt war. Darin ist das Haus eines Atomexperten zu sehen, das zehn Stunden lang heimlich gefilmt wurde. Was hat das Ganze Ihrer Meinung nach zu bedeuten?"

Tomás seufzte hörbar und schüttelte angewidert den Kopf. Er kannte die Argumentationsweise und Gedankengänge fundamentalistischer Islamisten sehr genau.

„Es stimmt, dass radikale Islamisten versuchen, um jeden Preis an Atomwaffen zu kommen", bestätigte er. „Früher oder später wird ihnen das auch gelingen. Die Frage ist also nicht, ob es eines Tages einen Atomanschlag geben wird, sondern lediglich, wann und wo."

„Ich erinnere Sie daran, Professor, dass die Prophezeiungen des heiligen Malachias, von Pius X. und von Fátima gut auf einen Anschlag dieser Art in Rom zutreffen könnten."

„Da haben Sie leider Recht, Eure Heiligkeit."

Der Papst bekreuzigte sich.

„Möge Gott uns beistehen!"

Nachdenklich sah Tomás aus dem Fenster auf den Petersplatz hinab.

„Ich nehme an, Sie haben die Sicherheitsmaßnahmen verschärfen lassen?", fragte er.

„Um was zu erreichen?", entgegnete der Papst seufzend. „Der Vatikan ist kein Polizeistaat. Dem könnte ich nicht zustimmen."

„Aber die Sicherheit muss doch auch hier gewährleistet sein …"

„Natürlich. Das Leben nicht nur der Kirchenvertreter, sondern auch der Angestellten, Gläubigen und Touristen ist uns heilig. Genau dafür haben wir ja das Gendarmeriekorps und die Schweizergarde."

„Und Ihr Leben, Eure Heiligkeit?"

Der Papst schaute zum Himmel und breitete die Arme aus.

„Ich empfehle mich der Gnade Gottes."

„Aber wenn Eure Heiligkeit in Gefahr ist …"

„Mein Leben liegt in den Händen des Herrn. Wenn Er meine Stunde für gekommen hält, dann möge Sein Wille geschehen." Er hielt einen Moment inne. „Ich muss zugeben, dass ich Angst habe. Ich bin ein menschliches Wesen und habe trotz meines Glaubens Angst zu sterben. Meine größte Sorge gilt jedoch nicht meiner Person, sondern meinen Anhängern – all den Unschuldigen, die ebenfalls Opfer eines solchen Wahnsinns würden."

„Ich verstehe. Allerdings geht aus keiner der genannten Prophezeiungen hervor, dass es sich tatsächlich um einen Anschlag mit Atomwaffen handeln soll."

„Gott behüte! Aber auch, wenn es nur mich und einige Menschen in meiner Nähe treffen sollte, sehen Sie nicht, welche Auswirkungen das hätte? Haben Sie eine Vorstellung von dem, was passieren würde, wenn der Papst von radikalen Islamisten ermordet würde? Wenn der Vatikan von diesen Leuten zerstört würde? Wie würde die Welt auf einen solchen Akt reagieren? Würde das nicht einen weltweiten Religionskrieg auslösen?" Er schüttelte sich entsetzt. „Das hätte eine katastrophale Kettenreaktion zur Folge, Professor, bei der alle Religionen sich gegenseitig angreifen würden. Das würde einen religiösen Flächenbrand auslösen! Wie schrecklich, wie schrecklich!"

Tomás nickte gedankenverloren. Als Historiker wusste er nur zu gut, dass die Geschichte sich wiederholte und häufig eine Kleinigkeit ausreichte, um eine Situation völlig aus dem Gleichgewicht zu bringen und ins Chaos zu stürzen. Wie viele Zivilisationen waren bereits auf diese Weise untergegangen?

„Aus diesem Grund beunruhigen mich die Prophezeiungen so sehr", fuhr der Papst fort. „In Anbetracht der realen Drohungen und der Übereinstimmung mit den Weissagungen von der Zerstörung Roms und dem Tod des Papstes, fürchte ich, dass …"

Ein Geräusch ließ den Papst verstummen.

„Es scheint, dass Kardinal Barboni zurück ist“, sagte Tomás. „Und wie es klingt, ist er nicht allein.“

Erleichtert tupfte sich der Papst mit einem Taschentuch die Stirn.

„Endlich! Wissen Sie, diese Geschichte beunruhigt mich. Sogar sehr. Umso wichtiger ist es, uns jetzt dem Thema zu widmen, für das ich Sie hergebeten habe.“

„Hängt es mit der Drohung gegen Eure Heiligkeit und den Vatikan zusammen?“, fragte Tomás.

„Wir brauchen Ihre Hilfe, Professor“, sagte der Papst ausweichend. „Ich bin überzeugt, dass Sie und Ihre Kompetenzen uns wertvolle Dienste leisten können.“

Tomás schaute den Papst fragend an, doch im selben Moment ging die Tür auf, und Kardinal Barboni trat ein, gefolgt von einer äußerst attraktiven Frau.

Der Papst stand auf, um sie zu begrüßen, drehte sich dann aber noch einmal zu Tomás um und antwortete auf seine Frage.

„Im Vatikan ist eingebrochen worden.“

XVI

Tomás war noch völlig verdattert von der Antwort des Papstes, als Kardinal Barboni bereits vor ihm stand. Aus den Augenwinkeln betrachtete Tomás die Frau, die ihn begleitete. Sie war auffallend elegant gekleidet. Ihrem dunkelblauen Kostüm nach zu urteilen, hatte sie einen guten Geschmack und konnte sich einen teuren Stoff leisten. Ihren schlanken Hals zierte ein violetter Seidenschal.

„Professor“, sagte der Staatssekretär, „darf ich Ihnen Madame Rauch vorstellen, die Wirtschaftsprüferin, die mit uns zusammenarbeitet?“

Ihre freche blonde Kurzhaarfrisur und ihre wachsamen, blauen Augen verschlugen Tomás beinahe die Sprache.

„Sie … sind keine Italienerin, nicht wahr?“, brachte er schließlich hervor.

„Nein, ich bin Französin.“

Dann schüttelten sie einander die Hände. Der Kardinal hatte bereits einen weiteren Stuhl herbeigebracht, so dass alle drei dem Papst gegenüber Platz nahmen.

„Ich habe dem Professor gerade gesagt, dass im Vatikan eingebrochen wurde“, eröffnete der Papst die Besprechung und nickte ihm zu. „Und das ist auch der Grund dafür, dass wir Ihre Hilfe brauchen. Über der katholischen Kirche schwebt ein Damoklesschwert, und wir sind vom Bösen umgeben. Die Situation ist ernst. Es handelt sich nur scheinbar um einen harmlosen Einbruch; dahinter verbirgt sich vielmehr eine düstere Drohung, einc schreckliche Gefahr, die befürchten lässt, dass sich die Visionen des heiligen Malachias, von Pius X. und der Erscheinung von Fátima bald bewahrheiten."

Hilfesuchend schaute der Papst Tomás an, der hin und her gerissen war zwischen den düsteren Worten seines Gegenübers und der strahlenden Schönheit der französischen Wirtschaftsprüferin.

„Bei allem Respekt, Eure Heiligkeit, ist das nicht ein wenig übertrieben?"

„Sobald Sie die Details des Einbruchs kennen, Professor, werden Sie verstehen, was ich meine."

„Aber wenn es sich um Einbruch und eine echte Drohung handelt, ist das nicht ein Fall für die Polizei?", fragte Tomás.

„Selbstverständlich kümmern sich die Behörden um den Fall. Aber es geht, wie gesagt, um weit mehr als einen simplen Einbruch. Die traurige Wahrheit ist, dass hier im Vatikan die unterschiedlichsten und nicht immer nur lautere Interessen aufeinandertreffen. Ich fürchte, es gibt mehr als ein Mitglied der Kurie, das ein doppeltes Spiel spielt. Um ehrlich zu sein, habe ich die einzigen Menschen, denen ich vertraue, gerade hier versammelt. Kardinal Barboni ist als Staatssekretär mit allen wichtigen Funktionen betraut, und er ist es auch, der mich ermutigt hat, dem Missbrauch innerhalb der Vatikanbank ein Ende zu bereiten. Madame Rauch ist die Verantwortliche der COSEA, der Kommission zur Untersuchung der Wirtschafts- und Finanzorganisation des Heiligen Stuhls, die ich daraufhin eingesetzt habe. Sie sind die einzigen Menschen, auf die ich mich verlassen kann. Alle anderen ..." Er ließ den Satz unvollendet. „Die Kurie ist korrumpiert, die Kardinäle sind zerstritten, die Behörden sind infiltriert, die Gendarmerie ist unzuverlässig, und auch die italienische Polizei ist nicht gerade vertrauenswürdig. Hier ist niemand, wirklich niemand, der, der er zu sein vorgibt." Er seufzte resigniert. „Es ist ein Jammer."

„Aber wer oder was steckt hinter all dem?“, wollte Tomás wissen.

„Satan.“

Die Antwort verwirrte Tomás, und er schaute unsicher vom Papst zu Kardinal Barboni und zu Madame Rauch, in der Hoffnung, es handle sich um einen Scherz. Diese verzogen jedoch keine Miene, sondern nahmen die Sache eindeutig ernst.

„Satan, Eure Heiligkeit?“, fragte Tomás. „Wie … meinen Sie das?“

Der Papst stützte die Ellenbogen auf den Tisch und legte den Kopf auf die Hände.

„Ich nehme an, Professor, Sie wissen, was das Institut für religiöse Werke ist?“

„Selbstverständlich. Die Vatikanbank.“

„Es gibt keine Vatikanbank“, erwiderte der Papst ungewohnt heftig. „Die offizielle Bezeichnung ist IOR, für Istituto per le Opere di Religione. Gleich zu Beginn meines Pontifikats habe ich eine Wirtschaftsprüfungskommission unter der Leitung von Madame Rauch eingesetzt, um die Unregelmäßigkeiten innerhalb des IOR und die Staatsfinanzen des Heiligen Stuhls zu untersuchen.“ Er blickte die junge Französin erschöpft an. „Madame Rauch, erzählen Sie bitte, was Sie herausgefunden haben.“

Die Wirtschaftsprüferin folgte der Aufforderung sofort.

„Der Vatikan steht kurz vor dem Bankrott.“

Tomás glaubte, sich verhört zu haben.

„Wie bitte?“, fragte er entgeistert. „Der Vatikan ist doch einer der reichsten Staaten der Welt …“ Er schaute verwirrt von einem zum anderen. „Hier befinden sich einige der weltgrößten Kunstschätze von Michelangelo, Raffael, Leonardo da Vinci, Botticelli und zig anderen im Wert von mehreren Milliarden Euro. … Außerdem kann die Kirche doch jederzeit großzügige Spenden erhalten.“

Madame Rauch erwiderte: „Und dennoch steht sie kurz vor dem Bankrott."

„Aber dafür wäre doch ein Betrug … biblischen Ausmaßes nötig. Und ich dachte, dass die Vatikanbank nach den Problemen mit Erzbischof Marcinkus grundlegend reformiert worden sei, so dass …"

Etwas unsicher blickte Madame Rauch zum Papst, als wolle sie ihn um Erlaubnis bitten, Tomás aufzuklären. Als der Papst kaum merklich nickte, fuhr sie fort: „Die Verwaltung des Heiligen Stuhls ist eine echte Katastrophe, Professor Noronha. Die Einnahmen werden nicht korrekt verbucht, die Ausgaben nicht überwacht, es gibt keinerlei Transparenz, und für manche Käufe werden geradezu aberwitzige Preise gezahlt. Die Finanzangelegenheiten des Vatikans sind komplett irrational."

„Das wäre zum Beispiel …?", fragte Tomás.

„Nun, die Restaurierung der Apostolischen Vatikanischen Bibliothek war auf hundert Millionen Euro geschätzt worden, kostete aber letztlich das Doppelte, ohne dass irgendwer etwas dagegen gesagt oder gar unternommen hätte. Die Arbeiten wurden ohne Kostenvoranschlag ausgeführt, die Firmen verlangten astronomische Preise, und die Aufträge wurden ohne Ausschreibung oder anderweitige Kostenkontrolle vergeben."

Verlegen hüstelte Kardinal Barboni, denn die Verwaltungsangelegenheiten des Heiligen Stuhls fielen in seinen Zuständigkeitsbereich als Staatssekretär.

„Aber … man kann doch auch nicht alles nur unter rein finanziellen Aspekten betrachten, nicht wahr?", wandte er ein.

„Ohne Ihnen zu nahe treten zu wollen, Eure Eminenz, ist das eine der Standardausreden für mangelnde Kompetenz oder fehlendes Verantwortungsbewusstsein", entgegnete die Wirtschaftsprüferin ohne Umschweife. „Korrekte Buchführung ist kein Zeichen einer knauserigen Einstellung, sondern eine Frage der Vernunft.

Man kann auf Dauer nicht mehr ausgeben, als man einnimmt, und auch der Heilige Stuhl wird das früher oder später einsehen müssen, wenn er nicht warten will, bis es zu spät ist."

Das gutmütige Lächeln des Kardinals verschwand.

„Ich habe nicht vor, die christliche Gemeinde in reinen Zahlen zu messen, Madame."

„Das ist auch nicht nötig, Eminenz, aber zur Verwaltung der Kirchenfinanzen ist schon etwas mehr nötig als ein paar Ave Maria. Um benachteiligten Menschen zu helfen, reicht guter Wille allein nicht aus, man braucht auch das nötige Geld. Und damit es nicht verschwendet wird, sollte man in der Lage sein, es zu verwalten."

„Wollen Sie damit etwa andeuten, dass …"

Angesichts der erhitzten Stimmung sah der Papst sich gezwungen, einzuschreiten.

„Bitte beruhigen Sie sich", flehte er. „Unser Ziel ist es doch nicht, Schuldzuweisungen auszusprechen. Immerhin war es niemand anders als Kardinal Barboni, der sich für die Gründung der Prüfungskommission eingesetzt hat, damit der Heilige Stuhl lernt, seine Finanzen vernünftig zu regeln. Jetzt kommt es darauf an, die Situation zu analysieren, die Probleme zu erkennen und sie zu lösen. Mit Zwietracht werden wir dies nicht erreichen. Lassen Sie uns bitte zusammenarbeiten."

Die beiden Streithähne senkten beschämt die Köpfe.

„Bitte verzeihen Sie, Eure Heiligkeit."

Um das Gespräch künftig besser zu steuern, ergriff der Papst wieder das Wort.

„Der alte Pfarrer unserer Gemeinde sagte einmal zu mir: ‚Wenn wir nicht einmal auf unser Geld aufpassen können, das man sehen kann, wie sollen wir dann die Seelen der Gläubigen hüten, die man nicht sehen kann?' Wir müssen unsere Probleme konsequent lösen, und das geht nicht mit einer kurzfristigen Herangehensweise.

Nehmen wir einmal die Investitionen. Zu meiner Zeit als Provinzial in Argentinien erzählte der dortige Generalökonom einmal, dass die Jesuiten im Land ihre Gelder bei einer seriösen und ehrlichen Bank angelegt hatten. Dann kam jedoch ein neuer Ökonom und fragte bei der Bank nach, wo das Geld angelegt worden sei. Dabei mussten sie feststellen, dass sechzig Prozent ihrer Anlagesumme in Aktien von Waffen produzierenden Unternehmen geflossen war! Stellen Sie sich das einmal vor: Sechzig Prozent des Kirchenvermögens war in Firmen investiert, die ihr Geld mit Waffen verdienten! Es ist eine Schande, dass so etwas möglich ist!"

„Das Thema der Geldanlage ist in der Tat heikel", bestätigte Madame Rauch. „Der Vatikan hat fünfundneunzig Millionen Euro über Goldman Sachs, die USB und Black Rock angelegt. Wissen Sie, was dann passiert ist? Die Anlagen verloren die Hälfte ihres Wertes. Die Spendengelder aus Kollektenkörbchen und Opferstöcken wurden an den Aktienmärkten der Welt verspekuliert."

„Wie Sie wissen, sind wir keine Finanzexperten, sondern einfache Diener Gottes", entgegnete Kardinal Barboni sanft. „Unsere Hauptsorge ist es, uns um das Seelenheil der Gläubigen zu kümmern. Was verstehen wir schon von all diesen Geldfragen, von Finanzverwaltung, von Terminmärkten und was weiß ich nicht alles? Diese Dinge sind so komplex, und wir wissen so wenig, dass es für einen Geldhai nicht schwer ist, unsere Arglosigkeit und Gutgläubigkeit auszunutzen."

Madame Rauch räusperte sich.

„Ich bitte um Verzeihung, Eminenz, aber schon seit Jahren weisen die Wirtschaftsprüfer den Vatikan auf die Missstände bei der Finanzverwaltung hin, ohne dass irgendwer dem Beachtung schenken würde", sagte sie trocken. „McKinsey, Ernst & Young, KPMG, die Promontory Financial Group … alle großen Wirtschaftsprüfungsgesellschaften der Welt haben sich schon dazu geäußert und Verbesserungsvorschläge unterbreitet. Mit welchem

Erfolg? All ihre Ratschläge wurden souverän in den Wind geschlagen. Die verantwortlichen Kardinäle scheinen der Meinung zu sein, dass gewisse Regeln für sie einfach nicht gelten. Wenn man versucht, die Fakten zu bewerten, werden Informationen zurückgehalten und die Arbeit sabotiert. Falls es den Wirtschaftsprüfern trotzdem gelingt, die Situation zu verstehen und eine Lösung vorzuschlagen, wird diese schlichtweg ignoriert. So kann keine Institution der Welt funktionieren, schon gar nicht der Vatikan!"

„Sie haben Recht", stimmte der Papst zu. „Viele Probleme innerhalb der Kirche sind eine Folge des Solipsismus, dieser egoistisch-überheblichen Haltung zahlreicher Kurienmitglieder."

„Mit einer solchen Einstellung wird sich die Situation unmöglich lösen lassen", schimpfte die junge Französin. „Der Vatikan steuert direkt auf den Bankrott zu, und niemand unternimmt etwas dagegen."

Der Papst nickte und sah Kardinal Barboni vertrauensvoll an.

„Angelo, weißt du noch, was du am ersten Tag meines Pontifikats zu mir gesagt hast?"

Der Kardinal lächelte.

„Wie könnte ich das vergessen, Eure Heiligkeit! Ich habe gesagt, dass der Moment gekommen sei, die Kurie zu säubern und die Kirche den Armen zurückzugeben, wie es die Evangelien uns lehren."

„Und du hattest Recht. Daraufhin habe ich beschlossen, den Heiligen Stuhl zu reformieren, und mit Gottes Hilfe wird uns das auch gelingen. Das IOR muss wieder ehrlich verwaltet werden, und dazu brauchen wir volle Transparenz und Kostenkontrolle. Allein in den letzten fünf Jahren sind die Personalkosten um dreißig Prozent gestiegen." Er schlug mit der flachen Hand auf den Tisch. „So kann es nicht weitergehen! Die Gläubigen geben uns ihr Geld nicht, um die Laster der Kurienmitglieder zu finanzieren, sondern um den Armen zu helfen. Die Kardinäle müssen verstehen, dass die Welt sich nicht um sie dreht; wir sind dazu da, den Menschen zu dienen, nicht, um uns zu bedienen! Die Kurie sorgt sich fast ausschließlich um ihre eigenen Interessen. Im Vatikan gibt es viel zu viele Emporkömmlinge, die nur am Geld hängen. Die Religion dient ihnen nur noch als Einnahmequelle." Er schüttelte angewidert den Kopf. „So geht das nicht weiter. Jesus will, dass seine Priester und Bischöfe Diener sind, keine Prinzen. Niemand kann das Evangelium verstehen, ohne die Armut zu verstehen. Es ist höchste Zeit, den Vatikan zu reformieren!"

„Aber Eure Heiligkeit, wie soll uns das gelingen?", fragte Madame Rauch.

„Mit Hilfe der COSEA natürlich, Madame Rauch", sagte der Papst. „Sie sind die Leiterin dieser Kommission. Sie haben volle Befugnisse! Ich habe ein Chirograph ausgestellt, das alle Abteilungen des Heiligen Stuhls zur Zusammenarbeit mit Ihnen und Ihrer Kommission verpflichtet. Mit dieser Urkunde erhalten Sie Zugang zu allen Dokumenten, die für Ihre Arbeit nötig sind, selbst zu den vertraulichsten! Die COSEA ist vollständig autonom und unabhängig! Was wollen Sie mehr?" Er blickte die Wirtschaftsprüferin streng an. „Es ist jetzt an Ihnen, die Lage zu analysieren und geeignete Lösungen auszuarbeiten, wie wir aus dem Schlamassel herauskommen."

„Aber die Kurie ist regelrecht panisch geworden, als bekannt wurde, dass Sie die Einkünfte der Kardinäle unter die Lupe nehmen und ihnen ihre Privilegien kürzen wollen. Trotz der Urkunde, die Eure Heiligkeit ausgestellt hat, wollte kein einziger Kardinal mit mir und den anderen Wirtschaftsprüfern zusammenarbeiten. Schlimmer noch: Unsere Arbeit wird sabotiert! Sobald jemand den Namen der COSEA hört, gehen die Kardinäle in die Offensive. Die neuen Budgetvorschriften, die wir eingeführt haben, hatten nur zum Zweck, dass die meisten Abteilungen des Heiligen Stuhls ein Parallelbudget geschaffen haben, um ihre Einnahmen nicht zu deklarieren. Sie tun gerade so, als wären diese Gelder ihr Privateigentum! Wie sollen wir in einer solchen Umgebung die Finanzen reformieren? Ganz zu schweigen von der mangelnden Unterstützung auf höchster Ebene …"

Der Papst richtete sich auf.

„Was wollen Sie damit sagen?"

„Eure Heiligkeit erinnert sich bestimmt, dass Erzbischof Viganò schon vor Jahren darauf hinwies, dass die Weihnachtskrippe auf dem Petersplatz mehr als eine halbe Million Euro gekostet hat. Er kritisierte, dass immer die selben Firmen für den Vatikan arbeiten und den doppelten oder gar dreifachen Preis des Üblichen verlangen. Außerdem warf er dem Finanz- und Verwaltungskomitee vor, mehr als zwei Millionen Dollar für eine Finanztransaktion verschwendet zu haben, ohne darüber auch nur Bericht erstattet zu haben. Anstatt ihm dafür zu danken, dass er diesen Skandal aufdeckte, hat Papst Benedikt XVI. was gemacht? Er hat Erzbischof Viganò vom Generalsekretär des Governorats der Vatikanstadt in die Vereinigten Staaten ins Exil geschickt! Er hat ihn also bestraft!"

„Das stimmt", sagte der Papst, „aber das ist Vergangenheit. Angelo und ich unterstützen Ihre Arbeit in allen Belangen. Wir sind alle Sünder, aber wir sind nicht alle korrupt. Möge der Herr uns helfen, nicht der Versuchung des Geldes zu erliegen." Er machte eine ausladende Armbewegung. „Es liegt nicht daran, dass der Apostolische Palast mich einschüchtert, dass ich hier nicht wohnen will. Ich finde vielmehr, dass der Papst mit seinem Beispiel vorangehen sollte! Wie könnte ich predigen, dass wir den Armen helfen müssen, und selbst in einem solchen Überfluss leben? Und ich toleriere auch nicht, dass das Geld für die Laster der Kurie verschwendet wird!"

„Die Finanzen des Vatikans sind aber auch aus anderen Gründen besorgniserregend, Eure Heiligkeit, und das Überleben der

Kirche hängt vom Gelingen Ihrer beabsichtigten Reformen ab", gab Madame Rauch zu bedenken.

„Ich weiß."

„Ich bezweifle nicht im Geringsten, dass Sie uns unterstützen, Eure Heiligkeit", fuhr die Französin fort. „Aber das Verhalten Ihrer Vorgänger hat dazu geführt, dass sich gewisse Gewohnheiten breitgemacht haben, die man nicht anders als kriminell nennen kann! Und als es unserer Kommission endlich gelungen ist, eine Handvoll Informationen über die dubiosen Machenschaften bei der Finanzverwaltung zusammenzutragen, ist was passiert? Die Unterlagen wurden gestohlen! Die Einbrecher drangen einfach so in den Vatikan ein und entwendeten die belastenden Dokumente! Wie sollen wir unter solchen Umständen arbeiten?"

Nach diesen Worten sagte eine Weile lang keiner ein Wort. Der Papst und Kardinal Barboni wussten nur zu gut, dass Madame Rauch den Finger in eine sehr empfindliche Wunde gelegt hatte.

Dann drehte sich der Papst zu Tomás um und sah ihn hoffnungsvoll an.

„Professor Noronha wird uns retten", sagte er. „Es ist eine göttliche Fügung, dass Sie gerade hier sind, wo wir Ihre Hilfe so dringend brauchen. Sie sind unsere Geheimwaffe, unser bester Trumpf."

Tomás, der die ganze Zeit über schweigend zugehört hatte, war besorgt, wie viel Verantwortung der Papst ihm übertragen wollte.

„Eure Heiligkeit traut mir offensichtlich Fähigkeiten zu, die ich nicht besitze", sagte er beunruhigt. „Ich bin Geschichtsprofessor mit den Fachgebieten alte Sprachen und Kryptanalyse. Von Finanzangelegenheiten, Buchführung und Verwaltung habe ich nicht die geringste Ahnung und ..."

„Wir brauchen Sie doch nicht für eine Wirtschaftsprüfung, Professor“, warf der Papst lächelnd ein. „Dafür haben wir Madame Rauch und ihr Team von der Prüfungskommission.“

„Aber womit kann ich Ihnen denn sonst helfen?“, fragte Tomás.

Als wäre es die Antwort so selbstverständlich, dass sie sich erübrigte, schaute der Papst ihn an.

„Um den rätselhaften Einbruch in den Vatikan zu lösen“, sagte er schließlich.

Dann stand er auf und beendete die Versammlung.

XVII

Der Ausblick war atemberaubend. Nach der Besprechung in der Privatbibliothek des Papstes hatte Madame Rauch Tomás in den vierten Stock eines Gebäudes außerhalb der Leoninischen Mauer begleitet, wo sie auf der Terrasse Platz genommen hatten. Gegenüber lag das Büro der Wirtschaftsprüfungskommission COSEA. Tomás betrachtete den Obelisk im Zentrum des Petersplatzes, der wie eine riesige Nadel in den Himmel ragte – ein Zeitzeuge der ägyptischen Pharaonen ebenso wie der Römer unter Caligula und Nero. Dann ließ Tomás seinen Blick zu der mächtigen Kuppel des Petersdoms schweifen, über der ein bleigraues Wolkenmeer die Stadt schier zu erdrücken schien.

Auf dem Petersplatz herrschte lebhaftes Treiben: Die Touristen schlenderten bewundernd an den Säulengängen Berninis entlang oder standen in einer langen Schlange an, um in den Petersdom eingelassen zu werden. Polizisten patrouillierten mit umgehängtem Maschinengewehr über den Platz.

„Die Einbrecher wussten genau, was sie taten. Das waren Vollprofis“, sagte Madame Rauch.

„Wenn ich es richtig verstanden habe, sind die Einbrecher nicht nur in Ihr Büro eingedrungen“, bemerkte Tomás, „nicht wahr?“

„Ja, sie haben systematisch alle Büros mit Safes aufgebrochen, vom Erdgeschoss bis in den vierten Stock.“

„Was haben sie gestohlen?“

„Geld.“

Tomás runzelte die Stirn.

„Sie haben also nur Geld gestohlen?“, fragte er.

Die Französin schüttelte den Kopf und wies mit der Hand auf das Gebäude.

„Professor, das hier ist das Kongregationsgebäude!“

„Und?“

„In den unteren Stockwerken haben die Kongregation für den Klerus, die Kongregation für die Glaubenslehre und die Kongregation für die Institute geweihten Lebens ihre Büroräume. All diese Behörden sind Teil der Kurie. Wissen Sie, wie viel Geld in deren Safes aufbewahrt wird?“

„Ich habe nicht die geringste Ahnung“, gestand Tomás.

„Ein paar hundert Euro pro Safe, insgesamt also etwa zwei- oder dreitausend Euro.“

„Sie meinen also, den Einbrechern ging es nicht nur um Geld?“

Madame Rauch bat Tomás, ihr in ihr Büro zu folgen. Dort zeigte sie ihm die sechs in die Wand eingelassenen Safes.

„Wie schon gesagt, diese Einbrecher waren Profis. Sie sind in das Kongregationsgebäude des Vatikans eingedrungen und haben die Schlösser mit einem Schweißbrenner geöffnet …“

„Das ist noch keine allzu komplizierte Technik“, warf Tomás ein.

„Stimmt, aber ihr unauffälliges Vorgehen und die präzisen Informationen über die Lage und den Inhalt der Safes waren das Werk von Profis, Professor. Sie sind ausschließlich in Büros mit einem Safe eingebrochen und haben diese ohne Spuren zu hinterlassen geöffnet. Wenn sie kein magisches Werkzeug hatten, heißt das nichts anderes, als dass sie die Zahlenkombinationen kannten! Oder haben Sie eine andere Idee?“

Madame Rauch blitzte Tomás aus ihren blauen Augen an.

„In der Tat, das klingt, als hätten sie über vertrauliche Informationen verfügt."

Die Französin deutete auf die Reihe der sechs Safes.

„Nicht zu vergessen, was sie in diesem Büro hier vollbracht haben", fügte sie hinzu. „Die gesamte vierte Etage des Kongregationsgebäudes wird von der Präfektur für die wirtschaftlichen Angelegenheiten des Heiligen Stuhls eingenommen. Professor, dort bewahrt die COSEA ihre vertraulichsten Unterlagen auf! Die Einbrecher nahmen zielstrebig die Treppe D, die einzige, die in den vierten Stock führt, und sie drangen ausschließlich in dieses Büro ein, wo sie direkt die Safes fanden, die hinter dem Porträt von Seiner Heiligkeit verborgen waren."

Madame Rauch wies auf einen großen Rahmen, der umgedreht auf dem Boden lag.

„Dieses Bild hing also vor den Safes?", fragte Tomás.

„Ja."

„Das beweist aber noch nicht, dass die Einbrecher das auch im Voraus wussten", gab Tomás zu bedenken. „Der Trick, einen Safe hinter einem Bild zu verbergen, ist schließlich nicht neu."

„Das stimmt", gab Madame Rauch zu, wies dann aber auf den zweiten Safe von rechts. „Allerdings haben sie nur diesen einen Safe hier aufgebrochen."

„Ja, und?"

„Das ist genau der Safe, in dem die COSEA ihr vertraulichen Dokumente aufbewahrte!", empörte sich die Wirtschaftsprüferin. „Sie haben noch nicht einmal versucht, einen der anderen Safes zu öffnen. Das beweist eindeutig, dass sie es ganz gezielt auf die Dokumente abgesehen hatten und auch wussten, wo sie diese finden würden!"

„Dort war kein Geld drin?"

„Nein."

„Um warum haben sie dann die Safes in den anderen Etagen aufgebrochen?“

„Das kann nichts anderes als ein Ablenkungsmanöver gewesen sein“, sagte Madame Rauch. Sie klopfte gegen den leeren Safe. „Ihr wahres Ziel waren die Dokumente hier drin.“

Tomás dachte einen Moment lang nach. Ob alles vielleicht doch nur ein Zufall war? Das wäre zwar ungewöhnlich, aber keineswegs ausgeschlossen. Ihm fiel allerdings keine zufriedenstellende Antwort ein, weshalb die Diebe ausgerechnet in diesem Büro nur den Safe mit den Dokumenten geöffnet hatten.

„Sie haben wahrscheinlich Recht“, sagte er schließlich. „Die Einbrecher wollten uns auf eine falsche Fährte locken, indem sie das Geld aus den anderen Büros gestohlen haben.“

Auf diese Erkenntnis hatte Madame Rauch gewartet. Prompt hob sie das Bild auf, das noch immer am Boden lag.

„Ich habe absichtlich das wichtigste Indiz, das unsere Freunde uns hinterlassen haben, bis zum Schluss aufbewahrt“, sagte sie und drehte den Rahmen um, so dass Tomás das Foto sehen konnte. „Hier, schauen Sie.“

Schwarze Farbe verlief quer über das lächelnde Gesicht des Papstes. Tomás erkannte sofort, was es war.

„Aber das ist ja …“

Erwartungsvoll schaute Madame Rauch ihn an.

„Verstehen Sie, was das bedeutet?“

Tomás hatte einige Jahre zuvor einen Sommer lang an der Universität von Kairo verbracht und genug Arabisch gelernt, um die Botschaft der Einbrecher zu entziffern.

„*Allahu akbar!*“, sagte er. „Gott ist groß.“

XVIII

Wie hypnotisiert starrte Madame Rauch die arabischen Schriftzeichen an. Auch Tomás war schockiert über die Wendung der Dinge. *Allahu akbar!* Jetzt verstand er, weshalb der Papst über den Einbruch derart besorgt gewesen war.

„Ich sehe, Seine Heiligkeit hatte Recht, dass Sie uns bei diesem Fall helfen würden", sagte Madame Rauch, wobei Tomás nicht wusste, ob sie es ernst oder ironisch meinte. „Wissen Sie auch, was diese Worte an einem Ort wie diesem bedeuten?"

Auch wenn die Frage eher rhetorisch gemeint war, antwortete Tomás, um seiner Anspannung Luft zu machen.

„Das bedeutet, dass die Einbrecher höchstwahrscheinlich Araber waren und zwar fundamentalistische Islamisten", sagte er.

„Genau. Sie sehen also, die Drohungen des Islamischen Staates sind absolut real, und Seine Heiligkeit sowie die katholische Kirche sind tatsächlich in Gefahr."

Nachdenklich fuhr sich Tomás mit der Hand durch die Haare. Diese Entwicklung verlieh der Situation eine ungeahnte Ernsthaftigkeit. Er verstand jetzt auch, weshalb der Papst den Prophezeiungen zur Zerstörung Roms und dem Ende des Papsttums eine so große Bedeutung beigemessen hatte.

Was wäre als nächstes zu tun?

„Ich würde gern die Ereignisse der Reihe nach rekonstituieren“, sagte er schließlich. „Wissen Sie, wo die Einbrecher in das Gebäude eingedrungen sind?“

„Um ehrlich zu sein, nein.“

Verdutzt blickte Tomás die Französin an.

„Wie bitte? Gibt es denn keine Spuren? Keine aufgebrochene Tür oder ein Fenster?“

„Nein.“

„Aber … wer ist denn für die Sicherheit des Kongregationsgebäudes zuständig?“

Madame Rauch schaute betreten drein.

„Es gibt einen Nachtwächter.“

„Und der hat nichts gesehen?“

„Nein“, sagte die Französin kopfschüttelnd. „Er schwört, dass er wie üblich seine beiden Runden gedreht aber nichts Ungewöhnliches bemerkt hat.“

„Hm, das ist merkwürdig. Immerhin ist das Sicherheitspersonal nicht selten selbst am Einbruch in ein Gebäude, das sie bewachen sollen, beteiligt. Das würde auch erklären, weshalb es keine Spuren gibt und woher die Einbrecher wussten, wo sie die Safes finden würden. Ich nehme an, Sie haben den Nachtwächter schon verhört?“

„Die Untersuchungen der Polizei und der Antiterroreinheit laufen zwar noch, aber bisher haben sie nichts ergeben. Der Nachtwächter arbeitet seit vielen Jahren im Vatikan und ist vertrauenswürdig. Es liegen keinerlei Vorstrafen gegen ihn vor, er ist gläubiger Katholik, er ist nicht verschuldet und hat keine dubiosen Freunde oder Bekannte, einzig … nun ja, eine gewisse Vorliebe für den Charme junger Frauen.“

„Käuflichen Charme?“, fragte Tomás spitz.

Die Französin nickte.

„Die Kriminalpolizei hat die Telefonate überprüft, die er in der Nacht des Einbruchs über sein Mobiltelefon führte. Gegen vier

Uhr früh rief er in einem Bordell an, das er nach seiner Nachtschicht auch besucht hat. Als er darauf angesprochen wurde, war es dem Mann äußerst peinlich, aber er gab es ohne Umschweife zu. Anscheinend ist das sein einziges Laster. Er ist in dem Bordell bekannt, und die Befragung der dortigen Angestellten hat nichts Auffälliges oder Verdächtiges ergeben. Trotzdem wurde der Nachtwächter einem Lügendetektortest unterzogen, den er allerdings problemlos bestand. Es scheint wirklich so, als habe er nichts mit dem Einbruch zu tun."

„Hm", brummte Tomás. „Und es war niemand anderer im Gebäude, der mit den Einbrechern gemeinsame Sache gemacht haben kann? Was weiß ich, Reinigungspersonal zum Beispiel, ein Mitarbeiter der Kurienbehörden, der die ganze Nacht lang gearbeitet hat oder ein anderer Angestellter des Sicherheitsdienstes?"

„Nein, außer dem Nachtwächter war niemand im Gebäude."

„Das sieht also so aus, als hätten die Einbrecher allein gehandelt."

„Davon gehen wir derzeit in der Tat aus."

Tomás kratzte sich am Kinn. Etwas störte ihn an der Sache.

„Wenn sie keine Komplizen im Gebäude hatten, wie sind sie dann hineingekommen?", fragte er.

„Wir wissen es nicht, aber die Kriminalpolizei hat ein Tunnelsystem unter dem Vatikan entdeckt. Sie geht davon aus, dass die Einbrecher auf diesem Weg eingedrungen sind, denn einer der Gänge führt bis in das Kongregationsgebäude."

„Wie groß ist dieses Tunnelsystem, Madame Rauch?", wollte Tomás wissen.

Die Wirtschaftsprüferin hatte schon eine Antwort auf den Lippen, überlegte es sich dann jedoch anders.

„Hören Sie, nennen Sie mich bitte nicht länger Madame", sagte sie mit einem undefinierbaren Seitenblick. „Wenn wir in dieser

Sache zusammenarbeiten, sollten wir auf solche Formalitäten besser verzichten, finden Sie nicht?“

„Da stimme ich Ihnen voll und ganz zu“, sagte Tomás und reichte ihr die Hand. „Ich heiße Tomás.“

„Und ich Catherine.“

Sie schüttelten einander erneut die Hände. Dabei kreuzten sich ihre Blicke einen Moment lang; das Leuchten ihrer blauen Augen verlieh der Französin einen unglaublichen Charme, der Tomás kurzzeitig aus der Fassung brachte. Ganz offensichtlich war die Frau es gewohnt, Männer zu verführen, und er merkte, dass er ihren Reizen gegenüber nicht gleichgültig war. Ein gewisses Gefühl der Schwäche überkam ihn, und er fragte sich, wie er reagieren würde, falls Catherine noch einen Schritt weitergehen sollte. Er musste an Maria Flor denken, die nur wenige Stunden zuvor wütend davongestürmt war. Er war sich nicht sicher, ob er den Verlockungen der blonden Wirtschaftsprüferin widerstehen können würde.

„Ähm …“, stammelte er, „Madame, Verzeihung, Catherine. Sie sagten, es gibt ein unterirdisches Tunnelsystem?“

Die Französin nickte zufrieden und ging schnurstracks zur Tür.

„Kommen Sie.“

XIX

Als sich die Tür des Aufzugs öffnete, schlug Tomás ein Schwall stickig-warmer Luft entgegen. Er folgte Catherine in den Kellerbereich, der ihn an einen Bunker erinnerte. Das gelbliche Licht warf ihre Schatten in alle Richtungen. Die Wände waren erstaunlich abgenutzt und ließen darauf schließen, dass das Gebäude deutlich älter war, als es von außen aussah.

„Fängt hier das Tunnelsystem an?“, fragte Tomás.

„Ja“, sagte Catherine. „Kommen Sie.“

Auf der anderen Seite des Aufzugs befanden sich drei Türen. Die Französin ging zielstrebig zu einer von ihnen und öffnete sie. Dahinter lag eine Art Vorzimmer, von dem aus ein unterirdischer Gang ausging.

„Hier beginnt ein Labyrinth von Tunneln, Geheimgängen, versteckten Passagen, Treppen und Aufzügen. Der nächstgelegene Ausgang befindet sich direkt im Nebengebäude, wo ein paar weitere Kongregationen ihren Sitz haben. Ein anderer Gang führt zum Apostolischen Palast.“

„Der offiziellen Papstwohnung?“

„Ja, wobei dieser Durchgang aus Sicherheitsgründen gesperrt ist“, erklärte Catherine. „Obwohl der Papst ja gar nicht dort wohnt …“

„Stimmt. Aber er arbeitet dort“, entgegnete Tomás.

Catherine nickte und wies dann auf das Ende des Ganges, in dem sie sich befanden.

„Ein anderer Ausgang führt übrigens direkt in das IOR."

„Die Vatikanbank?"

„Nennen Sie sie, wie Sie wollen, aber Ihnen dürfte aufgefallen sein, dass diese Bezeichnung weder dem Papst noch den Kurienmitgliedern gefällt." Sie drehte sich zu Tomás um. „Im Grunde verbindet dieses Tunnelsystem mehrere Gebäude des Vatikans miteinander."

„Wieso laufen all diese Gänge genau hier zusammen?", fragte Tomás. „Das Kongregationsgebäude liegt doch meines Wissens außerhalb der Leoninischen Mauern."

„Das ist richtig, aber es gehört dennoch zum Staatsgebiet des Vatikans. In den Lateranverträgen von 1929, in denen Mussolini die Souveränität des Heiligen Stuhls anerkannte, wurde es ausdrücklich auf die Liste der extraterritorialen Gebiete aufgenommen. Ein weiterer Gang des Systems führt zum Beispiel in die Engelsburg, die ebenfalls außerhalb der Leoninischen Mauern liegt."

Tomás überlegte.

„Wann wurde dieses Tunnelsystem eigentlich angelegt?", fragte er dann.

„In der ersten Hälfte des 20. Jahrhunderts", antwortete Catherine prompt. „Unter anderem, weil die Nazis während der deutschen Besetzung Roms Papst Pius XII. kidnappen und nach Deutschland entführen wollten. Mit Hilfe der unterirdischen Gänge hätte der Papst schnell in Sicherheit gebracht werden können."

„Und heute dienen dieselben Gänge islamistischen Extremisten dazu, ins Kongregationsgebäude einzudringen", brachte Tomás das Gespräch zurück zum aktuellen Problem.

„Das ist in der Tat die Ansicht der Kriminalpolizei. Wer den Tunnelverlauf kennt, kann sich darin unbemerkt und frei bewegen. Für Einbrecher geradezu ideal …"

„Sie haben ja schon gesagt, dass in den oberirdischen Etagen die Büros der Kongregationen und der Präfektur für die wirtschaftlichen Angelegenheiten des Heiligen Stuhls sind. Aber was ist hier unten noch außer den Tunnelgängen?“, wollte Tomás wissen.

Statt einer Antwort machte Catherine auf dem Absatz kehrt und ging zurück zum Aufzugsbereich. Diesmal öffnete sie die mittlere der drei Türen. Kurz darauf standen sie auf einem unterirdischen Parkdeck, auf dem sich eine Limousine an die andere drängte.

„Hier ist das Parkhaus, wie Sie sehen“, sagte sie.

Tomás pfiff leise durch die Zähne und betrachtete einige Nummernschilder. Die Mehrzahl waren italienische Kennzeichen, aber auf manchen prangte auch ein rotes ‚CD‘.

„Diplomatenkennzeichen?“, wunderte sich Tomás.

„Ja“, sagte Catherine. „Das Parkhaus wird auch von den am Heiligen Stuhl akkreditierten Diplomaten genutzt.“

„Und die anderen Limousinen?“

Er hatte den Eindruck, dass die Wirtschaftsprüferin errötete.

„Die gehören … anderen Personen.“

Er merkte, dass ihr die Antwort unbehaglich war und fragte nicht weiter nach. Stattdessen inspizierte er das Parkdeck. Neben der Einfahrt befand sich ein Holzschrank, der wider Erwarten nicht verschlossen war. Er enthielt eine ganze Reihe Werkzeuge und Ersatzteile wie Wagenheber, Rohrzangen, Schraubenzieher, einen Kompressor, Flügelmuttern, Schmieröl, einen Kanister mit Öl und sogar einen Schweißbrenner, ein Seil und zwei Taschenlampen.

Verdutzt sah er Catherine an.

„Was ist das denn?“

„Der Werkzeugschrank“, sagte sie achselzuckend. „Falls ein Auto mal eine Panne hat.“

Dann gingen sie zurück zum Aufzugsbereich. Die dritte Tür war aus Metall und wirkte massiv.

„Was befindet sich dahinter?“, fragte Tomás.

„Das Archiv des IOR.“

Erstaunt horchte Tomás auf. Dieser Keller war eine echte Schatzhöhle.

„Hier lagert die Vatikanbank ihre Unterlagen?“

„Ja. Es ist kaum bekannt, aber das IOR verwahrt im Kongregationsgebäude, und zwar in diesem Keller, seine vertraulichsten Dokumente.“

„Und … haben die Einbrecher hier etwas gestohlen?“

„Nein, nichts“, antwortete sie. „Sie sind nur in die oberen Etagen eingedrungen, wo sie die Büros der Kongregationen aufgebrochen und die vertraulichen Unterlagen der COSEA gestohlen haben.“

Tomás schürzte die Lippen und deutete dann auf eine von mehreren kleinen Kameras unter der Decke.

„Sind das Überwachungskameras?“, fragte er.

„Ja. Die Polizei hat die Aufzeichnungen der fraglichen Nacht natürlich schon überprüft, aber hier ist niemand vorbeigekommen.“

„Wie bitte?“, wunderte sich Tomás. „Wie kann sie dann davon ausgehen, dass die Einbrecher durch dieses Tunnelsystem ins Gebäude eingedrungen sind?“

Die Französin zuckte mit den Achseln.

„Das ist in der Tat der große Schwachpunkt der Theorie“, stimmte sie zu. „Die Fahnder nehmen zwar an, dass die Einbrecher durch die unterirdischen Gänge kamen, können aber weder erklären, wieso sie nicht auf den Überwachungsvideos zu sehen sind noch, weshalb sie nicht einmal versucht haben, das Archiv des IOR aufzubrechen.“

„Kann es sein, dass die Überwachungskameras manipuliert wurden?“, fragte Tomás.

„Ich wüsste nicht, wie. Der Server, auf dem die Aufzeichnungen gespeichert werden, steht im Hauptquartier der Gendarmerie, innerhalb der Leoninischen Mauern. Dazu hätte ein Komplize dort eindringen und die Bilder löschen müssen.“

„Vielleicht hatten die Einbrecher ja einen Komplizen bei der Gendarmerie …“

Catherine dachte kurz über diese Möglichkeit nach.

„Das wäre zumindest denkbar“, gab sie zu. „Wie sagte der Papst doch gleich? ‚Die Behörden sind infiltriert, und die Gendarmerie ist unzuverlässig.‘“

Tomás machte eine vage Handbewegung.

„Ich wüsste nicht, wieso sich islamistische Einbrecher so viel Mühe machen sollten, nur um die Bilder zu löschen, auf denen man sie durch einen Gang huschen sieht. Meiner Meinung nach sind sie woanders eingedrungen.“

„Glauben Sie wirklich?“, fragte Catherine. „Das ist immerhin die aktuelle Hypothese der Kriminalpolizei …“

„Auch die Kriminalpolizei kann sich irren“, sagte Tomás lakonisch und schaute sich um. „Gibt es keinen anderen Geheimgang in dieses Gebäude?“

„Nein.“

„Gibt es denn noch einen anderen Eingang als den, den der Nachtwächter bewacht hat?“

Catherine schluckte.

„So unglaublich es auch klingen mag, ist tatsächlich der Eingang vom Platz Papst Pius XII. nicht überwacht; weder von einem Wächter noch von Überwachungskameras.“

„Waaaas?“

„Ja, aber die Tür wurde schon überprüft. Sie weist keinerlei Zeichen eines Einbruchs auf.“

„Es gibt sicher auch Möglichkeiten, ein Schloss zu überlisten, ohne dass man es sieht …“

„Das stimmt, und deshalb hat die Polizei das Schloss auch ausgebaut und genau unter die Lupe genommen. Es war vollständig intakt und wurde definitiv nicht aufgebrochen.“

„Verflixt! Aber wie sind die Schurken dann eingedrungen?“

Catherine zuckte mit den Schultern.

„Ich habe nicht die geringste Idee.“

Keine einzige Hypothese war überzeugend, stellte Tomás kopfschüttelnd fest. Die Hypothese der Kriminalpolizei, dass die Eindringlinge durch das Tunnelsystem gekommen waren, war äußerst unglaubwürdig. Der Nachtwächter fiel angeblich als Komplize aus. Und die unbewachte Eingangstür wies keinerlei verdächtige Spuren auf. Wenn es ihnen nicht einmal gelang zu bestimmen, von wo die Einbrecher ins Kongregationsgebäude eingedrungen waren, wie sollten sie dann Licht in die ganze Sache bringen können?

Er biss sich leicht auf die Unterlippe und dachte nach. Wenn sie nicht aus der Luft gekommen waren, mussten die Einbrecher trotz allem einen der drei Wege genommen haben. Bloß welchen?

Konnte man dem Nachtwächter wirklich trauen? Boten die unterirdischen Gänge nicht eine perfekte Möglichkeit, sich unbemerkt durch den Vatikan zu bewegen? Und war es den Ganoven nicht vielleicht doch gelungen, die unbewachte Eingangstür aufzubrechen?

Plötzlich fiel es ihm quasi wie Schuppen von den Augen.

„Ich hab’s“, sagte er.

„Was haben Sie?“, fragte Catherine verwirrt.

Tomás schaute sie mit leuchtenden Augen an. Die Antwort war derart simpel, dass sie ihm fast schon peinlich war.

„Sie hatten einen Schlüssel.“

„Einen Schlüssel?“, echote sie.

„Ja, von der Tür zum Platz Papst Pius XII.“, half Tomás nach.

„Aber das würde ja bedeuten, dass …“, stammelte sie.

„Genau, das würde bedeuten, dass der Papst Recht hatte als er sagte, er könne niemandem im Vatikan trauen“, sagte Tomás.

XX

Die Französin starrte Tomás mit offenem Mund an. Die Vorstellung, jemand aus dem Gefolge des Papstes könne den islamistischen Fundamentalisten geholfen haben, verschlug ihr die Sprache.

„Wie bitte?“, fragte sie schließlich.

Tomás deutete zur Decke, über der sich im Erdgeschoss der Eingang befand.

„Wir haben durch logisches Nachdenken herausgefunden, dass die Einbrecher nur durch die unbewachte Eingangstür gekommen sein können“, sagte er. „Die Tatsache, dass das Schloss unbeschädigt ist, beweist, dass sie einen Schlüssel hatten. Und den hat ihnen zwangsläufig jemand gegeben. Oder sehen Sie eine andere Erklärung?“

„Sie glauben also, die Einbrecher hatten Komplizen im Vatikan?“

„Ja. Übrigens haben Sie doch vorhin selbst gesagt, Catherine, dass die Einbrecher genau wussten, in welchen Büros sich ein Safe befand und wo die sensiblen Dokumente der COSEA aufbewahrt wurden.“

„Schon. Aber wer …?“, ließ sie die Frage unvollendet.

„War die Kurie über Ihre Arbeit nicht beunruhigt?“, fragte Tomás zurück.

„Doch, natürlich“, gab die Wirtschaftsprüferin zu. „Aber es geht doch arg weit, anzunehmen, dass ein Mitglied der Kurie mit Islamisten unter einer Decke steckt!“

Tomás kratzte sich am Kopf.

„Nun, es gibt eine Möglichkeit, das zu klären. Welche Dokumente haben die Einbrecher aus dem Safe der Präfektur für die wirtschaftlichen Angelegenheiten des Heiligen Stuhls entwendet?“

Die Französin versteifte sich.

„Das kann ich Ihnen nicht sagen.“

Tomás riss die Augen auf.

„Wieso nicht?“

„Weil es vertraulich ist.“

„Aber … der Papst hat mich um Mithilfe gebeten. Nun sagen Sie schon …“, ereiferte sich Tomás.

„Das kommt gar nicht in Frage“, unterbrach Catherine ihn.

Sie sagte es derart barsch, dass Tomás schon lospoltern wollte. Er überlegte es sich jedoch anders und beschloss, die Taktik zu ändern.

„Hören Sie, Catherine“, sagte er sanft. „Wir wissen über diesen Einbruch bislang zweierlei: dass er von islamischen Extremisten verübt wurde, und dass diese sich verdammt viel Mühe gemacht haben, zwei-, dreitausend läppische Euro zu stehlen, um von ihrem eigentlichen Ziel abzulenken – den Dokumenten in Ihrem Safe. Dazu stellen sich gleich mehrere Fragen: Warum haben sie sich durch den Schriftzug auf dem Foto quasi zu erkennen gegeben? War das geplant oder eine spontane Handlung? Noch wichtiger: Was genau haben sie gestohlen? Wenn Sie mir das nicht verraten wollen, kann ich dem Papst unmöglich helfen.“

Die Französin setzte zu einer Rechtfertigung an.

„Es handelt sich um … Unterlagen, die die Kirche belasten. Es tut mir wirklich leid, aber mehr kann ich Ihnen dazu nicht sagen. Ich bin vertraglich zur Verschwiegenheit verpflichtet.“

Tomás seufzte. Dann sah er der Wirtschaftsprüferin entschlossen in die Augen und stemmte die Hände in die Hüften.

„Jetzt hören Sie mir bitte mal gut zu“, setzte er an. „Ich bin nicht hier, um meine persönliche Neugier zu befriedigen. Wenn es nach mir ginge, würde ich sofort in die Nekropole zurückkehren, wo ich heute Vormittag eine historische Entdeckung gemacht habe, die noch einige Zusatzarbeiten verlangt. Alternativ könnte ich Rom besichtigen, anstatt mich mit einer Geschichte abzugeben, die mich nicht das Geringste angeht. Ich bin hier also nicht zum Spaß, sondern aus Pflichtbewusstsein!“

Catherine hielt seinem Blick gleichgültig stand.

„Jeder, wie er mag …“

„Einverstanden. Aber ich darf Sie daran erinnern, dass mir der Papst höchstpersönlich diese Mission übertragen und mich mit vollen Befugnissen ausgestattet hat.“

Die Erwähnung des Papstes schien die Französin zu verunsichern.

„Ja. Und?“

„Und wenn Sie sich weigern, mir mehr über die Unterlagen zu verraten, werde ich dem Papst sagen müssen, dass ich ihm nicht helfen kann, weil Sie meine Arbeit boykottieren. Angesichts der bedrohlichen Lage wird ihn das kaum freuen. Aber entscheiden Sie selbst. Ich habe jedenfalls nicht vor, meine Zeit zu verschwenden.“

„Ich …“

Verzweifelt hielt die Französin inne und rollte die Augen. Wenn sie Tomás die Wahrheit sagte, würde sie ihre Schweigepflicht verletzen und einige für die Kirche äußerst peinliche Details preisgeben. Wenn sie jedoch nichts sagte, wäre sie dafür verantwortlich, dass Tomás, dem der Papst vertraute, seine Mithilfe verweigerte.

Was tun?

Während sie noch zögerte, ergriff Tomás ihre Hand und verabschiedete sich.

„Schön, Sie kennengelernt zu haben“, sagte er. „Ich steige aus.“

Dann drehte er sich um und drückte auf den Aufzugsknopf. Catherine war völlig verdattert. Dieser Mann wagte doch glatt, ihr den Rücken zu kehren! Sie biss die Zähne zusammen. Immerhin blieb ihr nicht viel Zeit, sich zu entscheiden.

Der Aufzug näherte sich mit einem Brummen. Dann hielt er an, und die Tür öffnete sich. Tomás ging in die Kabine und drückte auf den Knopf für das Erdgeschoss.

Catherine musste reagieren.

Dann begann die Tür, sich zu schließen.

„Warten Sie!“

Eilig schob Catherine die Hand zwischen die Tür, die sich umgehend wieder öffnete. Die Französin machte einen Schritt nach vorn und stieg zu Tomás in die Kabine.

„Was ist?“, fragte er.

Als die Tür sich erneut schloss, drückte Catherine auf den Knopf für den vierten Stock, wo das Büro der Präfektur für die wirtschaftlichen Angelegenheiten des Heiligen Stuhls lag. Dann schaute sie Tomás resigniert an.

„Ich werde Ihnen alles erzählen.“

XXI

Zurück im Büro der COSEA, kam Catherine gleich zur Sache und deutete auf den leeren Safe.

„Wie Sie sehen, ist er recht geräumig, was auch nötig war, angesichts der zahlreichen heiklen Dokumente", erklärte sie.

„Aber was waren das denn nun für Dokumente?", hakte Tomás nach. „Was ist so peinlich für den Heiligen Stuhl beziehungsweise so interessant für islamische Extremisten?"

Mit ernster Miene schaute die Französin ihn an.

„Alles, was ich Ihnen jetzt erzählen werde, ist streng vertraulich", sagte sie und blickte ihm in die Augen. „Das heißt, Sie bewahren absolutes Stillschweigen darüber. Haben Sie mich verstanden?"

„Vertrauen Sie mir."

„Damit Sie eine Vorstellung von der Vertraulichkeit der Sache bekommen, sollten Sie wissen, dass alle Versammlungen der COSEA geheim sind." Und mit dem Anflug eines Lächelns fügte sie hinzu: „Es ist auch kein Zufall, dass der Codename unseres Büros im Gästehaus Santa Marta ‚Zimmer des heiligen Michael' lautet."

„Wie der Erzengel Michael?", fragte Tomás.

„Genau. Wissen Sie auch, warum?"

Die christlichen Mythen und Symbole waren Tomás bestens vertraut.

„Der heilige Michael ist der Erzengel für heikle Angelegenheiten. Er trägt eine Rüstung und ein Schwert und gilt als der Schutzpatron der Gläubigen gegen die Horden Luzifers."

„Eine gute Beschreibung der COSEA, finden Sie nicht auch?", schmunzelte Catherine. „Unsere Mission ist äußerst heikel und erfordert höchste Vertraulichkeit. Die Geheimhaltung ist derart entscheidend, dass jeder in der Kommission ein Smartphone mit einer maltesischen Telefonnummer bekommen hat, über das alle Passwörter verschickt werden, die dann den Zugang zu verschlüsselten, per E-Mail weitergeleiteten Dokumenten erlauben. Und wir zahlen hunderttausend Euro für einen exklusiven Server, auf den ausschließlich die Computer der COSEA-Kommission Zugriff haben. Um jeden Schnüffelversuch zu vereiteln, haben wir zudem beschlossen, die wichtigsten Unterlagen hier im Safe aufzubewahren, nicht im Zimmer des heiligen Michael."

„Okay, aber all diese Sicherheitsmaßnahmen haben offensichtlich nicht verhindert, dass die Unterlagen gestohlen wurden", warf Tomás ein.

„Das stimmt", gab Catherine zu und ließ die Schultern hängen.

Tomás deutete auf den Safe, dessen Tür weit offen stand und einen freien Blick auf die Leere darin offenbarte.

„Ich wüsste jetzt aber doch gern, welche Dokumente aus diesem Safe gestohlen wurden", wiederholte er. „Wenn die Einbrecher die ganze Aktion extra wegen dieser Unterlagen unternommen haben, sind sie sicher auch der Schlüssel zur Aufklärung des Einbruchs."

Er schaute die Französin auffordernd an. Sie wusste, dass sie die Antwort preisgeben musste, versuchte jedoch, noch etwas Zeit zu gewinnen und zog ein Päckchen Zigaretten aus ihrer Handtasche.

„Rauchen Sie?"

„Nein, danke."

„Warum nicht?"

Überrascht von dieser ungewöhnlichen Frage, zog Tomás eine Augenbraue hoch.

„Weil ich es nicht mag und weil es der Gesundheit schadet", antwortete er ungeduldig. „Aber finden Sie nicht auch, wir sollten nicht unsere wertvolle Zeit mit Fragen verschwenden, die …"

„Keine Sorge, ich versuche nicht, vom Thema abzulenken", sagte Catherine beschwichtigend. „Aber ich nehme an, Sie kennen die Haltung der Kirche zum Tabakkonsum?"

Diese Frage kam Tomás noch abwegiger vor als die vorherige, doch er beschloss, auf das Spiel der Wirtschaftsprüferin einzugehen.

„Sie kann ihn selbstverständlich nur missbilligen", antwortete er prompt.

„Genau. Laut der Weltgesundheitsorganisation ist der Tabakkonsum die zweithäufigste Todesursache weltweit und die am ehesten vermeidbare. Die Kirche erachtet das Leben als heilig und will die Menschen vor allen Gefahren schützen, also auch vor dem Tabak."

„Das ist nichts Neues", sagte Tomás. Er verzog das Gesicht. „Worauf wollen Sie hinaus?"

Während Catherine ihre Zigaretten zurück in die Handtasche steckte, ließ sie Tomás nicht aus den Augen. Sie wollte seine nächste Reaktion sehen.

„Wissen Sie, dass der Vatikan Tabak verkauft?"

Sie hatte die Frage so leise gestellt, dass Tomás dachte, er habe sich verhört.

„Wie bitte?"

Catherine ging einen Schritt zum ersten Safe von links.

„Als zusätzliche Sicherheitsmaßnahme habe ich vor Kurzem entschieden, die wichtigsten Unterlagen zu fotokopieren und in diesem Safe aufzubewahren, ohne irgendjemanden darüber zu informieren", sagte sie spitzbübisch. „Offensichtlich war das eine gute Idee."

„Sie haben also Kopien von den gestohlenen Dokumenten?“

In diesem Moment öffnete Catherine die Metalltür des Safes. Im Inneren lag ein dicker Ordner. Die Französin zog ihn heraus und begann, darin zu blättern.

„Haargenau“, bestätigte sie und tippte dabei auf eines der Blätter. „Wussten Sie, dass die Einwohner der Vatikanstadt in den Läden hier steuerfrei einkaufen können?“, fragte sie.

„Im Vatikan wird keine Mehrwertsteuer gezahlt?“

„Nein. Dieser Steuervorteil wurde im Einvernehmen mit dem italienischen Staat beschlossen und ist bei den Begünstigten außerordentlich beliebt. Die etwa achthundert Einwohner von Vatikanstadt und rund fünftausend externen Mitarbeiter, die über eine entsprechende Berechtigungskarte verfügen, zahlen keine Mehrwertsteuer. Und wissen Sie, welche Einnahmen allein aus dem Verkauf von Tabak in einem einzigen Jahr erzielt wurden? Die Wirtschaftsprüfer von Ernst & Young haben das einmal ausgerechnet und uns diesen Bericht zukommen lassen.“ Sie reichte Tomás das Papier. „Mehr als elftausend Menschen haben im Vatikan Tabak gekauft, was der Kirche Einnahmen in Höhe von dreieinhalb Millionen Euro eingebracht hat! Der Tabakverkauf ist die zweitwichtigste Einnahmequelle der Wirtschaftsabteilung des Heiligen Stuhls.“

„Elftausend Menschen haben Tabak gekauft?“, wunderte sich Tomás. „Steuerfrei? Aber … wie ist das möglich bei achthundert Einwohnern und fünftausend Angestellten?“

Catherine sah ihn nachsichtig an.

„Das ist offensichtlich, finden Sie nicht?“, sagte sie. „Ein gewisser Teil ist zum eigenen Verbrauch bestimmt, ein anderer Teil zu … anderen Zwecken.“

„Was für andere Zwecke?“

Die Wirtschaftsprüferin schwieg einen Augenblick, bevor sie ihm mit einem peinlich berührten Lächeln antwortete.

„Schmuggel.“

XXII

Einmal mehr verschlug es Tomás schier die Sprache. Die Prälaten des Heiligen Stuhls sollten mit Schmuggelware handeln? Der ernste Gesichtsausdruck der Französin machte jedoch klar, dass sie sich keinen Scherz erlaubt hatte.

„Sind Sie sicher, dass der Vatikan selbst in diese Affäre verwickelt ist?"

„Selbstverständlich! Bei achthundert Einwohnern und fünftausend Angestellten ist die Zahl von elftausend Personen, die Tabak einkaufen, ja wohl eindeutig zu hoch!"

„Wohl wahr …"

„Stellen Sie sich nur vor, es sind mehr als vierzigtausend Berechtigungskarten zum steuerfreien Einkauf im Vatikan im Umlauf – siebenmal mehr als es tatsächlich Berechtigte gibt! Das heißt, mehrere Tausend Leute kaufen im Vatikan Tabak ein, ohne Mehrwertsteuer zu bezahlen, um ihn anschließend zum normalen Preis wieder zu verkaufen und die Differenz einzustecken."

„Weiß der Papst darüber Bescheid?", fragte Tomás.

Catherine lächelte.

„Was glauben Sie, warum er die COSEA ins Leben gerufen hat?", entgegnete sie. „Aber das ist noch nicht alles." Sie reichte Tomás ein weiteres Blatt. „Das ist eine E-Mail an die Staatsverwaltung der Vatikanstadt, geschrieben von Paolucci & C. International, die unter anderem die Zigarettenmarken Winston und Dannemann vertreiben."

Tomás nahm den Ausdruck und las.

Sehr geehrter Herr,

unter Bezugnahme auf das geführte Telefongespräch bestätigen wir Ihnen wie folgt:
1. Bonus Target
- Jahresumsatz von 1.700.000 – Euro 12.000
- Jahresumsatz von 1.800.000 – Euro 14.000

2. Beitrag Markteinführung Winston

Wir nehmen Ihre Zustimmung zur Markteinführung der zwei Winston (Winston One und Winston Silver) zur Kenntnis und bestätigen Ihnen 4.000 Euro als Sonderbeitrag (2.000 Euro pro Referenz).

3. Dannemann-Zigaretten

Eigentlich haben wir hierfür kein Budget zur Verfügung, da wir aber glauben, dass dieses Produkt für Sie interessant sein kann, sind wir bereit, Ihnen zur Einführung einen Beitrag in Höhe von 1.000 Euro zu gewähren.

Für weitere Informationen stehen wir gern zur Verfügung.

Mit freundlichen Grüßen,
Managing Director
Paolucci & C. International, SpA

„Meine Güte!“, sagte Tomás. „Die Tabakhersteller bieten dem Heiligen Stuhl regelrecht Geldprämien dafür, dass er ihnen hilft, die Menschen zu vergiften!“

„Unvorstellbar, nicht wahr?“

„Und was hat die Staatsverwaltung darauf geantwortet?"

„Ein Verantwortlicher der Direktion für die Wirtschaftsdienste hat sich darauf beschränkt, das Angebot für die Einführung der Dannemann-Zigaretten abzulehnen, das er nur zu den gleichen Bedingungen wie bei Winston akzeptieren würde."

Ungläubig fuhr sich Tomás durchs Haar.

„Aber die beiden anderen Punkte hat der Vatikan … akzeptiert?"

Anstatt einer Antwort deutete Catherine auf den zuvor erwähnten Bericht von Ernst & Young.

„Es geht noch um viel mehr als nur Tabak", sagte sie. „Sehen Sie hier: siebenundzwanzigtausend verschiedene Kunden haben von der Steuerbefreiung für Kraftstoff profitiert, und mehr als sechzehntausend haben im Vatikan steuerfrei Kleidung und Elektronikartikel gekauft."

„Und das bei achthundert Einwohnern und fünftausend Angestellten …", murmelte Tomás.

„Ein einziger Bewohner von Vatikanstadt hat einmal zwanzig Computer auf einen Schlag gekauft. Selbst wenn derjenige einen davon für sich behalten hat, hat er die anderen neunzehn weiterverkauft und die zwanzig Prozent Mehrwertsteuer in die eigene Tasche gesteckt. Das ist Betrug! Das ist Schmuggel! So unglaublich es ist, aber ein Großteil der Menschen im Vatikan betreibt aktive Steuerhinterziehung."

„Aber …", fing Tomás an, ohne den Satz zu beenden.

Catherine suchte in dem Ordner ein drittes Dokument.

„Kommen wir zum Tabak zurück", sagte sie. „Wie schon gesagt, lautet eines der Hauptprinzipien der Kirche, die Menschen vor Gefahren aller Art zu schützen. Können Sie sich vorstellen, dass sie die Menschen dennoch aktiv zum Rauchen auffordert?"

Unter anderen Umständen hätte Tomás sofort verneint. So jedoch befürchtete er das Schlimmste und schaute die Französin nur abwartend an.

„Werfen Sie mal einen Blick auf diesen Brief", sagte Catherine und reichte ihm ein Blatt. „Das hat einer der weltgrößten Tabakkonzerne, Philip Morris, an das Governatorat geschrieben."

> Wir freuen uns, Ihnen unsere Zustimmung zu den Bedingungen mitteilen zu können, zu denen die Direktion Wirtschaftliche Dienste – Governatorat der Vatikanstadt (‚die Gesellschaft') sich zu absatzfördernden Maßnahmen für die Zigaretten der Marke Philip Morris International (PMI) verpflichtet. Für die Durchführung dieser Leistungen gewährt die Philip Morris International Services SARL, Filiale Rom, (PMIS Rom) der Gesellschaft eine Vergütung gemäß der vorliegenden Vereinbarung. Die Gesellschaft hat dafür jeden Monat folgende Daten an PMIS Rom zu übermitteln:
>
> (a) Die Absatzmenge für jede Marke in den Duty-Free-Läden des Vatikanstaats.
>
> (b) Laufende und/oder bereits durchgeführte wettbewerbsfähige Werbekampagnen, Markteinführungen von Produkten oder Aktionen in Bezug auf Einzelverkaufspreise.
>
> Die von der Gesellschaft erhaltenen Informationen sind als vertraulich zu behandeln und ausschließlich für interne Zwecke zu verwenden, es sei denn, für PMIS Rom besteht die Notwendigkeit, diese Informationen zu verbreiten, um zur Eindämmung des illegalen Zigarettenhandels weltweit beizutragen.
>
> Für die Erbringung der genannten Dienstleistung gewährt PMIS Rom der Gesellschaft eine Vergütung in Höhe von 12.500 Euro.

Tomás schüttelte entgeistert den Kopf.

„Du meine Güte“, sagte er. „Philip Morris zahlt dem Vatikan Geld dafür, dass er quasi Tabakwerbung macht.“ Er warf einen geradezu angewiderten Blick auf das Schreiben in seiner Hand. „Vielleicht gibt es ja bald Bilder von Jesus, wie er am Kreuz eine Zigarette raucht, und die Kirche erzählt uns, dass nur Raucher in den Himmel kommen.“

„Wie Sie sicher gesehen haben, ist dieser Brief nicht unterschrieben. Wir nehmen daher an, dass es sich dabei um ein Projekt zwischen Philip Morris und dem Vatikan handelt. Der eigentliche Vertrag ist uns allerdings noch nicht untergekommen.“

Tomás kaute nachdenklich auf seiner Unterlippe und versuchte, einen Sinn in den Ereignissen zu erkennen.

„Das Ganze ist natürlich sehr peinlich für die Kirche“, sagte er schließlich. „Aber welchen Nutzen haben diese Informationen für radikale Islamisten? Sind sie wirklich in den Vatikan eingebrochen, um zu beweisen, dass der Heilige Stuhl mit den Tabakkonzernen unter einer Decke steckt und die Gläubigen zum Rauchen animiert? Ich meine … reicht das als Motiv aus, um die Risiken zu rechtfertigen?“

„Aber Tomás, das hier ist doch nur die Spitze des Eisbergs!“, ereiferte sich Catherine. „Haben Sie immer noch nicht verstanden, dass die Probleme sich nicht bloß auf einige Deals mit Tabakherstellern beschränken?“

„Sondern …?“, fragte Tomás.

Die Wirtschaftsprüferin blätterte erneut in den Unterlagen. Als sie die gewünschte Kopie gefunden hatte, reichte sie ihm das Blatt mit einem gefährlichen Leuchten ihrer blauen Augen. Tomás ahnte, dass das nichts Gutes zu bedeuten hatte.

„Wussten Sie, dass man für eine Selig- oder Heiligsprechung bezahlen muss?“

XXIII

„Bezahlen?“, echote Tomás mit aufgerissenen Augen. „Ich dachte, man wird aufgrund seiner Verdienste seliggesprochen!“

Diese Bemerkung entlockte Catherine ein amüsiertes Lächeln.

„Haben Sie schon einmal zu einem Heiligen gebetet?“

„Wie bitte? Ich? Nein, natürlich nicht … Ich meine, ich bin nicht gerade religiös.“

„Gut, aber Sie wissen schon, was ich meine? Einen Heiligen um seinen Beistand bitten, …“

„Ja, sicher. Meine Mutter betet jedes Mal, bevor sie Coimbra verlässt, zum heiligen Christopherus, dem Schutzpatron der Reisenden. Und wenn sie in Lissabon ankommt, stellt sie eine Kerze für den heiligen Antonius, den Schutzpatron der Stadt, auf.“

„Wissen Sie, wie über eine Seligsprechung entschieden wird?“

„Nun“, begann Tomás zögernd. „Ich denke, das hängt davon ab, wie der oder die Betreffende gelebt hat, wie ehrlich und uneigennützig er war … und ob ihm Wunder zugeschrieben werden, für die man keine andere Erklärung gefunden hat.“ Er dachte kurz nach. „Als Mutter Teresa seliggesprochen wurde, musste erst ein ihr zugeschriebenes Wunder bestätigt werden. Wenn auch ein zweites oder mehr Wunder anerkannt werden, kann der Betreffende auch heiliggesprochen werden.“

„Und wer ist für die Abwicklung zuständig?“

Tomás zuckte mit den Schultern.

„Was weiß ich“, sagte er. „Der Vatikan, nehme ich an. Wahrscheinlich die Erzbischöfe und andere Prälaten.“

„Es ist die Kongregation für die Selig- und Heiligsprechungsprozesse.“

„Aha. Und?“

Wie eine Pokerspielerin verzog Catherine keine Miene.

„Wissen Sie, wie viel ein Prozess zur Selig- oder Heiligsprechung kostet?“, fragte sie.

Verwirrt schaute Tomás sie an.

„Ich habe nicht die geringste Idee. Seit wann nimmt denn die Kirche …?“, er unterbrach sich. „Jedenfalls sollte eine Seligsprechung doch nicht von finanziellen Motiven abhängen, sondern von den Verdiensten der betreffenden Person.“

„So sollte es in der Tat sein“, stimmte Catherine zu. „Ist es aber nicht. Zunächst einmal ist eine Recherche zum Leben des Kandidaten nötig, und das oder die Wunder müssen überprüft werden. Das kostet Geld.“

„Einverstanden.“

„Was schätzen Sie, wie viel solch ein Prozess kostet?“

Tomás war ratlos. Er war Spezialist für Geschichte, alte Sprachen und Kryptanalyse. Von Finanzen hatte er keine Ahnung.

„Hm, vielleicht zwei- oder dreitausend Euro“, mutmaßte er.

Die Französin reichte ihm eine weitere Fotokopie.

„Das sind die Unterlagen zur Seligsprechung von Antonio Rosmini aus dem Jahr 2007.“ Sie tippte auf eine Zahl. „Siebenhundertfünfzigtausend Euro.“

Tomás öffnete den Mund, ohne einen Ton herauszubringen.

„Wie viel?“

„Allein die Eröffnung eines Verfahrens kostet fünfzigtausend Euro. Dazu kommen die Bearbeitungskosten von fünfzehntausend Euro. Aber erst die für die Prüfung zuständigen Postulatoren lassen die Kosten durch die Decke gehen. Sie liegen im Durchschnitt bei fünfhunderttausend Euro, können aber auch weit höher ausfallen."

„Grundgütiger!", rief Tomás aus. „So viel?"

„Tja, das ist ein gewaltiger Markt", sagte Catherine. „Es geht um derart viel Geld, dass Johannes Paul II. fast eintausendfünfhundert Menschen selig- und fast fünfhundert heiliggesprochen hat. Das Geschäft mit den Heiligen ist außerordentlich lukrativ."

„Und was macht die Kirche mit all dem Geld?"

Die Wirtschaftsprüferin hatte bereits das nächste Blatt griffbereit.

„Die Kirche selbst behält nur einen Teil. Der Löwenanteil geht an die Postulatoren. Davon gibt es etwa fünfhundert am Vatikan, von denen jeder im Durchschnitt an vier oder fünf Fällen arbeitet. Das heißt, die Postulatoren sind verpflichtet, zwanzig Prozent dieses Geldes an einen Fonds für Verfahren armer Diözesen einzuzahlen, der dazu eingerichtet wurde, die Heiligsprechungsverfahren von Vertretern der ärmsten Gemeinden zu finanzieren."

„Das klingt vernünftig."

Catherine verzog verächtlich den Mund.

„Die in diesen Fonds eingezahlten Beträge sind äußerst gering."

Sie hielt ihm ein anderes Blatt hin.

„Hier, schauen Sie."

Tomás nickte. Die Auszahlungen an den Armenfonds waren geradezu lächerlich.

„Aber was passiert mit dem ganzen Rest des Geldes?"

„Genau diese Frage habe ich mir auch gestellt. Und meine Nachforschungen haben ergeben, dass die Postulatoren ihre Einnahmen nicht deklarieren. Nur die wenigsten kommen ihrer Zahlungsverpflichtung nach, und anscheinend macht sich auch niemand die Mühe, sie daran zu erinnern. Ich habe außerdem herausgefunden, dass dieser Posten eine Goldgrube ist, zu der nur wenige überhaupt Zugang bekommen. Wie gesagt, bearbeitet ein

Postulator etwa fünf Fälle gleichzeitig. Zwei von ihnen bearbeiten aber sage und schreibe jeweils neunzig Fälle."

„Oha!", entfuhr es Tomás.

„Ich habe dazu sowohl nähere Auskünfte von der Kongregation für die Selig- und Heiligsprechungsprozesse als auch von jedem Postulator die Einkommenserklärungen der letzten fünf Jahre angefordert, aber nicht das Geringste erhalten."

Tomás rieb sich das Kinn.

„Worauf wollen Sie hinaus?"

„Auf eine besonders unerfreuliche Sache", antwortete die Französin ernst. „Der Heilige Stuhl hat eine regelrechte Heiligenfabrik geschaffen, um sich zu bereichern, wobei das Geld in die Taschen einiger Weniger fließt. Im Vatikan herrschen Misswirtschaft und Diebstahl, und niemand unternimmt etwas dagegen."

„Das ist ziemlich verzwickt …"

„Aber bei Weitem nicht alles."

Während Catherine erneut in dem Ordner blätterte, bereitete Tomás sich auf den nächsten Schock vor.

„Warten Sie nur, was mit den Kollektengeldern passiert", sagte sie.

XXIV

„Sagen Sie mir nicht, dass die Kirche auch mit den Kollektengeldern Schindluder treibt!“, rief Tomás entsetzt.

Catherine sah ihn leicht spöttisch an.

„Eine der wichtigsten Spendenquellen der katholischen Kirche ist der sogenannte Peterspfennig“, sagte sie. „Das Geld ist dafür gedacht, dass der Heilige Vater Wohltätigkeitsinstitutionen zugunsten der Ärmsten unterstützen kann und um es den Kirchenmitgliedern zu ermöglichen, sich voll und ganz auf ihre Mission zu konzentrieren.“

„Meine Mutter ist auch gelegentlich nach der Messe mit dem Klingelbeutel herumgegangen“, warf Tomás ein.

„Die Frage lautet also: Wohin gehen diese Spendengelder?“

„Na, hierher, in den Vatikan, nehme ich an.“ Er zögerte. „Oder etwa nicht?“

„Doch, das Geld kommt natürlich hier an. Aber was genau wird damit gemacht?“

Tomás breitete theatralisch die Arme aus.

„Es dient wohltätigen Zwecken und dafür, dass die Kirche ihre Aufgaben erfüllen kann. Ich weiß noch, dass Johannes Paul II. einmal gesagt hat, dass der Peterspfennig vor allem dazu diene, Völkern, Einzelpersonen und Familien in schwierigen Lebenssituationen zu helfen, die keine andere Unterstützung finden könnten.“

„Wenn das so wäre, warum weigern sich dann die Verantwortlichen, uns über die Verwendung dieser Gelder Auskunft zu geben?“, wollte Catherine wissen.

„Sie weigern sich …?“

„Wir haben mehrmals nachgehakt. Wir haben ihre Steuererklärungen und ihre Abrechnungen der Kollektengelder angefordert. Der Gesamtbetrag des Peterspfennigs wird zwar jedes Jahr veröffentlicht, aber was mit dem Geld passiert, ist ein gut gehütetes Geheimnis.“

„Haben Sie mit dem Papst darüber gesprochen?“

„Ja, wir hatten keine andere Wahl. Er wollte sich dafür einsetzen, dass uns die genauen Zahlen und Verwendungszwecke mitgeteilt würden.“

„Und?“

„Nach einigem Hin und Her haben wir eine ausweichende Antwort erhalten. Die Kurie hat uns weder gesagt, wo sich das Geld befindet, noch, welche Beträge wann und wofür ausgegeben wurden … aber ein wenig konnten wir dennoch herausfinden.“

„Was?“

Betont langsam blätterte Catherine in den Papieren, ehe sie Tomás eines der Blätter wie einen Schatz überreichte.

„Das hier. Eine Akte des Staatssekretariats mit der Bezeichnung ‚Ehrwürdige Bilanz‘. Dieses neunundzwanzigseitige Dossier besagt, dass jegliche Informationen zu dieser Sache streng vertraulich sind. So unglaublich es auch klingen mag, schweigt die Kirche sich über die Verwendung ihrer Kollektengelder noch konsequenter aus als über das dritte Geheimnis von Fátima! Das muss man sich einmal vorstellen!“

„Und was haben Sie dann aus dieser Akte erfahren?“, fragte Tomás.

Die Wirtschaftsprüferin deutete auf einen bestimmten Abschnitt.

„Der einzige Teil, der etwas Licht in die Sache bringt, ist dieser hier.“

> Die Kollektengelder wurden für karitative Tätigkeiten und/oder vom Heiligen Vater benannte Projekte (14,1 Millionen), für besondere Zwecke (6,9 Millionen) und für den Unterhalt der römischen Kurie (28,9 Millionen) verwendet. 6, Millionen wurden als Reserve für den Fonds des Peterspfennigs zurückgestellt.

Tomás verglich die Zahlen noch einmal. Dann schaute er die Französin entgeistert an.

„Sehe ich das richtig?“, fragte er. „Fast dreißig Millionen Euro Kollektengelder gehen an die Kurie?“

Catherine nickte.

„Ja, leider.“

„Aber … das ist ja mehr als die Hälfte der Spendengelder!“

„Achtundfünfzig Prozent, um genau zu sein“, stimmte sie zu. „Anscheinend hält sich die Kurie selbst für besonders bedürftig.“

Tomás biss sich auf die Zunge, um einen Kommentar zurückzuhalten, der sich im Vatikan und in Gegenwart der jungen Wirtschaftsprüferin nicht geziemt hätte. Er versuchte, Ordnung in seine Gedanken zu bringen und eine plausible Erklärung zu finden für das, was Catherine ihm erzählt hatte.

„Bestimmt gibt es eine logische Begründung für all das“, sagte er. „Immerhin muss der Vatikan auch Gehälter, Strom-, Wasser- und sonstige Rechnungen zahlen und den Petersdom unterhalten …“

„Selbstverständlich müssen die laufenden Kosten gedeckt werden“, stimmte Catherine zu. „Aber dazu müsste man erst einmal wissen, was und wie hoch diese Kosten überhaupt sind! Die APSA, die Güterverwaltung des Apostolischen Stuhls, hat ein

Defizit von mehr als sechzig Millionen Euro verzeichnet. Radio Vatican macht fünfundzwanzig Millionen Verlust, genau wie die Apostolischen Nuntiaturen in aller Welt. Die Kurie gibt zig Millionen für das Staatssekretariat, für Stiftungen, für ihre Druckerei und allerlei sonstige Dinge aus."

„Aber ist das nicht für ein Funktionieren des Vatikans notwendig?"

„Die Frage lautet nicht, ob es notwendig ist, sondern wie viel es kostet", antwortete Catherine. „Hier fehlt einfach jegliche Kostenkontrolle, wobei zahlreiche Ausgaben für eine Institution, die es sich zum Ziel gesetzt hat, den Armen zu helfen, völlig unsinnig sind. Die Kurienkardinäle zum Beispiel wohnen in riesigen Luxusappartements mit vierhundert bis sechshundert Quadratmetern Wohnfläche, und das in den teuersten Vierteln von Rom. Darin gibt es Warteräume, Fernseh- und Badezimmer, Empfangsräume und Teezimmer, Bibliotheken und Zimmer für Privatsekretäre, Zimmer für Haushaltshilfen, fürs Archiv und fürs Gebet. Die Wohnung von Kardinal Tarcisio Bertone ist viermal so groß wie die des Papstes. Sie hat eine riesige Terrasse und ist eigentlich eine Verbindung zweier Appartements im obersten Stockwerk des Palazzo San Carlo. Wer kommt Ihrer Meinung nach für die Kosten auf?"

Auf diese Frage hatte Tomás keine Antwort parat. Er hatte sich nie wirklich für den Lebensstil des Staatssekretärs von Papst Benedikt XVI. interessiert.

„Ähm …"

„Wir haben herausgefunden, dass Kardinal Bertone seine Wohnung für mehr als vierhunderttausend Euro renovieren ließ. Bei der Gelegenheit ließ er sich unter anderem eine Stereoanlage für neunzehntausend Euro, einen Boden aus feinem Carrara-Marmor und Eichenholzparkett einbauen. Wissen Sie, wer die Renovierungskosten gezahlt hat? Die Kinderklinik Bambino Gesù!"

„Von dem Geld, das für kranke Kinder gedacht war, sind die Luxuswünsche des Kardinals finanziert worden?"

Catherine deutete mit dem Finger nach unten.

„Sie erinnern sich an die Limousinen dort unten im Parkhaus?", fragte sie.

„Natürlich."

„Wissen Sie, wem sie gehören?"

„Nun, einige von ihnen waren Diplomatenfahrzeuge. Ich nehme an, sie gehören den am Heiligen Stuhl akkreditieren Botschaftern."

„Und die anderen?"

Auch wenn Tomás die Antwort ahnte, schaute er Catherine nur schräg an.

„Das wollten Sie mir ja vorhin nicht sagen."

„Weil es mir peinlich war."

„Sollten sie etwa … den Kardinälen gehören?"

Als sei sie selbst für die Situation verantwortlich, senkte Catherine die Augen.

„Ja. Verstehen Sie jetzt, was im Vatikan vor sich geht? Die Kurienkardinäle leben in obszön luxuriösen Wohnungen und fahren die teuersten Autos. Und genau dafür wird mehr als die Hälfte der Kollektengelder verpulvert. Damit erklärt sich auch, wieso niemand über den Verbleib dieser Gelder Auskunft geben will. Nur ein geringer Teil kommt tatsächlich den Armen zugute. Der Löwenanteil finanziert die Laster der Kurie."

„Aber die Kirche hat doch noch andere Fonds zur Unterstützung der Armen, nicht wahr?", sagte Tomás.

„Das stimmt", antwortete Catherine. „Allein das Institut für die Werke der Religion, das IOR, verwaltet vier Wohltätigkeitsfonds, aber als wir die Daten miteinander verglichen, hat sich gezeigt, dass diese das Geld einfach horten und nur ein verschwindend geringer Teil bestimmungsgemäß genutzt wird. Nur ein Beispiel:

Der Fonds für die heiligen Messen mit einem Kapital von mehr als zwei Millionen Euro hat gerade einmal fünfunddreißigtausend Euro an die Priester in aller Welt vergeben. In Italien kommen somit nur dreiundzwanzig Prozent der Kollektengelder tatsächlich bei den Bedürftigen an."

Tomás schluckte.

„Pfui Teufel!", rief er aus. „Das Geld, das meine Mutter jahrelang gespendet hat, ist nicht den Armen zugute gekommen, sondern bereichert diese … diese …"

Ihm fehlte das passende Wort für die Kurienkardinäle und ihr unchristliches Verhalten. Schließlich war es Catherine, die den Satz entsprechend beendete.

„Diese Parasiten."

XXV

Kaum hatte Tomás die Nummer von Maria Flor gewählt, hörte er die vertraute Ansage: ‚Der gewünschte Gesprächspartner ist vorübergehend nicht erreichbar. Bitte hinterlassen Sie nach dem Signalton eine Nach…"

Ärgerlich legte er auf.

„Verflixt!", murmelte er. „Sie hat ihr Handy immer noch ausgeschaltet."

Er hatte gerade mit Catherine das Kongregationsgebäude verlassen und steuerte auf den Petersplatz zu. Als sie seine Verärgerung bemerkte, blickte Catherine ihn von der Seite an.

„Gibt es ein Problem?", fragte sie.

„Nein, nichts Wichtiges."

Nichts Wichtiges für unsere Ermittlungen, fügte er in Gedanken hinzu, aber äußerst wichtig für sein inneres Wohlbefinden. Höchstwahrscheinlich ging Maria Flor in Rom shoppen und hatte das Telefon nur ausgeschaltet, um ihn zu ärgern. Es sei denn, sie wäre Hals über Kopf zum Flughafen gefahren und nach Lissabon zurückgeflogen. Tomás wusste, dass sie durchaus zu einer solchen Aktion fähig war.

„Ich komme fast um vor Hunger", sagte Catherine. „Was halten Sie davon, im Restaurant dort …"

Sirenen, die sich von allen Seiten rasch näherten, ließen sie aufhorchen. Eine einzelne Sirene war in Rom keine Seltenheit, aber eine derartige Menge war höchst ungewöhnlich. Aus allen Richtungen näherten sich Wagen mit Blaulicht, und der Lärm wurde immer lauter.

„Was ist los?“, fragte Tomás.

„Keine Ahnung“, antwortete Catherine. „Vielleicht brennt es irgendwo …“

Auf dem Petersplatz tummelten sich Besucher aus aller Welt, und vor dem Eingang zum Petersdom hatte sich eine lange Schlange gebildet. Plötzlich setzte sich ein Teil der Menge unkontrolliert in Bewegung, und Tomás und Catherine hörten Schreie. Einige Polizisten bahnten sich einen Weg durch die Besucher und befahlen ihnen, den Platz zu räumen.

„Die Gendarmerie des Vatikans“, stellte Catherine fest. „Was ist bloß passiert?“

„Meinen Sie, es brennt im Vatikan?“

Als ein Dutzend Polizeiautos heranrasten, wurden die Sirenen regelrecht ohrenbetäubend. Zwei der Kleinbusse brausten in vollem Tempo aus der Via della Conciliazione heran und hielten mit quietschenden Reifen am Beginn des großen Platzes. Mit Maschinengewehren bewaffnete und in dunkle Uniformen gekleidete Männer stürzten aus den Fahrzeugen und bezogen auf dem Petersplatz Stellung.

„Sowas aber auch!“, wunderte sich Catherine. „Die Carabinieri!“

Fast gleichzeitig tauchten zwei blau-weiße Polizeihubschrauber am Himmel auf. Sie schwebten in geringer Höhe über dem Platz und wirbelten Plastiktüten und Papierfetzen vom Boden auf. Sogar einige Hüte flogen ihren Besitzern vom Kopf. In wenigen Augenblicken hatte ein eindrucksvolles Polizeikommando die Kontrolle über den Petersplatz übernommen.

„Da muss etwas Ernstes passiert sein“, sagte Tomás und zog Catherine leicht am Arm in Richtung der Menschenmenge.

„Wo wollen Sie hin?“, fragte die Französin.

Statt einer Antwort steuerte Tomás auf den am nächsten stehenden Polizisten zu. Er gab nicht selbst Befehle, sondern überwachte deren Ausführung.

„*Scusi, signore*“, setzte Tomás an. „Was ist hier los?“

„Der Platz muss evakuiert werden!“, gab der Agent zurück, ohne ihn anzusehen. „Schnell! Verschwinden Sie von hier!“

„Ich bin Beraterin von Seiner Heiligkeit“, kam Catherine Tomás zu Hilfe und hielt dem Mann ihren Passierschein entgegen, der ihr freien Zugang zum Vatikan erlaubte. „Was ist passiert?“

Der Polizist warf einen schnellen Blick auf den Passierschein.

„Das weiß ich nicht, Signora“, sagte er mit gedämpfter Stimme. „Wir haben den Befehl, den Platz zu räumen. Bitte folgen Sie jetzt den Anweisungen.“

„Aber wir müssen hier durch!“

„Das ist unmöglich, Signora. Der Petersdom wird ebenfalls evakuiert und geschlossen.“

„Wir wollen nicht in den Dom, sondern in das Restaurant der…“

„Das kommt aufs Gleiche raus“, unterbrach sie der Mann. „Sie können jetzt nirgendwo hin innerhalb der Leoninischen Mauern.“

Catherine gab sich dennoch nicht geschlagen und hielt dem Mann erneut ihren Passierschein unter die Augen.

„Ich habe Zugang zum gesamten Gelände des Heiligen Stuhls“, sagte sie. „Und Professor Noronha arbeitet mit mir an der Aufklärung eines Verbrechens. Wir müssen zurück in den Vatikan. Lassen Sie uns bitte durch.“

Der Gendarm zögerte. Der Passierschein war echt und gestattete der Frau Zugang zum Vatikan. Außerdem lautete der Befehl, den er vor wenigen Minuten erhalten hatte, alle Touristen vom Petersplatz zu evakuieren. Die beiden hier waren aber eindeutig keine Touristen. Vielmehr hatte die Frau von einem Verbrechen gesprochen. Vielleicht bestand ja sogar ein Zusammenhang mit dem Befehl, den Platz zu räumen?

Er winkte Catherine und Tomás, ihm zu folgen.

XXVI

Vor einer Kette aus Schweizergarden und Carabinieri an der Porta San Pietro blieben sie stehen. Catherine und Tomás bedankten sich bei dem Polizist, der sie begleitet hatte, und zeigten dann dem zuständigen Schweizergardist ihre Ausweise und den Passierschein. Nachdem der Mann diese sorgfältig geprüft hatte, reichte er ihnen die Papiere zurück und bat sie nach vorn. Catherine nutzte die Gelegenheit, ihn anzusprechen.

„Was ist passiert?“, fragte sie mit einem Blick auf den Platz und die bewaffneten Polizisten.

„Das müssen Sie bitte eine kompetente Stelle fragen, Fräulein.“

„Und Sie sind nicht kompetent?“

„Ich bin für die Sicherheit zuständig, nicht für die Weitergabe von Informationen, Fräulein. Wenden Sie sich bitte an einen entsprechend Befugten.“

„Aber wie lauten denn Ihre Anweisungen?“

„Den Vatikan zu evakuieren und für die Sicherheit des Geländes zu sorgen, insbesondere des Apostolischen Palastes.“

„Und was ist der Grund für eine derart radikale Maßnahme?“

„Das müssen Sie bitte eine kompetente Stelle fragen, Fräulein“, wiederholte der Mann.

Catherine seufzte. Sie stammte aus dem Elsass und kannte daher die Mentalität der Deutschen. Und sie wusste, dass die

Deutschschweizer sogar noch versessener darauf waren, jede einzelne Regel pflichtschuldigst zu befolgen.

„Nun gut“, sagte sie und fügte zu Tomás gewandt hinzu: „Gehen wir.“

Dieser steckte gerade frustriert sein Mobiltelefon weg und murmelte: „Immer noch unerreichbar.“

„Wer ist unerreichbar?“, fragte Catherine.

Tomás antwortete nicht. Es beunruhigte ihn plötzlich, dass Maria Flor nicht ans Telefon ging. Bislang hatte er es als Folge ihres Ärgers angesehen, aber jetzt fragte er sich, ob womöglich eine Verbindung zwischen dem Schweigen seiner Verlobten und dem Polizeiaufgebot im Vatikan bestand. War Maria Flor in Sicherheit?

„Dieser ganze Zirkus hier macht mich nervös“, brachte er schließlich hervor und deutete auf die beiden Hubschrauber, von denen einer ganz nah über ihnen und der Polizeikette schwebte.

„Der Schweizergardist hat gesagt, dass sich die Sicherheitsmaßnahmen auf den Apostolischen Palast konzentrieren“, sagte Catherine. „Versuchen wir mal herauszufinden, was dort vor sich geht.“

Sie passierten das Bronzetor und überquerten den dahinter liegenden Hof. Dann bogen sie links ab und eilten vorbei an der Vatikanischen Druckerei und dem Turm Nikolaus V., dem Sitz des IOR.

„Was meinen Sie, ist passiert?“, machte Tomás seiner Anspannung Luft.

„Wahrscheinlich ist eine neue Drohung eingetroffen“, sprach Catherine aus, was beide dachten.

Da es aber sinnlos war, Vermutungen anzustellen, ohne nähere Einzelheiten zu wissen, biss Tomás sich auf die Zunge. Stattdessen beschleunigte er seinen Schritt, doch Catherine konnte problemlos mithalten. Wenig später sahen sie direkt gegenüber dem Eingang zum Apostolischen Palast eine weitere Sicherheitssperre.

Als sie am Checkpoint ankamen, zeigten sie erneut ihre Ausweise und den Passierschein vor.

„Können Sie uns sagen, was vorgefallen ist?", bat Catherine den Leiter der Sicherheitsmannschaft. „Was machen all die Polizisten hier?"

„Tut mir leid, junge Frau", sagte der Schweizergardist, während er ihre Papiere prüfte. „Dazu darf ich nichts sagen."

Diesmal rollte die Französin nur mit den Augen und wartete ungeduldig, bis der Wachmann ihnen die Ausweise zurückgab.

„Bitte sehr", sagte dieser dann und deutete auf den Eingang zum Papstpalast. „Hier entlang."

Gemeinsam betraten sie das Gebäude, in dem sie wenige Stunden zuvor eine Unterredung mit dem Papst geführt hatten. Sie nahmen die Treppe zwei Stufen auf einmal, bis sie bemerkten, dass ihnen im zweiten Stock der Weg versperrt wurde. Ein kleiner, fast schmächtiger Mann mit Schnauzer und schlecht rasiertem Bart gebot ihnen Einhalt.

„Wer sind Sie?", fragte er gebieterisch. „Was machen Sie hier?"

„Ich bin Professor Noronha und das ist Madame Rauch", antwortete Tomás. „Ich soll bei der Aufklärung eines Verbrechens mithelfen, das sich hier im Vatikan …"

„Was für ein Verbrechen?", fiel ihm der Mann ins Wort.

„Den Einbruch ins Kongregationsgebäude, der vorige Woche verübt wurde."

Misstrauisch beäugte der andere ihn.

„Intro culo di mammata!", fluchte er. „Ich bin derjenige, der mit diesen Ermittlungen betraut ist!"

Schockiert von der vulgären Wortwahl machte Tomás einen halben Schritt zurück. Doch dann überlegte er es sich anders.

„Und Sie?“, fragte er und musterte sein Gegenüber. „Wer sind Sie?“

„Francesco Trodela, Inspektor der Kriminalpolizei und zuständig für den Vatikan.“ Er sah Tomás von Kopf bis Fuß an. „Wer hat Ihnen erlaubt, Nachforschungen über den Einbruch ins Kongregationsgebäude anzustellen?“

„Der Papst persönlich. Heute Mittag.“

Der Inspektor kniff immer misstrauischer die Augen zusammen.

„Dio cane!“, rief er ungläubig aus. „Sie haben Seine Heiligkeit heute Mittag getroffen?“

„Ja. Wieso?“

„Ma vattene a fanculo!“, polterte Trodela los. „Wollen Sie mich verarschen?“

Offensichtlich liebte der Inspektor eine unflätige Ausdrucksweise. Das musste das italienische Temperament sein, versuchte Tomás, sich zu trösten.

„Ich versichere Ihnen, dass ich heute Mittag eine Unterredung mit dem Papst hatte.“

„Worum ging es dabei?“

„Um ehrlich zu sein, betrifft das nur den Papst und mich. Sie werden sicher verstehen, dass ich Ihnen nicht …“

„Nach allem, was heute vorgefallen ist, sind Sie sehr wohl verpflichtet, mir alles zu berichten, was Seine Heiligkeit betrifft, und zwar haarklein“, unterbrach ihn der Inspektor. „Worum ging es in Ihrer Unterredung mit dem Papst?“, wiederholte er.

Tomás runzelte die Stirn. Ihn überraschte weniger der aggressive Ton des Inspektors als vielmehr das, was er gesagt hatte.

„Und was genau ist heute passiert?“, fragte er zurück.

Trodela neigte seinen Kopf zur Seite und musterte Tomás mit zu Schlitzen verengten Augen.

„Vai a farti fottere!“, brummte er drohend. „Erzählen Sie mir nicht, dass Sie keine Ahnung haben …“

Die fortgesetzten Flüche Trodelas und sein misstrauischer Blick gingen Tomás auf die Nerven. Warum antwortete niemand auf die Frage, was eigentlich vorgefallen war? Hilfesuchend blickte er zu Catherine, die ihm ein Zeichen gab, ruhig zu bleiben.

„Nein, Inspektor, ich weiß es nicht“, sagte er schroff. „Aber was ist denn nun eigentlich passiert?“

„Was passiert ist? Sie können hier jedenfalls nicht einfach herumspazieren, solange die Ermittlungen nicht abgeschlossen und die Angelegenheit gelöst ist.“

„Welche Ermittlungen? Was für eine Angelegenheit?“

„Das Verbrechen natürlich.“

„Ein Verbrechen?“, fragten Tomás und Catherine fast gleichzeitig und schauten den Inspektor perplex an.

Ihre Reaktion war so spontan und authentisch, dass Trodela ihnen allmählich glaubte.

„Ja, ein Verbrechen“, bestätigte er. *„Porca troia!* Sehen Sie nicht, was für Sicherheitsmaßnahmen im Gange sind? Sehen Sie nicht, dass die Kriminalpolizei die Kontrolle über den Apostolischen Palast übernommen hat? Was glauben Sie wohl, wieso wir das alles machen?“

„Sagen Sie es uns, Inspektor“, bat Catherine.

Der schmächtige Italiener strich sich den Schnurrbart glatt, bevor er ihnen die lang ersehnte Antwort gab.

„Seine Heiligkeit ist entführt worden.“

XXVII

Kardinal Barboni ließ seinen massigen Körper auf einen Stuhl fallen und sank in sich zusammen. Die Wucht der Ereignisse schien ihn zu erdrücken. Aus dem Fenster neben ihm sah Tomás den Petersplatz, auf dem sich nur noch die bewaffneten Sicherheitskräfte und einige Polizeihunde befanden. Über dem Platz kreisten noch immer die beiden Hubschrauber.

„Kinder, Kinder", sagte der Staatssekretär den Tränen nahe, *„Dio mio!* Ein schreckliches Unglück ist über die katholische Kirche hereingebrochen! Was für eine Katastrophe! Unser geliebter Papst ist entführt worden!"

Tomás schaute die anwesenden Personen der Reihe nach an. Catherine wirkte von der Nachricht völlig erschüttert.

„Ich kann es einfach nicht glauben", murmelte sie und vergrub den Kopf in den Händen. „Das ist komplett unfassbar!"

Zwei Angestellte des Vatikans, die im Apostolischen Palast arbeiteten, standen mit hängenden Schultern und ängstlichem Blick in einer Ecke von Barbonis Büros.

Tomás stellte fest, dass er und Inspektor Trodela die Einzigen waren, die nicht die Nerven verloren. Derzeit war der Polizist allerdings damit beschäftigt, den Saum seiner Uniformjacke glattzustreichen. Er wirkte dabei so entspannt, als habe er mit den Umständen gar nichts zu tun. Zwar war bei einem Kriminalbeamten eine gewisse Ruhe und Gelassenheit völlig normal, aber Tomás fragte sich doch, ob diese unbeteiligte Miene tatsächlich nur seiner professionellen Routine geschuldet war. Als sie wenige Minuten zuvor das Büro betreten und Kardinal Barboni bestätigt hatte, dass Tomás und Catherine tatsächlich die Wahrheit sagten, hatte der Inspektor spürbar verärgert reagiert und sein Missfallen nur schlecht verheimlichen können. Wie hatte der Papst wenige Stunden zuvor gesagt? ‚Die italienische Polizei ist nicht gerade vertrauenswürdig. Hier ist niemand, wirklich niemand, der, der er zu sein vorgibt.' Ob das auch für Trodela galt?

„Das ist wahrlich eine schlimme Nachricht", ergriff Tomás die Initiative. „Wie wird wohl die Öffentlichkeit reagieren, wenn sie erfährt, dass …"

„Nein!", rief Kardinal Barboni entsetzt und richtete sich schlagartig in seinem Stuhl auf. „Das darf nicht sein! Bitte, sagen Sie niemandem etwas. Bitte nicht!"

Tomás deutete auf das Fenster und den nahezu leeren Petersplatz.

„Das dürfte zu spät sein, Eure Eminenz. Die Polizei ist doch da und …"

„Sti cazzi!", schimpfte Inspektor Trodela, ohne seine Aufmerksamkeit von seiner Uniform zu wenden. „Noch weiß niemand, was los ist."

„Hüten Sie Ihre Zunge, Inspektor", ermahnte ihn der Kardinal. „Wir sind im Vatikan, nicht in einer neapolitanischen Spelunke!"

Trodela strich sich über seinen schütteren Bart, der ihm das Aussehen eines Landstreichers verlieh.

„Ich bitte um Verzeihung, Eure Eminenz. Meine Frau, eine wahre Heilige, wirft mir das auch ständig vor."

„Noch weiß niemand, was los ist?", wiederholte Tomás. „Was soll das heißen, Inspektor?"

Trodela legte theatralisch einen Zeigefinger an seine Lippen.

„Die Entführung des Papstes unterliegt absoluter Geheimhaltung."

„Wie bitte?", fragte Tomás. „Und was ist mit dem ganzen Polizeiaufgebot dort unten? Glauben Sie, das fällt niemandem auf?"

„Wir haben der Presse gesagt, dass es sich um eine Sicherheitsübung handelt", antwortete Trodela so beherrscht wie möglich. „Das ist die gemeinsame Entscheidung von Seiner Eminenz und dem italienischen Premierminister."

„Wieso?"

„Cazzo!", platzte Trodela nun doch der Kragen, doch er schlug sich sofort die Hand vor den Mund. „Das ist mir so herausgerutscht", fügte er mit entschuldigendem Blick auf den Kardinal hinzu.

Barboni sah den Inspektor streng an.

„Möge der Herr Ihnen verzeihen."

„Sie haben noch nicht auf meine Frage geantwortet", erinnerte ihn Tomás. „Wieso?"

„Weil die Wahrheit nicht nur in Italien, sondern in aller Welt eine Welle der Unsicherheit hervorrufen würde. Kapieren Sie das nicht?", fauchte der Inspektor. „Die politischen Folgen sind nicht absehbar", schob er fast schon in versöhnlichem Ton hinterher.

Tomás war nicht der Meinung, dass die ‚politischen Folgen' es rechtfertigten, die Öffentlichkeit derart zu täuschen, doch er verkniff sich einen Kommentar. Diese Frage gehörte eindeutig nicht in seinen Zuständigkeitsbereich.

„Aber Inspektor", hakte er nach, „das lässt sich doch nicht auf Dauer verheimlichen! Irgendwann kommt die Wahrheit ans Licht! Früher oder später wird ein Polizist oder ein Politiker einem Journalisten etwas sagen, das diesen neugierig macht. Und wenn die Presse oder die sozialen Netzwerke anfangen, die Nachricht zu verbreiten, ist es zu spät …"

„Das stimmt, aber ich bin überzeugt, dass uns noch ein paar Stunden Zeit bleiben, bis es soweit ist. Der Vatikan ist isoliert, niemand kommt hinein oder heraus, und meine Männer durchkämmen das Gelände. Ich gehe davon aus, dass wir Seine Heiligkeit in ein, zwei Stunden gefunden haben."

Der Kardinal schüttelte verzweifelt den Kopf.

„Und ich wollte eigentlich saubere Sachen holen …"

„Das steht Ihnen nach wie vor frei, Eminenz", beeilte sich Trodela zu sagen. „Ihre Wohnung liegt doch im ersten Stock dieses Gebäudes."

„Theoretisch ja. Aber da Seine Heiligkeit nicht in der traditionellen Papstwohnung wohnt, wohne auch ich nicht im Apostolischen Palast."

„Das Gästehaus Santa Marta können Sie auch problemlos erreichen, es liegt ja innerhalb des Vatikans", sagte der Inspektor. „Doch auch sonst könnte Ihnen niemand verbieten hinzugehen, wohin Sie wollen. Sie sind schließlich derzeit die höchste Autorität des Heiligen Stuhls."

„Ich wohne nicht im Vatikan, sondern in einer Privatwohnung in Rom." Er deutete an seinem purpurnen Gewand hinab. „Meine Kleider riechen so unangenehm. Ich müsste ein Bad nehmen und mich umziehen, habe aber keine frische Kleidung hier."

„Kein Problem, Eure Eminenz. Ich kann einen meiner Männer zu Ihnen nach Hause schicken."

„Danke, das ist sehr freundlich, Inspektor. Die Adresse ist Via Carducci Nummer zwei. Ich werde Pater Mateo anrufen und ihn bitten, dass er Ihrem Kollegen eine frische Garnitur zurechtlegt."

Tomás wurde zunehmend ungeduldig. Die Angelegenheit mochte zwar für den Kardinal unangenehm sein, war angesichts der Umstände jedoch völlig ohne Belang.

„Es reicht doch nicht, den Vatikan abzusuchen, Inspektor“, drängte er. „Wer sagt Ihnen, dass die Entführer den Papst nicht schon irgendwo anders in Rom oder sogar außerhalb versteckt haben?“

„Das ist gut möglich“, stimmte Trodela zu. „Deshalb fahnden wir auch mit Hochdruck überall in der Stadt. Alle Flughäfen, Bahnhöfe, Straßen und Häfen werden strengstens überwacht, zahlreiche Personen werden befragt, und meine Leute überprüfen die Aufzeichnungen hunderter Überwachungskameras. Außerdem hören wir Telefonleitungen ab und kontrollieren den E-Mail-Verkehr … Wir setzen Himmel und Hölle in Bewegung, und ich gehe daher davon aus, dass es durchaus möglich ist, schon bald herauszufinden, wo sich Seine Heiligkeit aufhält.“

Die beeindruckende Aufzählung der Maßnahmen schien jeden im Raum zu beruhigen. Nur Tomás blieb skeptisch.

„Und wenn Sie ihn nicht finden?“

„Wir finden ihn, das versichere ich Ihnen.“

„Okay, das hoffe ich … aber was ist, falls es Ihnen doch nicht gelingt?“

Im Raum machte sich eine peinlich berührte Stille breit. Niemand mochte sich eine derartige Möglichkeit auch nur vorstellen. Einer der Vatikan-Angestellten schaute ihn regelrecht anklagend an, Catherine war aus ihrer Lethargie erwacht, und der Kardinal schaute Tomás mit angsterfüllten Augen an, während Inspektor Trodela ihn von oben bis unten musterte. Ihm war klar, dass der Professor keine Ruhe geben würde. Er ließ seinen Blick über den Petersplatz schweifen. Dann schluckte er einen Fluch hinunter und seufzte.

„Das wäre der Weltuntergang.“

XXVIII

Einige lange Sekunden sprach niemand im Büro des Kardinalstaatssekretärs ein Wort. Widerwillig malte sich jeder der Anwesenden aus, was passieren würde, falls es nicht gelänge, den Papst kurzfristig aus der Hand der Entführer zu befreien und kein Weg mehr daran vorbeiführte, die Öffentlichkeit zu informieren. Wie würden die Menschen in Italien und anderen Ländern reagieren? Würde es Demonstrationen geben? Oder gar Unruhen?

„Wie konnte das Ganze überhaupt passieren?", fragte Tomás.

Inspektor Trodela schaute grimmig drein, machte aber keine Anstalten, auf die Frage zu antworten. Kardinal Barboni breitete hilflos die Arme aus.

„Das weiß nur der Herr", sagte er.

„Entschuldigen Sie, Eminenz", sagte Tomás. „Heißt das, Sie wissen es nicht?"

„Wir sind in Gottes Hand, mein Sohn."

„Sicher, aber es gibt im Leben auch Dinge, die nicht nur göttlichen Ursprungs sind. Was genau hat sich also ereignet?"

„Nun, nachdem Seine Heiligkeit sich …"

„Scusi", unterbrach ihn Trodela, den es ärgerte, dass Tomás sich wie ein Ermittler aufführte und niemand widersprach. „Bei allem Respekt, Eure Eminenz, aber Sie sollten dem Professor nicht antworten. Soweit ich weiß, ist er Zivilist und kein Kriminalbeamter."

Der Kardinal warf einen kurzen Blick auf Catherine, ehe er Trodela wohlwollend, aber bestimmt anschaute.

„Ich habe Ihnen bereits erklärt, Inspektor, dass Seine Heiligkeit große Stücke auf den Professor hält."

„In der Tat", stimmte Catherine zu. „Ich habe keinen Zweifel daran, dass Seine Heiligkeit wünschen würde, dass Professor Noronha in die Ermittlungen einbezogen wird."

Die Tatsache, dass sowohl der Kardinal als auch die Wirtschaftsprüferin bestätigten, der Papst habe dem Professor vertraut, nötigte den Inspektor zu einer Kehrtwende.

„Nun gut", brummte er.

Angelo Barboni wandte sich wieder an Tomás und deutete mit der Hand nach oben, wo sich die Privatbibliothek des Papstes befand.

„Nachdem Seine Heiligkeit unsere Versammlung aufgelöst hatte, haben wir noch ein wenig in der Privatbibliothek diskutiert. Seine Heiligkeit war über die Bedrohung seines Pontifikats, der Kirche und der gesamten Menschheit sehr besorgt. Wir haben gemeinsam gebetet und den Herrn angefleht, er möge uns in diesen schwierigen Zeiten führen. Dann wollte Seine Heiligkeit seine Sünden beichten. Das war äußerst bewegend, und Seine Heiligkeit fing an zu weinen, genau wie ich und … ich war derart bewegt, dass ich ins Bad gegangen bin, um mein Gesicht zu waschen. Aber der Geruch dort war einfach schauderhaft." Er schüttelte sich und deutete angewidert auf sein Gewand. „Meine ganze Kleidung stinkt jetzt danach. Ich sollte mich unbedingt duschen und umziehen. Riechen Sie nur."

Tomás trat einige Schritte näher. Der Geruch nach Fäkalien war in der Tat unangenehm.

„Als ich wieder in die Bibliothek kam, war mir derart unwohl, dass ich mich fast übergeben hätte. Seine Heiligkeit hat sofort nach Ettore gerufen." Er wandte sich zu einem der beiden abseits stehenden Männer um. „Nicht wahr, Ettore?"

Der Angesprochene antwortete prompt.

„Sehr richtig, Eure Eminenz. Als Seine Heiligkeit mich gerufen hat, bin ich umgehend in die Bibliothek geeilt, um Ihnen zu helfen."

„Erzähl du, was dann passiert ist, Ettore."

„Also, Sie saßen auf einem Stuhl, Eminenz, und Ihnen war übel. Sie hatten Atemprobleme, deshalb habe ich Ihren Kragen aufgeknöpft. Danach fühlten Sie sich etwas besser. Ich wollte den Arzt rufen oder Ihnen zumindest ein Medikament holen, aber Sie sagten, es läge nur an dem starken Geruch." Er sah den Kardinal fragend an. „Wenn Sie sich erinnern, Eure Eminenz, sagten Sie, dass Sie nur etwas frische Luft brauchten. Deswegen habe ich Sie auch nach draußen begleitet."

„Entschuldigen Sie", warf Tomás an Ettore gewandt ein, „was ist Ihre Funktion hier?"

„Bitte?", fragte der Mann, erstaunt darüber, dass jemand nicht wusste, wer er war. „Ich bin der Privatsekretär Seiner Heiligkeit."

„Als Sie den Kardinal nach draußen begleitet haben, ist der Papst also allein in der Bibliothek geblieben?"

„Ja. Seine Heiligkeit hat mir aufgetragen, mich um Seine Eminenz zu kümmern. Er selbst wollte nicht gestört werden, weil er einen Bericht der COSEA lesen wollte. Ich bin daraufhin zu Giuseppe gegangen und habe ihm gesagt, dass ich mit Seiner Eminenz hinausgehen würde."

„Giuseppe?"

Der zweite Mann räusperte sich.

„Das bin ich", sagte er. „Ich bin der Kammerdiener Seiner Heiligkeit."

„Als Ettore den Kardinal hinausbegleitet hat, sind Sie, Giuseppe also zum Papst gegangen?"

„Ja, gewissermaßen. Da Seine Heiligkeit aber nicht gestört werden wollte, bin ich in das Vorzimmer gegangen und habe die

Zeitung gelesen. Dort wäre ich sofort zur Stelle gewesen, wenn der Heilige Vater mich gebraucht hätte."

„Und Sie haben niemanden gesehen, der die Bibliothek betreten oder verlassen hat?"

„Nein. Niemanden."

Tomás kratzte sich am Kinn und dachte nach.

„Und wann haben Sie bemerkt, dass der Papst verschwunden war?"

„Nun, um 13 Uhr kam Gianpaolo und brachte das Mittagessen für Seine Heiligkeit. Ich habe also den Teller wie üblich auf das Tablett neben der Tür gestellt und mich wieder zurückgezogen. Nach einer halben Stunde wollte ich den Teller wieder abholen, aber er war noch unberührt. Ich habe also geklopft, bekam aber keine Antwort. Dann habe ich noch einmal geklopft, wieder ohne Reaktion. Daraufhin bin ich unruhig geworden und habe die Tür geöffnet. Dann habe ich gesehen, dass …"

Die Stimme des Kammerdieners überschlug sich.

„Dass … was?", fragte Tomás nach.

„Dass die Bibliothek leer war."

„Der Papst war also nicht mehr dort?"

Giuseppe schüttelte den Kopf.

„Nein."

„Und Sie haben ihn auch nicht hinausgehen sehen?"

„Nein."

„Kann er nicht hinausgegangen sein, während Sie in die Zeitung vertieft waren?"

Der Kammerdiener zögerte einen Augenblick, weshalb Inspektor Trodela sich einmischte.

„Seine Heiligkeit ist entführt worden."

„Wie können Sie da so sicher sein?"

„Weder Giuseppe noch irgendwer sonst hat ihn aus der Bibliothek kommen sehen."

„Der Papst kann sehr wohl die Bibliothek verlassen haben, während Giuseppe Zeitung las“, insistierte Tomás. „Abgesehen davon: Wie können Sie annehmen, dass er entführt wurde, nur weil niemand weiß, wo er gerade ist?“

„Seine Heiligkeit geht nirgendwo hin, ohne seinen Kammerdiener, den Privatsekretär und andere Vertrauenspersonen zu informieren. Das ist noch nie vorgekommen.“

„Also gut“, willigte Tomás ein. „Nehmen wir an, der Papst hätte es heute dennoch getan. Das wäre somit ungewöhnlich, aber noch kein Beweis dafür, dass er entführt wurde. Diese Schlussfolgerung halte ich doch für arg … überstürzt. Finden Sie nicht, dass wir erst alle Fakten überprüfen sollten?“

Mit hochrotem Kopf baute Inspektor Trodela sich vor ihm auf.

„Cazzo!“, fauchte er. „Unterstellen Sie mir Unfähigkeit?“

„Keineswegs. Ich stelle nur fest, dass das vorübergehende Verschwinden des Papstes kein Beweis für seine Entführung ist. Dazu braucht es schon noch …“

„Aber natürlich gibt es Beweise! Für wie dumm halten Sie mich?“

Tomás schaute Trodela erstaunt an.

„Haben Sie eine Lösegeldforderung erhalten?“

„Nein, aber die Entführer haben sich anderweitig zu erkennen gegeben.“

„Und wie?“

Hitzig stieß der Inspektor Tomás mit dem Zeigefinger vor die Brust.

„Kommen Sie mit!“

„Wohin?“

Trodela stürmte bereits zur Tür und auf die Treppe zu, die in den dritten Stock führte, wo die Papstwohnung lag.

„Ich zeige Ihnen, wer den Papst entführt hat.“

XXIX

Wenig später standen sie vor der Tür der offiziellen Papstwohnung im dritten Stock des Apostolischen Palastes. Seit dem Vormittag hatte sich hier einiges verändert: Rot-weißes Absperrband verwehrte Unbefugten den Zutritt zur Privatbibliothek, und zwei Polizisten standen neben der Tür Wache. Als sie Trodela sahen, standen sie stramm.

„Kommen Sie bitte mit“, bat Trodela seine Begleiter.

Tomás, Catherine, Kardinal Barboni, Ettore und Giuseppe traten hinter ihm in den Raum, in dem vier Kriminalbeamte von der Spurensicherung nach verwertbaren Indizien suchten. Trodela reichte jedem von ihnen ein Paar Gummihandschuhe.

„Ziehen Sie die hier über“, kommandierte er, „aber fassen Sie trotzdem nichts an. Betreten Sie keinesfalls die abgesperrten Bereiche, und behindern Sie nicht die Arbeit der Beamten. Verstanden?“

Alle nickten.

„Wo ist denn nun der Beweis für die Entführung?“, fragte Tomás.

Als Antwort ging Trodela schnurstracks auf ein Bild zu, das zwischen zwei Regalen an der Wand hing. Die Auferstehung Christi von Perugino.

„Hier“, sagte er.

„Heilige Scheiße!“, entfuhr es Tomás.

Über dem Gemälde aus dem 15. Jahrhundert, das Jesus über seinem Grab schwebend zeigt, prangten arabische Schriftzeichen.

ألله أكبر

„Wissen Sie, was das heißt?“, fragte Trodela.

Tomás ließ sich mit der Antwort einen Moment Zeit.

„Allahu akbar!“, sagte er dann. „Gott ist groß.“

„Das ist doch das gleiche, was die Einbrecher auf das Portrait Seiner Heiligkeit geschmiert haben, nicht wahr?“, warf Catherine ein.

„Ja.“

„Und was folgern Sie daraus?“, fragte Trodela schmallippig. „Diejenigen, die den Papst entführt haben, sind auch für den Einbruch von voriger Woche verantwortlich. Die beiden Fälle gehören ganz klar zusammen.“ Er verschränkte die Arme vor der Brust und funkelte Tomás herausfordernd an. „Bezweifeln Sie immer noch, dass Seine Heiligkeit entführt wurde?“

„Nein“, gab sich Tomás geschlagen. „Diese Botschaft ist eindeutig.“

„Verstehen Sie jetzt, weshalb die politischen Konsequenzen enorm wären, wenn die Entführung bekannt würde?“

„Selbstverständlich.“

„Das sind die Prophezeiungen!“, meldete sich Kardinal Barboni zu Wort. „Erinnern Sie sich noch, mein Sohn, was Seine Heiligkeit heute Vormittag zu Ihnen gesagt hat? Sowohl der heilige Malachias als auch Papst Pius X. und die Jungfrau von Fátima haben eine Katastrophe für Seine Heiligkeit und die gesamte Christenheit verkündet. Und jetzt ist dieser Moment gekommen!“ Er bekreuzigte sich. „Möge die heilige Muttergottes uns beschützen und uns den rechten Weg weisen!“

„Beruhigen Sie sich, Eminenz.“

„Die Weissagungen bewahrheiten sich“, fuhr der Kardinal jedoch mit bebender Stimme fort. *„Petrus Romanus* ist nicht mehr unter uns! Die Prophezeiungen hatten Recht.“ Er deutete auf das beschmierte Bild. „Der Islamische Staat hat Seine Heiligkeit und den Heiligen Stuhl in aller Öffentlichkeit bedroht, islamische Fundamentalisten säen in aller Welt den Hass, diese Gottlosen, die nur das Unglück und die Zerstörung im Sinn haben, sind ein Werkzeug des Teufels. Gelobt sei der Herr, der uns vor dem Übel bewahren möge!“

Tomás trat ein Stück zur Seite. Er achtete darauf, die Arbeit der Kriminalbeamten nicht zu stören und wandte sich an den Kammerdiener des Papstes, der zusammen mit dem Privatsekretär sichtlich verstört in der Nähe der Tür stehengeblieben war.

„Giuseppe, hat sich in der Bibliothek irgendetwas verändert, seit Sie nach dem Mittagessen nach dem Papst geschaut haben? Ich meine natürlich, abgesehen von den Polizisten …“

„Nein, Professor.“

„Haben Sie die arabischen Schriftzeichen auf dem Bild bemerkt?“

„Nicht sofort. Ich habe zunächst Ettore gerufen, der inzwischen von seinem Ausflug mit Seiner Eminenz zurückgekehrt war. Ettore hat mich sofort begleitet, nachdem ich ihm gesagt hatte, dass Seine Heiligkeit nicht in der Bibliothek war. Er war es auch, der die Schmiererei auf dem Bild bemerkte. Damit wurde uns schlagartig der Ernst der Lage klar.“

„Haben Sie sonst noch etwas Ungewöhnliches bemerkt?“

Ettore und Giuseppe schüttelten unisono den Kopf.

„Nein, Professor. „Wir haben unverzüglich die Gendarmerie gerufen, und als diese die Schriftzeichen sah, hat sie auch Seine Eminenz benachrichtigt und Alarm geschlagen. Innerhalb weniger Minuten wurde der Vatikan evakuiert. Den Rest kennen Sie.“

Tomás wandte sich daraufhin an Trodela und deutete auf die vier Beamten im Raum.

„Haben Ihre Leute etwas gefunden, Inspektor?"

Der Angesprochene gab die Frage an den Leiter der Spurensicherung weiter, einen gewissen Sandro, dessen schütteres Haar und eindrucksvoller Schnurrbart in einem merkwürdigen Widerspruch zueinander standen.

„Wir haben einige Haare und zahlreiche Fingerabdrücke gefunden, Inspektor", antwortete der Mann, „aber nichts, was Aufschluss darüber gibt, wohin Seine Heiligkeit verschleppt wurde. Wir werden alles im Labor genau untersuchen; vielleicht ergibt die DNA-Analyse der Haare ja einen Hinweis."

„Ah, gut."

Dann zeigte Sandro ihnen einen verschlossenen Plastikbeutel mit einigen weißen Fasern darin.

„Das hier könnte allerdings mit der Entführung von Seiner Heiligkeit in Verbindung stehen", sagte er.

„Was ist das?"

„Baumwollfasern. Wir haben eine Schnellanalyse durchgeführt, die ergeben hat, dass sie mit einer chemischen Lösung getränkt sind."

„Was für eine chemische Lösung?", fragte Trodela ungeduldig.

Der Leiter der Spurensicherung zögerte und überlegte, wie viel er zu diesem Zeitpunkt bereits sagen durfte. Er hatte nicht vergessen, dass sein Vorgänger in arge Schwierigkeiten geraten war, nachdem er ein vorläufiges Ergebnis bekanntgegeben hatte, das sich später als falsch erwies. Er zweifelte zwar nicht an der Richtigkeit seiner Analyse, aber dennoch zog er es vor, auf eine Bestätigung zu warten.

„Wissen Sie, Inspektor, wir müssen erst die Proben ins Labor schicken, ehe ich Ihnen dazu etwas sagen kann. Wir bemühen uns, ..."

„*Cazzo!* Ersparen Sie mir das!“, schimpfte Inspektor Trodela. „Ich kann doch nicht tagelang auf die Laborergebnisse warten! Kapieren Sie nicht, dass wir uns in einem Wettlauf mit der Zeit befinden? Wenn Sie etwas haben, das uns hilft, Seine Heiligkeit zu finden, dann sagen Sie es, verdammt noch mal! Auch, wenn es sich später als falsch herausstellen sollte. Hören Sie auf, um den heißen Brei herumzureden!“

Der Leiter der Spurensicherung warf noch einmal einen Blick auf den Inhalt seines Plastikbeutels, dann holte er tief Luft und nannte das Ergebnis der Schnellanalyse.

„Chloroform.“

XXX

Kaum hatte Inspektor Trodela sich beim Leiter der Spurensicherung für seine Ausführungen bedankt, kehrte dieser an seine Arbeit zurück. Der Inspektor dagegen warf Tomás einen triumphierenden Blick zu, als hätte Sandros Information den Fall schon so gut wie gelöst. Denn wer kannte nicht die Bedeutung von Chloroform?

„Haben Sie das gehört?"

„Selbstverständlich", sagte Tomás und rieb sich nachdenklich das Kinn. „Wenn es sich wirklich um Chloroform handelt, dürfte der Papst damit betäubt worden sein."

„Was auch erklärt, warum Seine Heiligkeit nicht um Hilfe gerufen hat."

Tomás rekapitulierte die vorhandenen Informationen, um eine Erklärung für die Ereignisse zu finden. Anscheinend hatte jemand den Papst mit Chloroform betäubt. Aber wie war derjenige in die Bibliothek eingedrungen und vor allem unbemerkt aus ihr heraus gelangt? Immerhin war es kein Kinderspiel, einen bewusstlosen Menschen zu transportieren.

Aufmerksam betrachtete Tomás den großen Raum, als ihm eine zweite Tür ins Auge fiel, auf die er vorher noch nicht geachtet hatte. Er schlängelte sich zwischen den Absperrbändern hindurch und ging auf sie zu.

„Wo führt diese Tür hin?", fragte er.

„Auf die Toilette", antwortete Inspektor Trodela, der zurückgeblieben war und gerade sein Mobiltelefon in der Hand hielt.

Als Tomás die Tür öffnete, nahm er einen leichten Geruch von Exkrementen wahr. Angewidert verzog er das Gesicht.

„Haben Sie diesen Raum schon untersucht?", fragte er.

„Selbstverständlich."

„Und haben Sie irgendwelche Fingerabdrücke gefunden? Ich nehme doch an, dass normalerweise nur der Papst diese Toilette benutzt hat …"

Genervt rollte Trodela die Augen.

„Dazu sind unsere Leute noch nicht gekommen. Die Bibliothek hat ja wohl Vorrang!"

Auch wenn der Geruch nicht allzu stark war, war er doch unangenehm, und Tomás wurde den Verdacht nicht los, dass die Polizisten hofften, er würde sich verflüchtigen, ehe sie dort mit den Untersuchungen begannen.

Hinter der Toilette war ein Fenster, aus dem man wie aus der Privatbibliothek auf den Petersplatz hinabsah. Tomás wollte es schon öffnen, um frische Luft in den Raum zu lassen, als ihm einfiel, dass er ja nichts anfassen durfte. Als er auf dem Absatz kehrt machte, bemerkte er ein feines Knirschen unter seinen Sohlen. Er bückte sich und entdeckte einige Steinchen und Splitter auf dem Boden.

„Inspektor?"

„Was ist?"

„Könnten Sie bitte einmal kommen?"

Als der Inspektor die Nase in den Raum steckte, zog auch er eine Grimasse.

„Pfff!", machte er. „Immer noch dieser Gestank?"

Mit den Fingerspitzen hob Tomás einige der Krümel vom Boden auf und hielt sie dem Polizisten entgegen.

„Sehen Sie das?"

Kaum hatte Trodela seine Brille aufgesetzt, blitzten seine Augen kurz auf, und er ging in die Knie. Aufmerksam betrachtete er die Steinchen und den feinen Staub auf dem Boden, dann warf er Tomás einen tadelnden Blick zu.

„Sie verwischen hier wichtige Spuren“, knurrte er und forderte ihn auf, zur Seite zu treten.

Dann rief er den Leiter der Spurensicherung.

„Sandro, komm mal her! Schnell!“

Sekunden später stand der Gerufene in der Tür.

„Was hältst du hiervon?“, fragte Trodela.

Der Kriminaltechniker brauchte die Brösel nur kurz anzuschauen, um zu wissen, worum es sich handelte.

„Das ist Ziegelstaub. Der fällt bei Bauarbeiten regelmäßig an.“

Trodela wechselte einen erstaunten Blick mit Tomás. Was hatte das zu bedeuten? Dann rief er nach dem Privatsekretär des Papstes.

„Ettore! Sind in der Toilette vor Kurzem irgendwelche Arbeiten durchgeführt worden?“

„Arbeiten?“, fragte der Angesprochene nach. „Ja, Inspektor. Seine Heiligkeit klagte kürzlich über Probleme mit der Kanalisation, so dass wir jemanden gerufen haben.“

„Was für Probleme mit der Kanalisation?“

„Oh, das weiß ich nicht.“

„Wie lange ist das her?“

„Das war vorige Woche, Inspektor.“

„Und in all dieser Zeit hat sich niemand erbarmt, die Toilette zu putzen?“, warf Tomás ein.

Ettore schaute ihn verwirrt an, dann sah er sich fast hilfesuchend zu Giuseppe um.

„Die Toilette der Privatbibliothek wird zweimal am Tag gereinigt, Professor. Warum fragen Sie?“

„Aber das ist doch …“, ließ Tomás den Satz unvollendet und schob sich an Inspektor Trodela vorbei, um den Ziegelstaub besser in Augenschein nehmen zu können. Rund um die Toilettenschüssel war die Ansammlung am größten. Dann schlug er sich mit der flachen Hand vor die Stirn.

„Aber natürlich!“

„Was ist, Professor?“, fragte Trodela.

„Dieser Geruch hier ist merkwürdig“, antwortete Tomás. „Seine Eminenz hat vorhin schon davon gesprochen und gesagt, dass er deshalb seine Kleidung wechseln wolle. Und als Sie eben hier hinein kamen, sagten Sie, ‚Immer noch dieser Gestank‘. Sie waren also vorher schon in diesem Raum?“

„Aber sicher. Als wir hier eingetroffen sind, vor etwa einer halben Stunde, habe ich sofort die Bibliothek und auch die Toilette untersucht. Da hat es auch schon so …“

Plötzlich verstand er, worauf Tomás hinauswollte.

„Aber natürlich! Das ist merkwürdig, dass der Geruch sich nicht verflüchtigt hat, seit Seine Eminenz die Toilette benutzt hat.“

Gleichzeitig beugten sich der Inspektor und Tomás über die Toilette und wären dabei fast mit den Köpfen zusammengestoßen. Dort, wo die Schüssel am Boden befestigt war, sahen sie einen feinen Riss. Einen Riss, der sich um ihre gesamte längliche Basis zog. Daher also kam der Geruch! Die Schüssel war nicht vernünftig abgedichtet. Offensichtlich hatten die Klempner gepfuscht.

Das erklärte allerdings nicht, wieso immer noch dieser Ziegelstaub hier lag, schließlich hatte Ettore gesagt, dass der Raum zweimal am Tag gereinigt wurde. So schlampig würde doch sicherlich nicht geputzt. Es sei denn …

Die Erklärung lag auf der Hand.

„Der Staub ist ganz frisch!“, sprach Tomás aus, was beide dachten.

„*Porca madonna*! Sie haben Recht“, stimmte der Inspektor zu.

Dann packte Trodela die Schüssel und rüttelte daran. Zu seiner Überraschung ließ sie sich relativ leicht bewegen.

„Zurück!“, forderte er Tomás auf.

Dann umfasste der Inspektor mit Todesverachtung die Toilettenschüssel und wuchtete sie zur Seite. An ihrer Stelle tat sich ein längliches Loch auf, knapp einen halben Meter breit und fast einen Meter lang. Die Abflussrohre waren komplett entfernt worden …

Die Männer starrten einen Moment lang mit offenem Mund auf das Loch. Dann sah der Inspektor Tomás und den Leiter der Spurensicherung an und sprach aus, was alle bereits wussten.

„So also wurde Seine Heiligkeit entführt!“

XXXI

Der Geruch war derart unerträglich, dass Tomás seinen Brechreiz nur mühsam unterdrücken konnte. Er bereute, sich nur ein Taschentuch vor den Mund gebunden und nicht auch seine Nase bedeckt zu haben. Aber jetzt war es zu spät. Er versuchte, sich einzureden, dass er sich bald daran gewöhnen würde.

„Alles in Ordnung, Professor?“

Die Frage des Inspektors zwang Tomás, den Kopf zu heben. Über ihm verfolgte Trodela jede seiner Bewegungen.

„Es geht so“, antwortete Tomás. „Ich hoffe nur, das Seil hält!“

„Keine Sorge, meine Männer verstehen ihr Handwerk. Sobald Sie unten sind, komme ich nach.“

Das Seil, an dem Tomás nach unten glitt, war an mehreren Stellen im Toilettenraum befestigt. Ein Polizist war als Erster hinabgestiegen, und Tomás hatte darauf bestanden, der Nächste zu sein. Angesichts der unappetitlichen Umstände und nachdem er wiederholt hatte, wie sehr der Papst ihm vertraute, war Trodela schließlich einverstanden gewesen. Wenn der Professor es nicht abwarten konnte, in diese Kloake zu steigen …

Das mangels Klettergurt als Dülfersitz um seinen Körper gelegte Seil schnitt Tomás in Hals und Oberschenkel. Als er vor Schmerz seinen Griff etwas lockerte, rutschte er ruckartig weiter und stieß mit der rechten Hand gegen die Wand.

„Au!“

Prompt tauchte Trodelas Kopf wieder über der Öffnung auf.

„*Cazzo!* Was ist los?"

Erschrocken packte Tomás das Seil noch fester als zuvor und atmete aus. Nur seine rechte Hand war etwas aufgeschürft.

„Nichts", rief er hinauf. „Diese verflixten Wände hier sind ganz schön rau und uneben!"

Um sich nicht noch einmal zu stoßen, ließ Tomás das Seil nun langsamer um seinen Körper gleiten. Zum Glück wurde der Tunnel bald deutlich weiter, was sicher auch den Entführern die Arbeit erleichtert hatte.

„Achtung!", hörte Tomás endlich eine Stimme von unten.

Sekunden später spürte er wieder Boden unter den Füßen. Als er jedoch das Seil losließ, verlor er das Gleichgewicht und fiel hin. Fast augenblicklich wurde er von einem hellen Licht geblendet.

„Bitte leuchten Sie woanders hin!"

Sofort glitt der Lichtkegel zur Seite.

„Tut mir leid, Professor", sagte der Polizist, der als Erster in den Tunnel hinabgestiegen war. „Ist alles in Ordnung?"

„Ja, alles bestens", antwortete Tomás. Dann stand er auf und streckte sich. „Und? Haben Sie schon etwas entdeckt?"

„Nein, Professor. Ich habe den Auftrag, hier zu warten, bis alle unten sind." Rasch wandte er sich nach oben und legte die Hände trichterförmig an den Mund. „Inspektor! Sie können kommen!"

Da es noch eine Weile dauern würde, bis alle am Boden waren, schaltete Tomás seine Taschenlampe ein, blickte mit Abscheu auf seine vor Schmutz starrende Kleidung und wandte sich an den Polizisten.

„Ich schaue mich schon mal ein wenig um."

Der Beamte schaute ihn beunruhigt an.

„Wollen Sie nicht warten, bis der Inspektor da ist?"

Tomás winkte ab.

„Ich gehe nicht weit."

„Seien Sie vorsichtig“, sagte der Polizist. „Und fassen Sie bitte auch hier unten nichts an …“

Ein ‚ja ja‘ murmelnd, machte sich Tomás im Schein seiner Lampe auf Entdeckungstour. Zu seiner Überraschung waren die Wände hier glatt. Ganz offensichtlich hatten die Entführer diesen Tunnel nicht selbst gegraben, sondern schlicht einen bereits bestehenden Gang genutzt.

Bei näherem Hinsehen bestanden die Wände aus Zement. Tomás wusste, dass Zement in Rom schon zur Zeit der Antike verwendet wurde, aber dieser hier schien jüngeren Datums zu sein. Höchstwahrscheinlich war das einer der Gänge, die während des Zweiten Weltkriegs als Fluchtmöglichkeit für den Papst und die im Vatikan untergebrachten Juden geschaffen worden waren.

Tomás folgte dem Gang in Richtung des Kongregationsgebäudes, in dessen Untergeschoss er wenige Stunden zuvor mit Catherine hinabgestiegen war. Im Gegensatz zum dortigen Kellergang schien hier schon lange niemand mehr gewesen zu sein. Die Luft war stickig und recht warm. Wenn er zu lange hier unten bliebe, würde er Kopfschmerzen bekommen, dachte Tomás.

Der Lichtkegel tanzte über den Boden. Nach gut hundert Metern versperrte ihm ein Eisengitter den Weg.

Ein Tor.

Das war vermutlich der Übergang zwischen den Gebäuden, von dem Catherine gesprochen hatte. Und obwohl er verschlossen war, hatte das die Entführer scheinbar nicht aufgehalten.

Sorgfältig darauf achtend, es nicht zu berühren, inspizierte Tomás das Tor. Doch so sehr er sich auch bemühte, konnte er keinerlei Spuren von Gewaltanwendung feststellen. Das Schloss schien völlig intakt zu sein. Er würde wohl warten müssen, bis die Experten von der Kriminaltechnik kämen.

„Ich fresse einen Besen, wenn die Typen hier durchgekommen sind“, sagte er laut.

Das Tor versperrte die gesamte Breite des Gangs, sie konnten sich also nicht seitlich daran vorbeigemogelt haben.

In Gedanken versunken, die zwischen Ungeduld und Frustration schwankten, machte er kehrt. Am Ende des Tunnels nahm er plötzlich Bewegung und Lärm wahr. Kurz darauf sah er ein Licht auf sich zukommen.

„Cazzo di merda!“, fluchte von fern die vertraute Stimme des Inspektors, die im Tunnel hohl und dunkel klang. „Professor? Wo zum Henker sind Sie?“

„Ich bin hier.“

„Haben Sie etwas herausgefunden?“

Mit seiner Taschenlampe leuchtete Tomás den Tunnelgang aus.

„Das hier ist vermutlich ein Fluchttunnel, der aus dem Krieg gegen die Nazis stammt. Den haben die Entführer genutzt, um unbemerkt zu entkommen.“

„Che cazzo!“, schäumte der Inspektor. „Die Typen sind clever! Und was ist mit dem Tor da hinten?“

„Es ist versperrt.“

„Und wie sind diese *brutti figli di puttana* dann herausgekommen?“

„Das verstehe ich auch nicht. Das Schloss scheint nämlich intakt zu sein.“

„Quatsch! Sie haben es bestimmt aufgebrochen …“

„Schon möglich, aber ich sehe keinerlei Spuren von Gewaltanwendung.“

„Meine Männer werden uns gleich mehr dazu sagen können.“

In dem Tunnel wirkte der Inspektor noch mehr wie ein Landstreicher, nicht zuletzt, weil seine Kleidung jetzt auch noch schmutzig war und stank.

Ohne sich um sein Äußeres zu kümmern, eilte Trodela schnurstracks auf das Tor zu. Während er es betrachtete, brummte und fluchte er gelegentlich vor sich hin. Dann leuchtete er die Decke und die gesamte Breite des Tunnels aus.

„Das Problem ist, dass diese Gänge an den unterschiedlichsten Stellen in Rom münden. Inzwischen haben diese *figli di troia* Seine Heiligkeit vermutlich schon aus der Stadt gebracht."

„In der Tat", stimmte Tomás zu. „Ich nehme an, Sie haben schon die Klempner überprüft, die sich um die Kanalisationsarbeiten kümmern sollten?"

„Meine Männer sind an der Sache dran und sollten bald eine Antwort haben."

Ungeduldig schlug er mit der Hand gegen die Wand.

Als sich zwei seiner Beamten im Schein ihrer Taschenlampen näherten, atmete er hörbar aus.

Tomás versuchte derweil fieberhaft, Ordnung in seine Gedanken zu bringen. Er war überzeugt, dass der Einbruch ins Kongregationsgebäude und die Entführung des Papstes in unmittelbarem Zusammenhang standen. Hinter beiden Fällen steckten offenbar islamische Fundamentalisten.

Dann musste er an den Satz denken, den der Papst erst am Mittag zu ihm gesagt hatte: ‚Hier ist niemand, wirklich niemand, der, der er zu sein vorgibt.' Inwieweit das wohl auch auf die aktuelle Situation zutraf?

„Meine Nase sagt mir, dass wir auf der richtigen Spur sind", hörte er den Inspektor sagen.

„Und meine sagt, dass es hier stinkt."

Abrupt wandte sich Tomás ab und ließ Trodela stehen.

„Wo wollen Sie hin?"

„Ich gehe duschen und versuche, mir frische Kleider zu leihen", antwortete Tomás. „Ich stinke wie die Pest. Und Ihnen würde das auch nicht schaden …"

Der Inspektor lachte laut auf.

„Sie klingen gerade wie meine Frau!“

Tomás wollte sich schon auf den Rückweg machen, als sich in seinem wild arbeitenden Gehirn eine Idee formte. Er hatte das Gefühl, vor einem riesigen, unüberschaubaren Puzzlespiel zu stehen und versuchte verzweifelt, einen Überblick über das Gesamtbild zu erhaschen. Er blieb stehen und kratzte sich am Kinn.

Die beiden Kriminaltechniker waren nur noch wenige Meter entfernt, als sich eine völlig neue Möglichkeit vor ihm auftat. Könnte es nicht sein, dass …?

Mit blitzenden Augen warf er Trodela einen entschlossenen Blick zu, ehe er dem Ausgang zustrebte.

„Inspektor, bitte veranlassen Sie umgehend eine Versammlung im Büro des Kardinals, wenn Sie hier fertig sind.“

XXXII

Der Tee, den Giuseppe ihm serviert hatte, war so heiß, dass Tomás die Tasse zunächst nur in den Händen hielt, um sich nicht die Lippen zu verbrühen. Außerdem hatte der Kammerdiener des Papstes ihm frische Kleider organisiert; frisch geduscht fühlte Tomás sich gleich deutlich besser.

Er setzte sich auf seinem Stuhl zurecht und beobachtete die anderen Mitglieder der Versammlung. Kardinal Barboni ließ sich auf den Stuhl hinter seinem Schreibtisch nieder, Catherine setzte sich rechts neben Tomás, Inspektor Trodela links, daneben nahm Sandro, der Leiter der Spurensicherung, Platz, während Ettore sich etwas abseits setzte und Giuseppe stehen blieb. Das Tablett mit der Teekanne hielt er wie ein Schutzschild vor sich.

Jemand räusperte sich, der Kardinal hustete. Ettore betrachtete seine Schuhspitzen, Catherine schaute unruhig von Tomás zu Inspektor Trodela. Allen gemeinsam war, dass sie nervös wirkten. Wenn der Papst nicht bald aus der Gewalt der Entführer befreit würde, stünde der Welt eine Katastrophe bevor.

Als alle ihren Platz eingenommen hatten, nickte Inspektor Trodela Tomás zu und erteilte ihm das Wort.

„Die Ermittlungen machen Fortschritte“, sagte er, „wenn auch nicht so schnell, wie wir es gerne hätten. Ich würde jedenfalls gern über die neuesten Erkenntnisse sprechen.“

„Sehr gut, sehr gut“, stimmte der Kardinal zu.

„Zunächst möchte ich Inspektor Trodela bitten, uns Näheres über die Arbeiten zu erzählen, die in der vergangenen Woche an der Toilette in der Privatbibliothek vorgenommen wurden."

Der Angesprochene zückte sein Notizbuch.

„Die Installationsfirma, die mit den Arbeiten beauftragt wurde, heißt Gianni & Ambrosino", las er vor und achtete sorgfältig darauf, in Gegenwart des Kardinals jegliche Obszönitäten zu vermeiden. „Meine Männer haben mit dem Inhaber der Firma gesprochen, der angegeben hat, er habe am Dienstag Mittag einen Anruf aus dem Vatikan erhalten. Es hieß, er solle am nächsten Tag zu Klempnerarbeiten in den Apostolischen Palast kommen, wenn der Heilige Vater zu einem Termin unterwegs sei."

„Wohin wollte der Papst fahren?", fragte Tomás.

„Nach Castel Gandolfo."

„Und wer waren die Installateure, die die Toilette repariert haben?"

„Immer schön langsam, Professor", mahnte ihn der Inspektor. „Noch am selben Nachmittag erhielt Gianni & Ambrosino einen weiteren Anruf aus dem Vatikan, mit dem der Auftrag storniert wurde."

Kardinal Barboni blickte bestürzt drein.

„Der Auftrag wurde storniert? Aber wer hat das getan?", fragte er.

„Angeblich ein Vertreter des Governatorats."

„Ja, aber wer war das?"

Der Inspektor klappte sein Notizbuch zu. Der Anrufer hatte keinen Namen genannt.

„Wir befragen derzeit die Mitarbeiter des Governatorats und versuchen herauszufinden, von welchem Anschluss der Anruf getätigt wurde, Eminenz. Ich fürchte jedoch, dass wir keinen Erfolg haben werden. Der Anruf wurde höchstwahrscheinlich von einem anonymen Telefon aus geführt."

„Wollen Sie damit sagen, jemand hat sich als Vertreter des Governatorats ausgegeben?“

„Genau.“

„*Dio mio*, in was für einer Welt leben wir nur!“, klagte der Kardinal und verbarg den Kopf in seinen Händen. „Es ist, als wäre der Teufel am Werk.“

Tomás hielt die Augen auf den Inspektor gerichtet.

„Und was hat die Untersuchung des Tors durch Ihre Techniker ergeben? War das Schloss noch intakt?“

Diesmal antwortete der Leiter der Spurensicherung.

„An den Eisenstäben sind weder Fingerabdrücke noch Haare oder Stoffreste zu finden“, sagte er. „Und das Tor weist auch keine Schwachstellen auf, die die Entführer genutzt haben könnten.“

„Und das Schloss?“

„Ist intakt. Wir haben es von außen und innen geprüft. Keinerlei Gewaltanwendung.“

„Sind Sie sicher?“

„Absolut.“

Für einen Augenblick herrschte völlige Stille im Raum, während alle die Informationen der beiden Polizisten verarbeiteten. Dieser Coup war derart gut vorbereitet worden, dass die Entführer beinahe Bewunderung verdienten. Aber gab es dann überhaupt noch Hoffnung, den Papst lebend wiederzufinden?

In diesem Augenblick klopfte es an der Tür, und ein Beamter reichte Inspektor Trodela ein Blatt Papier.

„Fassen wir also zusammen, was wir über die Entführung wissen“, ergriff Tomás erneut das Wort. „Vermutlich steckt eine Gruppe islamischer Extremisten dahinter. Als sie Wind davon bekommen hat, dass eine Installationsfirma zu Arbeiten in den Apostolischen Palast gerufen wurde, hat sie umgehend reagiert und sich als Klempner ausgegeben.“

„Dann haben sie zugeschlagen“, murmelte der Kardinal.

„Sagen wir lieber, das war der erste Akt", korrigierte Tomás. „Der zweite Akt begann direkt danach mit dem Einbruch ins Kongregationsgebäude, aus dem sie die für den Vatikan kompromittierenden Dokumente stahlen. Außerdem drangen sie als vermeintliche Klempner in den Apostolischen Palast ein und bereiteten alles für den dritten Akt vor."

„Die Entführung …"

„Genau. Und heute Mittag drangen sie erneut durch das Tunnelsystem bis zur Privatbibliothek vor und warteten auf den Papst."

„Nur, dass nicht Seine Heiligkeit auf die Toilette kam", sagte Kardinal Barboni, „sondern ich."

„Das Auftauchen von Eurer Eminenz war in der Tat nicht vorgesehen. Das Kommando dachte also, es sei der Papst, und setzte ein Betäubungsgas frei, das durch die Toilettenschüssel und den Riss rundum nach oben drang."

Der Kardinal schlug mit der flachen Hand auf den Schreibtisch.

„Und durch dieses Gas ist mir so übel geworden!"

Tomás lächelte.

„Sie sehen, es passt also alles zusammen."

Kardinal Barboni schaute Tomás beeindruckt an.

„Madonna!", rief er. „Seine Heiligkeit hatte Recht. Professor Noronha ist ein Genie!"

Tomás blickte verlegen zu Boden.

„Ich bitte Sie, Eminenz, übertreiben Sie nicht", sagte er und fuhr eilig mit seiner Zusammenfassung fort. „Die Terroristen dachten daraufhin, dass sie den Papst betäubt hätten und warteten kurz, bis er wieder in der Bibliothek war. Dann schoben sie die Toilettenschüssel zur Seite, wobei etwas Ziegelstaub auf dem Boden verteilt wurde. Durch den Türspalt bemerkten sie ihren Irrtum, ließen sich aber davon nicht abschrecken, sondern warteten. Leider haben ihnen die Ereignisse dann in die Karten gespielt, weil Eure

Eminenz sich unwohl fühlte. Als der Papst kurz darauf allein in der Bibliothek war, …"

„… schlugen sie zu", vervollständigte Inspektor Trodela den Satz. „Sie stürzten sich auf ihn, betäubten ihn mit Chloroform, schleppten ihn in die Toilette und seilten ihn durch das Loch ab. Anschließend rückten sie die Schüssel wieder zurecht und brachten Seine Heiligkeit aus dem Vatikan."

Die im Büro versammelte Gruppe nickte, fassungslos über so viel Dreistigkeit der Entführer.

„Einfach und effizient", fügte Tomás hinzu. „Alles war minutiös geplant."

„Porca troia!", entfuhr es nun doch dem Inspektor. „Diese Teufel!"

„Allerdings", wandte Tomás ein, „bleibt noch ein Detail offen, und das beunruhigt mich."

Alle Augen richteten sich sofort auf ihn.

„Und das wäre?"

„Das verschlossene Tor im Tunnel." Er schaute den Kriminaltechniker an. „Der Leiter der Spurensicherung versicherte schließlich gerade, dass es keine Zeichen von Gewaltanwendung am Schloss gab."

„Und das bedeutet?", fragte der Kardinal.

„Das bedeutet, dass es ein Problem gibt", erkannte Catherine.

„Genau. Etwas passt nämlich nicht in dieser Geschichte", fuhr Tomás fort. „Wie können die Entführer in den Apostolischen Palast hinein und wieder herausgekommen sein, ohne das Tor zu öffnen? Das gilt auch schon für den Einbruch ins Kongregationsgebäude vor einer Woche. Wenn wir dieses Rätsel nicht lösen, können wir die gesamte Rekonstruktion des Tathergangs vergessen."

„Es gibt bestimmt eine Antwort auf diese Frage", meinte der Kardinal. „Die Männer können doch einen Draht oder eine Art

Dietrich verwendet haben. Das sieht man doch gelegentlich im Film …“

Tomás schaute Sandro fragend an.

„Ist das möglich?“

Der Leiter der Spurensicherung schnitt eine Grimasse.

„Selbstverständlich, aber das hätte Spuren hinterlassen. Wie schon gesagt, haben wir das Schloss ausgebaut und geöffnet, aber es war völlig intakt.“

„Denken Sie, man kann ein Schloss aufbrechen, ohne Spuren zu hinterlassen?“

Erneute Grimasse.

„Theoretisch ja, aber praktisch nein. Wenn es aufgebrochen worden wäre, hätten wir das bemerkt.“

Die kleine Gruppe im Raum wirkte ratlos. Jeder versuchte, eine plausible Erklärung für das Problem zu finden.

„Habe ich das richtig verstanden“, sagte Kardinal Barboni, „dass wir verstehen müssen, wie die Entführer das Tor umgangen haben, sonst ist die gesamte Theorie zum Ablauf der Tat hinfällig?“

„Exakt“, bestätigte Tomás.

In dem Bemühen, sich an eine Lösung zu klammern, die ihm zu entgleiten drohte, schaute der Kardinal aus dem Fenster und dachte nach. So leicht würde er nicht aufgeben.

„Es muss eine Erklärung geben“, murmelte er. „Es muss eine Erklärung geben!“

„Bestimmt gibt es eine.“

„Ah, und welche?“

Mit undurchdringlicher Miene schaute Tomás den Kardinal an.

„Sagen wir mal, ich habe eine Vermutung …“

Mehr noch als seine Worte ließ sein Tonfall darauf schließen, dass Tomás weit mehr als nur eine vage Vermutung hatte.

„Und was genau vermuten Sie, mein Sohn?“, stellte der Kardinal die Frage, die alle beschäftigte.

Doch Tomás schüttelte den Kopf.

„Es tut mir leid, Eure Eminenz, aber ich fürchte, dafür ist es noch zu früh“, sagte er ausweichend. „Es gibt noch einige Punkte, die nicht zusammenpassen. Ich muss erst noch Antworten auf zwei, drei Fragen finden, um das Puzzle zu lösen.“

Inspektor Trodela schaute den Professor abschätzig an. Er fühlte sich unbehaglich, immerhin hatte er selbst keine Ahnung, worauf dieser Hobbydetektiv anspielte. Wollte er ihn provozieren? Wenn Tomás nicht das Vertrauen des Kardinals und insbesondere des Papstes genossen hätte, wäre es ein Vergnügen für Trodela gewesen, ihm die Meinung zu sagen. So jedoch beschränkte er sich auf einen spöttischen Kommentar.

„Wollen Sie behaupten, Professor, Sie glauben, Seine Heiligkeit finden zu können, wenn Sie diese Fragen geklärt haben?“

„Dann weiß ich sogar noch einiges mehr“, antwortete Tomás.

„Noch mehr?“, entfuhr es dem erstaunten Inspektor. „Was gibt es denn noch mehr zu wissen?“

„Wer die Entführer hereingelassen hat.“

„Soll das heißen …?“

„Genau. Das Schloss im Tunnel ist intakt, obwohl die Entführer das Tor benutzt haben. Dafür gibt es nur eine Erklärung.“

„Sie meinen …“

„Jemand hat ihnen den Schlüssel gegeben.“

Kardinal Barboni und Catherine schauten Tomás entgeistert an. Ettore und Giuseppe blickten unsicher zu Boden, während Inspektor Trodela und der Leiter der Spurensicherung keine Miene verzogen.

Abrupt stand Tomás auf und beendete damit die Versammlung. Er ging zur Tür, winkte der Gruppe kurz zu und schaute den Inspektor herausfordernd an.

„Es gibt einen Judas am Heiligen Stuhl.“

XXXIII

Als er den letzten Bissen seiner Spaghetti *allo scoglio* in den Mund geschoben hatte, legte Tomás sein Besteck zur Seite und blickte sich in der Trattoria um, in der er sich für ein spätes Mittagessen zurückgezogen hatte. Was würde als Nächstes passieren? Würde die Polizei den Papst finden und befreien können, ehe die Öffentlichkeit Wind von der Entführung bekam? Tomás bezweifelte das. Die Zeit war einfach zu knapp. Außerdem bestand die Gefahr, dass die Entführer selbst an die Medien herantreten und den Papst womöglich sogar öffentlich hinrichten würden …

Nachdem er die Rechnung bezahlt hatte, wählte Tomás Maria Flors Nummer. Vergeblich. Ihr Handy war immer noch ausgeschaltet. Seufzend stand er auf und ging in Richtung Vatikan. Er überquerte den Tiber, bog in die Via della Conciliazione ein und passierte kurz darauf dank des Passierscheins, den Inspektor Trodela ihm auf ausdrücklichen Wunsch des Kardinals ausgestellt hatte, problemlos die diversen Kontrollpunkte am Petersplatz.

Im Inneren der Leoninischen Mauer angekommen, zögerte er. Was tun? Eigentlich sollte er versuchen, den Einbruch ins Kongregationsgebäude aufzuklären, worum der Papst persönlich ihn gebeten hatte; andererseits hatten die Umstände – und somit die Prioritäten – sich inzwischen komplett verändert.

Dabei würde er viel lieber seiner ursprünglichen Aufgabe nachgehen, für die ihn der Vatikan engagiert hatte, schließlich war er Historiker und kein Detektiv, und die Rätsel der Katakomben waren ihm deutlich sympathischer als die aktuellen Ereignisse. Warum in drei Teufels Namen wurde er immer wieder in solche Geschichten verwickelt?

Einer Eingebung folgend steuerte er auf den Eingang des Petersdoms zu. Das ehrwürdige Bauwerk strahlte Ruhe und Vertrautheit aus. Vielleicht kämen ihm dort auch neue Ideen.

Er ging an den Kolonnaden entlang bis zum Portal des Guten und Bösen. Der riesige Dom war menschenleer. Kein Wunder, denn alle Touristen waren ja nach draußen gebracht worden. Zum ersten Mal konnte Tomás in der ersten Kapelle des Nordflügels die *Pietà* von Michelangelo völlig ungestört betrachten. Die Statue aus weißem Carrara-Marmor stellte die Muttergottes dar, die den Leichnam Jesu in den Armen hielt. Ein außergewöhnliches Kunstwerk! Nach einer Weile schlenderte er weiter und betrachtete die Wandbilder, die jedoch nicht gemalt, sondern allesamt als Mosaik gefertigt waren.

Plötzlich hörte er ein Geräusch und drehte sich um.

„Ist da jemand?“

Er bekam keine Antwort. In dem riesigen Dom herrschte tiefe Stille. Unsicher schaute Tomás sich um, konnte jedoch niemanden entdecken. Hatte er sich das Geräusch nur eingebildet? Gab es hier womöglich Ratten? Oder hielt sich noch einer der Gendarme oder Prälaten im Dom auf? Zögernd durchschritt Tomás das Mittelschiff und spitzte die Ohren, aber alles, was er hörte, war der Hall seiner eigenen Schritte auf dem Marmorboden.

Vor einer imposanten Bronzestruktur mit vier gewundenen und reich verzierten Säulen blieb Tomás stehen. Der Baldachin des Bildhauers Bernini stand genau über dem Papstaltar im Zentrum der Vierung, direkt unterhalb der Hauptkuppel des Petersdoms. Nur wenige Meter tiefer befanden sich das Tropaion des Gaius und das Petersgrab. Ehrfürchtig sah Tomás sich um.

Ihn überkam das Gefühl, beobachtet zu werden. Blitzschnell drehte er sich um und suchte mit den Augen jeden Winkel des Kirchenschiffs ab. Nichts. Allerdings boten die zahlreichen Seitenkapellen und Säulen genug Möglichkeiten, sich zu verstecken.

„Ist da jemand?“, wiederholte Tomás.

Doch auch diesmal erhielt er keine Antwort. Dennoch verstärkte sich sein Eindruck, er werde beobachtet. Dann schüttelte er energisch den Kopf. Die dramatischen Ereignisse des Nachmittags gingen ihm offenbar an die Nerven. Lief er Gefahr, paranoid zu werden? Wenn er dem Papst helfen wollte, durfte er sich nicht von seiner Fantasie überwältigen lassen, sondern musste einen kühlen Kopf bewahren.

„Sei vernünftig“, murmelte Tomás. „Entspann dich …“

Um endlich auf andere Gedanken zu kommen, trat er näher an den Baldachin heran. Der Zugang zur Palliennische direkt unter dem Papstaltar war mit einem Warnschild und rot-weißem Absperrband versperrt. Das musste das Werk der Ingenieure sein, die, wie Kardinal Barboni gesagt hatte, einen Einsturz der Gewölbe befürchteten.

Tomás seufzte. Er wünschte sich, der Papst möge so schnell wie möglich wieder auftauchen und ihm erlauben, an seine geliebte Arbeit in den Katakomben zurückzukehren. Außerdem war er neugierig auf die Ergebnisse der Laboruntersuchung. Wenn die Knochen wirklich vom heiligen Petrus stammten, würde sein Name quasi über Nacht weltberühmt.

Das Gefühl, beobachtet zu werden, hatte inzwischen nachgelassen, wie Tomás erleichtert feststellte. Er durfte einfach nicht die Kontrolle verlieren! Entschlossen wandte er sich zum Gehen.

Während er durch den südlichen Kreuzarm Richtung Ausgang schritt, überlegte er, was als Nächstes zu tun sei. Er würde zunächst Catherine suchen.

Derart in Gedanken versunken, hörte er die Schritte erst, als es zu spät war.

„Wer ist …?“

Flink wie Raubkatzen warfen sich zwei dunkle Schatten aus einer der Seitenkapellen auf ihn.

XXXIV

Unter dem Gewicht seiner Angreifer brach Tomás zusammen und stürzte zu Boden. Er versuchte, sich zur Seite zu drehen und zumindest einen der beiden abzuschütteln, konnte der Umklammerung aber nicht entkommen. Mit Armen und Beinen hielten sie Tomás umschlungen und drückten sein Gesicht auf den kalten Marmor.

„Askat, kafir!“, befahl einer der Männer dem ‚Ungläubigen‘, sich nicht zu bewegen.

„Stop!“, antwortete Tomás auf Englisch. „Lassen Sie mich los!“

Sie ließen ihn natürlich nicht los. Und so sehr Tomás sich auch drehte und wand, seine Gegner waren im Nahkampf geübt und verhinderten jede Bewegung. Tomás überlegte kurz, Arabisch mit ihnen zu sprechen, überlegte es sich dann aber anders; es würde ihm kaum gelingen, seine Angreifer mit Worten zu überzeugen, und je weniger sie über ihn wussten, umso besser.

„Ibn Taymiyyah, al-klurufurm!“

Tomás zuckte zusammen. Genau wie der Papst, sollte er mit Chloroform betäubt werden. Er verstärkte seine Bemühungen, sich zu befreien, um von der Abwesenheit dessen, der das Chloroform holte, zu profitieren. Gerade als Tomás glaubte, dem Würgegriff seines Angreifers endlich entkommen zu können, kam Ibn Taymiyyah zurück.

Prompt nahm Tomás den charakteristischen süßlichen Geruch wahr, der seine Sinne vernebeln sollte. Ihm blieben nur wenige Sekunden. Eilig nahm er einen besonders tiefen Atemzug, bevor ihm ein mit Chloroform getränktes Stück Stoff vor Mund und Nase gedrückt wurde. Er wehrte sich noch ein wenig – aber nicht sehr energisch, um keine Energie zu verschwenden und außer Atem zu geraten – dann wurden seine Bewegungen schwächer und schwächer, bis sie schließlich ganz erlahmten. Die Angreifer hielten Tomás das Tuch noch zwanzig lange Sekunden vors Gesicht. Gerade als er dachte, er könne unmöglich länger den Atem anhalten und schon die chloroformgetränkte Luft in seine Lungen saugen wollte, wurde das Tuch entfernt.

„Hu yanam", murmelte Abu Bakr. „Er schläft."

Nur mit Mühe gelang es Tomás, nicht wie wild nach Luft zu schnappen, so sehr brannten seine Lungen. Aber er musste sich beherrschen und so tun, als wäre er bewusstlos. Auch wenn sein Herz ihm fast bis zum Hals schlug, schaffte er es, so flach zu atmen, dass sich sein Brustkorb nur geringfügig hob und senkte. Ein paar Sekunden lang herrschte Stille um ihn, und Tomás hatte den Eindruck, dass die beiden Männer ihn beobachteten, um sicherzugehen, dass er auch wirklich außer Gefecht war.

Endlich stand einer der beiden auf.

„Yellah, yellah!", forderte er seinen Gefährten auf. „Gehen wir."

Tomás spürte, wie einer der beiden Männer seine Füße packte, der andere seine Schultern. Dann wurde er auf eine Trage gelegt und abtransportiert. Zu gern hätte er die Augen geöffnet, um zu sehen, wohin er gebracht wurde, wagte es aber nicht; keinesfalls durften sie merkten, dass er nicht betäubt war, sonst würden sie ihm sofort eine neue Dosis Chloroform verpassen, und ein zweites Mal könnte er sie dann nicht täuschen.

„*Illa alyasar*“, befahl Abu Bakr, der das hintere Ende der Trage hielt. „Nach links.“

Tomás lag regungslos da und überlegte fieberhaft, was er tun könne. Zunächst einmal musste er notgedrungen geduldig sein und auf eine günstige Gelegenheit warten. Die Tatsache, dass sie ihn noch nicht getötet hatten, ließ vermuten, dass sie noch etwas von ihm wollten. Aber was? Informationen? Wenn das der Fall war, würden sie sicherlich nicht zögern, auch zu drastischen Methoden zu greifen, um zu bekommen, was sie wollten. Er musste unbedingt und unter allen Umständen einen klaren Kopf bewahren, wenn er das hier unbeschadet überstehen wollte.

Dann öffnete Ibn Taymiyyah eine Tür, und Tomás spürte einen Hauch frischer Luft auf seiner Haut. Sie blieben kurz stehen, um sich zu vergewissern, dass die Luft rein war.

„*Yellah, yellah!*“

Sie setzten sich wieder in Bewegung. Wie war es möglich, dass zwei Islamisten ihn am hellichten Tag aus dem Petersdom tragen konnten, ohne dass einer der zahlreichen Polizisten in Alarmbereitschaft sie aufhielt? Das Ganze wirkte so irreal! Einem Impuls folgend, öffnete Tomás seine Augen einen Spalt breit.

Vor ihm sah er den Rücken eines Krankenpflegers. Das erklärte auch, wieso niemand sie aufhielt: Zwei Sanitäter transportierten einen Verletzten. Eine ebenso simple wie wirksame Methode.

Sie näherten sich einem kleinen gelblichen Gebäude, über dessen Eingang ein Kreuz aufragte: Santo Stefano degli Abissini, eine kleine Kirche unmittelbar hinter dem Petersdom, die ursprünglich im 5. Jahrhundert erbaut wurde und tausend Jahre später der Äthiopisch-Katholischen Kirche übergeben wurde. Der ideale Ort, um sich oder andere dort zu verstecken.

Merkwürdigerweise parkten zwei Rettungswagen vor der Kirche, und an der Tür hing eine weiße Flagge mit rotem Kreuz. Die Dschihadisten waren wirklich clever! Sie hatten eine medizinische

Außenstelle im Vatikan eingerichtet. Sie mussten den Coup von langer Hand vorbereitet haben. Doch wie war das möglich? Unterstützte sie jemand innerhalb des Vatikans? Oder hatten sie sich nur in das Rettungsteam eingeschleust?

Als sie einige Stufen hochgingen, drehte sich der Mann, der voran ging, um, und Tomás schloss sofort die Augen. Er wurde kräftig geschüttelt.

Kurz darauf betraten sie das Gebäude. Dann wurde die Trage abgesetzt, und der Anführer der beiden gab seinem Kumpan einen neuen Befehl.

„Mukabbil alyadin yadayh."

‚Die Hände?', wunderte sich Tomás, der nur einen Teil des Satzes verstanden hatte. Er zuckte zusammen. Was hatten sie mit seinen Händen vor?

Sekunden später wurden seine Arme gepackt und etwas Metallisches gegen seine Handgelenke gedrückt. Dann machte es Klick. Handschellen. Anschließend legte jemand ein leichtes Laken über ihn, so dass es endgültig wie ein Patiententransport aussah.

Tomás hörte, wie die beiden sich einige Schritte entfernten und ein paar Worte wechselten. Vermutlich würden sie warten, bis er wieder zu Bewusstsein kam. Dann nahm einer von ihnen sein Mobiltelefon zur Hand und wählte. Sekunden später nahm offenbar jemand ab.

„Abu Bakr here", sagte der Mann auf Englisch. *„We got him."*

Abu Bakr war der Name des ersten Kalifen, Ibn Taymiyyah war ein berühmter radikal-islamischer Theologe im Mittelalter. Unter Dschihadisten war es üblich, statt ihres eigenen Namens einen Kampfnamen zu verwenden, bei dessen Wahl sie sich in der Regel von islamischen Heiligen inspirieren ließen.

Abu Bakr hatte also jemanden darüber informiert, dass sie ihn gefasst hatten. Und das nicht etwa auf Arabisch, sondern auf Englisch. Was hatte das zu bedeuten?

„Nein, uns hat niemand gesehen“, versicherte Abu Bakr, immer noch auf Englisch. „Es gab keine Probleme, seien Sie unbesorgt.“ Dann änderte sich sein Tonfall. „Und was machen wir jetzt?“

Es folgten einige Sekunden Stille.

„Wie bitte?“, fragte Abu Bakr schließlich. „Was er worüber weiß? Omissis? Das sollen wir ihn fragen? Ob er weiß, was … nein, wer … Omissis ist?“

‚Omissis?‘, überlegte Tomás. Wer oder was sollte das sein? Und wieso zum Teufel sollte er etwas darüber wissen? Er wusste, dass ‚omissio‘ aus dem Lateinischen kam und ‚Unterlassung‘ bedeutete, aber den Worten des Angreifers nach zu urteilen, handelte es sich eher um eine Person. Aber um wen? Osiris, den ägyptischen Gott? Das ergab aber auch keinen Sinn. Er musste sich verhört haben …

„Und dann? Was machen wir danach?“

Da er wusste, dass es um sein Leben ging, spitzte Tomás die Ohren. Vergeblich. Er konnte unmöglich die Antwort des Angerufenen verstehen.

„In Ordnung. *See ya.*“

Dann beendete Abu Bakr das Gespräch.

„Was ist?“, wollte Ibn Taymiyyah wissen. „Sollen wir ihn wirklich verhören?“

„Ja.“

„Und danach?“

Tomás öffnete erneut ein Auge einen Spalt breit. Er sah, wie einer der Männer unter seinen weißen Kittel griff und aus einem Futteral einen beeindruckenden Krummdolch zog. Vor Schreck riss Tomás auch das andere Augen auf, doch zum Glück beachteten die Männer ihn nicht, sondern schauten nur auf die Waffe. Abu Bakr strich fast zärtlich über die rasiermesserscharfe Klinge.

„Danach bringen wir ihn um.“

XXXV

Abu Bakr hatte den Dolch wieder in sein Futteral gesteckt und es sich auf einem Stuhl bequem gemacht. Ibn Taymiyyah setzte sich neben ihn. Dann herrschte in Santo Stefano degli Abissini eine scheinbar friedliche Stille. Nicht einmal der Atem der drei Männer war zu hören.

Sie warteten.

Nach einigen Minuten fragte Abu Bakr: „Wie lange dauert es noch, bis er wach wird?“

„Etwa eine halbe Stunde“, antwortete sein Kumpan. „Wieso?“

Tomás hörte, wie einer der beiden aufstand und neben ihn trat. Er atmete betont ruhig und gleichmäßig, um den anderen davon zu überzeugen, dass er wirklich noch bewusstlos war.

Ein paar Augenblicke später hörte er wieder die Stimme von Abu Bakr.

„Ich gehe mal eben die Bilder übertragen und komme gleich wieder.“

Kurz darauf öffnete sich die Tür, und ein Luftzug drang in das Kircheninnere. Kaum wurde die Tür geschlossen, machte sich wieder Stille im Raum breit. Die einzige Bewegung bestand im Heben und Senken von Tomás’ Brustkorb, aufmerksam beobachtet von Ibn Taymiyyah.

Tomás blieb also noch eine halbe Stunde, ehe die beiden Männer ihn ‚wecken‘ und mit dem Verhör beginnen würden, bei dem der blitzende Dolch Abu Bakrs eine unangenehme Rolle spielen sollte. Er musste also handeln, und zwar möglichst sofort, solange der Anführer nicht da war.

Die Zeit drängte, er brauchte einen Plan! Fieberhaft überlegte Tomás, was er tun solle. Aufstehen und wegrennen? Die Handschellen schränkten seine Bewegungen deutlich ein, und sein Aufpasser war vermutlich bewaffnet. Seine eigenen Waffen dagegen waren sein Mut, seine Verzweiflung und der Überraschungseffekt. Wenn er wirklich flüchten wollte, musste er improvisieren, alles auf eine Karte setzen und seine Haut so teuer wie möglich verkaufen. Und er musste etwas unternehmen, bevor der andere zurückkam. … Jetzt!

Schlagartig sprang er auf die Beine und öffnete endlich die Augen. Ibn Taymiyyah saß, immer noch in seiner Verkleidung als Rettungssanitäter, knappe zwei Meter neben ihm. Die plötzliche Bewegung seines vermeintlich bewusstlosen Gefangenen traf ihn völlig unvorbereitet.

„Hurensohn!“, fluchte er.

Ehe sein Aufpasser aufspringen konnte, warf Tomás das Laken über ihn. Die Handschellen verhinderten zwar, dass er Ibn Taymiyyah mit den Fäusten attackieren konnte, aber nicht, dass er seinen Kopf packte und ihm mit aller Gewalt das rechte Knie ins Gesicht rammte. Offenbar hatte Tomás die Nase getroffen, denn das Laken färbte sich auffallend rot. Tomás setzte noch zwei, drei Kniestöße nach, bis der Mann spürbar in sich zusammensackte.

Als Tomás ihm einen weiteren Hieb versetzte, fiel er seitlich zu Boden. Dabei glitt ein Schlüsselbund aus seiner Jackentasche. Sollte darunter der Schlüssel für seine Handschellen sein? Eilig bückte sich Tomás und sah auch sofort, dass er Glück hatte: Am Schlüsselbund hing ein auffallend kleiner Schlüssel. Mit gefesselten Händen und der Panik im Nacken war es allerdings nicht leicht, die Handschellen zu öffnen. Tomás brauchte drei Anläufe, bis er es endlich geschafft hatte, den Schlüssel ins Schloss zu stecken und zu drehen. Dann hörte er das erlösende Klicken.

„Hmmm…?"

Ibn Taymiyyah kam schon wieder zu sich. Tomás durfte keine Zeit verlieren, denn auch Abu Bakr konnte jederzeit zurückkommen. Er sprang wieder auf die Beine und versetzte seinem Aufpasser einen heftigen Tritt gegen den Kopf.

„Schlaf endlich!"

Ibn Taymiyyah war hart im Nehmen und immer noch nicht ganz ausgeknockt. Aber er war so weit außer Gefecht gesetzt, dass er seinen Gefangenen nicht gleich verfolgen konnte, als dieser zur Tür rannte und sie öffnete. Draußen schaute Tomás sich eilig um: Unmittelbar vor ihm erhob sich der Petersdom, und Abu Bakr war nicht in Sicht.

Der Weg war frei.

XXXVI

Argwöhnisch betrachteten die Polizisten den Mann, der mit verstörtem Blick und leicht hysterischem Tonfall eine abenteuerliche Entführungsgeschichte erzählte. Sie hatten kurz zuvor die Schicht ihrer Kollegen am Apostolischen Palast übernommen und konnten sich auf Tomás' komplizierten Wortschwall keinen Reim machen. Der diensthabende Leutnant kam schließlich zu dem Schluss, er habe es mit einem Verrückten zu tun. Nur dank seiner Hartnäckigkeit und dem offiziellen Passierschein schaffte Tomás es, dass der Mann ihn nicht davonjagte, sondern sein Walkie-Talkie zur Hand nahm.

„Trodela am Apparat. Was ist los?", fragte die Stimme am anderen Ende.

„Hier ist Leutnant Rocco, am Checkpoint Apostolischer Palast. Inspektor, ich habe hier einen Verdächtigen, der behauptet, Sie zu kennen und der Sie in einer dringenden Angelegenheit so schnell wie möglich persönlich sprechen will." Er warf einen Blick auf das Papier. „Er heißt Tomaso … äh … Tomás Noronha."

„Che cazzo!", polterte Trodela los. „Hat Professor Noronha nicht einen Passierschein, mit dem er sich frei im Vatikan bewegen kann?"

„Doch, aber …"

„Warum belästigen Sie mich dann? Lassen Sie ihn gefälligst durch!"

„Es ist nur so, dass … er sagt, er sei entführt worden."

Während der nächsten Sekunden war nur leises Rauschen in der Leitung zu hören.

„Hören Sie gut zu, Sie gehörnter Volltrottel, *pezzo di merda*!", zischte Trodela schließlich. „Haben Sie nicht von Ihrem Kommandanten den formellen Befehl erhalten, unter keinen Umständen auf einer offenen Leitung über die Situation Seiner Heiligkeit zu sprechen?"

„Ich spreche nicht von Seiner Heiligkeit, Inspektor, sondern von dem … äh … Mann hier, Tomás Noronha. Er sagt, er sei entführt worden."

Neuerliches Rauschen in der Leitung.

„Sind Sie sicher?"

„Ja, Inspektor. Herr Noronha behauptet steif und fest, man habe ihn im Petersdom überfallen und in die Kirche Santo Stefano degli Abissini gebracht. Wollen Sie mit ihm sprechen?"

Abermals herrschte einen Moment lang Stille, ehe Inspektor Trodela antwortete.

„Ich komme."

Die ganzen Verdächtigungen und Überprüfungen gingen Tomás gewaltig an die Nerven. Er war nur knapp der Gewalt eines islamischen Kommandos entkommen, da waren Zweifel an seinen Aussagen das Letzte, was er brauchen konnte. Außerdem ging auf diese Weise viel wertvolle Zeit verloren, in der die Entführer ihre Spuren verwischen konnten.

Inspektor Trodela traf jedoch schon eine Minute später am Sicherheitsposten ein und begrüßte Tomás, noch ehe er die Sicherheitsschranke erreicht hatte.

„Professor Noronha!", rief er. „*Cazzo!* Was ist das für eine Geschichte, dass man Sie entführt habe?"

Der vertraute Anblick des Kriminalbeamten besänftigte Tomás. Deutlich ruhiger und gefasster erzählte er diesmal in wenigen, präzisen Worten, wie er entführt worden war und wie er hatte entkommen können.

„Die Entführer, oder zumindest zwei von ihnen, sind immer noch hier, im Vatikan. Ich habe gehört, wie sie mit ihrem Chef telefoniert haben, der möglicherweise da ist, wo auch der Papst gefangen gehalten wird. Wenn wir schnell sind, erwischen wir sie vielleicht noch!“

Der Inspektor hatte bereits sein Funkgerät eingeschaltet.

„Stefano, hörst du mich?“

„Ja, Inspektor.“

„Geh sofort mit deinen Männern zum Dom und haltet jeden Verdächtigen fest, der euch begegnet!“

Der Mann am anderen Ende der Leitung war überrascht.

„Ist etwas vorgefallen, Inspektor?“

„Halt die Klappe und setz deinen Hintern in Bewegung!“

Kaum hatte Trodela das Gespräch beendet, zog Tomás ihn am Arm.

„Lassen Sie uns sofort zur Kirche gehen, Inspektor“, bat er eindringlich. „Diese Typen laufen da ganz ungeniert herum. Sie werden sehen …“

Trodela wandte sich an Leutnant Rocco.

„Du und deine Männer, ihr kommt mit.“

„Aber Inspektor, wir haben den Befehl, den Checkpoint nicht zu verlassen und …“

„Baciami il culo!“, fauchte Trodela auf die ihm eigene Art. „Schweig!“ Er deutete auf die drei Männer, die an der Sicherheitsschranke standen. „Ruf sie her, und komm mit. Ich sage es nicht noch einmal!“

Leutnant Rocco gab sich geschlagen.

„Ja, Inspektor.“

Sekunden später setzte sich die Gruppe in Bewegung, überquerte den Belvederehof, bog vor dem Petersdom rechts ab und erreichte schließlich Santo Stefano degli Abissini.

Vor der Kirche standen immer noch die beiden Rettungswagen, und auch die weiße Flagge mit dem roten Kreuz hing noch an der Eingangstür. Scheinbar hatte sich nichts verändert.

„Sie sind da drin“, sagte Tomás und deutete auf das Gebäude. „Ihr Versteck ist als medizinischer Posten getarnt.“

Mit den Waffen im Anschlag pirschten sich die Polizisten vorsichtig an die Kirchentür heran. Dann entsicherten sie ihre Maschinenpistolen.

„Bereit?“

Inspektor Trodela, der seine Beretta mit beiden Händen umfasst hielt, schaute Leutnant Rocco auffordernd an.

„Bereit“, flüsterte einer der Männer.

„Bereit“, bestätigten auch die anderen.

Mit einem letzten Blick prüfte der Leutnant, ob seine Männer wirklich einsatzbereit waren. Dann nickte er und legte die Hand auf den Türgriff.

„Eins … zwei …“

Bei ‚drei‘ riss er die Tür auf und stürmte, gefolgt von Trodela, seinen Männern und Tomás, in die Kirche.

„Alle Mann auf den Boden!“

XXXVII

Die Männer und Frauen im Inneren der Kirche hielten augenblicklich in ihren Bewegungen inne und schauten die uniformierten Polizisten mit den Waffen im Anschlag fassungslos an. Ihre Blicke schwankten zwischen Überraschung und Entsetzen. Sie waren so offensichtlich überrascht, dass kein Zweifel daran bestand, dass sie keine Ahnung hatten, was gerade vor sich ging.

Ein Mann Mitte vierzig, mit graumeliertem Haar und einem Stethoskop um den Hals, hatte sich als Erster wieder gefasst.

„Was ist hier los?", fragte er. „Wer sind Sie?"

Inspektor Trodela richtete die Mündung seiner Beretta auf ihn.

„Polizei!", sagte er und wiederholte dann mit drohender Miene: „Alle Mann auf den Boden, und zwar ein bisschen plötzlich!"

Die Heftigkeit des Befehls riss die Anwesenden aus ihrer Lethargie, und sie gehorchten. Eine Frau begann vor Angst zu stöhnen, eine andere schluchzte laut. Wenig später hatten sich alle auf dem kalten Steinboden ausgestreckt. Ihre Hände, die sie als Zeichen dafür, dass sie unbewaffnet waren, in die Luft hielten, zitterten.

„Bitte schießen Sie nicht!"

„Madonna, steh uns bei!"

Der Mann, der zuerst gesprochen hatte und nun auch ausgestreckt am Boden lag, schien als Einziger einen kühlen Kopf bewahrt zu haben.

„Wir sind vom medizinischen Notdienst“, sagte er. „Was wollen Sie von uns?“

Inspektor Trodela trat neben den Mann und baute sich drohend vor ihm auf.

„*Pezzo di merda!* Wer sind Sie?“

„Ich bin Doktor Giovanni Ferro, stellvertretender Leiter des Notfalldienstes am Heilig-Geist-Krankenhaus“, antwortete der Arzt spürbar gereizt. „Wir wurden am frühen Nachmittag auf Geheiß des Heiligen Stuhls zu Präventivzwecken hierher beordert.“

Misstrauisch hielt Trodela ihm die Hand entgegen.

„Papiere!“

Doktor Ferro zog seine Brieftasche hervor und reichte dem Inspektor die Unterlagen.

„Hier sind mein Personalausweis, meine Mitgliedskarte der Ärztekammer und mein Krankenhausausweis.“

Trodela nahm die Karten entgegen und prüfte sie akribisch. Sie schienen echt zu sein, und die Fotos zeigten eindeutig den Mann, der vor ihm am Boden lag. Zögernd nahm er sein Funkgerät zur Hand.

„Giulio, hörst du mich?“

„Wer ist dran?“, fragte prompt jemand am Ende der Leitung.

„Ich bin’s, Trodela. Sag mal, haben wir wegen der … na, du weißt schon, wegen der Situation, einen medizinischen Notdienst in den Vatikan beordert?“

„Ja, Inspektor. Ich habe beim Heilig-Geist-Krankenhaus angerufen und vorbeugend ein Rettungsteam angefordert, wie es das Protokoll in einer solchen Situation vorschreibt. Die Einheit ist in einer kleinen Kirche hinter dem Dom untergebracht. Wieso die Frage, Inspektor? Gibt es einen medizinischen Notfall?“

„Nein, ich wollte es nur überprüfen“, brummte Trodela. „Weißt du zufällig, wie der Leiter des Rettungsteams heißt?“

„Ich glaube, das ist Doktor Ferro, Inspektor. Wollen Sie, dass ich ihn anrufe?“

Trodela schluckte. Er hatte einen schwerwiegenden Fehler begangen. Er hatte nicht nur seine Waffe auf den Notarzt eines der renommiertesten Krankenhäuser Roms gerichtet, er hatte ihn auch noch als Arschloch bezeichnet.

„Nein danke, nicht nötig."

Er drehte sich zu seinen Leuten um und gab ihnen ein Zeichen, die Waffen zu senken. Dann gab er Doktor Ferro seine Ausweise zurück. Der Arzt hatte sich ein wenig aufgerichtet und blickte den Kriminalbeamten wütend an.

„Bitte entschuldigen Sie, Doktor", sagte der Inspektor ungewohnt freundlich. „Wie haben, … das heißt, man hat uns gesagt, hier sei …"

Der Leiter des Rettungsteams stand auf und nahm mit brüsker Bewegung seine Ausweise wieder an sich.

„Damit kommen Sie mir nicht davon", sagte er kalt, „das verspreche ich Ihnen. Noch nie hat mich jemand so behandelt." Er tippte Trodela mit dem Finger auf die Brust. „Noch nie. Ich werde Ihre Vorgesetzten von Ihrem Verhalten informieren. Wenn es sein muss, beschwere ich mich auch beim Minister."

Der Inspektor warf einen erbosten Blick in Richtung der Tür, an der Tomás stehen geblieben war und das Geschehen ungläubig verfolgte. Wie war es möglich, dass hier ein echtes Rettungsteam arbeitete?

„Die Ausweise könnten gefälscht sein, Inspektor", sagte er vorsichtig.

Trodela verengte die Augen zu engen Schlitzen.

„Das Einzige, was hier gefälscht ist, ist Ihre Entführungsgeschichte, Professor."

Bestürzt darüber, dass der Inspektor an seinem Bericht zweifelte, eilte Tomás zu Doktor Ferro. Er konnte das nicht einfach so auf sich beruhen lassen!

„Doktor Ferro, haben Sie nicht vielleicht zwei Araber mit einer Trage gesehen?“

Der Arzt schaute ihn verwundert an.

„Araber? Nein. Wovon reden Sie?“

Verzweifelt wandte sich Tomás an die anderen Mitglieder des Rettungsteams.

„Hat niemand von Ihnen da draußen zwei Männer in weißen Jacken gesehen, die nicht zu Ihrem Team gehörten?“

Die Angesprochenen wechselten untereinander vielsagende Blicke, machten sich aber nicht einmal die Mühe zu antworten. Sie schüttelten lediglich die Köpfe und schienen zu denken, dass der Mann vor ihnen in psychiatrische Behandlung gehörte.

Inspektor Trodela legte Tomás eine Hand auf den Arm.

„Professor …“

„Sie haben mich im Dom überwältigt und dann hierher gebracht!“

„In diese Kirche?“

„Ja, aber … wir sind durch eine andere Tür gekommen, und dahinter war eine Art Abstellraum.“

„Was für eine andere Tür?“

Tomás schlug sich mit der Hand vor den Kopf. Sie hatten die falsche Tür genommen! Und sie hatten jetzt weitere kostbare Minuten verloren!

„Kommen Sie mit!“

„Wohin?“

Tomás zog Inspektor Trodela am Arm Richtung Tür, auch wenn er bereits ahnte, dass sie zu spät kommen würden.

„Schnell!“

XXXVIII

Tomás stürzte zur Kirchentür hinaus, dicht gefolgt von den fünf Polizisten. Zielstrebig bog er um die Ecke und eilte zu einem Seiteneingang, den er sofort wiedererkannte. Hier war er vor vielleicht einer Viertelstunde geflüchtet.

„Das ist die Tür!“

Die Polizeibeamten wiederholten ihr Vorgehen vom Haupteingang, und als seine Männer bereit waren, zählte Leutnant Rocco bis drei. Dann riss er die Tür auf, und die Polizisten drängten in den Raum.

„Polizei!“, rief Inspektor Trodela. „Alle Mann auf den Boden!“

Diesmal empfing sie nichts als Schweigen. Da es dunkel war, zückte einer der Polizisten eine Taschenlampe. Als Leutnant Rocco kurz darauf den Lichtschalter fand, sprach er aus, was alle bereits wussten.

„Hier ist niemand.“

Die Beamten suchten dennoch in und hinter den Schränken, und Tomás ging auf die Knie, um irgendwelche Spuren zu entdecken. Er hoffte, zumindest ein paar Tropfen Blut von Ibn Taymiyyah zu finden, aber vergebens.

„Sie sind geflüchtet.“

Der Inspektor wollte gerade etwas antworten, als sein Funkgerät klingelte.

„Inspektor, hier ist Stefano. Hören Sie mich?“

„Trodela am Apparat. Ja, was ist?“

„Wir haben den gesamten Petersdom durchkämmt und nichts Verdächtiges gefunden. Hier ist niemand.“

„*Cazzo!* Bist du sicher?“

„Absolut. Wir haben alles abgesucht.“

Inspektor Trodela unterbrach die Verbindung und trat mit einem durchdringenden Blick auf den Mann zu, der ihm diesen ganzen Unsinn eingebrockt hatte. Tomás erkannte, dass er sein Vertrauen verspielt hatte.

„Hören Sie, Inspektor, ich habe das nicht erfunden“, rechtfertigte er sich. „Zwei als Rettungssanitäter verkleidete Männer haben mich im Dom überfallen und auf einer Trage hierher gebracht.“ Er merkte, wie unglaubwürdig seine Geschichte klang. „Das ist mir wirklich passiert! Es ist doch nicht meine Schuld, dass …“

„Professor …“

„… niemand sie gesehen hat. Sie wollten mich verhören und…“

„Professor!“, fiel Trodela ihm ins Wort.

Sein Tonfall war scharf und anklagend. Es bestand kein Zweifel daran, dass die Unterhaltung beendet war.

„Ich sage die Wahrheit“, fügte Tomás lahm hinzu.

Inspektor Trodela sah Tomás einen Augenblick nachdenklich an, ehe er sprach.

„Professor Noronha, Sie sind verhaftet.“

Tomás öffnete ungläubig den Mund. Er sah ein, dass der Inspektor nach all den Ereignissen und der Demütigung vor dem Rettungsteam seine Geschichte nicht länger glaubte, aber ihn zu verhaften war nun doch eine etwas überzogene Reaktion, wie er fand.

„Mich verhaften? Sind Sie verrückt geworden?“

„Nicht ich bin verrückt, sondern Sie, Professor. Ich wiederhole: Sie sind verhaftet.“

„Aber … wieso? Was werfen Sie mir vor?“

Bislang war es dem Inspektor gelungen, sich zu beherrschen, aber jetzt platzte ihm der Kragen. Er bohrte Tomás einen Zeigefinger fast in die Brust und fuhr ihn mit hochrotem Kopf an.

„Sie sind nichts als ein *caga cazzo*, ein *stronzo*, ein *testa di minchia*! *Vai a farti fottere, pompinaro di merda!*“

Tomás wusste zwar nicht wirklich, welche Schimpfworte Trodela ihm an den Kopf warf, verstand aber doch, dass das noch keine Antwort auf seine Frage gewesen war.

„Was werfen Sie mir vor?“, wiederholte er.

„Ich werfe Ihnen Vortäuschung falscher Tatsachen und Einmischung in ein Strafverfahren vor, Sie *faccia culo*! Und für die Dauer dieser Ermittlungen werde ich dafür sorgen, dass Sie uns nicht mehr behindern! *Che ti morisse la mamma!*“

Frustriert ließ Tomás die Schultern hängen. Wenn der Inspektor ihm so sehr misstraute, dass er ihn aus dem Weg räumen wollte – wieso sollte er sich darüber aufregen?

„Wie Sie meinen, Inspektor“, sagte er. „Aber erlauben Sie mir, Sie daran zu erinnern, dass ich mich nicht freiwillig in diese Geschichte eingemischt habe. Es scheint mir doch etwas überzogen, zu …“

„Sie glauben also immer noch nicht, dass ich es ernst meine? Und das, nachdem Sie in einer katastrophalen Krise mit Ihrem Blödsinn meine wertvolle Zeit verschwendet haben? *Vai a farti fottere!* Sie werden sich dafür vor Gericht verantworten müssen!“

„Aber … aber …“

Wütend machte Trodela auf dem Absatz kehrt und eilte zur Tür. Dann drehte er sich noch einmal um und gab Leutnant Rocco einen Befehl.

„Nehmen Sie ihn mit!“

XXXIX

Leutnant Rocco verzichtete zwar darauf, Tomás Handschellen anzulegen, führte ihn aber gewissenhaft ab.

„Wohin bringen Sie mich?“, fragte Tomás.

„Ins Gefängnis des Vatikans.“

Tomás machte große Augen.

„Im Vatikan gibt es ein Gefängnis?“

„Aber sicher“, antwortete Leutnant Rocco. „Mit vier Zellen.“

„Und wen sperren Sie da normalerweise ein? Reulose Sünder?“, fragte Tomás spöttisch.

Der Polizist schaute ihn schräg an.

„Sehr witzig.“

„Okay, aber im Ernst; wer sitzt in dem Gefängnis ein?“

„Die meisten Inhaftierten sind Taschendiebe, die wir anschließend an die italienischen Justizbehörden übergeben.“

Sie gingen an den Mauern des Petersdoms entlang zum Apostolischen Palast. Die Gendarmerie – und somit das Gefängnis – befand sich nur wenige hundert Meter nördlich der Papstwohnung. Wobei auf dem überschaubaren Hoheitsgebiet der Vatikanstadt generell keine weiten Entfernungen möglich waren.

„Ist Ihnen bewusst, dass Sie einen schweren Fehler begehen?“, fragte Tomás nach einer Weile. „Die Männer, die den Papst entführt haben, sind in den Vatikan zurückgekommen und möglicherweise immer noch hier. Aber selbst, wenn sie geflüchtet sind, können sie noch nicht weit weg sein. Die Polizei müsste unverzüglich die Fahndung wieder aufnehmen und das ganze Gelände durchkämmen."

„Dafür bin ich nicht zuständig", entgegnete Leutnant Rocco. „Inspektor Trodela hat mir aufgetragen, Sie in Gewahrsam zu nehmen, und ich beschränke mich darauf, das zu tun."

„Wenn ich es richtig verstanden habe, ist der Inspektor ein Vertreter des italienischen Justizwesens", hakte Tomás nach, „während Sie dem Gendarmeriekorps angehören. Er ist also nicht Ihr Vorgesetzter, und Sie sind nicht verpflichtet zu tun, was er Ihnen sagt."

„Seine Eminenz, der in Abwesenheit von Seiner Heiligkeit die höchste Autorität des Heiligen Stuhls darstellt, hat klar den Auftrag erteilt, dass die Gendarmerie mit der italienischen Polizei zusammenarbeiten soll", erwiderte der Leutnant. „Wenn Inspektor Trodela also sagt, dass Sie verhaftet werden sollen, dann werden Sie auch verhaftet. Punkt."

Tomás sah ein, dass er den Leutnant nicht umstimmen konnte.

Nachdem sie den Belvederehof überquert hatten, gingen sie am Sitz des IOR vorbei zum Apostolischen Palast. An der Kirche Sant'Anna bogen sie links ab in die Via del Pellegrino. Die Gendarmerie war ein Stück weiter zwischen der Kirche San Pellegrino und der Redaktion des *Osservatore Romano*, der offiziellen Zeitschrift des Vatikans.

Der Eingang zum Gendarmeriegebäude war unbewacht, was Leutnant Rocco mit Verwunderung zur Kenntnis nahm.

„Was ist das denn? Wo zum Teufel ist der Wachposten?", knurrte er kopfschüttelnd.

Als er mit Tomás im Schlepptau ins Foyer trat, war auch dort niemand. Alles wirkte verlassen. Verwirrt sah Leutnant Rocco sich um.

„Hier wollen Sie mich also einsperren?", witzelte Tomás. „Soll ich mich vielleicht selbst bewachen?"

Der Leutnant öffnete eine Tür nach der anderen, ohne jedoch einen Gendarm anzutreffen.

„Ich verstehe nicht, was hier los ist …"

Dann hörten sie im hinteren Bereich des Gebäudes eine Stimme, die ohne Unterlass sprach. Leutnant Rocco gab Tomás ein Zeichen, ihm zu folgen. Je näher sie dem Ende des Ganges kamen, umso verständlicher wurde das, was die Stimme sagte.

„… haben sich der Ministerpräsident und der Innenminister zu einer Krisensitzung getroffen, um zu beraten, …"

Als Leutnant Rocco in den Raum trat, aus dem die Stimme drang, starrten dort sämtliche Gendarme wie gebannt auf den Fernseher.

„Was ist denn hier los?", fragte Leutnant Rocco ungläubig.

Ohne sich umzudrehen, zischten die Anwesenden einstimmig: „Psssst!"

Auf dem Bildschirm lief gerade eine Sondersendung auf RAI.

„… drohte die Gruppe, die behauptet, mit dem Islamischen Staat in Verbindung zu stehen, den Papst umzubringen", sagte der Reporter. *„Die Krisensitzung zwischen dem Regierungschef und dem Innenminister wurde nach der Verbreitung einer Meldung im Internet einberufen, derzufolge die Gruppe ankündigte, sie habe den Papst entführt und werde ihn um Mitternacht römischer Zeit enthaupten, sofern nicht alle westlichen Regierungen umgehend Tributzahlungen für Nicht-Muslime an das Kalifat des Islamischen Staates leisten. Die …"*

„Mein Gott!", rief Leutnant Rocco schockiert. „Die Medien wissen Bescheid!"

Tomás konnte sich einen spitzen Kommentar nicht verkneifen.

„Was hatten Sie denn erwartet? Ich finde es erstaunlicher, dass es so lange gedauert hat."

Abermals wurden sie durch wütendes Zischen zum Schweigen gebracht. Der Reporter fuhr fort:

„... Heilige Stuhl hat die Pressemeldung der Islamisten nicht kommentiert, aber, und das ist entscheidend, er hat auch nicht bestätigt, dass der Papst gesund und in Sicherheit ist. Ein Sprecher des ... des ..." Der Reporter stutzte und zog dann die Augenbrauen zusammen. *„Wie ich soeben von den Kollegen erfahren habe, haben die Entführer ein Video ins Internet gestellt ... in dem der Papst zu sehen sein soll. Wir haben noch etwas Zeit ..."*

„Ein Video!", entfuhr es Leutnant Rocco. „Wie schrecklich!"

„... die Echtheit des Videos zu bestätigen. Die Sondersitzung zwischen dem Ministerpräsidenten und dem Innenminister wurde wenige Minuten nach der Veröffentlichung der Pressemeldung einberufen. Alles deutet darauf hin, dass es sich um eine schwere Krise handelt. Wir möchten darauf hinweisen, dass die folgenden Bilder nichts für empfindliche Zuschauer sind, denn wir werden nun das Video zeigen, in dem ..."

Tomás starrte gebannt auf den Bildschirm. Hatte nicht einer der Männer, die ihn überfallen hatten, gesagt, er wolle die Bilder übertragen? Ihm lief ein Schauer über den Rücken. Hatte es sich dabei wirklich um dieses Video gehandelt?

Das Bild des Reporters wurde abgelöst von einem Schwarz-Weiß-Bild, auf dem in Großbuchstaben ein englischer Satz geschrieben stand:

A MESSAGE TO THE CRUSADERS.
(Eine Botschaft an alle Kreuzzügler.)

Dann verschwand der Text, und man sah, wie ein Mann mit einer schwarzen Strumpfmaske einem vor ihm knienden Mann ein Messer an den Hals hielt. Der Mann auf Knien trug sein gewohntes weißes Gewand und war unverkennbar.

Der Papst.

XL

Ein Raunen und Stöhnen erfüllte den Raum. Zwar waren alle Anwesenden bereits informiert, dass der Papst entführt worden war, aber ihn tatsächlich in der Gewalt der Islamisten zu sehen, war etwas ganz anderes, als es nur zu wissen. Die Aufnahmen erinnerten stark an andere Horrorvideos, in denen der Islamische Staat frühere Geiseln hingerichtet hatte.

Das Schlimmste war, dass sie alle auf die gleiche Weise endeten.

„Porca miseria!“, murmelte der Gendarm, der vor Tomás stand. „Sie wollen ihn wirklich …“

Er ließ seinen Satz unvollendet. Die Vorstellung dessen, was die Entführer mit dem Papst vorhatten, war einfach zu schrecklich. Und doch dachten alle im Raum, und sicherlich auch die Fernsehzuschauer in aller Welt, genau das Gleiche. Es war schließlich kein Geheimnis, dass die Hinrichtungsvideos des Islamischen Staates und anderer Extremistengruppen stets mit der Enthauptung ihrer Geiseln endeten. Sollte es auch diesmal so kommen?

Würden sie auch den Papst enthaupten?

Alle hielten den Atem an, als der Mann mit der schwarzen Strumpfmaske anfing, auf Englisch zu sprechen. Man hätte eine Stecknadel fallen hören, wäre da nicht die Stimme aus dem Gerät gewesen.

„Im Namen Allahs, des Gerechten und Barmherzigen, und seines Propheten, Friede sei mit ihm, verkünde ich hiermit vor der Umma, der Gemeinschaft der Rechtgläubigen, dass der spirituelle Führer der Kreuzzügler, der falsche Lehren verbreitet, der Papst der Ungläubigen, sich in den Händen der rechtgläubigen Diener Gottes befindet. Die Länder der Ungläubigen haben Zeit bis Mitternacht mitteleuropäischer Zeit, sich entweder zum Islam zu bekennen oder dem Kalifen des Islamischen Staates, dem wahren Nachfolger des Propheten, Friede sei mit ihm, die Dschizya zu zahlen, wie Allah dies im heiligen Koran von den Dhimmis fordert, und wie auch Mohammed, Friede sei mit ihm, in der Sunna gezeigt hat ...“

Tomás verschlug es schier die Sprache. Diese Extremisten verlangten nicht mehr und nicht weniger, als dass die nichtmuslimischen Länder sofort den religiösen Tribut an den Islamischen Staat zahlen sollten, eine Art Kopfsteuer für die Nichtgläubigen, wie Mohammed sie im 7. Jahrhundert gefordert hatte. Eine solche Forderung wäre natürlich unmöglich. Keine Regierung der Welt – egal, wie kompromissbereit sie auch sein mochte, um das Leben des Papstes zu retten – würde auf die Forderung der Entführer eingehen, ihnen religiösen Tribut zu zahlen. Entweder waren die Entführer völlig realitätsfremde Fanatiker, oder ihr Ziel bestand gar nicht darin, sich zu einigen.

Vielleicht traf auch beides zu.

„... sie dem jedoch nicht Folge leisten, beginnen wir um Mitternacht im Internet eine Liveübertragung und töten den Verbreiter falscher Lehren so, wie der Prophet, Friede sei mit ihm, es gelehrt hat, nämlich durch Enthaupten. Großes Unheil ...“

Entsetzen machte sich im Raum breit.

„... wird dann über die Kafirun, die Ungläubigen, kommen. Bekennt euch also zum wahren Glauben, oder zahlt die Dschizya und unterwerft euch dem Gesetz Gottes und der Vorherrschaft des Islam, wie von Allah im heiligen Koran und von seinem Propheten, Friede sei mit ihm, in der Sunna gefordert, wenn ihr nicht verfolgt und getötet werden wollt. In Sure 9, Vers 29, sagt Allah, ...“

Der Entführer erging sich daraufhin in einer Litanei religiöser Forderungen, der Tomás jedoch nur noch mit halbem Ohr zuhörte, um stattdessen die Situation zu analysieren. Wo konnte der Papst gefangen gehalten werden? Die Bilder gaben nicht viel Aufschluss über die Umgebung; lediglich die beiden Männer auf dem Bildschirm waren angestrahlt, der Rest jedoch lag im Halbschatten.

Man konnte immerhin erahnen, dass sie sich in einem geschlossenen Raum befanden, denn abgesehen von der künstlichen Beleuchtung war kein Licht zu sehen. Das Merkwürdigste war jedoch der Boden, auf dem der Papst kniete: Er war grob und steinig, als wären sie irgendwo auf dem Land. Ja, das musste es sein, dachte Tomás, sie waren auf dem Land. Das erklärte auch die rustikalen Mauern, die hinter dem Entführer gelegentlich zu sehen waren. Wahrscheinlich hatten die Entführer den Papst an einen entlegenen Ort weit außerhalb Roms gebracht. In diesem Fall würde es ohne zusätzliche Informationen extrem schwierig werden, den Papst zu finden.

Endlich schwieg der Mann und legte eine Hand auf die Schulter des Papstes, der nach wie vor mit gesenktem Blick vor ihm kniete. Auf dieses Zeichen hin hob der Papst den Kopf und sprach direkt in die Kamera.

„Petrus war der erste Papst, möge ich nicht der letzte sein“, sagte er gelassen und mit ruhiger Stimme, gerade so, als lese er eine Predigt im Petersdom. „Ich bitte Monsignor Dardozzi und Sie alle, für mich und die Menschheit zu beten. Die Liebe Christi begleitet mich bis ins Grab."

Dann endete die Übertragung, und das Gesicht des schockierten Reporters tauchte wieder auf.

„Wie die Polizei soeben bestätigte, wurde das Video vor wenigen Minuten von einem Computer in Syrien hochgeladen", sagte er. *„Derzeit analysiert ein Team von Spezialisten die Bilder und ..."*

Fast gleichzeitig fingen die Gendarme an, das Gesehene zu kommentieren; sie sprachen wild durcheinander, ohne auf das zu hören, was die anderen sagten. Vielmehr ging es ihnen darum, ein Ventil für ihre eigene Anspannung und Sorge zu finden.

„Die Armee!", rief einer. „Die Armee muss helfen!"

„Es gibt nur eine Möglichkeit, Seine Heiligkeit zu retten", meinte ein anderer. „Die Polizei muss alle Häuser in Italien durchsuchen. Alle!"

„Oh Gott, das ist eine Kriegserklärung!"

„Wir müssen ganz Italien mobilisieren und alle Katholiken weltweit. Ach was, alle Christen! Und dann müssen wir ..."

Das alles war erst der Anfang, dachte Tomás. Jetzt käme es darauf an, die Reaktionen der Menschen unter Kontrolle zu halten, damit die Welt nicht von einer Lawine der Zerstörung überrollt würde.

Die erste Reaktion bestünde sicher, wie bei den Gendarmen, aus Verwirrung und Fassungslosigkeit.

Problematisch würde es erst danach. Millionen von Menschen würden zum Petersplatz strömen, um für den Papst zu beten, und rund um den Globus würden Mahnwachen abgehalten. Tomás war davon überzeugt, dass kein Land der Welt bereit wäre, die geforderte *Dschizya* zu zahlen, so dass die Entführer den Papst um Mitternacht hinrichten würden, was wiederum schreckliche Folgen hätte. In aller Welt würden Aufstände ausbrechen, und in blindem Hass würden radikale Christen in allen europäischen Großstädten eine wahre Hexenjagd auf muslimische Minderheiten starten. In diesem Umfeld aus Chaos und Verwirrung wäre es ein Leichtes für die Extremisten, durch gezielte Provokationen Öl ins Feuer zu gießen. Es käme zu einem Religionskrieg auf offener Straße, und letztlich zu einer Art weltweitem Bürgerkrieg. In ganz Europa würden das Kriegsrecht und Ausgangssperren verhängt werden, Panzer und Soldaten patrouillieren und …

‚Denk nach!', unterbrach Tomás seinen Gedankenfluss.

Er musste Abstand von seinen Emotionen – und denen der Gendarme – gewinnen, um nicht den Kopf zu verlieren. Wie ließe sich diese Spirale der Zerstörung unterbrechen? Selbst wenn das eine oder andere Land bereit sein sollte, die *Dschizya* zu zahlen, wäre das keine Garantie dafür, dass die Entführer den Papst nicht doch hinrichten und ein Video der Enthauptung online stellen würden. Die einzige echte Lösung des Problems bestand darin, den Papst vor Ablauf des Ultimatums zu finden und zu befreien. Aber wo sollte er nach ihm suchen?

‚Denk nach!', mahnte Tomás sich erneut.

Er ließ die Fernsehbilder noch einmal vor seinem geistigen Auge Revue passieren. Irgendetwas passte daran nicht. Aber was? Was hatte der Entführer doch gleich gesagt? Und was der Papst? Dann schlug Tomás sich mit der flachen Hand vor die Stirn.

„Ich hab's!", rief er. „Dardozzi!"

Als er merkte, dass er laut gesprochen hatte, zuckte Tomás zusammen und schaute sich um. Aber bei dem allgemeinen Trubel hörte kaum jemand die Worte der anderen. Leutnant Rocco stand ein wenig abseits und telefonierte. Keiner der Gendarme schenkte ihm auch nur die geringste Aufmerksamkeit.

Die vatikanischen Ordnungskräfte hatten offensichtlich andere Sorgen, als sich um Tomás zu kümmern. Wenn er also die Spur verfolgen wollte, die ihn möglicherweise zum Papst führte, musste er handeln. Als wäre es die natürlichste Sache der Welt drehte sich Tomás um und verließ den Raum. Dann ging er den Flur zurück bis zum Eingangsbereich und verließ die Gendarmerie als freier Mann.

XLI

Eine Gruppe bewaffneter Carabinieri kontrollierte den Zugang zum Petersplatz, aber Tomás ließ sich nicht beunruhigen. Er hatte dank seines Passierscheins die Kontrolle ohne Probleme überwunden und lehnte sich nun an eine der Säulen der Kolonnaden. Die Carabinieri hatten andere Sorgen.

Die Nachricht von der Entführung des Papstes war noch nicht einmal eine Viertelstunde alt, und schon strömte eine beachtliche Menschenmenge zum Petersplatz. Alle schauten ernst und sorgenvoll drein, einige weinten. Was würde passieren, wenn die Entführer ihre Drohung wahrmachten und das Oberhaupt der katholischen Kirche ermordeten? Wenige Augenblicke zuvor hatte die italienische Armee gepanzerte Fahrzeuge entlang der Leoninischen Mauern positioniert, und berittene Polizisten patrouillierten rund um den Vatikan, während die großen Fernsehsender mit ihren Übertragungswagen anrollten, um live vom Petersplatz zu berichten. Der Medienzirkus bezog also Stellung, was die Situation nur verschlimmerte.

Eine Frau mit blonden Haaren überquerte mit raschem Schritt den Petersplatz. Sobald sie die Fernsehteams bemerkte, änderte sie die Richtung und tauchte in einer Gruppe von Gläubigen unter, um sich in einem weiten Bogen dem Kongregationsgebäude zu nähern.

Als sie vor dem Gebäude stehenblieb und in ihrer Handtasche nach dem Schlüssel suchte, trat Tomás hinter sie.

„Wer ist Monsignor Dardozzi?“

Die Stimme hinter ihrem Rücken ließ Catherine zusammenfahren. Sie drehte sich um und sah Tomás mit weit aufgerissenen Augen an.

„Meine Güte, haben Sie mich erschreckt!“, rief sie und presste eine Hand auf ihre Brust, gerade so, als könne sie damit ihr heftig pochendes Herz beruhigen.

Tomás beobachtete sie mit verschränkten Armen. Dann wiederholte er seine Frage.

„Wer ist Monsignor Dardozzi?“

Catherine schaute Tomás ungläubig an. Dann änderte sich ihr Gesichtsausdruck, und sie blickte sich nervös um, als wolle sie sichergehen, dass niemand sie beobachtete.

„Tomás, was machen Sie hier?“, fragte sie mit einem leichten Beben in der Stimme. „Wissen Sie nicht, dass man Sie verhaften will?“

„Ich würde sagen, dass Inspektor Trodela vorerst wichtigere Dinge zu tun haben sollte, meinen Sie nicht auch?“

Catherine machte sich nicht die Mühe, eine Antwort zu geben. Stattdessen betrachtete sie Tomás von Kopf bis Fuß.

„Brauchen Sie Hilfe?“

„Ich brauche eine Antwort“, sagte Tomás und wiederholte erneut: „Wer ist Monsignor Dardozzi?“

Sie schaute ihn schräg an.

„Monsignor Dardozzi? Was soll diese Frage? Haben Sie nichts Wichtigeres im Sinn?“

„Haben Sie nicht das Papstvideo gesehen?“, entgegnete Tomás.

In einer Mischung aus Entsetzen und Abscheu machte Catherine einen Schritt zurück.

„Doch, natürlich. Wie grauenvoll!“, sagte sie. „Ich war gerade bei Seiner Eminenz, als die … Nachrichten gesendet wurden. Sie ahnen ja gar nicht, … wie … Seine Eminenz war völlig am Boden zerstört, und mir kamen die Tränen, als ich diese schrecklichen Bilder gesehen habe, und …“

Auch jetzt war Catherine den Tränen nah, und Tomás legte einen Arm um sie.

„Ich weiß, ich weiß“, sagte er leise, „beruhigen Sie sich.“

Einen Augenblick lang gab Catherine ihrem Bedürfnis nach Trost und Schutz nach und lehnte sich schluchzend an Tomás' Schulter. Dann nahm sie sich zusammen und blickte Tomás mit feuchten Augen an.

„Grundgütiger, wie soll das alles nur enden? Was ist das für eine Welt, in der Menschen dazu fähig sind, den Papst vor laufender Kamera zu ermorden?“

„Ich weiß“, wiederholte er, fest entschlossen, sich nicht von seinen eigenen Emotionen überwältigen zu lassen. „Aber wir müssen jetzt einen kühlen Kopf bewahren. Wir wollen doch schließlich dem Papst helfen, und dazu müssen wir alles tun, was in unserer Macht steht, statt zu verzweifeln. Deshalb ist es auch so wichtig, dass Sie meine Frage beantworten, wer Monsignor Dardozzi ist.“

Fragend schaute Catherine ihn an.

„Wie kommen Sie auf diesen Namen?“

„Durch das Video“, sagte er leise, obwohl niemand in der Nähe war, der sie hätte hören können.

„Das Video?“

„Haben Sie nicht gehört, dass der Papst sagte, Monsignor Dardozzi möge für ihn beten? Wer in aller Welt ist also dieser Monsignore?“

Die Französin zog die Augenbrauen hoch und antwortete zögernd.

„Das ist … war ein Prälat hier am Heiligen Stuhl.“

„War?“

„Ja. Er ist tot.“

„Weiß der Papst das?"

„Natürlich!"

Tomás schwieg einen Augenblick, um die Reichweite dieser Informationen zu ermessen.

„Aber wenn er weiß, dass Monsignor Dardozzi tot ist", überlegte er laut, „wieso hat der Papst dann gesagt, er möge für ihn beten? Das ergibt doch keinen Sinn."

„Gute Frage", stimmte Catherine zu. „Wie soll ein Toter für jemanden beten?"

Sie drehte sich um, steckte den Schlüssel ins Schloss und öffnete die Tür des Kongregationsgebäudes. Dann trat sie ein und drehte sich zu Tomás um, der sich draußen nicht vom Fleck bewegt hatte.

„Kommen Sie, ich erzähle Ihnen, was ich weiß."

XLII

Von den Büroräumen der COSEA im vierten Stock des Kongregationsgebäudes hatte man einen guten Blick auf den Petersplatz und die Menschenmenge, die sich dort versammelte und immer größer wurde. Es war fast 18 Uhr, bald würde es dämmrig werden und ein langer, sorgenvoller Abend beginnen. Alle, die hierher pilgerten, dachten an nichts anderes als das Ultimatum, das um Mitternacht auslaufen würde.

Tomás setzte sich auf den Stuhl, den Catherine ihm hingestellt hatte, ehe sie ein kleines Fernsehgerät einschaltete, um die neuesten Nachrichten zu hören.

„... Ereignissen in Rom, sprachen die Regierungschefs der USA, Deutschlands und Belgiens von besorgniserregenden Zuständen und verurteilten die Entführung des Papstes zutiefst. Sie erklärten ihre Solidarität mit dem Heiligen Stuhl und Italien und versprachen ihnen prompte Unterstützung. Zahlreiche weitere westliche Regierungen folgten diesem Vorgehen. Aus den jeweiligen Hauptstädten Europas und der Vereinigten Staaten trafen bereits Erklärungen ein, die ein Eingehen auf die Forderungen der Terroristen nach der Zahlung einer Kopfsteuer an den Islamischen Staat als ausgeschlossen bezeichneten. Als der Präsident der Vereinigten Staaten von den Ereignissen erfuhr, besuchte er gerade eine Grundschule in Newark und ...“

Erwartungsgemäß waren die Nachrichten alles andere als ermutigend. Wenn die westlichen Staaten sich weigerten, die irrationalen Forderungen der Terroristen zu erfüllen, würde der Papst also um Mitternacht hingerichtet. Erschüttert nahm Catherine die Fernbedienung zur Hand und schaltete den Ton leise.

„Ich ertrage das einfach nicht mehr“, sagte sie.

Während die Bilder nun stumm über den Bildschirm flimmerten, stand die Französin auf und ging in den Nachbarraum. Tomás hörte zunächst die Geräusche eines Mahlwerks und dann das Blubbern der Kaffeemaschine. Kurz darauf kam Catherine zurück und reichte ihm eine dampfende Tasse, ehe sie sich ihm gegenüber setzte und ihren Kaffee umrührte.

Ungeduldig schaute Tomás auf die Uhr. Die Zeit drängte, und er brauchte einige Antworten.

„Sie haben mir immer noch nicht gesagt, wer Monsignor Dardozzi ist“, sagte er.

Catherine war sich der Dringlichkeit der Situation natürlich bewusst, auch wenn sie nicht wusste, wie Tomás’ Frage zur Lösung der Krise beitragen sollte. Dann stellte sie ihre Kaffeetasse auf den Schreibtisch und sah Tomás an.

„Renato Dardozzi arbeitete als Ingenieur bei einer italienischen Telekommunikationsfirma“, setzte sie an. „Seine religiöse Berufung erkannte er recht spät und wurde, wenn ich mich richtig erinnere, erst mit 51 Jahren zum Priester geweiht. Das war 1973. Er war ein Freund von Kardinal Agostino Casaroli und …“

„Welcher Casaroli? Der Staatssekretär unter Papst Johannes Paul II.?“

„Genau der.“

Tomás pfiff beeindruckt.

„Oha! Er hatte also Beziehungen! Und ich gehe mal davon aus, dass die Ernennung von Kardinal Casaroli zum Staatssekretär auch Dardozzi einige Türen geöffnet hat …“

„Und wie!“, bestätigte Catherine. „Monsignor Dardozzi wurde der Berater des Kardinals. Kurz darauf flog der Skandal um den Banco Ambrosiano auf, erinnern Sie sich daran?“

„Aber sicher! Dieser Skandal hat der Vatikanbank massiv geschadet, deren Chef damals dieser Schurke von Marcinkus war. Wieso?“

Catherine antwortete nicht sofort. Sie trank stattdessen in aller Ruhe einen Schluck Kaffee, setzte dann die Tasse ab und lächelte breit.

„Weil Monsignor Dardozzi in diese Affäre verwickelt war.“

Tomás schaute sie überrascht an.

„Im Ernst? Er war an den Betrügereien von Marcinkus beteiligt?“

Die Wirtschaftsprüferin beugte sich auf ihrem Stuhl nach vorn.

„Ganz und gar nicht“, entgegnete sie. „Ich kenne nicht alle Details dieser Affäre, aber ich weiß, dass der Skandal um die Ambrosiano-Bank Papst Johannes Paul II. und Kardinal Casaroli gehörig um die Ohren geflogen ist. Und raten Sie mal, wen Casaroli mit den Aufräumarbeiten beauftragt hat?“

„Monsignor Dardozzi?“

Catherine lächelte.

„Exakt.“

„Aber er war nicht auch ein Schurke?“

„Nein“, sagte sie kopfschüttelnd.

„Wofür war Monsignor Dardozzi dann konkret verantwortlich?“

„Er sollte als Mitglied einer sechsköpfigen Untersuchungskommission, die gemeinsam mit dem italienischen Staat gegründet worden war, Licht in die Verantwortlichkeiten beim Crash der Ambrosiano-Bank bringen. Es war Monsignor Dardozzi, der zusammen mit zwei anderen Vertretern des Vatikans die enormen Entschädigungszahlungen an die Gläubiger der Bank freigab. In einem an Kardinal Casaroli adressierten Schreiben wies Monsignor Dardozzi auf die Gefahr hin, dass die Konten des IOR bei italienischen und ausländischen Banken eingefroren oder gar konfisziert werden könnten, was den Verlust der Einlagen der diversen katholischen Organisationen beim IOR zur Folge gehabt hätte."

„Au weia!", kommentierte Tomás.

„Und das ist bei Weitem nicht alles", fuhr Catherine fort. „Monsignor Dardozzi hat angemerkt, dass man durchaus auch so argumentieren könne, dass das IOR die Verantwortung für all die illegalen Geschäfte trage, während Bankenchef Marcinkus lediglich im Auftrag der Bank gehandelt habe."

„Tatsächlich?"

„Ja. Und es gab noch viel schlimmere Dinge."

„Ich nehme an, das hat im Vatikan eine Bombe platzen lassen."

„Das war in der Tat der Grund dafür, weshalb der Heilige Stuhl ohne Proteste gezahlt hat. Nur so konnte ein Skandal verhindert werden. Außerdem musste unbedingt das enorme Loch im Finanzwesen gestopft werden, das drohte, den Vatikan in den Ruin zu treiben."

Tomás erinnerte sich noch gut an den Skandal. Dann fiel sein Blick auf den Bildschirm, auf dem sich diverse Regierungsvertreter zur aktuellen Lage äußerten. Der Präsident der Vereinigten Staaten wurde gezeigt, wie er in der Grundschule von Newark zu den Ereignissen Stellung nahm, gefolgt vom französischen Präsidenten in seinem Büro im Élysée-Palast, dem Generalsekretär der Vereinten Nationen bei einem Besuch in Budapest, einem Imam in der Blauen Moschee von Istanbul, dem britischen Premierminister vor dem Regierungssitz in 10 Downing Street und …

Tomás schaute Catherine an.

„Was noch?"

Sie zuckte die Achseln.

„Zum Thema Monsignor Dardozzi, meinen Sie? Das ist alles, was ich weiß."

„Aber das erklärt nicht, wieso der Papst im Video gesagt hat, der Monsignore möge für ihn beten."

„Stimmt, aber mehr ist mir über diesen Mann nicht bekannt."

Tomás legte das Kinn auf den Handrücken und dachte nach. Was hatte die Französin ihm erzählt, das erklären könnte, weshalb der Papst den verstorbenen Monsignore erwähnt hatte?

Es musste einen Zusammenhang geben, etwas, das Catherine nicht wusste … oder das sie ihm vielleicht verschwieg.

„Wo finde ich weitere Informationen über Monsignor Dardozzi?", fragte Tomás.

„Ich habe keine Ahnung."

„Hat die COSEA bei ihrer Arbeit nichts über ihn gefunden?"

Catherine deutete auf einen massiven Schubladenschrank, auf dem der Fernseher stand.

„Wollen Sie sich unsere Akten anschauen?"

Das brauchte sie nicht zweimal zu sagen. Mangels besserer Alternative sprang Tomás geradezu auf und warf nur einen flüchtigen Blick auf den Bildschirm. Dort wurde gerade live vom Petersplatz berichtet, der bis auf den letzten Platz gefüllt war: Menschen knieten mit geschlossenen Augen ins Gebet versunken, andere hielten Fotografien des Papstes in die Kamera, wieder andere hatten ein Kreuz oder einen Rosenkranz in den Händen und Tränen in den Augen. Auf mehreren Plakaten wurde gefordert, den Heiligen Vater freizulassen. Polizisten bildeten lange Sicherheitsketten, Journalisten quetschten sich zwischen den Betenden hindurch für immer noch bewegendere Nahaufnahmen und Stellungnahmen. Und immer noch drängten weitere Menschen auf den Platz.

Am unteren Rand des Bildschirms stand in Großbuchstaben: PAPST ENTFÜHRT, während in der linken Ecke eine digitale Uhr die Sekunden zählte.

Der Countdown bis Mitternacht.

XLIII

Die Ordner in der ersten Schublade enthielten keine Unterlagen von Belang, sondern nur Strom-, Wasser-, Gas- und Benzinrechnungen und andere Belege für laufende Kosten des Heiligen Stuhls. Während Tomás die Ordner durchblätterte, beneidete er die Wirtschaftsprüfer nicht im geringsten um ihre Aufgabe, sich stunden- und tagelang durch diesen Papierwust zu arbeiten. Gleichzeitig empfand er einen gewissen Respekt für Catherine und ihre Kollegen, dass sie diesen Zahlenwirrwarr lesen konnten, ohne einzuschlafen.

Er legte die Ordner zurück in den Schrank und öffnete die zweite Schublade. Als er die Beschriftung auf den Rücken las, traf ihn fast der Schlag. Der erste Ordner enthielt Unterlagen zum Thema ‚Inventar'. Um die aufkommende Mutlosigkeit zu vertreiben und sich zu überwinden, die Akten zumindest anzuschauen, schnaufte er laut durch und klatschte in die Hände.

„Was ist das denn?", fragte Catherine.

„Na, ich bereite mich …", setzte Tomás an, doch dann sah er, dass die Französin zur Fernbedienung eilte und die Lautstärke wieder erhöhte.

„… Bilder eines Anschlags, der vor wenigen Minuten auf Disneyland verübt wurde. Die Aufnahme hat ein Tourist mit seinem Smartphone gemacht, und sie zeigt deutlich den Augenblick, in dem die Bombe explodierte."

Tomás legte den Ordner zur Seite und setzte sich.

„Ein Anschlag auf Disneyland?“

Die Bilder waren ein wenig unscharf, aber man sah deutlich, wie ein etwa sechs oder sieben Jahre altes Mädchen vor einem Karussell Popcorn aß. Auch die typische Musik war zu hören, ehe eine Männerstimme das Mädchen aufforderte, in die Kamera zu schauen und zu lächeln. *„Look at daddy“*, sagte der Vater. *„Daisy, smile to me. Come on, honey. Smile. Daddy is gonna ...“* In diesem Moment erfüllte eine graue Wolke den Bildschirm, und ein undefinierbarer Lärm kam aus den Lautsprechern. Dann fingen die Bilder an zu wackeln, man hörte Angstschreie von Kindern und Frauen, und Daisys Vater rief ein ums andere Mal *„Oh my God! Oh my God!“* Schließlich stabilisierte sich das Bild wieder, und man sah, wie eine riesige Staubwolke das Karussell einhüllte und Kinder in Panik von ihren Pferden und sonstigen Reittieren herunter rutschten und schreiend zu ihren Eltern rannten. *„Honey, you're alright?“* Viele von ihnen bluteten und hatten zerrissene Kleidung. *„Where's mummy? Where's mummy?“* Die Schreie wurden immer lauter, diverse Sprachen mischten sich zu einer wirren Kakophonie, aber allen Beteiligten war gemeinsam, dass sie verängstigt und verwirrt waren. Niemand verstand, was gerade vor sich ging. *„Maman!“*, rief ein kleines Mädchen. Es folgten weitere Schreie, Tränen, Chaos.

Dann löste der Reporter die Schreckensbilder auf dem Bildschirm ab.

„Zu dem Anschlag bekannte sich bereits die Gruppe Dschaisch al-Islam, eine militante Bewegung innerhalb des Islamischen Staates“, sagte der Reporter. *„Außerdem wurde gemeldet, dass vermummte, schwarz gekleidete Männer mit Fahnen des Islamischen Staates auf Touristen geschossen haben sollen, die die weltbekannte Steinkreis-Anlage Stonehenge in Südengland besuchten. Die Terroristen*

skandierten dabei ‚Allahu akbar' und ‚Tod den Ungläubigen und Götzenanbetern!' Dabei wurde mindestens eine Person getötet, zwei weitere wurden leicht verletzt und ...“

Catherine saß während der Meldung wie versteinert da und hielt sich die Hand vor den Mund.

„Mein Gott!“, rief sie kraftlos. „Anschläge an allen Ecken und Enden!“

„Das gehört zum Plan“, sagte Tomás düster. „Alles am selben Tag. Erst wird der Papst entführt, dann explodiert eine Bombe, dann wird auf Touristen geschossen, ... das ist kein Zufall.“

Auf dem Bildschirm wurde der Reporter von neuen Bildern abgelöst.

„Psssst!“, machte Catherine.

„... explodierte in der Nähe des katholischen Heiligtums von Medjugorje in Bosnien-Herzegowina“, sagte der Reporter. *„Dabei kamen fünf kroatische Pilger ums Leben, zwölf weitere wurden verletzt. Eine zum Islamischen Staat gehörige Gruppierung bekannte sich telefonisch zu diesem Anschlag und sagte, der Islam werde seine einstigen Gebiete zurückerobern, angefangen mit den Balkanländern, um dann ...“*

Tomás schüttelte den Kopf.

„Das sind ja schöne Aussichten...“

„Ist Medjugorje nicht der Ort der Marienerscheinungen?“

„Genau der ist er.“

Ohne den Blick vom Fernsehgerät abwenden zu können, versuchte Catherine, die Bedeutung der ganzen Ereignisse zu verstehen.

„... Jungfrau von Medjugorje erschien erstmals 1981 sechs jungen Leuten und machte seither etwa ein Dutzend Prophezeiungen“,

sagte der Reporter, während Archivbilder gezeigt wurden. *„Drei dieser Prophezeiungen der Muttergottes waren den Angaben der Jugendlichen zufolge Warnungen und das Schlimmste, was sie jemals gesehen hatten. Sie würden sich erfüllen, wenn die Welt sich nicht zum Glauben an Gott bekehre, und die dritte Prophezeiung markiere den Beginn einer der schwärzesten Zeiten in der Geschichte der Menschheit. Auch wenn die katholische Kirche Medjugorje nicht als offiziellen Pilgerort anerkennt, suchten seither mehr als zwanzig Millionen Menschen den Ort auf, um dort ...“*

„Oh nein!“, stöhnte Catherine. „Sagen Sie nicht, dass auch die Jungfrau von Medjugorje den Tod des Papstes vorhergesagt hat!“

„Das weiß man nicht. Die Jugendlichen haben nicht viel von dem, was die Muttergottes ihnen verraten hat, erzählt.“

Catherine schüttelte sich.

„Diese Typen greifen einen Pilgerort an, schießen auf Besucher einer historischen Kultstätte, zünden eine Bombe in einem Freizeitpark voller Kinder … Mein Gott! Warum verbreiten sie nur solche Gewalt an Orten, die für so viele Menschen quasi heilig sind?“

„Ist das nicht offensichtlich? Sie wollen den Westen provozieren mit all diesen Anschlägen. Und die Krönung dieses Tages des Terrors soll die Liveübertragung der Hinrichtung des Papstes sein. Das Ziel ist es, den Westen so gegen sich aufzubringen, dass er die muslimische Gemeinschaft in ihren eigenen Ländern angreift.“

„Aber das bedeutet doch Krieg …?“

„Selbstverständlich. Der Islamische Staat will durch dieses Blutvergießen in Europa und den USA einen großen Dschihad provozieren, durch den letztlich der Islam auf dem gesamten Planeten herrschen soll. Nicht mehr und nicht weniger.“

Catherine schloss die Augen und vergrub ihr Gesicht in den Handflächen.

„Was für ein Alptraum!“, murmelte sie. „Wieso bloß …?“

Tomás seufzte. Der Plan der Dschihadisten schien dem Drehbuch eines Hollywood-Films zu entspringen, und niemand konnte etwas anderes tun, als zuzuschauen und die Ereignisse zu beobachten. Dann richtete er sich auf, vielmehr lehnte er sich auf – gegen diese fatalistische Einstellung. Er selbst würde etwas dagegen tun, oder es zumindest versuchen.

Ohne noch mehr Zeit zu verlieren, widmete er sich wieder dem Ordner ‚Inventar‘ und begann, darin zu blättern. Vielleicht würde ihm ja zwischen all diesen Rechnungen, Kostenvoranschlägen und Kontoaufstellungen irgendein Hinweis begegnen. Aber was für ein Hinweis? Wie könnte ihn die Ausgabenliste des Heiligen Stuhls zum Papst führen? Bildete er sich da nicht etwas ein?

Fast hätte er aufgegeben. Doch dann rief er sich in Erinnerung, dass er Informationen über Monsignor Dardozzi suchte, weil der Papst diesen Namen explizit erwähnt hatte, und diesen Hinweis konnte er nicht ignorieren. Wenn der Papst gesagt hatte, ein Toter möge für ihn beten, wollte er damit garantiert eine Botschaft vermitteln. Bloß welche? Was war so besonders an Monsignor Dardozzi? Welcher Zusammenhang bestand zwischen der Entführung des Papstes und dem Skandal der Ambrosiano-Bank? Hatte der Papst überhaupt auf diesen Skandal angespielt? Oder ging es um etwas, von dem er, Tomás, nichts wusste?

Während all dieser Überlegungen blätterte Tomás den Ordner durch. Plötzlich erregte ein Logo auf einem der Blätter seine Aufmerksamkeit.

„Sieh mal einer an …“

„Was ist?“, wollte Catherine wissen.

Tomás zeigte ihr die Akte, die er in der Hand hielt.

„Hier gibt es ein Verzeichnis der Vermögenswerte der Vatikanbank.“

„Ah ja“, sagte Catherine desinteressiert und wandte sich wieder dem Fernsehgerät zu.

Tomás' Neugier war jedoch geweckt. Was hatte eine Auflistung des IOR-Vermögens zwischen all diesen eher langweiligen Papieren zu suchen? Hatte Catherine nicht gesagt, dass Monsignor Dardozzi nach dem Crash der Ambrosiano-Bank am IOR tätig gewesen war?

Neugierig betrachtete Tomás die Papiere, die unterschiedliche Kategorien auflisteten: Immobilienvermögen, Büroausstattungen, Gehälter ehemaliger Manager und Angestellter, im IOR ausgestellte Kunstwerke und Fahrzeuge des IOR-eigenen Fuhrparks.

Die dritte Liste interessierte ihn besonders.

„Hier ist eine Aufstellung ehemaliger Manager und Angestellter“, sagte er. „Was hat es damit genau auf sich?“

Catherine wandte sich vom Fernsehgerät ab und stand auf.

„Zeigen Sie mal.“

Tomás reichte ihr die Liste. Mit geschultem Blick überflog die Wirtschaftsprüferin die Daten.

„Das ist eine Aufstellung der Vermögenswerte, die ehemaligen Mitarbeitern des IOR gehörten und die aus dem einen oder anderen Grund beim IOR verblieben sind, als sie die Institution verlassen haben.“

Mit gleichgültiger Miene gab Catherine ihm die Unterlagen zurück. Enttäuscht wollte Tomás die Papiere schon wieder abheften, als er es sich anders überlegte. Steckte der Teufel nicht im Detail?

Auf der fünften Seite schließlich machte sein Herz einen Sprung, als er den Namen entdeckte, nach dem er suchte. Auch wenn er damit gerechnet hatte, traf es ihn irgendwie unvorbereitet.

„Renato Dardozzi!“

XLIV

Der Name des verstorbenen Prälaten ließ Catherine aufhorchen. Sie schaute Tomás fragend an.

„Dardozzi? Was ist mit ihm?“

Tomás zeigte ihr die betreffende Seite.

„Hier, sehen Sie? Renato Dardozzi!“

Die Französin stand abermals auf und schaute das Blatt an.

„In der Tat. Als Monsignor Dardozzi starb, wurden seine Schränke im IOR geräumt. Das Problem war, dass es niemanden gab, dem man die Sachen hätte geben können, und wegwerfen konnte man sie auch nicht. Deshalb wurden sie gesammelt und eingelagert, und deshalb tauchen sie in dieser Aufstellung auf. Das ist völlig normal.“

Trotz dieser nüchternen Erklärung war Tomás nicht bereit, die Sache einfach ad acta zu legen. Immerhin war dies seine erste und bislang einzige Spur, und die wollte er nicht so schnell aufgeben.

„Und wo befindet sich der Nachlass von Monsignor Dardozzi?“, fragte er.

Catherine nahm ihm das Blatt aus der Hand. Dann zog sie erstaunt die Augenbrauen hoch.

„Was ist?“, wollte Tomás wissen. „Haben Sie etwas gefunden?“

Mit dem Zeigefinger tippte Catherine auf ein Symbol neben dem Namen des Prälaten.

„Sehen Sie das? Das ist das Papstwappen."

„Aha? Und was bedeutet das hier?"

„Sie wissen, was das Papstwappen ist, nicht wahr?"

„Für meine historischen Recherchen habe ich mehrfach mit alten Dokumenten gearbeitet, die das Siegel des Papstes trugen, also ja."

„Ja, aber wissen Sie auch, wozu dieses Siegel dient?"

„Na, es wird vom Papst unter besonders wichtige Dokumente gesetzt, als Zeichen seiner Zustimmung, wie bei den päpstlichen Bullen."

Ein sibyllinisches Lächeln umspielte Catherines Lippen.

„Korrekt", antwortete sie, „aber in diesem Fall hier bedeutet es, dass Seine Heiligkeit angeordnet hat, …"

Sie hielt inne, als sie die Bedeutung ihres Satzes erkannte.

„Was hat der Papst angeordnet?", fragte Tomás prompt nach.

Catherine errötete, da sie merkte, dass sie den Satz irgendwie beenden musste, aber nicht wusste, wie sie das tun könne, ohne seine Neugier noch weiter anzustacheln.

„Ach, … nichts."

„Nun sagen Sie schon, was er angeordnet hat!"

„Nichts, nichts."

Tomás blickte sie ernst an und musste sich zurückhalten, nicht wütend zu werden.

„Jetzt hören Sie mir mal gut zu, Catherine", sagte er streng. „Das Leben des Papstes ist in Gefahr, und in der Videobotschaft der Entführer hat er einen Hinweis auf Monsignor Dardozzi gegeben. Einen klaren Hinweis, den wir verfolgen müssen, verstehen Sie? Dieser Hinweis hat uns zu den Unterlagen hier geführt, die entweder sehr wichtig oder aber völlig belanglos sein können. Aber wir müssen sie unbedingt überprüfen, und die Zeit drängt!" Dann fuhr er etwas milder fort: „Verraten Sie mir jetzt bitte, was Sie wissen, und hören Sie auf, mir Geschichten zu erzählen. Denken Sie an den Papst und all die Menschen, deren Leben ebenfalls bedroht ist."

„Ich …"

Tomás runzelte die Stirn.

„Also gut, da es sich hier um ein Archiv handelt, was bedeutet das Papstsiegel in diesem Zusammenhang?"

Die Wirtschaftsprüferin seufzte. In der Tat konnte diese Frage ein entscheidendes Element sein, um die Botschaft des Papstes zu verstehen. Sie deutete auf das Symbol auf der Inventarliste.

„Es bedeutet, den Nachlass unter Verschluss zu halten."

„Und das ist nicht üblich?"

„Ganz und gar nicht."

„Das heißt also, dass der Papst die Unterlagen aus dem Nachlass von Monsignor Dardozzi kennt?"

„Ja."

„Und daraufhin hat er beschlossen, sie geheim zu halten?"

„Genau."

Tomás spürte, dass sie auf der richtigen Fährte waren. Alles passte zusammen. Würden sie in den Geheimakten den entscheidenden Hinweis finden, auf den der Papst sie aufmerksam machen wollte?

„Wo befinden sich die Unterlagen jetzt?"

„Im IOR, nehme ich an."

„Dann lassen Sie uns dahin gehen."

Catherine sah ihn an, als stamme er von einem anderen Planeten.

„Jetzt?"

„Natürlich! Wann denn sonst?"

„Das IOR ist geschlossen."

„Haben Sie keinen Zugang dazu?"

„Also … Sie scheinen zu vergessen, dass Inspektor Trodela Sie festnehmen lassen will. Wir müssen erst Seine Eminenz aufsuchen und ihm die Sache erklären. Dann wird er den Präsidenten des IOR anrufen, der aber, sofern ich weiß, gar nicht in Rom ist, und ihn fragen, …"

„Auf diese Weise sind wir auch morgen noch keinen Schritt weiter", fiel Tomás ihr ins Wort. „Dann müssen wir eben ins IOR einbrechen."

„Sie sind verrückt!"

Tomás tippte auf sein Handgelenk.

„Wissen Sie, wie spät es ist? In wenigen Stunden ist Mitternacht! Die Zeit drängt, und wir haben noch viel zu tun. Wir müssen schließlich nicht nur in die Bank eindringen und die Dokumente finden, sondern sie auch noch lesen – und dann den Papst finden! Da können wir uns nicht mit Formalitäten aufhalten!"

Catherine schüttelte den Kopf.

„Das ist nicht so einfach", entgegnete sie, entschlossen, sich zu keiner Dummheit verleiten zu lassen. „Das Sicherheitssystem des IOR ist nicht von gestern. Da geht man nicht einfach hin, schlägt die Tür ein und holt sich, was man haben will!"

„Gut, wie geht es dann?"

Die Französin trat an eine an der Wand befestigte Übersichtskarte des Vatikans.

„Hier ist das IOR", sagte sie und deutete auf ein Gebäude unweit des Apostolischen Palasts. „Der einzige Eingang am Cortile Sisto V wird rund um die Uhr von der Gendarmerie bewacht. Im Inneren gibt es etliche Safes. Angenommen, es würde uns gelingen, die Wache zu überlisten, woran ich nicht glaube, müssten wir auch noch den richtigen Safe finden und die Zahlenkombination knacken! Das schaffen allenfalls Profis, und selbst die brauchen dafür eine gewisse Zeit."

Tomás rieb sich das Kinn. Ob es ihm gefiel oder nicht, in die Vatikanbank einzubrechen war illusorisch und jeder Versuch zum Scheitern verurteilt.

„Na gut, dann müssen wir eben Kardinal Barboni finden“, sagte er. Dann reichte er Catherine die Aufstellung noch einmal. „Schauen Sie mal, ob hier nichts Genaueres darüber steht, wo die Unterlagen aufbewahrt werden.“

Catherine überflog mehrere Blätter, ohne etwas zu finden. Dann hielt sie inne, dachte kurz nach und ging zum Schrank. Mit einem gezielten Handgriff zog sie einen anderen Ordner heraus und begann, darin zu blättern.

„Was ist das?“, fragte Tomás.

„Das ist der Ordner, in dem alle Archive des IOR verzeichnet sind“, antwortete Catherine ohne aufzublicken. „Ich versuche herauszufinden, in welchem Raum des IOR die Sachen von Monsignor Dardozzi jetzt liegen, damit …“ Sie riss die Augen auf. „Oh!“

„Was ist los?“

„Schauen Sie nur“, sagte sie und zeigte auf ein Blatt. „Die Dokumente sind … hier!“

„Wo, hier?“

In einer Mischung aus Ungläubigkeit und Überraschung deutete sie auf den Boden unter ihren Füßen.

„Im Archiv des IOR im Kongregationsgebäude.“

XLV

Als sie knappe drei Minuten später im Untergeschoss des Kongregationsgebäudes standen, dort, wo sie wenige Stunden zuvor bereits gewesen waren, wirkte die Tür zum IOR-Archiv ausgesprochen massiv. Tomás legte die Hand auf die kalte, glatte Oberfläche.

„Die Tür ist gepanzert!“, sagte er.

„Das überrascht mich nicht. Immerhin liegt dahinter das Geheimarchiv des IOR.“

„Und wie kommen wir dann hinein?“

Ein metallisches Klimpern ließ ihn sich umdrehen. Catherine hielt triumphierend einen Schlüsselbund in der Hand.

„Wir könnten zum Beispiel aufschließen“, schlug sie spitzbübisch vor.

„Sie haben den Schlüssel zum Archiv?“, fragte er.

„Haben Sie schon vergessen, dass ich die Sonderkommission der vatikanischen Wirtschaftsprüfer leite?“, konterte sie schmunzelnd. „Seine Heiligkeit hat mir vollständigen Zugang zu den Archiven des Heiligen Stuhls gewährt, einschließlich diesem hier.“

„Waren Sie schon einmal hier unten?“

„Nein. Seine Heiligkeit hat bisher immer gesagt, es gebe andere Prioritäten“, sagte Catherine und steckte den Schlüssel ins Schloss. Dann öffnete sie die Tür und winkte Tomás, ihr zu folgen. „Kommen Sie!“

Sie betraten einen etwas heruntergekommenen Raum, der von oben bis unten mit grauen Wandschränken gefüllt war. Staubflocken wirbelten auf, und es roch muffig. Die Schränke stammten vermutlich noch aus den Fünfzigerjahren. An der Stirnseite jeder Schublade klebte ein verblasstes Etikett.

„Wieso werden die vertraulichen Unterlagen der Vatikanbank ausgerechnet hier aufbewahrt und nicht in den Bankräumen selbst?“, fragte Tomás.

„Gute Frage“, sagte Catherine, „ich weiß es auch nicht. Vielleicht, weil dieser Raum hier nicht offiziell mit dem IOR in Verbindung gebracht wird und deshalb als sicherer gilt.“

Tomás nahm sich die Schränke an der linken Wand vor, während Catherine die rechten inspizierte. Insgesamt waren es etwa achtzig Schubladen, also eine machbare Aufgabe. Umso mehr, als die Etiketten ihnen die Suche deutlich erleichterten. Auf einem stand ‚Radio Vatikan‘, auf einem anderen ‚Osservatore Romano‘, auf einem dritten ‚Christliche Museen‘.

Erst im zweiten Schrank fand Tomás eine Schublade von Interesse. Wie alle anderen trug auch sie ein Schildchen, das noch auf einer Schreibmaschine geschrieben war. In roter Schrift stand dort: ‚Ihre Heiligkeiten‘.

„Ein ganzes Fach für ehemalige Päpste?“, wunderte sich Tomás.

Er warf einen neugierigen Blick auf die Ordner in der Schublade. Einen neueren mit der Aufschrift ‚Benedictus XVI‘ nahm er heraus und blätterte darin. Darin fand er unter anderem die Bankauszüge von Joseph Ratzinger.

„Papst Benedikt XVI. hat ein Konto bei der Vatikanbank?“, fragte er laut.

„Selbstverständlich“, antwortete Catherine, ohne ihre eigene Suche zu unterbrechen. „Päpste sind auch nur Menschen, oder etwa nicht? Sie haben Einkünfte und Ausgaben wie jeder andere auch."

„So so", brummte Tomás, „Joseph Ratzinger hat also Kontonummer 39887." Dann stutzte er. „Alle Achtung, das ist ja richtig viel Geld! Wissen Sie, wie hoch ein einziger Zahlungseingang im März 2010 war? Fast zweieinhalb Millionen Euro!"

Ungläubig drehte sich Catherine zu ihm um.

„Woher haben Sie das?"

Tomás reichte ihr die Auszüge.

Die Wirtschaftsprüferin nahm die Papiere entgegen und fand prompt die betreffende Zahl: 2.400.000 Euro.

„Nicht schlecht! Das ist ein hübsches Sümmchen", sagte sie und schaute genauer hin. „Der Auftraggeber war die nach ihm benannte Joseph Ratzinger Benedikt XVI.-Stiftung."

„Und hier sind noch weitere Zahlungseingänge", sagte Tomás. „Benedikt XVI. hat jedenfalls gut Geld verdient!" Er zog die Augenbrauen hoch. „Und das Geld kommt fast immer von der gleichen Stelle."

Catherine prüfte den Namen des Auftraggebers.

„Das sind seine Tantiemen", stellte sie fest. „Wussten Sie nicht, dass Benedikt XVI. einhundertdreißig Bücher veröffentlicht hat, die zudem in zig Sprachen übersetzt wurden? Seit seiner Wahl zum Papst sind die Verkäufe regelrecht explodiert, und offensichtlich ist Ratzinger damit reich geworden."

Während Catherine noch in den Bankdaten von Benedikt XVI. blätterte, nahm Tomás eine andere Mappe mit der Bezeichnung ‚Paulus VI' zur Hand.

Überrascht stellte er fest, dass es darin Auszüge zu zwei Konten gab. Nummer 26400-042 war als Privatkonto geführt, aber es gab auch noch eines mit der Nummer 26400-035.

„Sowas aber auch", wunderte sich Tomás. „Papst Paul VI. hat mehrere Konten …"

„Hatte“, korrigierte Catherine. „Soweit ich weiß, lebt er nicht mehr.“

„Stimmt, aber die Konten sind immer noch aktiv“, entgegnete Tomás.

Neue Überraschung! Catherine riss Tomás die Unterlagen fast aus der Hand. Die Ausdrucke gehörten in der Tat zu Konten von Giovanni Battista Montini, wie der Papst mit bürgerlichem Namen hieß, und sie waren aktuell.

„Meine Güte, Sie haben Recht.“

„Inwiefern ist es denn ein Problem, wenn die Konten noch offen sind?“, fragte Tomás.

„Wenn der Inhaber eines Kontos stirbt, muss das Konto geschlossen werden, ganz einfach. Die Tatsache, dass diese hier noch offen sind, wirft mehrere besorgniserregende Fragen auf. Wieso wurden sie nicht schon lange geschlossen? Werden sie womöglich noch von jemandem genutzt? Und wenn ja, von wem?“

„Vielleicht von einem Erben.“

„Am IOR? Die einzigen Personen oder Institutionen, die beim IOR ein Konto eröffnen dürfen, sind Vertreter der katholischen Kirche. Laien haben keinen Zugang zum IOR.“

Tomás nickte.

„Ihre Kommission hat wohl noch viel zu tun …“

„Das kann man wohl sagen!“

Tomás schaute Catherine über die Schulter.

„Konto Nummer 26400-042 weist ein Guthaben in Höhe von 125.031 Euro auf, das Konto mit den Endziffern 035 sogar 298.051 Euro. Das …“

„Es ist nicht zwangsläufig anormal, dass jemand zwei Konten führte“, unterbrach ihn die Französin. „Papst Paul VI. lebte in einer politisch instabilen Zeit. Da war es keine Seltenheit, dass die Menschen mehrere Konten in unterschiedlichen Währungen hatten. Wenn die Lira fiel, glichen sie die Verluste durch einen steigenden Dollar aus. Wenn der Dollarkurs nachgab, konnten sie das durch eine stärkere D-Mark wettmachen. Seit der Einführung des Euro ist das zumindest innerhalb Europas natürlich nicht mehr möglich."

Tomás hatte bereits den nächsten Ordner aus dem Schrank genommen, der mit ‚Johannis Paulus I' beschriftet war.

„Der aktuelle Kontostand von Papst Johannes Paul I. beträgt rund einhundertzehntausend Euro", sagte er. „Und obwohl Albino Luciani 1978 unter merkwürdigen Umständen starb, ist sein Konto ebenfalls heute noch offen."

Catherine ließ die Schultern hängen.

„Wie ist all das nur möglich?", sagte sie mehr zu sich selbst als zu Tomás. „Wer verwaltet bloß diese Konten?"

Auch wenn diese ominösen Papstkonten hochinteressant waren, würden diese Informationen ihnen bei ihrem aktuellen Problem nicht weiterhelfen.

„Das reicht jetzt", sagte er. „Wir müssen uns verflixt nochmal beeilen!"

Selbstverständlich wusste Catherine, dass Tomás Recht hatte und stellte den Ordner zurück in den Schrank.

‚Wonach suchen wir eigentlich?', fragte sich Tomás. Die Schubladen trugen Beschriftungen wie ‚Päpstliche Nuntiaturen', ‚Schweiz' und ‚Gendarmeriekorps'. Wo sollten sie da bloß eine hilfreiche Spur finden? Der Ordner ‚Schweiz' wäre bestimmt hochinteressant, da er die Verbindung zwischen dem IOR und den Schweizer Banken enthüllen würde, schließlich war es in der Schweiz dank des Bankgeheimnisses bis vor Kurzem möglich, Geld aus fragwürdigen Quellen anzulegen. Aber würde ihnen das in der aktuellen Situation nützen? Sicherlich nicht!

„Ich hab's!"

Tomás drehte sich um. Catherine stand auf der anderen Seite des Raums und starrte auf eine Schublade.

„Was haben Sie gesagt?“, fragte Tomás.

Da Catherine nicht sofort antwortete, sondern immer noch wie gebannt das Schild der Schublade fixierte, trat Tomás zu ihr, um zu sehen, was sie so aus der Fassung gebracht hatte.

„Schauen Sie!“

In roter Maschinenschrift stand dort ‚Monsignor Dardozzi‘.

Das war, wonach sie gesucht hatten!

XLVI

Von der Inventarliste des IOR wussten Tomás und Catherine zwar schon, dass die Unterlagen des Monsignor Dardozzi unter Verschluss waren, aber es war etwas anderes, ein *echtes* Papstsiegel zu sehen, das die Schublade verschloss. Zudem war es das einzige Siegel im ganzen Raum.

„Wieso sind ausgerechnet diese Unterlagen unter Verschluss?“, fragte sich Catherine. „Es gibt doch so viele andere Akten hier, die allesamt explosiv sind. Was ist an diesen hier so ungewöhnlich?“

Tomás berührte das Siegel, um seine raue Oberfläche zu spüren. Es bestand aus Leder und zeigte das Konterfei der beiden Heiligen Peter und Paul links und rechts eines Kreuzes; über ihren Köpfen waren die Buchstaben SPA und SPE zu lesen.

„Seltsam, ich dachte, jeder Papst hätte ein individuelles Siegel“, sagte Catherine.

Das Siegel hing an einer Kordel. Tomás drehte es um. Auf der Rückseite stand lediglich der Name des aktuellen Papstes.

„Gut. Das beweist immerhin, dass es wirklich Seine Heiligkeit war, der angeordnet hat, die Unterlagen unter Verschluss zu halten“, sagte Catherine erleichtert.

„Jetzt stellt sich die Frage, was diese Akten enthalten“, entgegnete Tomás.

Gemeinsam starrten sie auf das Papstsiegel, das ihnen den Zugriff verwehrte.

„Was machen wir jetzt bloß?“, fragte Catherine.

Nachdenklich drehte Tomás das Siegel in seiner Hand. Er zögerte. Würde er es wagen …?

„Wir müssen das Siegel aufbrechen.“

Entsetzt drängte sich Catherine zwischen Tomás und den Schrank.

„Sind Sie verrückt geworden?“, rief sie. „Das ist das Papstsiegel. Das bricht man nicht einfach so auf!“

„Und wieso nicht?“

„Weil … weil … es heilig ist. Der Papst hat diese Schublade versiegelt, nur er selbst kann sie wieder öffnen.“

Tomás ging diese Art der Argumentation langsam auf die Nerven. Mit zusammengekniffenen Augen schaute er die Französin an.

„Auch, wenn das Leben des Papstes auf dem Spiel steht?“

Catherine zögerte. Die Umstände waren wirklich außergewöhnlich, aber rechtfertigten sie auch den Bruch eines Papstsiegels? Reichte das Argument aus, dass sie hofften, mit Hilfe des Inhalts dieser Schublade den Papst zu retten? Trotz aller Zweifel wusste sie jedoch bereits, dass sie keine andere Wahl hatten.

Mit einem resignierten Seufzer trat Catherine einen Schritt zur Seite und gab den Weg zur Schublade frei. Sie schien damit Tomás die Verantwortung für den unvermeidlichen Frevel zu übertragen.

„Also gut“, sagte sie. „Tun Sie, was Sie tun müssen.“

Tomás nahm das Siegel zwischen die Fingerspitzen und zog leicht daran. Nichts passierte. Er hatte schon viele historische Manuskripte in der Hand gehabt, deren Siegel gebrochen worden war, aber noch nie selbst eines gebrochen. Und erst recht kein Papstsiegel. Gab es dazu eine spezielle Technik? Vielleicht, aber da er sie nicht kannte, musste er improvisieren.

Er schaute sich um auf der Suche nach einem Messer oder scharfen Werkzeug, fand aber nichts. Dann zog er seinen Schlüsselbund aus der Hosentasche und fing an, mit der Spitze eines Schlüssels am Siegel zu kratzen.

Das Wachs gab nach und platzte ab.

„Das hätten wir geschafft."

Tomás schaute Catherine fragend an, als wollte er sie um Erlaubnis bitten, die Schublade zu öffnen.

„Nun machen Sie schon weiter", sagte sie.

Energisch zog Tomás die Schublade auf. Sie war prall gefüllt mit dicken gelben Mappen.

„Mein Gott!", entfuhr es ihm. „Das sind ja … Unmengen Papier!"

Catherine sah ebenfalls mutlos auf die vor ihnen liegende Aufgabe.

„Wo fangen wir denn da bloß an?"

Statt einer Antwort nahm Tomás entschlossen die erste Mappe heraus und öffnete sie. Sie quoll fast über vor Bankunterlagen und Kontoauszügen, die anscheinend auf Karbonpapier gedruckt waren.

„Das sind ja gar keine Originale", sagte er überrascht. „Das sieht eher nach alten Fotokopien aus."

„Zeigen Sie mal!"

Die Wirtschaftsprüferin untersuchte die Blätter gewissenhaft, strich über ihre Oberfläche und roch schließlich sogar an ihnen.

„Ja, das sind alte Fotokopien", bestätigte sie.

Sie griff eine der Mappen heraus, Tomás nahm eine andere. Als sie mit ihnen fertig waren, nahmen sie eine neue, dann eine dritte und arbeiteten sich derart konzentriert durch die Papiere, dass sie nichts mehr um sich herum wahrnahmen. Während der nächsten halben Stunde suchten sie fieberhaft nach der sprichwörtlichen Nadel im Heuhaufen. Die Stille im Raum wurde nur unterbrochen, wenn Tomás einen wirtschaftlichen Fachbegriff erklärt haben wollte.

„Schauen Sie mal“, sagte er nach einer Weile. „Was ist das denn hier?“

Catherine warf einen Blick auf das Papier.

„Das ist das Protokoll einer Aufsichtsratsbesprechung des IOR.“

Tomás steckte das Protokoll zurück und rieb sich die Schläfen.

„Was für eine unglaubliche Masse an Unterlagen über Monsignor Dardozzi hier liegt!“

„Grob geschätzt dürften das etwa viertausend Dokumente sein“, sagte Catherine. „Briefe, Quittungen, Zahlungsanweisungen, Kontoauszüge, Rechnungen, Aktienzertifikate und Obligationen, vertrauliche Berichte, Besprechungsprotokolle und was weiß ich nicht alles.“ Sie schaute Tomás frustriert an. „Die können wir unmöglich alle bis Mitternacht durchgeschaut haben! Und wir wissen noch nicht einmal, wonach wir überhaupt suchen …“

Tomás wusste nicht, was er darauf sagen sollte. Welche Bedeutung hatten all diese Dokumente? Waren sie wirklich stichhaltig?

Er atmete tief ein, um neuen Mut zu schöpfen und vertiefte sich in die nächste Akte. Auch darin stapelten sich wieder Kontoauszüge, Zahlungsanweisungen, Berichte. Immer wieder die gleichen Dinge; nur die Zahlen und Daten änderten sich.

Wozu hatte Monsignor Dardozzi eigentlich diesen ganzen Papierwust aufbewahrt? Und wieso hatte der Papst beschlossen, diese Dokumente geheimzuhalten? Vor allem: Hatte der Papst sich in seiner Videobotschaft tatsächlich auf diese vertraulichen Papiere bezogen? Waren sie nicht womöglich auf dem Holzweg?

Eine Viertelstunde später legte Tomás die x-te Mappe zurück in die Schublade. Allmählich kamen immer mehr Zweifel in ihm auf, ob sie nicht doch eine Riesendummheit begangen hatten, das Papstsiegel aufzubrechen und jetzt in diesem unendlichen Aktenberg nach etwas zu suchen, von dem sie keine Ahnung hatten, was es eigentlich war. Missmutig nahm er den nächsten Stapel heraus.

„Schau einer an“, sagte er, als er den Namen las. „Auch der hat ein Konto bei der Vatikanbank …“

„Wer?“, fragte Catherine.

„Kardinal Francis Spellman. Der Amerikaner“, antwortete Tomás.

„Und wer ist das?“

„Nun, der Papst hat mir eine Geschichte erzählt … Der Kardinal habe ein Boot gemietet, eine Herde Schafe darauf geladen und sei den Tiber auf und ab gesegelt, um das Konklave glauben zu machen, er sei der vom heiligen Malachias prophezeite nächste Papst, der ein *pastor et nauta*, also Hirte und Steuermann, sein sollte.“

Catherine musste lachen.

„Aber dieses Possenspiel hat ihm nicht geholfen“, fuhr Tomás ebenfalls lachend fort. „Das Konklave hat ihn nicht gewählt.“

Amüsiert blätterte er in den Unterlagen des Kardinals und stellte sich vor, darin die Rechnung für die Bootsmiete und die Schafherde zu finden. Er grinste. Für wie dumm hatte dieser Spellman seine Kurienkollegen eigentlich gehalten, dass er dachte, sie würden auf eine derart plumpe Darbietung herein…

Schlagartig gefror das spöttische Lächeln auf seinen Lippen, sein Herz setzte einen Schlag lang aus, und das Blut in seinen Adern schien zu gefrieren. Wie hypnotisiert schaute er auf die Seite.

„Mein Gott!“

Erschreckt zuckte Catherine, die in eine andere Mappe vertieft war, zusammen.

„Was ist los?“

Wie von der Tarantel gestochen sprang Tomás auf und schwenkte das Blatt herum.

„Wer ist Omissis?“, fragte er.

Die Französin sah ihn verständnislos an.

„Wie bitte?“

„Omissis!“, wiederholte Tomás. „Wer ist Omissis?“

Catherine zuckte mit den Schultern.

„Ich verstehe nicht, was Sie meinen. Keine Ahnung, wer …“

Tomás hielt ihr das Blatt regelrecht vor die Nase und deutete darauf.

„Hier“, sagte er. „Sehen Sie? Da steht Omissis. Wer ist das?“

„Hm … soweit ich weiß, ist ‚omissio‘ ein juristischer Ausdruck aus dem Lateinischen und bedeutet ‚Unterlassung‘ oder …“

„Omissis ist eine Person“, unterbrach Tomás sie ungeduldig.

„Wirklich? Also ich kenne niemanden, der so heißt. Ich wusste noch nicht einmal, dass das überhaupt ein Name ist.“

Erregt tippte Tomás mit dem Zeigefinger auf das Blatt.

„Wir müssen es herausfinden!“, rief er mit neuem Schwung. „Das ist der Beweis dafür, dass wir auf der richtigen Spur sind, verstehen Sie? Des Rätsels Lösung steckt hier in dieser Schublade!“

„Tut mir leid, Tomás, aber wovon reden Sie?“, fragte Catherine verwirrt.

„Na, von Omissis!“

Er schaute sie an, als sei sie begriffsstutzig. Dann schlug er sich vor den Kopf. In seiner Erregung hatte er gar nicht daran gedacht, dass Catherine eine wichtige Information noch nicht kannte.

„Oh, ich vergaß… Als ich vorhin von den Entführern niedergeschlagen wurde, habe ich nur so getan, als sei ich bewusstlos. Dabei hörte ich, wie einer der beiden Männer am Telefon neue Anweisungen erhielt.“

„Wirklich? Das hatten Sie gar nicht erzählt."

„Stimmt, tut mir leid. In dem ganzen Durcheinander habe ich ein wichtiges Detail fast vergessen. Jedenfalls wollte der Typ wissen, was er mit mir machen solle."

Catherine schaute ihn mit großen Augen an.

„Und? Was war die Antwort?"

„Die habe ich natürlich nicht direkt hören können", sagte Tomás, „aber nach dem, was der Mann anschließend sagte, sollte er mich verhören und herausfinden, was ich über eine bestimmte Person wusste."

„Über wen?"

Mit blitzenden Augen hielt Tomás ihr das Blatt entgegen und deutete auf einen Namen, der dort stand; das musste der Schlüssel sein, der ihnen endlich helfen würde, das Geheimnis zu lüften.

„Omissis."

XLVII

In den folgenden Minuten prüften Catherine und Tomás mit voller Konzentration die Akte von Francis Spellman. Dabei erkannten sie schnell, dass es sich nicht um ein Konto des Kardinals handelte, sondern vielmehr um das einer Stiftung, die seinen Namen trug.

„Wenn wir erst einmal verstehen, wer Omissis ist, verstehen wir auch den Rest", behauptete Tomás zuversichtlich. „Das ist der Schlüssel."

„Meinen Sie?"

„Ich bin überzeugt davon."

Nachdenklich schaute Catherine die vielen Kontoauszüge an.

„Was glauben Sie, wer Omissis ist? Ein Judas, der den Entführern geholfen hat?", fragte sie.

„Warum nicht?"

Mit neuem Schwung stürzte Catherine sich auf die Papiere. Schon bald hatte sie etwas entdeckt. Es handelte sich um Ausdrucke des Kontos 001-3-14774-C, das auf den Namen der Stiftung Kardinal Francis Spellman eingetragen war.

„Was hat denn Donato de Bonis hier zu suchen?", wunderte sie sich.

„Wer ist das?", fragte Tomás.

„Das ist – oder vielmehr war – die rechte Hand von IOR-Chef Erzbischof Marcinkus und später auch sein Nachfolger an der Spitze des IOR."

Tomás schaute sie verdutzt an.

„Ich dachte, nach dem Skandal des Banco Ambrosiano sei Angelo Caloia Chef der Vatikanbank geworden."

Catherine nickte und atmete tief durch.

„Der Heilige Stuhl ist eine äußerst komplexe Institution", sagte sie. „Es stimmt, dass Angelo Caloia nach dem Rücktritt von Erzbischof Marcinkus das Amt des IOR-Präsidenten übernommen hat. Aber Caloia war ein Wirtschaftsprofessor, also ein Laie, und kein Prälat. Monsignor de Bonis war derjenige, der die wirkliche Macht im IOR innehatte. Es gibt im Vatikan ein ungeschriebenes Gesetz, demzufolge Laien sich den Prälaten unterzuordnen haben."

Tomás rieb sich das Kinn.

„Verstehe ich es richtig, dass nach dem Rücktritt von Kardinal Marcinkus Bischof de Bonis indirekt die Führung des IOR übernommen hat, weil Caloia nur eine Marionette war?"

„So kann man es sagen."

„Aber wenn de Bonis schon unter Marcinkus im Amt war – ist es nicht erstaunlich, dass er nach dem Crash der Bank seinen Posten behalten hat und nicht auch gehen musste?"

„Nun ja, er war schon unter Monsignor Marcinkus Generalsekretär … und ist es auch nach dessen Rücktritt geblieben."

„Das heißt also, der gleiche Mann, der zusammen mit Marcinkus für den Crash verantwortlich war, hat auch hinterher noch die Strippen gezogen?"

„Ja."

„Und wissen Sie, wer diese glorreiche Entscheidung getroffen hat?"

„Das war Papst Johannes Paul II.", sagte sie fast beschämt. „Am Heiligen Stuhl gibt es so einige Dinge, die betriebswirtschaftlich gesehen keinen Sinn ergeben …"

Tomás richtete sich auf und versuchte, Ruhe zu bewahren. Er schaute voller Verachtung die Unterlagen in seiner Hand an, als handle es sich um einen Haufen Schmutz. Welche Abscheulichkeiten würden sie noch darin entdecken?

„Wie es aussieht, sind de Bonis und dieser Omissis gleichermaßen berechtigt, über das Konto der Stiftung Kardinal Francis Spellman zu verfügen“, sagte er.

„Und was gibt es dort für Kontobewegungen?“

Tomás blätterte zwei Seiten weiter und fand sofort, was er suchte.

„Hier.“ Als er den Betrag sah, riss er die Augen auf. „Donnerwetter!“

„Was gibt’s?“, wollte Catherine wissen.

Er zeigte ihr das Blatt.

„Der erste Zahlungseingang nach Eröffnung des Kontos betrug fast fünfhundert Millionen Lire!“

„Wer ist der Begünstigte?“

„Na, die Spellman-Stiftung, der das Konto ja scheinbar gehört.“

Catherines Gesichtsausdruck entspannte sich etwas.

„Es handelt sich also um eine kirchliche Einrichtung“, sagte sie. „Und auch wenn der Betrag ziemlich hoch ist, scheint es doch mit rechten Dingen zuzugehen. Hatte Kardinal Spellman nicht richtig viel Geld?“

„Doch, das stimmt. Er hat als Erzbischof von New York nach dem Zweiten Weltkrieg etliche Millionen an die Christdemokraten in Italien überwiesen, um deren Sieg bei den Parlamentswahlen zu sichern und zu verhindern, dass Italien kommunistisch wurde.“

„Daher kam also das ganze Geld?“

„Natürlich nicht, das war 1948! Dieses Konto hier ist relativ neu.“

Catherine nahm ihm die Akte aus der Hand, schließlich kannte sie sich mit diesen Dingen besser aus. Rasch prüfte sie die Daten und Beträge der diversen Zahlungen.

„Es handelt sich bei den Eingängen teils um Bareinzahlungen, teils um Schatzanweisungen“, erklärte sie Tomás. „Und die Beträge werden im Laufe der Zeit immer höher. Schauen Sie mal, bestimmte Zahlungen gehen alle vier Tage ein, während andere alle drei Tage abgebucht werden. Ein wahres Geldkarussell.“

„Gibt es diese Buchungen immer noch?“, fragte Tomás.

Catherine blätterte etliche Seiten weiter.

„Nein. Nach einigen Jahren hören die Buchungen auf.“

„Wieso?“

„Das steht nicht da.“

„Und wo kam das Geld her?“

Das war eine gute Frage. Catherine prüfte die Zahlungsanweisungen.

„Ein Großteil der Beträge stammte aus Bareinlagen, aber ohne Hinweis auf die Herkunft.“ Sie schaute Tomás an. „Das ist so, als wäre jemand mit einem Koffer voller Geld zum IOR gekommen …“

„Seltsam. Aber gibt es nicht eine Unterschrift auf den Einzahlungsbelegen?“

Catherine fand prompt, was sie suchte.

„De Bonis“, antwortete sie erstaunt.

„Monsignor de Bonis hat zig Millionen in bar auf dieses Konto eingezahlt?“, wunderte sich auch Tomás. „Woher hatte er all dieses Geld?“

„Das muss ihm jemand übergeben haben, der anonym bleiben wollte.“

„Und woher stammen die Banküberweisungen?“

Auch diesmal brauchte Catherine nicht lange zu suchen.

„Also zweihundert Millionen hat die Firma Fasco überwiesen.“ Sie schaute nachdenklich drein. „Komisch, dieser Name sagt mir irgendetwas …“

„Welcher Name?“

„Fasco.“ Sie dachte einen Moment lang nach, konnte sich aber nicht erinnern.

Tomás blätterte in der Zwischenzeit weiter und stieß auf ein Papier, das seine Aufmerksamkeit erregte: ein Anhang mit einem Emblem.

„Schauen Sie mal, das sieht doch aus wie …“

„Wie was?“, fragte Catherine ungeduldig und warf einen Blick auf das Blatt. „Heiliges Kanonenrohr!“, rief sie dann.

Die unerwartete Reaktion der Wirtschaftsprüferin ließ Tomás zusammenzucken. Er hatte sich also offenbar nicht getäuscht. Catherine starrte derweil auf das Emblem, als könne sie ihren eigenen Augen nicht trauen.

Auch Tomás' Ausdruck änderte sich mit einem Schlag, als ihm bewusst wurde, auf welch gefährlichem Terrain sie sich bewegten. Trotz des enormen Zeitdrucks mussten sie extrem vorsichtig sein, denn sie liefen Gefahr, sich mit den Mächtigen dieser Welt anzulegen.

„Das ist das Emblem des Parlaments!“

XLVIII

Aufmerksam betrachtete Catherine den Anhang der Kontoauszüge der Stiftung Kardinal Francis Spellman. Das Blatt stammte von einem Briefblock und trug das Emblem der italienischen Abgeordnetenkammer. Neben dem Briefkopf stand eine Zahl geschrieben: vierzig Millionen. Daneben eine kurze handschriftliche Notiz.

Auf Spellman überweisen

Nach einer Weile schob sie Tomás das Blatt hin.

„Von wem stammt bloß dieser Zettel?“

Selbstverständlich wusste auch Tomás keine Antwort auf diese Frage. Sie suchten auf der Vorder- und Rückseite nach einem Namen oder irgendeinem anderen Hinweis auf den Verfasser der Notiz, aber ohne Erfolg.

„Es gibt keine Unterschrift“, sagte Tomás schließlich. „Offensichtlich hat jemand von der Abgeordnetenkammer Geld auf das Konto der Stiftung eingezahlt.“

Catherine öffnete den obersten Knopf ihrer Bluse. Sie hatte das Gefühl, sie müsse ersticken.

Immer mit der Ruhe!, sagte sie zu sich selbst. Dieses Papier beweist noch gar nichts.

„Das beweist, dass die Politik in die Geschichte verwickelt ist“, sagte Tomás.

„Nein“, entgegnete Catherine. „Das beweist lediglich, dass ein Politiker Kontakt zu de Bonis hatte.“

Tomás lachte bitter.

„Glauben Sie wirklich, dass irgendein italienischer Abgeordneter einfach so vierzig Millionen Lire an eine Stiftung gezahlt hat?“

Catherine errötete. Ihr war natürlich auch klar, dass eine solche Summe nicht von irgendjemandem stammen konnte. Wer immer diese Bareinzahlung in Auftrag gegeben hatte, war reich. Und mächtig.

Inzwischen hatte sich Tomás die Akte wieder vorgenommen.

„Schauen wir mal, was wir hier noch alles finden.“

Ungeduldig prüfte er die nächsten Unterlagen.

„Oha!“

„Was ist?“

„Hier steht der Name eines Senators.“

„Welches Senators?“, fragte Catherine beunruhigt.

„Sagt Ihnen der Name Lavezzari etwas?“

Nervös griff die Französin nach der Aktenmappe.

„Meine Güte!“, rief sie. „Sie meinen … Carlo Lavezzari?“

Tomás zeigte ihr die betreffende Stelle und zuckte mit den Schultern.

„Ich weiß nicht. Hier steht nur ‚Senator Lavezzari‘.“

„Ja, das ist Carlo Lavezzari“, bestätigte Catherine.

„Kennen Sie ihn?“

„Wer kennt ihn nicht in Italien? Er stammte aus der Lombardei und hat ein Vermögen in der Stahlindustrie gemacht. Er war Senator der Christdemokraten und kurzzeitig auch Manager eines der großen italienischen Fußballclubs … ich glaube, von Inter Mailand.“

„Also ein Hai", fasste Tomás zusammen und deutete auf eine Zahl. „Schauen Sie. Dieser Herr Senator hat fast sechshundert Millionen Lire auf das Konto der Stiftung eingezahlt."

Catherine richtete sich auf, um besser nachdenken zu können.

„Es besteht also kein Zweifel, Sie haben Recht", bestätigte sie dann. „Die Politik ist tatsächlich in diese Geschichte verwickelt."

„Und was passiert mit dem ganzen Geld? Es gibt doch auch Abbuchungen, nicht wahr?"

„Ja, und zwar eine ganze Menge." Sie blätterte erneut in der Akte und prüfte einen Auszug nach dem anderen. „Es gibt sowohl Bar- als auch Scheckauszahlungen, Banküberweisungen und sogar Wertpapierkäufe."

„Steht dort auch, an wen das Geld ging?"

Catherine musste nicht lange suchen.

„Hier gibt es eine Zahlung zugunsten der Krankenschwestern von der Barmherzigkeit. Hier eine weitere an die Kongregation der Anbeterinnen der Eucharistie. Andere Zahlungen gingen an die Benediktiner-Oblatinnen aus Priscilla und die Karmelitinnen von Arezzo. Auch das Benediktinerkloster von Cesena, das Solidaritätszentrum Don Mario Picchi und die Gemeinschaft Sant'Egidio wurden bedacht. Soll ich weitermachen?

„Nein, das reicht!", winkte Tomás ab.

„Um ehrlich zu sein, bin ich beruhigt", gab Catherine zu. „Wenn das Geld an religiöse oder karitative Einrichtungen geht, sehe ich darin nichts Ungewöhnliches. Abgesehen von der undurchsichtigen Herkunft der Gelder scheint zumindest ihre Verwendung einwandfrei …"

Sie ließ den Satz unvollendet und schaute die Unterlagen noch einmal an.

„Wobei …"

Catherine blätterte mit gerunzelter Stirn die Kontoauszüge durch.

„Was ist?“, fragte Tomás.

„Hier schauen Sie. Die Beträge zugunsten der religiösen oder wohltätigen Einrichtungen sind …“

„Was?!“

„Verschwindend gering“, vollendete sie den Satz.

„Oha! Das heißt also, es gibt noch andere Empfänger?“

„Ja“, sagte sie und schluckte. „Zum Beispiel Schweizer Banken.“

„Zeigen Sie mal!“

Entgeistert nahm Tomás die Mappe an sich.

„Stimmt, der Banco di Lugano taucht immer wieder auf.“ Er stutzte. „Das ist seltsam, nicht wahr? Soweit ich weiß, fallen auf Depots bei Schweizer Banken hohe Steuern an, so dass es äußerst unattraktiv ist, dort Geld anzulegen. Es sei denn …“, er schaute Catherine an, „man legt gesteigerten Wert auf das Bankgeheimnis. Jeder Normalbürger trägt sein Geld zur Bank, um Zinsen zu bekommen, nicht, um Steuern zu zahlen, nur um anonym zu bleiben.“

Die Wirtschaftsprüferin nickte stumm.

„Warum hätte die Spellman-Stiftung ihr Geld in der Schweiz anlegen sollen, wenn es wirklich wohltätigen Zwecken diente?“, fragte Tomás weiter. „Wieso lag ihr so viel an dem Bankgeheimnis? Was hatte sie zu verbergen?“

Eifrig stürzte er sich wieder auf die Kontoauszüge. Die Fotokopie eines Schecks erregte seine Aufmerksamkeit.

„Horrende Beträge sind auch an Einzelpersonen überwiesen worden“, sagte er schließlich.

„An wen?“

Tomás deutete auf den Scheck.

„Nun, zum Beispiel an Severino Citaristi, der von der Stiftung sechzig Millionen Lire erhalten hat.“

Catherine wurde blass.

„Citaristi?“, fragte sie mit bebender Stimme.

„Ja. Kennen Sie ihn?“

Mit beinahe ängstlichem Flackern in den Augen prüfte Catherine den Namen. Es bestand kein Zweifel. Dort stand schwarz auf weiß Severino Citaristi.

„Verdammt!“

„Wer ist dieser Citaristi?“

Catherine antwortete, ohne den Blick von der Scheckkopie zu wenden.

„Der Schatzmeister der DC.“

„Und wer oder was ist die DC?“

Zögernd schaute Catherine ihn an und öffnete den Mund. Es schien, als habe sie Angst, die Worte auszusprechen.

„Die Democrazia Cristiana, die wichtigste italienische Partei nach dem Zweiten Weltkrieg.“

XLIX

Als er den Namen der wichtigsten italienischen Partei der Nachkriegszeit hörte, zog Tomás eine Grimasse, als habe er in eine besonders saure Zitrone gebissen. Sie betraten äußerst heikles Gelände.

„Oh la la", sagte er und schüttelte sich. „Und Sie sind sicher, dass dieser Severino Citaristi tatsächlich der Schatzmeister der Christdemokraten war?"

„Absolut! Dottor Citaristi, wie er auch genannt wurde, war für die Finanzen der Democrazia Cristiana verantwortlich."

„Also noch ein Politiker, nicht wahr?", stellte Tomás fest.

Catherine bedachte die Akte der Spellman-Stiftung mit einem vernichtenden Blick.

„Mein Gott, dieses Konto ist eine echte Zeitbombe", sagte sie. „Da wundert es mich nicht mehr, dass Seine Heiligkeit die Unterlagen von Monsignor Dardozzi geheim halten wollte. Die sind explosiv!"

Neugierig blätterte Tomás bereits in den nächsten Kontoauszügen und Zahlungsavis. Was würden sie in diesen Unterlagen des IOR noch ans Tageslicht fördern?

„Schauen Sie, vierhundert Millionen Lire sind an einen gewissen Ascari gezahlt worden."

Erneut zuckte die Wirtschaftsprüferin zusammen. Sie hatte das Gefühl einer Achterbahnfahrt, bei der prompt die nächste schwindelerregende Wende folgte, kaum dass man sich von der letzten Talfahrt erholt hatte.

„Welcher Ascari?“, fragte sie vorsichtig. „Etwa … Odoardo Ascari?“

„Genau der“, antwortete Tomás. „Und wer ist das?“

Catherine atmete tief durch, als habe sie soeben einen Schlag in die Magengrube erhalten.

„Ein Jurist“, sagte sie. „Der ehemalige Rechtsanwalt von Edgardo Sogno, ein weiterer Politiker, diesmal ein Vertreter der Liberalen.“

Tomás hätte fast gelacht.

„Auch die Liberalen haben Geld von der Stiftung bekommen? Meine Güte, das wird ja immer schlimmer!“

Mit einer plötzlichen Armbewegung griff Catherine nach der Mappe und versuchte, sie Tomás zu entwenden.

„Hören Sie, das wird verdammt gefährlich!“, sagte sie und schaute ihn besorgt an. „Wir sollten besser aufhören …“

Tomás war zwar überrascht, ließ die Mappe aber nicht los und trat einen Schritt zurück.

„Beruhigen Sie sich. Wir müssen wissen, was darin steht.“

„Aber sehen Sie nicht, dass das alles hier pures Dynamit ist? Schweizer Konten, Politiker aus dem christdemokratischen ebenso wie dem liberalen Lager … Wer weiß, wo uns das noch hinführt!“

„Das ist mir ziemlich egal“, entgegnete Tomás.

„Es hat ganz sicher einen Grund, dass Seine Heiligkeit diese Dokumente unter Verschluss halten wollte. Sie sollten in Vergessenheit geraten.“

„Sie haben vermutlich Recht“, stimmte Tomás zu. „Das Problem ist nur, dass der Papst entführt wurde und die Umstände sich geändert haben. Er selbst hat uns auf Monsignor Dardozzi und diese Akten aufmerksam gemacht. Und einer der Entführer hat am Telefon den Namen Omissis erwähnt." Er schaute Catherine herausfordernd an. „Die Tatsache, dass dieser Omissis eine der zeichnungsberechtigten Personen dieses Kontos ist, beweist, dass wir auf der richtigen Spur sind. Wenn wir den Papst retten wollen, müssen wir weitermachen! Das ist unsere – und seine – einzige Hoffnung. Oder wollen Sie, dass der Papst hingerichtet wird?"

Langsam beruhigte sich Catherine wieder und bekam ihre Nerven unter Kontrolle.

„Entschuldigen Sie, Sie haben natürlich Recht."

„Ich denke, wir müssen jetzt unbedingt herausfinden, wer dieser Omissis ist", sagte Tomás.

Catherine nahm sich die Akte wieder vor.

„Omissis und de Bonis sind die beiden Kontoinhaber, haben Sie gesagt?"

„Genau. Wobei Omissis garantiert ein Codename ist. Die Frage ist nur, wer sich dahinter verbirgt. Haben Sie eine Idee, wie wir das herausfinden können?"

Nachdenklich kaute Catherine auf ihrer Unterlippe. Als Wirtschaftsprüferin des Vatikans war es ihre Pflicht, die Funktionsweise der Banken im Allgemeinen und des IOR im Besonderen zu kennen.

„Wenn Omissis der Kontoinhaber ist, muss sein richtiger Name zwangsläufig in den Unterlagen zur Kontoeröffnung stehen", sagte sie.

Tomás' Gesichtsausdruck hellte sich schlagartig auf, und fast hätte er sie geküsst.

„Sehr gut! Wo sind diese Eröffnungspapiere?"

„Normalerweise am Anfang der Akte", antwortete Catherine, und gemeinsam beugten sie sich über die Unterlagen.

„Hier!", rief Tomás schließlich.

Wenige Blicke reichten aus, um zu prüfen, dass es sich tatsächlich um das Konto mit der Nummer 001-3-14774-C handelte, welches am 15. Juli 1987 auf Antrag von Donato de Bonis eröffnet worden war. Oben neben den Briefkopf des IOR hatte jemand mit Bleistift die Buchstaben OtBkCeN geschrieben, dahinter in Klammern ein großes G, vermutlich eine Referenz auf ein bestimmtes Unterkonto. Unten stand die Unterschrift von Donato de Bonis, und daneben war als zweiter Kontoinhaber der Name Omissis aufgeführt. Eine zweite Unterschrift gab es auf dem Dokument allerdings nicht, sondern nur eine Art Fleck.

„Was ist das denn?", fragte Catherine entgeistert. „Dieser Omissis hat nicht unterschrieben?"

Sie drehten und wendeten das Blatt, aber ohne Erfolg. Neben der Unterschrift von Donato de Bonis stand lediglich der Name Omissis. Dann stutzte Tomás, betrachtete das Papier aus der Nähe und hielt es gegen das Licht. Der Fleck war beileibe nicht einfach nur ein Fleck, wie Tomás in einer Mischung aus Ungläubigkeit und Frustration feststellte.

„Der Name wurde unleserlich gemacht", sagte er.

„Wie bitte?"

Ratlos schaute Tomás erst Catherine und dann wieder das Papier an, als suche er Antworten, die es nicht gab oder die zumindest keinen Sinn ergaben. Er deutete auf die Stelle neben dem Namen von de Bonis und wiederholte seine Erkenntnis.

„Die Unterschrift von Omissis wurde ausradiert."

L

Catherine wollte nicht glauben, was sie da hörte. Sie entriss Tomás förmlich die Akte, um mit eigenen Augen den besagten Fleck auf dem Formular zur Eröffnung eines Kontos beim IOR auf den Namen der Stiftung Kardinal Francis Spellman zu inspizieren.

„Das darf ja wohl nicht wahr sein!", rief sie erbost. „Niemand hat das Recht, die Unterschrift eines Kontoinhabers unleserlich zu machen! Das ist verboten!"

„Aber genau das ist hier der Fall", bekräftigte Tomás. „Schauen Sie nur."

Die Wirtschaftsprüferin nahm ihm das Blatt aus der Hand und musste einsehen, dass er Recht hatte. Zumindest auf der Fotokopie war beim besten Willen nichts mehr zu lesen.

„Verflixt! Das war gründliche Arbeit. Von der Unterschrift ist nichts mehr zu erkennen."

„Wer kann das Ihrer Meinung nach gemacht haben?"

Catherine kniff die Augen zusammen, während sie über die Auswirkungen ihrer Entdeckung nachdachte.

„Wer auch immer es war, eines ist sicher: Er hat es mit Zustimmung eines hohen IOR-Funktionärs getan."

„De Bonis?"

„Ich will niemanden verdächtigen, aber wer wäre in einer besseren Position dazu gewesen als er?"

Tomás nickte.

„Meiner Meinung nach ist es offensichtlich, dass Monsignor de Bonis hinter all dem steckt“, sagte er. „Es ist doch wohl kaum normal, dass eine Bank bei der Kontoeröffnung einen Codenamen akzeptiert, und erst recht nicht, dass eine Unterschrift hinterher unleserlich gemacht wird!“

„Selbstverständlich nicht!“, bestätigte Catherine. „In all meinen Jahren als Wirtschaftsprüferin ist mir so etwas noch nie begegnet. Ich muss zugeben, dass es mich einigermaßen schockiert zu sehen, welch haarsträubende Unregelmäßigkeiten es am IOR gegeben hat. Wie konnte der Heilige Stuhl das bloß zulassen?“

„Wenn es für diese Unregelmäßigkeiten eine Zustimmung seitens des Heiligen Stuhls gab, dann hatte das garantiert gute oder sogar sehr gute Gründe, meinen Sie nicht auch?“

So, wie Catherine ihn anschaute, war Tomás nicht klar, ob sie wirklich nicht wusste, worauf er abzielte, oder ob sie es nur nicht wahrhaben wollte.

„Wer auch immer dieser Omissis ist, etwas wissen wir immerhin“, sagte er.

„Und das wäre?“

Tomás strich gedankenverloren über das Blatt. Er konnte es immer noch nicht fassen, dass ein Verantwortlicher der Vatikanbank offenbar dazu beigetragen hatte, eine Unterschrift unkenntlich zu machen. Das konnte nur eines bedeuten.

„Das muss ein hohes Tier gewesen sein.“

„Daran besteht kein Zweifel“, stimmte Catherine zu.

Tomás wandte sich den anderen Akten in der Schublade zu.

„Wir müssen auch die anderen Konten prüfen“, sagte er. „Vielleicht finden wir ja irgendwo einen Hinweis darauf, wer Omissis ist.“

Sie nahmen also beide eine neue Mappe heraus und machten sich an die Arbeit. Tomás hatte das Konto des *Fonds Mama Roma zum Kampf gegen die Leukämie* gewählt. Es handelte sich um die Kontonummer 001-3-15924. Dann sah er den Kontostand.

„Donnerwetter!“, entfuhr es ihm. „Diese Leukämie-Stiftung hat ein hübsches Finanzpolster. Sechshundert Millionen!“

„Immerhin ist es für einen guten Zweck“, entgegnete Catherine. „Leukämie-Forschung kostet nun mal Geld.“

Dagegen hatte Tomás nichts einzuwenden und suchte nach dem Namen des Kontoinhabers, den er auch prompt fand.

„Schau einer an, de Bonis war auch einer der Zeichnungsberechtigten des Kontos der Leukämie-Stiftung ...“

„Das ist doch nicht zu fassen!“, sagte Catherine und sah von ihren eigenen Unterlagen auf. „Auch bei diesem Konto hier taucht Monsignor de Bonis auf. Dieser Mann ist offenbar allgegenwärtig!“

„Auf welchen Namen läuft das Konto?“, wollte Tomás wissen.

Catherine zeigte ihm den Umschlag der Akte, so dass er ihn selbst lesen konnte: *Louis Augustus Jonas Foundation, Hilfe für arme Kinder*.

„Vielleicht war Monsignor de Bonis doch nicht so gewissenlos wie gedacht“, sagte sie. „Er hat zumindest etliche karitative Einrichtungen unterstützt. Genauso wie der Präsident von Alitalia.“

Tomás sah Catherine verwirrt an.

„Alitalia? Was hat der Präsident der italienischen Fluggesellschaft damit zu tun?“

„Er steht hier als Inhaber des Kontos der *Louis Augustus Jonas Foundation, Hilfe für arme Kinder*“, antwortete die Französin und deutete auf eine Unterschrift. „Bisignani.“ Dann erregten einige Kontobewegungen ihre Aufmerksamkeit. „Was ist das denn? Auf diesem Konto sind ja wahre Vermögen eingegangen. Eine einzige Buchung beläuft sich auf drei Milliarden Lire!“

„Alter Schwede! Welche barmherzige Seele hat denn so viel Geld für arme Kinder gespendet?“

Eine Sekunde später hatte Catherine den Auftraggeber gefunden.

„Monsignor de Bonis“, sagte sie. „Er hat die Zahlung über eine luxemburgische Bank getätigt.“

„Immerhin ist es für einen guten Zweck, nicht wahr?“, stichelte Tomás. „Er und dieser Bisignani sind wirklich sehr großzügig.“

In der Tat war es merkwürdig, dass de Bonis in derart schöner Regelmäßigkeit in den Kontoauszügen auftauchte. Misstrauisch warf Catherine einen weiteren Blick auf die Unterlagen.

„Was ist das denn? Das ist ja gar nicht Giovanni.“

„Wie bitte?“, fragte Tomás.

Catherine zeigte ihm den Kontoauszug.

„Hier steht Luigi Bisignani, nicht Giovanni. Es ist also nicht der Präsident von Alitalia, sondern sein Bruder Luigi.“

Ihre Miene verdüsterte sich.

„Was ist mit diesem Luigi?“, wollte Tomás wissen.

„Er hat für die italienische Regierung gearbeitet und war Mitglied der Freimaurerloge Propaganda Due, auch P2 genannt. 1982 wurde die P2 zwar offiziell aufgelöst und verboten, aber der Geheimbund formierte sich einfach neu, und Luigi Bisignani wurde ihr Großmeister. Dieser neuen Loge P4 gehörten zahlreiche hohe Politiker, Geheimdienstleute und Justizvertreter, Unternehmer mit Mafia-Kontakten und Polizisten an, und es heißt, die P4 habe die Politik Italiens beherrscht, indem sie Politiker und Journalisten, Unternehmer und Richter erpresste. Silvio Berlusconi soll einmal gesagt haben, Luigi Bisignani sei mächtiger als er selbst. Schließlich wurde Bisignani verhaftet und im Rahmen des Enimont-Prozesses verurteilt.“

Tomás schaute Catherine fragend an. Diese bereute beinahe, den vermaledeiten Namen ausgesprochen zu haben.

„Enimont war ein *riesiger* Korruptionsskandal“, sagte sie.

LI

Alarmiert horchte Tomás auf. Die Erwähnung eines riesigen Korruptionsskandals forderte weitere Erklärungen. In ihrer Eigenschaft als Wirtschaftsprüferin behagte es Catherine gar nicht, über diese Dinge zu sprechen, aber sie sah natürlich ein, dass es wichtig war zu klären, ob die Verbindung zwischen Luigi Bisignani und dem IOR für ihre Ermittlungen von Belang sein konnte oder nicht.

Catherine lehnte sich an die Wand.

„Alles hat damit angefangen, dass Mario Chiesa 1992 verhaftet wurde, weil er sich von einer Mailänder Reinigungsfirma bestechen ließ“, fing sie an. „Das Problem bestand darin, dass Chiesa ein Mitglied des PSI war …“

„Des PSI?“

„Der sozialistischen Partei Italiens. Er hatte Ambitionen, Bürgermeister von Mailand zu werden, und seine Verhaftung war für die Partei natürlich peinlich. Der Parteivorsitzende und ehemalige Ministerpräsident Bettino Craxi tat daraufhin so, als handle es sich bei Chiesa um ein schwarzes Schaf.“

„Eine beliebte Vorgehensweise“, warf Tomás ein.

„Ja. Craxi tat so, als sei Chiesa das einzige skrupellose Mitglied des ansonsten rundum ehrlichen und unbestechlichen PSI. Chiesa fand es ganz und gar nicht gut, von seiner Partei so fallengelassen und der Presse und nicht zuletzt der Justiz regelrecht zum Fraß vorgeworfen zu werden. Um sich an den vermeintlichen

Saubermännern zu rächen, packte er so richtig aus und plauderte alles über die ihm bekannten Bestechungsfälle aus, in die seine sauberen Kollegen verwickelt waren."

Tomás dachte einen Moment lang nach.

„Liefen die Ermittlungen nicht unter dem Namen *Mani pulite*, also ‚Saubere Hände'?"

„Ganz genau. Schon bald nach der Verhaftung Chiesas wurden im ganzen Land Hunderte Geschäftsleute und Politiker wegen Verdachts auf Korruption verhaftet. In allen Parteien gab es plötzlich ‚schwarze Schafe', sogar im Lager der Kommunisten. Und als sie erst einmal hinter Gittern waren, haben die meisten Politiker sowohl ihre Taten gestanden als auch weitere Mitschuldige denunziert. Das war eine regelrechte Lawine. Dabei mangelte es nicht an komischen Begebenheiten. Zum Beispiel beichtete ein Politiker des PSI zwei Carabinieri, die bei ihm zu Hause auftauchten, sofort all seine kriminellen Verstrickungen, um dann festzustellen, dass sie eigentlich nur wegen eines Bußgelds für zu schnelles Fahren gekommen waren."

Sie lachten beide laut auf.

„Was ist aus der Geschichte geworden?"

„Er wurde verhaftet. Schließlich konnte er sein Geständnis nicht so einfach abstreiten."

„Stimmt. Und weiter?"

„Die Affäre hat ungeahnte Ausmaße angenommen. Insgesamt wurden rund fünftausend Personen des öffentlichen Lebens angeklagt, mehr als vierhundert Stadträte wurden wegen ihrer Verstrickungen in Korruptionsaffären aufgelöst, und, halten Sie sich fest, mehr als die Hälfte der Parlamentsabgeordneten wurde angeklagt, Bestechungsgelder angenommen zu haben. Das ganze politische System brach zusammen. Auch der Vorsitzende des PSI wurde zu mehreren Jahren Haft verurteilt."

„Bettino Craxi ist nach Tunesien geflüchtet, um der Verhaftung zu entkommen, nicht wahr?", sagte Tomás. „Aber wichtiger ist doch jetzt der andere Prozess, von dem Sie gesprochen haben, der, in den Luigi Bisignani verwickelt war."

„Ich erzähle Ihnen das alles, weil die Enimont-Affäre im Zuge der ‚Mani pulite'-Ermittlungen aufgeflogen ist", entgegnete Catherine. „Das Ganze fing damit an, dass der staatliche Energiekonzern Eni ein Joint Venture mit dem privaten Chemieriesen Montedison eingehen wollte, um als Enimont zu einem Konzern von Weltformat zu werden. Problematisch wurde es, als die beiden sich zerstritten. Da Enimont börsennotiert war, schritt die Politik ein, und man einigte sich darauf, dass Eni die Anteile von Montedison zurückkaufen musste. Das tat Eni auch – allerdings zu einem Preis, der deutlich über dem Marktwert lag."

„Wieso?"

Catherine lächelte.

„Genau das ist die Frage", sagte Catherine. „Wie sich herausstellte, ließen sich die Herren Politiker dafür, dass sie den Deal unterstützten, fürstlich belohnen, und fast allen Parteien war Geld versprochen worden. Durch all diese Schmiergeldzahlungen wurde letztlich viel mehr ausgegeben als normalerweise nötig gewesen wäre. Die Enimont-Affäre war der größte europäische Korruptionsskandal aller Zeiten."

Tomás deutete auf die Kontoakte der *Louis Augustus Jonas Foundation, Hilfe für arme Kinder*.

„Welche Rolle hat dieser Bisignani dabei gespielt?"

„Luigi Bisignani hat das Geld an die Parteien verteilt. Er wurde schließlich verhaftet und zu zweieinhalb Jahren verurteilt."

„Und dieser Typ war Zeichnungsberechtigter einer Stiftung für arme Kinder?"

Catherine verzog nachdenklich den Mund und versuchte, eine Erklärung dafür zu finden.

„Vielleicht wollte er sein Ansehen wieder aufpolieren …"

LII

Tomás legte die Unterlagen der *Louis Augustus Jonas Foundation* zurück und nahm stattdessen eine andere Mappe aus der Schublade. Auf der Deckseite stand in roter Schrift ‚Roma Charity Fund'.

Als er die Kontoauszüge durchblätterte, bemerkte er mehrere Überweisungen sowohl vom *Fonds Mama Roma zum Kampf gegen die Leukämie* als auch von der *Louis Augustus Jonas Foundation, Hilfe für arme Kinder*, sowie Zahlungen zugunsten der Brigittenschwestern und der Opera di Don Picchi.

Einen Hinweis auf Omissis fand er allerdings nicht.

Dann warf er einen Blick auf die Uhr und erschrak. In wenigen Stunden würde der Papst hingerichtet.

„Wir verlieren nur Zeit", sagte er und schlug die Mappe des Roma Charity Fund energisch zu. „Wir müssen irgendwie anders herausfinden, wer Omissis ist."

„Leichter gesagt, als getan", kommentierte Catherine. „Was schlagen Sie vor?"

Tomás rieb sich das Kinn. Sie durften sich nicht länger mit den Geheimakten von Monsignor Dardozzi aufhalten; die gesamten Unterlagen durchzusehen, würde mehrere Tage dauern.

„Wer könnte wissen, wer sich hinter Omissis verbirgt?"

„Monsignor de Bonis natürlich", antwortete Catherine. „Aber der ist tot."

„Der Papst weiß es bestimmt auch. Er hat immerhin die Geheimhaltung der Unterlagen angeordnet, weil er erkannt hat, wie brisant sie sind.“

„Ich fürchte nur, Seine Heiligkeit kann gerade nicht auf unsere Fragen antworten.“

„Aber Kardinal Barboni könnte es wissen! Ihm hat der Papst vertraut und vielleicht etwas über den Inhalt der Dokumente gesagt.“

„Gut möglich!“, rief Catherine hoffnungsvoll.

Sie griff sofort zu ihrem Handy und wählte die Nummer des Heiligen Stuhls.

„Mist! Besetzt!“

Sie versuchte es noch zweimal, dann wählte sie eine andere Nummer, ebenfalls ohne Erfolg.

„Kein Wunder, dass die Leitungen belegt sind“, sagte Tomás und sprang ungeduldig auf. „Zu Fuß geht es schneller, der Vatikan ist ja nur einen Katzensprung entfernt.“

Catherine nickte und legte ihre Mappe zurück in die Schublade. Dann öffnete sie die Tür.

„Gehen wir.“

„Nicht *wir* gehen“, korrigierte er sie. „Ich gehe.“

Catherine sah ihn entgeistert an.

„Nur Sie? Und was mache ich?“

„Wir brauchen einen Plan B für den Fall, dass der Papst dem Kardinal nicht gesagt hat, wer Omissis ist“, erklärte Tomás. „Die Zeit drängt. Wenn Omissis einer der Zeichnungsberechtigten der Spellman-Stiftung war, könnten Sie die Stiftung kontaktieren und fragen, wer Zugriff auf dieses Konto hatte.“

„Eine gute Idee!“, stimmte Catherine zu. „Ich gehe also wieder in mein Büro.“

Eilig legte Catherine alle Dardozzi-Akten, die sie tragen konnte, in einen großen Karton.

„Den Rest hole ich später“, sagte sie.

Dann verließen sie den Raum. Während Catherine die Tür zum Geheimarchiv abschloss, drückte Tomás den Knopf des Aufzugs.

„Sobald ich mit dem Kardinal gesprochen habe, komme ich zu Ihnen“, sagte Tomás. „Wo muss ich klingeln, damit Sie mich hereinlassen?“

Catherine nahm einen Schlüssel aus ihrer Tasche.

„Die Klingel im Erdgeschoss funktioniert manchmal nicht“, sagte sie. „Ich gebe Ihnen besser meinen Ersatzschlüssel.“

„Danke.“

Endlich kam der Aufzug, und mit einem Rumpeln hielt die Kabine an. Kaum öffnete sich die Tür, traten Catherine und Tomás ein und drückten auf die beiden Knöpfe für das Erdgeschoss und den vierten Stock.

„Glauben Sie wirklich, dass es Ihnen gelingt, mit Seiner Exzellenz zu sprechen?“

Tomás klopfte auf seine Westentasche.

„Ich habe nach wie vor den Passierschein von Inspektor Trodela und sollte also zumindest in den Vatikan hineinkommen.“

„Sicher, aber vergessen Sie nicht den Haftauftrag gegen Sie.“

„Machen Sie sich darum keine Sorgen“, sagte Tomás. „Angesichts der Uhrzeit dürfte die Polizei ganz andere Dinge zu tun haben.“

Wenige Sekunden später hielt der Aufzug im Erdgeschoss. Tomás wollte sofort die Tür aufdrücken, doch etwas hielt ihn zurück. Er drehte sich um; Catherine hielt ihn am Arm fest und schaute ihm in die Augen.

„Passen Sie auf sich auf!“

LIII

Es war bereits dunkel, als Tomás das Kongregationsgebäude verließ. Auf dem Petersplatz drängte sich mittlerweile eine geschlossene Menschenmenge: ein wahres Menschenmeer, das sogar über die Grenzen des Platzes hinaus schwappte. Zigtausende von Gläubigen bildeten eine kompakte und undurchdringliche Barriere. Normalerweise fasste der Platz bis zu vierhunderttausend Menschen, doch jetzt waren es viel mehr. Fünfhunderttausend oder sogar noch mehr. Auch in den angrenzenden Straßen sah man nichts als Menschen; ganz Rom schien sich hier zu versammeln, und noch immer schwoll die Menge weiter an.

Tomás bahnte sich einen Weg Richtung Vatikan.

„Scusi“, sagte er. „Entschuldigen Sie.“

Ein allgegenwärtiges Murmeln umgab ihn; die Gläubigen beteten gemeinsam zur Jungfrau Maria, dass sie den Papst retten möge.

„... Maria, piena di grazia, il Signore è ...“

Überall hielten Menschen Plakate mit Aufschriften wie ‚Herr, rette den Papst‘, ‚Erbarmen!‘ oder auch ‚Betet für den Heiligen Vater‘. Die meisten Plakate waren auf Italienisch geschrieben, doch es gab auch Schilder in so ziemlich jeder anderen europäischen Sprache und sogar auf Chinesisch und Arabisch.

„Scusi!“

„... benedetto il fruto del tuo ...“

Es gab kaum ein Vorankommen zwischen all den Leibern. Die meisten Menschen beteten: kniend, mit gefalteten Händen, gesenktem Kopf und geschlossenen Augen. Nur ihre Lippen bewegten sich. Manche hielten auch ein Kreuz oder einen Rosenkranz umklammert, und überall brannten Kerzen.

„Scusi!“

Tomás kam nur mühsam vorwärts. Er tänzelte um die Betenden herum, versuchte, ihnen bestmöglich auszuweichen. Die meisten gaben sich ehrlich Mühe, ihm Platz zu machen, doch die Menge wurde immer undurchdringlicher. Schließlich musste er einsehen, dass es besser war, den Petersplatz nicht direkt zu überqueren, sondern an seinem Rand entlang zu gehen. Er wandte sich also den rechten Kolonnaden zu.

„... nell'ora della nostra morte, amen.“

In diesem Augenblick endete das Gebet, und die Menge stimmte ein Kirchenlied an. Auf der Suche nach einer Möglichkeit durchzukommen, ließ Tomás seinen Blick über die Köpfe der Menschen schweifen. Was er sah, war frustrierend. Wie sollte er bloß das nächstgelegene Tor zum Vatikan erreichen?

Er bemerkte auch etliche Kamerafahrzeuge mit riesigen Satellitenschüsseln und leistungsstarken Scheinwerfern; zahlreiche Fernsehsender sendeten Live-Reportagen in alle Welt. Dieser Pressebereich war von einer Polizeisperre abgeschirmt. Auch auf dem Petersplatz sah er hie und da bewaffnete Carabinieri und Soldaten mit kugelsicheren Westen zwischen den Gläubigen. Die Luft war zudem vom Brummen der Hubschraubermotoren erfüllt, die nicht mehr offen über dem Petersplatz kreisten, sondern wie aufgestachelte Wespen über den Gebäuden der Umgebung schwebten.

„Scusi.“

Tomás setzte sich wieder in Bewegung, diesmal allerdings in Richtung des geschützten Pressebereichs. Das war definitiv der beste, wenn nicht sogar der einzige Weg. Mit sanftem Einsatz seiner Schultern und Ellenbogen gelang es ihm schließlich, sich einen Weg durch die Menge zu bahnen.

„Stopp!“, befahl einer der Polizisten, als Tomás sich ihm näherte. „Sie können hier nicht vorbei!“

„Ich gehöre zu dem Ermittlungsteam, das an der Entführung Seiner Heiligkeit arbeitet“, sagte Tomás und zeigte dem Beamten seinen Passierschein. „Ich muss so schnell wie möglich in den Vatikan.“

Der Mann prüfte das Papier.

„In Ordnung“, sagte er dann. „Aber hier kommen Sie nicht durch. Außerdem wird heute Nacht im Petersdom eine Messe stattfinden, um die Heilige Jungfrau um Hilfe zu bitten. Dann ist hier jeder Durchgang verboten.“

„Und wie komme ich hinein?“

„Versuchen Sie es an der Porta Sant'Anna in der Via di Porta Angelica“, riet ihm der Polizist und deutete in die entsprechende Richtung. „Das ist der sogenannte Dienstboteneingang des Vatikans.“

Tomás ließ entmutigt die Schultern hängen. Auch dort standen die Menschen dicht an dicht.

„Um Himmels Willen“, sagte er. „Wie soll ich da bloß durchkommen?“

Der Polizist nickte verständnisvoll und bat kurzentschlossen einen Kollegen, seinen Platz zu übernehmen. Dann gab er Tomás ein Zeichen, ihm zu folgen.

Gemeinsam überquerten sie das Gelände der Pressefahrzeuge und kamen recht zügig voran. Hier waren hauptsächlich Techniker und Produktionsmitarbeiter tätig. Als sie kurz aufgehalten wurden, weil sich ein Reporter im Kabel einer Kamera verheddert hatte, hörte Tomás die Live-Reportage des benachbarten Senders.

„... derzeit ruhig, aber angespannt“, sagte eine blondgelockte Journalistin, die ein Mikrofon mit dem Logo von France 2 in der Hand hielt. *„Die Menschen auf dem Petersplatz beten für den Papst und haben noch nicht auf die Nachricht über die Konfrontationen reagiert, was möglicherweise ...“*

Der Weg vor ihnen war mittlerweile wieder frei, und die beiden Männer gingen eilig weiter. Dabei klangen in Tomás' Ohren die Worte der Journalistin nach.

„Von welchen Konfrontationen war da eben die Rede?“, fragte er den Polizisten, der dicht vor ihm ging.

„Wissen Sie noch nicht, dass es in den Vororten von Paris, Lyon, Brüssel, Rotterdam, Birmingham und Manchester zu Krawallen kam? Es wurden Autos in Brand gesteckt, Geschäfte geplündert und ganze Viertel abgeriegelt. In Marseille gab es mehrere blutige Auseinandersetzungen zwischen Christen und Muslimen. Niemand weiß so recht, wer angefangen hat. Tatsache ist jedenfalls, dass es eine Welle der Gewalt gibt und der französische Präsident bereits den Notstand ausgerufen hat. Auch in Belgien, Holland und Großbritannien beraten die Regierungen gerade über entsprechende Maßnahmen.“

„Meine Güte!“

Der Polizist steuerte auf eine Reihe von Carabinieri zu, die den Übergang zwischen den Kolonnaden abschirmten, so dass sie ungehindert auf die andere Seite wechseln konnten.

„Auch in den Balkanländern ist einiges los“, fuhr der Polizist fort. „An der Grenze zwischen Kroatien und Bosnien gab es Auseinandersetzungen zwischen Katholiken und Muslimen. Es heißt, die kroatischen Grenzposten hätten als Reaktion auf die Entführung des Papstes und den Anschlag in Medjugorje muslimische Grenzsoldaten beschimpft und den Propheten Mohammed beleidigt. Die Situation heizte sich immer weiter auf, und schließlich fielen sogar Schüsse, dabei wurden zwei Kroaten und ein Bosnier verletzt. Daraufhin griff die Armee auf beiden Seiten ein, und entlang der Grenze kam es mehrfach zu Schießereien. Die kroatische Regierung beendete vor kurzem eine Dringlichkeitssitzung, in der angeblich beschlossen wurde, nach Bosnien einzumarschieren, um die Sicherheit der kroatischen Pilger und der heiligen Stätte in Medjugorje zu garantieren. Die kroatische Bevölkerung im Süden Bosniens unterstützt diese Pläne, und die Lage droht, außer Kontrolle zu geraten."

„Das wird ja immer schlimmer …"

Endlich bogen sie in die Via di Porta Angelica ein. Hier gab es keine Polizeiabsperrung mehr, so dass sie sich an der vatikanischen Mauer entlang drücken mussten und nur noch langsam vorwärts kamen. Tomás atmete erleichtert auf, als sie schließlich vor dem Eisentor standen, das von zwei Säulen eingerahmt wurde, auf denen je eine mächtige Adlerstatue die Menschenmenge wachsam beobachtete. Das Tor wurde auf der zur Straße gewandten Seite von Carabinieri und auf der Innenseite von Gendarmen und einigen Schweizergardisten streng bewacht.

„Das ist die Porta Sant'Anna", sagte der Polizist und tippte sich leicht an die Mütze.

Tomás bedankte sich herzlich bei seinem Begleiter. Dann zeigte er den Carabinieri seinen Passierschein, die ihn nach der üblichen Begutachtung eintreten ließen. Anschließend nahm auf der Innenseite des Tores einer der Gendarmen den Schein zur Prüfung entgegen.

„Sie sind Historiker?", fragte der Mann misstrauisch. „Was wollen Sie jetzt hier? Wissen Sie nicht, was hier gerade los ist?"

„Ich gehöre zu dem Ermittlungsteam, das die Entführung seiner Heiligkeit bearbeitet", antwortete Tomás. „Und ich muss dringend mit Kardinal Barboni sprechen."

„Seine Eminenz ist mit den Vorbereitungen für die Messe beschäftigt, die heute Nacht im Petersdom abgehalten wird."

„Der Kardinal ist jetzt im Petersdom?"

„Nein. Soweit ich weiß, bereitet er seine Predigt im Apostolischen Palast vor. Um 23:30 Uhr soll hier und in allen katholischen Kirchen der Welt eine Messe beginnen und angesichts der Uhrzeit …"

Der Mann stockte und ließ den Satz unvollendet.

„Ich verstehe."

„Jedenfalls können Sie jetzt nicht mit Seiner Eminenz sprechen."

„Hören Sie, ich habe eine wirklich heiße Spur und muss unbedingt dem Kardinal eine Frage stellen", beharrte Tomás. „Inspektor Trodela hat mir diesen Passierschein heute Nachmittag ausgestellt. Lassen Sie mich jetzt bitte durch."

Unschlüssig wandte sich der Gendarm an einen Kollegen, der gerade telefonierte.

„Leutnant", sagte er, „können Sie bitte einmal kommen?"

„Was ist?"

„Dieser Herr dort sagt, er müsse dringend mit Seiner Eminenz sprechen. Er hat einen Passierschein und gehört angeblich zum Ermittlungsteam, das die Entführung bearbeitet."

Gestresst drehte der Kollege sich um. Entsetzt erkannte Tomás, dass es Leutnant Rocco war, derselbe Mann, der wenige Stunden zuvor von Inspektor Trodela aufgefordert worden war, ihn zu verhaften.

LIV

Tomás war derart überrascht, dass er nicht sofort reagierte, und ehe er es sich versah, hatte Leutnant Rocco ihn am Arm gepackt.

„Jetzt habe ich Sie!“, rief er mit sichtlicher Genugtuung. „Sie dachten wohl, uns entwischen zu können!“

„Reden Sie bitte keinen Unsinn, Leutnant“, erwiderte Tomás nach dem ersten Schreck. „Ich habe etwas gefunden, das im Zusammenhang mit dem Entführungsvideo steht, und muss dringend Kardinal Barboni eine Frage stellen. Bringen Sie mich bitte zu ihm!“

Leutnant Rocco schob ihn vor sich her.

„Ich bringe Sie in die Zelle, die schon auf Sie wartet“, entgegnete er. „Sie halten mich nicht noch einmal zum Narren.“

„Hören Sie doch mit dem Unfug auf, Leutnant“, sagte Tomás. „Wenn Sie mir nicht glauben, lassen Sie mich wenigstens mit Inspektor Trodela sprechen. Wenn ich ihm erkläre, was ich herausgefunden habe, will er mich sicher nicht mehr verhaften lassen.“

Tomás’ Selbstsicherheit verwirrte den Gendarm.

„Was haben Sie herausgefunden?“

„Etwas, womit wir hoffentlich den Papst finden können. Aber vorher habe ich eine Frage an Kardinal Barboni.“

Leutnant Rocco überlegte. Der Professor wirkte völlig von sich überzeugt, und falls sich herausstellen sollte, dass er Recht hatte, käme ihn das teuer zu stehen. Was hätte er also zu verlieren, wenn er den Inspektor anriefe, um ihm die Entscheidung – und somit die Verantwortung – zu überlassen?

Er zückte sein Funkgerät und drückte eine Taste.

„Hier Checkpoint Porta Sant'Anna für Inspektor Trodela", sagte er. „Inspektor Trodela, bitte kommen."

Man hörte zunächst ein Rauschen, dann eine Stimme.

„Trodela hier. Was gibt's?"

„Professor Noronha ist hier bei mir an der Porta Sant'Anna. Er sagt, er habe im Zusammenhang mit der Botschaft Seiner Heiligkeit etwas herausgefunden. Jetzt will er mit Ihnen und Seiner Eminenz sprechen. Was soll ich tun?"

Die Antwort kam wie aus der Pistole geschossen.

„Cazzo!", fluchte der Inspektor. „Dieser *stronzo* ist bei Ihnen? Verhaften Sie den Verrückten, und gehen Sie mir nicht länger auf die Nerven! Ich habe keine Zeit für seine schwachsinnigen Ideen!"

Der Befehl war eindeutig. Beruhigt steckte Leutnant Rocco sein Walkie-Talkie weg und nahm stattdessen die Handschellen von seinem Gürtel. Er würde nicht noch einmal den Fehler begehen, einem Verdächtigen die Hände frei zu lassen.

„Diesmal bringe ich Sie definitiv hinter Gitter."

Tomás wurde von Panik gepackt. Einmal im Gefängnis, hätte er keinerlei Möglichkeit mehr, den Fall rechtzeitig vor Mitternacht zu lösen.

Heftig stieß er die Hand des Leutnants zurück.

„Nein!"

Es gelang ihm, sich loszureißen und an den Gendarmen vorbei zur Porta Sant'Anna zu hechten.

„Halten Sie ihn!", schrie Leutnant Rocco. „Befehl der Kriminalpolizei!"

Die Carabinieri reagierten schnell, doch Tomás rannte schon durch das Tor. Einer der Carabinieri bekam ihn gerade noch am

Ellenbogen zu packen, ehe er auf die Via di Porta Angelica stürzen und in der Menschenmenge untertauchen konnte.

„Ich hab ihn!"

Tomás wusste, dass ihm höchstens zwei, drei Sekunden Zeit blieben, ehe die anderen Carabinieri ihrem Kollegen zu Hilfe eilen würden. Er beugte daher ohne zu überlegen den Arm und riss ihn dann plötzlich zurück, so dass er dem Mann einen heftigen Schlag ins Gesicht versetzte.

„Au!"

Reflexartig lockerte der Carabiniero den Griff, und Tomás riss sich endgültig frei. Im Rennen rief er dem Mann noch ein „Entschuldigung!" zu, dann stürzte er sich in die Menge.

„Scusate!"

„Halten Sie ihn!"

Die menschliche Mauer vor ihm wies glücklicherweise hie und da Lücken auf, durch die Tomás hindurchschlüpfen konnte. Doch so praktisch es auch war, dass er sich zwischen den vielen Menschen um ihn herum verstecken konnte, so mühsam war das Vorankommen.

„Gesù!", rief eine Italienerin, als Tomás sie rempelte. „Was soll denn das?"

„Scusi!"

„Passen Sie doch auf!", rief ein anderer.

„Scusi!"

„He! Stoßen Sie mich nicht so!"

„Scusi!"

Verzweifelt bahnte Tomás sich einen Weg zwischen den Menschen, die versuchten, zum Petersplatz zu gelangen. Hinter ihm ertönten bereits die Trillerpfeifen der Polizei und hektisch gebrüllte Befehle.

„Giancarlo und Stefano, fangt ihn!", rief einer der Carabinieri. „Amato, ruf sofort die Einsatzleitung an! Wir brauchen eine Straßensperre am Ende der Via di Porta Angelica, und ein Hubschrauber soll dem Verdächtigen folgen. Lasst ihn nicht entkommen!“

Tomás merkte mit Entsetzen, dass die allgemeine Verwirrung zunahm. Die Carabinieri dachten vermutlich, der Flüchtende habe etwas mit der Entführung des Papstes zu tun. Es konnte ja auch niemand ahnen, dass die ganze Unruhe lediglich auf der Reizbarkeit eines Kriminalbeamten beruhte. Und bis er die Angelegenheit aufgeklärt hätte, wäre es zu spät.

Oder steckte womöglich noch mehr dahinter als nur die Reizbarkeit Inspektor Trodelas, fragte sich Tomás.

Dann tauchte plötzlich ein Mann vor ihm auf.

„Ich hab dich, du Schurke!“

Zunächst dachte Tomás, es sei ein Polizist, doch dann stellte er erleichtert fest, dass es ein einfacher Bürger war, der sah, dass die Carabinieri einen Flüchtenden verfolgten und der es für seine Pflicht hielt, einzugreifen.

Schon bald schlug Tomás' Erleichterung jedoch in Sorge um und dann in Angst, denn dieses Eingreifen bedeutete nur eins.

Die Menge war gegen ihn.

LV

Tomás war in einer Zwickmühle, und die Zeit drängte. Entweder gab er sich geschlagen und würde gleich von der Polizei verhaftet, oder er widersetzte sich der Menge, was jedoch nicht ohne Risiko war. In jedem Fall musste er sich schnell entscheiden, da Unentschlossenheit einer Aufgabe gleichkam.

„Lassen Sie mich los!"

Er hatte beschlossen zu kämpfen und versuchte, den Mann abzuschütteln. Dieser hielt ihn allerdings fest umklammert, so dass Tomás sich genötigt sah, ihm einen heftigen Kopfstoß zu verpassen.

„Aaaah!", rief daraufhin der Mann und fasste sich ins Gesicht. „*Madonna!* Meine Nase!"

Als er sich losgerissen hatte, schaute Tomás sich um und war darauf gefasst, erneut angegriffen zu werden. Die Gemüter waren erhitzt, und er war sich bewusst, dass es reichen würde, wenn in all dem Chaos jemand auf die Idee käme, dass er einer der Entführer sei. Die Meute würde ihn lynchen. Aber nichts dergleichen passierte. Die Menschen, die den Mann mit blutender Nase schmerzverzerrt am Boden kauern sahen, schauten Tomás angsterfüllt an.

„Hilfe!", rief eine Frau. „Er ist bewaffnet!"

Augenblicklich wichen die Umstehenden zurück und schubsten und schoben dabei die, die hinter ihnen standen, zur Seite. Tomás befürchtete, dass Panik ausbrechen und womöglich jemand zu Tode getrampelt werden könnte. Je schneller er hier verschwunden wäre, desto besser für alle.

„Machen Sie Platz!“, rief er.

Den unerwarteten Freiraum um ihn nutzte er sofort, um weiter in Richtung Petersplatz zu laufen. Er hatte zwar keine Ahnung, was er tun sollte, aber sein Instinkt sagte ihm, dass er zurück zu Catherine müsse, als könne sie das Problem lösen. Das war natürlich naiv, aber ihm blieb keine Zeit zum Nachdenken. Das Einzige, was er sicher wusste, war, dass er fliehen musste, und zwar schnell.

„Achtung! Er kommt!“

„Er hat ein Messer!“, rief jemand. „Er hat ein Messer!“

Es war nicht mehr weit. Und auch, wenn die Menge ihn immer noch bremste, drängten die Menschen weiterhin ängstlich von ihm weg, so dass er sich im Zickzack zwischen ihnen hindurchschlängeln konnte. Wie von Zauberhand entstand um ihn herum eine Lücke; er kam sich vor wie Moses, vor dem die Fluten des Roten Meeres zurückwichen.

Plötzlich versperrten drei Panzerfahrzeuge seinen Weg.

„Sie sind umstellt!“, bellte eine Stimme aus einem Megaphon. „Ergeben Sie sich, sonst eröffnen wir das Feuer!“

Die Panzer der italienischen Armee blockierten den doppelten Torbogen am Beginn der Via di Porta Angelica, so dass ihm der Weiterweg zum Petersplatz versperrt war. Mehrere Scheinwerfer waren auf ihn gerichtet. Nicht alle gehörten der Polizei; es waren auch einige Kamerascheinwerfer darunter. Die Jagd auf ihn wurde also gerade live im Fernsehen übertragen! Tomás schaute sich verwirrt um. Wie hatten die Dinge nur so außer Kontrolle geraten können? Das war doch lächerlich. Glaubte die italienische Polizei wirklich, einer der Entführer des Papstes laufe einfach so auf der Straße herum?

„Legen Sie sich auf den Bauch, und nehmen Sie die Hände über den Kopf!“

Resigniert bereitete Tomás sich darauf vor aufzugeben. So würde er dieser nicht ganz ungefährlichen Situation und dem unsinnigen Missverständnis ein Ende bereiten. Nach einer Nacht im Gefängnis würde er einem Richter vorgestellt, der ihn garantiert wieder freiließe, wenn er ihm die Geschichte erklärte.

Andererseits … wäre am nächsten Tag der Papst tot und die Welt nicht mehr die Gleiche. Aber was konnte er schon tun? Er hatte alles versucht, was in seiner Macht stand.

„Ergeben Sie sich, oder wir eröffnen das Feuer!"

Es war aus.

Er fühlte sich erschöpft, sein Kopf war schwer und feucht. Als er sich über die Stirn wischte, merkte er, dass dort nicht nur Schweiß, sondern auch Blut klebte. Offensichtlich hatte er sich bei dem Kopfstoß gerade eben auch selbst verletzt. Das erklärte auch, wieso sein Aussehen die Menschen so erschreckte.

Dann packte ihn plötzlich die Wut. Er tat alles dafür, den Papst zu retten, und die Polizei hatte nichts Besseres zu tun, als ihn zu jagen! Das durfte ja wohl nicht wahr sein!

„Nein!"

Er würde sich nicht ergeben! Selbst auf die Gefahr hin, dass die Polizei auf ihn schießen würde, dass seine Ermittlungen nicht rechtzeitig zum Ziel führten und er den Papst also nicht retten könnte, musste er es zumindest versuchen.

Er schaute sich um und suchte einen Ausweg.

Die Panzerfahrzeuge und die Soldaten versperrten ihm den Zugang zum Petersplatz, die verängstigte Menge drängte sich seitlich zu einer undurchdringlichen Mauer zusammen, während hinter ihm die Carabinieri, die ihn seit der Porta Sant'Anna verfolgten, nur noch wenige Meter entfernt waren. Wohin er auch schaute, sah er nur Hindernisse.

An Flucht war nicht mehr zu denken.

„Letzte Warnung!“, dröhnte es aus dem Megaphon. „Sie haben drei Sekunden, um sich zu ergeben!“

Die auf ihn gerichteten Scheinwerfer blendeten ihn. Er hielt sich die Hand schützend vor die Augen und musste einsehen, dass er eingekreist war.

„Eins …“

Als er jedoch nach links blickte, sah er, dass er sich getäuscht hatte. Es gab dort zwar keinen Ausgang, aber einen Eingang.

„Zwei …“

Auf der anderen Straßenseite stand das Kongregationsgebäude. Und er hatte den Schlüssel.

„Drei!“

Die Carabinieri und Soldaten rückten bedrohlich näher.

Tomás sprintete los.

„Halt, oder wir schießen!“

Er ignorierte die Warnung und rannte weiter, in der Hoffnung, dass die Männer es nicht wagen würden, inmitten der Menschenmenge und vor laufenden Kameras auf ihn zu schießen. Abgesehen davon würden sie ihn lebend fangen wollen, wenn sie wirklich dachten, dass er etwas mit der Entführung zu tun haben könnte. Das Risiko war es wert.

In der Tat fiel kein Schuss. Aus den Augenwinkeln ahnte Tomás die Bewegungen der Sicherheitskräfte um ihn herum mehr, als dass er sie sah.

„Ergeben Sie sich!“

Während er noch die letzten Meter zum Kongregationsgebäude zurücklegte, suchte er ungeschickt in seiner Tasche nach dem Schlüssel, den Catherine ihm gegeben hatte. Als er sich umdrehte, sah er, dass fünf Carabinieri ihm dicht auf den Fersen waren. Endlich spürte er das ersehnte Metall zwischen den Fingern, zog es heraus und versuchte, den Schlüssel ins Schloss zu stecken.

„Geh schon rein!“, rief er angstvoll. „Wird’s bald!“

Gleich hätten die Carabinieri ihn erreicht. Doch trotz seiner ungeschickten Bewegungen glitt der Schlüssel endlich ins Schloss, und die Tür ging auf. Tomás schlüpfte schnell hinein und wollte sie sofort hinter sich schließen.

Er stieß jedoch auf Widerstand; der erste Verfolger versuchte, die Tür aufzudrücken. Es musste Tomás gelingen, die Tür zu schließen, ehe Verstärkung auftauchte. Rasch suchte Tomás Halt an einer Treppenstufe und stemmte sich mit aller Gewalt gegen die Tür, bis sie tatsächlich ins Schloss fiel. Er hatte es geschafft, die Polizei kurzfristig aufzuhalten.

Aber das war lediglich eine Frage von Sekunden.

LVI

Mit wild rasendem Herzen und vor Anstrengung brennenden Muskeln hätte Tomás sich gern eine Weile ausgeruht, aber daran war nicht zu denken. Jenseits der Tür wurden die Stimmen immer lauter, und er ahnte, was als Nächstes passieren würde.

„Fertig?“, rief jemand. *„Avanti!“*

Die Tür bebte in den Angeln und ließ Tomás zusammenzucken. Die Carabinieri wollten sie mit vereinten Kräften einschlagen.

„Zurück!“, ordnete die Stimme draußen an. „Nehmt eure Position wieder ein!“

„Kapitän“, rief ein junger Mann dazwischen. „Oberstleutnant Marchisio sagt, die Panzer des Militärs sind einsatzbereit. Was soll ich ihm antworten?“

„Sie sollen herkommen!“

Die Panzer!, dachte Tomás. Nun ja, wenn die Polizei wirklich dachte, er gehöre zu den Entführern, war dieses Aufgebot wenig verwunderlich. Dann würden sie alles tun, um ihn zu fassen.

Von draußen war das nächste Kommando zu hören.

„Fertig?“

Tomás sah sich um. Die einzigen Fluchtmöglichkeiten waren der Aufzug und das Treppenhaus.

„Avanti!“

Abermals bebte die Tür; sie würde dem Ansturm nicht mehr lange standhalten. Und dem zunehmenden Lärm nach zu urteilen, näherten sich auch schon die Panzerfahrzeuge.

„Zur Seite! Machen Sie Platz!“

Entschlossen riss Tomás sich aus seiner Erstarrung los, stürzte in den Aufzug und drückte auf den Knopf für den vierten Stock. Dann sprang er wieder hinaus und rannte durch das Treppenhaus in den Keller.

„Avanti!“

Der Lärm über ihm drang nur noch gedämpft zu ihm. Er hörte ein erneutes Beben, diesmal deutlich heftiger als zuvor. Etwas war gebrochen. Dem vierten Ansturm würde die Tür nicht widerstehen.

Vom Vorraum des Kellers rannte er in die Tiefgarage, schaltete das Licht ein und riss den Werkzeugschrank auf, den er von der Besichtigung mit Catherine noch in Erinnerung hatte.

Im Erdgeschoss erscholl ein dumpfes Dröhnen, und den lauter werdenden Stimmen zufolge war klar, dass die Carabinieri das Gebäude endlich gestürmt hatten.

„Da hoch! Er ist im vierten Stock!“, rief jemand. „Sperrt die Treppe ab, holt den Aufzug nach unten, und evakuiert das Gebäude!“

Der Trick mit dem Aufzug hatte ihm etwas Zeit verschafft, vielleicht vier oder fünf Minuten, dachte Tomás mit dem Anflug eines Lächelns auf den Lippen.

Jetzt musste er handeln, und zwar schnell.

Er nahm das Seil aus dem Werkzeugschrank und legte es sich um den Hals. Dann packte er mit der rechten Hand eine Hacke und einen Schweißbrenner, mit der linken eine Taschenlampe und prüfte kurz, ob die Batterie noch funktionierte. Gern hätte er noch nach anderem Material geschaut, aber er hatte nur zwei Hände und außerdem keine Zeit zu verlieren.

Dann rannte er aus der Garage, ohne das Licht auszuschalten, um die Carabinieri vielleicht ein zweites Mal auf eine falsche Fährte zu locken. Im Vorraum nahm er diesmal die Tür zwischen der Garage und dem IOR-Archiv und verschloss sie von innen.

Im Gang herrschte völlige Dunkelheit.

Er schaltete die Taschenlampe ein und erhellte so den Tunnel, der das Kongregationsgebäude unter anderem mit dem Apostolischen Palast verband. Tomás versuchte, sich zu erinnern, welche Richtung er nehmen musste.

„Hm …“, murmelte er. „Das muss da entlang sein.“

Ohne zu zögern stürzte er sich in die Eingeweide des Vatikans. Dem Schein seiner Taschenlampe folgend, rannte er nach Westen. Der Tunnel wirkte verlassen, was kaum verwunderlich war. Nur wenige Menschen wussten überhaupt, dass es ihn gab, und Tomás war keineswegs sicher, dass er sein Ziel erreichen würde.

An manchen Stellen drückte Feuchtigkeit durch die Wände, und von der Decke tropfte es. Als Tomás merkte, dass seine Schritte wie ein Trommelwirbel durch den Gang hallten, wäre er vor Schreck fast stehen geblieben. Doch er konnte es sich nicht leisten, kostbare Zeit zu verlieren.

Das Licht der Taschenlampe zuckte gelegentlich über die Wände, erhellte aber vor allem seine Füße. Das Licht war sein Wegweiser. Plötzlich tauchten Metallstäbe vor ihm auf und versperrten seinen Weiterweg.

Das Eisentor.

LVII

Im Schein der Lampe wirkten die Eisenstäbe wie das Gitter eines mittelalterlichen Gefängnisses. Etwas unsicher strich Tomás mit den Fingerspitzen über das Metall und spürte den Rost, der sich an mehreren Stellen hineingefressen hatte. Jedenfalls bestand kein Zweifel daran, dass es sich um dasselbe Tor handelte, vor dem er einige Stunden zuvor mit Inspektor Trodela auf der anderen Seite gestanden hatte.

Jetzt musste er dieses Hindernis überwinden, allerdings in umgekehrter Richtung als bei der ominösen Flucht der Entführer mit dem Papst.

Los geht's!, sprach er sich selbst Mut zu. Das wird schon …

Er kniete sich vor das Schloss und begutachtete es. Das Schlüsselloch war durch eine solide metallische Abdeckung geschützt, die dafür sorgte, dass er mit seiner Hacke nicht viel ausrichten würde. Er musste also eine andere Lösung finden.

Rasch stand er auf und leuchtete das Tor ringsum ab, in der Hoffnung, dort eine Lücke zu finden, durch die er mit Hilfe seines Seils hätte schlüpfen können. Vergeblich.

Die Zeit drängte. Doch es half alles nichts. Er musste die zeitraubendste seiner Notlösungen wählen: den Schweißbrenner.

Er kniete sich erneut vor das Schloss, um die Abdeckung mit dem Brenner zum Schmelzen zu bringen. Dann könnte er hoffentlich den Schließmechanismus mit der Hacke aufbrechen. Eilig prüfte er, ob der Brenner richtig mit der Gaskartusche verbunden war. Alles sah gut aus, er musste es einfach probieren.

Mit einem mulmigen Gefühl betätigte er den Knopf zum Öffnen des Sauerstoffventils, aber nichts passierte. Das Gerät brachte keine Flamme hervor.

„Verdammt!", fluchte Tomás leise. „So ein Mist!"

Er hätte am liebsten geschrien, seinen Frust an jemandem ausgelassen oder dem Tor einen Tritt versetzt. Womit hatte er das alles verdient? Entnervt rieb er sich die Schläfen und atmete dreimal tief durch. Er durfte jetzt nicht den Kopf verlieren.

Als er sich wieder unter Kontrolle hatte, startete er einen neuen Versuch. Er schüttelte den Brenner ein paarmal und hörte ein schwappendes Geräusch in der Kartusche. Es musste also noch Gas darin sein! Und das Gerät war doch richtig angeschlossen. Wo also steckte das Problem?

Plötzlich bemerkte er einen kleinen Hebel und drehte vorsichtig daran. Ein leises Zischen deutete darauf hin, dass diesmal das Gas ausströmte. Er drückte erneut den Knopf und atmete erleichtert auf.

Eine Flamme erhellte die Dunkelheit.

„Uff!"

Voller Hoffnung richtete er die Flamme auf die Metallabdeckung. Zum Schutz vor den sprühenden Funken hielt er sich die linke Hand vors Gesicht.

Das Zischen und Fauchen des Brenners bereitete Tomás Sorgen, denn der Lärm war weithin zu hören und wurde im Tunnelsystem vermutlich auch noch verstärkt. Aber er musste weitermachen.

Die Abdeckung fing allmählich an, rot zu glühen und weich zu werden. Nach zwei Minuten hielt er inne, und im Tunnel wurde es schlagartig still. Besorgt schaute Tomás sich um, ob die Carabinieri ihm schon auf den Fersen waren. Aber noch schien alles ruhig zu sein.

Dann widmete er sich wieder seiner Aufgabe. Er legte den Brenner zur Seite und nahm die Hacke zur Hand. Mit der Spitze hieb er mehrmals auf das Schloss ein; beim fünften Schlag fiel die Abdeckung zu Boden.

Tomás ballte die Hand zur Faust.

„Endlich!“

Zwei weitere gezielte Schläge reichten aus, um das Schloss endgültig aufzubrechen.

Der Weg war frei.

Eilig raffte Tomás sein Material zusammen und wollte sich gerade wieder in Bewegung setzen, als er ein Geräusch hinter sich hörte. Reflexartig schaltete er seine Taschenlampe aus.

Bald darauf wurde die Stille erneut von einem Knirschen unterbrochen. Tomás hoffte inständig, dass das nur ein paar Ratten waren, die es in den unterirdischen Gängen sicher haufenweise gab.

Das Knirschen wurde lauter.

Tomás hielt den Atem an und spitzte die Ohren. Er meinte, in der Ferne ein Fiepen zu hören und entspannte sich ein wenig.

Gerade wollte er seine Lampe wieder einschalten, als er eindeutig Stimmen hörte.

„Wo ist er?“

„Vielleicht dort hinten.“

Augenblicklich fing sein Herz an zu rasen. Die Stimmen waren noch ein gutes Stück entfernt, aber eines war klar.

Die Carabinieri waren ihm auf der Spur.

LVIII

In vollem Tempo rannte Tomás weiter den Gang entlang und nahm bald einen stechenden Geruch nach Exkrementen wahr. Er richtete den Lichtstrahl seiner Lampe nach oben und erkannte den Schacht wieder, den die Entführer verbreitert hatten, um in den Apostolischen Palast einzudringen.

Nun wollte Tomás auf diesem Weg in die Papstwohnung gelangen. Dort hoffte er, Kardinal Barboni anzutreffen, doch zunächst galt es, zwei Hindernisse zu überwinden. Das Seil, das die Polizisten am Nachmittag installiert hatten, war nicht mehr vorhanden, und er müsste den Kardinal überhaupt erst finden. Immerhin war er laut Aussage der Gendarmen dabei, die Nachtmesse vorzubereiten.

Außerdem war die Gendarmerie ihm bereits im Tunnelsystem auf den Fersen. Es würde nicht mehr lange dauern, bis sie um die Ecke kämen. Er musste sich beeilen!

Dann fiel ihm auf, dass die Wände des Tunnels nicht glatt waren, sondern hie und da ein Stein fehlte.

„Verdammt! Hast du die Ratte gesehen?“

„Sei still und pass auf, wo du hin trittst.“

Die Stimmen näherten sich ihm unaufhaltsam, in wenigen Minuten würden die Verfolger ihn erreichen. Rasch wickelte er das Seil, das er um seinen Hals gelegt hatte, auf und befestigte den Stiel der Hacke daran. Dann zog er den Knoten mit aller Kraft fest und wickelte das Seilende um sein rechtes Handgelenk.

Er schätzte die Strecke bis zum Beginn des Schachts auf etwa zwei Meter. Eilig setzte er einen Fuß auf eine der Unebenheiten der Wand und legte die Spitze der Hacke in eine Vertiefung. Dann zog er sich daran hoch. Wenn die Hacke oder der Knoten nicht halten sollten, würde er noch nicht tief stürzen. Aber beides hielt, und so griff Tomás mit der anderen Hand nach einem vorspringenden Stein. Sofort suchte er mit der Hacke eine neue Unebenheit, auf der sie Halt fand. Er kam sich vor wie einer der Eiskletterer, die er vor einiger Zeit im Fernsehen gesehen hatte.

„Verdammt!“, unterbrach eine Stimme seine Gedanken. „Das Tor!“

Die Carabinieri waren also schon am Eisentor angekommen, allenfalls zweihundert Meter trennten sie noch von ihm. Das war weniger, als er gedacht hatte.

„Dann kann er hier also nicht durchgekommen sein“, hörte er eine andere Stimme. „Wir müssen woanders suchen, und zwar schnell.“

Tomás atmete auf. Diese emotionale Achterbahnfahrt ging ihm an die Nerven.

Dennoch fragte er sich, was seine Verfolger machten. Ob sie bei der schlechten Beleuchtung nicht sahen, dass das Schloss aufgebrochen war? Er sandte ein Stoßgebet zum Himmel.

Dann holte er noch einmal tief Luft und überlegte, was zu tun sei. Er durfte keinen Lärm machen, damit die Carabinieri nicht doch noch auf ihn aufmerksam wurden und …

„Was ist das denn?“, sagte der erste Mann. „Schau dir mal das Schloss an!“

„Es ist aufgebrochen!“

Einen Moment lang herrschte Stille.

„Dieser verdammte Hurensohn! Los, hinterher!“

In wenigen Sekunden wären die Carabinieri bei ihm.

LIX

Plötzlich musste alles ganz schnell gehen. Tomás machte einige hektische Bewegungen, in denen er sich aufs Geratewohl an vorspringenden Steinen nach oben kämpfte. Zum Glück reichten mit der Hacke selbst kleinste Vorsprünge als Auflagefläche.

„Sei vorsichtig, Alfredo!“, warnte einer der Männer. „Der Typ soll bewaffnet sein, und wer weiß, ob er nicht irgendwo auf uns wartet!“

Mit den Fingerspitzen tastete Tomás bereits im Schacht. Wenn es ihm gelänge, sich darin zu verstecken, bliebe er vielleicht unbemerkt.

„Sollten wir nicht besser den Kommandanten rufen?“

„Ja, du hast Recht, Fabrizio.“

Tomás hatte wieder einmal zwei akute Probleme. Das erste bestand darin, im Dunkeln klettern zu müssen.

„Tango an Alfa“, hörte er und hatte das Gefühl, dass die Stimme näher kam.

Das zweite Problem bestand darin, dass die Wände des Schachts deutlich glatter waren als die des Tunnels. Wie sollte er dort bloß hinaufklettern?

„Tango an Alfa“, wiederholte der Mann. „Alfa, bitte kommen!“

Auch die Schritte wurden allmählich lauter. Und Tomás’ Probleme wurden immer dringlicher.

„So ein Mist!“, schimpfte Fabrizio. „Es antwortet niemand.“

„Lass gut sein“, sagte der andere. „Es sieht so aus, als würde der Gang sich dort vorne verbreitern. Halten wir also die Augen offen …“

Tomás musste einfach diesen Schacht erreichen, koste es, was es wolle! Mit Hilfe seiner Hacke schlug er knapp unterhalb der Schachtöffnung einen kleinen Schlitz in die Wand, auf den er den rechten Fuß setzen konnte. Dann suchte er eilig eine Auflage für die Spitze der Hacke und zog sich mit der Kraft der Verzweiflung daran empor, bis er endlich im Schacht angekommen war.

Es stank geradezu bestialisch, aber darum konnte er sich jetzt nicht kümmern. Ein Blick nach unten zeigte, dass die Lichtkegel der Carabinieri durch den Tunnel glitten.

„Ich sehe niemanden.“

‚Dann schau bloß nicht nach oben!‘, dachte Tomás.

„Bah, was für ein Gestank“, schnaubte Alfredo. „Welches Schwein hat sich denn hier erleichtert?“

„Das muss unser flüchtender Freund gewesen sein. Der hat sich wahrscheinlich in die Hosen gemacht.“

Sie prusteten vor Lachen los.

Doch dann stutzte einer der beiden.

„Mal im Ernst, wo kommt dieser Gestank her?“

„Vielleicht liegt irgendwo eine tote Ratte?“

„Du bist mir auch so eine Ratte! Red doch keinen Quatsch, das stinkt nach Scheiße. Einfach widerlich!“

Die Lichter ihrer Taschenlampen zuckten von rechts nach links.

„Ich sehe nichts.“

„Das ist bestimmt die Kanalisation“, sagte Fabrizio. „Hier muss irgendwo ein Abwasserrohr sein.“

Tomás’ Position war alles andere als bequem, und der Gestank nahm ihm fast den Atem. Aber das Schwierigste war, dass er sich nicht bewegen durfte. Er lehnte mit dem Rücken an der Innenwand des Schachts und stemmte mit den Beinen auf Gegendruck dagegen. Lange würde er diese Stellung allerdings nicht mehr halten können. Seine Oberschenkel fingen bereits an zu zittern.

„Hier ist er nicht“, sagte Fabrizio schließlich. „Gehen wir, Alfredo.“

„Aber was ist mit dem Tor?“, fragte sein Kollege. „Hast du schon vergessen, dass das Schloss aufgebrochen wurde?“

„Nein, aber wer weiß, wie lange das schon her ist.“

„Wie kommst du auf die Idee?“

„Diese Tunnel stammen aus der Zeit des Zweiten Weltkriegs, Alfredo, und wurden wahrscheinlich nie benutzt. Also …“

„Und die Geräusche, die wir gehört haben? Das Zischen könnte ein Schweißbrenner gewesen sein.“

„Oder es kam von den Arbeiten unter dem Petersdom. Soweit ich weiß, wurde heute der Zugang zu den Katakomben verboten, weil die Ingenieure befürchten, dass eine Decke einstürzen könnte, nicht wahr? Wahrscheinlich sind da irgendwelche Befestigungsarbeiten im Gange. Jedenfalls fände ich es doch sehr verwunderlich, wenn unser Vogel hier mit einem Schweißbrenner herumliefe, meinst du nicht auch?“

Endlich machten die Carabinieri kehrt. Erleichtert sah Tomás, wie der Schein ihrer Taschenlampen zunehmend schwächer wurde. Bald wäre er aus seiner unbequemen Situation erlöst.

Er schaltete seine Lampe wieder ein und leuchtete nach oben, um den Weiterweg einschätzen zu können. Der Tunnel war nicht ganz senkrecht, sondern machte einen leichten Knick, wo Tomás am Nachmittag mit dem Rücken an die Wand gestoßen war. Dort könnte er sich hoffentlich etwas ausruhen.

Mit der Taschenlampe zwischen den Zähnen setzte Tomás seinen Aufstieg fort und robbte mit dem Rücken an der einen und den Füßen an der anderen Seite des Schachts nach oben. Er fühlte sich wie eine überdimensionierte Raupe.

„Wer weiß, wo der Bursche jetzt ist."

„Wenn er am anderen Ende des Tunnels rauskommt, wird Giancarlo ihn schnappen", antwortete Alfredo. „Das wäre wieder mal typisch. Wenn dieser Trottel den Burschen fängt, kriegt er am Ende noch einen Orden oder, wenn der Papst dadurch gerettet wird, spricht man ihn womöglich sogar gleich selig!"

Sie lachten erneut.

„Tja, das Glück ist mit den Dummen, was willst du machen?"

Tomás hörte, wie sich die Stimmen entfernten. Allerdings waren sie immer noch in Hörweite, er musste also nach wie vor aufpassen. Langsam entspannte er sich und würde, wenn alles gut ging, in ein paar Minuten sogar so viel Lärm machen können, wie er wollte. Bis dahin musste er jedoch …

Plötzlich zerriss ein schrilles Klingeln die Stille.

„Verdammt! Das hat gerade noch gefehlt!"

Der Klingelton seines Handys stand auf voller Lautstärke.

LX

Entsetzt versuchte Tomás, sein Handy zum Schweigen zu bringen. Aber das war gar nicht so einfach, schließlich steckte es in seiner Hosentasche, und er lehnte mit dem Rücken an der Wand!

„Hast du das gehört?“, fragte Alfredo.

Einen Moment lang herrschte Stille. Dann setzte die Musik wieder ein.

„Das ist ein Handy!“

„Aber …“

„Der Bursche muss hier irgendwo sein!“

Tomás fluchte innerlich, als er endlich sein Handy erwischte und ausschaltete. Wieso musste ausgerechnet jetzt jemand versuchen, ihn anzurufen? Bei wem durfte er sich für diese Glanzleistung bedanken? Egal, er musste so schnell wie möglich diesen verflixten Schacht hochklettern.

Wild entschlossen robbte er weiter und kam sogar relativ flott voran. Aber alle Muskeln seines Körpers brannten, und ihm war klar, dass er dieses Tempo nicht lange würde durchhalten können. Außerdem spürte er, dass ständig kleine Steinchen von der Wand zu Boden rieselten.

„Ich höre nichts mehr.“

„Er muss das Handy ausgeschaltet haben. Aber ich bin sicher, der Typ ist hier unten.“

Völlig außer Atem hielt Tomás einen Augenblick inne und blickte nach unten. Dort sah er erneut die Lichter der Taschenlampen tanzen. Diesmal gingen die Carabinieri ein Stück am Schacht vorbei, würden aber früher oder später garantiert auch die Decke ableuchten. Er mobilisierte seine letzten Kräfte, um weiterzuklettern.

„Hier unten ist niemand. Wenn da eben ein Handy geklingelt hat, dann kam das von draußen und …"

„Hör mit dem Quatsch auf", unterbrach ihn Alfredo. „Das Klingeln kam eindeutig aus dem Tunnel. Der Typ hält sich hier irgendwo versteckt."

Sein Herz schlug ihm bis zum Hals, aber Tomás musste weiter. Gern hätte er seine Lampe eingeschaltet, um zu sehen, wie weit es noch bis zur Biegung des Schachts war, aber das durfte er nicht wagen.

„Aber wo zum Teufel kann er sich hier verstecken?"

„Keine Ahnung." Alfredo machte eine kurze Pause. „Weißt du, in welchem Bereich des Vatikans wir hier sind?"

„Im Untergeschoss natürlich!"

„Idiot, das weiß ich auch. Ich meine, welches Gebäude befindet sich über uns? Ist das die Sixtinische Kapelle?"

‚Oh nein!', dachte Tomás. Bald würden sie unweigerlich auf die Idee kommen, nach oben zu schauen. Er musste sich verstecken!

„Nein, die Sixtinische Kapelle ist ein Stück weiter."

„Was ist es dann?"

„Also ich denke es ist …"

„Hast du das gehört?"

Sie schwiegen und lauschten angestrengt.

„Da rieselt irgendwo Sand herab."

„Ja, aber wo?"

Plötzlich wurde Tomás vom Licht einer Lampe geblendet.

„Was ist das denn?"

„Das ist er!“, rief Alfredo. „Er ist da oben!“

Das Licht hatte immerhin den Vorteil, dass Tomás jetzt wieder etwas sah. Die Biegung des Schachts war noch knapp zwei Meter entfernt. Er biss die Zähne zusammen und kletterte weiter.

„Stopp!“, befahl Alfredo. „Kommen Sie herunter!“

Noch eineinhalb Meter bis zur Biegung.

„He, haben Sie nicht gehört? Sie sollen herunterkommen!“

„Wenn der Araber ist, spricht er vielleicht kein Italienisch“, gab Fabrizio zu bedenken.

„Stop!“, brüllte Alfredo erneut. *„Come down! Now!“*

Noch ein Meter.

„Verdammt! Wo will der hin?“, fluchte Fabrizio.

„Woher soll ich das wissen? Unter welchem Gebäude sind wir denn hier?“

Der andere dachte einen Moment lang nach.

„Über uns ist … der Apostolische Palast.“

„Was?“

„Der Typ will in den Apostolischen Palast!“

Fünfzig Zentimeter.

„*Madonna!* Das dürfen wir nicht zulassen!“

„Was hast du vor?“

„Er darf auf keinen Fall die Residenz Seiner Heiligkeit erreichen.“

„Aber der Papst wohnt dort doch gar nicht mehr, und er ist sowieso gerade …“

„Aber Seine Eminenz ist dort. Wir müssen ihn aufhalten!“

Gleich hätte Tomás es geschafft.

Er hörte ein metallisches Klicken.

„Ich schieße.“

„Bist du verrückt?“

„Wieso? Das ist ein Terrorist! Wir dürfen ihn nicht in den Apostolischen Palast gelangen lassen.“

„Verdammt, du hast Rccht. Also schieß schon!“

Ein Schuss krachte los. Tomás, dessen Oberkörper schon hinter der Biegung in Deckung war, spürte, wie die Kugel knapp neben seinem rechten Bein in die Wand schlug. Wer weiß, ob er beim nächsten Mal wieder solches Glück haben würde!

„Los, schieß noch einmal!“

Ein zweiter Schuss wurde abgefeuert, aber Tomás hatte inzwischen auch seine Beine in Deckung gebracht. Nur sein Herz schlug so heftig, als wolle es zerspringen.

LXI

Heftig um Luft ringend, lehnte sich Tomás an die geneigte Schachtwand. Es waren zwar noch drei weitere Schüsse gefallen, aber hinter der Biegung war er vor den Kugeln sicher. Das hatten auch die Carabinieri erkannt, als sie den Schacht ausleuchteten.

„Ruf Kapitän Rizzi an", sagte Alfredo. „Wenn der Typ es bis in die Papstwohnung schafft, gibt es ein Drama."

Ungeachtet seiner Erschöpfung musste Tomás also schnellstmöglich weiter. Wenn er am Ausgang von den Sicherheitskräften erwartet würde, wäre alles vorbei. Sie würden ihn garantiert nicht mit Kardinal Barboni sprechen lassen.

„Tango an Alfa, Tango an Alfa", hörte er.

Er schaltete seine Lampe wieder ein und sah, dass er allenfalls ein Drittel der Strecke zurückgelegt hatte. Es lag also noch ein gutes Stück vor ihm. Aber zum Glück hatten die Entführer den Schacht nicht nur verbreitert, sondern auch immer wieder Griffe und Tritte in die Wand geschlagen, wie er im Licht der Taschenlampe feststellte. Damit würde er deutlich leichter vorankommen als mit seiner bisherigen Raupentechnik.

„Antworte schon, Alfa. Tango an Alfa."

Tomás atmete ein letztes Mal tief durch, ehe er die nächste Etappe in Angriff nahm. Als er seine Hände und Füße in die Vertiefungen im Schacht setzte, rieselten wieder einige Steinchen zu Boden.

„Tango an Alfa. Alfa, hört ihr mich?“

„Achtung!“, rief Alfredo. „Der Typ klettert weiter. Wir müssen unbedingt unsere Leute informieren!“

„Ich tue, was ich kann“, erwiderte Fabrizio.

„Ja, aber das Funkgerät funktioniert hier unten nun einmal nicht!“

„Und was machen wir jetzt?“

„Probier es mal mit deinem Handy!“

„Glaubst du etwa, hier unten ist Empfang?“

„Na, das Handy des Burschen hat doch geklingelt …“

„Er war aber auch ein Stück weiter oben.“

Die beiden Carabinieri dachten einen Augenblick lang nach. In der Zwischenzeit hatte sich Tomás einen Meter nach oben gearbeitet.

„Wir müssen hier raus und den Kapitän warnen.“

„Der Typ muss verhört werden, wo der Papst ist.“

„Also gut, du bleibst hier und bewachst den Schacht. Ich gehe nach draußen, bis ich Empfang habe“, sagte Fabrizio. „Dann komme ich zurück.“

„In Ordnung“, sagte Alfredo.

Eilig entfernten sich die Schritte, aber Tomás achtete gar nicht darauf. Er legte sich bereits einen Plan zurecht.

Viel Zeit blieb ihm nicht. Der Italiener würde schon bald Empfang haben und seinen Kapitän alarmieren. Dann würde der Apostolische Palast evakuiert, und alles wäre verloren. Er musste sich also beeilen.

Inzwischen hatte er einen gewissen Rhythmus gefunden, auch wenn er den Eindruck hatte, er sei in einem Teufelskreis aus Hindernissen gefangen. Kaum hatte er eine Etappe geschafft, tauchte das nächste Problem vor ihm auf. Wann würde dieser Alptraum endlich enden?

Er hatte jedes Zeitgefühl verloren. Kletterte er seit zwei, fünf, zehn oder zwanzig Minuten? Er wusste es nicht. Fast automatisch bewegte er sich weiter, wie ein Roboter, bis er endlich das Ende des Schachts vor sich sah. Dort allerdings blockierte die Toilettenschüssel den Ausgang. Ob die Polizei dort schon auf ihn wartete? Oder hatte er es geschafft, ehe der Carabiniero seinen Chef anrufen konnte?

Es gab nur eine Möglichkeit, das herauszufinden.

„Also gut", schnaufte er. „Noch ein kleines Hindernis ..."

Am liebsten hätte er die Schüssel mit seiner Hacke in Stücke geschlagen, aber das würde deutlich zu viel Lärm machen und womöglich Kardinal Barboni erschrecken.

Er verspreizte seine Füße gegen die Wände des Schachts und drückte kräftig mit dem Rücken nach oben. Die Keramikschüssel war zwar schwer, aber doch nicht so schwer, wie er gedacht hatte.

Energisch schob er sie zur Seite und blickte plötzlich in die Privattoilette des Papstes. Er hatte es geschafft.

LXII

Tomás hatte weder die Zeit noch die Energie, sich zu freuen. Er wartete ein paar Sekunden, um zu sehen, ob ihn jemand gehört hatte. Doch nichts passierte.

In der Entfernung hörte er Stimmen. Er hielt den Atem an und spitzte die Ohren. Zwar erkannte er die typische Sprachmelodie der Italiener, aber um zu verstehen, was gesagt wurde, war er zu weit weg. Er hatte den Eindruck, dass es sich um einen Nachrichtensprecher im Fernsehen handelte. Die Polizei schien also noch nicht alarmiert, beziehungsweise noch nicht bis hierher vorgedrungen zu sein.

Erleichtert stützte Tomás sich mit den Unterarmen auf dem Boden ab und wälzte erst seinen Oberkörper und dann seine Beine über den Rand des Schachts. Am liebsten wäre er am Boden liegen geblieben.

Stattdessen stand er mühsam auf und öffnete leise die Tür.

„... keine Bestätigung seitens der Regierung in Ankara, aber der Präsident hat für den späten Abend eine Rede angekündigt. Einer regierungsnahen Quelle zufolge wird er sich darin zur aktuellen Krise zwischen Kroatien und Bosnien äußern und ...“

Die Stimme des Reporters füllte die Privatbibliothek des Papstes aus. Durch den Türspalt sah Tomás Kardinal Barboni am Schreibtisch sitzen. In der rechten Hand hielt er einen Stift, doch sein Blick war wie hypnotisiert auf das Fernsehgerät gerichtet.

„... gab Washington bekannt, dass Satellitenaufnahmen zeigen, wie die türkische Armee sich von Edirne aus zur nahen Grenze zu Griechenland bewegt. Der US-Präsident soll bereits zweimal seinen Amtskollegen in Ankara angerufen haben, um ihn zur Zurückhaltung aufzufordern und zu betonen, dass ein Krieg zweier NATO-Länder gegeneinander undenkbar sei. Aber der türkische Staatspräsident habe geantwortet, sein Land bereite sich darauf vor, notfalls auch mit Gewalt in Griechenland einzumarschieren, um den Muslimen in Bosnien-Herzegowina beizustehen ...“

Tomás traute seinen Ohren kaum. Die Türkei wollte in Griechenland einmarschieren? Würde es einen Krieg geben?

„... neue Auseinandersetzungen zwischen bosnischen und kroatischen Grenzsoldaten. Griechenland hat bereits auf die Drohung der Türkei reagiert und angekündigt, für den Fall, dass ein einziger türkischer Soldat griechisches Territorium betreten sollte, die Griechen sich ein Vorbild an ihren Vorfahren nehmen und bis zum letzten Mann kämpfen würden, wie in der berühmten Schlacht bei den Thermopylen vor ...“

Die internationalen Spannungen nahmen also zu. Vermutlich gäbe es bald Krieg. Einen Religionskrieg, der sich auf die ganze Welt ausdehnen könnte. Tomás hatte nicht damit gerechnet, dass die Situation derart schnell außer Kontrolle geraten würde.

Aber was würde erst passieren, wenn die Bilder von der Enthauptung des Papstes im Internet übertragen würden? Eine Welle der Gewalt schien geradezu unausweichlich.

„... hat Serbien seine Armee ebenfalls in Einsatzbereitschaft versetzt, für den Fall, dass die türkische Armee Griechenland überrollen und auf dem Weg nach Bosnien serbisches Territorium betreten sollte", fügte der Reporter hinzu. *„Aus Baku wurde berichtet, dass Aserbaidschan der türkischen Regierung bereits Unterstützung für den Einsatz in Bosnien-Herzegowina zugesichert haben soll. Der UNO-Generalsekretär brach daraufhin seine Reisevorbereitungen nach Budapest ab und eilte umgehend nach New York, wo er eine Sondersitzung des Sicherheitsrates einberief, um über die Entführung des Papstes und die internationale Situation zu beraten ..."*

Der Kardinal starrte unverwandt auf die Fernsehbilder, doch etwas in seinem Blick erregte Tomás' Aufmerksamkeit.

Kardinal Barboni weinte.

LXIII

Gerührt beobachtete Tomás den weinenden Kardinal, der in Abwesenheit des Papstes neben seiner Eigenschaft als Staatssekretär des Heiligen Stuhls auch die Verantwortung für die gesamte Kirchenverwaltung trug. Sollte der Papst tatsächlich hingerichtet werden, würde der Kardinal automatisch die Funktion des Camerlengo übernehmen und – hoffentlich – die Wahl eines neuen Papstes organisieren. In diesem Moment schien die Last der schrecklichen Ereignisse im Vatikan und weltweit den Kardinal schier zu erdrücken. Das Schlimmste würde ihm jedoch noch bevorstehen. Wer hätte sich angesichts einer derartigen Herausforderung nicht niedergeschmettert gefühlt?

Die Szene war derart intim, dass Tomás zögerte, die Tür zu öffnen. Er wollte den Kardinal nicht erschrecken. Doch als er endlich beschlossen hatte, dass er nicht länger warten durfte, flog die Tür zur Privatbibliothek auf, und der Kammerdiener des Papstes stürmte mit angsterfüllter Miene herein.

„Eminenz!“, rief er. „Wir müssen hier weg! Schnell!“

Verlegen darüber, dass er in einem Moment der Schwäche überrascht worden war, wischte Kardinal Barboni sich rasch die Tränen ab und setzte sich auf.

„Mein Gott, Giuseppe, was ist denn los?“

„Die Polizei hat soeben angerufen, Ehrwürdige Eminenz. Wir müssen umgehend den Apostolischen Palast räumen.“

„Und wieso?“

„Die Terroristen sind hier, Eure Eminenz!“

„Wo, hier?“

„Im Apostolischen Palast.“

Das Gesicht des Kardinals verspannte sich.

„Aber …“

„Die Terroristen sind im Apostolischen Palast“, wiederholte der Kammerdiener verzweifelt. „Der Kommandant der Carabinieri hat soeben angeordnet, das gesamte Gebäude zu evakuieren. Die Gendarmerie ist schon unterwegs, aber Eure Eminenz sollte nicht länger hier bleiben. Das ist zu gefährlich!“

Der Kardinal erhob sich verstört.

„Oh mein Gott“, stammelte er. „Heilige Muttergottes, erbarme dich unser …“

„Schnell!“, mahnte Giuseppe ihn zur Eile. „Sie können jeden Augenblick kommen!“

Entsetzt hatte Tomás das Geschehen verfolgt. Die Gendarmerie würde also bald kommen und den Kardinal vor ihm ‚in Sicherheit‘ bringen.

Eilig öffnete er die Tür und trat in die Bibliothek,

„Eminenz!“, rief er. „Bitte warten Sie einen Moment!“

Die beiden Männer zuckten zusammen.

„Professor!“, sagte der Kardinal, als er erkannte, wer ihn so erschreckt hatte. „Was … machen Sie hier?“

„Ich muss mit Ihnen sprechen.“

Unsicher blickte der Kardinal zu Giuseppe.

„Ehrwürdige Eminenz“, flehte dieser, „die Terroristen …“

Das reichte aus, um den Kardinal zu überzeugen.

„Tut mir leid, mein Sohn, aber das ist derzeit nicht möglich“, sagte er und zuckte resigniert mit den Schultern. „Es scheint, als wollten die Terroristen den Apostolischen Palast stürmen, weshalb die Polizei angeordnet hat, das Gebäude zu räumen. Wir müssen …“

„Ich bin es, den die Polizei sucht."

Die beiden Männer schauten ihn verwirrt an.

„Sie?", fragte der Kardinal. „Aber nein. Sie suchen einen Terroristen."

„Ich bin der vermeintliche Terrorist", wiederholte Tomás.

Mit einer Mischung aus Angst und Ungläubigkeit sahen Kardinal Barboni und Giuseppe Tomás an.

„Professor, sind Sie also … ein Terrorist?"

„Natürlich nicht, Eminenz!", sagte Tomás. „Das ist nichts als ein bedauerliches Missverständnis. Seit einer Stunde versuche ich, mit Ihnen zu sprechen, aber die Situation wurde immer komplizierter und ist ziemlich außer Kontrolle geraten."

„Aber …"

„Glauben Sie mir, Eminenz, hier ist kein Terrorist im Gebäude", bekräftigte Tomás. „Ich habe versucht, zu Ihnen zu kommen, und durch eine Verkettung unglücklicher Umstände, an denen auch Inspektor Trodela beteiligt ist, hält die Polizei mich für einen Terroristen."

Der Kardinal öffnete den Mund, ohne zu verstehen, was er von der Sache halten sollte.

„Ah", brachte er schließlich hervor, „aber was ist jetzt eigentlich genau los, Giuseppe?"

Der Kammerdiener sah ebenso verwirrt drein wie der Kardinal.

„Die Polizei hat angerufen, Eure Eminenz", antwortete er, „und gesagt, wir sollten umgehend das Gebäude verlassen, weil …"

Im Gang wurden Schritte und gedämpft gerufene Befehle laut. Tomás wechselte einen beunruhigten Blick mit Kardinal Barboni, ehe wenige Sekunden später mehrere bewaffnete Männer in die Bibliothek stürzten. Sie hatten den Finger am Abzug ihrer Maschinengewehre und waren bereit, das Feuer zu eröffnen.

LXIV

Die Sicherheitskräfte trugen Helme und kugelsichere Westen, und die Mündung ihrer Gewehre war auf die Person gerichtet, die vor der geöffneten Toilettentür stand. Die Männer gehörten dem Gendarmeriekorps des Vatikans an und waren bereit, jeden Angreifer sofort unschädlich zu machen.

„Ehrwürdige Eminenz, bitte verlassen Sie den Raum", sagte einer der Gendarmen bestimmt. „Ein Terrorist wurde dabei beobachtet, wie er durch einen Kanalisationsschacht in den Apostolischen Palast eindringen wollte, und mein Kommandant hat angeordnet, das Gebäude zu evakuieren."

Tomás hob den rechten Arm, um den Leutnant auf sich aufmerksam zu machen.

„Ich bin derjenige, der durch den Schacht geklettert ist."

Der Gendarm musterte Tomás von oben bis unten; er sah rein gar nicht wie ein islamischer Terrorist aus. Nach kurzem Zögern ging er an ihm vorbei in den Toilettenraum.

„Machen Sie Platz."

Tomás machte zwar einen Schritt, aber nicht, um dem Gendarm aus dem Weg zu gehen, sondern um ihm entgegenzutreten.

„Haben Sie nicht gehört, was ich gesagt habe?", fragte er. „Hier gibt es keinen Terroristen. Ich, Tomás Noronha, bin durch den Kanalisationsschacht hier hinauf geklettert. Sehen Sie doch einmal meine Kleidung an. Ich musste unbedingt mit Seiner Eminenz sprechen, und nur, weil man mich nicht zu ihm durchlassen wollte, ist es zu diesem Hickhack gekommen. Aber ich versichere Ihnen, dass keinerlei Gefahr für den Kardinal besteht. Sie können wieder gehen."

Der Gendarm schaute nach wie vor skeptisch drein. Was Tomás gesagt hatte, passte nicht zu den Instruktionen seines Kommandanten. Andererseits starrte die Kleidung des Mannes vor ihm tatsächlich vor Schmutz.

Auf ein Zeichen des Leutnants hin querten zwei Gendarmen den Raum und betraten die Toilette, bereit zu schießen. Sie zückten jeder eine leistungsstarke Taschenlampe und untersuchten das Loch, das an der Stelle der Toilettenschüssel klaffte, erst zaghaft, dann zunehmend sicherer. Dann blickten sie sich im Raum um.

„Hier ist niemand im Kanalisationsschacht, Leutnant", berichtete einer von ihnen. „Der Verdächtige hat den Schacht entweder oben oder unten verlassen, aber er ist nicht mehr darin."

„Ich sage Ihnen doch, dass ich dieser ‚Verdächtige' bin", wiederholte Tomás. „Es gibt keine Terroristen im Apostolischen Palast." Er trat einige Schritte auf die Gendarmen zu. „Nehmen Sie doch einmal Ihre Helme ab, dann riechen Sie, dass meine Kleidung nach Kanalisation stinkt!"

Der Leutnant lüftete daraufhin sein Visier und musste zugeben, dass der Mann vor ihm unappetitlich roch. Endlich war er bereit zu glauben, dass Tomás die Wahrheit sagte – oder zumindest einen Teil der Wahrheit.

„In dicsem Fall kommen Sie bitte mit und erklären uns die ganze Situation."

„Ich komme selbstverständlich gern mit, aber zunächst muss ich mit Seiner Eminenz sprechen", erwiderte Tomás.

Der Leutnant schlug einen schärferen Ton an.

„Kommen Sie jetzt bitte mit!"

Verzweifelt drehte Tomás sich zu Kardinal Barboni um.

„Eure Eminenz", sagte er. „Sie wissen, dass der Papst mir vertraut, nicht wahr? Nun, ich habe einige Dinge herausgefunden, die uns vielleicht dabei helfen können, die Entführer zu finden und die ganze Angelegenheit aufzuklären."

Der Kardinal hob die Augenbrauen.

„Wovon reden Sie?"

„Erinnern Sie sich an das, was der Papst in der Videobotschaft gesagt hat? Er hat darum gebeten, dass …"

Die Geduld des Leutnants war zu Ende. Energisch packte er Tomás am Arm.

„Das reicht. Sie kommen jetzt mit uns!"

„Immer mit der Ruhe, lassen Sie mich mit Seiner Eminenz sprechen."

Angesichts von Tomás' Widerstand kreisten die Gendarmen ihn blitzschnell ein und zerrten ihm die Arme auf den Rücken.

„Mitkommen!"

„Lassen Sie mich los! Ich muss mit Seiner Eminenz sprechen!"

„Seien Sie jetzt still!"

Drei Gendarme hielten Tomás mit aller Kraft fest und begannen, ihn aus dem Raum zu schleifen. Fast berührte Tomás den Boden nicht mehr.

Bald hätten sie die Bibliothek durchquert und würden in den Vorraum gelangen. Von dort würden die Männer ihn durch das Treppenhaus zur Gendarmerie schleppen, und seine letzte Chance, den Papst zu retten, wäre vertan.

Verzweifelt drehte Tomás sich um.

„Eure Eminenz!", rief er. „Alles hängt mit Monsignor Dardozzi zusammen. Haben Sie gehört? Monsignor Dardozzi ist der Schlüssel …"

„Warten Sie!"

Sekunden später baute sich die massige Gestalt des Kardinals neben Tomás auf. Der Leutnant, der immer noch einen Arm des Professors gepackt hielt, schaute den Kardinal fragend an.

„Was haben Sie gesagt, Ehrwürdige Eminenz?“

„Lassen Sie ihn los“, befahl der Kardinal. „Ich muss mit Professor Noronha sprechen.“

„Aber Eure Eminenz, dieser Mann ist auf fragwürdige Weise in den Vatikan eingedrungen, und sein Verhalten ist hochgradig verdächtig“, erwiderte der Leutnant. „Er sollte verhört werden und …“

„Lassen Sie ihn los.“

„Aber …“

„Sie sollen ihn loslassen!“

Widerstrebend suchte der Leutnant nach einem Argument, um den Kardinal umzustimmen. Diesen potenziell gefährlichen Verdächtigen einfach so loszulassen, war seiner Meinung nach ein großer Fehler. Außerdem gab es ein Protokoll zu befolgen, und dazu gehörte es, bestimmte Angaben zu überprüfen.

Der Tonfall des Kardinals und sein Blick waren jedoch eindeutig. Und da er in Abwesenheit des Papstes die höchste Autorität des Vatikans war, duldeten seine Worte keinen Widerspruch.

Er fügte sich zähneknirschend.

Widerwillig bedeutete der Leutnant seinen Männern, Tomás loszulassen.

„Nun gut“, brummte er. „Aber wehe dir, wenn du irgendwelche Mätzchen versuchst!“

LXV

Sie hatten in der Bibliothek Platz genommen, und Kardinal Barboni blickte Tomás direkt in die Augen. Die Gendarme und der Kammerdiener des Papstes waren im Vorraum zurückgeblieben – bereit, beim geringsten Anzeichen von Gefahr dem Kardinal zu Hilfe zu eilen.

Endlich war Tomás mit dem Kardinal allein und konnte seinen Bericht über die Ereignisse des Tages mit seiner eigenen Begegnung mit den Entführern beginnen. Der Kardinal wirkte zerstreut und unterbrach ihn bereits nach wenigen Sätzen.

„Hören Sie, Professor, Inspektor Trodela hat schon erwähnt, dass Sie angeblich im Petersdom niedergeschlagen und was weiß ich wohin verschleppt wurden“, sagte er ungehalten. „Um ehrlich zu sein, glaube ich davon kein Wort.“

Tomás richtete sich entrüstet auf.

„Eure Eminenz, wollen Sie damit sagen, ich würde lügen?“

„Nein, nein“, beeilte sich der Kardinal zu sagen, auch wenn es eher beschwichtigend als überzeugend klang. „Ich denke, es handelt sich vielleicht um einen Irrtum oder einen schlechten Scherz. Aber das ergibt doch keinen Sinn, dass Islamisten im Petersdom herumlungern sollten.“

„Aber … sie haben doch schon den Papst entführt!“

„Ein Grund mehr dafür, nicht an den Ort des Verbrechens zurückzukehren, finden Sie nicht? Ansonsten hat Inspektor

Trodela doch schon in dem Fall ermittelt und nichts gefunden, was Ihre abenteuerliche Version bestätigt. Er ist im Gegenteil der Meinung, dass Sie mit Ihrem Alleingang nur Unfug anrichten."

„Diese Schlussfolgerung erscheint mir etwas voreilig", erwiderte Tomás spitz. „Entweder ist der Inspektor inkompetent, oder er hat einen anderen Grund für diese Behauptung. Immerhin ist ihm diese ganze unselige Verfolgungsjagd zu verdanken, die auch übel hätte ausgehen können."

Der Kardinal machte eine vage Handbewegung.

„Mag sein", sagte er ausweichend. „Wie dem auch sei, ich habe nicht vor, mich da einzumischen. Außerdem habe ich gerade deutlich dringendere Dinge zu erledigen."

„Das glaube ich gern."

Der Kardinal warf einen Blick auf seine Uhr.

„Wir müssen uns beeilen. In wenigen Stunden beginnt die Nachtmesse, um die heilige Muttergottes um Hilfe zu bitten, und ich muss mich noch darauf vorbereiten. Die Zeremonie wird in den großen Kirchen der Welt gleichzeitig stattfinden, auch in anglikanischen, protestantischen, orthodoxen, armenischen und koptischen Gemeinden … das heißt, die Gläubigen werden vereint sein, wenn um Mitternacht …"

Er ließ den Satz unvollendet und schaute Tomás mit feuchten Augen an.

„Ich verstehe", sagte Tomás. „Ich werde mich kurz fassen."

Kardinal Barboni verschränkte die Arme vor der Brust.

„Sie haben vorhin gesagt, es gebe einen Zusammenhang zwischen der Entführung von Seiner Heiligkeit und Monsignor Dardozzi. Wie darf ich das verstehen?"

„Eure Eminenz, haben Sie Monsignor Dardozzi gekannt?"

„Wer kannte ihn nicht? Er war immerhin ein Vertrauter von Kardinal Casaroli und arbeitete am IOR."

„Erinnern Sie sich, dass der Papst Monsignor Dardozzi in der Videobotschaft erwähnt hat?“

„Ja, und?“

„Nun, Monsignor Dardozzi ist tot. Wieso könnte der Papst einen Toten aufgefordert haben, für ihn zu beten?“

„Das ist in der Tat merkwürdig …“

„Es sei denn, das wäre ein versteckter Hinweis.“

Interessiert setzte der Kardinal sich auf.

„Sie haben Recht“, sagte er. „Daran habe ich gar nicht gedacht. Es heißt, Monsignor Dardozzi habe Beweise für den einen oder anderen Betrug gefunden, in den das IOR verwickelt gewesen sei. Leider kann ich Ihnen damit nicht weiterhelfen, da Seine Heiligkeit angeordnet hat, die Unterlagen irgendwo in einem Archiv unter Verschluss zu halten.“

„Ich weiß. Und ich weiß auch, wo die Unterlagen sind: Im Geheimarchiv des IOR im Kongregationsgebäude. Einen Teil von ihnen konnte ich bereits lesen, und deshalb bin ich hier.“

Der Kardinal sah Tomás ungläubig an.

„Sie haben die Unterlagen gelesen?“

„Ja, einen Teil davon. Und ich muss Ihnen unbedingt ein paar Fragen dazu stellen.“

„Zum Beispiel?“

„Omissis.“

„Wie bitte?“

Aufmerksam beobachtete Tomás sein Gegenüber; dies war die alles entscheidende Frage seiner Recherchen.

„Der Name Omissis sagt Ihnen nichts?“

„Nein, gar nichts. Was ist das?“

„Das ist ein Codename. Hat der Papst nie mit Ihnen darüber gesprochen?“

„Nein.“

Tomás biss sich auf die Unterlippe. Was hatte er nicht alles dafür getan, den Kardinal zu sprechen, um zu erfahren, wer sich hinter Omissis verbarg …

„Kennen Sie das Konto der *Stiftung Kardinal Francis Spellman*?“

„Nein.“

„Sie haben nie davon gehört?“

„Nein, tut mir leid.“

Tomás zögerte.

„Und was ist mit den anderen Konten? Denen des *Fonds Mama Roma zum Kampf gegen die Leukämie* zum Beispiel oder …“

„Ich habe keine Ahnung, wovon Sie reden.“

„Das heißt … Eure Eminenz weiß also gar nichts über die Unterlagen von Monsignor Dardozzi?“

„Leider nein. Im Laufe der Jahre habe ich mir innerhalb der Kurie viele Feinde gemacht, weil ich die allgegenwärtige Korruption bekämpfen wollte. Als ich von der Existenz der Geheimunterlagen erfahren habe, hätte ich sie gern gelesen, aber der Heilige Vater hat sie versiegelt.“

„Und Sie wissen rein gar nichts über den Inhalt der Unterlagen?“, fragte Tomás verzweifelt nach. „Der Papst hat nie mit Ihnen darüber gesprochen?“

„Nein, ich bedaure.“

Tomás wollte sich immer noch nicht geschlagen geben.

„Aber Eure Eminenz ist doch nicht irgendjemand! Als Kardinalstaatssekretär müssten Sie doch über diese Dinge unterrichtet sein!“

„Ich versichere Ihnen, mein Sohn, dass ich keinerlei Informationen zu diesem Fall habe“, entgegnete der Kardinal mit Nachdruck. „Nach dem Tod von Monsignor Dardozzi habe ich zwar von der Existenz der Akten erfahren, hatte aber nie die Gelegenheit, sie zu lesen.“

Tomás stand die Enttäuschung ins Gesicht geschrieben.

„Was wissen Sie dann darüber?"

„Ich weiß, dass es am Heiligen Stuhl das eine oder andere schwarze Schaf gibt. Aber das heißt nicht, dass wir alle korrupt sind! Die katholische Kirche ist eine der wenigen weltweit agierenden Institutionen, die sich für die Armen einsetzt und ihnen Nahrung, Bildung und eine gewisse Krankenversorgung bietet. Wir wollen damit kein Geld verdienen, sondern den Menschen helfen. Über diese Aktivitäten wird auf keiner Titelseite und in keinem Nachrichtenmagazin berichtet, aber das heißt nicht, dass wir nicht auch viel Gutes tun. Es stimmt, dass sich einige unter uns persönlich bereichern wollen und dem Ruf der Kirche schaden, aber sie sind in der Minderheit, auch wenn sie einen gewissen Einfluss haben. Gott sei Dank scheut Seine Heiligkeit nicht vor einer Konfrontation mit der Kurie zurück, sondern setzt sich entschlossen dafür ein, endlich aufzuräumen. Aber jetzt …"

Ihm versagten die Worte, und Tränen schossen ihm in die Augen. Mehr war jedoch auch nicht nötig, denn Tomás hatte erkannt, dass seine Ermittlungen in einer Sackgasse steckten.

Nach einer Weile atmete der Kardinal tief durch, um sich wieder zu sammeln. Er zuckte mit den Schultern und breitete als Zeichen seiner Hilflosigkeit die Arme aus.

„Uns bleibt nichts anderes, als zu beten, mein Sohn."

LXVI

Tomás hatte das Gefühl, er würde den Boden unter den Füßen verlieren. Er hatte sich durch die Menschenmenge gekämpft, war der Gendarmerie und den Carabinieri entkommen, war den Kanalisationsschacht hinaufgeklettert, während auf ihn geschossen wurde, und jetzt das? Der Kardinal wollte von nichts eine Ahnung haben?

„Aber …“, setzte er an, „als Nummer zwei des Heiligen Stuhls hatte Eure Eminenz doch sicher Zugang zu den Unterlagen …“

Der Kardinal schüttelte den Kopf.

„Leider nicht. Wie schon gesagt, hat Seine Heiligkeit die Akten versiegeln und archivieren lassen.“

„Das stimmt“, sagte Tomás. „Wissen Sie denn zumindest, weshalb der Papst das getan hat?“

„Seine Heiligkeit wird gute Gründe dafür gehabt haben.“

„Ja, nur … welche?“

„Sie wissen sicher mehr als ich darüber, Professor, schließlich haben Sie die Akten gelesen. Worum geht es denn zum Beispiel bei der Spellman-Stiftung, von der Sie gesprochen haben?“

Tomás’ Augen blitzten auf. Er war gekommen, um dem Kardinal eine Frage zu stellen, und jetzt war er es, der die Antworten geben sollte.

„Nun, sie enthält die üblichen Kontounterlagen“, sagte er ausweichend. „Kontoauszüge, Zahlungsanweisungen und so weiter.“

„Haben Sie nichts Verdächtiges gefunden?“

„Doch, natürlich. Sonst wäre ich ja nicht zu Ihnen gekommen. Ich hatte gehofft, dass Eure Eminenz mir ein paar Fragen beantworten könnte.“

Der Kardinal wirkte plötzlich interessiert.

„Und was haben Sie bei den Unterlagen der Spellman-Stiftung entdeckt?“

„Eine ganze Menge.“

„Zum Beispiel?“

„Zum Beispiel, dass Millionenbeträge in bar eingezahlt und abgehoben wurden. Außerdem wurden enorme Summen in Schatzanweisungen angelegt. Und das Merkwürdigste ist, dass eine Zahlungsanweisung über vierzig Millionen Lire offenbar von einem Mitglied des Parlaments stammte.“

„Dio mio!“, rief der Kardinal aus. „War sie unterschrieben?“

„Nein, aber auf einem anderen Blatt stand der Name von Senator Lavezzari im Zusammenhang mit einer Einlage von fast sechshundert Millionen Lire.“

„*Madonna!* Sind Sie sicher?“

„Ich habe das Blatt mit eigenen Augen gesehen.“

Kardinal Barboni bekreuzigte sich.

„Jesus! Das … ist äußerst beunruhigend“, sagte er. „Was haben Sie sonst noch gefunden?“

„Nun, eine ganze Reihe von Überweisungen aus unklaren Quellen oder an dubiose Empfänger. Außerdem scheint nur ein geringer Teil der Einnahmen der Stiftung tatsächlich für wohltätige Zwecke verwendet zu werden.“

„Wirklich?“

„Das Merkwürdigste sind aber die Namen der zeichnungsberechtigten Personen dieses Kontos. Vor allem in dieser Hinsicht hatte ich auf Ihre Hilfe gehofft, Eminenz …“

Der Kardinal schaute Tomás neugierig an.

„Wer … waren diese zeichnungsberechtigten Personen?“

„Das war zum einen Monsignor Donato, der ehemalige Weggefährte von Vatikanbank-Chef Marcinkus.“

Der Kardinal wirkte wie benommen; der Name Donatos war seit dem Skandal der Ambrosiano-Bank ein peinliches Thema im Vatikan.

„Und … der andere?“

„Der ominöse Omissis.“ Tomás schaute den Kardinal an. „Sie haben diesen Namen wirklich noch nie …?“

„Nein.“

Tomás seufzte entmutigt.

„Haben Sie nichts anderes im Archiv gefunden, was erklären würde, wer Omissis ist?“

„Das einzige Dokument, auf dem seine Unterschrift stand, wurde unleserlich gemacht“, antwortete Tomás. „Wie sollen wir ohne diese Information bloß den Papst finden …?“

„Wieso sagen Sie das?“

„Weil Omissis eine Schlüsselfigur in dieser Affäre ist. Wenn wir herausfinden, wer er ist, werden wir alles verstehen.“

Der Kardinal verzog skeptisch den Mund.

„Übertreiben Sie da nicht etwas?“

„Nein“, entgegnete Tomás. „Sie haben mich vorhin unterbrochen, als ich erzählen wollte, was passiert ist, nachdem ich im Petersdom niedergeschlagen wurde. Da habe ich nämlich gehört, wie einer der Männer mit seinem Auftraggeber telefoniert hat. Dabei fiel auch der Name Omissis, und es ging darum, dass die Terroristen unbedingt herausfinden wollten, was ich über diesen Omissis wusste. Diese Information muss also von höchster Bedeutung sein.“

„Sie haben Recht, aber leider kann ich Ihnen dabei nicht weiterhelfen. Das Papstsiegel hat jeden Zugriff auf die Unterlagen verhindert.“

„Aber wieso waren sie so geheim?"

„Das weiß nur Gott", antwortete der Kardinal. „Gott und Seine Heiligkeit. Alles, was ich weiß, ist, dass Monsignor Dardozzi ausdrücklich verfügt hat, nach seinem Tod sollten sämtliche Unterlagen Seiner Heiligkeit persönlich übergeben werden. Nachdem Seine Heiligkeit den Nachlass gesichtet hatte, forderte er erst weitere Auskünfte beim IOR an und ließ dann alles versiegeln."

„Und was hat der Papst zu Ihnen gesagt?"

„Nichts. Diese Affäre war ein völliges Tabuthema. Einmal, als ich den Heiligen Vater etwas fragen wollte, sagte er nur, nie würde auch nur ein einziges Wort über die Unterlagen des Monsignor Dardozzi über seine Lippen kommen. Das war natürlich merkwürdig, aber die Entscheidungen Seiner Heiligkeit sind Gesetz, und ich musste sie akzeptieren."

Dann stand Kardinal Barboni auf, als Zeichen dafür, dass die Unterredung beendet war.

„Die Zeit drängt, mein Sohn", sagte er mit einem Blick auf seine Uhr. „Bitte entschuldigen Sie, dass ich mich jetzt auf meine Predigt vorbereiten muss." Er schluckte. „Jedenfalls vielen Dank dafür, dass Sie hierher gekommen sind. Ich bedaure zutiefst, dass ich Ihnen nicht helfen kann."

Auch Tomás stand auf und folgte dem Kardinal zur Tür.

„Ich danke *Ihnen*, Eminenz, dass Sie mich angehört haben", sagte er. „Allerdings fürchte ich, dass wir den Papst nicht mehr rechtzeitig finden werden."

„Seine Heiligkeit ist in der Hand des Herrn, mein Sohn. Seine Heiligkeit, und jeder Einzelne von uns." Kardinal Barboni zwang sich zu einem Lächeln. „Wir sollten Vertrauen und Glauben haben. Gott wird sich unser erbarmen und uns beschützen; uns und den Heiligen Vater."

Dann öffnete der Kardinal die Tür und schüttelte Tomás zum Abschied die Hand. Die Gendarme, die im Vorraum warteten, nahmen sofort Haltung an, und ein kleiner Mann, der sich mit dem Leutnant unterhalten hatte, stürzte auf den Kardinal zu.

„Ehrwürdige Eminenz, bitte entschuldigen Sie diesen bedauerlichen Zwischenfall“, sagte Inspektor Trodela mit einem giftigen Seitenblick auf Tomás. „Seien Sie versichert, dass die italienische Polizei diesen Störenfried, der Ihr Vertrauen und Ihre Zeit missbraucht hat, nicht mehr aus den Augen …“

Der Kardinal hob die Hand und unterbrach den Redefluss des Inspektors.

„Lassen Sie den Professor in Ruhe“, befahl er. „Er soll weder festgenommen noch angeklagt oder anderweitig belästigt werden. Im Übrigen lade ich ihn ein, nachher zur Nachtmesse in den Petersdom zu kommen.“

„Aber Eure Eminenz …“

Der Kardinal nahm einen Briefbogen und einen Stift zur Hand und begann zu schreiben.

„Tun Sie, was ich sage, Inspektor“, ordnete er an. „Professor Noronha hat in gutem Glauben gehandelt und darf nicht dafür bestraft werden, dass seine Bemühungen nicht von Erfolg gekrönt sind. Abgesehen davon ist unsere Religion eine Religion der Liebe und der Vergebung. Haben Sie mich verstanden, Inspektor?“

Trodela war sichtlich irritiert. Er schluckte das gesamte Repertoire an Flüchen, die er schon für Tomás vorbereitet hatte, hinunter, und senkte die Augen.

„Ja, Ehrwürdige Eminenz.“

Der Kardinal reichte Tomás das Papier.

„Dies ist eine offizielle Einladung für die Messe, die um 23 Uhr 30 beginnt“, sagte er. „Ich würde mich freuen, wenn Sie diesen schwierigen Moment mit uns teilten.“

„Das werde ich gern versuchen, Eminenz“, antwortete Tomás und steckte das Blatt in seine Westentasche.

Dann nickte der Kardinal in die Runde und ging zurück in die Bibliothek.

Inspektor Trodela begleitete Tomás nach draußen. Anstelle der grandiosen Scala Regia oder Scala Nobile wählten sie eine sehr unspektakuläre Personaltreppe.

Um die peinliche Stille zu überbrücken, zückte Tomás sein Smartphone in der Hoffnung, dass Maria Flor ihm eine Nachricht hinterlassen hatte. Immerhin war das Gerät seit dem Beginn seiner Klettertour im Kanalisationsschacht ausgeschaltet.

„Sie stehen unter dem Schutz Seiner Eminenz, und mir sind somit die Hände gebunden“, presste Trodela zwischen den Zähnen hervor. „Aber sorgen Sie nicht wieder für Unruhe, sonst sperre ich Sie ein, egal, was der Kardinal sagt. Ich leite hier wichtige Ermittlungen und kann mich nicht ständig mit Anfängern herumschlagen, die meinen, Sherlock Holmes spielen zu müssen. Haben Sie mich verstanden?”

Ohne die Augen von seinem Smartphone zu wenden, zuckte Tomás mit den Schultern.

„Wie Sie meinen.“

Endlich war das Betriebssystem bereit, und er konnte seine Geheimzahl eingeben. Prompt zeigte das Gerät einen Anruf in Abwesenheit an. Gleich würde er also wissen, wem er es zu verdanken hatte, dass die Carabinieri im Tunnel auf ihn aufmerksam geworden waren.

Als er den Namen des Anrufers sah, stutzte er: Catherine. Was konnte sie nur von ihm wollen? Dann sah er, dass auch Maria Flor versucht hatte, ihn anzurufen, als sein Handy bereits ausgeschaltet war. Sie hatte sich also endlich gemeldet!

Gerade, als Tomás die Nummer seiner Verlobten wählen wollte, bemerkte er eine SMS von Catherine.

Rufen Sie mich an! Es ist DRINGEND!

LXVII

Liebend gern hätte Tomás endlich mit Maria Flor gesprochen, aber Catherines Nachricht ließ keinen Zweifel daran aufkommen, dass dieser Anruf dringender war.

Während er neben Inspektor Trodela die Treppe hinabging, drückte er auf die Rückruftaste. Nach dem zweiten Klingeln nahm Catherine ab.

„Tomás, wo zum Teufel stecken Sie?"

„Im Apostolischen Palast. Was ist los?"

„Sind Sie noch bei Seiner Eminenz?"

„Nicht mehr, ich komme gerade von dort."

„Verdammter Mist!"

Die Heftigkeit ihrer Reaktion überraschte Tomás.

„Was ist denn passiert?"

„Ich habe einige erstaunliche Dinge herausgefunden", antwortete Catherine. „Und dazu hätte ich ein paar Auskünfte von Seiner Eminenz gebraucht."

Tomás blieb stehen, um eventuell wieder nach oben zu gehen.

„Worüber haben Sie etwas herausgefunden?"

„Über die diversen Konten beziehungsweise deren Inhaber."

„Tatsächlich?", rief Tomás begeistert. „Sie wissen, wer Om … na, Sie wissen schon, ist?"

„Noch nicht", antwortete Catherine. „Aber ich habe einige Neuigkeiten zur Spellman-Stiftung."

Enttäuscht verzog Tomás das Gesicht.

„Oh …“

„Was soll dieses ‚Oh‘, Tomás? Sie unterschätzen das Ergebnis meiner Recherchen!“

Tomás hatte inzwischen Inspektor Trodela wieder erreicht, der ein paar Treppenstufen unterhalb auf ihn wartete.

„Nein, nein“, sagte Tomás eilig. „Das Problem ist nur, dass der Kardinal nichts über diese Affäre weiß.“

„Über Omissis?“

„Weder darüber noch über die Spellman-Stiftung oder die Unterlagen von Monsignor Dardozzi. Nichts. Er hat auch die Akten nicht gelesen, zu denen er keinerlei Zugang hatte.“

„Das ist nicht möglich, Tomás“, wiedersprach Catherine. „Er ist Kardinalstaatssekretär! Die Nummer zwei der katholischen Kirche. Er *muss* einfach Zugang zu den Akten gehabt haben.“

„Er sagte, nur der Papst habe die Unterlagen gesehen und sie sofort danach versiegeln und wegsperren lassen“, erwiderte Tomás.

„Mist!“

„Tut mir leid, aber der Kardinal wird uns dabei nicht helfen können.“

„Schon gut, das habe ich verstanden!“

Am Ende der Treppe angekommen, öffnete Tomás die Tür und verabschiedete sich mit einem Nicken von Inspektor Trodela, der ihm einen mahnenden Blick zuwarf.

„Also gut, was haben Sie herausgefunden?“

„Das kann ich Ihnen nicht am Telefon sagen.“

„Ist das ein Witz?“, fragte Tomás. „Immerhin waren Sie es, die mich vor einer halben Stunde angerufen hat, und das zum denkbar schlechtesten Zeitpunkt, und Sie wollten, dass ich so schnell wie möglich zurückrufe!!“

„Ja, weil ich dachte, der Kardinal wisse etwas über die Affäre. Aber so, wie die Dinge stehen, sollten wir uns besser treffen.“

„Im Kongregationsgebäude?“

„Nein, nein, das ist zu gefährlich. Anscheinend ist einer der Terroristen ins Gebäude eingedrungen, und die Carabinieri mussten mit Panzern anrücken, um …“

„Das war ich.“

„Wie bitte?“

„Das ist eine lange Geschichte, vergessen Sie's. Ein riesiges Missverständnis. Jedenfalls ist garantiert kein Islamist im Gebäude, seien Sie unbesorgt.“

„Sind Sie sicher?“

„Absolut!“, bekräftigte Tomás. „Schießen Sie endlich los!“

„Ich habe doch schon gesagt, dass das am Telefon nicht geht! Kommen Sie in mein Büro, dann erzähle ich es Ihnen.“

Tomás atmete tief durch.

„Hören Sie, Catherine, ich habe heute gegen was weiß ich nicht alles gekämpft. Ich bin hundemüde und hätte ehrlich gesagt große Lust, alles hinzuschmeißen. Schauen Sie einmal auf die Uhr. Wenn Sie wirklich wollen, dass ich in Ihr Büro komme, nennen Sie mir einen guten Grund dafür. Ansonsten gehe ich jetzt in mein Hotel.“

„Einverstanden. Aber ich sage wirklich nur das Nötigste.“

„Also gut, ich bin ganz Ohr.“

Catherine machte eine kurze Pause, ehe sie antwortete.

„Es gibt gar keine Stiftung Kardinal Francis Spellman.“

Tomás stutzte und schnitt eine Grimasse.

„Das Konto existiert gar nicht?“

„Doch, natürlich existiert das Konto“, präzisierte Catherine. „Aber die Stiftung selbst gibt es nicht.“

„Wie bitte?“

Tomás' Reaktion war verständlich, immerhin hatte auch sie einen Moment gebraucht, bis sie die unausweichliche Schlussfolgerung ihrer Recherchen akzeptiert hatte.

„Das IOR handelt mit Scheinfirmen.“

LXVIII

Der Eingang des Kongregationsgebäudes war zerstört. Die Tür war schlichtweg verschwunden, und ein Teil der Mauer eingerissen. Als Tomás sich näherte, versperrten ihm zwei Carabinieri den Weg.

„Ich werde im vierten Stock erwartet", sagte Tomás und zeigte seinen Passierschein vor. „Ich bin Professor an der Universität Lissabon und …"

Bei diesen Worten setzte einer der beiden Männer ein breites Lächeln auf und musterte Tomás amüsiert.

„Professor Noronha?", fragte er. „Madame Rauch hat uns schon informiert." Er winkte ihn durch. „Gehen Sie nur."

Tomás war angesichts der unerwarteten Freundlichkeit verwirrt. Zögernd ging er zum Aufzug und drückte auf den Knopf. Doch der befürchtete Hinterhalt blieb aus.

Als er im vierten Stock aus der Kabine stieg, wartete Catherine schon auf ihn. Offensichtlich hatten auch die Carabinieri ihr bereits seine Ankunft gemeldet.

„Ich habe mich ein wenig über Ihre Abenteuer informiert", sagte sie zur Begrüßung. „Was hat Sie nur geritten, eine solche Verfolgungsjagd abzuziehen? Sind Sie verrückt geworden?"

Tomás schnaubte.

„Könnten wir bitte von etwas anderem sprechen? Ich habe einen verdammt langen, komplizierten Tag hinter mir …", sagte er.

„Meinetwegen", willigte sie ein. Dann warf sie einen Blick auf seine Kleidung und zog angewidert die Nase kraus. „Was ist das denn für ein Gestank?"

„Ich habe noch einmal einen Ausflug in die Kanalisation unternommen", sagte Tomás genervt. „Sie haben nicht zufällig ein paar saubere Sachen für mich?"

„Hier muss irgendwo eine Jacke sein. Kommen Sie rein."

In Catherines Büro war, wie vermutlich überall auf der Welt, der Fernseher eingeschaltet und sendete Nachrichten in Dauerschleife. Am unteren Bildschirmrand liefen Eilmeldungen über den Ticker. Es war also wieder etwas vorgefallen.

„Das wird immer schlimmer", sagte Catherine.

Der Bildschirm war nahezu schwarz, dann zuckten Lichtblitze durch die Nacht, und eine Nachricht in griechischer Schrift erschien.

„… Bilder, die uns soeben vom griechischen Fernsehen erreichen, zeigen einen Schusswechsel an der Grenze zur Türkei. Die Griechen erklärten, die türkische Armee habe zuerst geschossen. Das wurde aus Ankara jedoch dementiert; vielmehr hätten die griechischen Soldaten sie bei ihrem humanitären Einsatz zur Rettung Bosnien-Herzegowinas provoziert, hieß es. In einer Rede an sein Volk forderte der türkische Präsident die Griechen auf, seine Armee passieren zu lassen, damit sie ihre Friedensmission ausführen könne. Unterdessen rief der Großmufti in Mekka die Gemeinschaft der Muslime dazu auf, die Türkei in ihrem Krieg zur Verteidigung des Islam in der gesamten Balkanregion zu unterstützen. Russland hat bereits seine Schwarzmeerflotte in Alarmbereitschaft versetzt und angekündigt, für den Fall, dass die türkische Armee in Griechenland eindringen sollte, einzugreifen und Belgrad zu Hilfe zu …"

Plötzlich wurde der Bildschirm schwarz, und Catherine schaute zu Tomás, der die Fernbedienung in der Hand hielt.

„Wieso haben Sie ausgeschaltet?“

„Tut mir leid, aber ich ertrage diese Nachrichten nicht länger“, sagte er. „Diese Dauermeldungen über die menschliche Dummheit sind deprimierend.“

„Aber wir müssen doch wissen, was passiert, Tomás. Die Lage ändert sich quasi im Minutentakt, da können wir doch nicht einfach die Augen schließen.“

Achselzuckend ging Tomás in die Toilette, zog Jacke und Hemd aus und begann, sich zu waschen.

„Wenn wir etwas erreichen wollen, müssen wir uns auf unsere Aufgabe konzentrieren“, sagte er. „Dürfte ich jetzt bitte die Jacke haben, von der Sie sprachen?“

Wenig später reichte Catherine ihm ein dunkelblaues Baumwollshirt und eine Strickjacke.

„Hier.“

Nachdem er sich umgezogen hatte, ging er zurück ins Büro.

„Also gut, lassen Sie uns weitermachen. Was ist das für eine verrückte Geschichte, dass es die Spellman-Stiftung gar nicht gibt und der Vatikan mit Scheinfirmen handelt?“

Catherine setzte sich Tomás gegenüber.

„Das klingt vielleicht unglaublich, ist aber wahr. Ich habe zunächst im Internet nach den Kontaktdaten der Stiftung gesucht. Dort war aber nichts zu finden, was mir sehr merkwürdig vorkam. Dann habe ich einen meiner Kollegen der COSEA-Kommission angerufen, der für die Buchhaltung der religiösen Stiftungen mit einer Verbindung zum Heiligen Stuhl zuständig ist. Da ihm die Spellman-Stiftung unbekannt war, kontaktierte er wiederum eine Freundin, die für die Beziehungen des Heiligen Stuhls zu den katholischen Stiftungen und Institutionen verantwortlich ist. Auch sie hatte noch nie etwas von der Spellman-Stiftung gehört, woraufhin sie in den Sekretariatsunterlagen des Heiligen Stuhls nachschaute. Nichts! Ich habe in der Zwischenzeit das Handelsregister und dann das italienische und amerikanische Verwaltungsregister überprüft, und als ich dort nichts fand auch die Register der Europäischen Union." Sie breitete die Arme aus und sagte: „In der ganzen Welt ist nichts, aber auch gar nichts zu dieser Stiftung zu finden."

Tomás schüttelte den Kopf und wiederholte, was Catherine ihm bereits am Telefon gesagt hatte.

„Das heißt also, es gibt gar keine Spellman-Stiftung."

„Genau."

„Wie ist das möglich? Kann man denn bei der Vatikanbank einfach so ein Konto eröffnen, ohne irgendwelche Unterlagen vorzuzeigen?"

„Natürlich nicht."

„Und wie konnte dann dieses Konto auf den Namen der Spellman-Stiftung eröffnet werden?"

Catherine wirkte verstört.

„Gute Frage. Aber das Problem ist noch deutlich größer."

„Oh Gott, was meinen Sie damit?"

Kopfschüttelnd griff die Wirtschaftsprüferin in eine Schublade ihres Schreibtischs und zog eine schlanke gelbe Flasche heraus: Limoncello. Sie goss den Likör in zwei kleine Gläser und reichte Tomás eines davon.

„Hier, trinken Sie einen Schluck. Das beruhigt die Nerven."

„Ich bin ganz ruhig", entgegnete Tomás, der sich nicht ablenken lassen wollte. „Was meinen Sie damit, dass das Problem noch deutlich größer ist? Inwiefern ist es größer?"

Catherine führte das Glas zum Mund und nippte an dem Getränk; so langsam, dass Tomás den Eindruck hatte, sie wolle der Antwort ausweichen. Dann endlich stellte sie das Glas auf den Tisch und schaute Tomás in die Augen.

„Das IOR führt unzählige Konten von Organisationen, die es überhaupt nicht gibt."

LXIX

Tomás starrte Catherine eine Weile lang wortlos an und versuchte, die Auswirkungen dessen zu verstehen, was die Französin gerade gesagt hatte.

„Sie haben also noch mehr Konten von Scheinfirmen entdeckt?"

Catherine warf einen Blick auf ihre Notizen.

„Ja. Ich habe jeweils alle Register der Welt überprüft und mehrere Leute angerufen, aber auch der *Fonds Mama Roma zum Kampf gegen die Leukämie* ist ein Phantom."

„Oh ha!"

„Das Gleiche gilt für den *Roma Charity Fund.* Und erinnern Sie sich an die *Louis Augustus Jonas Foundation, Hilfe für arme Kinder*, als deren Kontoinhaber Luigi Bisignani eingetragen ist, der Großmeister der Freimaurerloge P4, von dem ich Ihnen im Zusammenhang mit dem Enimont-Skandal erzählt habe?"

„Die gibt es auch nicht?"

„Doch, die Stiftung gibt es."

„Aber?"

„Die *Louis Augustus Jonas Foundation* ist eine karitative Stiftung mit Hauptsitz in Doleystown in Pennsylvania. Ich habe dort angerufen und erfahren, dass dort niemand etwas von einem Konto beim IOR weiß, und dass sie nie auch nur die geringste Verbindung zu Luigi Bisignani hatten. Außerdem kommt im Namen der Stiftung das *Hilfe für arme Kinder* nicht vor. Das war eine Erfindung des IOR, um so zu tun, als handle es sich um eine Wohltätigkeitsstiftung."

„Wollen Sie damit sagen, dass die Vatikanbank nicht nur akzeptierte, dass ein Mann, der in den Enimont-Skandal verwickelt war, ein Konto bei ihr eröffnete, sondern auch, dass er den Namen einer realen Organisation verwendete, ohne dass diese etwas davon wusste?"

„Genau so scheint es."

„Das wird wirklich immer schöner", brummte Tomás.

Catherine widmete sich der nächsten Zeile ihrer schier endlos langen Liste.

„Über das Konto des *Fondo San Serafino* sind Millionen an zwei Schweizer Banken und eine luxemburgische Bank geflossen", fuhr sie fort. „Auch diese Stiftung gibt es nicht."

„Mich überrascht nichts mehr."

„Der *Fondo Madonna di Lourdes*, scheinbar eine Stiftung mit Bezug zu Marienerscheinungen, ist ebenfalls nirgendwo nachweisbar, und ich …"

„Das reicht", unterbrach Tomás sie. „Ich bin überzeugt."

Catherine legte ihren Notizblock zur Seite. Ihrer Kommission stünde eine Unmenge an Arbeit bevor, aber endlich hatten sie einmal belastbare Fakten.

„Es stellt sich also die Frage, wie es möglich ist, bei der Vatikanbank all diese Konten für nicht existierende Organisationen zu eröffnen", sagte Tomás.

Die Wirtschaftsprüferin öffnete eine Schublade ihres Schreibtischs und entnahm ihr ein kleines Heft.

„Das hier sind die Statuten des IOR", erklärte sie, während sie darin blätterte. „Sie stammen von Johannes Paul II. und sehen vor, dass die Kunden des IOR entweder Einwohner von Vatikanstadt oder kirchliche oder religiöse Einrichtungen sein müssen."

„Und was ist mit Kunden, die nicht in Vatikanstadt leben?“

Catherine hatte gefunden, was sie suchte.

„Artikel 2 der Statuten besagt: ‚Der Zweck des Instituts ist es, für die Aufrechterhaltung und Administration von beweglichem und unbeweglichem Eigentum zu sorgen, welches dem IOR von physischen oder juristischen Personen übertragen oder anvertraut worden ist und das für religiöse oder wohltätige Werke bestimmt ist. Daher akzeptiert das IOR Güter, deren Bestimmung – zumindest teilweise und zukünftig – dem vorgenannten Satz entspricht. Das IOR kann Einlagen von Organisationen und Einzelpersonen, die am Heiligen Stuhl tätig oder in Vatikanstadt ansässig sind, akzeptieren.‘“

„Das klingt so, als könnten nur Einwohner von Vatikanstadt ein Konto eröffnen.“

„Da irren Sie sich“, erwiderte Catherine. „Und das ist vermutlich auch die Absicht hinter dieser spitzfindigen Formulierung. Der erste Satz erlaubt einer Person, die nicht in Vatikanstadt lebt, ein Konto zu eröffnen, wenn dies der Finanzierung religiöser oder wohltätiger Werke dient. Verstehen Sie?“

„Ja.“

„Die betrügerischen Konten konnten deshalb eröffnet werden, weil die Namen der fiktiven Organisationen so klangen, als gehörten sie zur Kirche oder verfolgten wohltätige Zwecke. Abgesehen davon kam ein Teil – wenn auch ein verschwindend geringer – ja echten karitativen Einrichtungen zugute, so dass der zweite Satz des Artikels erfüllt war.“

„So haben die Zeichnungsberechtigten also das IOR getäuscht …?“

Trotz ihrer Eigenschaft als Wirtschaftsprüferin fiel es Catherine schwer, Tomás’ Blick standzuhalten, und sie überlegte, wie offen sie diese Frage beantworten durfte.

„Das ist gar nicht das Problem, Tomás. Hier geht es nicht so sehr darum herauszufinden, ob und wie die Zeichnungsberechtigten das IOR ausgetrickst haben. Denn sie konnten es in diesem Sinn gar nicht austricksen, weil sich jeder – ob Einzelperson oder juristische Person – zur Kontoeröffnung ausweisen muss." Sie senkte die Stimme, als habe sie Angst, belauscht zu werden. „Es konnte diese Konten nur geben, weil … das IOR sie gebilligt hat."

Tomás verengte seine Augen zu Schlitzen.

„Die Vatikanbank wusste also Bescheid?"

Catherine zögerte.

„Was ich sagen will, ist, dass der Vatikan … nun ja …"

„Mit den Betrügern unter einer Decke steckte?"

Der Ausdruck war pikant, und Catherine blieb vorsichtig.

„Das haben Sie gesagt, nicht ich."

Allerdings verstand Tomás auch so, dass er offenbar richtig gelegen hatte.

„Aber woran genau war die Vatikanbank beteiligt?"

Mit blitzenden Augen deutete die Wirtschaftsprüferin auf ihre Liste der fragwürdigen Konten.

„Nun, es lässt sich nicht leugnen, dass das IOR an der Eröffnung von Konten zugunsten fiktiver Organisationen beziehungsweise realer Organisationen ohne deren Erlaubnis oder gar Wissen aktiv beteiligt war. Die Existenz dieser Konten wäre ohne Zustimmung des IOR schlicht nicht möglich."

„Aber welchen Vorteil hatte das IOR dadurch?"

Catherine schaute ihn schräg an.

„Sagen Sie mir nicht, dass Sie nach all dem, was ich Ihnen erzählt habe, immer noch nicht verstanden haben, worum es geht!"

Ihr Ton war schroff und herausfordernd. Auch wenn Tomás alles andere als ein Experte in Sachen Wirtschaftsprüfung war, so hielt er sich doch nicht für völlig ahnungslos oder gar dumm. Außerdem kannte er die Geschichte des Vatikans zu gut, um sich romantischen Illusionen hinzugeben. Dennoch hatte er geglaubt, oder wollte gern glauben, dass sich die Dinge nach dem Skandal der Ambrosiano-Bank geändert hatten. Deshalb fiel es ihm schwer, die Schlussfolgerung auszusprechen, für die er wider besseres Wissen eine ehrliche Erklärung suchte; immerhin handelte es sich um die Bank des Heiligen Stuhls.

„Der Vatikan betreibt also Geldwäsche."

LXX

Kaum hatte er die Worte ausgesprochen, fühlte Tomás sich regelrecht schuldig. Auch wenn er nicht im religiösen Sinne gläubig war, hatte er das Gefühl, gesündigt zu haben. War das eine Spätfolge seiner katholischen Erziehung? Was würde seine Mutter sagen, wenn sie wüsste, dass ihr Sohn an Recherchen arbeitete, die belegten, dass der Vatikan in kriminelle Machenschaften verstrickt war? Und wem würde sie glauben: ihrem Sohn oder der Kirche?

„Egal, wie schockierend das klingt", sagte Catherine, „es ist die traurige Wahrheit: Das IOR betreibt tatsächlich Geldwäsche."

Tomás nahm ihren Notizblock zur Hand und ging noch einmal die Liste der fiktiven Organisationen durch, in deren Namen ein Konto beim IOR eröffnet worden war.

„Aber wem gehört eigentlich das Geld, das da gewaschen wird?", fragte er. „Doch wohl nicht der Kirche?"

„Natürlich nicht."

„Sondern?"

Die Wirtschaftsprüferin in Catherine hätte die Frage leicht beantworten können; die Katholikin in ihr tat sich damit deutlich schwerer.

„Na ja, es gehört … nicht sehr empfehlenswerten Leuten."

Tomás runzelte die Stirn.

„Sie meinen, Kriminellen?"

Catherine errötete angesichts seiner direkten Art, auch unbequeme Dinge auszusprechen.

„Nun, so würde ich es nicht ausdrücken …"

„Aber wieso haben die ausgerechnet die Vatikanbank gewählt? Immerhin handelt es sich um eine kirchliche Einrichtung mit hohen ethischen und moralischen Werten; laufen Kriminelle da nicht Gefahr aufzufliegen?"

Ernüchtert schüttelte sie den Kopf.

„Wissen Sie, Tomás, das IOR bietet enorme Vorteile für derartige Finanzgeschäfte."

„Zum Beispiel?"

„Zunächst einmal die Glaubwürdigkeit. In aller Welt – auch bei nicht-religiösen Menschen – gilt die Kirche als eine verlässliche Einrichtung, die Gutes tut. Ein Konto beim IOR zu haben, erweckt also Vertrauen. Das ist für viele ein nicht zu vernachlässigendes Argument. Leider auch für viele weniger empfehlenswerte Kunden des IOR."

„Aber das erklärt noch nicht die aktive Unterstützung des IOR. Wenn von einem Konto regelmäßig Millionenbeträge hin und her transferiert werden, und der Bank das auffällt, ist sie doch verpflichtet, dies einer Aufsichtsbehörde zu melden, nicht wahr? Und da sie das nicht gemacht hat, war das kaum Zufall, sondern Absicht."

„Das lässt sich nicht leugnen."

„Aber wieso?", wollte Tomás wissen. „Wieso hat der Vatikan ein Interesse daran, sich an Geldwäschegeschäften zu beteiligen?"

Catherine verzog den Mund, als habe sie Zahnschmerzen. Und obwohl sie allein im Büro waren, sah sie sich ängstlich um, als hätten die Wände Ohren.

„Pssst, Tomás", bat sie ihn. „Sprechen Sie nicht so laut."

„Wieso? Habe ich etwas Falsches gesagt?", fragte Tomás mit Unschuldsmiene.

„Reden Sie keinen Unsinn! Sie wissen genau, was ich meine."

„Also gut“, lenkte Tomás ein. „Worin besteht also das Interesse des Vatikans an diesen … Kunden?“

„Natürlich in den Provisionen.“

„Oha! Der Vatikan profitiert also unmittelbar von diesen … Geschäften?“

Catherine nickte nur.

„Aber wie ist es möglich, dass gewisse Schurken für ihre … unschönen Geschäfte gezielt die Bank der katholischen Kirche ausgewählt haben?“

Zögernd deutete Catherine auf das Heftchen, das vor ihr auf dem Schreibtisch lag.

„Das liegt an den Statuten.“

„Die Statuten?“, wiederholte Tomás. „Was ist denn so besonders daran? Ist die Vatikanbank nicht eine Bank wie jede andere?“

In einer Mischung aus Missbilligung und Unbehagen überlegte Catherine, was sie darauf sagen sollte. Ihre Antwort war kurz und direkt.

„Nein.“

LXXI

Zweifellos war der Vatikanstaat einzigartig. Die diversen Skandale der Vergangenheit hatten jedoch auch gezeigt, dass er sich in mancher Hinsicht kein bisschen von anderen Ländern der Welt unterschied. Blieb herauszufinden, was für das Bankwesen galt.

„Soll das heißen, dass für die Vatikanbank andere Regeln gelten als für andere Banken?", fragte Tomás.

Catherine wiegte nachdenklich den Kopf, ehe sie antwortete.

„Für das IOR gelten einige Sonderregeln, die es von anderen Banken unterscheidet, zum Beispiel im Hinblick auf das Bankgeheimnis und die Anonymität. Die Kunden des IOR wissen, dass sie auf die Diskretion des Vatikans zählen können."

„Soweit ich weiß, verhindert das Bankgeheimnis aber nicht, dass verdächtige Konten und Transaktionen überwacht werden …"

„Das stimmt, doch das Problem ist noch weiter gefasst. Vergessen Sie nicht, dass der Vatikan nun mal über einen Sonderstatus verfügt."

„Sie spielen auf die Lateranverträge an, in denen Italien die Souveränität des Vatikanstaats anerkannt hat?"

„Genau."

„Worauf wollen Sie hinaus? Jedes Land ist doch souverän, und weder in Portugal noch in Italien oder sonstwo können die Banken einfach schalten und walten, wie es ihnen beliebt. Es gibt doch überall eine gewisse Aufsichtspflicht …"

Auch wenn Catherine bestens mit diesen Themen vertraut war, kam ihr die Antwort nicht leicht über die Lippen.

„Na ja, … normale Staaten haben eine Zentralbank. Die stellt gewisse Regeln und ein Finanzgericht auf, vor dem sich alle Banken verantworten müssen. Im Falle des Vatikans ist das anders. Der Heilige Stuhl hat weder eine Zentralbank noch ein Finanzgericht.“

„Sondern?“

„Der Heilige Stuhl erstellt und überwacht die Regeln selbst.“

Tomás dachte, er habe sich verhört.

„Wie bitte? Der Vatikan kontrolliert die Regeln, die er selbst für seine einzige Bank erstellt hat? Er ist also Kläger und Richter in einem?“

Catherine mochte Tomás’ saloppe Ausdrucksweise nicht.

„Nun ja …“

„Aber was ist denn zum Beispiel, wenn die italienische Justiz entdeckt, dass die Vatikanbank in kriminelle Geschäfte verwickelt ist?“

„Das ist genau eines der Probleme, die sich aus den Lateranverträgen ergeben, aus Artikel 11, um genau zu sein“, antwortete sie. „Es ist wichtig, den Status und die Funktionsweise des IOR zu verstehen. Das IOR ist eine Bank, die im Inneren des Vatikans operiert, eine unabhängige juristische und administrative Einrichtung, die keiner Kontrolle durch andere Länder unterliegt. Kein Land, also auch nicht Italien, hat im Vatikan irgendeine Macht. Italienische Richter sind nicht befugt, Einwohner des Vatikans zu verhören oder Gebäude auf dem Territorium des Vatikans zu durchsuchen, selbst wenn offensichtlich ist, dass ein Verbrechen begangen wurde.“

„Ich weiß“, sagte Tomás. „Deshalb wurde ja auch Monsignor Marcinkus nicht verhaftet.“

„Richtig.“ Nach einem Augenblick fuhr sie fort: „Wussten Sie, dass der Vatikan die Straßburger Konvention zur Bekämpfung von Geldwäsche nicht unterzeichnet hat?“

Tomás rieb sich das Kinn.

„Nein, aber mich wundert fast nichts mehr. Gibt es denn irgendetwas Positives im Zusammenhang mit der Vatikanbank?“

„Wie man es nimmt. Das IOR erkennt die Prinzipien der FATF an, der Arbeitsgruppe für finanzielle Maßnahmen gegen Geldwäsche.“

„Ah, dann untersteht es also der Kontrolle durch diese Arbeitsgruppe?“

Catherine rang sich ein Lächeln ab.

„Nein.“

„Nein? Aber was nützt denn dann diese Anerkennung?“

Die Französin schaute Tomás frustriert an.

„Gar nichts, fürchte ich“, sagte sie. „Die Wahrheit ist vielmehr, dass das IOR sich durch die Anerkennung … keinerlei Kontrolle unterwirft.“

„Wie bitte? Aber wenn das IOR dieser Arbeitsgruppe angehört, kann es doch nicht einfach tun und lassen, was es will!“

„Vorsicht, Tomás“, erwiderte Catherine. „Ich habe nicht gesagt, dass das IOR der FATF angehört, sondern dass das IOR die Prinzipien der FATF anerkennt. Das sind zwei verschiedene Paar Schuhe.“

„Das ist doch wohl die Höhe!“, brauste Tomás auf. „Was für eine Wortklauberei! Verschanzt sich der Heilige Stuhl hinter sprachlichen Spitzfindigkeiten, um das Bild einer ehrbaren Einrichtung aufrechtzuerhalten? Sind wir wirklich so tief gesunken?“

Catherine wartete, bis Tomás sich beruhigt hatte.

„Also gut“, fuhr er fort. „Die Vatikanbank hat also keine internationale Konvention zur Bekämpfung von Geldwäsche unterzeichnet … Gibt es denn wenigstens Vereinbarungen mit anderen Ländern, bei der Bekämpfung von Wirtschaftskriminalität zusammenzuarbeiten?"

„Ha!" Die Wirtschaftsprüferin lachte bitter. „Nein."

„Aber …", stammelte Tomás, „alle Länder haben doch solche bilateralen Abkommen …"

„Das stimmt", sagte sie. „Dennoch ist der Vatikan der einzige europäische Staat, der nie ein derartiges Abkommen unterzeichnet hat."

Tomás war empört angesichts dieser Undurchsichtigkeit des Heiligen Stuhls. Es deutete wirklich alles darauf hin, dass hier gezielt unsaubere Geschäfte betrieben wurden. Lustlos nahm er das Heftchen mit den Statuten des IOR zur Hand.

„Eine Frage hätte ich noch", sagte er. „Der Wirtschafts- und Sozialrat der Vereinten Nationen erstellt doch eine Rangliste aller Länder hinsichtlich ihrer Maßnahmen im Kampf gegen die Geldwäsche. Auf welchem Rang liegt denn der Vatikan?"

„Er ist in den Top 10."

„Alle Achtung", sagte Tomás erstaunt. „Damit hätte ich nicht gerechnet."

Catherine setzte sich auf ihrem Stuhl aufrecht hin und schaute Tomás mit einem schwierig zu interpretierenden Ausdruck an. Sie sah ihm nicht in die Augen, sondern überlegte, ob sie das Missverständnis tatsächlich aufklären sollte. Schließlich siegte ihr Sinn für die Wahrheit.

„Der Vatikan ist in den Top 10 der Länder mit den besten Voraussetzungen für Geldwäsche."

LXXII

Es dauerte einen Moment, bis Tomás diese Information verdaut hatte.

„Das heißt, es hat sich nichts verändert seit der Zeit, als dieser Schurke Marcinkus Vatikanbank-Chef war?“, fragte er.

„Ich finde, Sie urteilen zu hart über Monsignor Marcinkus. Er hat sicherlich Fehler gemacht, war aber doch letztlich nur ein Prälat, der sich von den Gaunern der Hochfinanz ausnutzen ließ.“

Tomás schaute sie ungläubig an.

„Das glauben Sie doch selbst nicht …“

Catherine errötete.

„Seit wann kennen sich denn Prälaten mit Finanzgeschäften aus?“, fragte sie zurück.

Die Katholikin in ihr sträubte sich gegen die Wahrheit.

„Verschonen Sie mich“, winkte Tomás ab. „Das ist doch Augenwischerei, um die Verbrechen des IOR zu verharmlosen.“

„Hören Sie, ich gebe zu, dass ich die Details des Skandals nicht gut kenne. Damals war ich noch ein Kind.“

Moderne Geschichte war zwar nicht Tomás’ Hauptthema, aber was mit der katholischen Kirche zu tun hatte, interessierte ihn.

„Soll ich Ihnen erzählen, was damals passiert ist?“

Catherine zögerte und warf einen Blick auf die Uhr.

„Ja, falls uns das bei unseren Ermittlungen weiterhilft. Aber fassen Sie sich lieber kurz.“

Tomás sammelte sich. Immerhin lagen die Ereignisse fast drei Jahrzehnte zurück.

„Das alles liegt zwar schon sehr lange zurück, aber ich war vor Kurzem Zweitkorrektor einer Doktorarbeit zu diesem Thema und habe daher eingehend dazu recherchiert. Es begann damit, dass nach dem Tod von Papst Johannes XXIII., der extrem beliebt war, die Spendengelder der Gläubigen von fünfzehn auf nur noch vier Millionen Dollar einbrachen. Außerdem schaffte die italienische Regierung die Steuerbefreiungen ab, von denen der Vatikan bislang profitiert hatte."

„Der Vatikan musste also auf all seine Dividenden plötzlich Steuern zahlen", stellte Catherine fest.

„Genau. Und das riss ein Loch in die Kasse. Der neue Papst, Paul VI., beschloss daraufhin, die Firmenbeteiligungen abzustoßen und das Geld ins Ausland zu bringen. Damit wurden zwei Personen beauftragt: Monsignor Marcinkus und ein gewisser Michele Sindona."

„War der nicht mit der Mafia verbandelt?"

„Doch, genau. Er verwaltete die Konten von Vito Genovese, einem Kumpan des berühmten Gangsters Lucky Luciano, und war mit der Familie Gambino befreundet, die ihr Geld mit Heroinschmuggel verdiente. Sindona war in der Welt des organisierten Verbrechens derart erfolgreich, dass er 1957 zum Gründungstreffen der Cosa Nostra nach Palermo eingeladen wurde."

„Meine Güte!", rief Catherine. „Und dieser Mann war ein Vertrauter des Papstes?"

„Ja. In der Tat war Sindona dank seiner Mafia-Kollegen höchst effizient. Er wusch mit Hilfe der Vatikanbank Geld, das aus Drogenhandel, Prostitution, Erpressung und ähnlichen Geschäften stammte. So sind Millionen und Abermillionen über die Konten beim IOR geflossen, das dafür horrende Provisionen von bis zu fünfzehn Prozent kassierte."

„Oh la la!“, entfuhr es Catherine.

„Sindona kaufte mehrere Banken auf und gründete eine regelrechte Banken-Holding. Dann überwies er von dort beträchtliche Summen an die Vatikanbank, ohne dass die jeweiligen Kontoinhaber davon auch nur das Geringste wussten.“

„Aber das ist ja … Diebstahl!“

„Haargenau“, bestätigte Tomás. „Das ging so lange gut, bis ein Kunde der Banca Privata merkte, dass Geld auf seinem Konto fehlte und sich beschwerte. Der Leiter der Bank entschuldigte sich für diesen angeblichen Fehler und buchte das Geld zurück. Eine der Banken, die Sidona kaufte, die Genfer Bank, hatte sogar ein System doppelter Buchführung, das verdeckte, dass die Finanzverwalter an der Börse zockten. Wenn sie Geld verloren, wurden die Verluste den Geldanlegern belastet. Wenn sie gewannen, flossen die Gewinne auf die Konten von Sindona. Der Mann wusste, dass es einträglicher war, eine Bank zu kaufen, als sie auszurauben. Der Leiter der Banca Privata sagte später übrigens aus, dass Männer mit Koffern voller Geld angereist seien und es in Staatspapiere umgetauscht hätten, die daraufhin an die Genfer Bank überwiesen wurden.“

„Nichts als Betrug!“, entrüstete sich Catherine. „Am Heiligen Stuhl hat man mir erzählt, Sindona habe einen guten Ruf gehabt.“

„Das stimmt auch. Mit seinem Netzwerk aus achthundert Banken in aller Welt wurde er zum mächtigsten Bankier Italiens. Er hielt Vorträge an der Harvard Universität, und Richard Nixon lud ihn zum Essen ein. Das *Wall Street Journal* bezeichnete ihn als ‚einen der angesehensten Finanzmakler der Welt‘, und dem *Time Magazine* zufolge war er der ‚erfolgreichste Italiener seit Mussolini‘.“

„Schier unglaublich! Und welchen Dienst erwies dieses kleine Genie dem Heiligen Stuhl?“

Diesmal war es Tomás, der Catherine herausfordernd anschaute, ehe er mit einem Achselzucken antwortete.

„Er hat ihm gezeigt, wie man stiehlt.“

LXXIII

Catherine brauchte eine Weile, um sich von Tomás' Erklärungen zu erholen. Als sie sich schließlich aufrichtete, sah sie ihn unsicher an.

„Wollen Sie damit sagen, dass der Vatikan Sindona engagiert hat, um für ihn zu stehlen?"

„Wundert Sie das etwa?", fragte Tomás zurück. Dann stand er auf und trat zum Fenster. Auf dem Petersplatz füllte die Menschenmenge jeden Quadratzentimeter aus, und Tausende von Kerzen erhellten die Nacht. Wäre der Anlass nicht so dramatisch, hätte der Anblick romantisch sein können.

„Sindona hatte von Anfang an die Absicht, den Papst davon zu überzeugen, dass die Kirche mit ihm nur gewinnen konnte: Er wollte die Kasse des Heiligen Stuhls wieder füllen. Und dazu bediente er sich bei den Anlegern seiner Banken. Außerdem bestand Sindonas Auftrag darin, Abnehmer für die Firmenbeteiligungen zu finden, die der Vatikan loswerden wollte. Darunter war übrigens auch Sereno, ein Pharmaunternehmen, das die Pille herstellte."

Catherine lachte überrascht auf.

„Sie meinen *die* Pille?"

„Ja, dem Vatikan gehörte ein Unternehmen, das an der Empfängnisverhütung verdiente", bestätigte Tomás schmunzelnd. Dann fuhr er ernster fort: „Papst Paul VI. war übrigens mit Sindonas Arbeit so zufrieden, dass er ihn offiziell als ‚wichtigsten Bankier der römischen Kurie' oder auch ‚Bankier des Papstes' bezeichnete. Treffender wäre wohl ‚Dieb im Auftrag des Papstes' gewesen. Jedenfalls war die Zusammenarbeit für beide Seiten äußerst lohnend, und wann immer die Mafia Geld in Italien platzieren wollte, tat sie das über Sindona und die Vatikanbank."

„Wie flog die Sache denn dann auf?"

„Der Auslöser war eine Affäre in den USA. Die New Yorker Polizei hörte den Telefonanschluss eines Österreichers namens Leopold Ledl ab und fing dabei einen Anruf ab, in dem dieser der Familie Genovese mitteilte, dass die Kirche für knapp eine Milliarde Dollar gefälschte Aktien von großen amerikanischen Unternehmen kaufen wolle."

Catherine schaute Tomás skeptisch an.

„Die Kirche wollte gefälschte Aktien kaufen? Wer soll das denn in Auftrag gegeben haben?"

„Kardinal Eugène Tisserant und Monsignor Marcinkus sowie ein Erzbischof, den die Familie Genovese nicht beim Namen nennen wollte. Ledl bestätigte das später und sagte, Tisserant sei der Drahtzieher gewesen."

„Mein Gott! Aber wozu wollten sie denn diese Fälschungen?"

„Als Sicherheit für ein Darlehen, mit dem Sindona den italienischen Mischkonzern Bastogi kaufen wollte."

„War das nicht enorm riskant?", warf Catherine ein. „Wenn die geldgebenden Banken die Aktien tatsächlich angefordert hätten, wäre der Betrug doch aufgeflogen."

„Diese Frage wurde auch Kardinal Tisserant gestellt, der jedoch einwendete, die US-Regierung würde es nie wagen, die katholische Kirche des absichtlichen Betrugs zu beschuldigen. Die Familie Genovese ließ also die bestellten Wertpapiere drucken und schickte als Test je eine Charge an zwei Banken. Das funktionierte zwar zunächst, doch dann wurden Proben der Chargen an den New Yorker Bankenverband geschickt, der die Fälschungen erkannte und Interpol einschaltete. Daraufhin kam es zu mehreren

Verhaftungen. Tisserant war kurz zuvor gestorben, aber Marcinkus wurde vom FBI in Rom verhört."

„Soweit ich weiß, soll er ja nicht sehr kooperativ gewesen sein."

„Marcinkus leugnete alles, was die Ermittler natürlich nicht von seiner Unschuld überzeugte. Außerdem war es unwahrscheinlich, dass jemand die Geschichte nur erfunden hatte, denn das wäre reiner Selbstmord gewesen. Niemand legt sich ungestraft mit der Mafia an. Darüber hinaus hatten die Informanten einige bis dahin unbekannte Details genannt – zum Beispiel, dass Marcinkus Geld auf den Bahamas hatte – was die Aussagen sehr glaubwürdig machte. Aus Mangel an Beweisen konnten die Amerikaner aber nicht viel gegen Marcinkus ausrichten, und die Ermittlungen wurden schließlich eingestellt, um den Vatikan und die katholischen Wähler im eigenen Land nicht zu verärgern. Genau, wie Tisserant es vorhergesagt hatte."

„Es ist eine Schande, dass offenbar auch der Klerus mehr ans Geld als an Gott denkt", warf Catherine ein.

„Früher oder später musste die Sache aber auffliegen. Die Ölpreiskrise 1973 führte jedenfalls dazu, dass Sindona die Beträge, die er seinen diversen Kunden gestohlen hatte, nicht länger vertuschen konnte. Durch den Börsencrash wurden die Geldhähne zugedreht und Kredite nur noch sparsam vergeben. Einige Banken mussten daraufhin Bankrott anmelden, darunter auch solche, die dem IOR gehörten, so dass die Kirche fast eine Milliarde Dollar Verlust machte."

Catherine sog hörbar die Luft ein.

„Eine Milliarde? Alle Achtung!"

„Das war aber noch nicht alles. Sindona hatte auch eine der größten Banken Amerikas übernommen, die Franklin National Bank, und zwar angeblich mit Hilfe der gefälschten Aktien des Vatikans. Innerhalb von zwei Jahren hinterzog er dort so viel Geld, dass die Bank trotz einer immensen Geldspritze der US-Notenbank bankrott ging. Zur gleichen Zeit machte das Hamburger Bankhaus Wolff pleite, das ebenfalls Sindona und der Vatikanbank gehörte."

„Dieser Mann hat ja so einige Banken auf dem Gewissen!"

„Ja, und danach brach das ganze Kartenhaus zusammen. Das war 1974. Als das Mailänder Strafgericht einen Haftbefehl gegen ihn ausstellte, ergriff Sindona die Flucht. Auch am Heiligen Stuhl läuteten die Alarmglocken, denn Marcinkus wusste natürlich, dass auch das IOR in die schmutzigen Geschäfte verwickelt war. Ein Prozess jagte den nächsten, und fünf italienische Ermittler wurden ermordet."

„Das klingt ja wie in dem Film *Der Pate* …"

„Wobei in diesem Fall der Pate ein enger Freund von Papst Paul VI. und Monsignor Marcinkus war. Sindona wurde schließlich in den USA verhaftet."

„Wie hat die Kirche darauf reagiert?"

„Paul VI. und Marcinkus suchten sich einen neuen Bankier, und zwar ausgerechnet einen Komplizen Sindonas", antwortete Tomás. „Es hieß, dieser Roberto Calvi habe ebenfalls Verbindungen zur Mafia, und er wurde bald darauf Chef der zweitgrößten Privatbank Italiens."

„Sagen Sie bloß nicht, das war …"

Tomás, der die ganze Zeit über am Fenster gestanden und gelegentlich die Menschenmenge auf dem Petersplatz beobachtet hatte, drehte sich um und ging an seinen Platz. Er nahm gegenüber von Catherine Platz und beendete den Satz, den sie unvollendet gelassen hatte.

„Die Ambrosiano-Bank."

LXXIV

Die Ambrosiano-Bank hatte in Finanzkreisen einen höchst zweifelhaften Ruf, und Catherine wusste, dass ihre Erwähnung am Heiligen Stuhl verpönt war, aber mit den Details der Affäre war sie nicht vertraut.

„Der Name der Bank leitet sich vom heiligen Ambrosius ab“, sagte Tomás und schlug die Beine übereinander, „und sie verwaltete das Geld zahlreicher katholischer Orden. Um dort ein Konto zu eröffnen, musste man seinen katholischen Taufschein vorlegen.“

Catherine zog erstaunt eine Augenbraue hoch.

„Wann genau ist die Ambrosiano-Bank in diese Geschichte verwickelt worden?“, fragte sie.

„Das war 1971, als Calvi noch Generaldirektor der Bank war und Sindonas Geschäfte blendend liefen. Calvi kontaktierte damals Sindona, weil er das reiche Anlagevermögen seiner Bank aggressiv anlegen wollte. Daraufhin stellte Sindona den Kontakt zur Vatikanbank her, und Calvi wurde zu einem Vertrauensmann der Kirche. Er zog mit dem Wissen von Marcinkus Geld von der Ambrosiano-Bank ab und legte es bei der Vatikanbank an.“

„Zu welchem Zweck?“

„Damit die Aufsichtsbehörden glauben sollten, das Geld ginge an die Vatikanbank.“

„Aber es wurde stattdessen auf andere Konten überwiesen?“

„Genau, und zwar auf diverse Offshore-Konten.“

Catherine kannte diese Vorgehensweise nur zu gut.

„Aha, der Klassiker, wenn es um Schwarzgeld geht …"

„Calvi zog den Heiligen Stuhl in immer mehr krumme Geschäfte hinein. Unter anderem pumpte er sich vor einer Kontenprüfung kurzfristig zig Millionen Dollar und Schweizer Franken von der Vatikanbank, um damit die Finanzlöcher seiner eigenen Banken und Unternehmen zu stopfen. Sobald die Prüfung abgeschlossen war, überwies er das Geld noch am selben Tag zurück, was der Vatikanbank fast eine Milliarde Lire an Provisionen einbrachte."

„Ach du meine Güte!", entfuhr es Catherine.

„Dann gab es allerdings zwei Zwischenfälle: Infolge der Ölpreiskrise 1974 gab es einen Börsencrash, der auch den Aktienkurs der Ambrosiano-Bank abstürzen ließ, so dass Calvi Probleme bekam, sich Geld zu beschaffen, um seine Verluste zu kaschieren. Da tauchte urplötzlich eine Aktiengesellschaft namens Suprafin am Markt auf und fing an, Ambrosiano-Aktien zu kaufen." Tomás breitete theatralisch die Arme aus. „Halleluja, ein Wunder ist geschehen! Die Aktien fingen wieder an zu steigen, und die Ambrosiano-Bank war gerettet."

„Wem gehörte Suprafin?", fragte Catherine.

„Zwei liechtensteinischen Unternehmen, die ihrerseits angeblich der Vatikanbank gehörten."

„Angeblich?"

„Ja, denn wie sich später zeigte, gehörten sie ebenfalls Calvi."

Catherine riss erstaunt die Augen auf.

„Sie gehörten Calvi? Dann hat also letztlich der Banco Ambrosiano seine eigenen Aktien aufgekauft, um den Markt zu manipulieren. Das ist absolut illegal!"

„Exakt", bestätigte Tomás. Dann fügte er hinzu: „Die zweite Affäre begann 1976, als Sindona in den USA verhaftet wurde. Im Jahr darauf pumpte er Calvi um Geld an, der ihm aber nichts leihen wollte. Ein Vertrauter Sindonas machte daraufhin die italienische Zentralbank auf die Unregelmäßigkeiten bei der Ambrosiano-Bank aufmerksam und drohte gleichzeitig damit, die Zentralbank zu verklagen, wenn sie nicht gegen Calvi ermitteln würde. 1978 stießen die Ermittler unter anderem darauf, dass Suprafin mit großer Wahrscheinlichkeit der Ambrosiano-Bank gehörte, weshalb Calvi einen besorgten Brief an Marcinkus schrieb und ihn um einen Patronatsbrief bat, der bestätigen sollte, dass Suprafin der Vatikanbank gehöre."

„Das kann Monsignor Marcinkus ja wohl kaum gemacht haben …"

„Und ob! Dabei hat er diese Bestätigung nicht nur geschrieben, sondern sie auch noch drei Jahre zurückdatiert."

„Was für ein Betrug!", rief Catherine erbost.

„Die Ermittlungen ließen den Heiligen Stuhl regelrecht erzittern. Die Lage war derart ernst, dass Papst Paul VI. 1978 einmal gesagt haben soll ‚Der Rauch Satans ist in den Tempel Gottes eingedrungen'. Wenig später starb Paul VI. …"

„… und Kardinal Albino Luciano wurde als Johannes Paul I. der nächste Papst."

„Schon am zweiten Tag seines Pontifikats beauftragte er seinen Staatssekretär, Kardinal Jean Villot, eine vollständige Übersicht über die Finanzen des Heiligen Stuhls vorzulegen. Der Richter, Emilio Alessandrini, der den Fall der Verflechtungen zwischen Banco Ambrosiano und Vatikanbank bearbeitete, wurde übrigens ein Jahr später ermordet."

„Von der Mafia?"

„Die linksextreme Terrorgruppe Prima Linea bekannte sich zu diesem Mord, aber vermutlich war Calvi der Auftraggeber. Wieso sollte eine linksextreme Gruppe einen Richter töten, der gegen korrupte Kapitalisten ermittelt? Das ist unlogisch. Außerdem war es Calvi, der von dem Tod profitierte, denn die Ermittlungen wurden eingestellt, und alles war wieder beim Alten. Und dann platzte die Bombe."

„Was? Ein Attentat?"

„Schlimmer", antwortete Tomás. „Die Zeitschrift *L'Osservatore Politico* veröffentlichte im September 1978 eine Liste mit 121 Namen von Bischöfen, Kardinälen und Prälaten, die allesamt Freimaurer waren. Acht Päpste in Folge hatten die Freimaurerei verurteilt, und nach dem seit 1918 gültigen Canon 2335 sind Mitglieder der Freimaurer automatisch exkommuniziert. Ein Exemplar dieser Zeitschrift wurde Johannes Paul I. zugespielt, der von der Nachricht geschockt war. Halten Sie sich fest: Ganz oben auf der Liste stand sein eigener Staatssekretär!"

„Kardinal Villot?"

„Haargenau."

Catherine machte eine Handbewegung, als habe sie sich verbrannt.

„Ei ei ei!"

„Auch zahlreiche andere Mitglieder der Kurie standen auf der Liste, ebenso wie Monsignor Marcinkus und Donato de Bonis."

„Mein Gott! Also die gesamte Elite des Vatikans?"

„Ja. Und nicht nur des Vatikans. Unter den rund eintausend Mitgliedern der Loge P2 waren auch drei Minister, ein Staatssekretär, vierundvierzig Abgeordnete, mehr als fünfzig Generäle und acht Admiräle sowie einige der wichtigsten Unternehmer, Banker, Richter, Anwälte und Journalisten Italiens, darunter Silvio Berlusconi – und natürlich unsere Freunde Sindona und Calvi."

„Ein richtiger Staat im Staat", bemerkte Catherine. „Wie ging es weiter?"

„Der Autor dieser Liste wurde natürlich ermordet. Man steckte ihm eine Pistole in den Mund und drückte zweimal ab. Als seine Leiche gefunden wurde, hatte er einen Stein im Mund, den traditionellen *sasso in bocca* der Mafia als Zeichen dafür, dass jemand zu viel geredet hatte."

„Wie schrecklich! Und wie hat der Papst auf die Liste reagiert?"

„Johannes Paul I. hat einige Tage über das Problem nachgedacht. Am Morgen des 28. September 1978 rief er erst Kardinal Baggio zu sich und erklärte ihm, aufgrund seiner Zugehörigkeit zur Freimaurerloge müsse er Rom verlassen. Baggio soll lauthals protestiert haben."

„Kein sehr würdiges Verhalten …"

„Am Nachmittag ließ der Papst dann Kardinal Villot kommen. Als er ihm sagte, er wolle über die Vatikanbank sprechen, fing der Kardinal an zu zittern. Johannes Paul I. teilte ihm mit, dass Marcinkus seinen Posten beim IOR räumen müsse und gleich am nächsten Tag nach Amerika versetzt würde. Auch alle anderen Bankfunktionäre, die mit Marcinkus, Sindona und Calvi verbandelt waren, darunter Donato de Bonis, sollten zwangsversetzt werden. Was Villot selbst betraf, legte der Papst ihm nahe, seinen Rücktritt zu erklären und in sein Heimatland zurückzukehren."

„Also nach Frankreich."

„Das Gespräch dauerte bis kurz nach 19 Uhr. Dann ging der Papst zum Abendessen und schaute anschließend die Nachrichten im Fernsehen. Um 21 Uhr 30 zog er sich zurück, um zu schlafen."

Eine derartige Detailflut ließ Catherine aufhorchen.

„Welcher Tag war das doch gleich?"

„Der 28. September 1978."

Catherine legte die Stirn in Falten. Dieses Datum kannte sie.

„Aber das ist doch der Tag, an dem …"

Noch ehe sie den Satz beendet hatte, wusste Catherine Bescheid. Die Art, wie Tomás sie anschaute, deutete darauf hin, dass alles miteinander verbunden war.

„Das ist der Tag, an dem Johannes Paul I. starb."

LXXV

Nicht nur, weil sie am Vatikan arbeitete, hatte Catherine schon das eine oder andere Gerücht rund um den Tod von Papst Johannes Paul I. gehört. Mit den prekären Details hatte sie sich allerdings nie beschäftigt.

„Das heißt, der Papst wurde ermordet?“, fragte sie.

Tomás beugte sich vor und sah ihr direkt in die Augen.

„Das werden wir nie sicher wissen“, antwortete er. „Aber das wäre nicht der erste Mord in diesem Zusammenhang gewesen …“

„Da haben Sie Recht“, gab sie zu. „Aber ein Beweis ist das nicht.“

„Welchen Beweis hätten Sie gern? Dass ein Mafioso Ihnen sagt ‚Ich habe den Papst umgebracht‘?“

„Nein, aber zumindest einige klare Indizien.“

„Sie wollen Indizien?“, fragte Tomás. „Die sollen Sie haben. Am nächsten Tag meldete Radio Vatican, der Sekretär des Papstes, Monsignor Magee, habe um 6 Uhr 30 die Leiche von Johannes Paul I. gefunden. Dieser sei gegen 23 Uhr an einem Herzinfarkt gestorben und habe eine Ausgabe von *De imitatione Christi* in seinem Schoß gehalten. Sein Körper wurde einbalsamiert. Soweit ist alles klar, nicht wahr?“

„Sonnenklar. Bislang sehe ich noch kein Indiz.“

„Keine Sorge, das kommt noch. Und zwar stellte sich heraus, dass der Papst seine Ausgabe von *De imitatione Christi* in Venedig gelassen hatte und es in der Papstwohnung kein anderes Exemplar davon gab. Daraufhin teilte der Heilige Stuhl vier Tage später mit, der Papst sei vielmehr mit ‚gewissen persönlichen Papieren' aufgefunden worden."

„Der Vatikan hat seine Aussage also geändert?"

„Ja."

„Und wie hat er das begründet?"

„Damit, dass die Gläubigen nicht denken sollten, der Papst habe vor dem Schlafengehen eine Pornozeitschrift oder einen Wildwestroman gelesen."

„Sie machen Witze, oder?"

„Nein! Ich schwöre, das war die offizielle Begründung."

„Aber das ist doch Unsinn!", platzte Catherine heraus. „Für wie dumm halten sie die Leute eigentlich!"

„Diese offensichtliche Lüge machte die Presse natürlich misstrauisch", fuhr Tomás fort, „und sie wollte wissen, um welche Papiere es sich gehandelt habe. Nach einigem Hin und Her machte der Vatikan schließlich noch einmal eine Kehrtwende und präsentierte eine dritte Version: Der Papst habe vor seinem Tod eine Liste mit Nominierungen von Kurienmitgliedern und Bischöfen konsultiert."

„Ah!", entfuhr es Catherine. „Die Liste derjenigen, die Villot und die IOR-Funktionäre ersetzen sollten?"

„Was sollte es sonst gewesen sein?", sagte Tomás. „Aber das war nicht alles. Die katholische Organisation Civiltà Cristiana erhielt einen anonymen Hinweis aus dem Vatikan, dass die Darstellung des Todesablaufs erfunden sei. Civiltà Cristiana kontaktierte daraufhin die Presseagentur ANSA, um öffentlich eine Autopsie zu fordern. Dabei stellte sich heraus, dass die Balsamierer bereits um 5 Uhr benachrichtigt worden waren. Seltsam, nicht wahr?"

„Das könnte ein Irrtum gewesen sein", meinte Catherine.

„Nein, das konnte ausgeschlossen werden. Die Balsamierer trafen um 5 Uhr 40 im Vatikan ein, also noch ehe die Leiche offiziell entdeckt wurde."

„Das ist in der Tat seltsam."

„Abgesehen davon ist es in Italien verboten, vor Ablauf von vierundzwanzig Stunden mit dem Einbalsamieren zu beginnen. Wieso also diese Eile?"

„Was hat der Vatikan dazu gesagt?"

„Kardinal Villot sagte, das kanonische Recht verbiete eine Autopsie des Papstes, so dass es keinen Grund gegeben habe, mit der Einbalsamierung zu warten."

„Das klingt glaubwürdig."

„Dumm nur, dass das kanonische Recht sich zu einer Autopsie überhaupt nicht äußert. Vielmehr wurde schon Papst Pius VIII. im Jahr 1830 obduziert."

Catherine wiegte nachdenklich den Kopf.

„Dann änderte der Vatikan auch diese Erklärung und sagte, Johannes Paul I. sei der Tradition zufolge einbalsamiert worden, wie schon Johannes XXIII. Aber auch das stellte sich als Lüge heraus, denn es gibt keine Tradition, der zufolge ein Papst einbalsamiert wird."

„Was für ein Hickhack", schnaubte Catherine. „Aber selbst, wenn es Mord war – welchen Nutzen hatte das Einbalsamieren für die Mörder?"

„Dem verstorbenen Papst wurde auf ausdrückliche Anweisung des Vatikans eine Flüssigkeit injiziert", erklärte Tomás, „durch die man selbst im Fall einer Autopsie die Todesursache nicht zuverlässig hätte klären können, weil sie eventuelle Spuren von Gift im Blut überdeckte. Damit war auch die von Civiltà Cristiana geforderte Autopsie hinfällig."

„Gab es denn nicht einmal eine Blutprobe?"

„Nein, die war ausdrücklich untersagt worden, weshalb man vermutete, Kardinal Villot habe die Einbalsamierung angeordnet, um zu verhindern, dass die wahre Todesursache entdeckt wurde."

„Hm“, brummte Catherine, nicht restlos überzeugt.

„Aber auch die Geschichte mit dem Herzinfarkt war dubios. Die Personen, die ihn zuletzt lebend gesehen hatten, seine beiden Assistenten und die Haushälterin, sagten, er sei guter Laune zu Bett gegangen, und sein Leibarzt, Antonio da Ros, bestätigte, dass er Johannes Paul I. wenige Tage zuvor bei bester Gesundheit vorgefunden habe. Ein Infarkt habe ihn sehr überrascht, da der Papst nicht etwa Bluthochdruck, sondern chronisch niedrigen Blutdruck hatte. Ganz zu schweigen davon, dass sich Kardiologen weltweit wunderten, wie ein Herzinfarkt überhaupt ohne Autopsie diagnostiziert werden konnte. Angesichts der Tatsache, dass der Papst keinerlei vorherige Herzprobleme hatte und nicht einmal rauchte, war die Diagnose ihrer Meinung nach ‚unwahrscheinlich‘ bis ‚unverantwortlich‘.“

„Okay, der Heilige Stuhl hat also überstürzt gehandelt. Ein Beweis ist das aber noch nicht.“

„Machen Sie sich doch nichts vor, Catherine. Der Vatikan hat gelogen, und zwar mehrfach. Auch die Geschichte, dass Monsignor Magee die Leiche des Papstes gefunden haben soll, war nichts als ein Märchen.“

„Aha? Und wer hat sie dann gefunden?“

Tomás zögerte absichtlich mit der Antwort, um Catherine ein wenig auf die Folter zu spannen. Außerdem war er auf ihre Reaktion gespannt.

„Eine Frau.“

LXXVI

Catherine wusste nur zu gut, wie frauenfeindlich der Vatikan war. Er verweigerte den Frauen hartnäckig das Priesteramt, und sobald jemand darauf hinwies, dass Jesus sich nie diskriminierend über Frauen geäußert habe, entgegnete sofort jemand anderes, dass am letzten Abendmahl nur Männer teilgenommen hätten.

„Sind Sie sicher, dass die Leiche Johannes Pauls I. von einer Frau gefunden wurde?“, fragte Catherine erstaunt.

Tomás nickte.

„Als Radio Vatican verbreitete, Monsignor Magee habe die Leiche gefunden, erhielt Civiltà Cristiana abermals einen anonymen Hinweis: Wer die Wahrheit erfahren wolle, solle sich an Schwester Vincenza Taffarel und Monsignor Magee persönlich wenden.“

„Und, was haben die beiden gesagt?“

„Da die beiden nicht auffindbar waren, wandten die Journalisten sich an Pater Panciroli, den Leiter des vatikanischen Pressebüros. Dieser gab nach Rücksprache mit Kardinal Villot bekannt, Schwester Vincenza sei unerreichbar, und Monsignor Magee habe das Land verlassen.“

Catherine schürzte die Lippen.

„Wie bitte? Der Mann, der die Leiche des Papstes gefunden hat, war so kurzfristig verschwunden?“

„Ungewöhnlich, nicht wahr?“, fragte Tomás spitz. „Wie sich später herausstellte, hatte Kardinal Villot Schwester Vincenza quasi über Nacht in ein Kloster geschickt mit der Anweisung, mit niemandem auch nur ein Wort über die Angelegenheit zu reden. Monsignor Magee sollte in ein Priesterseminar außerhalb Roms wechseln, bis die Lage geklärt sei, aber Magee zog es vor, nach Liverpool zu gehen, wo seine Schwester lebte. Und raten Sie mal, wer sich dieser Reise angenommen hat?"

„Ich habe nicht die geringste Idee."

„Monsignor Marcinkus persönlich! Er hat nicht nur das Flugticket gekauft, sondern Magee auch zu einem Fahrzeug begleitet und dem Chauffeur den Auftrag gegeben, ihn zum Flughafen zu bringen."

„Aber was genau sollte mit diesem Theaterspiel vertuscht werden?", wollte Catherine wissen.

„Dazu gibt es lediglich Aussagen anonymer Informanten an die italienische Nachrichtenagentur ANSA. Um 4 Uhr 30 habe Schwester Vincenza Taffarel wie üblich bei Johannes Paul I. geklopft und ihm ein Tablett mit einem Kaffee vor die Tür gestellt. Als es eine halbe Stunde später noch unberührt da stand, klopfte sie erneut und trat schließlich in das Schlafzimmer des Papstes ein, wo sie ihn mit der Lesebrille auf der Nase und Dokumenten im Schoß aufrecht am Kopfende des Bettes sitzend vorfand. Sie tastete nach seinem Puls, aber vergeblich."

„Und dann?"

„Dann klingelte sie nach den beiden Sekretären, Pater Lorenzi und Monsignor Magee. Letzterer rief umgehend Kardinal Villot an, den Stellvertreter des Papstes, der wenige Minuten später frisch rasiert und wie aus dem Ei gepellt eintraf."

„Um 5 Uhr morgens?", wunderte sich Catherine. „Ein echter Frühaufsteher …"

„Zumindest an diesem Tag", sagte Tomás. „Jedenfalls soll Kardinal Villot sofort alle Medikamente und die auf dem Bett verstreuten Dokumente eingesammelt und dann den Arzt des Vatikans gerufen haben, dessen Diagnose zufolge der Papst um 23 Uhr an einem Herzinfarkt gestorben war. Um 6 Uhr ordnete Villot an, die Papstwohnung zu versiegeln, und die Balsamierer begannen mit ihrer Arbeit."

„Die hatten es wirklich eilig."

„Allerdings. Danach trug Kardinal Villot übrigens Monsignor Magee auf, der Öffentlichkeit eine andere Version zu erzählen, damit niemand erführe, dass eine Frau die Leiche gefunden hatte und sich unschöne Gerüchte verbreiten könnten. Schwester Vincenza musste daraufhin von der Bildfläche verschwinden, und ..."

„Aber es ist doch kein Geheimnis, dass der Papst eine Haushälterin hatte, oder?"

„Nein. Das, was Kardinal Villot tatsächlich verheimlichen wollte, waren die Medikamente auf dem Nachttisch und die Dokumente, die der Papst zum Zeitpunkt seines Todes gelesen hatte. Er bat Monsignor Magee ausdrücklich darum, mit niemandem über sie zu sprechen, und dieser war von den Ereignissen so verstört, dass er tat, was Villot von ihm verlangte. Der Vatikan stritt jedenfalls die anonymen Hinweise gegenüber der ANSA ab, und erst Jahre später gab er unter dem Druck externer Ermittlungen zu, dass er seine Gläubigen falsch informiert hatte."

„Okay, ich gebe zu, das sind genug Indizien, um ..."

„Die Geschichte geht aber noch weiter. Um kurz vor 7 Uhr traf der Schweizergardist Hans Roggan vor dem Büro der Vatikanbank auf Monsignor Marcinkus und teilte ihm mit, dass der Papst tot sei, was bei Marcinkus keinerlei Regung oder einen Kommentar hervorgerufen haben soll."

„Sie meinen, er wusste schon Bescheid?"

„Ja, umso mehr, als er normalerweise gern spät aufstand und seine Wohnung in der Villa Stricht etwa zwanzig Minuten vom Vatikan entfernt lag. Aber ausgerechnet an dem Tag, an dem der Papst starb, der ihn seines Postens als Chef der Vatikanbank entheben wollte, tauchte er um 7 Uhr morgens in seinem Büro auf und besorgte wenig später ein Flugticket für Monsignor Magee, damit dieser klammheimlich aus Rom weggebracht werden konnte."

„Das ist in der Tat sehr merkwürdig!"

„All das Hin und Her machte auch einige Kardinäle stutzig, und Kardinal Confalonieri schlug vor, eine Autopsie durchführen zu lassen, damit die zahllosen Gerüchte aufhörten. Erneut unter Druck gesetzt, gab Kardinal Villot schließlich zu, dass der Papst doch nicht an einem Herzinfarkt gestorben war."

Catherine riss die Augen auf.

„Wie bitte? Schon wieder eine Kehrtwende?"

„Haargenau."

„Das darf doch wohl nicht wahr sein!"

Der Französin fehlten schier die Worte angesichts dieses Lügenkabinetts. Sie schaute Tomás in Erwartung einer Erklärung auffordernd an.

„Villot gab zu, dass er hinsichtlich der Todesursache gelogen hatte."

LXXVII

Tomás war an einem entscheidenden Punkt der Geschichte angekommen.

„Als nächstes sagte Kardinal Villot, Johannes Paul I. habe aus Versehen eine Überdosis des Blutdruckmittels Effortil genommen. Auch ein Kardinal, der anonym bleiben wollte, bestätigte einem Ermittler, dass Villot ihm dies unter vier Augen anvertraut habe.“

„Das wäre bei einer Autopsie natürlich ans Licht gekommen“, warf Catherine ein.

„Genau. Und das wollte Villot verhindern. Angeblich, weil das Ergebnis darauf hätte hindeuten können, dass der Papst Selbstmord begangen oder man ihn ermordet habe.“

„Aber das ist doch verrückt!“

„Nicht, wenn man bedenkt, dass bei einer Autopsie auch der Todeszeitpunkt ans Licht gekommen wäre. Allerdings versicherten die Balsamierer auch ohne Autopsie, dass noch keine Totenstarre eingetreten und der Leichnam noch relativ warm war, als sie ihre Arbeit begannen, so dass der Tod nicht vor 4 oder 5 Uhr morgens eingetreten sein konnte.“

„Also nicht, wie vom Vatikan behauptet, gegen 23 Uhr …“

„Genau. Der Papst hätte also früh morgens wach werden und die Tabletten schlucken müssen.“

„Das ist in der Tat unglaubwürdig“, stimmte Catherine zu.

„Wie gesagt, es gibt keinerlei Beweise, aber doch einige Indizien: Kardinal Villot log selbst und forderte andere zum Lügen auf. Er gab den Auftrag zum überstürzten Einbalsamieren des Papstes, und sowohl er als auch Marcinkus behielten ihre Posten. Auch Calvi und Sindona kamen vorerst ungeschoren davon."

„Und wie kam es dann zum Crash der Ambrosiano-Bank?"

„Nun, das nächste Konklave wählte Karol Wojtyla als Nachfolger, der den Namen Johannes Paul II. annahm. Mittlerweile hatte der Vorsitzende der italienischen Zentralbank genug Material beisammen, um Calvi hinter Gitter zu bringen, und er forderte die Behörden auf, rasch und effizient zu handeln. Daraufhin wurde auch prompt ein Haftbefehl ausgestellt, aber raten Sie mal, gegen wen. Nicht gegen Calvi, sondern gegen den Zentralbankvorsitzenden selbst!"

„Wie bitte? Das ist ja ein Tollhaus!", entrüstete sich Catherine.

„Das klingt wie ein schlechter Scherz, nicht wahr?", sagte Tomás. „Und doch war genau das der Fall. Der Vorsitzende und sein Assistent wurden beide zu Haftstrafen verurteilt, weil sie angeblich wichtige Informationen zurückgehalten hatten. Einige Monate später stellte sich heraus, dass die Anklage falsch war, und die beiden nahmen ihre Posten wieder ein. Doch auch um Sindonas Hals zog sich die Schlinge mittlerweile enger, denn der Insolvenzverwalter der Banca Privata Italiana, Anwalt Ambrosoli, hatte herausgefunden, dass Sindona sieben Banken in Italien, Deutschland, der Schweiz und den Vereinigten Staaten um zweihundertsiebzig Millionen Dollar erleichtert hatte. Sindona musste ihn stoppen."

„Das klingt nicht gut ...", kommentierte Catherine.

„Sindona hat also einen Killer engagiert, der Ambrosoli vier Kugeln in die Brust jagte", fuhr Tomás fort. „Zwei Tage später wurde ein Polizist ermordet, der zu Geldwäsche und zur Geheimloge P2 ermittelte. In der nächsten Woche war ein leitender Polizist aus Palermo an der Reihe, der zu den Verbindungen von Calvi und Sindona beziehungsweise der Vatikanbank zur Mafia ermittelte."

„Was für ein Horror!", sagte Catherine angewidert.

„In der Zwischenzeit hatten Calvi und Marcinkus einen komplizierten Plan ausgeheckt, mit dem sie mehr als eine Milliarde Dollar von der Ambrosiano-Bank über die Vatikanbank an acht Strohfirmen in diversen Steuerparadiesen überwiesen, wofür die Vatikanbank kräftig Provisionen kassierte. Dann ließ die dritte Erdölkrise 1979 die Zinsen und somit die Schulden der Ambrosiano-Bank schier explodieren. Und obwohl die Steuerbehörde, die zu den Strohfirmen ermittelte, an allen Ecken und Enden die Augen schloss, waren manche Unregelmäßigkeiten einfach unübersehbar. Der Richter, der den ermordeten Alessandrini ersetzte, sah sich schließlich gezwungen, Calvis Reisepass einzuziehen."

„Wie hat der Heilige Stuhl auf all das reagiert?"

Tomás sah Catherine direkt in die Augen, als er antwortete.

„Gar nicht."

LXXVIII

Catherine konnte es kaum glauben: Die italienische Justizbehörde hatte gegen Roberto Calvi ermittelt, und der Heilige Stuhl sollte gar nicht darauf reagiert haben?

„War die Kirche denn nicht über die Ereignisse informiert?“, fragte sie.

„Oh doch! Der italienische Finanzminister kam höchstpersönlich in den Vatikan und flehte den Kardinalstaatssekretär Agostino Casaroli geradezu an, die Kirche möge ihre Verbindungen zur Ambrosiano-Bank beenden“, antwortete Tomás. „Casaroli sprach daraufhin mit dem Papst, aber Johannes Paul II. hat die Bitte des Finanzministers kategorisch abgelehnt.“

„Aber das schadete doch dem Ansehen der Kirche“, wunderte sich Catherine. „Und mit Sicherheit auch ihren Finanzen.“

„Die einzig logische Erklärung ist die“, fuhr Tomás fort, „dass die Verflechtungen zu eng waren, um sie zu lösen. Die Ambrosiano-Bank gehörte praktisch schon der Vatikanbank. Sogar der Vizepräsident der Ambrosiano-Bank forderte Calvis Rücktritt. Ein paar Tage später versuchte man, ihn umzubringen, aber der Attentäter wurde getötet, und die Polizei fand später heraus, dass er ein von Calvi engagierter Mafiakiller war.“

„Um Himmels Willen! Diese Typen haben offenbar immer nur eine Antwort, wie sie ihre Probleme aus der Welt schaffen!“, rief Catherine.

„Was erwarten Sie von der Mafia? Dass sie lammfromm wie die Sängerknaben sind?“

Die Französin seufzte entmutigt.

„Da haben Sie auch wieder Recht.“

„Dann ging alles Schlag auf Schlag. Ein paar Tage nach dem Attentat auf Papst Johannes Paul II. wurde Calvi verhaftet und zu vier Jahren Haft verurteilt, und Sindona wurde wegen des Mordanschlags auf den Anwalt Ambrosoli angeklagt. Calvi kam gegen Kaution jedoch auf freien Fuß und übernahm wieder die Leitung der Ambrosiano-Bank.“

„Was? Obwohl er gerade erst verurteilt worden war, blieb er weiter auf seinem Posten?“

„Ja, und zwar mit Zustimmung der italienischen Zentralbank. Es heißt, Calvi habe sich mit dem Staatsanwalt geeinigt, mit der Justiz zusammenzuarbeiten. Dafür wollte er natürlich eine Gegenleistung. Dann tauchte ein neues Problem auf, denn obwohl Calvi sich über seine Filialen in Peru, Nicaragua, Panama, Luxemburg und auf den Bahamas bereits mehr als eine Milliarde Dollar geliehen hatte, forderte er immer noch mehr Geld. Aber die Peruaner und Nicaraguaner weigerten sich. Ihre Zahlen waren bereits tiefrot, und sie ahnten ebenso wie die italienische Steuerbehörde, dass die acht Firmen, an die Calvi all das geliehene Geld überwies, in Wahrheit seine eigenen Strohfirmen waren.“

„Und damit gab es selbstverständlich keine Garantie für die Kredite, sprich, die Gläubiger würden ihr Geld nie wiedersehen“, sagte Catherine.

„Aber wie schon Jahre zuvor wandte Calvi sich auch diesmal an seinen Freund Marcinkus. Dieser stellte ihm prompt zwei Patronatsbriefe aus, mit denen die Vatikanbank als Eigentümerin der acht Firmen für den Milliardenkredit garantierte. Im Gegenzug erhielt das IOR von Calvi einen ordentlichen Batzen Geld sowie ein geheimes Schreiben, das die Kirche von jeglichen Zahlungsverpflichtungen für die acht Strohfirmen freisprach."

„Das ist ja ungeheuerlich!", warf Catherine entgeistert ein.

„Nebenbei rief Licio Gelli, der ehemalige Chef der Freimaurerloge P2 nach wie vor bei der Familie von Calvi an. Jedes Mal forderte er Geld, und Calvi zahlte. Übrigens nannte er am Telefon immer nur seinen Codenamen. Raten Sie mal, welcher das war."

„Ich habe keine Ahnung."

„Luciani."

Catherine runzelte die Stirn.

„Albino Luciani?", fragte sie.

„Also Papst Johannes Paul I.", nickte Tomás.

„Ich kann mir gut vorstellen, dass die Erinnerung an dessen plötzlichen Tod Calvi nervös gemacht hat."

„Das kann man wohl sagen. Als dann noch die italienische Zentralbank ausführliche Erklärungen zu den acht Strohfirmen forderte, verfiel Calvi in Panik. Er packte seine Koffer und kündigte an, Dinge zu enthüllen, die den Vatikan ins Wanken brächten. Dann verließ er das Land, und der Kurs der Ambrosiano-Aktien fing an zu sinken. Alarmiert forderten die Ambrosiano-Manager die Vatikanbank auf, die Schulden der acht Firmen zu übernehmen, wie Marcinkus es garantiert hatte. Daraufhin präsentierte der Heilige Stuhl das Geheimschreiben Calvis, das den Vatikan von jeglichen Verpflichtungen freistellte. Aber Pech für die Kirche: Das Schreiben war wertlos, eben weil es geheim geblieben und kein zuständiger Verantwortlicher über den Inhalt informiert worden war."

„Das ist so offensichtlich, dass Marcinkus das eigentlich hätte wissen müssen!"

„Dann meldete die Ambrosiano-Bank Insolvenz an, und noch am selben Tag fand man Calvi unter einer Brücke in London erhängt. Die Polizei vermutete zunächst Selbstmord, aber Jahre später ergab eine Exhumierung, dass es Mord war."

„Lassen Sie mich raten: Es war die Mafia …"

„Korrekt. Die Mafia im Einvernehmen mit Licio Gelli."

„Gab es denn diesmal eine Reaktion seitens des Vatikans?", fragte Catherine vorsichtig.

„Oh ja, diesmal brach regelrecht Panik aus. Immerhin hatte die Vatikanbank nicht nur das gesamte Geld verloren, das sie der Ambrosiano geliehen hatte, sondern die Gläubiger forderten auch, dass der Vatikan die in den Patronatsbriefen ausgestellte Garantie übernahm. Nach langem Hin und Her akzeptierte der Vatikan endlich seine Verantwortung und zahlte mehr als zweihundertvierzig Millionen Dollar Entschädigung."

„Und Sindona?"

„Er war an Italien ausgeliefert und für den Mordanschlag auf Ambrosoli zu lebenslänglicher Haft verurteilt worden. Daraufhin kündigte er an, umfassend auszupacken. Als er zwei Tage später in der Cafeteria des Gefängnisses einen Kaffee trank, übergab er sich und brach zusammen. Er röchelte, er sei vergiftet worden und starb am nächsten Tag. In seinem Kaffee wurde Zyanid gefunden."

Catherine atmete tief durch.

„Herrje, was für eine Geschichte", sagte sie.

Tomás lehnte sich vor und verschränkte die Arme.

„Wissen Sie, was Papst Johannes Paul II. während all dieser Ereignisse getan hat?", fragte er.

Catherine schaute Tomás erwartungsvoll an.

„Nun sagen Sie schon."

„Der Papst bestätigte Monsignor Marcinkus nicht nur als Präsident der Vatikanbank, sondern ernannte ihn auch zum Präsidenten der Päpstlichen Kommission, wodurch er zum Erzbischof befördert und quasi zum Gouverneur des Vatikans wurde."

„Der Papst hat ihn befördert?", fragte Catherine entgeistert.

„Ja. Die italienische Justiz hatte einen Haftbefehl gegen Marcinkus und zwei andere hohe Funktionäre des IOR ausgestellt, aber die Kirche berief sich auf Artikel 11 der Lateranverträge, der sie vor einem Zugriff schützte."

„Das heißt, Erzbischof Marcinkus durfte den Vatikan nicht verlassen, weil er sonst verhaftet worden wäre?"

„Genau. Übrigens brachen infolge all dieser Skandale die Spenden für den Peterspfennig radikal um fünfundsiebzig Prozent ein, was die Finanzen des Vatikans noch weiter belastete. Einige Kardinäle flehten Johannes Paul II. daraufhin an, etwas zu tun, um das Vertrauen der Gläubigen wiederherzustellen."

„Und was hat der Papst geantwortet?"

„Halten Sie sich fest! Er sagte, wenn er dazu Erzbischof Marcinkus der Justiz übergeben solle, könnten sie das getrost vergessen."

Catherine wich Tomás' Blick aus. Das Verhalten der Kirchenvertreter war einfach zu peinlich.

„Die Frage, die sich daraus ergibt, ist offensichtlich, nicht wahr?", fuhr Tomás fort.

Die Französin nickte.

„Warum hat Johannes Paul II. Marcinkus derart in Schutz genommen?", fragte sie leise.

„Nun, ich sehe nur eine Möglichkeit", antwortete Tomás.

„Und die wäre?"

Tomás richtete sich auf seinem Stuhl auf und schaute Catherine durchdringend an, ehe er antwortete.

„Der Papst steckte mit ihm unter einer Decke."

LXXIX

Für Tomás war es das größte Rätsel im Ambrosiano-Skandal, wie Monsignor Marcinkus nicht nur ständig von Johannes Paul II. geschützt, sondern auch noch befördert werden konnte.

„Das Verhalten des Papstes in der Angelegenheit war höchst merkwürdig", sagte er. „Knapp zwei Monate nach seiner Wahl hatte er ein Gespräch mit Marcinkus, gegen den sich die Lage allmählich zuspitzte. Das FBI hatte ihn schon wegen der gefälschten Aktien befragt, die italienische Zentralbank war auf Unregelmäßigkeiten bei der Ambrosiano-Bank gestoßen, und eine interne Prüfung im Auftrag von Johannes Paul I. hatte Ungereimtheiten bei der Führung der Vatikanbank aufgedeckt."

„Sind Sie sicher, dass der Papst über all diese Dinge Bescheid wusste?"

„Absolut. Kurz zuvor hatten ihm zwei Kardinäle den Bericht der Wirtschaftsprüfung des IOR übergeben."

„Ah."

„Der Papst und Marcinkus sprachen übrigens polnisch miteinander. Dabei ging es um die Finanzprobleme eines Klosters zu Ehren der von den Katholiken Polens verehrten Schwarzen Madonna. Johannes Paul II. wollte von Marcinkus wissen, ob er das Geldproblem dieses Klosters lösen könne. Und weil Marcinkus eine gute Chance witterte, versprach er dem Papst, sich darum zu kümmern. Dann wechselte der Papst das Thema; er wollte nach Mexiko reisen und fragte Marcinkus, ob er die Reise organisieren und ihn begleiten wolle. Marcinkus akzeptierte auch das."

„Und weiter?"

„Nichts weiter. Das Gespräch war damit beendet, und beide Seiten waren mit dem Ergebnis sehr zufrieden."

„Der Papst hat nichts zu den Unregelmäßigkeiten am IOR gesagt?"

„Nein."

„Aber … hatte er vielleicht den Wirtschaftsbericht noch nicht gelesen?"

„Doch, ganz sicher. Er hat ihn Marcinkus gegenüber allerdings nicht erwähnt."

„Wenn das Treffen unter vier Augen stattgefunden hat, könnten sie aber auch darüber gesprochen haben, ohne der Öffentlichkeit etwas davon zu berichten."

„Schon möglich", entgegnete Tomás. „Jedenfalls kannten die beiden sich noch aus der Zeit, als Karol Wojtyla in Krakau im Amt war und Marcinkus der Diözese reiche Spenden zukommen ließ, die er in seiner eigenen Gemeinde in Chicago sammelte. Der Papst wusste also, dass Marcinkus ein Talent dafür hatte, an Spendengelder zu kommen, und ich denke, Johannes Paul II. war das Ergebnis wichtiger als das Wie. Er wollte Geld. Punkt. Und das kann meines Erachtens nur bedeuten, dass er in der ganzen Sache nicht unschuldig war."

Catherine nickte langsam und verzog den Mund.

„Das ist gut möglich."

Diese Antwort überraschte Tomás. Er hatte erwartet, dass Catherine als Angestellte des Heiligen Stuhls und praktizierende Katholikin dieser Schlussfolgerung mehr Widerstand entgegenbringen würde.

„Wie bitte?", fragte Tomás. „Sie widersprechen mir nicht?"

„Nein, wieso sollte ich? Das klingt alles schlüssig und passt zu den weiteren Fakten."

„Gut", sagte Tomás erstaunt. „Dann bleibt nur die Frage offen, wofür der Papst überhaupt das Geld brauchte …"

Catherine schaute ihn schräg an.

„Sagen Sie bloß, das wissen Sie nicht."

„Nun ja, vielleicht wollte er sich persönlich bereichern oder etwas für die Armen spenden. Aber mir ist schleierhaft, wieso er völlig die Augen davor verschließen konnte, welche Verbrechen für dieses Geld begangen wurden."

„Darüber bin ich bestens informiert", entgegnete die Wirtschaftsprüferin des Vatikans, „denn ich hatte Zugang zu einigen relevanten Unterlagen."

„Dann schießen Sie mal los!"

Catherine blickte flüchtig zum Fernseher und hätte am liebsten das Gerät wieder eingeschaltet. Sie wollte wissen, wie es dem Papst ging. Aber wenn ihr Gespräch mit Tomás irgendeinen praktischen Nutzen haben sollte, musste sie sich konzentrieren.

„Glauben Sie, dass die Kardinäle des Konklave sich bewusst waren, welche Konsequenzen die Wahl eines polnischen Papstes in Zeiten des Kalten Krieges haben würde?", fragte sie.

„Sie meinen die Zeit des Kalten Krieges?" Tomás winkte ab. „Ich denke nicht, dass das ihre Hauptsorge war. Immerhin tauchte Karol Wojtyla erst spät als Kandidat auf, quasi als Kompromisslösung."

„Auch wenn dieser Punkt bei der Papstwahl also kaum eine Rolle gespielt haben dürfte, hat er dennoch das gesamte Pontifikat Johannes Pauls II. bestimmt. Als Pole hatte er schließlich unter dem totalitären Sowjetregime gelebt, und er verabscheute die Kommunisten."

„Die Rolle von Johannes Paul II. im Kampf gegen den Kommunismus ist allseits bekannt", bestätigte Tomás. „Anfangs dachte er noch, es sei das Vernünftigste, wenn die Kirche sich mit den Kommunisten arrangiere, aber das änderte sich mit dem Anschlag auf ihn am 13. Mai 1981. Das war der Jahrestag der Marienerscheinung von Fátima, woraufhin der Papst sich näher mit den Prophezeiungen beschäftigte. Schließlich hoffte er, der Kommunismus könne doch besiegt werden, und er weihte Russland dem unbefleckten Herzen der Muttergottes, wie es die Prophezeiung gefordert hatte. Für die Kirche war das ein fundamentales Element beim Zusammenbruch des sowjetischen Reichs."

„Und was sagen Sie dazu, Tomás?"

„Ich bin ein Mann der Wissenschaft und gebe hier nur die Haltung des Papstes wieder", entgegnete er fast schon beleidigt darüber, dass Catherine es offenbar für möglich hielt, er könne die Prophezeiungen für wahr halten. „Doch schon bald nach der Papstwahl veränderte sich die internationale Lage: Margaret Thatcher wurde britische Premierministerin, Ronald Reagan Präsident der USA, und wie Johannes Paul II. waren auch sie am Zerfall der Sowjetunion interessiert. Der Rest ist Geschichte."

„Schön und gut", sagte Catherine. „Doch zur gleichen Zeit veränderte sich auch in Polen einiges, nicht wahr?"

„Aber sicher! Solidarność wurde gegründet. Das war die erste nicht-kommunistische Gewerkschaft Polens." Er stutzte. „Worauf wollen Sie hinaus? Wollen Sie etwa sagen, der Papst sei für die Entstehung von Solidarność verantwortlich?"

„Natürlich nicht", entgegnete sie. „Aber Johannes Paul II. war diesem Ereignis gegenüber nicht gleichgültig."

„Kein Wunder, es handelte sich immerhin um sein Heimatland. Aber was hat das mit unserem Thema zu tun?"

„Selbstverständlich wurden auch in Moskau die Ereignisse in Polen genau beobachtet", fuhr Catherine fort, ohne auf seine Frage einzugehen. „Aus Angst vor einem Dominoeffekt in Osteuropa wollten einige Kreml-Vertreter bereits in Polen einmarschieren, ähnlich wie zuvor in Ungarn und der Tschechoslowakei. Und der Papst war darüber natürlich informiert."

Als Historiker wusste Tomás darüber bestens Bescheid.

„Johannes Paul II. soll sogar einen Brief an Staatschef Breschnew geschrieben haben, in dem er ankündigte, höchstpersönlich den Widerstand zu leiten, falls die Sowjets tatsächlich in Polen einmarschierten. Diese Nachricht hat sich wie ein Lauffeuer verbreitet und nicht nur bei den Anhängern von Solidarność für Aufsehen gesorgt."

Catherine sah Tomás eindringlich an.

„Wissen Sie auch, wer diesen Brief in Moskau übergeben hat?"

Tomás zuckte mit den Schultern.

„Ist das wichtig?"

„Sehr sogar."

„Dann sagen Sie schon, wer es war."

Auf ihren Lippen breitete sich ein Lächeln aus. Nach all den Ungeheuerlichkeiten, die Tomás ihr erzählt hatte, konnte sie nun ihrerseits für eine Überraschung sorgen, was sie mit einer gewissen Zufriedenheit erfüllte.

„Erzbischof Marcinkus."

LXXX

Der Präsident des IOR hatte also höchstpersönlich den Brief von Johannes Paul II. überbracht!

„Das überrascht mich nur bedingt", sagte Tomás. „Immerhin kannten Marcinkus und Wojtyla sich schon seit Jahren, und während ihrer Reise nach Mexiko hatte Marcinkus genug Zeit, dem Papst zu erzählen, dass der KGB hinter dem Tod von Johannes Paul I. steckte."

Catherine war fast über Tomás' nüchterne Reaktion enttäuscht.

„Nun ja … das beantwortet im Prinzip die Frage, wieso Johannes Paul II. an Monsignor Marcinkus festhielt und ihn trotz all der Skandale so hartnäckig verteidigte."

„Nicht wirklich", widersprach Tomás. „Denn selbst wenn der Papst an die Verschwörungstheorie geglaubt haben sollte, lag in der Vatikanbank dennoch Vieles im Argen, was eindeutig nichts mit dem KGB zu tun haben konnte. Und Johannes Paul II. war kein Trottel! Es muss einen Grund dafür geben, dass er Marcinkus so bedingungslos in Schutz genommen und dafür sogar den Ruf der Kirche aufs Spiel gesetzt hat."

Catherine seufzte und schlug die Beine übereinander.

„Haben Sie es immer noch nicht verstanden?", fragte sie.

Tomás zögerte.

„Wegen Polen?"

Sie nickte.

„Alles hing mit Polen zusammen", bestätigte sie.

Tomás dachte einen Moment lang nach. Wieso war ihm das nicht früher aufgefallen?

„Und was verband Marcinkus mit Polen?", fragte er.

Catherine rieb Mittelfinger und Daumen der rechten Hand aneinander.

„Das Geld."

„Inwiefern?"

„Denken Sie an die politische Lage der damaligen Zeit", sagte Catherine. „Der Papst war auf seinem Kreuzzug gegen den Kommunismus nicht allein. Margaret Thatcher und Ronald Reagan unterstützten ihn, und im Umfeld Reagans gab es viele Katholiken, darunter den CIA-Chef. William Casey stattete dem Papst alle sechs Monate einen Besuch ab und tauschte mit ihm vertrauliche Informationen aus. Aber um dazwischen in Kontakt zu bleiben, brauchten der Vatikan und Washington jemanden, dem beide Seiten vertrauten … einen amerikanischen Prälaten."

Die Anspielung war so offensichtlich, dass Tomás sich fast verschluckte.

„Marcinkus?"

„Exakt", bestätigte Catherine. „Monsignor Marcinkus war Amerikaner litauischer Herkunft sowie ein Prälat, den der Papst persönlich schätzte. Daraufhin reiste er regelmäßig zwischen dem Vatikan und den USA hin und her."

„Das ist mir neu."

„Dennoch blieb ein praktisches Problem zu lösen, denn der reine Informationsaustausch war zu wenig. Polen musste auch mit einfachen Kommunikationsgeräten ausgerüstet werden, wenn Solidarność Erfolg haben sollte. Und wer hätte bessere Kontakte dazu gehabt als die Priester?"

„Der Vatikan hat also Solidarność aktiv unterstützt …"

„Ja. Aber auch das reichte noch nicht. Denn die streikenden Gewerkschaftler und ihre Familien erhielten ja keinen Lohn mehr, und nicht selten brauchten sie auf der Flucht vor der Polizei ein Auto und eine neue Wohnung."

„Sprich, sie brauchten Geld", warf Tomás ein.

„Und zwar eine ganze Menge. Das wusste der Papst natürlich, aber woher sollte er so viel Geld bekommen?"

„Von den Amerikanern, nehme ich an."

„Ja, allerdings nicht genug", erwiderte Catherine. „Denn gemäß den ungeschriebenen Regeln des Kalten Krieges durften weder die USA noch die Sowjetunion die Gegner des Anderen auf europäischem Boden zu sehr unterstützen. Der Papst brauchte also eine weitere Geldquelle."

„So also kamen Marcinkus und die Vatikanbank ins Spiel ..."

„Ich wusste doch, dass Sie ein cleveres Kerlchen sind", sagte Catherine schmunzelnd. „Und Johannes Paul II. wollte nicht wissen, ob das Geld aus Drogenhandel, Prostitution oder Steuerhinterziehung stammte. Alles was er wollte, war, Solidarność zu unterstützen."

„Der Zweck heiligte also die Mittel."

„Ja, Hauptsache, Polen konnte vor den Kommunisten gerettet werden. Marcinkus wurde also damit beauftragt, die inzwischen verbotene Gewerkschaft mit Geld zu versorgen. Und so wurde der Papst indirekt in den Ambrosiano-Skandal verwickelt."

„Wie viel Geld hat Polen denn erhalten?"

„Das lässt sich nur schwer bestimmen", antwortete Catherine. „Mindestens hundert Millionen Dollar. Aber das IOR kaufte beispielsweise auch für dreieinhalb Millionen Dollar kleine Goldbarren, die ein polnischer Priester dann in seinem Lada nach Polen schmuggelte. Gesetz hin oder her, Polen brauchte Geld."

Tomás lehnte sich auf seinem Stuhl zurück. Die Puzzleteile passten zusammen.

„Vermutlich floss ein Großteil des von der Ambrosiano-Bank hinterzogenen Geldes nach Polen“, fuhr Catherine fort. „Und vermutlich wurden Licio Gelli und die antikommunistische Loge P2 regelrecht für den Kalten Krieg angeheuert.“

Sie schaute aus dem Fenster. Auf dem Petersplatz beteten Hunderttausende Menschen für die Rettung des Papstes.

„All das ist Geschichte“, sagte sie. „Aber was für einen Zusammenhang gibt es zwischen den damaligen Ereignissen und der Entführung von Papst Franziskus? Wie kann die Vergangenheit uns dabei helfen, die aktuelle Situation zu verstehen?“

Tomás ließ seinen Blick über die Unterlagen des Monsignor Dardozzi schweifen, die sich auf dem Schreibtisch der Französin stapelten.

„Die Antwort muss sich irgendwo in diesen Dokumenten verbergen.“

LXXXI

Die Unterlagen waren derart zahlreich, dass Catherine und Tomás sie niemals alle durchforsten konnten.

„Glauben Sie wirklich, dass wir hier das fehlende Bindeglied finden?“, fragte die Französin skeptisch. „Und das auch noch auf die Schnelle …?“

Ohne echte Überzeugung nahm Tomás eine der Akten mit der Aufschrift ‚Korrespondenz‘ zur Hand. Sie lag auf einem separaten Stapel an Mappen, die sie noch nicht angeschaut hatten.

„Sicher bin ich natürlich nicht“, antwortete er. „Aber da der Papst uns auf die Dardozzi-Akten hingewiesen hat, muss der Schlüssel des Rätsels sich hier verbergen.“

„Worin könnte dieser Schlüssel Ihrer Meinung nach bestehen?“, wollte Catherine wissen.

Gedankenverloren blätterte Tomás in der ‚Korrespondenz‘-Akte. Es handelte sich größtenteils um Schriftwechsel zwischen dem IOR und anderen Banken oder ihren Anlegern. Dazwischen lag ein Blatt, das seine Aufmerksamkeit erregte: die Fotokopie einer Art Scheibe mit zwei kreisförmig angeordneten Buchstabenreihen.

„Alberti“, sagte er.

Catherine schaute ihn fragend an.

„Alberti ist der Schlüssel zu unserem Rätsel? Wer ist das?“

Als er das Missverständnis bemerkte, zeigte Tomás ihr das Blatt.

„Nein, ich meinte das hier: die Chiffrierscheibe des Florentiners Leon Battista Alberti, die er im 15. Jahrhundert in seinem Werk *De Componendis Cifris* vorgestellt hat.“

„Sie hat also nichts mit unserem Problem zu tun?“

Kopfschüttelnd steckte Tomás die Kopie wieder zu den Akten und legte sie zurück auf den Stapel.

„Wie könnte also Ihrer Meinung nach dieser Schlüssel aussehen?“, wiederholte Catherine.

„Omissis“, sagte Tomás prompt.

„Sie glauben also, dass die Antwort auf die Frage, wer Omissis ist, alles andere erklärt?“

„Ja. Immerhin sollten die Typen, die mich entführt haben, herausfinden, ob wir wissen, wer sich hinter Omissis verbirgt“, antwortete er. „Diese Frage ist also von entscheidender Bedeutung.“

„Aber das wissen wir doch, Tomás! Eine Gruppierung radikaler Islamisten.“

„Das ist nicht konkret genug. Außerdem erklärt es nicht, wieso der Papst auf die Dardozzi-Akten verwiesen hat und wer der Judas hier im Vatikan ist, der den Terroristen hilft. Ich bin überzeugt, dass Omissis der Schlüssel dazu ist.“

„Und wie können wir ihn identifizieren?“

Erschöpft lehnte sich Tomás zurück und schloss die Augen. Er fühlte sich plötzlich ausgelaugt und wie in einem riesigen Labyrinth gefangen.

„Ich habe nicht die geringste Ahnung.“

Catherine hatte sich inzwischen daran gewöhnt, dass Tomás die Dinge in die Hand nahm. Seine Ratlosigkeit verunsicherte sie.

„Was … machen wir denn jetzt?“

Tomás betrachtete den Aktenberg vor ihnen, dann warf er einen Blick auf seine Uhr.

„In Kürze beginnt die Messe im Petersdom“, sagte er. „Kardinal Barboni hat mich eingeladen zu kommen, aber ich glaube, ich bleibe lieber hier.“

„Heißt das … Sie werfen das Handtuch?“, fragte Catherine entgeistert.

Tomás seufzte.

„Seien wir realistisch. Es ist 23 Uhr 10. Glauben Sie wirklich, dass es uns gelingt, innerhalb der nächsten fünfzig Minuten nicht nur alle Fragen zu beantworten, sondern auch noch den Papst zu finden?“ Er schüttelte den Kopf. „Ich nicht.“

Einfach aufzugeben frustrierte Catherine stärker als jede Niederlage. Das bedeutete also, dass keine Hoffnung mehr bestand, den Papst zu retten. Auch wenn diese Hoffnung nie sehr groß gewesen war, hatte sie ihnen doch während der letzten Stunden ein Ziel gegeben und eine Beschäftigung, die sie davon abhielt, über das nachzudenken, was um Mitternacht passieren würde. Diese Hoffnung war jetzt mit Tomás’ Antwort gestorben, und in Kürze würde auch der Papst …

„Ich … ich …“

Von Mutlosigkeit und Verzweiflung überwältigt, kamen Catherine die Tränen. Um ihren Gefühlsausbruch zu verbergen, stand sie auf und wandte sich ab.

Auch Tomás fühlte sich hilflos und von der grausamen Realität erdrückt. Sein Gefühl der Machtlosigkeit wurde verstärkt durch die zigtausenden Menschen auf dem Petersplatz, deren Gedanken sich alle um eine einzige Sache drehten.

Noch achtundvierzig Minuten.

In achtundvierzig Minuten wäre es Mitternacht, in achtundvierzig Minuten würde der Papst enthauptet, in achtundvierzig Minuten würde die Menschheit ins Chaos stürzen.

Er trat zu Catherine und nahm sie in den Arm. So blieben sie einige Augenblicke lang stehen. Das milde Parfüm der jungen Frau und ihr warmer Körper fingen an, Tomás zu verwirren. Er schloss und öffnete die Augen, um das unerwartete Verlangen, das ihn überkam, zu kontrollieren.

‚Vergiss es!‘, mahnte er sich selbst. Er war verlobt und durfte nicht einfach dem Charme der nächstbesten Blondine erliegen! Außerdem war das nun wirklich der falsche Zeitpunkt: Der Papst war in Lebensgefahr, die Menschheit stand am Rande einer Katastrophe, und er … begehrte diese Frau?

Als Catherine den Kopf hob und ihn anschaute, hatten der Schmerz und die Lust ihre Augen noch intensiver blau gefärbt. Ihre Lippen waren leicht geöffnet und wirkten wie eine Einladung. Das Verlangen, sie zu küssen, wurde immer unwiderstehlicher. Außerdem würde Maria Flor es nie erfahren. Worin bestünde also das Problem, diese Frau, mit der er einen der dramatischsten Tage seines Lebens verbrachte, an sich zu drücken, ihren zitternden Körper zu streicheln, ihr die Kleider …

Er hielt inne.

Sein Gewissen meldete sich zu Wort.

Nein.

Er konnte das nicht tun, er konnte hier und jetzt nicht den Papst verraten. Er konnte nicht Maria Flors Vertrauen in ihn missbrauchen und die Liebe verraten, die er für sie empfand.

„Ich … schaue mal, was draußen inzwischen los ist“, sagte er und löste sich ungeschickt aus der Umarmung. Er trat auf den Balkon, um wieder zu Sinnen zu kommen. Während er sich einen verrückten Esel schalt, betrachtete er die Tausende leuchtender Punkte auf dem Petersplatz. Die Menge betete gerade ein weiteres Ave Maria.

Dann schlug die Tür zu.

Überrascht drehte er sich um und stellte fest, dass er allein war.

Catherine war gegangen.

LXXXII

Tomás hatte den Fernseher wieder eingeschaltet, und sah auf allen Sendern das Gleiche: eine Direktübertragung vom Petersplatz. Links unten zeigte ein Countdown an, wie viel Zeit noch bis Mitternacht blieb, wenn das Ultimatum der Terroristen ablief.

Noch fünfundvierzig Minuten.

„... einer Viertelstunde werden christliche Kirchen rund um den Globus Zeremonien beginnen, um für die Rettung des Heiligen Vaters und den Erhalt des Weltfriedens zu beten. Zahlreiche Moscheen, Synagogen sowie hinduistische und buddhistische Tempel haben sich dieser Initiative angeschlossen. Der Dalai Lama sagte vor wenigen Minuten ...“

Über den Ticker lief ein ständiger Nachrichtenstrom. An der Grenze zwischen Griechenland und der Türkei war es zu neuen Zusammenstößen zwischen Muslimen und Christen gekommen, ebenso im Süden von Bosnien-Herzegowina und Medjugorje. Außerdem waren zwei Bomben in der Sankt-Stephans-Basilika von Budapest explodiert, und ein Selbstmordattentäter hatte sich während eines Gedenkgottesdienstes in Amsterdam in die Luft gesprengt. Die russische Armee hatte Belgrad umfangreiche Unterstützung angeboten, für den Fall, dass die Türken tatsächlich in Griechenland einmarschieren sollten. Im Gegenzug hatte die

US-Regierung einen unerbittlichen Kampf gegen islamistischen Terror in aller Welt angekündigt, während Deutschland sich für Friedensverhandlungen einsetzte und die UNO zu Besonnenheit und Zurückhaltung mahnte. Die Vermittlungsversuche waren jedoch auf frostige Ablehnung gestoßen, da jede Seite die andere für die Probleme verantwortlich machte.

Die Bilder zeigten inzwischen das Innere des Petersdoms, der bis auf den letzten Platz gefüllt war. In Kürze würde auch Kardinal Barboni eintreffen.

„... diese Zeremonie auf allen Fernsehsendern live übertragen. Kein einziger Sender hat akzeptiert, die Bilder auszustrahlen, die die Terroristen ab Mitternacht ins Internet stellen werden. Die betreffende Webseite, auf der die Bilder zu sehen sein sollen, ist jedoch derzeit überlastet und kann nicht aufgerufen werden. Der Vatikan appellierte erneut an die Entführer, ...“

Angewidert schaltete Tomás den Ton aus. Wie konnte es Menschen geben, die sich die Live-Übertragung einer Hinrichtung anschauen wollten? War das nicht wie im tiefsten Mittelalter? Und was sollte man von all den Regierungen halten, die sich die Ängste und Emotionen der Leute zunutze machten und diese unter dem Deckmantel der Religion in den Krieg führten, um ihre wahren politischen Ziele zu erreichen?

Erschöpft ließ sich Tomás auf seinen Stuhl fallen und atmete tief ein. Wie würde er die nächsten vierzig Minuten überstehen? Plötzlich dachte er an Maria Flor, die er in all der Hektik ganz vergessen hatte. Als er sein Telefon zur Hand nahm, merkte er, dass es ausgeschaltet war. Er drückte also auf den Knopf und wartete, dass es betriebsbereit wäre.

Beim Anblick der Akten auf dem Schreibtisch regte sich Tomás' Kampfgeist wieder. Mit welchem Recht wollte er aufgeben?

Natürlich sah die Lage hoffnungslos aus, und alle Unterlagen durchzuschauen würde mehrere Wochen dauern. Aber das hieß nicht, dass er die ihm verbleibende halbe Stunde nicht zu kämpfen versuchen könnte!

Sein Telefon zeigte mehrere ungelesene SMS und Anrufe in Abwesenheit an. Eine Minute zuvor hätte er sie gelesen, aber jetzt legte er das Handy einfach beiseite.

Direkt vor ihm lag die Akte mit dem Titel ‚Kardinal Francis Spellman'. Darin hatte er einige Stunden zuvor den ersten Hinweis auf Omissis gefunden. Seinem Bauchgefühl folgend öffnete er die Akte und nahm die Kopie der Kontoeröffnung heraus. Die Unterschrift war und blieb jedoch unleserlich, so oft er das Blatt auch gegen das Licht hielt.

„Verdammt!"

Er schaute zum Fernsehgerät hinüber. In achtunddreißig Minuten würde alles zu spät sein. Auf BBC war zu sehen, wie sich die Menschen weltweit zu Gottesdiensten und Messen versammelt hatten. Um Punkt 23 Uhr 30 würden in Notre-Dame, in Westminster Abbey, in der Sagrada Familia, im Kölner Dom, in der Grabeskirche Jerusalems, der Basilius-Kathedrale in Moskau und allen anderen großen Kirchen und Tempeln der Welt die Zeremonien beginnen

Die Bilder waren überall ähnlich. Die Menschen blickten ernst, besorgt, verängstigt oder schlicht verzweifelt und beteten inständig für das Leben des Papstes.

Gerade als Tomás das Formularblatt wieder zurücklegen wollte, sah er etwas, das sein Herz fast zum Bersten brachte.

„Das ist ja wohl …!"

Neben dem Briefkopf des IOR hatte jemand mit Bleistift eine merkwürdige Buchstabenfolge notiert.

OtBkCeN(G)

Als er sie das erste Mal gesehen hatte, dachte er noch, es handle sich um einen Hinweis auf ein Unterkonto. Jetzt aber erkannte er, was es wirklich war: ein Code!

Und plötzlich wurde ihm auch klar, welches Geheimnis auf diese Weise verschlüsselt war.

„Omissis“, murmelte er.

Hinter diesen Buchstaben verbarg sich nichts anderes als die wahre Identität des zweiten Kontoinhabers, dessen Unterschrift weiter unten auf dem Formular so sorgsam ausradiert worden war. Endlich würde er erfahren, welchen Namen die Entführer des Papstes um jeden Preis geheim halten wollten.

Noch fünfunddreißig Minuten bis Mitternacht.

Die Gotteshäuser in aller Welt waren bereit. Die Live-Übertragung konzentrierte sich nun ganz auf die Messe im Petersdom. Eine Nahaufnahme von Kardinal Barboni erfüllte den Bildschirm. Sein Gesicht war von den qualvollen letzten Stunden gezeichnet. Langsam und gemessenen Schrittes näherte er sich dem Chor. Vor dem Hauptaltar kniete er nieder und bekreuzigte sich. Die Kardinäle hinter ihm taten es ihm gleich, ebenso wie die Gläubigen im Dom.

Gleich würde die Friedensmesse beginnen.

Tomás widmete sich wieder dem Code. Die Zeit verging mit geradezu atemberaubender Geschwindigkeit. Ihm blieb kaum mehr als eine halbe Stunde. Aber er hatte endlich einen Weg gefunden, die wahre Identität von Omissis herauszufinden. Er musste sich beeilen und durfte sich keinen Fehler erlauben. Aber er glaubte wieder daran, es schaffen zu können.

LXXXIII

Als Historiker und Codespezialist machte Tomás sich keine Illusionen. Die Herausforderung war enorm, vor allem angesichts des extremen Zeitdrucks. Aber er verfügte auch über eine langjährige Erfahrung!

Eine Nachricht konnte auf unzählige Arten und Weisen verschlüsselt sein, von relativ einfach bis höllisch komplex. Die erste Frage lautete also herauszufinden, welche Methode hier verwendet worden war.

OtBkCeN(G)

Tomás war überzeugt, dass es sich um eine komplexe Verschlüsselung handelte, und zwar, weil das Wort nur zwei Vokale enthielt, o und e; es war also höchstwahrscheinlich eine Chiffre. Ein Anagramm, also ein Wort, dessen Buchstaben in anderer Reihenfolge gestellt waren, enthielt normalerweise mehr Vokale. Die effizienteste Methode zum Entschlüsseln eines Codes war eine Frequenzanalyse, aber sie funktionierte weder bei so kurzen Texten noch bei einem komplexen Chiffriercode.

Gleichzeitig musste es sich um eine simple Verschlüsselung handeln, denn der Verfasser hatte sie schlicht an den Rand des Formulars geschrieben. Es sah wie eine beiläufige Notiz aus, der man keine große Bedeutung beimaß. Ein sehr komplexer Code war dabei überflüssig.

Welche Chiffriermethode war gleichzeitig simpel und komplex?

Die Tatsache, dass es sich um eine Kombination aus Groß- und Kleinbuchstaben handelte, konnte nur eines bedeuten: ein polyalphabetisches System.

Der Autor hatte offenbar zwei Alphabete verwendet, eines in Großbuchstaben, das andere in Kleinbuchstaben. Diese Methode hatte im 15. Jahrhundert die bis dahin gängige monoalphabetische Substitution ersetzt, und zwar dank der Erfindung von …

Es fiel ihm wie Schuppen von den Augen.

„Alberti!“

Gerade einmal eine halbe Stunde zuvor war er in einer der Akten auf eine Abbildung der Alberti-Scheibe gestoßen. Voller Ungeduld stürzte er sich auf die Unterlagen, die den Schreibtisch bedeckten. In welcher dieser Mappen hatte er bloß die Fotokopie gesehen?

Er hielt kurz inne, um nachzudenken.

Die Kopie der Chiffrierscheibe von Leon Battista Alberti aus dem Werk *De Componendis Cifris* steckte in einer eher langweiligen Akte, die er anschließend achtlos beiseite gelegt hatte.

Wie, zum Teufel, hieß diese verflixte Mappe?

Hektisch wühlte er in den Mappen und las die Deckblätter mit der roten Schreibmaschinenschrift. Er fand nichts. Dann schlug er sich mit der flachen Hand vor den Kopf. Die Akte, die er suchte, lag auf einem separaten Stapel neben dem Tisch.

Zuoberst auf diesem Stapel fand er sie, die Akte mit der Aufschrift ‚Korrespondenz‘.

Tomás wusste, dass sich das Blatt irgendwo in der Mitte befand. Es hatte dort zwar fehl am Platz gewirkt, aber er hatte sich keine weiteren Gedanken darüber gemacht; stattdessen hatte man es dort gezielt versteckt!

Endlich fand er, was er suchte.

Die Alberti-Scheibe stellte das erste praktische Beispiel eines polyalphabetischen Substitutionssystems dar. Erfunden hatte sie ein äußerst vielseitig talentierter Mann aus Florenz: Leon Battista Alberti. Dieser war ein ausgezeichneter Theoretiker der Musik, Dichtkunst, Philosophie und Architektur und einer der größten und angesehensten Meister der Renaissance.

Der Legende nach kam Alberti die Idee für das neuartige Substitutionssystem in den vatikanischen Gärten, wo er zufällig einen Freund traf, der inzwischen der Sekretär des Papstes geworden war. Im Laufe ihrer Unterhaltung kamen sie auch auf die Kryptographie zu sprechen, und Alberti hatte plötzlich den Einfall, zur Verschlüsselung von Texten statt eines einzigen Alphabets vielmehr zwei zu verwenden.

Daraufhin entwickelte er die nach ihm benannte Chiffrierscheibe, bestehend aus einem festen äußeren Buchstabenkreis, auch *Stabilis* genannt, und einer inneren drehbaren Scheibe, der sogenannten *Mobilis*. Das äußere Alphabet bestand aus Groß-, das innere aus Kleinbuchstaben.

Es passte also alles zum codierten Wort. Tomás musste es nur noch entschlüsseln. Das Problem lag jedoch darin, den richtigen Anfangsbuchstaben für die Substitution zu finden, denn es war unwahrscheinlich, dass mit dem A des *Stabilis*-Alphabets begonnen wurde; das wäre zu einfach. Dennoch war es mangels besserer Alternativen einen Versuch wert.

Tomás nahm einen Stift zur Hand und zählte die Buchstaben und Ziffern der beiden Kreise. Es waren 24 Zeichen. Da auch vier Zahlen enthalten waren, bedeutete das, dass das ‚Alberti-Alphabet' nur 20 Buchstaben besaß. Er musste also die beiden jüngsten Buchstaben, W und Y, weglassen.

In Windeseile schrieb er auf seinem Notizblock die drei Alphabete untereinander, beginnend mit dem normalen Alphabet ohne das W und das Y, dann die beiden Alphabete der Chiffrierscheibe.

Normal: A B C D E F G H I J K L M N O P Q R S T U V X Z
Stabilis: G I L M N O P Q R S T V X Z 1 2 3 4 A B C D E F
Mobilis: t v z & x y s o m q i h f d b a c e g k l n p r

Nun galt es, das Codewort zu knacken.

OtBkCeN(G)

Wenn man sich mit Substitutionschiffren auskannte, war das Entschlüsseln ein Kinderspiel. Man musste lediglich zwischen den Zeilen hin und her wechseln. Die Großbuchstaben stammten dabei aus dem *Stabilis*-Alphabet, die Kleinbuchstaben aus dem *Mobilis*-Alphabet, und sie wurden jeweils durch den zugehörigen Buchstaben des normalen Alphabets ersetzt.

Für den ersten Buchstaben des Codes musste Tomás also in der *Stabilis*-Zeile das O suchen und es durch den darüber stehenden Buchstaben der ersten Zeile ersetzen; in diesem Fall das L. Der zweite Buchstabe des Codes, das t, stammte dagegen aus dem *Mobilis*-Alphabet und sollte somit dem G des normalen Alphabets entsprechen.

Fieberhaft verglich Tomás einen Buchstaben nach dem anderen. Nach dem O und dem t folgten also B, k, C, e, N und das G in Klammern.

Als er fertig war, fehlten ihm die Worte.

LXXXIV

Entgeistert starrte Tomás auf sein Ergebnis.

LGBBCZK(G)

Es war offensichtlich, dass das nicht die richtige Lösung sein konnte. Jedenfalls war lgbbczk mit Sicherheit nicht der wahre Name von Omissis. Er musste es also anders probieren.

Auf dem Fernsehbildschirm sah er aus den Augenwinkeln, dass die Messe bereits begonnen hatte. Kardinal Barboni kniete vor dem Altar und betete mit zitternden Händen und Tränen in den Augen.

Um nicht selbst von Emotionen übermannt zu werden, wandte Tomás seinen Blick ab. Dabei nahm er den Countdown neben dem BBC-Logo wahr.

Noch achtundzwanzig Minuten bis zum Ablauf des Ultimatums.

Er war sich sicher, die richtige Methode gewählt zu haben, allerdings nicht den richtigen Startpunkt. Um das Codewort tatsächlich zu entschlüsseln, müsste er mit einem anderen Buchstaben beginnen. Aber welchem?

Außerdem musste er noch herausfinden, was dieses G in Klammern zu bedeuten hatte. Dabei war besonders merkwürdig, dass auf das K kein Kleinbuchstabe folgte, sondern mit dem G ein weiterer Großbuchstabe. Warum?

Eilig nahm Tomás die Fotokopie der Chiffrierscheibe wieder zur Hand und suchte nach irgendeinem Hinweis darauf, mit welchem Buchstaben er starten musste. Dabei fiel ihm zum ersten Mal auf, dass sich im Inneren des Kreises ein merkwürdiger Schnörkel befand. Was mochte das nur sein?

Der Schnörkel sah aus wie mehrere ineinander verschlungene Ringe, die durch eine Art Klammer zusammengehalten wurden, deren Ende nach rechts wies, als wolle sie …

… auf etwas hinweisen!

„Mal schauen, wohin es zeigt“, sagte Tomás.

Die Verlängerung des klammerartigen Schnörkels wies direkt links des Buchstabens t des *Mobilis*-Alphabets und des G im *Stabilis*-Alphabet.

Das G?

„Das muss es sein!“

Ein Rausch der Begeisterung, Ungeduld, Nervosität und allerlei anderer Dinge ließ sein Herz bis zum Hals schlagen. Das G!

Das konnte kein Zufall sein. Wer immer auf dem Formularblatt das Codewort und das G in Klammern notiert hatte, wollte damit einen Hinweis geben, einen Hinweis, mit welchem Buchstaben die Alphabete beginnen sollten.

In fieberhafter Eile blätterte Tomás die Seite seines Notizblocks um und schrieb die drei Alphabete erneut untereinander, diesmal allerdings begann er das *Stabilis*-Alphabet mit dem G und das *Mobilis*-Alphabet mit dem t.

Normal: A B C D E F G H I J K L M N O P Q R S T U V X Z
Stabilis: G I L M N O P Q R S T V X Z 1 2 3 4 A B C D E F
Mobilis: t v z & x y s o m q i h f d b a c e g k l n p r

Anschließend wechselte er wie schon beim ersten Anlauf zwischen den Zeilen hin und her. Er suchte den Buchstaben, der dem O des *Stabilis*-Alphabets entsprach – das F – und notierte es auf seinem Block.

Das gleiche machte er für das t, was leicht zu finden war, da es direkt zu Beginn des Alphabets stand: das A.

Auch mit dem dritten und allen folgenden Buchstaben verfuhr er auf diese Weise und schrieb ihre Entsprechungen auf, ohne nachzudenken. Erst, als er fertig war, sah er sich das Ergebnis an.

Diesmal hatte er den Code tatsächlich entschlüsselt.

LXXXV

Tomás hatte zwar den Code entschlüsselt, war aber dennoch enttäuscht. Er hatte einen Namen erwartet, etwas Erstaunliches oder Faszinierendes, aber das Wort auf seinem Notizblock war alles andere als das.

FATTURE

War Fatture womöglich der wahre Name von Omissis? Oder war es ein Pseudonym?

Er überlegte kurz, ob er wohl erneut einen Fehler gemacht hatte, schloss diese Möglichkeit dann aber aus; er hatte die richtige Lösung gefunden. Es war schließlich höchst unwahrscheinlich, dass ein Fehler beim Dechiffrieren ein echtes Wort ergeben hätte. Immerhin war *fatture* italienisch und bedeutete ‚Rechnungen'.

Von einem derartigen Namen hatte er allerdings noch nie gehört. Es gab keinen ‚Herrn Rechnungen'. Allenfalls konnte es sich um einen Spitznamen handeln, aber kaum jemand hätte sich die Mühe gemacht, einen Spitznamen zu verschlüsseln. Nein, er musste sich an die Stelle desjenigen versetzen, der den Code verfasst hatte. Dass auf dem Formular zur Eröffnung des Kontos der Stiftung Kardinal Francis Spellman das Wort ‚Rechnungen' stand, musste einen Grund haben. Aber ja!

Sein Blick erhellte sich.

„Selbstverständlich! Das muss es sein!"

Wie schon das G in Klammern war auch das Wort ‚Rechnungen' ein Hinweis. Aber worauf? Offenbar nicht auf die Identität von Omissis. Aber vielleicht … auf einen Ort, an dem er die gesuchte Information finden würde. Der wahre Name von Omissis musste auf einer Rechnung stehen!

Andererseits … Er zögerte. Genau genommen hieß *fatture* ja nicht Rechnung, sondern Rechnungen im Plural. Ob die Identität von Omissis auf mehreren Rechnungen stand? Wenn ja, welchen? Und wo sollte er die finden?

Auf dem Schreibtisch lagen so viele Akten, da war sicherlich auch eine darunter, die ausschließlich Rechnungen des IOR enthielt.

Er stürzte sich eifrig auf die separat gestapelten Mappen, die er und Catherine noch nicht durchforstet hatten. Auf der ersten Deckseite stand ‚Elektrizität', auf einer anderen ‚Wasser', außerdem gab es noch eine Mappe ‚EZB' für die Korrespondenz mit der Europäischen Zentralbank und eine weitere mit der Aufschrift ‚Ernst & Young', die voller Wirtschaftsberichte war.

Endlich, im unteren Teil des Stapels, las er das gesuchte Wort. ‚Rechnungen'.

Er war also auf dem richtigen Weg. Allerdings war diese Akte so dick, dass ihm beim bloßen Anblick der Schweiß auf die Stirn trat. Hektisch öffnete er sie und blätterte eine Rechnung nach der anderen durch. Der Großteil waren Quittungen über Büromaterial für das IOR, aber auch für Rechnungen für Reparaturarbeiten eines Klempners und eines Zimmermanns. Einmal hatte das IOR zwei Tische und einen Schrank gekauft, ein andermal zweihundert Kisten Mineralwasser. Offenbar waren in dieser Akte all die kleinen Rechnungen gesammelt, die in keine der anderen Akten passten.

Tomás hatte keine Ahnung, wonach er eigentlich suchte. Er hoffte, ihm würde irgendein Detail, irgendetwas Ungewöhnliches ins Auge stechen, ohne jedoch zu wissen, was das genau sein könnte. Vielleicht eine von Omissis unterschriebene Rechnung? Aber Omissis hätte wohl kaum mit seinem Codenamen unterschrieben; wie sollte er ihn so überhaupt erkennen?

Mangels Alternativen machte Tomás einfach weiter und sah eine Rechnung nach der anderen an, ob sie eine Auffälligkeit enthielt; dann ging er zur nächsten über. Nach ein paar Minuten funktionierte er wie eine Maschine und wurde dabei immer schneller. Dennoch war die Menge der Rechnungen entmutigend.

Er kam zwar rasch voran, fand aber keinen neuen Hinweis. Ob er sich doch geirrt hatte? Hatte er etwas übersehen? Und wenn nicht: Wieso zum Teufel hatte jemand das Wort ‚Rechnungen' verschlüsselt?

Wie ferngesteuert blätterte er weiter und weiter, ohne etwas zu finden.

Dann hielt er inne.

Was er in den Händen hielt, war keine Rechnung, sondern ein Bankausdruck. Dieses Blatt hatte offensichtlich nichts mit dem sonstigen Inhalt der Akte zu tun und war garantiert nicht durch Zufall hierher geraten. Es war ein automatischer Ausdruck, auf dem Tomás die Referenz ‚Key2' las: vermutlich die Bezeichnung der Bankensoftware des IOR.

Auch der Name dessen, der den Ausdruck veranlasst hatte, war automatisch erfasst: Renato Dardozzi.

Interessanter allerdings waren die Details zum betreffenden Konto. Es war am Istituto per le Opere de Religione am 15. Juli 1987 eröffnet worden, und zwar zugunsten der Stiftung Kardinal Francis Spellman. Die Kontonummer lautete 001-3-14774-C.

Die wichtigsten Informationen standen ganz unten: die Namen der beiden Zeichnungsberechtigten und ihre jeweiligen Unterschriften. Einer davon war erwartungsgemäß Monsignor Donato de Bonis.

Voller Ungeduld suchte Tomás den zweiten Namen. Diesmal war er tatsächlich vorhanden und die Unterschrift gut lesbar. Und ja, Tomás kannte die Person. Sein Herz schien einen Schlag lang auszusetzen, als ihm die Reichweite dieser Entdeckung bewusst wurde.

Giulio Andreotti

Er wusste endlich, wer Omissis war.

LXXXVI

Man brauchte kein Historiker zu sein, um Giulio Andreotti und seine herausragende Rolle zu kennen, die er in Italien und Europa gespielt hat. Als Vorsitzender der Democrazia Cristiana und dreimaliger italienischer Ministerpräsident war er zwischen 1945 und 1999 an insgesamt 33 Regierungen beteiligt gewesen und einer der wichtigsten Politiker nach dem Zweiten Weltkrieg. Andreotti war in Italien das, was Winston Churchill in Großbritannien, Charles de Gaulle in Frankreich und Konrad Adenauer in Deutschland waren.

Das also war Omissis.

Ungläubig prüfte Tomás, dass er sich nicht geirrt hatte, aber die Antwort blieb unverändert. Schwarz auf Weiß stand neben der Unterschrift von Donato de Bonis der Name des zweiten Zeichnungsberechtigten: Giulio Andreotti.

Tomás kannte einige der Gerüchte um Andreotti, der Kontakte zu zahlreichen dubiosen Persönlichkeiten gepflegt haben soll. Dazu gehörten Michele Sindona und Roberto Calvi ebenso wie Licio Gelli, der Großmeister der Loge P2. Der Witwe Calvis zufolge soll ihr Mann kurz vor seinem Tod gesagt haben, dass der wahre Chef der Freimaurerloge nicht Gelli, sondern Giulio Andreotti sei, und der habe Calvi unmittelbar bedroht.

Andreotti stand sogar mit der Mafia in Verbindung. Er soll sie dafür gedeckt haben, dass sie seine Wahlkampagne unterstützte und einige seiner politischen Gegner für immer aus dem Weg räumte. Diese Anschuldigungen konnten nie bewiesen werden. Später wurde Andreotti allerdings schuldig gesprochen, weil er den Verfasser der ominösen Mitgliederliste der Freimaurerloge P2, die Papst Johannes Paul I. zugespielt wurde, ermorden ließ. Die Liste, auf der Männer wie Marcinkus, Villot, Casaroli und de Bonis zusammen mit anderen hochrangigen Politikern, Prälaten, Journalisten und Firmenbossen einen regelrechten ‚Staat im Staat' bildeten. Andreotti war nur deshalb nicht verhaftet worden, weil er als Senator auf Lebenszeit politische Immunität genoss.

Tomás schwirrte der Kopf angesichts all der anrüchigen Kontakte des ehemaligen Ministerpräsidenten: Sindona, der seine Bankkunden nach Kräften geschröpft hatte; Calvi, der die Ambrosiano-Bank in den Ruin getrieben hatte; Licio Gelli und seine obskure Loge P2; die Kardinäle Villot und Casaroli, die vom plötzlichen Tod Johannes Pauls I. ebenso profitierten wie die Mafia und natürlich der IOR-Chef Marcinkus und seine rechte Hand, Donato de Bonis.

Im Zentrum dieses gewaltigen Spinnennetzes saß also Giulio Andreotti. Wie passte all das zusammen?

Um seine Gedanken zu ordnen, öffnete Tomás die Akte der Stiftung Kardinal Francis Spellman. Den Bankauszügen zufolge waren dort etwa jeden vierten Tag beträchtliche Summen eingegangen, die von Senator Lavezzari, Severino Citaristi, Odoardo Ascari und etlichen anderen namhaften Politikern stammten. Doch auch die Firma Fasco hatte einmal zweihundert Millionen auf das Konto der imaginären Spellman-Stiftung überwiesen.

Als er den Namen einige Stunden zuvor gelesen hatte, war er ihm bekannt vorgekommen. Dieser Eindruck verstärkte sich jetzt noch.

„Fasco … Fasco“, murmelte Tomás. „Wo ist mir das schon begegnet?“ Er überlegte einen Moment. „War das nicht in der …“

Dann fiel es ihm wieder ein. Fasco war der Name der Banken-Holding von Michele Sindona. Die Überweisung von Fasco auf das Konto der vermeintlichen Spellman-Stiftung bedeutete also nichts anderes, als dass Sindona Andreotti heimlich Geld zahlte. Aber warum lief diese ganze Operation über das IOR? Wieso verbarg sich Andreotti hinter dem Codenamen Omissis? Wieso war er als Zeichnungsberechtigter einer Stiftung eingetragen, die es gar nicht gab? Wofür bezahlte Sindona ihn genau? Und wie konnte es sein, dass das IOR all das zugelassen hatte?

Die Antworten waren nicht allzu schwer zu finden, sie stanken allerdings zum Himmel: Es war eine heillose Verflechtung aus Korruption, Geldwäsche in großem Stil und aktiver Mithilfe seitens des Vatikans. Der Heilige Stuhl hatte sich zu einer riesigen Geldwäschemaschinerie im Herzen Roms entwickelt, und die einflussreichsten Politiker Italiens gehörten zu seinen Kunden. Seit dem Rücktritt von Erzbischof Marcinkus hatte sich die Lage nicht etwa verbessert, sondern sogar noch verschlimmert.

Aber worin bestand nun die Verbindung zur Entführung des Papstes?

Als Tomás selbst von den Terroristen verschleppt worden war, hatte er ja mit angehört, wie einer von ihnen per Telefon den Auftrag erhielt, herauszufinden, was er über Omissis wusste. Aber welches Interesse könnte eine islamistische Terrorgruppe daran haben, die Identität von Giulio Andreotti zu schützen?

Es gab nur eine logische Erklärung.

Tomás zückte sein Handy und wählte Catherines Nummer. Nach dem zweiten Klingeln hörte er, ‚Der gewünschte Gesprächspartner ist vorübergehend nicht erreichbar. Bitte …‘

Wütend legte er auf.

„Verdammt!“

Anscheinend hatte Catherine seinen Anruf abgewiesen. Wieso bloß waren alle Frauen um ihn herum so hitzköpfig? Ihm blieb also nur eine Möglichkeit, die ihn alles andere als begeisterte. Vielmehr graute ihm bereits vor dem bevorstehenden Gespräch. Aber er hatte keine andere Wahl. Das Leben des Papstes stand auf dem Spiel. Ergeben suchte er in der Kontaktliste den Namen, den er erst heute Mittag neu hinzugefügt hatte.

Inspektor Trodela.

LXXXVII

Trotz ihrer angespannten Beziehung hoffte Tomás, dass der Inspektor ihm diesmal zuhören würde. Immerhin hatte Kardinal Barboni ihm erneut sein Vertrauen ausgesprochen. Angesichts der Dringlichkeit *musste* Trodela einfach seine feindselige Haltung aufgeben. Tomás atmete tief aus und drückte die Taste. Nach dem dritten Klingeln bellte ihm die vertraute Stimme des Inspektors ins Ohr.

„Hallo?"

„Inspektor Trodela, hier ist Tomás Noronha."

Er hörte ein Zungenschnalzen am Ende der Leitung.

„*Ma che cazzo!* Was wollen Sie von mir? Wissen Sie nicht, wie viel Uhr es ist? Ich habe zu tun!"

„Das weiß ich, Inspektor, aber es ist ein Notfall."

„Bei Ihnen ist alles immer ein Notfall, Professor. Ich habe jetzt keine Zeit für einen *stronzo* wie Sie, verstanden?"

Liebenswürdig wie immer, dachte Tomás.

„Genau deshalb rufe ich an", sagte er laut. „Die Entführung des Papstes durch den Islamischen Staat ist nur ein Täuschungsmanöver. Der wahre Drahtzieher ist die Mafia!"

„Die Mafia? *Per carità,* Professor, verschonen Sie mich!"

„Hören Sie, Inspektor …"

„Nichts da!", unterbrach ihn Trodela. „Ich habe Wichtigeres zu tun, als mir Ihren Unsinn anzuhören!"

„Ich will Ihnen doch nur helfen."

„Wissen Sie, was ich von Ihrer Hilfe halte? *Mi fa cagare!*"

Wie zu erwarten, war das Gespräch kein Vergnügen. Am liebsten hätte Tomás die Verwünschungen des Inspektors mit gleicher Münze heimgezahlt und dann einfach aufgelegt. Aber es ging nun einmal um das Leben des Papstes …

„Die Terrorgruppe wurde nur angeheuert", sagte Tomás so ruhig, wie er nur konnte. „Es stehen ganz andere Interessen auf dem Spiel als die Religion. Die Entscheidung des Papstes, endlich Ordnung in die Finanzen des Vatikans zu bringen, hat ihm viele Feinde eingebracht. Ich bin auf eine Akte gestoßen, die beweist, dass das Geld aus der Enimont-Affäre mit Hilfe der Vatikanbank gewaschen wurde. Und damit das nicht herauskommt, will die Mafia den Papst beseitigen."

„Was erzählen Sie da für einen Quatsch?"

„Das ist kein Quatsch, Inspektor. Giulio Andreotti hat bei der Vatikanbank ein geheimes Konto eröffnet und darüber Geld von seinen Komplizen kassiert."

„Andreotti?"

„Ja. Das Konto lief auf den Namen einer fiktiven Stiftung, und …"

„Ich brauche Beweise, Professor!"

„Die gibt es in Hülle und Fülle. Politiker des ganzen Landes haben über die Vatikanbank Geld gewaschen. Weil der Papst damit aufräumen will, wurde er jetzt entführt, verstehen Sie?"

„Seine Heiligkeit wurde von Islamisten entführt", beharrte Trodela. „Oder haben Sie das Video vergessen?"

„Das ist nur ein Täuschungsmanöver, Inspektor."

„Wollen Sie etwa behaupten, der Islamische Staat habe mit der Entführung nichts zu tun?"

„Doch, das hat er", erwiderte Tomás. „Aber viele Mitglieder der Mafia sind Katholiken und wollten offenbar nicht selbst das Blut des Papstes vergießen. Sie haben daher einen Deal geschlossen, der beiden Seiten diente. Die Islamisten konnten so den Westen ins Chaos oder sogar in einen Religionskrieg stürzen, während die Politiker und Mafiabosse den lästigen Papst loswürden."

Inspektor Trodela atmete tief durch.

„Gut. Nehmen wir einmal an, Sie hätten Recht, was ich nicht glaube. Was soll ich Ihrer Meinung nach jetzt tun? Nach Sizilien fahren und alle Mafiosi verhaften? Ein paar Politiker anrufen und fragen, ob sie über das IOR Geldwäsche betreiben?"

„Sie ... können aber doch ... ermitteln", sagte Tomás lahm, als ihm selbst auffiel, wie wenig hilfreich das jetzt wäre.

„Wissen Sie, wie spät es ist?"

Tomás schaute auf seine Uhr.

„Zwanzig Minuten vor Mitternacht."

„Exakt, Professor. In zwanzig Minuten wird Seine Heiligkeit enthauptet! Glauben Sie wirklich, ich nehme jetzt ein Flugzeug nach Palermo, um bei den Mafiabossen anzufragen, wo sie den Papst versteckt haben? Wollen Sie mich verarschen?"

Widerstrebend musste Tomás zugeben, dass die Dardozzi-Akten zwar für spätere Ermittlungen hilfreich sein würden, aber nicht, um die Ermordung des Papstes zu verhindern.

„Abgesehen davon, meinen Sie nicht, Professor, dass Seine Heiligkeit uns anstelle irgendwelcher rätselhafter Hinweise auf Monsignor Dardozzi einen brauchbaren Tipp hätte geben können, wo man ihn festhält?"

„Nun ja, ...", begann Tomás zögernd.

Der Inspektor schnalzte erneut mit der Zunge.

„Offen gesagt, Professor, wissen Sie, was ich dazu sage?"

„Was?"

„Vaffanculo!"

Dann hörte Tomás ein leises Klicken, danach nichts mehr.

Inspektor Trodela hatte aufgelegt.

LXXXVIII

Ergriffen lauschte die Menge auf dem Petersplatz und in den umgebenden Straßen der Messe, die aus den Lautsprechern drang. Zehntausende Menschen hatten Kerzen angezündet, und viele hielten die Augen geschlossen. Den meisten rannen Tränen über das Gesicht, während die letzten Akkorde eines Orgelstücks erklangen.

Niemand sprach auch nur ein Wort.

Tomás trat aus dem Kongregationsgebäude, ohne zu wissen, wohin er wollte. Er hatte alles versucht und war gescheitert. Zwar hatte er die Wahrheit – oder zumindest einen großen Teil davon – herausgefunden, aber das nützte jetzt nichts. Das Ultimatum der Entführer rückte immer näher. Reflexartig sah er auf sein Handgelenk.

23 Uhr 42.

Noch achtzehn Minuten bis Mitternacht. Die Unruhe schnürte ihm die Kehle zu.

Als der Organist geendet hatte, tönte Kardinal Barbonis Stimme aus den Lautsprechern. Er sprach das Vaterunser auf Italienisch. Augenblicklich fielen mehr als eine Million Menschen in das Gebet ein.

„Padre Nostro, che sei nei cieli ...“

Die Menschen knieten mit gefalteten Händen und gesenkten Köpfen. Viele von ihnen trugen eine Halskette mit einem Kruzifix oder hielten einen Rosenkranz in der Hand. Neben ihnen auf dem Boden standen brennende Kerzen, Trinkflaschen und Körbe mit Nahrung.

„... sia sanctificato il tuo Nome ...“

Dann fiel Tomás' Blick auf ein Blatt Papier, das offenbar jemand verloren hatte: der Ausdruck eines Internetartikels über die Entführung. Neben einem Foto des Papstes, der lächelnd auf seinem Balkon stand und winkte, war seine letzte Botschaft aus der Videonachricht abgedruckt.

„... venga il tuo Regno ...“

Tomás bückte sich und hob es auf. Unweigerlich las er den Text der Videobotschaft. *Petrus war der erste Papst, möge ich nicht der letzte sein. Ich bitte Monsignor Dardozzi und Sie alle, für mich und die Menschheit zu beten. Die Liebe Christi begleitet mich bis ins Grab.*

„... sia fatta la tua Volontá ...“

Der Hinweis auf Monsignor Dardozzi hatte Tomás auf die Spur der Geheimakten gebracht. Aber was wäre, wenn der Papst in der Botschaft gleichzeitig auch einen Hinweis darauf versteckt hätte, wo er festgehalten wurde, wie Inspektor Trodela gesagt hatte? Immerhin hatte der Papst eine ausgeprägte Vorliebe für verschlüsselte Botschaften, wie er beim Empfang in seiner Privatbibliothek unter Beweis gestellt hatte, als ...

„... come in cielo, così in terra ...“

Er stockte. Sein Herz setzte einen Schlag lang aus. Tomás las den ersten Satz des Papstes noch einmal. *Petrus war der erste Papst, möge ich nicht der letzte sein.*

„... dacci oggi il nostro pane quotidiano ..."

Aufgeregt schaute er noch einmal hin. Tatsächlich, dieser Satz war doppeldeutig. Er enthielt eine weitere Information. Der Papst selbst hatte ihn zur Begrüßung Samot genannt, indem er seinen Namen entsprechend dem berühmten Satz des Matthäusevangeliums ‚verschlüsselt' hatte: Die Letzten werden die Ersten sein, und die Ersten werden die Letzten sein. Die Analogie der Videobotschaft war nicht zu verkennen: *Petrus war der erste Papst, möge ich nicht der letzte sein.* Dieser Satz war der Schlüssel.

„... rimetti a noi i nostri debiti ..."

Wenn der erste Satz des Papstes der Schlüssel war und der zweite auf die Dardozzi-Akten hinweisen sollte, verbarg sich die Lösung bestimmt im dritten Satz. *Die Liebe Christi begleitet mich bis ins Grab.*

Was wollte der Papst nur damit sagen?

Sollte er den Schlüssel darauf anwenden wie beim Entschlüsseln des Namens Samot? Der erste Buchstabe wurde der letzte, und der letzte der erste.

„... come noi li rimettiamo ai nostri debitori ..."

Aber wovon genau sollte er die Reihenfolge vertauschen? Liebe? Der Papst hatte seine Botschaft ja auf Italienisch gesprochen, was *amore* hieß. Auf Portugiesisch hieß es *amor*, genau wie die umgangssprachliche italienische Form. Wenn man das umkehrte, ergäbe es …

„Roma!“

Tomás zuckte zusammen: Amor ergab also Roma. Wollte der Papst damit sagen, dass er in Rom war? Allerdings hatte er nicht *amor* gesagt, sondern *amore*. Und wenn man das umkehrte, erhielt man *eroma*.

Erneut zuckte Tomás zusammen. Hatte der Heilige Vater etwa „È Roma“ gemeint – „Das ist Rom“?

Der Hinweis war zwar interessant, aber war viel zu ungenau. Wenn er wollte, dass man ihn rechtzeitig fände, hätte der Papst weitere Details liefern müssen. Tomás widmete sich daher wieder dem dritten Satz. *Amor* hatte er bereits umgekehrt. Aber *Christi* ergab *Itsirhc*, und auch bei den anderen Worten war das Ergebnis unsinnig.

„… non ci indurre in tentazioni …“

Hochkonzentriert schloss Tomás die Augen. Irgendetwas hatte er bislang übersehen. Ihm war bewusst, dass er sich höllisch beeilen musste, denn die Zeit verstrich rasend schnell. Umso wichtiger war es, dass er einen kühlen Kopf behielt und logisch überlegte.

Er musste einen anderen Ansatz versuchen. Anstatt sich auf den dritten Satz zu beschränken, würde er diesmal die gesamte Botschaft betrachten. Wenn sich ‚Die Letzten werden die Ersten sein‘ nicht auf bestimmte Buchstaben bezog, bezog es sich vielleicht auf Worte. Aber welche?

„… ma liberaci dal male.“

Entschlossen fixierte er das Blatt in seiner Hand.

Petrus war der erste Papst, möge ich nicht der letzte sein. Ich bitte Monsignor Dardozzi und Sie alle, für mich und die Menschheit zu beten. Die Liebe Christi begleitet mich bis ins Grab.

Das erste Wort des Textes war *Petrus*, das letzte *Grab*. Das Petrusgrab, oder auch das Grab des Petrus. In beiden Versionen war es eindeutig.

Er wusste jetzt, wo er den Papst finden würde!

„Amen."

LXXXIX

Der Papst wurde also im Herzen des Vatikans festgehalten! Das war ebenso überraschend wie logisch, denn so vermieden die Entführer es, bei Straßenkontrollen der Polizei in die Hände zu geraten oder zufällig von Passanten bemerkt zu werden. Es erklärte auch den Überfall auf Tomás im Petersdom: Die Verbrecher waren nicht etwa an den Ort des Geschehens zurückgekehrt, sondern hatten ihn nie verlassen.

Die Terroristen hatten den Papst also in die Katakomben verschleppt und hielten ihn genau dort fest, wo der bedeutendste Jünger Jesu begraben lag.

Tomás war beeindruckt, wie es dem Papst gelungen war, all diese Informationen in seine kurze Botschaft zu packen, ohne dass die Entführer Verdacht schöpften, aber … bliebe noch genug Zeit, um den Papst zu retten?

Ein Blick auf seine Uhr ließ Tomás' Atem stocken.

23 Uhr 47.

Dreizehn Minuten.

Mit zitternden Händen zog er sein Handy hervor und klickte auf Wahlwiederholung. Nach nur zweimaligem Klingeln hörte er die gereizte Stimme des Inspektors.

„Hallo?"

„Inspektor Trodela, hier ist Tomás Noronha. Ich habe entdeckt, dass …"

„Sie schon wieder?“, unterbrach ihn der Polizeibeamte genervt. „*Che fastidia!* Sie sind der lästigste Typ, der mir je begegnet ist!“

„Hören Sie, ich weiß jetzt …!“

„*Vaffanculo*, Professor! *Vaffanculo!*“

„Ich weiß, wo sich der Papst befindet! Haben Sie gehört? Er ist in der Nekropole direkt unter dem Hauptaltar des Petersdoms, dem sogenannten Petrusgrab. Sie müssen ihn befreien!“ Er machte eine kurze Pause und wartete auf eine Antwort. „Hören Sie mich, Inspektor? Hallo?“

Die Leitung blieb stumm; Trodela hatte die Verbindung einfach getrennt. Tomás konnte es kaum glauben.

Eilig suchte er in seiner Kontaktliste einen anderen Namen: Catherine Rauch. Auch diesmal hörte er nach dem zweiten Klingeln wieder die Ansage ‚Der gewünschte Gesprächspartner ist vorübergehend nicht erreichbar. Bitte hinterlassen Sie …‘

„Oh nein!“

Die Französin wollte immer noch nicht mit ihm sprechen.

Als das Piep der Bandansage ertönte, zögerte Tomás. Was hätte es für einen Sinn, eine Nachricht zu hinterlassen? Wer weiß, wann Catherine sie abhören würde. Andererseits hatte er auch nichts zu verlieren.

„Catherine, hier ist Tomás“, sagte er in aller Eile. „Der Papst befindet sich in den Katakomben, im Petrusgrab direkt unter dem Hauptaltar des Doms. Ich habe Inspektor Trodela angerufen, aber er hat einfach aufgelegt. Rufen Sie bitte umgehend die Polizei an!“

Dann trennte auch er die Verbindung.

Noch elf Minuten.

XC

Die beiden Schweizergardisten und der Mitarbeiter des Heiligen Stuhls schauten den Mann vor ihnen argwöhnisch an. Tomás war in höchster Eile über den Petersplatz gerannt und hatte rücksichtslos alle Menschen beiseite geschoben, die ihm im Weg standen.

„Treten Sie zurück!“, befahl einer der Schweizergardisten streng. „Sie können jetzt nicht in den Dom. Und unterstehen Sie sich, die Gläubigen wieder so anzurempeln!“

Völlig außer Atem und schweißüberströmt hatte Tomás keine Zeit für Höflichkeiten.

„Informieren Sie bitte umgehend Ihre Vorgesetzten“, stieß er hervor. „Der Papst soll unter dem Hauptaltar hingerichtet werden. Sie müssen sich beeilen!“

Die drei Sicherheitsleute tauschten einen vielsagenden Blick.

„Gehen Sie weiter“, forderte der Schweizergardist Tomás auf.

„Wenn Sie nicht Ihren Chef anrufen wollen, kommen Sie wenigstens mit mir in die Katakomben, um …“

„Tun Sie, was ich Ihnen sage, sonst muss ich Sie verhaften!“

Zum wiederholten Mal am heutigen Tag musste Tomás einsehen, dass er so nicht weiterkam. Er verlor nur kostbare Zeit. Die drei Männer hielten ihn für einen Verrückten. Das Einzige, worauf er sich wirklich verlassen konnte, war sein eigenes Improvisationstalent.

Prompt wechselte er die Taktik und zog aus seiner Tasche das Einladungsschreiben hervor, das Kardinal Barboni ihm wenige Stunden zuvor ausgestellt hatte.

„Ich habe eine Einladung für die Messe", sagte er. „Lassen Sie mich bitte durch."

„Sie können hier nicht durch!", entgegnete der Schweizergardist zunehmend gereizt. „Die Messe hat bereits begonnen. Seien Sie jetzt so gut, und treten Sie zurück!"

„Aber … Kardinal Barboni persönlich hat mich eingeladen."

Widerstrebend nahm der Gardist das Blatt entgegen, das Tomás ihm hin hielt. Sofort änderte sich sein Gesichtsausdruck. Das hochwertige Papier und die gepflegte Handschrift überraschten ihn. Dennoch wandte er sich zur Sicherheit an den Mann, der neben ihm stand.

„Ist das wirklich die Unterschrift von Seiner Eminenz?"

Der Angestellte des Vatikans prüfte das Blatt eingehend.

„Ja, das ist seine Unterschrift."

„Bist du sicher?"

„Ich habe vorigen Monat seine Korrespondenz verwaltet und kenne seine Handschrift sehr gut, glaub mir."

Der Gardist wandte sich wieder Tomás zu.

„Wo haben Sie diese Einladung gefunden?"

„Der Kardinal selbst hat sie mir heute Nachmittag ausgestellt, um gemeinsam für den Papst zu beten. Ich weiß, ich bin etwas spät dran, aber …" Er deutete mit dem Kopf Richtung Petersdom. „Kann ich jetzt bitte rein?"

Verdutzt und unentschlossen wechselten die drei Männer an der Schranke erneut einen Blick. Als aber niemand einen Grund fand, Tomás zurückzuweisen, traten sie schließlich zur Seite.

„Also gut", sagte der Schweizergardist. „Aber ich warne Sie: Machen Sie keinen Lärm und verhalten Sie sich unauffällig, verstanden?"

„Keine Sorge."

Der Sicherheitsmann wies auf die Säulenhalle mit den fünf Eingängen.

„Nehmen Sie bitte den linken Eingang."

„Ah, das Todesportal", sagte Tomás prompt.

„Sie kennen es?"

Doch Tomás eilte schon auf den Eingang zu und stürmte die Treppe zwei Stufen auf einmal hinauf. Das Innere des Doms war hell erleuchtet und bis auf den letzten Platz gefüllt. Die Stimme des Kardinals klang mittlerweile voll und durchdringend; er war in seinem Element.

Die Atmosphäre war so feierlich, dass Tomás versucht war, stehenzubleiben. Aber er musste sich beeilen. Mit dem Sicherheitsposten hatte er viel Zeit verloren. Es war 23 Uhr 56.

Noch vier Minuten.

Der normale Zugang zu den Katakomben war ihm versperrt. Er rannte daher ans linke Ende des Portikus und verließ die Säulenhalle auf der Südseite. Er überquerte den Hof, wo sich zweitausend Jahre zuvor der Circus des Caligula befunden hatte, und rannte zu einem Tor mit der Inschrift ‚Ufficio Scavi', Büro für Ausgrabungen. Der Eingang war mit Absperrband und einem Warnschild versperrt. Zutritt verboten. Das mussten die Sicherheitsleute nach der Entführung des Papstes angebracht haben. Gehetzt sah Tomás ein weiteres Mal auf sein Handgelenk.

Noch zwei Minuten.

XCI

Ohne zu zögern ignorierte Tomás die Absperrung und eilte zur Treppe, die in die Nekropole hinabführte. Er glaubte zwar nicht, noch rechtzeitig zu kommen, konnte aber unmöglich jetzt aufgeben.

Noch zwei Minuten.

Genauer gesagt, etwas weniger als zwei Minuten.

Er passierte die Bereiche aus konstantinischer Zeit, direkt unterhalb des Doms, und drang in die älteren Abschnitte vor. Erst am Morgen hatte er hier unten die sterblichen Überreste des heiligen Petrus gesucht und gefunden, doch es kam ihm vor, als läge es Ewigkeiten zurück.

Noch eine Minute und dreißig Sekunden.

Es kam ihm vor, als müsse er ersticken, so schwül war die Luft, so sehr brannten seine Lungen, und so sehr schmerzten seine Muskeln nach diesem turbulenten Tag. Doch die Sorge verlieh ihm ungeahnte Kräfte, und so rannte er weiter durch Gänge und Couloirs, an Nischen und Kammern vorbei, die die frühen Christen gegraben hatten.

Sein Herz drohte zu zerspringen, sein Atem ging schwer, und jede Bewegung tat ihm weh. Sein Körper flehte ihn regelrecht an, stehenzubleiben und sich auszuruhen. Aber der Wille gab das Kommando, und so kurz vor dem Ziel musste er einfach weitermachen.

Noch eine Minute.

Es war wie ein Hindernislauf in einem Labyrinth. Überall lagen Steine auf dem Boden, und zahlreiche Gänge endeten in einer Sackgasse. Jetzt zahlte es sich aus, dass Tomás in den vergangenen Tagen stundenlang hier unten verbracht und jeden Winkel untersucht hatte.

Allerdings waren die Gänge nur schwach erleuchtet; die vereinzelten gelblichen Lampen verliehen dem Ort eine unheimliche Atmosphäre. Tomás bedauerte, dass er keine Taschenlampe mitgenommen hatte.

Noch dreißig Sekunden.

Er würde zu spät kommen. Schließlich reichte es ja nicht, rechtzeitig am Petrusgrab zu sein! Er musste ja auch noch den Papst befreien. Und bei seinen Gegnern handelte es sich um Dschihadisten, die in Ausbildungscamps in Syrien, Libyen oder im Irak gewesen waren. Es allein mit ihnen aufnehmen zu wollen, war mehr als kühn – es war verrückt. Aber darum würde er sich Gedanken machen, wenn es so weit war. Er musste einfach auf sein Improvisationstalent vertrauen.

Mitternacht.

Würden sich die Prophezeiungen des heiligen Malachias, der Jungfrau von Fátima und von Papst Pius X. erfüllen und der Papst hingerichtet?

Tomás rannte weiter.

Atemlos und schweißnass bog er um eine weitere Ecke und stürzte auf eine schmale Öffnung zu. Dabei stolperte er über einen Stein und stieß sich Ellenbogen und Knie kräftig an. Nur mit Mühe unterdrückte er einen Fluch.

Sorgenvoll schaute er sich um. Seit er heute früh hier gewesen war, hatte sich einiges verändert. Jetzt war das Feld P von zwei Scheinwerfern hell erleuchtet.

Und dann sah er ihn.

Den Papst.

XCII

Die Szene, die sich ihm bot, glich den Bildern der Videobotschaft. Von dort, wo er gestürzt war, sah Tomás einen schwarz gekleideten Mann mit vermummtem Gesicht und einem Dolch in der Hand. Es war Abu Bakr.

Er hielt den Kopf seines Gefangenen umfasst, der mit auf dem Rücken gefesselten Händen vor ihm am Boden kniete. An den Wänden hingen zwei schwarze Flaggen des Islamischen Staates. Anders als bei ähnlichen Hinrichtungsvideos der Terrorgruppe trug das Opfer jedoch keinen orangefarbenen Anzug, sondern die traditionelle weiße Soutane, durch die ihn sofort Jedermann eindeutig erkannte.

Der Papst.

Zwei leistungsstarke Scheinwerfer erhellten die Szene. Ein zweiter Mann in Schwarz mit ebenfalls verhülltem Gesicht bediente eine Videokamera auf einem Stativ, die mit einem Laptop verbunden war. Ibn Taymiyyah. Seine Nase war von einem Verband bedeckt, sein linkes Auge violett und geschwollen – eine Erinnerung an seine Begegnung mit Tomás wenige Stunden zuvor.

„*Ma hdha?*“, fragte Ibn Taymiyyah. „Was war das?“

Tomás’ ungestümes Eintreffen war nicht unbemerkt geblieben. Aber die Scheinwerfer erhellten nur das Petrusgrab. Der restliche Raum lag im Schatten, so dass die Entführer Tomás vorübergehend nicht sehen konnten.

„Hal hnak shay!“, antwortete Abu Bakr. „Da hat sich etwas bewegt.“

Die beiden Männer schirmten mit einer Hand ihre Augen ab, um erkennen zu können, was sich außerhalb der Lichtkegel ereignete.

„Who's there?“, rief Ibn Taymiyyah.

Tomás schloss daraus, dass sie ihn noch nicht entdeckt hatten. Er rollte ein wenig nach rechts hinter einige große Blöcke.

„Halte das Video an“, befahl Abu Bakr. „Und dreh die Scheinwerfer in die Ecke dort.“

Ibn Taymiyyah gehorchte und richtete einen der Projektoren auf die Stelle, wo er das Geräusch gehört hatte. Tomás hielt den Atem an und drückte sich so eng wie möglich an die Blöcke und in deren Schatten.

„Kan yumkin na yakun far“, meldete Ibn Taymiyyah kurz darauf. „Das war bestimmt nur eine Ratte.“

„Eine Ratte macht nicht solch einen Lärm, Idiot!“, fauchte Abu Bakr. „Sieh nach, was da los ist!“

Widerstrebend nahm Ibn Taymiyyah seine Kalaschnikow, die an das Stativ gelehnt war, und näherte sich vorsichtig der verdächtigen Ecke. Er hielt die Waffe im Anschlag, den Finger am Abzug, und war bereit, sofort das Feuer zu eröffnen.

Tomás konnte zwar nichts sehen, aber er spürte, wie der Entführer sich langsam und methodisch näherte. Es würde nicht mehr lange dauern, dann hätte er ihn entdeckt.

Verzweifelt sah Tomás sich um: Er hatte sich in eine ausweglose Lage manövriert. Und der Mann mit der Kalaschnikow kam immer näher.

„Lays lashy huna“, hörte er dann. „Da ist nichts.“

„Mutalabat bitahsin“, erwiderte Abu Bakr. „Schau genauer hin. Dieses Geräusch muss schließlich irgendwoher gekommen sein.“

Besorgt verfolgte Tomás die Worte der beiden Araber. Er hatte bereits gespürt, dass Ibn Taymiyyah die Suche aufgeben wollte und gehofft, unbemerkt zu bleiben. Aber Abu Bakrs Beharrlichkeit würde ihm einen Strich durch die Rechnung machen.

Tomás atmete so flach wie nur möglich und spitzte die Ohren. Der Mann war nur wenige Schritte von ihm entfernt. Einzig den Lichtverhältnissen hatte Tomás es zu verdanken, dass er noch am Leben war.

Doch dann kam, was kommen musste.

„Hnak kafir huna!“, rief Ibn Taymiyyah plötzlich und richtete die Mündung seiner Waffe auf Tomás. „Da ist ein Ungläubiger!“

Es war vorbei.

XCIII

Tomás spürte, dass seine letzte Stunde geschlagen hatte. Was hatte ihn nur geritten, sich völlig allein auf Entführerjagd zu begeben? Er hatte nicht einmal eine Waffe! Was hatte er sich nur dabei gedacht? Hatte er erwartet, dass die Entführer ihm für seinen Scharfsinn gratulieren würden? Dass sie ihm den Papst auf dem silbernen Tablett präsentieren und ihn friedlich von dannen ziehen lassen würden? Was für eine bodenlose Dummheit er begangen hatte! Diese Dummheit würde ihn jetzt das Leben kosten.

Es heißt ja, unmittelbar vor dem Tod würde man sein gesamtes Leben wie im Zeitraffer Revue passieren lassen, aber alles, was Tomás sah und dachte, war, dass er sich wie ein Trottel verhalten hatte. Sein Einsatz war statt einer Rettungsaktion für den Papst zu einem Selbstmordkommando geworden.

„La tatlaquu alnnar!“, rief Abu Bakr. „Schieß nicht! Sonst hören uns die *Kafirun* über uns und sind in Nullkommanichts hier!“

Ibn Taymiyyah zögerte.

„Was soll ich denn sonst machen?“

„Man hu?“, fragte Abu Bakr zurück. „Wer ist es? Ein Polizist?“

Sein Kumpan zögerte erneut.

„Das ist der Ungläubige, der uns heute Nachmittag entwischt ist.“

„Was?“, fragte sein Anführer. „Bring ihn her!“

Tomás hatte den Wortwechsel mit Interesse verfolgt. Die beiden wollten also keinen Lärm machen. Das war logisch, denn das Petrusgrab befand sich unmittelbar unter dem Hauptaltar des Petersdoms, und der war prall gefüllt mit Gläubigen, Gendarmen, Carabinieri und Fernsehteams. Ibn Taymiyyah würde also nur im äußersten Notfall schießen. Das eröffnete ihm ungeahnte Möglichkeiten. Und ehe der Dschihadist ihn packen konnte, sprang Tomás auf und rannte in Richtung Dunkelheit.

„Stop!", schrie Ibn Taymiyyah auf Englisch. „Stehenbleiben, oder ich schieße!"

Aber Tomás ignorierte die Aufforderung und rannte weiter.

„Stop!"

„Attabieh!", befahl daraufhin Abu Bakr. „Bring ihn her!"

„Walikun kayf la iidha ra'ayt?" „Aber wie? Ich sehe nichts!"

Verärgert wandte sich Abu Bakr vom Papst ab, unterbrach die Videoübertragung und richtete den zweiten Scheinwerfer dorthin, wo der Flüchtende verschwunden war. Das Licht blendete Tomás.

„Qubid ealayh!", verlangte er dann. „Hol ihn dir!"

Aber Ibn Taymiyyah war schon unterwegs. Im Zickzack rannte er zwischen den Ruinen über das Feld P auf Tomás zu, der viel zu spät feststellte, dass er in eine Sackgasse geraten war. Er sah, wie der Mann mit dem Maschinengewehr im Anschlag immer näher kam und überlegte, welche Möglichkeiten er noch hatte: sich ergeben oder Widerstand leisten. Sich zu ergeben würde den sicheren Tod bedeuten. Und das kam nicht in Frage.

Als Ibn Taymiyyah nur noch wenige Meter von Tomás entfernt war, blieb er stehen und hob seine Kalaschnikow.

„Give yourself up!", rief er. „Ergib dich!"

„Fuck off!", antwortete Tomás wie aus der Pistole geschossen.

Wenn ein Fundamentalist etwas nicht leiden kann, dann ist es eine Beleidigung mit sexuellem Bezug. Das wollte Tomás ausnutzen, um den Mann zu provozieren, in der Hoffnung, dass er in

Wut geraten und einen Fehler machen würde. Die Strategie schien zu funktionieren; auch wenn Tomás es nicht sehen konnte, lief Ibn Taymiyyah puterrot an. Er fuchtelte wild mit der Kalaschnikow, ohne jedoch zu schießen.

„Ergib dich!“, wiederholte er. „Sonst schieße ich.“

Die Versuchung aufzugeben, war tatsächlich groß. Tomás war allein, unbewaffnet und erschöpft. Seine Kampferfahrung beschränkte sich auf zwei magere Jahre Karate, in denen er es gerade einmal bis zur Gelbgurt-Prüfung gebracht hatte. Gegen einen ausgebildeten Nahkämpfer hatte er nicht den Hauch einer Chance.

Einschüchtern ließ er sich dennoch nicht, sondern fuhr fort, den Mann zu beleidigen.

„Go to hell!“

Ibn Taymiyyah traute seinen Augen und Ohren nicht. Wieso hatte dieser Ungläubige keine Angst?

„Ibn al-kalb!“, fauchte er. „Hurensohn!“

Dann wollte er sich auf Tomás stürzen, aber der hatte das geahnt und wich geschickt aus. Mit einem gezielten Tritt gegen den Oberschenkel brachte er den Angreifer sogar kurzzeitig aus dem Gleichgewicht, doch schon bald hatte der sich wieder unter Kontrolle. Blitzschnell drehte sich Ibn Taymiyyah um und versetzte seinem Gegner mit dem Kolben der Kalaschnikow einen Schlag ins Kreuz.

Tomás fiel zu Boden und stieß mit dem Kopf gegen einen Grabstein. Er merkte, wie ihm die Sinne schwanden und eine warme Flüssigkeit über seine Schläfe rann.

Nahezu gleichzeitig stürzte sein Widersacher auf ihn.

„Yamut kafir!“, schrie er. „Stirb, Ungläubiger!“

Es gelang Tomás zwar noch, sich etwas zur Seite zu drehen, so dass der Gewehrkolben ihn nicht mit voller Wucht traf, doch der Schlag war immer noch hart genug.

Er wurde bewusstlos.

XCIV

Als Tomás die Augen wieder öffnete, sah er ein gleißend helles Licht. Alles war verschwommen, wie nach einem starken Rausch. Benommen wie er war, dachte er zunächst, die Sonne würde ihn blenden, doch dann sah er eine zweite ‚Sonne' und erkannte die Projektoren. Er versuchte, sich zu bewegen.

„Aaaaah …"

Das Stöhnen erregte die Aufmerksamkeit der Entführer.

„Hua alssahwa", stellte Abu Bakr fest. „Er wird wach. Stell die Verbindung wieder her, damit wir endlich mit der Zeremonie beginnen können."

Tomás war zunächst verwirrt, Arabisch zu hören, doch dann erinnerte er sich schlagartig, was in den letzten Stunden passiert war. Als er sich umschaute, sah er, dass seine linke Hand an eine der Säulen des Petrusgrabes gekettet war. Ein paar Meter vor ihm stand einer der Terroristen mit einem Dolch in der Hand und sah dem anderen dabei zu, wie er über den Laptop gebeugt versuchte, eine Internetverbindung aufzubauen.

„Möchten Sie die Beichte ablegen, Professor?"

Die geflüsterten Worte zu seiner Linken ließen Tomás sich umdrehen. Neben ihm kniete der Papst.

„Eure Heiligkeit! Geht es Ihnen gut?"

„Wir sind in den Händen des Herrn“, antwortete der Papst gelassen und mit einem traurigen Lächeln. Dann wiederholte er seine Frage. „Möchten Sie die Beichte ablegen?“

„Nun, wie Sie wissen, bin ich nicht sehr religiös …“

„Möchten Sie sich selbst im Angesicht des Todes nicht mit Gott aussöhnen?“

Tomás blickte kurz zu den beiden Terroristen hinüber und biss die Zähne zusammen.

„Noch sind wir nicht tot.“

Erstaunt sah der Papst ihn an.

„Sie sind also nicht allein gekommen, Professor?“

Tomás seufzte.

„Leider doch, Eure Heiligkeit.“

Die beiden Entführer konzentrierten sich ganz auf den Laptop und kümmerten sich nicht um ihre Gefangenen. Entweder hatten sie nicht gehört, worüber sie sprachen, oder es war ihnen gleichgültig.

Der Papst schaute Tomás enttäuscht an. Seine letzte Hoffnung auf Rettung war zerronnen.

„Wir sind also in den Händen des Herrn“, wiederholte er. „Möge er sich unser erbarmen und uns gütig bei sich aufnehmen.“

Tomás sah sich um, musste sich aber ernüchtert eingestehen, dass es keinen Ausweg gab.

„Wir stecken ziemlich in der Patsche“, sagte er nur.

Der Papst hatte seine Augen inzwischen geschlossen und schien zu meditieren.

„Lúcia hatte Recht.“

„Lúcia?“, fragte Tomás nach.

„Haben Sie vergessen, was Schwester Lúcia über das Schicksal des Papstes verkündet hat?“

„Ach, Sie meinen die Prophezeiung von Fátima …“

Schwer atmend räusperte sich der Papst und zitierte dann die entscheidende Passage der Prophezeiung.

„Der Heilige Vater ging durch eine große Stadt, die halb zerstört war und halb zitternd mit wankendem Schritt, von Schmerz und Sorge gedrückt, betete er für die Seelen der Leichen, denen er auf seinem Weg begegnete. Am Berg angekommen, kniete er zu Füßen des großen Kreuzes nieder. Da wurde er von einer Gruppe von Soldaten getötet, die mit Feuerwaffen und Pfeilen auf ihn schossen. Genauso starben nach und nach die Bischöfe, Priester, Ordensleute und verschiedene weltliche Personen, Männer und Frauen unterschiedlicher Klassen und Positionen."

„Eure Heiligkeit, denken Sie doch bitte nicht daran …"

„Wie könnte ich nicht daran denken? Ist Ihnen etwa nicht bewusst, wo wir hier sind?"

„Am Petrusgrab."

„Exakt unterhalb des Hauptaltars des Petersdoms", ergänzte der Papst. „Also ‚zu Füßen des großen Kreuzes', nicht wahr?"

„Aber auf Ihrem Weg liegen keine Leichen, und Sie haben auch keinen Berg erklommen."

„Aber sicher! Wir sind hier auf dem vatikanischen Hügel inmitten der Reste der ‚halb zerstörten großen Stadt', womit offensichtlich die Katakomben der frühen Christen Roms gemeint sind. Was die Leichen angeht … nun, ich habe gehört, was im Fernsehen berichtet wurde. Anschläge und bewaffnete Konflikte in aller Welt mit Hunderten von Toten. Und wenn tatsächlich ein Religionskrieg ausbricht, werden noch viel mehr Menschen sterben."

„Die Prophezeiung verkündet aber auch den Tod von Bischöfen, Priestern und Ordensleuten …"

Der Papst blickte zur Decke.

„Dort oben findet doch gerade eine Messe statt, nicht wahr?"

„Ja."

Mit einer leichten Kopfbewegung wies der Papst nach links.

„Sehen Sie, was dort an den Pfeilern angebracht ist?"

Tomás blickte in die angegebene Richtung, konnte aber in der Dunkelheit kaum etwas erkennen. Erst als seine Augen sich etwas an die Lichtverhältnisse gewöhnt hatten, sah er mehrere dunkle Bündel, die teils an den Stützpfeilern befestigt waren, teils einfach auf dem Boden verstreut lagen.

„Was ist das?", fragte er argwöhnisch.

„Sprengstoff."

„Was?", sagte er eine Spur zu laut.

„Nachdem sie uns getötet haben, wollen unsere Entführer den Petersdom und einen Teil des Petersplatzes zum Einstürzen bringen und zigtausende Menschen in den Tod reißen, darunter auch ‚Bischöfe, Priester, Ordensleute und verschiedene weltliche Personen, Männer und Frauen unterschiedlicher Klassen und Positionen', genau, wie es die Prophezeiung von Fátima gesagt hat."

„Um Himmels Willen!"

„Auch Pius X. sprach von einem grausamen Tod des Papstes, und dass ‚dieser Verfall die letzten Tage der Welt ankündige'."

Hartnäckig schüttelte Tomás den Kopf.

„Nein, Eure Heiligkeit, das …"

„Auch der heilige Malachias sah ‚die Zerstörung der Siebenhügelstadt' vorher."

„… können Sie so nicht sagen."

Der Papst sah Tomás müde an.

„Wieso nicht? Der heilige Malachias gab mir den Beinamen *Petrus Romanus*, und wo werde ich sterben?" Er blickte sich um. „Am Petrusgrab in Rom. Wer, wenn nicht ich, sollte *Petrus Romanus* sein?"

„Aber …"

„Silence!", forderte einer der Entführer barsch.

Dann näherte sich Abu Bakr den Gefangenen mit dem Dolch in der Hand und einem zufriedenen Gesichtsausdruck. Offensichtlich war es Ibn Taymiyyah gelungen, die Internetverbindung herzustellen.

„Daqiqat wahidat akthar", sagte dieser wie zur Bestätigung. „Noch eine Minute, dann sind wir live."

Mit drohender Miene blieb Abu Bakr neben Tomás stehen, beugte sich zu ihm hinab und setzte ihm die Dolchspitze an den Hals.

„Wie haben Sie uns gefunden?", fragte er auf Englisch.

Tomás zögerte. Die Angst verschlug ihm fast die Sprache. Andererseits bestand mit einer geschickten Antwort vielleicht doch noch Hoffnung …

„Eine neue Technologie hat uns darauf gebracht, dass das Video in den Katakomben gedreht wurde", log er. „Ich bin als Späher ausgewählt worden, aber die Polizei wird auch gleich eintreffen."

Fast reflexartig schaute Abu Bakr in Richtung der Öffnung, durch die Tomás gekommen war. Dann, ohne jede Vorwarnung, schlug er Tomás mit der Faust so hart gegen den Kopf, dass er gegen den Pfeiler prallte.

„Du hältst mich wohl für einen Idioten, *Kafir*?", rief er. „Du willst mir Angst machen, aber ein Mudschaheddin kennt keine Angst. Wir fürchten auch nicht den Tod, denn der bringt uns ins Jannah, ins Paradies, wo Allah uns reichlich belohnt." Bei dem Gedanken umspielte ein lüsternes Lächeln seine Lippen. „Die Polizei wird garantiert nicht hier aufkreuzen, und falls doch, haben wir eine nette Überraschung für sie." Er zog ein längliches Plastikteil aus seiner Tasche. „Weißt du, was das ist?"

Tomás versuchte zu erkennen, was der Mann in der Hand hielt.

„Nein", sagte er dann.

Mit einer Kopfbewegung deutete Abu Bakr auf die Sprengstoffbündel auf dem Boden.

„Das ist die Fernbedienung, mit der wir hier bald ein wahres Feuerwerk zünden werden“, sagte er. „Das wird der zweite Akt der Rache Allahs. Sobald wir den Verkünder falscher Lehren in die Hölle geschickt haben, ziehen wir uns alle eine Sprengstoffweste an und zeigen der ganzen Welt live, wie dieser Tempel der Ungläubigen in Schutt und Asche gelegt wird.“

„Die Polizei wird das verhindern.“

Prompt versetzte Abu Bakr Tomás einen neuen Fausthieb.

„Auch kein Problem“, sagte er spöttisch und steckte die Fernbedienung wieder in seine Tasche. „Ein Knopfdruck genügt.“

Dann warf er seinem Kumpan einen fragenden Blick zu und stellte sich breitbeinig hinter den Papst. Der erste Akt von ‚Allahs Rache‘ sollte also beginnen.

„Aintibah!“, rief Ibn Taymiyyah, der die Videokamera bediente. „Achtung! Drei … zwei … eins …“

Die nächsten Bilder standen via Internet allen Schaulustigen der Welt zur Verfügung. Mit der linken Hand packte Abu Bakr den Kopf des Papstes und zog ihn nach hinten, um mit dem Dolch in der rechten Hand für alle sichtbar seine Kehle zu durchtrennen. Er setzte die Klinge knapp unter den Adamsapfel des Papstes und schaute noch einmal direkt in die Kamera. Ihm war bewusst, dass er einen historischen Moment erlebte und Millionen von Menschen seine Tat jetzt live verfolgten.

Er war bereit.

XCV

Die Szene erinnerte an all die Hinrichtungsvideos, die bereits im Internet kursierten. Ein schwarz gekleideter Mann mit vermummtem Gesicht stand in Siegerpose hinter dem Papst und bereitete sich auf seine ‚Heldentat‘ vor. Zu seinen Füßen kauerte ein weiterer Mann, der an einen Pfeiler gekettet war.

„Dies ist eine Botschaft an alle Kreuzzügler“, begann Abu Bakr auf Englisch und schwenkte seinen Dolch. „Euer Chef, der Verkünder falscher Lehren, kniet hier vor mir als Zeichen der Unterwerfung unter die höchste Wahrheit des Islam, von Allah und seinem Propheten, Friede sei mit ihm. Wir haben euch die heiligen Forderungen mitgeteilt, wie sie in Sure 9, Vers 29 als Teil der Scharia dargelegt sind: ‚Kämpft gegen diejenigen, die nicht an Allah und nicht an den Jüngsten Tag glauben und nicht verbieten, was Allah und Sein Gesandter verboten haben, und nicht die Religion der Wahrheit befolgen – von denjenigen, denen die Schrift gegeben wurde –; kämpft gegen sie, bis sie den Tribut aus der Hand entrichten und gefügig sind!‘ *Kafirun*, Ihr habt diese gerechte Forderung Allahs und seines Propheten, Friede sei mit ihm, gehört und die Frist bis Mitternacht römischer Zeit nicht genutzt, um euch zu unterwerfen. Aber …“

Vergeblich versuchte Tomás, seinen linken Arm aus der Kette zu befreien, die ihn an den Pfeiler fesselte, um irgendeine letzte, verzweifelte Aktion zu starten.

„… was habt ihr gemacht?“, fuhr Abu Bakr fort. „Habt ihr den Willen Allahs befolgt? Habt ihr die heilige Scharia angenommen? Habt ihr euch Allah unterworfen? Nein. Ihr habt die Frist, die wir euch gesetzt haben, nicht genutzt, um euch zum wahren Glauben zu bekennen oder aber die *Dschizya* zu zahlen, wie Allah dies im heiligen Koran fordert, und wie auch Mohammed, Friede sei mit ihm, in der *Sunna* gezeigt hat. Und deshalb …“

Verzweifelt suchte Tomás nach einem Stein oder irgendeinem anderen Gegenstand, den er Abu Bakr an den Kopf schlagen konnte, aber er fand einfach nichts.

„… ist jetzt der Augenblick der Gerechtigkeit gekommen“, verkündete Abu Bakr energisch. Dann hob er seinen Dolch und stieß den traditionellen Schlachtruf der Dschihadisten aus.

„Takfir!“

Ibn Taymiyyah reagierte mit der entsprechenden Antwort.

„Allahu akbar!“

Als Tomás in höchster Not mit seiner freien Hand an der Wand entlang fuhr, spürte er zufällig eine Vertiefung in der Wand. Er wandte seine Augen keine Sekunde lang vom Papst ab, der mittlerweile unkontrolliert zitterte.

„Die Frist ist verstrichen“, sagte Abu Bakr. „Jetzt schlägt die Stunde der Gerechtigkeit Allahs.“

Unter Aufbietung aller Kräfte zwang sich der Papst, noch einmal in die Kamera zu schauen.

„Für mich erbitte ich nichts, Herr, aber ich flehe um Gnade für deine …“

Wütend packte Abu Bakr den Kopf des Papstes und riss ihn nach hinten.

„Schweig, *Kafir*!“, rief er. „Gleich wirst du Allah Rechenschaft ablegen müssen und zu ewiger Strafe verdammt!“

Er setzte ihm seinen Dolch seitlich an den Hals und drückte die Klinge in die Haut, so dass unter dem linken Ohr des Papstes das Blut hervor trat.

Entsetzt und über seine eigene Machtlosigkeit verzweifelt, tastete Tomás weiter in der Vertiefung und stieß gegen eine kalte metallische Oberfläche. Und plötzlich erinnerte er sich wieder.

Hier hatte er am Morgen seine archäologischen Werkzeuge deponiert. Zwei kleine Schaufeln und eine Spitzhacke.

Erbittert packte er den Stiel der Hacke und sprang auf. Zwar hielt ihn die Kette an den Pfeiler gefesselt, aber am ausgestreckten Arm gelang es ihm, Abu Bakr die Spitze auf den Rücken zu schlagen.

Der Mann heulte vor Schmerz laut auf.

Und er ließ den Papst los. Mit dem blutüberströmten Dolch in der Hand drehte er sich um und attackierte Tomás. Dieser drehte sich gerade noch rechtzeitig weg, um der Klinge auszuweichen und versuchte seinerseits, erneut mit der Hacke zuzuschlagen. Aber diesmal war Abu Bakr gewarnt. Er streifte Tomás mit dem Dolch am Arm, so dass er seine Hacke fallen lassen musste.

Unbewaffnet und mit blutendem Arm stand Tomás da. Der Überraschungseffekt war verpufft, und er lag an der sprichwörtlichen Kette. Diese wollte er aber noch zu einem allerletzten Angriff nutzen, und ehe sein Gegner sich umdrehen konnte, schlang Tomás ihm die Kette um den Hals und zog sie mit letzter Kraft zusammen.

„Aaaargh!“

„Abu Bakr!“

Ibn Taymiyyah hatte die ganze Szene wie versteinert verfolgt und schaute auch jetzt noch ungläubig zu, wie der vermeintlich harmlose Professor seinen Kumpan zu erwürgen drohte. Derweil übertrug die Videokamera die Ereignisse in die gesamte Welt. Endlich löste sich Ibn Taymiyyah aus seiner Erstarrung, griff sich die

Kalaschnikow und richtete sie entschlossen auf den Papst. Dieser lag inzwischen am Boden und presste beide Hände gegen seinen Hals, um die Blutung zu stoppen.

Für den Dschihadisten war es offensichtlich wichtiger, seine heilige Mission zu beenden, als seinem Kollegen zu Hilfe zu eilen.

Breitbeinig stellte er sich neben den Papst, bereit zu schießen.

„Allahu akbar!“

Instinktiv löste Tomás die Kette um Abu Bakrs Hals und stieß den Mann mit aller Kraft in Richtung des am Boden liegenden Papstes.

Dann eröffnete Ibn Taymiyyah das Feuer.

XCVI

Die Kugeln trafen Abu Bakr und den Papst quasi gleichzeitig. Als endlich wieder Stille einkehrte, hatte Tomás das Gefühl, die Zeit sei stehengeblieben. Der Papst war tot. Seine Ermordung war live übertragen worden, ohne dass er selbst irgendetwas dagegen hatte tun können.

„Nein!“, schrie Tomás, als er aus seiner Lähmung erwachte. „Neiiiin!“

Er wollte zum Papst stürzen und riss erneut an seiner Kette, wie ein wütender Hund. Aber außer sich selbst Schmerzen zuzufügen, änderte das gar nichts.

Welchen Sinn hatte es überhaupt noch zu kämpfen, fragte er sich dann. Der Papst war tot. Er hatte alles versucht, aber er war gescheitert. Traurig, aber wahr.

Er hatte versagt.

Mit Tränen in den Augen ließ Tomás sich auf den Boden sinken und starrte zur Decke der Katakomben. Sein Herz schlug, als wolle es ihm aus der Brust springen, sein rechter Arm brannte wie Feuer, und auch sonst gab es in seinem Körper nichts, was nicht weh tat.

Niedergeschlagen dachte er an die Worte von Schwester Lúcia zum dritten Geheimnis von Fátima und die schreckliche Prophezeiung, die sich nun tatsächlich bewahrheitet hatte.

Wäre es möglich gewesen, sich dem Schicksal zu widersetzen?

Der erste Akt war damit abgeschlossen. Für den zweiten Akt würde es genügen, die Sprengsätze zu zünden, um auch die ‚Bischöfe, Priester, Ordensleute und verschiedene weltliche Personen, Männer und Frauen unterschiedlicher Klassen und Positionen' in den Tod zu reißen.

Ibn Taymiyyah beugte sich über die blutüberströmten Körper, um zu prüfen, ob der Papst auch wirklich tot war. Als er ihn neben seinem von Kugeln durchsiebten Kampfgefährten am Boden liegen sah, nickte er zufrieden. Dann wandte er sich zu Tomás und richtete den Lauf seines Gewehres auf ihn.

„Jetzt bist du an der Reihe, *Kafir*."

Tomás lag unbeweglich da und reagierte nicht. Er blickte starr zur Decke und machte sich darauf gefasst zu sterben.

„Worauf wartest du noch?", fragte er.

Ibn Taymiyyah deutete in Richtung der Sprengstoffwesten.

„Du wirst für ein Live-Feuerwerk sorgen."

Ohne sich zu bewegen, schaute Tomás den Dschihadisten provokativ an. Er hatte nichts mehr zu verlieren. Und auch, wenn er sterben musste, würde er sich doch nicht geschlagen geben.

„Fuck you!"

Diesmal entlockte die Beleidigung dem Terroristen nur ein Lächeln. Er hob eine Weste vom Boden auf und warf sie in Tomás' Richtung.

„Hier unten ist genug Sprengstoff verteilt", sagte er. „Eine einzige Kugel wird genügen, um diesen Hort der Vielgötterei und der falschen Lehren einstürzen zu lassen."

„Reicht euch der Tod des Papstes nicht?", rief Tomás in einer Mischung aus Wut und Verzweiflung. „Wieso wollt ihr all diese Menschen töten?"

Ohne sich die Mühe einer Antwort zu machen, richtete Ibn Taymiyyah die Mündung der Kalaschnikow auf ein Sprengstoffbündel. Dann drehte er sich noch einmal zur Kamera um und stieß den üblichen Kampfschrei zu Ehren Gottes aus.

„Allahu akbar!“

XCVII

Schicksalsergeben überlegte Tomás, wie ihn der Tod ereilen würde. Würde er den ersten Schuss noch hören? Würde er Schmerzen haben? Würde er noch irgendetwas fühlen? Oder würde er womöglich noch die Explosion hören, wenn alles in die Luft flöge? Wahrscheinlich aber ginge alles viel schneller und er wäre bereits tot, ehe er den Schuss hören könnte.

Und doch hatte er eindeutig einen Schuss und sogar dessen Echo gehört. Eine Detonation allerdings war ausgeblieben, wie er verwundert feststellte.

Tomás fühlte sich mehr tot als lebendig. Die Realität hatte keine Bedeutung mehr für ihn, sie hatte vielmehr ihren Sinn verloren. Es kam ihm vor, als sei er bereits im Jenseits; jedenfalls aber war es ihm gleichgültig, ob er lebte oder nicht. Es war ihm gleichgültig, ob der Petersdom einstürzen und ob die Menschheit im Krieg versinken würde. Alles, was er in diesem Augenblick wollte, war, sich in Frieden ausruhen zu können. Bis in alle Ewigkeit.

Stille.

War das also das Leben nach dem Tod? Immer noch am Boden liegend, fragte sich Tomás, ob er die Explosion vielleicht nur nicht mehr mitbekommen hatte und er nun tatsächlich schon im Jenseits war. Er würde also seine Mutter, die an Alzheimer litt und in einem Seniorenheim lebte, nie wieder sehen. Und auch nicht Maria Flor, die er für ihre Zärtlichkeit ebenso liebte wie für ihre Dickköpfigkeit. Er hatte die beiden Menschen, die ihm am liebsten waren, verloren, und dieser Gedanke machte ihn tieftraurig.

Doch dann kam ihm eine tröstliche Idee. Vielleicht würde er ja im Jenseits diejenigen wieder treffen, die bereits vor ihm gegangen waren: seine geliebte Tochter Margarida, die er verloren hatte, als sie noch ein kleines Mädchen war; und seinen Vater, den Mathematikprofessor, der ihm kurz vor seinem Tod den Sinn des Lebens erklärt hatte, und mit dessen Hilfe es ihm, Tomás, gelungen war, die ‚Gottesformel' zu entschlüsseln.

Vielleicht war der Tod also gar nicht so schrecklich. Immerhin hieß es ja, der Tod sei nur ein Übergang; alles im Universum sei im Wandel begriffen, und alles habe stets einen Anfang und ein Ende. Ständige Veränderung war schließlich der wahre Kern aller Dinge, und …

Stimmen.

Wie durch einen Filter hindurch drangen unverständliche Worte an sein Ohr. Ob das Engel waren? Oder kamen seine Tochter und sein Vater ihm entgegen? Von der Nahtoderfahrung, die seine Mutter einige Jahre zuvor erlebt hatte, wusste er, dass viele Menschen berichteten, sie seien durch einen Tunnel gegangen, an dessen Ende ein außergewöhnlich helles Licht leuchtete und bereits verstorbene Verwandte oder Freunde den Neuankömmling begrüßten.

Andererseits hatte er jetzt keinen Tunnel passiert …

„Tomás?"

Seltsam. Wieso nannte Margarida ihn nicht ‚Papa'?

„Tomás? Hören Sie mich?"

Die Stimme klang zwar angenehm, wie die eines Engels, aber sie ähnelte keinesfalls der seiner Tochter.

„Un dottore!“, schrie dann plötzlich dieselbe Stimme, diesmal auf Italienisch. „Schnell, ein Arzt!“

„Aspetti!“, antwortete eine Männerstimme nur zwei Meter neben ihm. „Warten Sie!“

„Schnell, beeilen Sie sich!“, beharrte die Frauenstimme. „Professor Noronha verliert Blut!“

„Aspetti!“

Dieser Wortwechsel hatte ganz und gar nichts Himmlisches, stellte Tomás fest. Und falls doch, nun, dann war der Himmel ein wenig anders, als er ihn sich vorgestellt hatte. Er öffnete die Augen und sah eine blonde Frau über ihn gebeugt; eine Frau aus Fleisch und Blut.

„Catherine?“

Erleichtert lächelte die Französin ihn an.

„Gott sei Dank, Sie leben!“

Tomás versuchte, sich aufzurichten.

„Und ... der Papst?“

„Sie brauchen jetzt Ruhe“, sagte Catherine ausweichend. „Sie sind verletzt und sollten sich nicht bewegen, bis der Arzt kommt.“

Aber obwohl Tomás noch vor wenigen Augenblicken am liebsten für immer liegen geblieben wäre, wollte er jetzt seine Antwort sofort.

„Wie geht es ihm?“, fragte er nach.

Catherine sah ein, dass Tomás nicht einfach Ruhe geben würde und rückte etwas zur Seite, um den Blick freizugeben.

„Die Ärzte kümmern sich gerade um Seine Heiligkeit“, sagte sie. „Danach kommen sie zu Ihnen.“

„Der Papst ... lebt also noch?“

Die Französin wiegte vorsichtig den Kopf und sah betreten zu Boden.

„Wir sollten die Hoffnung nicht aufgeben.“

Mühsam stützte sich Tomás auf den linken Ellenbogen und sah sich um. Mehrere weiß gekleidete Notfallsanitäter und zwei Ärzte – darunter Doktor Giovanni Ferro – waren über den Papst gebeugt und versuchten, ihn zu retten, während zahlreiche Gendarmen und Carabinieri die nicht explodierten Sprengsätze untersuchten. Inspektor Trodela gab ununterbrochen in der ihm eigenen Freundlichkeit Anweisungen an seine Männer.

Die Projektoren erhellten immer noch die Szene, aber die Videokamera war inzwischen ausgeschaltet. Neben dem Stativ sah Tomás den reglosen Körper von Ibn Taymiyyah liegen.

„Was … was ist passiert?“, fragte er.

„Als ich Ihre Nachricht auf meiner Sprachbox abgehört habe, war es kurz vor Mitternacht, aber ich bin sofort zu Inspektor Trodela gerannt“, antwortete Catherine. „Er schaute gerade das Video der Entführer an und wollte ‚keine Zeit mit solchem Unfug verschwenden‘. Als er mich regelrecht hinauswerfen wollte, habe ich ihn angeschrien, wenn sie die Entführer finden wolle, müsse die Polizei in die Katakomben gehen … und dann tauchten Sie plötzlich auf dem Videobildschirm auf. Da hat sogar der Inspektor eingesehen, dass Sie Recht hatten, und dann ging alles ganz schnell. Gerade, als die ersten Carabinieri hier eintrafen, sahen sie, wie der Dschihadist auf den Sprengstoff zielte und *‚Allahu akbar‘* rief. Sie haben ihn direkt erschossen.“

Tomás atmete tief durch.

„Das war knapp …“

„Das können Sie laut sagen.“

Traurig blickte Tomás zum Papst hinüber, dem die Ärzte inzwischen eine Bluttransfusion angelegt hatten.

„Aber für ihn war es wohl zu spät.“

Catherine seufzte.

„Seine Heiligkeit hat viel Blut verloren“, sagte sie. „Abgesehen von der Schnittwunde am Hals hat er einige Kugeln abbekommen.

Aber wir sollten die Hoffnung nicht aufgeben. Immerhin haben wir verhindert, dass die Terroristen hier alles in die Luft sprengen konnten!“

Widerwillig nickte Tomás und streckte sich wieder auf dem Boden aus.

„Und wie reagieren die Menschen in aller Welt?“

„Noch sind die Bittgottesdienste im Gange, und der Papst ist ja noch am Leben …“

Dann kam neben ihnen Bewegung in die Gruppe der Sanitäter, und zwei Männer mit einer Trage bahnten sich ihren Weg in Richtung Ausgang. Doktor Ferro begleitete den Transport des Papstes, während der andere Arzt zu Tomás kam und sich neben ihn kniete, um seine Verletzungen zu untersuchen.

„Und?“, fragte er. „Wie geht es Ihnen?“

Aber Tomás hatte zunächst ein dringenderes Anliegen.

„Wie geht es dem Papst, Doktor?“

Der Mann sah ihn ernst an und zuckte dann mit den Schultern.

„Ihm bleibt wohl nicht mehr viel Zeit.“

XCVIII

Obwohl sie sich alle Mühe gaben, nirgendwo anzustoßen, konnten die Sanitäter es in den engen Gängen doch nicht vermeiden, dass Tomás von Zeit zu Zeit unsanft durchgeschüttelt wurde. Als sie die Katakomben nahe des Hauptaltars verließen, warteten dort bereits sämtliche Kardinäle, Bischöfe und die unvermeidlichen Pressevertreter auf sie und versperrten ihnen den Weg. Ein wahres Blitzlichtgewitter entlud sich über Tomás.

Aus der Menge dieser menschlichen Mauer trat ein korpulenter Mann in kräftigem Kardinalspurpur neben die Trage, auf der Tomás lag. Angelo Barboni hatte Tränen in den Augen und umfasste voller Rührung Tomás' linke Hand.

„Ah, mein Sohn", sagte er mit bebender Stimme. *„Grazie, grazie."* Er schluckte. „Der Heilige Vater liegt im Koma, und es besteht kaum Hoffnung. Es bleibt uns nichts anderes zu tun, als zu beten. Aber ich möchte Ihnen von Herzen danken für das, was Sie für Seine Heiligkeit, für die Kirche und vor allem für die Menschheit getan haben. Möge Gott Sie segnen und beschützen."

„Vielen Dank, Eure Eminenz", sagte Tomás. „Wenn Sie wüssten, wie leid es mir tut, dass ich den Papst nicht retten konnte …"

Der Kardinal verzog gequält den Mund.

„Wie Sie wissen, haben zahlreiche Prophezeiungen den Tod Seiner Heiligkeit vorhergesehen", sagte er. „Wie sollte es möglich sein, gegen das Schicksal zu kämpfen? Der Heilige Vater ist jetzt in den Händen des Herrn. Haben wir also Vertrauen, dass er ihn uns noch einmal zurückgeben möge. Aber falls Er in seiner unermesslichen Weisheit anders entscheiden sollte, wird Er uns doch auf unserem Weg führen."

Eine neue Welle von Blitzlichtern ergoss sich über den Kardinal und Tomás und blendete den Verletzten. Tomás hob seinen linken Arm, um seine Augen abzuschirmen.

„Wo soll ich jetzt hingebracht werden?"

„Ins Krankenhaus natürlich", sagte Kardinal Barboni. „Sie müssen gründlich untersucht und ärztlich versorgt werden. Vorher möchte ich Ihnen auch im Namen der Kirche noch einmal für Ihren Mut und Ihr heldenhaftes Eingreifen danken. Ich muss zugeben, dass ich zwischenzeitlich kurz an Ihnen gezweifelt habe, aber ich habe mich getäuscht. Gott sei Dank hatte Seine Heiligkeit die Weitsicht, Sie um Hilfe zu bitten."

Der ganze Rummel um ihn herum wurde Tomás immer unangenehmer.

„Eure Eminenz, darf ich Sie um einen Gefallen bitten?"

„Alles, was Sie wollen, mein Sohn."

„Bevor ich ins Krankenhaus gebracht werde, hätte ich gern eine Besprechung mit Ihnen, Inspektor Trodela, Madame Rauch, dem Kammerdiener und dem Sekretär des Papstes", sagte Tomás. Dann schaute er sich verlegen um. „Wenn möglich, an einem etwas … ruhigeren Ort."

„Selbstverständlich. Worum geht es denn bei dieser Besprechung, wenn ich fragen darf?"

„Das werde ich Ihnen zu gegebener Zeit erklären. Ich kann also auf Sie zählen?"

Sobald der Sanitätsarzt bestätigt hatte, dass Tomás nicht in unmittelbarer Gefahr schwebte und die Wundversorgung durchaus eine halbe Stunde lang warten konnte, trug Kardinal Barboni einem Mitarbeiter auf, die von Tomás gewünschten Personen zu rufen. Dann wandte er sich an die Träger der Trage, und bat sie, ihm zu folgen.

„Kommen Sie“, sagte er. „Nebenan ist es ruhig.“

Mit Hilfe dreier Schweizergardisten bahnte der Kardinal sich einen Weg durch die Menge, dicht gefolgt von den beiden Trägern mit Tomás. Alle Kardinäle und Bischöfe, an denen sie vorbei kamen, bekreuzigten sich beim Anblick des Portugiesen und riefen ihm Worte des Dankes und der Anerkennung zu.

„God bless you, my son!“

„Che Dio te benedica e ti coli di gioia!“

„Vous êtes un cadeau du Ciel!“

Einer von ihnen, dessen Gesicht Tomás aus dem Fernsehen kannte, warf ihm eine Blume zu und sprach ihn auf Portugiesisch an.

„Obrigado, meu filho! Obrigado!“

Danke, mein Sohn! Danke!

Es war der Patriarch von Lissabon.

Bislang war es Tomás gelungen, sich zu beherrschen und trotz seiner Erschöpfung und der permanenten Anspannung keine Emotionen zu zeigen. Aber diese unverhofften Worte in seiner Muttersprache berührten ihn stärker, als er sich je hätte vorstellen können.

Er spürte, wie seine Augen feucht wurden. Portugal fehlte ihm plötzlich mit aller Macht, dieses ländliche, sonnenverwöhnte Land, das von derlei Wahnsinn verschont blieb; dieses Land, in dem die Menschen wussten, dass sie klein waren, und sich trotzdem groß fühlten; dieses Land, das der großen, grausamen Welt trotzte. Der Rest der Menschheit hatte keinesfalls seine Bedeutung für Tomás verloren. Im Gegenteil. Er war ganz und gar kein Nationalist, aber in diesem Augenblick empfand er sich zutiefst als Portugiese.

Er atmete tief durch und zwang sich zur Ruhe. Den Luxus, sentimental zu werden, konnte er sich jetzt nicht leisten. Es gab noch etwas Wichtiges zu erledigen.

„Eminenz?"

Kardinal Barboni drehte sich zu ihm um.

„Ja, mein Sohn?"

„Wo bringen Sie mich hin?"

Über das Gesicht des Staatssekretärs huschte ein Lächeln.

„Das werden Sie gleich sehen."

Nachdem sie das Mittelschiff des Petersdoms durchquert und eine Tür passiert hatten, nahmen sie einen Gang, der zu einem rechteckigen Gebäude führte.

Auf der Trage liegend, konnte Tomás zwar nur sehen, was über ihm war, doch er erkannte den Ort sofort. An der ostseitigen Wand sah er die Szenen aus dem Leben Mose von Botticelli, an der Nordseite fiel ihm die ‚Schlüsselübergabe' von Perugino auf. Beim Anblick der prächtigen Deckenfresken verschlug es ihm schier die Sprache.

„Wir sind in … in der …"

„In der Sixtinischen Kapelle", ergänzte der Kardinal.

Ja, sie waren in der Kapelle des Apostolischen Palastes mit ihren berühmten Deckengemälden von Michelangelo. Seit den Restaurierungsarbeiten im 15. Jahrhundert trug sie den Namen Sixtus IV., des Papstes, der diesen Umbau veranlasst hatte. Hier kamen nach dem Tod eines Papstes alle wahlberechtigten Kardinäle so lange zum Konklave zusammen, bis der Nachfolger des Heiligen Vaters gewählt war.

„Wir haben alle Personen wie gewünscht rufen lassen, Professor", sagte Kardinal Barboni. „Sie sollten in Kürze eintreffen. Wollen Sie mir nicht verraten, worum es geht?"

Tomás zögerte. War es nicht zu früh, auf diese Frage zu antworten? Dann entschied er sich jedoch, er könne zumindest eine Andeutung machen.

„Wie Eure Eminenz weiß, konnten die Terroristen den Papst nur deshalb entführen, weil sie Verbündete im Vatikan hatten", sagte er.

„Ja, ich weiß, dass Sie glauben, es gebe einen Verräter am Heiligen Stuhl", antwortete der Kardinal. „Und?"

Die Tür ging auf, und Inspektor Trodela betrat den Raum, gefolgt von Ettore, Giuseppe und Catherine. Die Karten lagen somit auf dem Tisch. Jetzt war es an Tomás, sie aufzudecken.

„Es ist Zeit herauszufinden, wer der Judas ist."

XCIX

Tomás hatte sich mit Hilfe eines Sanitäters auf einen Stuhl gesetzt und wartete nun, bis die anderen ebenfalls Platz genommen hatten. Sein Blick fiel auf *Die Erschaffung Adams* im Zentrum des Deckengewölbes, auf dem der nackte Adam den linken Arm in Richtung Gott ausstreckt, um von ihm den Atem des Lebens zu empfangen. Wie oft hatte er bereits eine Kopie dieses Meisterwerks in Kunst- und Geschichtsbüchern gesehen? Jetzt saß er unter außergewöhnlichen Umständen in der Sixtinischen Kapelle und hatte keine Zeit, das Original zu bewundern.

Ob so der Himmel aussah?

Dann hörte Tomás ein Räuspern. Kardinal Barboni in seiner imposanten purpurnen Soutane lächelte ihm aufmunternd zu.

„Mein Sohn, wir sind vollzählig, und die Schweizergarde sorgt vor den Türen für unsere Sicherheit wie bei einem Konklave. Niemand kann uns stören. Lassen Sie uns beginnen."

Tomás gegenüber saßen Kardinal Barboni, Giuseppe, der Kammerdiener, und Ettore, der Privatsekretär des Papstes, Catherine Rauch und Inspektor Trodela. Alle schauten ihn neugierig und erwartungsvoll an, mit Ausnahme des Inspektors, der die Augen auf seine Schuhspitzen gerichtet hielt.

„Wie wir bereits wissen, hat eine dem Islamischen Staat nahestehende Gruppe den Papst entführt und wollte ihn heute Nacht töten", begann Tomás mit dem Offensichtlichen. „Was wir nicht wussten, aber zumindest vermutet haben, ist, dass die Entführer nicht allein gehandelt haben. In der Tat wurden sie von der Mafia aktiv unterstützt, die so verhindern wollte, dass durch die vom Papst einberufene COSEA-Kommission ans Licht käme, dass sie und zahlreiche von der Mafia bestochene Politiker die Vatikanbank für ihre schmutzigen Geschäfte nutzten. Somit ergab sich die unheilvolle Interessengemeinschaft aus Islamisten, Mafia und korrupten Politikern."

Inspektor Trodela sah Tomás erstmals an.

„Können Sie all das, was Sie da erzählen, auch beweisen?"

„Selbstverständlich. Im Nachlass von Monsignor Dardozzi, auf den der Papst in seiner Videobotschaft hingewiesen hat, gibt es geradezu Unmengen belastender Dokumente."

„So so", knurrte Trodela skeptisch. „Sie sagen also, dass diese Dokumente beweisen, dass die Mafia und die angeblich korrupten Politiker mit dem Islamischen Staat gemeinsame Sache gemacht haben?"

„Sie beweisen, dass die Mafia und etliche einflussreiche Politiker mit Hilfe der Vatikanbank Geld gewaschen haben", sagte Tomás. „Dass eine Verbindung zu den Entführern besteht, geht nicht daraus hervor, aber warum sonst hätte der Papst auf diese Dokumente hinweisen sollen? Ich hoffe doch, dass die Kriminalpolizei das zum Anlass für ausführliche Ermittlungen nimmt."

„Hm", brummte der Inspektor. „Das werden wir ja sehen."

Die Wunde an seinem rechten Arm brannte wie Feuer, und Tomás verzog vor Schmerz das Gesicht.

„Diese Interessengemeinschaft jedenfalls hatte Komplizen innerhalb des Vatikans", fuhr er fort.

„Ja, ja, das haben Sie schon gesagt", erwiderte Trodela gereizt. „Die Frage ist doch, wer es war."

„Es ist offensichtlich, dass die Terroristen Komplizen hatten", stimmte Kardinal Barboni zu. „Wissen Sie, mein Sohn, die von

Seiner Heiligkeit veranlassten Wirtschaftsprüfungen haben innerhalb der Kurie für einigen Wirbel gesorgt, und nicht wenige Kardinäle würden sich … einen neuen Papst wünschen."

Tomás runzelte die Stirn.

„Ich fürchte, Eure Eminenz, es ist schlimmer als das."

„Schlimmer?"

Angesichts dessen, was er als Nächstes sagen würde, beobachtete er alle Anwesenden sehr genau, ehe er antwortete.

„Der Judas ist unter uns." Als er die verwirrten Gesichter sah, fügte er noch hinzu: „Er ist hier in der Sixtinischen Kapelle."

Man hätte eine Stecknadel am anderen Ende des Raumes fallen hören können; alle schauten einander unsicher, entsetzt und empört an. Hatte Tomás womöglich schon einen konkreten Verdacht?

„Dio cane!", polterte Inspektor Trodela als Erster los. „Was erzählen Sie jetzt schon wieder für einen Unsinn? Wollen Sie etwa behaupten, Sie halten mich für …" Er sah Tomás fuchsteufelswild an. *„Vaffanc …"* Als er einen tadelnden Blick des Kardinals bemerkte, unterbrach er sich und beschränkte sich auf eine etwas mildere Version. *„Brutto disgraziato!"*

„Passen Sie bitte auf, was Sie sagen", mahnte ihn dennoch der Kardinal.

„*Mi scusi*, Hochwürdigste Eminenz", entschuldigte sich Trodela betreten. „Es ist nur … ich dulde es einfach nicht, dass meine Ehre in Frage gestellt wird."

„Ihre Behauptung ist in der Tat schwerwiegend, mein Sohn", wandte Barboni sich an Tomás. „Muss ich daraus schließen, dass Sie auch mich als verdächtig betrachten?"

„Und mich?", warf Catherine mit verletzter Miene ein. „Halten Sie mich für verdächtig?"

Der Kammerdiener hob theatralisch die Arme gen Himmel.

„Madonna!", rief er. „Wie kann dieser Mann nur an mir zweifeln? Und das, nachdem ich mein ganzes Leben einem

Heiligen Vater nach dem anderen gedient habe! *È un'ingiustizia!*"

„Was ist mit mir?", fragte Ettore, der Privatsekretär, und wandte sich dann an den Kardinal. „Eure Eminenz, Sie wissen, dass ich Seiner Heiligkeit stets treu ergeben war! *Mamma mia*, das ist Verleumdung!"

Am meisten ereiferte sich jedoch Inspektor Trodela. Er deutete mit dem Finger auf Tomás und hätte sich am liebsten auf ihn gestürzt, wenn der Kardinal ihn nicht daran gehindert hätte

„Der wahre Judas in dieser Geschichte ist dieser *stronzo*!", versuchte er, den Spieß umzudrehen. „Seit er hier ist, hat er für nichts als Unruhe gesorgt. Ich dulde nicht, dass ausgerechnet so ein *cazzo* nach Lust und Laune unsere Ehrlichkeit anzweifelt. Ich fordere hiermit, dass Professor Noronha entweder Beweise für seine schändliche Behauptung vorbringt, oder sich umgehend entschuldigt!" Er schaute sich nach Zustimmung heischend um. „Ah, *porca miseria*! Womit habe ich nur eine solche Frechheit verdient?"

Tomás sah ihn durchdringend an.

„Wollen Sie das wirklich wissen?"

„Ich verlange es!"

„Seit wann, werter Inspektor, sind Sie Kriminalkommissar am Vatikan?"

Stolz schlug sich Trodela auf die Brust.

„Seit mehr als zwanzig Jahren! Wieso?"

„Das heißt also, Inspektor, dass Sie den Vatikan wie Ihre Westentasche kennen und über sämtliche Rivalitäten innerhalb der Kurie bestens Bescheid wissen. Außerdem kommen Sie durch Ihren Beruf regelmäßig in Kontakt mit Kriminellen: Dealern, Mafiosi, Mördern, … Wer garantiert mir, dass nicht irgendein Politiker oder Mafiaboss Sie bestochen hat? Sie wären nicht der erste Polizist, der mit den Verbrechern, die er fassen soll, unter einer Decke steckt."

„Sie beschuldigen mich also allen Ernstes?“, fragte Trodela erbost. „Sie behaupten, ich sei bestochen worden?“

„Ich sage, das ist eine Möglichkeit, die man nicht ausschließen kann“, korrigierte Tomás. „Sie wissen genauso gut wie ich, dass bei einer Ermittlung zunächst davon ausgegangen werden muss, dass jeder Verdächtige schuldig sein könnte, sofern keine Gegenbeweise vorliegen – auch, wenn es vor Gericht umgekehrt gehandhabt wird.“

„Und ich?“, wollte Catherine wissen. „Wieso bin ich verdächtig?“

„Und ich?“, echote der Kammerdiener. „Wie können Sie nur an meiner Loyalität zweifeln?“

Auch Giuseppe wollte schon in den Chor einstimmen und seine Unschuld beteuern, aber Tomás hob entschlossen die Hand.

„Jeder im Vatikan ist verdächtig“, beharrte er. „Nicht, weil mir das Spaß macht, sondern weil es einen Verräter am Heiligen Stuhl gibt, verstanden?“

„So weit, so gut“, warf Kardinal Barboni ein. „Aber weshalb verdächtigen Sie ausgerechnet die hier anwesenden Personen?“

Alle Blicke richteten sich erneut auf Tomás.

„Die Antwort hängt mit den Umständen der Entführung des Papstes zusammen“, erklärte er. „Wie Sie alle wissen, sind die Entführer durch den Schacht unter der Toilettenschüssel bis in den dritten Stock gestiegen und haben den Papst in seiner Privatbibliothek überrascht.“

„Ja, und?“

„Nun, einige Details der Entführung kamen mir von Anfang an seltsam vor“, sagte Tomás.

Inspektor Trodela hatte die Arme vor der Brust verschränkt und blickte trotzig in die Runde.

„So?“, fragte er. „Welche denn?“

„Wie konnten die Entführer wissen, wann der Papst wirklich allein in der Bibliothek war und auf absehbare Zeit nicht gestört werden würde? Wie konnten sie den bewusstlosen Papst durch den engen Schacht transportieren? Und wie konnten sie unten angekommen das Tor zum Apostolischen Palast überwinden, ohne Spuren zu hinterlassen? Sowohl um das Tor im Tunnelgang zu passieren, als auch, um anschließend das Kongregationsgebäude zu verlassen, brauchten sie einen Schlüssel." Tomás wandte sich an Kardinal Barboni. „Eminenz, wissen Sie zufällig, wer Zugang zu den betreffenden Schlüsseln hatte?"

„Alle Schlüssel des Vatikans werden im Governatorat aufbewahrt", antwortete der Kardinal prompt. „Aber auch andere Einrichtungen haben welche, wie die diversen Kongregationen, die das Kongregationsgebäude nutzen, und die Sicherheitskräfte, die übrigens auch einen Schlüssel für das unterirdische Gangsystem haben."

„Welche Sicherheitskräfte?"

„Die Gendarmerie des Vatikans und … die Kriminalpolizei."

„Und wer ist bei der Kriminalpolizei für die Angelegenheiten des Vatikans verantwortlich?"

Bei dieser Frage richteten sich alle Augen auf Inspektor Trodela.

„Das ist eine Frechheit!", schimpfte dieser. „Verleumdung! Dieser … dieser *pompinaro* will Sie gegen mich aufhetzen! Dieser *testa di minchia*! Dieser *figlio di troia*!" Hochrot im Gesicht sprang er von seinem Stuhl auf und wollte sich auf Tomás stürzen. „*Ti ammazzo, pezzo di merda!* Ich bring dich um!"

Ettore und Giuseppe hielten ihn mühsam am Arm zurück, und Kardinal Barboni musste wieder einmal einschreiten.

„Beherrschen Sie sich, Inspektor!", befahl er streng. „Wie können Sie nur etwas derartiges an einem heiligen Ort und in meiner Gegenwart sagen?"

Der Kriminalbeamte ließ sich sofort auf seinen Stuhl fallen.

„*Scusi! Scusi!*“, flehte er theatralisch. „*Dio mio!* Dieser … Ganove bringt mich noch um den Verstand!“

Tomás verzog keine Miene und ließ sich weder beeindrucken noch einschüchtern.

„Sie leugnen also, Inspektor, dass Sie Zugang zu den Schlüsseln des Kongregationsgebäudes und des unterirdischen Tors haben?“

„Nein. Ich habe tatsächlich Zugang dazu“, entgegnete Trodela herausfordernd. „Und? Ist das etwa ein Verbrechen? Was soll das bitteschön beweisen?“

Tomás sah ihn eindringlich an, ehe er das Offensichtliche aussprach.

„Das beweist, Inspektor, dass Sie in der idealen Position waren, um den Terroristen die Schlüssel zu beschaffen, mit denen sie sowohl ins Kongregationsgebäude eingebrochen sind, um die brisanten Unterlagen zu stehlen, als auch später im Apostolischen Palast den Papst entführen konnten. Da Sie die gesamte Kurie kennen, wo der Papst nicht gerade beliebt ist, bringt Sie das in eine heikle Lage, finden Sie nicht?“

„Aber ich habe nichts gemacht!“, protestierte der Inspektor. „Nichts! Ich bin unschuldig! *Porca miseria!* Ich schwöre es bei meinen Töchtern! Ich schwöre es bei der Gesundheit meiner Mutter! Sie müssen mir glauben!“ Er wandte sich erneut an den Kardinal. „*Per Carità*, Eure Eminenz! Hören Sie nicht auf das, was dieser … Möchtegern-Sherlock-Holmes da faselt. Ich bin unschuldig! Unschuldig!“

Der Kardinal legte ihm eine Hand auf den Arm.

„Beruhigen Sie sich, mein Sohn.“

„Ich weiß selbstverständlich, dass Indizien noch kein Beweis sind“, fuhr Tomás fort. „Und wir sollten hier noch einmal daran erinnern, dass wir in einer Sackgasse steckten, nachdem wir den Schacht und das Gangsystem unter der Privattoilette des Papstes untersucht hatten. Wir wussten zwar noch nicht, dass die Entführer ihn um Mitternacht hinrichten wollten, aber es war dennoch wichtig, keine Zeit zu verlieren. Ich hatte bereits einen Verdacht, wer der Judas sein könnte, aber als Bestätigung meiner Hypothese wollte ich ihn dazu verleiten, einen Fehler zu machen. Deshalb hatte ich die Idee, die erste Versammlung im Büro Seiner Eminenz einzuberufen, bei der alle potenziellen Verdächtigen anwesend sein sollten, angeblich, um die neuesten Erkenntnisse zusammenzufassen. Tatsächlich habe ich aber dem Verräter eine Falle gestellt."

„Eine Falle?", fragte Catherine erstaunt. „Was denn für eine Falle?"

„Das, was ich am Ende gesagt habe. Wenn Sie sich erinnern, habe ich die Ereignisse zunächst so rekapituliert, wie der Verräter das erwarten konnte. Dann habe ich angedeutet, dass des Rätsels Lösung darin liege, wie die Entführer das unterirdische Tor passiert hätten. Wenn wir das geklärt hätten, wüssten wir alles. Um den Verräter noch nervöser zu machen, sagte ich zum Abschluss der Versammlung, es gebe einen Judas im Vatikan. Der Betreffende dachte daraufhin, ich hätte ihn entlarvt und mir fehlten nur noch die nötigen Beweise, um ihn zu überführen. Er geriet in Panik und machte in der Tat den entscheidenden Fehler."

„Welchen Fehler soll ich Ihrer Meinung nach begangen haben?", fragte Inspektor Trodela angriffslustig.

„Sie haben Ihren Helfershelfern aufgetragen, mich zu entführen."

„Nichts dergleichen!", ereiferte sich der Kommissar. „Das sind nichts als Lügen! *Ah, che noia!* Wenn Sie können, beweisen Sie doch, was Sie da erzählen!"

Tomás sah Inspektor Trodela durchdringend an.

„Ich schließe aus Ihren Worten, dass Sie zugeben, der Verräter zu sein ..."

„Ich gebe gar nichts zu", fauchte der Inspektor zurück. Er wedelte mit dem Zeigefinger in Tomás' Richtung. „Sie beschuldigen mich, Professor. Aber das reicht nicht. Das Einzige, was zählt, sind Beweise!“

In diesem Punkt waren sich alle Anwesenden einig, und als der Inspektor sich wieder beruhigt hatte, fuhr Tomás daher fort.

„Die Tatsache, dass ich quasi unmittelbar nach der Versammlung von den Terroristen angegriffen wurde, beweist, dass eine der fünf anwesenden Personen ihr Drahtzieher war oder zumindest mit den wahren Auftraggebern in Kontakt stand. Niemand sonst konnte ahnen, dass ich überhaupt in die Ermittlungen involviert war. Und dass die Entführer nach Rücksprache mit ihrem Auftraggeber wissen wollten, ob ich bereits die wahre Identität von Omissis herausgefunden hatte, beweist außerdem, dass meine Falle hervorragend funktioniert hatte. Der Verräter war überzeugt, dass ich ihn entweder bereits entlarvt hatte oder kurz davor war. Daher sollte ich erst verhört und dann aus dem Weg geschafft werden.“

„Lügen, nichts als Lügen“, brummte Trodela. „*Mamma mia*, muss ich mir wirklich diesen gequirlten Blödsinn anhören?“

„Ich denke, ja, Inspektor“, antwortete Tomás. „Wissen Sie auch, wieso?“

Der Kommissar verzog verächtlich den Mund.

„Überraschen Sie mich.“

„Es betrifft die Geschichte, der Papst sei durch den Abwasserschacht entführt worden.“

„Was ist damit?“

Tomás lächelte breit, ehe er antwortete. Wenn der Inspektor eine Überraschung wollte, würde er sicher nicht enttäuscht.

„Das ist ein Märchen.“

C

Tomás' Behauptung verschlug allen die Sprache. Die Entdeckung des Lochs unter der Toilette hatte eine plausible Erklärung dafür geliefert, wie die Entführer unbemerkt in den Apostolischen Palast eindringen und mit dem Papst wieder flüchten konnten. Dass Tomás sie nun als Märchen bezeichnete, sorgte allseits für Verwirrung.

„Was wollen Sie damit sagen?", fragte Catherine. „Die Terroristen haben den Papst nicht durch den Abwasserschacht entführt?"

„Nein", bestätigte Tomás.

Die Anwesenden wechselten entgeisterte Blicke.

„Wie das, nein?"

„Ich habe es schlicht erfunden. Die Entführer sind nicht durch den Schacht entkommen."

„Aber … der Schacht unter der Toilette ist doch keine Erfindung", wunderte sich Kardinal Barboni. „Ich selbst habe den unangenehmen Geruch wahrgenommen, genau wie Ettore. Und eine Stunde später war er immer noch nicht verflogen. Sogar meine Soutane hat danach gestunken. Wie erklären Sie das, mein Sohn?"

„Der Schacht sollte uns nur auf eine falsche Fährte führen", antwortete Tomás, „und uns vom wahren Tathergang ablenken."

„Was ist mit dem Ziegelstaub auf dem Boden?", fragte Catherine. „Wie ist der dorthin gekommen?"

„Der sollte uns auf das Loch unter der Toilette aufmerksam machen, damit wir den Schacht entdecken würden.“

„Aber wieso haben die Entführer sich all diese Mühe gemacht?“

„Das hatte drei Gründe. Erstens wollten sie uns, wie gesagt, ablenken. Zweitens sollten wir glauben, dass sie den Papst aus dem Vatikan herausgebracht hatten, um die Ermittler vom Petersdom fernzuhalten.“

Kardinal Barboni sah Tomás erwartungsvoll an.

„Das waren erst zwei Gründe, aber Sie sprachen von drei …“

„Der dritte Grund ist ein weiteres Ablenkungsmanöver“, sagte Tomás. „Was konnte der Judas damit bezwecken, dass wir den Schacht unter der Toilette entdecken würden? Nun, er wollte, dass wir auch den Tunnel und das verschlossene Tor entdeckten. Und zwar, weil er wusste, dass wir früher oder später feststellen würden, dass sowohl das Tor selbst als auch das Schloss unversehrt waren und daraus schließen würden, dass die Entführer einen Schlüssel verwendet haben mussten.“ Er schaute in die Runde. „Und wer hatte einen Schlüssel? Die Sicherheitskräfte. Auf wen wollte der Verräter also den Verdacht lenken?“

Erneut richteten sich alle Augen auf Inspektor Trodela. Tomas machte eine Handbewegung, als habe er soeben einen Zaubertrick vollführt.

„Was bedeutet, dass Inspektor Trodela unschuldig ist“, sagte er.

Als könne er nicht recht glauben, was er soeben gehört hatte, brauchte der Kommissar eine Weile, eher er reagierte.

„Davvero?“, fragte er ungläubig und sichtlich besorgt, dass Tomás es sich wieder anders überlegen könnte. „Meinen Sie das ernst? Sie bestätigen also, Professor, dass … dass ich unschuldig bin?“

„Absolut!“

Das bislang grimmig verschlossene Gesicht des Inspektors verwandelte sich in ein breites Lächeln.

„Alla buon'ora!", rief er strahlend. „Endlich! *Evviva*! Der Professor hat Vernunft angenommen! *Che splendido!*"

Die anderen wussten gar nicht mehr, was sie denken sollten.

„Aber … wer ist denn dann der Judas?", fragte der Inspektor.

Tomás blickte die verbliebenen vier Verdächtigen der Reihe nach an: Giuseppe, Ettore, Catherine und Kardinal Barboni.

„Eure Eminenz, entschuldigen Sie meine Frage", sagte er dann. „Als Sie in Ihrem Büro waren, nachdem der Papst entführt worden war, haben Sie Inspektor Trodela gebeten, jemanden zu sich nach Hause zu schicken, nicht wahr?"

„Ja, ich brauchte neue Kleidung."

„Genau", sagte Tomás und nickte. „Sie haben dem Inspektor also Ihre Adresse genannt. Würden Sie sie uns bitte noch einmal nennen?"

„Ich wohne in der Via Carducci Nummer zwei."

„Ach ja, Via Carducci Nummer zwei." Er sah die anderen drei Verdächtigen an. „Wohnt von Ihnen jemand dort in der Nähe?", fragte er.

Zögernd hob der Privatsekretär des Papstes die Hand.

„Ich wohne in der Via Salandra, einer Seitenstraße der Via Carducci."

„Wieso fragen Sie danach?", wunderte sich der Kardinal und schaute Tomás mit gerunzelter Stirn an.

„Ach, nur so", sagte dieser.

Inspektor Trodela schnalzte ungeduldig mit der Zunge.

„*Che fastidio!* Kommen Sie endlich zur Sache. Wer ist denn nun der Verräter?"

„Bei allem Respekt, Inspektor, zunächst stellt sich eine andere Frage."

„Aha, und die wäre?"

Tomás deutete mit dem Zeigefinger auf den Kommissar.

„Wieso lag dem wahren Täter so viel daran, den Verdacht auf Sie zu lenken?“ Dann fuhr er direkt fort: „Weil ohne die falsche Fährte mit dem Tunnel der Verdacht sofort auf ihn selbst gefallen wäre.“

„*Va bene*, und wer ist es nun?“

Tomás nickte in Richtung Catherine.

„Madame Rauch …“

Die Französin warf ihm einen entsetzten Blick zu.

„Ich?“

„… kann es nicht sein.“

„Wie bitte?“

„Madame Rauch kann es nicht gewesen sein“, wiederholte Tomás. „Und zwar aus einem einfachen Grund: Zum Zeitpunkt der Entführung waren wir gemeinsam im Kongregationsgebäude. Sie konnte also nicht wissen, wann der Papst in der Bibliothek allein sein würde.“ Er machte eine bedeutungsvolle Pause. „Damit bleiben also nur noch drei Verdächtige.“

Kardinal Barboni sah erst zu Ettore, dann zu Giuseppe hinüber, ehe er Tomás aufforderte: „Wenn Sie eine Anklage vorbringen möchten: bitte.“

Doch trotz der Schmerzen in seinem Arm nahm Tomás sich die Zeit, die Anwesenden auf die Probe zu stellen.

„Wir müssen so lange einen Verdächtigen nach dem anderen ausschließen, bis zuletzt nur noch der Täter übrigbleibt“, sagte er. „Wenn wir also davon ausgehen, dass der Abwasserschacht uns auf eine falsche Fährte locken sollte, stellt sich die Frage, wer als Letzter in der Bibliothek war.“

Während alle einen Moment lang nachdachten, gab Inspektor Trodela die Antwort.

„Der Kammerdiener.“

Angesichts dieser Anschuldigung rollte Giuseppe empört die Augen.

„*Dio mio!*“, rief er. „Im Roman ist immer der Gärtner der Mörder, aber Sie haben es auf den Kammerdiener abgesehen! Und wieso? Nur, weil der Kammerdiener von Papst Benedikt XVI. tatsächlich vertrauliche Dokumente gestohlen hat?“

Inspektor Trodela sah den Mann streng an.

„Giuseppe, sagen Sie die Wahrheit. Sind Sie der Judas?“

Der Kammerdiener verschränkte die Hände, als wolle er beten.

„*Per amor del cielo*, Inspektor, glauben Sie wirklich, dass ich zu so etwas fähig wäre? Ich schwöre, ich war es nicht! Ich bin unschuldig! Es stimmt zwar, dass ich in die Bibliothek gegangen bin, aber sie war leer.“ Er wandte sich hilfesuchend an den Privatsekretär des Papstes. „Nicht wahr, Ettore?“

„Das stimmt. Die Bibliothek war leer.“

Tomás wartete ab, bis Giuseppe sich wieder beruhigt hatte, und fuhr dann fort.

„Es geht mir nicht darum, wer *nach* der Entführung des Papstes in die Bibliothek kam“, sagte er. „Was ich wissen möchte, ist, wer zuletzt dort bei ihm war.“

Erneut gab Inspektor Trodela die Antwort.

„Nun, das war nicht eine einzige Person, sondern zwei. Nämlich Seine Eminenz und Ettore.“

Diesmal sahen der Kardinal und der Privatsekretär einander an.

„Klären Sie mich bitte auf, Professor“, bat Kardinal Barboni. „Wen klagen Sie jetzt an? Mich oder Ettore?“

„Ich fand es von Anfang an merkwürdig. was in dieser Situation passierte“, sagte Tomás, ohne auf die Frage des Kardinals einzugehen. „Sie, Eminenz, fühlten sich unwohl, weshalb Ettore gerufen wurde, der Sie nach draußen an die frische Luft begleitete. Wieso war Ihnen so unwohl?“

„Das wissen Sie doch bereits, mein Sohn“, antwortete der Kardinal ungehalten. „Ich war auf die Toilette gegangen, und dort … stank es so unangenehm.“

„Ich gebe zu, dass der Geruch recht penetrant ist“, stimmte Tomás zu. „Aber er löst deshalb noch keine Ohnmacht aus oder bringt einen Menschen um.“

„Die Terroristen verwendeten ein Betäubungsgas, um …“

„Diese Behauptung sollte in der Tat die Geschichte untermauern, dass die Entführer durch den Toilettenschacht ins Gebäude eingedrungen seien. Aber bei den Untersuchungen wurden keine Spuren von Gas gefunden. Das hat mich zu einer alternativen Hypothese gebracht. Was, wenn nicht Sie, Eminenz, es waren, der sich unwohl fühlte, sondern der Papst? Was, wenn dieses Unwohlsein nicht nur durch den Toilettengeruch hervorgerufen wurde, sondern durch ein Betäubungsmittel – wie zum Beispiel … Chloroform?“

Der Kardinal sah Tomás empört an.

„Was wollen Sie damit andeuten?“

„Ich deute gar nichts an, Eure Eminenz“, beeilte Tomás sich zu sagen.

„Ah, nicht?“

Tomás wandte seinen Blick nicht vom Kardinal, um zu sehen, wie dieser reagieren würde. Würde er Ruhe bewahren oder die Fassung verlieren?

„Ich klage Sie an.“

CI

Ungläubige Stille machte sich in der Sixtinischen Kapelle breit. Kardinal Barboni saß reglos auf seinem Stuhl und stand unter Schock. Alle anderen Anwesenden starrten Tomás entgeistert an und fragten sich, ob er noch bei Sinnen war.

Auch diesmal reagierte Inspektor Trodela als Erster.

„Eure Eminenz“, sagte er. „Das ist eine … eine Frechheit! Eine solche Verleumdung können wir nicht einfach so hinnehmen. Das ist ja ungeheuerlich! Sie müssen es nur sagen, dann befehle ich der Schweizergarde, Professor Noronha sofort abzuführen!“

Der Kardinal war am Boden zerstört und unfähig zu reagieren.

„Ich … ich …“, stammelte er. „Es …“

Dann schwieg er zur Enttäuschung des Inspektors.

„Ich jedenfalls glaube kein Wort von dem, was der Professor erzählt hat“, sagte Trodela an die anderen Anwesenden gewandt. „Seine Heiligkeit hatte volles Vertrauen in Seine Eminenz, und er hat ihn nicht durch Zufall zum Staatssekretär ernannt. Die beiden kennen sich seit vielen Jahren, und es war Seine Eminenz, die Seine Heiligkeit darin bestärkt hat, mit der Korruption am Vatikan aufzuräumen. Er ist ein entschiedener Gegner der Korruption!“

Herausfordernd schaute er Tomás an.

„Da haben Sie Recht“, stimmte dieser zu. „Seine Eminenz ist geradezu entsetzt über die Aktivitäten von Kirchenvertretern wie

Marcinkus und de Bonis, die das IOR zu einer riesigen Maschinerie für Geldwäsche gemacht haben. Daran besteht kein Zweifel."

„Ah, aber worin besteht dann Ihre Anklage?", fragte der Inspektor verwirrt.

„Dass Kardinal Barboni ein erbitterter Gegner der Korruption ist, schließt nicht aus, dass er sich an der Entführung des Papstes beteiligt hat", sagte Tomás, „und sowohl den Privatsekretär als auch eine Terrorgruppe als Komplizen dafür gewonnen hat."

„Aber …"

„Der Mann, den Ettore aus der Bibliothek heraus an die frische Luft geführt hat, war nicht Seine Eminenz, sondern der Papst. Dazu haben die beiden ihn in der Privatbibliothek erst mit Chloroform betäubt und ihm dann die Kleider des Kardinals angezogen. So hat Ettore den Papst nach draußen begleitet, den jeder von Weitem für Seine Eminenz halten musste. Außerdem sagte Ettore dem Kammerdiener, dass der Papst nicht gestört werden wolle, weshalb Giuseppe sich im Vorzimmer bereit hielt. Dann brachte Ettore den Papst in die Katakomben, die der Kardinal am Vormittag wegen angeblicher Sicherheitsprobleme hatte sperren lassen. In Wahrheit sollten jedoch die Islamisten freie Bahn haben."

Inspektor Trodela weigerte sich, zu glauben, was er da hörte.

„Ettore soll also den Papst, der als Kardinal verkleidet war, in die Katakomben gebracht haben, wo die Terroristen schon auf ihn warteten?", fragte er. „Und was hat Seine Eminenz dann gemacht? Wie soll er Ihrer Räuberpistole nach die Bibliothek verlassen haben?"

„Durch den Toilettenschacht natürlich. Deshalb haben seine Kleider anschließend auch derart intensiv gestunken, dass er jemanden losschickte, um ihm eine frische Soutane zu besorgen."

Widerstrebend musste der Kommissar erkennen, dass die Erklärungen zusammenpassten. Dennoch suchte er hartnäckig nach einer Möglichkeit, den Kardinal zu entlasten.

„Und was ist mit dem Tor im Tunnelsystem?", fragte er.

„Dafür hatte er einen Schlüssel“, antwortete Tomás. „Wie Seine Eminenz vorhin selbst sagte, verfügt das Governatorat des Vatikans über Duplikate aller Schlüssel, und als Staatssekretär hatte Kardinal Barboni selbstverständlich Zugang dazu. Er verließ also den Apostolischen Palast ungesehen durch den Tunnel und kam anschließend von draußen zurück, als sei er tatsächlich nur an der frischen Luft gewesen.“

Inspektor Trodela schaute den Kardinal hilfesuchend an.

„Eure Eminenz, bitte sagen Sie, dass das alles nicht wahr ist.“

Der Angesprochene löste sich endlich aus seiner Erstarrung, und ein Anflug von Panik lag auf seinem Gesicht. Es sah aus, als wolle er alles abstreiten und seine Unschuld beteuern, doch stattdessen senkte er schließlich den Kopf und fiel in sich zusammen.

„Verzeihung … Verzeihung …!“

Tränen rannen über seine Wangen, und er begann, haltlos zu schluchzen. Beschämt vergrub er sein Gesicht in den Händen. Da trat Ettore neben den Kardinal und kniete sich vor ihm hin. Dann nahm er die Hände des Kardinals in die seinen, um ihn zu trösten.

Alle Augen waren voller Bestürzung auf den zweiten Mann des Heiligen Stuhls gerichtet. Nach einer Weile war es abermals Inspektor Trodela, der zuerst seine Sprache wiederfand. Allerdings war er so überrascht, dass der Kardinal tatsächlich schuldig war, dass er zu seiner gewohnten Ausdrucksweise zurückkehrte.

„Ma che cazzo!“

Als Kardinal Barboni sich wieder unter Kontrolle hatte, legte er die Hände in den Schoß und sah mit traurigen Augen in die Runde.

„Sie hatten mir gesagt, sie wollten ihm nur einen Schreck einjagen, nichts Schlimmes. Und ich … ich …“ Er schlug sich mit der Faust an den Kopf. „Ich Wahnsinniger habe ihnen geglaubt!“

„Wer hat Ihnen das gesagt?“

Der Kardinal zuckte mit den Schultern.

„Ein Schurke von der Mafia, der ein Konto beim IOR hat. Er hat gesagt, ich brauche nur zu tun, was er sagt, dann ginge alles gut. Ich solle mir keine Sorgen machen, denn sie selbst seien Katholiken wie ich, und sie würden nicht zulassen, dass Seiner Heiligkeit etwas zustieße." Er schüttelte heftig den Kopf. „Ich muss verrückt gewesen sein, das zu glauben." Er schnäuzte sich. „Als … als ich die Anschläge auf Disneyland und Medjugorje im Fernsehen gesehen habe, wurde mir klar, was ich für einen Fehler gemacht hatte. Und dann … dieses schreckliche Video! Oh, *Dio mio!*" Der Kardinal brach erneut in Tränen aus. „Der Herr weiß, wie sehr ich es bereue. Ich wäre am liebsten gestorben. Ich wollte alles beichten. Oder mich aus dem Fenster stürzen. Aber … dazu fehlte mir der Mut. *Povero me!* Ich Unseliger! Ich Feigling!"

„Aber wieso das alles, Eure Eminenz?", fragte Inspektor Trodela noch immer fassungslos.

„Weil … weil …"

Dann brach der Kardinal ab und fing erneut an zu schluchzen. Es war offensichtlich, dass er vor Scham oder Angst kein weiteres Wort herausbringen würde.

Tomás räusperte sich.

„Sie erlauben, Inspektor?"

„Schießen Sie los, Professor", brummte Trodela.

„Ich fürchte, Kardinal Barboni schämt sich zu sehr, um zu antworten. Der Schlüssel zu allem ist seine Adresse."

„Via Carducci?"

„Genau. Sagt Ihnen das etwas?"

„Ich kenne die Straße, aber …"

Tomás zog eine Augenbraue hoch.

„Ich nehme an, Sie kennen den Europa Multiclub?"

Bei diesem Namen blitzten die Augen des Kommissars auf, und er sah den Kardinal fragend an. Er hatte endlich verstanden, wie alles zusammenhing.

„Könnten Sie uns bitte aufklären, worum es geht, Inspektor?“, meldete sich Catherine zu Wort.

Nach einem Seitenblick auf Tomás kam Inspektor Trodela der Bitte der jungen Frau nach.

„Der Europa Multiclub ist die größte Sauna für Homosexuelle in ganz Italien, und er befindet sich in der Via Carducci“, sagte er. „Das ist ein beliebter Treffpunkt für viele Geistliche, Priester wie Kardinäle, und es ist allgemein bekannt, dass einige von ihnen sogar im selben Gebäude wohnen.“

Entsetzt riss Catherine die Augen auf.

„Ist das wahr, Eure Eminenz?“

Kardinal Barboni hielt die Augen gesenkt und antwortete nicht, was unter den gegebenen Umständen einem Geständnis gleichkam. Auch Ettore wäre am liebsten vor Scham im Boden versunken.

„Wie Sie sich vorstellen können“, meldete Tomás sich wieder zu Wort, „ist es selbst in unserer heutigen Zeit nicht immer einfach, homosexuell zu sein. Deutlich schwieriger ist es aber für einen Vertreter der katholischen Kirche, die Homosexualität nach wie vor als ‚unnatürlich‘ bezeichnet, weshalb homosexuelle Geistliche alles Mögliche, oder eben auch Unmögliche, unternehmen, damit ihre sexuelle Neigung nicht auffliegt und sie ihres Amtes enthoben werden. Daher sind sie verständlicherweise sehr anfällig für Erpressung.“

„Ich verstehe“, sagte Catherine.

„Man braucht kein Hellseher zu sein, um zu ahnen, dass die Mafia die Säuberungsmaßnahmen des Papstes um jeden Preis verhindern wollte. Sie wollte also den Papst beseitigen, ohne den Verdacht auf sich zu lenken. Das perfekte Mittel dazu war ein Deal mit einer Gruppe von Islamisten, die den Papst töten wollte und gern im Rampenlicht stand, während die Mafia lieber unbemerkt im Hintergrund bleibt. Um Erfolg zu haben, brauchten sie allerdings noch einen Verräter unter den engsten Vertrauten des Papstes. Das Problem dabei war nur, dass enge Vertraute eben auch loyal sind. Wie konnte die Mafia sie also für sich gewinnen? Nun, ich gehe davon aus, dass die Mafia versucht hat, die Schwachpunkte im Leben einiger dieser Vertrauten aufzustöbern, um sie zu ihrem Vorteil auszunutzen, und so fanden sie schließlich heraus, dass der Staatssekretär und der Privatsekretär des Papstes homosexuell sind."

„Ist das wahr Eure Eminenz? Ettore?", fragte Inspektor Trodela.

Keiner der beiden antwortete, stritt aber auch nicht ab, was Tomás gesagt hatte.

„Ich denke, Inspektor, die Mafia ging bei ihrer Erpressung noch weiter", fuhr Tomás fort. „Sie beschränkte sich vermutlich nicht darauf, die Homosexualität der beiden zu enthüllen. Dafür hätten weder der Kardinal noch Ettore den Papst verraten. Ich nehme daher an, dass sie über Fotos oder Videos verfügt, mit denen sie die beiden erpressen konnte. Eine Veröffentlichung auf Facebook, Twitter oder wo auch immer wäre eine vernichtende Demütigung gewesen."

Die beiden Angeklagten schwiegen nach wie vor, von der Ungeheuerlichkeit dessen, was sie getan hatten, erdrückt.

„Ich bitte Sie, Ehrwürdigste Eminenz", flehte Inspektor Trodela den Kardinal regelrecht an. „Sagen Sie, dass das nicht stimmt. Sagen Sie, dass das alles ein Missverständnis ist. Eine Lüge. Helfen Sie mir, Ihnen zu helfen."

Anstelle einer Antwort bekreuzigte sich der Kardinal und brachte endlich einige Worte hervor.

„Ich möchte zu meinem Beichtvater und ihm meine Sünden gegen Seine Heiligkeit, die Kirche und die Menschheit beichten", sagte er fast flüsternd.

Resigniert unterdrückte Inspektor Trodela einen Fluch, ehe er zur Tür ging und sie öffnete. Die Schweizergarde, die vor der Sixtinischen Kapelle Wache hielt, nahm sofort Haltung an.

„Führen Sie Seine Eminenz und den Privatsekretär Seiner Heiligkeit ab“, sagte er unwirsch, und bringen Sie sie ins Gefängnis.“

Die Schweizergardisten sahen ihn ungläubig an.

„Wie bitte?“

„Seine Eminenz und der Privatsekretär Seiner Heiligkeit haben gestanden, an der Entführung des Heiligen Vaters beteiligt gewesen zu sein“, brummte Trodela ungehalten. „Führen Sie sie bitte ab. Ich komme gleich nach, um sie zu verhören.“

„Aber was …“, stammelte einer der Sicherheitsmänner.

„Abführen!“

Zögernd betraten die Gardisten in ihrer bunten Uniform die Kapelle und blieben respektvoll vor dem Kardinal stehen. Immerhin war Inspektor Trodela nicht ihr direkter Vorgesetzter, sondern der Kardinalstaatssekretär! Und ihn sollten sie jetzt abführen?

„Eure Eminenz?“, fragte einer von ihnen.

Wortlos und mit gesenktem Kopf standen Kardinal Barboni und Ettore auf. Noch immer verwirrt, gab die Schweizergarde den beiden ein Zeichen, voranzugehen. Gerade als sie sich in Bewegung setzen wollten, hielt Tomás einen der Wachmänner am Arm zurück und stellte ihm die Frage, die ihm am dringendsten auf der Seele brannte.

„Haben Sie Neuigkeiten, wie es dem Papst geht?“

Der Angesprochene drehte sich zu Tomás um und verkündete die aktuellste Meldung aus dem Krankenhaus.

„Seine Heiligkeit ist außer Gefahr, Gott sei Dank.“

NACHGESCHICHTE

Vom Zimmer im Gemelli-Krankenhaus hatte man einen schönen Blick auf die Grünanlage, aber Tomás hatte nur Augen für Maria Flor. Seine Verlobte hatte Stunden neben seinem Bett verbracht, wo er dank eines Cocktails aus Schmerz- und Beruhigungsmitteln die letzten zweieinhalb Tage zum Großteil mit Schlafen verbracht hatte.

Maria Flor sah ihn reumütig an. Sie hatten zwar schon einige Worte gewechselt, aber bislang war Tomás zu erschöpft oder zu betäubt gewesen, um wirklich über die Ereignisse zu sprechen.

„Ich weiß, dass ich manchmal sehr aufbrausend bin, mein Schatz“, sagte sie entschuldigend. „Ich war einfach nur wütend auf dich und hatte sogar mein Handy ausgeschaltet, um nichts mehr von dir zu hören. Aber als ich erfuhr, dass der Papst entführt worden war, habe ich Angst bekommen und bin ins Hotel zurückgekehrt. Weil ich nicht klein beigeben wollte, war ich entschlossen, dich nicht zurückzurufen, obwohl ich gesehen hatte, dass du es zweimal bei mir versucht hattest. Als du immer noch nicht kamst, habe ich mir ernste Sorgen gemacht und dich schließlich angerufen, aber dein Handy war ausgeschaltet, und ich dachte du seist noch sauer, und …“

„Wieso hätte ich sauer sein sollen?“

„Na, weil ich so einen Zirkus gemacht hatte, natürlich.“

Sie sahen einander an und lachten.

„Mein Dummerchen …“

„Jedenfalls habe ich es noch zweimal probiert, aber ohne Erfolg. Danach fand ich, dass du wieder an der Reihe warst, wobei diese Funkstille mich zunehmend nervös gemacht hat. Ich habe sogar überlegt, zum Petersplatz zu gehen, bin dann aber doch im Hotel geblieben, aus Angst, dich zu verpassen. Stattdessen habe ich den Fernseher angeschaltet, wo erst all die grässlichen Anschläge gezeigt wurden und dann die Messe im Petersdom begann. Ich bin vor lauter Angst um dich und den Papst fast gestorben.“

„Das kann ich mir vorstellen.“

„Nein, das kannst du nicht. Es war fürch-ter-lich!“

In diesem Moment ging die Tür auf, und eine heitere Frauenstimme erfüllte das Zimmer.

„Coucou, mon chou“, grüßte sie fröhlich. „Wie geht es …“ Dann sah sie Maria Flor an Tomás’ Bett. „… unserem Patienten denn heute?“

Die beiden Frauen taxierten einander und versuchten zu erraten, wer die jeweils andere war und was sie in diesem Zimmer zu suchen hatte. Tomás hätte sich am liebsten unter der Bettdecke verkrochen und unsichtbar gemacht.

„Maria Flor, das ist … Catherine Rauch, Wirtschaftsprüferin des Vatikans“, sagte er stattdessen. „Catherine, darf ich Ihnen Maria Flor vorstellen, meine … Verlobte.“

Die Frauen tauschten einen abschätzigen Blick.

„Guten Morgen“, sagte Catherine.

„Guten Morgen“, antwortete Maria Flor.

Nachdem sie die Überraschung verdaut hatte, dass Tomás verlobt war, nahm Catherine eine distanzierte Haltung ein.

„Seine Heiligkeit möchte Sie sprechen“, sagte sie.

Tomás zuckte mit den Schultern.

„Gern, wenn die Ärzte mich gehen lassen.“

„Oh, keine Sorge, Seine Heiligkeit wird auch hier im Haus versorgt. Das Gemelli-Krankenhaus gehört der Katholischen Universität vom Heiligen Herzen, und dem Heiligen Stuhl stehen hier mehrere Zimmer ständig zur Verfügung." Sie lächelte. „Dieses übrigens auch."

„Heißt das, ich bin auf Kosten des Vatikans hier untergebracht?", fragte Tomás.

„Ja." Sie deutete auf die Tür. „Meinen Sie, Sie können zu Fuß bis zum Zimmer Seiner Heiligkeit gehen, oder soll ich lieber einen Rollstuhl besorgen?"

Tomás stand behutsam auf und wartete kurz, ob ihm schwindelig würde. Dann ging er zum Kleiderschrank, in dem nur ein Morgenmantel mit dem Emblem des Krankenhauses hing. Durch den dicken Verband hatte er Schwierigkeiten, in den rechten Ärmel zu schlüpfen, aber Maria Flor half ihm bereitwillig.

Dann überkamen Tomás Zweifel.

„Ich … kann doch nicht so zum Papst gehen!"

„Aber sicher", erwiderte Catherine. „Seiner Heiligkeit geht es genau wie Ihnen. Sie sind beide als Patienten hier." Sie machte einige Schritte zur Tür.

Unsicher schaute Maria Flor Tomás an.

„Kann ich mitkommen?", fragte sie.

„Selbstverständlich", antwortete er.

Im Flur nahmen sie den Gang nach rechts. Dabei stellte Tomás erstaunt fest, dass das Krankenhaus trotz der vielen hin und her wuselnden Ärzte und Pfleger angenehm ruhig war. Catherine ging langsam voran und achtete darauf, dass Tomás mitkam.

Maria Flor war bereits ganz aufgeregt, angesichts der Aussicht, den Papst zu treffen. Ein solches Treffen war für sich genommen schon eine Besonderheit, für sie als Katholikin jedoch geradezu beeindruckend.

Dann war da noch diese hübsche Blonde, diese Wirtschaftsprüferin, die so überschwänglich in Tomás' Zimmer spaziert war.

Sie hakte sich bei Tomás unter und fragte leise auf Portugiesisch: „Wer ist diese Frau?“

„Catherine? Sie … hat mir geholfen, den Papst zu finden.“

„Aber hast du ihr Dekolleté gesehen?“

„Hör auf, Florzinha, sei so gut!“

„Diese Französinnen halten sich wohl alle für etwas Besonderes! Schicke Klamotten, einen Haufen Parfüm und dann wackeln sie mit dem Hintern. Und die Männer fallen auf diesen Zinnober auch noch herein!“ Sie zuckte verächtlich mit den Schultern. „Ach ja, vielleicht möchtest du mir noch erklären, wieso sie dich einfach *‚mon chou‘* genannt hat. Ich spreche genug Französisch, um zu wissen, dass das ‚mein Süßer‘ heißt …“

„Lass es jetzt gut sein, hörst du?“

Auch ohne Portugiesisch zu können, hatte Catherine verstanden, dass die beiden über sie sprachen. Abrupt drehte sie sich um und sah Maria Flor mit einem extra breiten Lächeln an.

„Wissen Sie, ich habe eine portugiesische Putzfrau. Ich habe den Eindruck, diese Arbeit liegt ihr im Blut …“

Tomás rollte mit den Augen und zog Maria Flor eilig weiter. Er sah am Ende des Ganges bereits zwei Carabinieri und mehrere Geistliche stehen. Das konnte nur das Zimmer des Papstes sein. Dort müsste Maria Flor endlich Ruhe geben. Erleichtert atmete Tomás auf.

Der Papst lag ausgestreckt auf dem Bett, mit einer Infusion an seinem rechten Arm, den Brustkorb in Gips und einem dicken Verband um den Hals. Er wirkte fast wie eine Mumie, nur seine Augen bewegten sich. Als er Tomás erkannte, breitete sich ein Lächeln auf seinem Gesicht aus.

„Was für eine Freude, Sie zu sehen, Professor!“, grüßte er seinen Retter. „Ihnen verdanke ich mein Leben. Ich und viele tausend Menschen, die im Dom und auf dem Petersplatz waren."

Tomás wollte eigentlich den Ring des Papstes küssen, gab es aber wegen der zahlreichen Schläuche und Verbände auf. Stattdessen verbeugte er sich, so gut er konnte.

„Ich bitte Sie, Eure Heiligkeit, übertreiben Sie nicht. Sie verdanken Ihre Rettung einzig Ihrer eigenen Klugheit, mit der Sie die Nachricht in der Videobotschaft verfasst haben. Ich war dabei nur ein Werkzeug Gottes."

Der Papst lächelte.

„Ich danke Ihnen, Professor", sagte er dann.

Der Papst war blass und sprach leise, aber er wirkte zuversichtlich und heiter. Nach all den Schrecken der Entführung und den anschließenden Notoperationen schien er in erstaunlich guter Verfassung zu sein.

„Wie geht es Ihnen, Eure Heiligkeit?"

Der Papst zog eine leichte Grimasse.

„Ich habe schon bessere Tage gehabt", sagte er. „Mein Hals wurde immerhin halb aufgeschlitzt, und ich habe zwei Kugeln in die Brust und eine an der Schulter abbekommen. Aber ich will nicht klagen, es hätte deutlich schlimmer sein können. Auch die Operationen sind gut verlaufen. Dank der göttlichen Vorsehung bin ich weder am Herzen noch an der Wirbelsäule getroffen worden, und auch die Schnittwunde ist nur oberflächlich."

„Ja, Gott sei Dank habe ich dem Terroristen noch halbwegs rechtzeitig … nun ja, einen Schlag versetzt."

Die Miene des Papstes verdüsterte sich.

„Ich kann zwar nicht befürworten, wenn auf Gewalt mit Gewalt geantwortet wird", sagte er. „Aber unter den Umständen … war Ihr Eingreifen vielleicht das geringere Übel."

„Verbrecher müssen bestraft werden, Eure Heiligkeit."

„Sicher, sicher, aber die Männer, die mich entführt haben, sind tot …“

Tomás nickte.

„Sie wissen ja bestimmt, Eure Heiligkeit, dass die beiden nicht allein waren. Jemand hat sie geschickt …“

„Ja, ich weiß“, bestätigte der Papst, „eine Gruppe, die dem Islamischen Staat nahesteht. Der amerikanische und der französische Präsident sowie der britische Premierminister haben mich heute morgen angerufen, um mir mitzuteilen, dass sie mit ihren Gegenangriffen fortfahren wollen. Ich habe sie dringend gebeten, darauf zu verzichten, denn jede Gewalt führt immer nur zu noch mehr Gewalt, und Jesus hat uns gelehrt, auch unseren Feind zu lieben und ihm zu verzeihen.“

„Und? Wie haben sie auf Ihre Bitte reagiert?“

„Sie haben abgelehnt“, antwortete der Papst. „Sie sagten, es täte ihnen leid, aber sie müssten es tun, denn es ginge ja nicht nur um meine Entführung, sondern auch um die Anschläge auf Disneyland und Medjugorje. Der Konflikt zwischen Kroaten und Bosniern konnte zum Glück beigelegt werden, und die Türken haben angekündigt, nicht in Griechenland einzumarschieren, aber der US-Präsident sagte auch, dass diverse islamistische Terrorgruppen wie Al Qaïda, Al-Shabaab und Boko Haram einen weltweiten Religionskrieg auslösen wollen, und das ist ihnen fast gelungen. Deshalb dürfe das, was geschehen ist, nicht ungeahndet bleiben.“

„Das heißt also, dass die islamistisch kontrollierten Gebiete bald wieder bombardiert werden?“

„Ich fürchte, ja“, antwortete der Papst düster.

„Allerdings haben die Islamisten ja nicht allein gehandelt …“

Der Papst sah Tomás traurig an und nickte.

„Sie meinen Kardinal Barboni, nicht wahr?“, sagte er leise. „Armer Angelo! Man hat mir gesagt, er sei völlig am Boden zerstört. Wie schrecklich …“

Er schloss einen Moment lang die Augen.

„Haben Sie schon mit Seiner Eminenz gesprochen?"

„Das mache ich, sobald ich hier entlassen werde. Bis dahin bete ich allerdings für sein Seelenheil, und das von Ettore. Ich möchte nicht in ihrer Haut stecken." Er schluckte. „Wir müssen ihnen mit Nachsicht und Verständnis begegnen und dürfen nicht vergessen, dass sie nicht freiwillig gehandelt haben, sondern auch Opfer waren."

„Das stimmt, Eure Heiligkeit", sagte Tomás. „Heißt das also, dass Sie ihnen vergeben?"

„Selbstverständlich", bestätigte der Papst. „Vergebung ist ein zentraler Punkt unserer Religion. Wir alle sind Kinder Gottes. Und der Verrat ist ein wesentlicher Bestandteil der Geschichte des Christentums. Musste nicht Judas erst den Herrn für dreißig Silberlinge verraten, ehe dieser gekreuzigt wurde und auferstanden ist?"

„Den Evangelien zufolge war es so, Eure Heiligkeit."

„In seiner grenzenlosen Weisheit hat der Herr alle Dinge mit einer bestimmten Absicht geschaffen, auch wenn wir diese nicht immer verstehen", fuhr der Papst fort und seufzte. „Armer Angelo. Wie muss er unter Druck gesetzt worden sein, um zu tun, was er getan hat. Er und Ettore." Dann nahm sein Blick einen entschlossenen Ausdruck an. „Ich hoffe sehr, dass die Polizei die wahren Verantwortlichen findet …"

„Wie hat Eure Heiligkeit eigentlich herausgefunden, dass die Entführer nicht allein gehandelt haben?"

„Ich habe ein Telefongespräch mit angehört, in dem es um logistische Fragen ging und bei dem auch von Sizilien die Rede war. Außerdem sprachen die Entführer am Telefon Englisch und nicht Arabisch, wie es zu erwarten gewesen wäre. Da ich ja die Dardozzi-Akten kannte, wusste ich, dass viele Politiker und Mafiabosse ein Konto beim IOR hatten und für schmutzige Geschäfte nutzten.

Offensichtlich habe ich mir einige von ihnen dadurch zu Feinden gemacht, dass ich Licht und Ordnung ins IOR bringen wollte."

„Wie wollen Sie mit dieser Sache umgehen?"

„Nun, abgesehen davon, dass die Kriminalpolizei sicherlich einige Leute verhaften wird, muss auch der Vatikan auf die Vorfälle reagieren. Mein erster Gedanke war, das IOR komplett zu schließen, um den ständigen Problemen und Zwischenfällen endlich ein Ende zu bereiten. Aber dann habe ich mich dazu entschieden, es stattdessen zu reformieren."

„Und wie, Eure Heiligkeit?"

Die Augen des Papstes fingen an zu funkeln.

„Das wird eine echte Revolution", sagte er verschmitzt. „Ich habe bereits heute früh erklärt, das Anti-Geldwäsche-Abkommen zu unterzeichnen, mit dem der Vatikan sich verpflichtet, die Gesetze der Europäischen Union gegen Geldwäsche zu übernehmen. Außerdem plane ich einen Erlass für mehr Transparenz der Konten und Geldgeschäfte des IOR sowie einen weiteren Erlass, der es erlaubt, verdächtige Konten direkt zu schließen. Weiterhin sollen die Jahresberichte des IOR künftig auf einer eigenen Webseite veröffentlicht werden. Und wir werden endlich mit Italien ein Abkommen zum Austausch von Finanzinformationen schließen, damit das IOR nicht länger als Steuerparadies für Reiche und Kriminelle dient. Ich hoffe, dass wir so das Haus Gottes von einer Räuberhöhle wieder in ein Haus des Gebets verwandeln werden."

Als der Papst geendet hatte, sagte zunächst niemand ein Wort. Die Entschlossenheit des Mannes war beeindruckend und anscheinend ungebrochen. Dann räusperte sich der Papst und fuhr fort.

„Professor, ich habe Sie hergebeten, weil ich Ihnen meinen tief empfundenen Dank aussprechen möchte für das, was Sie für uns und die Menschheit getan haben", sagte er feierlich. „Sie haben sich

Ihres ausgezeichneten Rufs als würdig erwiesen. Als ich mitbekommen hatte, dass die Entführer mich in ihrer Videodrohung zu Wort kommen lassen wollten, habe ich sofort angefangen, meine Botschaft zu formulieren. Ich war überzeugt davon, dass es Ihnen gelingen würde, alle versteckten Bedeutungen zu entschlüsseln. Das war mir in all den Stunden ein großer Trost." Er schluckte. „Ich muss jedoch zugeben, dass ich irgendwann etwas nervös wurde, und als Mitternacht immer näher rückte, habe ich sogar an Ihnen gezweifelt. Zu Unrecht, wie Sie mir bewiesen haben."

„Es war in der Tat knapp, Eure Heiligkeit. Allerdings hat das auch bewiesen, dass die diversen Prophezeiungen unbegründet waren."

„Es ist richtig, dass sie sich diesmal nicht bewahrheitet haben", stimmte der Papst zu. „Aber wer weiß, was die Zukunft für uns bereithält und ob die Prophezeiungen nicht doch eines Tages wahr werden."

„Aber Eure Heiligkeit …"

Der Papst unterbrach Tomás durch eine leichte Handbewegung und versuchte, den Kopf zu drehen, aber der dicke Verband hinderte ihn daran.

„Madame Rauch?"

„Ja, Eure Heiligkeit?"

„Ich glaube, Sie haben noch etwas für Professor Noronha, nicht wahr?"

Prompt trat Catherine ein paar Schritte näher und reichte Tomás einen Briefumschlag.

„Das ist für Sie."

Tomás schaute entgeistert von Catherine zum Papst.

„Ich bitte Sie!", sagte er und wich einen Meter zurück. „Ich nehme doch kein Geld an für das, was ich getan habe!"

Achselzuckend öffnete Catherine den Umschlag und zog ein Blatt Papier heraus.

„Es geht hier nicht um eine Belohnung“, sagte sie. „Zumindest nicht um eine finanzielle. Das ist der Bericht, der heute morgen vom Labor gekommen ist.“

Verdutzt schaute Tomás sie an.

„Was für ein Bericht?“

Catherine faltete das Blatt auseinander.

„Das Schreiben ist unterzeichnet von Professor Correntis“, sagte sie und begann vorzulesen. „‚Unter Bezugnahme auf die Knochenproben, die Seine Eminenz, Kardinal Angelo Barboni, dem Labor der Universität von Rom übergeben hat, möchte ich Ihnen mitteilen, dass …‘“

„Die Gebeine des heiligen Petrus!“, rief Tomás und schlug sich mit der flachen Hand vor die Stirn. „Die hatte ich völlig vergessen! Wie ist das Ergebnis?“

„Ah, es interessiert Sie also doch?“, fragte Catherine amüsiert.

Tomás’ wissenschaftlicher Geist war plötzlich hellwach und brannte vor Ungeduld.

„Nun sagen Sie schon, was in dem Schreiben steht!“, drängte er. Und als Catherine nicht sofort reagierte, fügte er noch hinzu: „Bitte.“

Scheinbar in Zeitlupentempo nahm sie den Analysebericht zur Hand und fuhr fort.

„Nun gut, schauen wir mal. … Hier steht: ‚Wir schließen daraus, dass es sich zweifelsfrei um die Knochen einer Person männlichen Geschlechts handelt, die zum Zeitpunkt ihres Todes zwischen 60 und 70 Jahre alt und von robustem Körperbau war.‘“

„Das passt zu dem, was wir über den heiligen Petrus wissen!“, rief Tomás erregt.

„Der nächste Absatz bezieht sich auf die Analyse der Erdreste, die an den Knochen klebten“, ergänzte Catherine. „Und zwar: ‚Die

Erdreste stimmen mit Bodenproben aus der vatikanischen Nekropole überein.‘“

„Fantastisch!“

„Dann gibt es hier noch das Ergebnis der Stofffasern“, sagte Catherine. „,Der Stoff war mit dem Rot der echten Purpurschnecke gefärbt und für damalige Verhältnisse äußerst kostbar. Darin eingewebt waren Fäden aus echtem Gold, was auf eine besondere Verehrung des Verstorbenen hindeutet.‘“

Begeistert wandte sich Tomás an den Papst.

„Haben Sie gehört, Eure Heiligkeit? Wir haben die Überreste des heiligen Petrus gefunden! Das ist einfach großartig! Das ist …“

„Ich weiß, Professor“, unterbrach ihn der Papst, der den Inhalt des Analyseberichts natürlich schon kannte. „Das ist ein bedeutender Tag für die Christenheit“, sagte er. „Ich danke Gott für seine Gnade, die er uns erwiesen hat. Diese Entdeckung ist ein Geschenk des Himmels und wird dazu beitragen, den Glauben an die Kirche wieder zu festigen, der ja durch gewisse Ereignisse … etwas gelitten hat. Der Zeitpunkt hätte jedenfalls nicht besser sein können.“

„Ja, das ist grandios!“, begeisterte sich Tomás. „Eine wunderbare Entdeckung.“ Dann kam ihm ein Gedanke. „Und … was passiert jetzt?“

„Nun, ich denke, wir sollten dem heiligen Petrus seine ewige Ruhe gönnen und die Gebeine in ihrem ursprünglichen Grab beisetzen.“ Als er Tomás’ enttäuschtes Gesicht sah, fuhr er schmunzelnd fort: „Aber solch außergewöhnliche Reliquien dürfen der Öffentlichkeit natürlich nicht vorenthalten werden. Wir werden sie hinter Plexiglas stellen, das ist durchsichtig und extrem bruchsicher. In geführten Besichtigungen durch die Nekropole können die Gläubigen dann das Petrusgrab verehren.“

Bislang hatte Maria Flor schweigend im Hintergrund gestanden, doch jetzt hielt sie es nicht mehr aus und trat neben Tomás.

„Dürfte ich die Reliquien wohl auch besichtigen?“

Die Stimme Maria Flors überraschte den Papst.

„Wer ist denn diese hübsche junge Dame?“, fragte er.

Sie zögerte einen Augenblick.

„Ich … ich heiße Maria Flor Sequeira, Eure Heiligkeit.“

„Sie gehört zu mir“, fügte Tomás hinzu. „Maria Flor ist meine Verlobte.“

„Ihre Verlobte?“

„Äh …“

„So so, sie ist Ihre Verlobte“, stellte der Papst fest.

Maria Flor und Tomás wechselten einen verlegenen Blick, denn sie hatten noch nie konkret übers Heiraten gesprochen. Umso befremdlicher war die aktuelle Anspielung des Papstes.

„Also …“, stammelte Tomás. „Äh … ja, sie ist meine Verlobte.“

Die Antwort überraschte Maria Flor. Sie sah Tomás fragend an und versuchte zu ergründen, ob er es wirklich ernst meinte, oder ob er nur der peinlichen Frage des Papstes entgehen wollte.

„Herzlichen Glückwunsch!“, rief der Papst aus. „Wann werden Sie heiraten?“

Es war offensichtlich, dass dieses Thema dem Papst eine gewisse Freude bereitete, und Tomás hatte den Eindruck, er wolle die Hochzeit gezielt beschleunigen.

„Nun … das steht noch nicht fest“, antwortete er vorsichtig. „Wir müssen erst noch einige Dinge regeln, ehe wir über einen Termin reden können, nicht wahr?“

Da meldete sich Maria Flor wieder zu Wort.

„Wir haben nämlich ein Problem, Eure Heiligkeit“, sagte sie. „Ich bin Katholikin und möchte unbedingt kirchlich heiraten, aber Tomás sagt, er glaube nicht an die Religion, sondern nur an Wissenschaft und Vernunft. Diese Uneinigkeit ist ein echtes Hindernis …“

Der Papst runzelte die Stirn.

„Sie bringen mich auf eine Idee“, sagte er. „Immerhin hat Ihr Verlobter mir und der Kirche einen Dienst von unschätzbarem

Wert erwiesen, nicht wahr? Ich mache Ihnen beiden daher ein ungewöhnliches Angebot. Wenn Professor Noronha bereit ist, kirchlich zu heiraten, lade ich Sie beide ein, sich von mir persönlich im Petersdom trauen zu lassen. Was halten Sie davon?“

Tomás dachte, er habe sich verhört, und Maria Flor schlug sich überrascht die Hand vor den Mund.

„Eure Heiligkeit würde uns trauen?“, fragte sie. „Im Vatikan?“

„Aber ja“, antwortete der Papst, als handle es sich um etwas Alltägliches. „Nach all dem, was Professor Noronha für uns getan hat, bin ich ihm zu tiefem Dank verpflichtet, und es wäre mir ein Vergnügen, Ihre Hochzeitszeremonie zu vollziehen. Nehmen Sie das Angebot an?“

Tomás und Maria sahen einander an. Dabei musste Tomás sich sehr zusammenreißen, das Gefühl von Panik zu verbergen, das ihn überkam.

Er saß in der Falle!

Der Papst hatte es geschafft, ihn auszutricksen. Bislang war es Tomás gelungen, Maria Flors Heiratswunsch auszuweichen. Nicht, weil er sie nicht liebte, sondern weil seine erste Ehe gescheitert war und er seine wiedergewonnene Freiheit nicht so leicht aufgeben wollte. Er scheute sich vor festen Aufgaben und Pflichten. Und ihm war bewusst, dass er als verheirateter Mann nicht mehr so einfach mit Catherine oder einer anderen Frau flirten könnte.

Selbstverständlich hatte er auch gewusst, dass diese Freiheit nicht ewig währen würde. Früher oder später würde er sich entscheiden müssen: heiraten oder die Beziehung beenden.

Dieser Moment war also jetzt gekommen.

Andererseits fühlte er sich jetzt, da er erstmals richtig über die Frage nachdachte, merkwürdig leicht, ja, erleichtert. Er stellte überrascht fest, dass mit der Entscheidung eine gewisse Ruhe verbunden war. Dabei wurde ihm klar, dass er seine Wahl eigentlich schon getroffen hatte, ohne sich dessen bewusst zu sein. Es war weniger eine

Entscheidung gewesen als vielmehr eine logische Folge ihrer gemeinsamen Beziehung, denn eine menschliche Beziehung ist nicht nur wie ein Netz, das einen gefangen hält, sondern sie wirkt auch befreiend. Und bei genauerer Überlegung gefiel ihm dieser Gedanke besser, als er je vermutet hätte. Wenn er Maria Flor liebte – und das tat er – war es nur natürlich, dass sie heiraten würden.

Tomás blickte tief in Maria Flors braune Augen und antwortete mit fester Stimme.

„Ja. Selbstverständlich gern."

SCHLUSSBEMERKUNG

Der wohl beunruhigendste Aspekt dieses Romans dürfte sein, dass die darin beschriebenen moralischen, finanzwirtschaftlichen und juristischen Verstöße des Heiligen Stuhls nicht etwa meiner Fantasie entsprungen, sondern pure Fakten sind. Es gibt so viele authentische Informationen zu Skandalen im Vatikan, dass ich aus der schier unerschöpflichen Quelle nur einige wenige auswählen konnte.

Die Verbindungen zwischen dem Heiligen Stuhl und der Mafia sowie die Verstrickungen des IOR in umfangreiche Geldwäschemaßnahmen – mittels fiktiver Konten wie dem der Stiftung Kardinal Francis Spellman und dem *Fonds Mama Roma zum Kampf gegen die Leukämie* – wurden bereits in mehreren hochbrisanten Veröffentlichungen enthüllt. Insbesondere die Unterlagen Renato Dardozzis belasteten zahlreiche renommierte italienische Politiker, darunter den christdemokratischen Ministerpräsidenten der Nachkriegszeit, Giulio Andreotti. Als Andreotti mit den Fakten konfrontiert wurde, gab er an, sich nicht mehr an sein Konto beim IOR zu erinnern.

Auch die offizielle Haltung des Vatikans war mitunter eindeutig strafbar. Anstatt mit den Justizbehörden zusammenzuarbeiten, um die diversen Skandale aufzuklären, in die der IOR hinsichtlich Bestechung, Geldwäsche und Drogenhandel verwickelt war, wurden die Ermittlungen von Seiten des Vatikans jahrelang erschwert und sogar sabotiert. Selbst diejenigen Kirchenvertreter, die diese Praktiken missbilligten, hatten Angst vor den Ermittlungen. „Ich fürchte um mein Leben, wenn ich die Namen hinter manchen Nummernkonten kontrolliere“, sagte einmal Ettore Gotti Tedeschi, der Nachfolger von Erzbischof Marcinkus an der Spitze des IOR, der vorsichtshalber eine zweihundertseitige Akte als ‚Lebensversicherung‘ angelegt hatte. Tedeschi fürchtete sich dabei nicht vor den Behörden, sondern vor der Kurie.

Die vom Papst angeordneten Finanzprüfungen, die von international anerkannten Wirtschaftsprüfern der Promontory Group und McKinsey sowie von der Cosea-Kommission durchgeführt wurden, deckten im Laufe der Jahre den Sittenverfall innerhalb der vatikanischen Mauern auf. Es wurden diverse Bücher über die Unregelmäßigkeiten innerhalb des Vatikans und der Vatikanbank geschrieben, von denen diejenigen des italienischen Journalisten Gianluigi Nuzzi zu den bekanntesten gehören. Andere unabhängige Organisationen kamen zu ähnlichen Schlussfolgerungen. So verglich beispielsweise das Institute of Applied Economic and Social Research der Universität Melbourne das Bankwesen von zweihundert Ländern miteinander und kam zu dem Schluss, dass der Vatikan zu den weltweit zehn besten Refugien für Geldwäsche gehört. Einem Bericht des *Inside Fraud Bulletin* zufolge rangiert das IOR auf Platz acht der beliebtesten Banken zur Geldwäsche, und auf Platz vier, was das Verschleiern der Herkunft illegaler Kapitalströme angeht. In dieser Hinsicht ist der Vatikan also noch effizienter als die Bahamas.

Ironischerweise hat Papst Benedikt XVI. inmitten all dieser Schandtaten im Juni 2009 – knapp zwei Jahre nach der Bankenpleite von Lehman Brothers – seine Enzyklika *Caritas in veritate* (‚Die Liebe in der Wahrheit‘) veröffentlicht, die ein ethisches Verhalten der Banken und ein moralisch einwandfreies Vorgehen bei Finanzaktivitäten befürwortet.

Es muss darauf hingewiesen werden, dass sich nach all den zahlreichen Rechtsverstößen unter verschiedensten Päpsten – insbesondere aber unter Paul VI. und Johannes Paul II. – zahlreiche Angehörige der Kirche für deren Verhalten schämten und eine große Säuberungsaktion herbeisehnten. Papst Franziskus ist der erste Papst, der dieses Thema tatsächlich konsequent und entschlossen angeht. Dazu musste er sich gegen den Widerstand der Kurie durchsetzen.

Der im Prolog geschilderte Einbruch ins Kongregationsgebäude, bei dem für den Vatikan peinliche und belastende Dokumente gestohlen wurden, die die Cosea-Kommission zusammengetragen hatte, hat tatsächlich stattgefunden, und zwar am 30. März 2014. Noch heute heißt es, der Einbruch sei von Vatikan-Insidern, die ihre Interessen durch die Bestrebungen von Papst Franziskus gefährdet sahen, in Auftrag gegeben worden. Die einzigen fiktiven Elemente der vorliegenden Schilderung betreffen die Einbrecher selbst und deren islamische Herkunft. Ebenso ist selbstredend alles, was die Entführung des Papstes betrifft, erfunden.

Dennoch weise ich ausdrücklich darauf hin, dass die Drohungen der Organisation ‚Islamischer Staat' gegen den Papst real sind. So haben beispielsweise die israelischen und irakischen Behörden den Vatikan über entsprechende Absichten islamischer Fundamentalisten benachrichtigt. *Dabiq*, das monatliche Online-Magazin der Organisation ‚Islamischer Staat', widmete die Titelseite seiner vierten Ausgabe der Eroberung Roms und bildete dazu den Petersdom mit der schwarzen Flagge der Organisation über dem Obelisken des Petersplatzes ab. 2016 wurde dieses Thema wieder aufgegriffen, indem der Papst als ‚Feind Nummer eins' bezeichnet wurde. Außerdem bekräftigte der IS in einem Video seine Absicht, Rom zu erobern und den Papst zu ermorden. Ein Sprecher des Vatikans sagte dazu, der Papst ‚wisse über all diese Drohungen Bescheid, habe aber keine Angst'. Morddrohungen gegen Franziskus werden auch aus Kreisen geäußert, die ihre Interessen durch die Bestrebungen des Papstes in Gefahr sehen. So machte beispielsweise die Mafia ihr Missfallen daran deutlich. „Der Papst will aufräumen, was 'Ndrangheta gar nicht gefällt“, sagte Staatsanwalt Nicola Gratteri in Bezug auf die kalabresische Mafia. Er fügte hinzu: „Wo immer möglich, werden die Paten seine Bemühungen verhindern. Der Papst stellt für sie eine Bedrohung dar.“

Selbst innerhalb der Kurie werden drohende Stimmen gegen die von Papst Franziskus initiierten Maßnahmen laut. Im November 2015 soll Bischof Luigi Negri dem Papst sogar den Tod gewünscht haben. „Hoffen wir, dass die heilige Muttergottes für Bergoglio das gleiche Schicksal bereithält, wie für den anderen“, soll er gesagt haben. Wobei mit ‚der andere‘ Papst Johannes Paul I. gemeint gewesen sei, der ebenfalls geplant hatte, die Kurie zu reformieren, und nur dreißig Tage nach seiner Amtseinführung unter äußerst suspekten Umständen ums Leben kam, wie im vorliegenden Roman geschildert. Übrigens hat auch die Presseverantwortliche des Vatikans, Francesca Chaouqui, öffentlich bestätigt, dass zahlreiche Kardinäle „nur darauf warten, dass der Papst bald stirbt“.

Papst Franziskus selbst erklärte, er kenne die Morddrohungen gegen ihn genau. Einem mexikanischen Journalisten gegenüber machte er im Jahr 2015 eine geheimnisvolle Äußerung. „Ich habe das Gefühl, dass mein Pontifikat von kurzer Dauer sein wird, vier oder fünf Jahre“, sagte er, und wiederholte dann diesen Gedanken noch einmal: „Ich habe den Eindruck, dass der Herr mich für eine nur kurze Mission ausgewählt hat.“

Doch in diesem Roman geht es nicht nur um Korruption und Veruntreuung, sondern auch um einige andere historische Tatsachen, wie die Entdeckung des Petrusgrabs. Alles trug sich ganz ähnlich zu, wie hier beschrieben – wenn auch natürlich nicht Tomás Noronha an der Entdeckung beteiligt war, sondern sich die

Inschriftenkundlerin Margherita Guarducci mit Giovanni Segoni unterhielt und dieser ihr die Kiste zeigte, die er 1942 in der Nische der Katakomben gefunden hatte! Heute kann man das Petrusgrab und die Gebeine des heiligen Petrus besichtigen, und zwar unmittelbar unter dem Hauptaltar des Petersdoms. Da die Zahl der zugelassenen Besucher begrenzt ist, sollten Interessenten frühzeitig reservieren.

Die in *Vaticanum* beschriebenen Prophezeiungen zum Tod des Papstes sind ebenfalls authentisch, insbesondere die des heiligen Malachias, von Papst Pius X. und der Marienerscheinung von Fátima. Wie wir alle wissen, wimmelt es in der Geschichte der Menschheit nur so vor Prophezeiungen, die sich nicht bewahrheitet haben; die drei genannten jedenfalls sprechen einheitlich von einer zerstörenden Katastrophe, die über Rom hereinbricht und in der Ermordung des Papstes gipfelt.

Als Grundlage für den nicht-fiktiven Teil des vorliegenden Romans habe ich umfangreiche Literatur zu Rate gezogen, insbesondere hinsichtlich der Finanzskandale des Vatikans und der Vatikanbank sowie der engen Verbindungen der Kirche mit Politikern und Kriminellen, einschließlich dem organisierten Verbrechen. Meine wichtigsten Quellen sind die Referenzwerke von Gianluigi Nuzzi, namentlich *Seine Heiligkeit: Die geheimen Briefe aus dem Schreibtisch von Papst Benedikt XVI.*; *Vatikan AG: Ein Geheimarchiv enthüllt die Wahrheit über die Finanz- und Politskandale der Kirche*; und *Merchants in the Temple: Inside Pope Francis's Secret Battle Against Corruption in the Vatican.*

Weiterhin habe ich zu diesem Thema gelesen: *Avareza* von Emiliano Fittipaldi; *God's Bankers: A History of Money and Power at the Vatican* von Gerald Posner; *The Vatican at War: From Blackfriars Bridge to Buenos Aires* von Phillip Willan; *In God's Name: An Investigation Into The Murder of Pope John Paul I* und *The Power and the Glory: Inside the Dark Heart of John Paul*

II's Vatican von David Yallop; *The Vatican Connection* von Richard Hammer; *The Vatican Exposed: Money, Murder, and the Mafia* von Paul L. Williams; *Dark Mysteries of the Vatican* von H. Paul Jeffers; *Render Unto Rome: The Secret Life of Money in the Catholic Church* von Jason Berry; *Histoire secrète du Vatican* de Corrado Augias; *La Maxitangente Enimont* von Romeo Simi De Burgis, Salvatore Cappelleri und Marisella Gatti, Richter am Mailänder Strafgericht; *Os Abutres do Vaticano* von Eric Frattini; *Franziskus unter Wölfen: Der Papst und seine Feinde* von Marco Politi; *Curiosidades do Vaticano* von Luís Miguel Rocha; sowie *Associates of the Sicilian Mafia* von Roberto Calvi, Licio Gelli, Giulio Andreotti, Salvatore Lima, Salvatore Cuffaro, Michele Zaza und anderen.

Was die Entdeckung des Petrusgrabes und der sterblichen Überreste des heiligen Petrus betrifft, beruhen meine Recherchen vor allem auf: *The Tomb of St Peter* von Margherita Guarducci; *Vatican: La nécropole et le tombeau de saint Pierre* von Paolo Liverani und Giandomenico Spinola; sowie *Les Derniers Secrets du Vatican* von Bernard Lecomte.

Zu guter Letzt habe ich zu den Prophezeiungen in Bezug auf den letzten Papst folgende Werke gelesen: *Pope Francis: The Last Pope? Money, Masons and Occultism in the Decline of the Catholic Church* von Leo Zagami; *Petrus Romanus: The Final Pope is Here* von Thomas Horn und Cris Putnam; *The Last Pope: Francis and the Fall of the Vatican* von Robert Howells; sowie *Les Secrets du Vatican* von Bernard Lecomte.

Ich danke Ana Paula Faria vom vatikanischen Büro für archäologische Ausgrabungen, die mir Zugang zu den Katakomben ermöglicht und das Petrusgrab gezeigt hat, sowie Mario Nissolino, der mich in die äußeren Geheimpassagen des Vatikans mitgenommen hat. Vielen Dank auch an Paulo Almeida Santos für seine Nachhilfe in Arabisch und bestimmte Details zu den Dschihadisten sowie an Giancarlo Bocchi für seine Unterstützung bei italienischen Flüchen.

Ich möchte darauf hinweisen, dass hinsichtlich der Prophezeiungen die Experimente aus der Quantenmechanik gezeigt haben, dass es experimentell durchaus möglich ist, Zugriff auf Informationen aus der Zukunft zu erhalten. Das sogenannte Doppelspaltexperiment mit verzögerter Entscheidung wurde mehrfach wiederholt; es beruht ursprünglich auf einer Theorie des amerikanischen Physikers John Wheeler und wird detailliert in *Der Schlüssel des Salomon* erklärt – ein anderes Abenteuer von Tomás Noronha.

Muss man daraus schließen, dass sich die drei Prophezeiungen zum Tod des Papstes realisieren und mit Franziskus das Papsttum zu Ende geht? Keineswegs. Nach dem aktuellen Papst wird ein weiterer gewählt werden. Sie zweifeln daran?

Die Zeit wird es zeigen.

Im Original erschienen unter dem Titel „Vaticanum“

www.luzarpublishing.com

Gefördert von der Direção-Geral do Livro,
dos Arquivos e das Bibliotecas

REPÚBLICA
PORTUGUESA

CULTURA
DIREÇÃO-GERAL DO LIVRO, DOS ARQUIVOS E
DAS BIBLIOTECAS

Redaktion: Brigitte Caspary, Egloffstein
Covergestaltung: Armando Lopes, Paz
Umschlagfotos: Shutterstock / Anton Balazh (Petersdom);
Shutterstock / photogolfer (Kuppelgewölbe)
Umschlagadaptation und Satz: Röser MEDIA GmbH & Co. KG,
Karlsruhe
Druck und Bindung: GGP Media GmbH, Pößneck

ISBN 978-3-946621-04-1